Die Kastellanin

INY LORENTZ

Die Kastellanin

Roman

Weltbild

Besuchen Sie uns im Internet:
www.weltbild.de

Genehmigte Lizenzausgabe für Verlagsgruppe Weltbild GmbH,
Steinerne Furt, 86167 Augsburg

Ein Unternehmen der Droemerschen Verlagsanstalt
Th. Knaur Nachf. GmbH & Co.KG, München
Umschlaggestaltung: Studio Höpfner-Thoma, München
Umschlagmotiv: Tiziano Vecellio. La Bella (Paolo Tosi), Artothek, Weilheim
Gesamtherstellung: Bagel-Roto-Offset & Co. KG, Schleinitz
Printed in the EU
ISBN 978-3-8289-7747-1

2008 2007
Die letzte Jahreszahl gibt die aktuelle Lizenzausgabe an.

Erster Teil

Verraten

1.

Maries Blick schweifte kurz über die versammelten Jäger und kehrte wieder zu ihrem Mann zurück. Er saß auf seinem Pferd, als wäre er damit verwachsen, und führte den Zügel scheinbar achtlos mit der Linken, da er in der rechten Hand die zum Schuss gespannte Armbrust hielt. Neben ihm ritt ihr Gastgeber Konrad von Weilburg, ein ebenfalls stattlich zu nennender Mann. Beide waren mittelgroß und hatten breite, muskulöse Schultern, doch während der Weilburger bereits einen kräftigen Bauchansatz aufwies, hatte Michel immer noch die schlanke Taille und die schmalen Hüften eines jungen Mannes, und sein Gesicht mit der breiten Stirn unter den dunkelblonden Haaren, den hellen Falkenaugen und dem kräftigen Kinn wirkte energischer als das seines Gastgebers. Konrad von Weilburg verzichtete selbst bei der Jagd nicht auf hautenge Strumpfhosen und ein kunstvoll besticktes Wams, während Michel lange, bequeme Reithosen und eine einfache Lederweste mit halblangen Ärmeln über einem grünen Hemd trug. Seine Füße steckten in festen Stiefeln, und nur das mit zwei Fasanenfedern geschmückte Barett verriet dem Beobachter, dass er kein Knecht war, sondern der Ministrale eines hohen Herrn.

Michel musste Maries Blick gefühlt haben, denn er drehte sich noch einmal um, schwenkte übermütig die Armbrust und schenkte ihr ein verliebtes Lächeln, bevor er sein Pferd antrieb und hinter dem herbstbunten Laub des Waldes verschwand. Marie musste an jenen Tag vor zehn Jahren denken, an dem man sie mit ihrem Jugendfreund verheiratet hatte. Das »Ja, ich will!«, nach dem man sie bei der Trauung im Inselkloster noch nicht einmal gefragt hatte, würde sie heute zu jeder Tages- und Nachtzeit sprechen, so glücklich war sie mit Michel geworden.

Irmingard von Weilburg lenkte ihre Rappstute neben Maries Pferd und zwinkerte ihr verschwörerisch zu. »Wir können mit unseren Männern wirklich zufrieden sein. Beide sehen gut aus und sind von angenehmer Gemütsart, und was die gemeinsamen Nächte betrifft, so hätte ich es mit meinem Konrad nicht besser treffen können. Aber nun kommt, lasst uns zum Sammelpunkt zurückkehren. Ich schieße ebenso ungern auf Tiere wie Ihr, Jagd ist in meinen Augen Männerwerk, genau wie der Krieg. Außerdem habe ich Appetit auf einen Schluck Würzwein, auch wenn er gewiss nicht so gut schmecken wird wie der, den Ihr uns letztes Jahr kredenzt habt.« Sie leckte sich noch in der Erinnerung daran die Lippen.

Marie lachte auf. »Oh ja, der ist wirklich gut gewesen. Die Kräuter hat mir meine Freundin Hiltrud, die Ziegenbäuerin, gemischt. Sie kennt die Geheimnisse vieler Pflanzen und weiß, welche von ihnen Krankheiten heilen können und welche einfach nur gut schmecken.«

»Ich kenne die Ziegenbäuerin. Als meine Schwarzmähne«, Frau Irmingard klopfte auf den Hals ihrer Stute, »letztens an einer schweren Kolik litt, habe ich unseren Stallknecht zu ihr geschickt, um mir einen Trank für mein Stutchen zubereiten zu lassen. Kaum hatte ich Schwarzmähne den Sud eingeflößt, ging es ihr auch schon besser, und sie ist über Nacht wieder gesund geworden.«

Marie freute sich über das Lob. Die Ziegenbäuerin war mehr als nur ihre beste Freundin, denn diese hatte sie einst halb tot am Straßenrand aufgesammelt, sie gesund gepflegt und ihr geholfen, die fünf schlimmsten Jahre ihres Lebens zu überstehen. Es gab nur einen einzigen Menschen, der ihr näher stand als Hiltrud, und das war ihr Michel, mit dem sie eine immer inniger gewordene Liebe verband.

Erst als ihr Reittier unwillig den Kopf hochwarf, bemerkte Marie, dass Frau Irmingard sie immer noch auffordernd anblickte, und nickte ihr zu. »Ich habe nichts dagegen, die Jagd vom Sammelplatz aus zu verfolgen, denn im Gegensatz zu Euch bin ich keine gute Reiterin und liebe es nicht, über Stock und Stein zu galoppieren.«

Das war noch eine Untertreibung, denn Marie zog es vor, mit der lammfrommen Stute, die Michel ihr besorgt hatte, im Schritt oder gemütlichen Trab über feste Straßen und Wege zu reiten. Im Sattel fühlte sie sich immer noch nicht besonders wohl. Sie war in Konstanz aufgewachsen, einer Stadt, in der man Markt und Kirche zu Fuß erreichen und die Orte der Umgebung mit einem Schiff besuchen konnte, und hatte dort nie auf einem Pferd gesessen. Später, in den Jahren ihrer Verbannung, war sie viele tausend Meilen weit zu Fuß gegangen, aber als Frau eines Burghauptmanns durfte sie nicht einfach herumspazieren wie eine Magd, sondern musste, wenn sie die Nachbarburgen oder den Ziegenhof ihrer Freundin Hiltrud besuchen wollte, entweder einen Wagen benutzen oder in den Sattel steigen. Da sie nicht jedes Mal anspannen lassen wollte, wenn sie die Sobernburg verließ, hatte sie Michel gebeten, ihr das Reiten beizubringen, aber ihr war nach kurzer Zeit schon klar geworden, dass sie nie eine solch unerschrockene Amazone werden würde wie Frau Irmingard, die diesjährige Gastgeberin der ersten Herbstjagd. Es war in diesem Landstrich Brauch, dass einer der Burgherren und seine Gemahlin die Zeit der Herbstjagden festlich eröffneten und dazu sämtliche Nachbarn von den Burgen der Umgebung einlud.

Während Marie ihren Gedanken nachhing, plauderte Frau Irmingard unentwegt weiter. Die Herrin der Weilburg stammte aus adligem Hause wie auch die anderen hier versammelten Burgherren und ihre Damen, während Marie und ihr Mann bürgerlicher Herkunft waren. Das hatte Ludwig von der Pfalz nicht gehindert, Michel als Vogt des Amtes Rheinsobern über die meisten der hier anwesenden Standesherren zu setzen. Irmingard und Konrad hatten dennoch mit ihnen Freundschaft geschlossen, und sie pflegten gutnachbarliche Beziehungen. Fast alle, die zum Rheinsoberner Amt gehörten, hatten Michels Position ebenfalls akzeptiert, und diejenigen, die sich über die nicht standesgemäße Herkunft des Paares auf der Sobernburg mokierten, zeigten ihre Ablehnung nicht offen, denn niemand wollte sich die Feindschaft eines Mannes zuziehen, der so hoch in der Gunst des Pfalzgrafen stand wie Michel Adler. Es konnte ja nur eine Frage der Zeit sein, bis Herr Ludwig seinen treuen Gefolgsmann zum Ritter schlagen würde.

Irmingard musterte Marie, die ihr doch etwas zu still geworden war. »Euer neues Gewand kleidet Euch prächtig. Wollt Ihr so gut sein, mir den Schnitt zu zeigen?«

»Gerne.« Marie tauchte aus ihrer Versunkenheit auf und lächelte ihrer geduldigen Gastgeberin dankbar zu. Nun gesellten sich noch andere Damen zu ihnen, die den Jagdtrupp bereits verlassen hatten. Jede kannte irgendwelchen neuen Klatsch, und so entspann sich eine lebhafte Unterhaltung, die auch nicht endete, als sie den unterhalb der Weilburg gelegenen Sammelplatz erreichten, auf dem bereits alles für den festlichen Umtrunk und ein reichlich bemessenes Mahl vorbereitet worden war. Marie und ihre Begleiterinnen waren kaum aus den Sätteln gestiegen, da reichten ihnen die Pagen, die in die Farben des Weilburgers gekleidet waren, Becher mit heißem Würzwein. Trotz des durch kaum eine Wolke getrübten Sonnenscheins war es jetzt, Ende Oktober, bereits empfindlich kühl und ein Trunk, der von innen wärmte, jedermann willkommen. Das Getränk war so heiß, dass Marie sich beinahe die Lippen verbrannt hätte, schmeckte jedoch besser, als Irmingard es prophezeit hatte.

»So ein Schluck tut immer gut«, sagte Frau Luitwine von Terlingen zufrieden und streckte einem Pagen auffordernd ihr leeres Trinkgefäß hin. Marie ließ es bei dem einen Becher bewenden und sah den

Jagdknechten zu, die das erlegte Wild herbeibrachten und am Rand des Platzes aufreihten. Die Strecke, die den noch mit Eis aus dem letzten Winter gekühlten Vorratskeller auf der Weilburg füllen würde, war schon jetzt recht beachtlich.

Als die ersten Jäger zurückkehrten, war von Michel weit und breit noch nichts zu sehen, und Marie begann sich schon Sorgen zu machen, er könne zu viel riskiert und sich verletzt haben. Doch als er an der Seite seines Gastgebers auftauchte, wirkte er munter und guter Dinge. Marie lief ihm entgegen und umarmte ihn stürmisch, kaum dass er aus dem Sattel gestiegen war.

Michel ließ sich die Liebkosung lachend gefallen, schob seine Frau dann ein Stück von sich weg und kitzelte sie an der Nase. »Na, mein Schatz, wie viele Hirsche hast du heute erlegt?«

Marie schnaubte. »Keinen, und das weißt du genau!«

»Grämt Euch nicht, Frau Marie, Euer Gemahl hat dafür umso mehr geschossen. Es gibt keinen Zweifel, dass er heute unser Jagdkönig ist.« Konrad von Weilburg winkte den Jagdmeister herbei, ließ sich einen Kranz aus Tannenzweigen reichen und setzte ihn Michel auf den Kopf.

Inzwischen hatten die anderen Jäger bereits ihren ersten Becher Würzwein getrunken und ließen sich nachschenken. Michel trank sein Gefäß ebenfalls zum zweiten Mal leer, aber mehr aus Geselligkeit, als um die klammen Knochen zu wärmen. Dann zog er Marie an sich und küsste sie auf die Wange. »Lass ruhig andere Frauen Hirsche schießen. Ich liebe dich so, wie du bist.«

»Das nenne ich ein Männerwort.« Konrad von Weilburg zwinkerte Michel zu und drückte Frau Irmingard einen Kuss auf die Lippen. Sie ließ es sich kichernd gefallen, zeigte dabei aber auf die wohl gefüllten Tische.

»Du solltest lieber an deine Gäste denken als an dein Vergnügen.

Jagen macht hungrig, und du willst doch nicht, dass es heißt, beim Weilburger wären die Mägen leer geblieben.«

»Das will ich wahrhaftig nicht. Kommt zu Tisch, Leute, und setzt euch! Alles, was Magen und Leber begehren, ist aufgetragen.« Herr Konrad umfasste seine Frau, hob sie hoch und trug sie zu ihrem Platz. »Und jetzt behaupte noch einmal, ich würde dich nicht auf Händen tragen«, erklärte er fröhlich.

»Für heute will ich es gelten lassen.« Frau Irmingard warf ihrem Mann eine Kusshand zu und forderte die Gäste auf, ordentlich zuzugreifen. Während die hungrigen Mägen gefüllt wurden, herrschte eine nur von Schmatzen und Rülpsen unterbrochene Stille. Doch kaum fühlten sich die Gäste halbwegs gesättigt, wurde eifrig Jägerlatein gesponnen. Man lobte die erfolgreichen Jäger oder spottete über das Missgeschick einiger Pechvögel. Nach einer Weile lenkten die Älteren das Gespräch auf die Politik.

Frau Luitwines Ehemann Gero blickte auf seinen leeren Teller, als käme von ihm alles Leid der Welt, und seufzte. »Ich hoffe, wir können uns im nächsten Jahr noch genauso fröhlich zusammensetzen und es uns gut gehen lassen.«

»Was sollte uns daran hindern?«, fragte der Gastgeber verblüfft.

»Na, dieser verfluchte Aufstand in Böhmen! Der Kaiser wird Herrn Ludwig auch diesmal wieder um Waffenhilfe bitten, und noch einmal wird der Pfalzgraf nicht Nein sagen können, denn es geht auch um die Obere Pfalz. Ich fürchte, so mancher von uns wird sich im nächsten Herbst in unsere schöne Heimat zurücksehnen.«

»Oder tot sein …«, warf ein anderer mit hohler Stimme ein. Der Mann war als Schwarzseher verschrien, und dennoch zuckten die meisten Gäste zusammen. Der böhmische Aufstand war nicht irgendeine Erhebung, die missgestimmte Adlige ausgelöst hatten, oder eine Bauernrevolte, die sich schnell niederschlagen ließ, sondern ein blutiger Krieg zwischen Kaiser Sigismund, der auch die Krone des Königreichs Böhmen trug, und den hussitischen Ketzern, die bislang fast jede Schlacht gewonnen hatten.

»Wollen wir hoffen, dass der Pfalzgraf so klug sein wird, nicht uns zur Heerfahrt aufzufordern, sondern Freiwillige nimmt, denen mehr an Ruhm und Beute gelegen ist als an einer fröhlichen Jagd in der Heimat.« Konrad von Weilburg hob seinen Becher und trank den anderen zu, in der Hoffung, den Schatten vertreiben zu können, der sich über die Gruppe gelegt hatte.

2.

Die Feier zog sich bis in den Abend hinein und ging im Rittersaal weiter, bis die Glocke Mitternacht läutete und etliche Gäste von Knechten und Mägden in die für sie geräumten Kammern getragen werden mussten. Marie und Michel hatten dem Wein weniger zugesprochen als die meisten und konnten sich am nächsten Vormittag einem ausgiebigen Frühstück widmen. Danach verabschiedeten sie sich von ihren Gastgebern, um nach Rheinsobern zurückzukehren.

»Besucht uns noch einmal, bevor der Schnee die Straßen unpassierbar macht«, forderte Ritter Konrad sie auf, während seine Frau Irmingard Marie bat, den Tuchhändler, von dem sie ihre Stoffe bezog, zur Weilburg zu schicken.

»Das werde ich gerne tun«, versprach Marie und ließ sich von Michel auf ihre sanfte braune Stute heben, die mit ihrem bedächtigen Gang ihrem Namen Häschen keine Ehre machte. Michel schwang sich ebenfalls in den Sattel, winkte den Weilburgern und den restlichen Gästen zu und ritt zum Tor hinaus. Marie folgte ihm dichtauf, während der narbige Timo, Michels Knecht, ein Stück hinter ihnen blieb, um ihre Zweisamkeit nicht zu stören.

Michel schlug ein gemächliches Tempo an, so dass Marie neben ihm reiten und sich mit ihm unterhalten konnte. Dennoch erreichten sie bereits nach kurzer Zeit die Rheinebene und sahen dann die Stadt Rheinsobern vor sich liegen, die sich an einem Ausläufer des Schwarzwalds hochzog und nun seit zehn Jahren ihre Heimat war. Unter ihrer Verwaltung war der Ort zu einem kleinen quirligen Handelszentrum geworden, dessen Kirchtürme die Reisenden bereits von weitem grüßten und das von einer festen Schutzmauer umgeben war, die Michel an zwei Stellen hatte erweitern lassen, um Raum für neue Häuser zu schaffen. Auf der Anhöhe, die in die Stadt hineinragte, lag Michels und Maries Heim, die Sobernburg. Auch hier waren in den letzten Jahren die Mauern verstärkt und neue Wehrtürme gebaut worden, doch noch immer glich die Festung einem grob behauenen, grauen Kasten, der so gar nicht in die sanfte, jetzt vom Herbst in gelbrotes Laub gehüllte Landschaft passte.

Maries Blick flog nach Norden, dorthin, wo inmitten einer Ansammlung kleinerer Bauernhöfe der stattliche Ziegenhof ihrer Freundin Hiltrud lag. Mit Häschen wäre sie in kurzer Zeit dort gewesen, und einige Augenblicke kämpfte sie gegen die Versuchung an, einfach dorthin zu reiten. Sie hätte gerne ein paar Stunden in Hiltruds gemütlicher Küche verbracht, köstlichen Tee getrunken und mit ihrer Freundin geschwatzt. Aber als Herrin der Sobernburg durfte sie ihre Pflichten nicht vernachlässigen. Nach drei Tagen Abwesenheit musste sie zuerst dort nach dem Rechten sehen, bevor sie sich ihrem Vergnügen widmete.

Michel strich ihr sanft über den Rücken. »Du bist auf einmal so still.«

Marie schenkte ihm ein Lächeln. »Oh, bin ich das? Ich habe eben beschlossen, heute Nachmittag zu Hiltrud zu reiten.«

»Wenn du nichts dagegen hast, komme ich mit. Frau Irmingards Würzwein war nicht schlecht, aber der von Hiltrud schmeckt um einiges besser.« Michel beugte sich fröhlich lachend zu ihr hinüber und drückte ihr einen Kuss auf die Wange. »Ich liebe dich, mein Schatz.«

»Ich dich auch.« Marie gab sich ganz dem wohligen Gefühl hin, das Michels Zärtlichkeiten in ihr ausgelöst hatten, und hätte ihn am liebsten aufgefordert, als Erstes in ihr Schlafgemach zu kommen. Ihr Gesinde, allen voran ihre Wirtschafterin Marga, würde sie zwar für schamlos halten, wenn sie sich am helllichten Tag mit Michel ins Bett zurückzog, aber sie hatte Lust auf eine vergnügliche Balgerei zwischen den Laken. Sie warf Michel einen auffordernden Blick zu, den er grinsend beantwortete, und trieb Häschen zu einer rascheren Gangart an.

Vorerst wurde jedoch nichts aus ihrem Vorhaben, denn kurz vor der Stadt entdeckte Marie ein eng umschlungenes Paar, das unweit des Weges unter einer mächtigen Buche stand und sich selbstvergessen küsste. Das Kleid des Mädchens und ihre Frisur kamen Marie bekannt vor, und sie zügelte unwillkürlich ihre Stute.

Michel wurde ebenfalls langsamer. »Was ist?«

Marie deutete auf das Paar, das in seiner Liebesseligkeit die Reiter nicht bemerkt hatte. »Ich frage mich, was Ischi sich dabei denkt, sich heimlich mit einem Burschen zu treffen.«

Michel lachte auf. »Heimlich kann man das wohl nicht nennen!« Aber er verstand Marie auch ohne ihr empörtes Schnauben. Ischi war ihre Leibmagd und ihr erklärter Liebling unter dem Gesinde auf der Sobernburg, und bisher hatte das Mädchen ihr keinen Grund zur Klage gegeben. Es jetzt in den Armen eines jungen Mannes zu sehen schockierte seine Frau sichtlich, denn man machte die Herrin für das Wohlergehen und die Moral ihrer Mägde verantwortlich, und wenn eine von ihnen mit einem dicken Bauch herumlief, wurde sie mit Stockhieben bestraft und oft aus der Stadt getrieben. In diesem Fall redete der Priester aber auch der Hausfrau ins Gewissen und ließ sie ihre Unaufmerksamkeit mit Gebeten und Bußübungen bereuen.

Marie hieb verärgert mit der Reitgerte durch die Luft und machte Häschen damit nervös. Michel griff schnell nach den Zügeln, die sie achtlos hatte sinken lassen, und beruhigte die auskeilende Stute. »Du solltest dich zuallererst selbst im Zaum halten, wenn du im Sattel sitzt. Häschen ist zwar eine Seele von einem Pferd, aber trotz allem kein Strohsack, mit dem man machen kann, was man will.«

»Tut mir Leid.« Marie senkte zerknirscht den Kopf, starrte aber sofort wieder zu ihrer Leibmagd hinüber. Bisher war sie überzeugt gewesen, Ischis Loyalität gelte allein ihr, nun aber fragte sie sich, ob sie sich noch auf ein Mädchen verlassen konnte, das sich hinter ihrem Rücken mit Burschen herumtrieb.

»Ich muss das klären. Reite du schon mal voraus.« Vergessen war die angenehme Stunde, die sie mit Michel hatte verbringen wollen, und sie lenkte ihre Stute auf das Paar zu. Michel blickte ihr einen Augenblick kopfschüttelnd nach, winkte dann Timo, der in einigem Abstand stehen geblieben war, und trieb sein Pferd an. Seiner Meinung nach hätte Marie auch später mit Ischi reden können. Jetzt würde sie, wenn sie nach Hause kam, wohl kaum noch in der Stimmung sein, ihm ins Schlafgemach zu folgen.

Als Häschen auf das junge Paar zutrabte, schreckten die beiden hoch. Ischis Blick wirkte weniger schuldbewusst, als Marie erwartet hatte, und ihr Ärger richtete sich weniger gegen die Magd als den jungen Mann. Es handelte sich um Ludolf, den Sohn und künftigen Nachfolger des Rheinsoberner Drechslermeisters und Ratsherrn Elias Stemm, der zu den Honoratioren der Stadt gehörte. Der Bursche hatte gewiss keine ehrlichen Absichten, denn in seinen Kreisen galten Mägde höchstens als Zeitvertreib und wurden in der Regel nach kurzer Zeit sitzen gelassen, auch und besonders, wenn die Beziehung Folgen zeigte, für die dann nur das Mädchen hart bestraft wurde. Ischi war in Maries Augen zu schade, um von einem gewissenlosen Burschen verführt zu werden, daher nahm sie sich vor, den beiden gründlich den Kopf zurechtzusetzen.

Ein Teil ihrer Gedanken spiegelte sich wohl auf ihrem Gesicht, denn Ludolf starrte sie an, als müsse er einen von vorneherein aussichtslosen Kampf ausfechten. »Herrin, Ihr habt gewiss einen schlechten Eindruck von uns gewonnen, aber lasst Euch versichern, dass es nicht so ist, wie Ihr denkt.«

Ischi drängte sich vor ihn und ergriff Maries Steigbügel. »Herrin, bitte, seid uns nicht böse! Ludolf und ich lieben uns, und so Gott will, werden wir heiraten.«

»Hat er dir das versprochen, damit du dich ihm hingibst?«, fragte Marie spöttisch.

Ischi schüttelte wild den Kopf. »Nein, Herrin, Ludolf hat nichts dergleichen gefordert. Ich bin noch genauso unberührt wie bei meiner Geburt. Lasst mich von der Hebamme untersuchen, wenn Ihr mir nicht glaubt.«

Marie las keinen Falsch in den Augen des Mädchens, und so wurde ihre Miene weicher. Auf ihren Lippen erschien sogar der Anflug eines Lächelns. Ludolf nahm wahr, wie ihr Zorn wich, trat sichtlich aufatmend an Ischis Seite und legte den Arm um sie. »Herrin, ich schwöre Euch, Ischi erst zu berühren, wenn sie mein Weib geworden ist. Es wird nicht leicht sein, meinen Eltern die Zustimmung zu dieser Heirat abzuringen, aber wenn Ihr mit ihnen sprecht, werden sie einwilligen müssen.«

»Ja, bitte, Herrin, tut es für mich. Habe ich Euch nicht all die Jahre treu gedient?« Ischi stiegen die Tränen in die Augen, denn sie wusste, wie hoffnungslos ihre Liebe war.

Doch Marie fand, dass die beiden gut zusammenpassten. Ischi war klein und zierlich und besaß ein wohlgeformtes Gesicht mit großen blauen Augen und dunkelblondes Haar. Ludolf war nur einen halben Kopf größer als sie und noch recht schlank, auch wenn man jetzt schon sehen konnte, dass er später an Gewicht und Breite zulegen würde. Seine Hände aber, die auf der Drehbank wahre Meisterwerke zaubern konnten, würden wohl schmal und biegsam bleiben. Sein Gesicht wirkte eher ehrlich als schön, und in seinen hellen Augen lag ein Ausdruck, der auf Verlässlichkeit schließen ließ.

»Also gut, ich werde mich Eurer Sache annehmen, auch wenn es mich nicht freut, dass ich mich über kurz oder lang nach einer neuen Leibmagd umsehen muss.« Marie nickte, als wolle sie ihre Worte bestätigen, und sah sich durch die glücklich aufflammenden Gesichter des Pärchens belohnt. Zu leicht wollte sie es ihnen jedoch nicht machen.

»Zuerst aber will ich sichergehen, dass eure Zuneigung von Dauer ist. Wenn ihr übers Jahr noch immer heiraten wollt, so will ich euch die Hochzeit ausrichten. Bis dorthin aber werdet ihr euch in allen Ehren treffen, und ich will kein schlechtes Wort über euch hören, habt ihr mich verstanden?«

Ischi ergriff ihre Hand und führte sie an die Lippen. »Ich danke Euch, Herrin«, rief sie so überschwänglich, als hätte Marie ihr die sofortige Eheschließung erlaubt. Auch Ludolf bekundete wortreich seinen Dank und schwor, Maries Willen zu achten und Ischi nur mit ihrer Erlaubnis wieder zu sehen.

Marie schnitt den beiden mit einer heftigen Handbewegung das Wort ab. »Gebt euch noch einen Kuss und kehrt dann an eure Arbeit zurück. Ludolfs Vater wird einer Heirat gewiss geneigter sein, wenn sie die Hände seines Sohnes beflügelt.«

»Ihr habt Recht, Herrin. Ich muss mich tatsächlich sputen, wenn ich meine Aufgaben für heute erledigen will.« Ludolf zog Ischi kurz an sich, drückte ihr einen Kuss auf die Lippen und eilte mit langen Schritten Richtung Stadt.

Das Mädchen sah ihm einen Augenblick nach und blickte dann verlegen zu Marie auf. »Bitte verzeiht mir, Herrin, dass ich nicht früher mit Euch gesprochen habe. Ich weiß doch, wie gut Ihr seid.«

»Oh, ich kann auch böse werden«, antwortete Marie lächelnd. »Doch nun komm, oder willst du, dass ich die Haken meines Reitkleids selbst losen muss?« Im gleichen Augenblick fiel ihr ein, dass Michel sie hätte auskleiden können, und sie machte sich Vorwürfe, weil sie ihn nicht begleitet hatte.

Das Mädchen hielt sich am Steigbügel fest, um nicht zurückzubleiben, kam aber selbst auf dem ansteigenden Weg zur Sobernburg nicht außer Atem, denn Marie ließ Häschen im Schritt gehen. Als sie in den Burghof einbogen, sahen sie vier junge Mägde im Schatten des Torturms sitzen und herumalbern. Marie musterte eine nach der anderen und überlegte, welche von ihnen als Ischis Nachfolgerin in Frage kommen könnte. Die Wahl würde ihr schwer fallen, denn Ischi war ein Juwel, wie sie so schnell kein zweites finden würde, daher war sie froh, dass sie noch ein gutes Jahr Zeit hatte, eine andere auszuwählen und anzulernen.

»Na, ihr vier, ist mein Mann bereits angekommen?«, rief sie den Mägden zu, die immer noch kichernd die Köpfe zusammensteckten.

»Freilich ist er das, Herrin. Er lässt Euch sagen, er wartet im Schlafgemach auf Euch«, antwortete eines der Mädchen keck.
»Dann will ich ihn nicht warten lassen.« Marie lenkte Häschen zu einer Bank an der Mauer und stieg dort ohne Hilfe ab. Sie warf der Sprecherin die Zügel zu. »Führe meine Stute zum Stall und übergib sie einem der Knechte.«
Die Kleine knickste, nahm vorsichtig das Zügelende und starrte Häschen so misstrauisch an, als könne die Stute sie jeden Moment beißen. Marie wandte sich lachend ab und eilte die Treppe zum Hauptgebäude hinauf. Ischi folgte ihr auf dem Fuß, daher sahen beide nicht, dass eine dunkel gekleidete Frau mittleren Alters um die Ecke bog und schimpfend auf die erstarrenden Mägde losfuhr.
»Los, an die Arbeit, ihr faulen, pflichtvergessenen Dinger! Ihr habt wohl vergessen, was ich euch aufgetragen habe.«
Alle Fröhlichkeit war aus den Mienen der vier gewichen und hatte einem verschreckten Ausdruck Platz gemacht. »Nein, Frau Marga, wir …«, stotterte eine.
Die Wirtschafterin der Sobernburg hob die Hand, als wolle sie das Mädchen schlagen. »Du sollst hier nicht Maulaffen feilhalten, sondern arbeiten, sonst setzt es was. Und was soll der Gaul hier? Um den können sich doch die Stallknechte kümmern.«
»Die Herrin hat mir aufgetragen, Häschen zum Stall zu führen«, verteidigte sich die Magd, die das Pferd am Zügel hielt.
»Und warum stehst du dann noch hier herum?«, fragte die Wirtschafterin zornig. »Wenn ihr noch einmal auf dem Hof herumgackert, anstatt zu tun, was ich euch aufgetragen habe, werde ich euch durch fügsamere Mägde ersetzen!«
Während die vier Mädchen in alle Richtungen davoneilten, um der Wirtschafterin aus den Augen zu kommen, flog Margas Blick zu den Fenstern hoch, hinter denen die Gemächer des Burgherrn und

seiner Frau lagen, und sie verzog die Lippen. Bei dem Lotterleben, das ihre Herrschaft führte, konnten die Mägde ja nur faul und widerspenstig werden.

Marie hatte unterdessen den Rittersaal erreicht und wollte zur Treppe hinübergehen, um zu ihren Gemächern hochzusteigen, als sie Michel mit nachdenklichem Gesicht auf seinem Stuhl an der Stirnseite der Tafel sitzen und auf einen Bogen Pergament starren sah.

»Was ist los? Schlechte Nachrichten?«

Michel stieß die angehaltene Luft aus und nickte. »Ich könnte mich auch geehrt fühlen. Gestern war ein Bote des Pfalzgrafen hier und hat diese Botschaft überbracht. Darin befiehlt mir Herr Ludwig, über den Winter einen Trupp Soldaten auszurüsten und im nächsten Frühjahr mit ihnen nach Böhmen aufzubrechen.«

3.

Marie lauschte den regelmäßigen Atemzügen an ihrer Seite und seufzte leise. Sie hätte Michel noch so viel sagen mögen, aber sie wollte ihn schlafen lassen, denn morgen musste er in den Krieg ziehen, und dafür benötigte er alle Kraft, die er noch sammeln konnte. Sie hingegen würde in dieser Nacht wohl kein Auge zumachen können, und sie sah noch viele weitere Nächte voller Sorgen und Angst vor sich. In den zehn Jahren ihrer Ehe waren sie nie länger als zwei, drei Nächte getrennt gewesen, und wenn Michel diesmal die Burg ohne sie verließ, würde es ein Aufbruch ins Ungewisse sein.

Der Mond schien durch das offene Fenster in ihre Kammer und leuchtete sie heller aus als ein Kienspan. Sein silbriger Schein spielte auf den großen, wohl gefüllten Truhen, die ihren Reichtum bekundeten, fiel aber nicht auf die holzgetäfelten Wände hinter ihnen, so dass diese nun dunkler wirkten als die Nacht. Schwarz wie der Tod, schoss es Marie durch den Kopf, und sie drehte sich unwillkürlich zu Michel um, dessen Umriss sich gegen das Fenster abzeichnete. Das Bett, in dem sie lagen, war groß genug für zwei Menschen, die viel Platz für sich beanspruchten. Sie hatten es gleich nach dem Einzug in die Burg Rheinsobern anfertigen lassen, weil Marie nicht gewohnt gewesen war, nahe bei einem anderen Menschen zu schlafen. In dieser Nacht aber wünschte sie, sie lägen eng aneinander gekuschelt wie andere Paare und nicht auf mehr als Armeslänge voneinander entfernt. Sie wagte es jedoch nicht, zu Michel hinüberzurücken, um ihn nicht zu wecken.

Gerade als sie sich vorsichtig wieder zurücklegen wollte, wurde er unruhig. Er schnarchte kurz und vernehmlich auf und erwachte dann von seinem eigenen Geräusch. Als er Marie neben sich sitzen sah, rutschte er zu ihr hin und legte die Hand auf ihren Unterschenkel. Die Berührung brannte wie Feuer auf ihrer Haut.

»Ich wollte dich nicht wecken, Michel«, flüsterte sie.

Er zog sie an sich, nahm eine ihrer langen Haarsträhnen und wickelte sie um seinen Zeigefinger. Obwohl ihre Locken seit ihren Wanderjahren dunkler geworden waren, leuchteten sie im Mondlicht so hell wie frisch geprägtes Gold, und ihr Gesicht war immer noch so sanft und lieblich, dass es jedem Bildnis der Heiligen Jungfrau zur Ehre gereicht hätte.

»Du warst nie schöner als heute, Marie, weißt du das?« Michels Augen leuchteten bei diesen Worten begehrlich auf. Sie war seine Frau, und er würde sie bei Sonnenaufgang verlassen, ohne zu wissen, wann er sie wieder in die Arme schließen würde.

Marie hob in einer bedauernden Geste die Hände. »Ich würde meine ganze Schönheit dafür hergeben, wenn du bei mir bleiben könntest.«

Michel schüttelte heftig den Kopf. »Damit wäre ich aber gar nicht einverstanden, denn ich will mich auf die Heimkehr zu meiner schönen Frau freuen können.«
Marie senkte traurig den Kopf. »Es tut mir Leid, dass ich nicht die Frau bin, die du verdient hast.«
»Wie kommst du denn darauf? Du bist das Beste, was mir passieren konnte. Du hältst mein Haus in Ordnung, unterstützt mich bei meinen Aufgaben und schenkst mir im Bett Wonnen, von denen andere Männer nicht einmal zu träumen wagen. Wie könnte ich da unzufrieden sein?« Eine leichte Gereiztheit schwang in seinen Worten mit.
Marie bemerkte es nicht, sondern klammerte sich an ihn und versuchte, ihre Stimme unter Kontrolle zu halten. »Ich bin traurig, weil ich dir keine Kinder schenken konnte, Michel. Aber wenn du zurückkommst, suche ich dir eine Magd aus, mit der du einen Erben zeugen kannst.«
»Als wenn ich je eine andere Frau ansehen würde als dich!« Michel lachte jungenhaft übermütig auf und küsste eine ihrer rosigen Brustwarzen, die sich vorwitzig aus dem Schlitz ihres Nachthemds hervorgestohlen hatte. Bevor Marie etwas darauf antworten konnte, wälzte er sich auf sie und drückte mit sanftem Zwang ihre Schenkel auseinander. »Komm, meine Schöne, schenk mir noch einmal deine Leidenschaft, damit ich weiß, auf was ich mich beim Zurückkommen freuen kann.«
»Warum muss der Pfalzgraf ausgerechnet dich losschicken?« Marie war nicht in Stimmung für eine Balgerei im Bett, aber als Michel zärtlich an ihrem rechten Ohrläppchen zu knabbern begann, brachte sie es nicht fertig, ihn zurückzuweisen. Sie wollte ihm diese Freude nicht missgönnen, und während er in sie eindrang, spürte sie ihre eigene Erregung wachsen. Es würde das letzte Mal für lange Zeit

sein, sagte sie sich, und daher sollten sie beide den Liebesakt in guter Erinnerung behalten. Michel war ein starker und ausdauernder, aber auch sehr sanfter Liebhaber, der einer Frau Freude bereiten konnte. Marie klammerte sich an ihn, feuerte ihn mit leisen Rufen an und spürte, wie eine Woge der Lust sie durchrauschte, stärker, als sie sie je durchlebt zu haben glaubte.

Einige Zeit später lag er keuchend neben ihr, und sein Körper bebte im Nachhall der Erregung. Da packte ihn Marie und küsste ihn noch einmal. »Wie schade, dass du ausgerechnet jetzt fortmusst!«

»Es ist ein wichtiger Auftrag, Marie, und es gereicht mir zur Ehre, dass Ludwig von der Pfalz gerade mir das Kommando über diese Truppe erteilt hat. Selbst die adligen Ritter, die mich mit ihren Gefolgsleuten begleiten werden, müssen mich seinem Befehl zufolge als ihren Anführer akzeptieren.« Michel war mit seinen sechsunddreißig Jahren noch jung genug, um sich für den bevorstehenden Kriegszug begeistern zu können, und er dachte weniger an die harten, blutigen Schlachten, die vor ihm liegen mochten, als an Ruhm und Ehre. Zwar war der Feind, gegen den er ziehen musste, als hinterhältig und grausam verschrien, doch Michel vertraute der Macht des Kaisers und seines Pfalzgrafen.

»Wir werden es diesen böhmischen Ketzern schon zeigen! Spätestens im Herbst ist der Spuk vorbei, und dann kehre ich zu dir zurück«, versicherte er ihr.

Marie nickte ohne Überzeugung. »Sicher hast du Recht. Aber bis dahin werde ich dich sehr vermissen.«

Ihre Gedanken wanderten zurück zu dem Konzil, das vor zehn Jahren in ihrer Geburtsstadt Konstanz abgehalten worden war, und sie sah den Scheiterhaufen vor sich, auf dem der Kaiser und die Bischöfe den böhmischen Magister Jan Hus hatten verbrennen lassen. Durch dieses Feuer war ein weit größeres entfacht worden, aber das hatten die Mächtigen des Deutschen Reiches erst viel später begriffen. Kurz nach Jan Hus' Tod war es in Böhmen zu einem schrecklichen Aufstand gekommen, in dessen Verlauf seine Anhänger die Ritterheere, die gegen sie gezogen waren, zersprengt und aufgerieben hatten. Durch ihre ersten Siege hatten die Hussiten so viel Zulauf bekommen, dass sie in der folgenden Zeit nicht nur jene Teile Böhmens, die dem Kaiser Sigismund, der ja auch König von Böhmen war, treu geblieben waren, mehr als einmal hatten verheeren können, sondern auch die angrenzenden Länder. Bisher war es niemandem gelungen, die Aufständischen in ihre Schranken zu weisen, und so wurden die Hussiten von Jahr zu Jahr kühner und hatten inzwischen ihrem König, der neben der Kaiserkrone des Heiligen Römischen Reiches auch noch die ungarische Königskrone und etliche andere Herrschertitel trug, das Recht auf den böhmischen Thron abgesprochen.

Marie spürte, wie die Sorge um ihren Mann sich wie ein graues Tuch auf ihre Seele legte. »Sei vorsichtig, Michel! Kaiser Sigismund ist bereits mehrfach bei dem Versuch gescheitert, die Hussiten zu unterwerfen. Wer sagt dir, dass es ihm dieses Mal gelingt?«

Michel schob ihre Bedenken mit einem Lachen beiseite. »Wie kannst du daran zweifeln, mein Schatz? Schließlich bin ich nun dabei.« Es sprach so viel Selbstbewusstsein aus seinen Worten, dass Marie gegen ihren Willen lachen musste und ihr Herz ein wenig leichter wurde. Sie küsste ihn auf die Nasenspitze und bettete seinen Kopf an ihre Brust. »Schlaf jetzt, Michel, damit du morgen früh nicht zu müde bist, wenn du aufbrechen musst.«

»Ich hoffe, ich wache früh genug auf, um dich noch einmal unter mir zu spüren«, antwortete er fröhlich.

Als Michel am nächsten Morgen erwachte, stand die Sonne jedoch schon über dem Horizont, und von draußen scholl der Lärm der

Knechte herein, die die Pferde sattelten und die Ochsen vor die Wagen spannten. Er lächelte Marie entschuldigend zu und scherzte mit ihr, während er sich Gesicht und Hände wusch. Als sie das Zimmer verlassen wollte, strich er ihr mit einem anzüglichen Lächeln über das Hinterteil. »Ich freue mich aufs Wiederkommen.«

»Ich mich auch.« Marie ging der Magd entgegen, die mit einem schweren Tablett die Treppe heraufkam, und servierte Michel eigenhändig das Frühstück. »Sei vorsichtig und gib auf dich Acht. Ich ...« Sie schluckte ihre Tränen hinunter und versuchte, genauso munter zu lächeln wie er.

Michel gab ihr einen liebevollen Stups auf die Nase. »Das bin ich doch immer, mein Schatz. Außerdem ist die Gefahr nicht mehr so groß wie früher, denn Jan Ziska, der gefürchtete Kriegshauptmann der Hussiten, ist der Pest zum Opfer gefallen. Mit seinem Nachfolger, diesem ungeschlachten Prokop, werden wir schon fertig.«

Marie fand, dass ihr Mann den Kriegszug zu sehr auf die leichte Schulter nahm. Zwar lag Böhmen am anderen Ende des Reiches, aber es drangen laufend Gerüchte bis hierher in die Pfälzer Lande, und die waren nicht dazu angetan, ihre Ängste zu beschwichtigen. Es hieß, die Böhmen seien wahre Ungeheuer, die nicht einmal das Kind im Mutterleib schonten, und mehr als einmal hatten die Aufständischen die Heere, die gegen sie gezogen waren, zu Paaren getrieben und jeden niedergemetzelt, der ihnen in die Hände geriet. Als sie das und einiges andere Michel vorhielt, erntete sie ein nachsichtiges Lächeln. »Aus meiner tapferen Marie, die früher einmal so mächtigen Herren wie dem Reichsgrafen von Keilburg und sogar dem Kaiser getrotzt hat, ist ein zitterndes kleines Mädchen geworden! Ich komme zurück, das verspreche ich dir. Glaubst du, ich lasse mich von ein paar lumpigen Böhmen daran hindern? Wir reiten

hin, schlagen sie zusammen, setzen Sigismund wieder auf seinen Thron, und ehe du dich versiehst, bin ich wieder zu Hause.«
»Hoffentlich hast du Recht.« Marie seufzte noch einmal auf und rang sich dann eine halbwegs zuversichtliche Miene ab. »Ich wünsche dir alles Glück der Welt, mein Schatz, und hoffe, du vergisst mich in der Ferne nicht.«
Michel blickte sie kopfschüttelnd an, küsste sie und streichelte zärtlich über ihre Stirn. »Dich zu vergessen ist unmöglich, mein Liebling. Aber nun muss ich mich beeilen, denn meine Leute sammeln sich wohl schon im Hof.«
Er trat ans Fenster und blickte hinaus. Tatsächlich nahmen seine Fußknechte bereits unten Aufstellung. Es handelte sich um kräftige, derbe Burschen, die Strapazen gewohnt waren. Sie waren in grob gewebte, graue Waffenröcke gekleidet, die knapp über die Taille reichten und sich von den plumpen Kitteln der Bauern nur durch das aufgenähte Wappen mit dem Pfälzer Löwen unterschieden. Darunter trugen sie Lederkoller, die zum Schutz gegen feindliche Hiebe und Stiche mit aufgenähten Eisenplatten besetzt waren. Einfach geschmiedete Hirnhauben, die stark an Kochkessel erinnerten, schützten ihre Köpfe.
Der Schmied, der die Helme hergestellt hatte, verdiente sein Brot normalerweise damit, Gegenstände des täglichen Gebrauchs anzufertigen und zu reparieren. Da es in Rheinsobern niemand gab, der Rüstungsteile und Waffen herstellen konnte, war Michel nichts anderes übrig geblieben, als auf den Mann zurückzugreifen. Mehr noch als das Unvermögen des Schmieds ärgerte Michel, dass er die Ausrüstung aus seiner und Maries privater Kasse hatte zahlen müssen, denn von Pfalzgraf Ludwig war nur der Befehl gekommen, die Truppe auszurüsten; die notwendigen Mittel hatte er ihm jedoch nicht zur Verfügung gestellt. Trotzdem wollte Michel alles

daransetzen, um das Vertrauen seines Herrn nicht zu enttäuschen, auch wenn die Nachrichten, die er erhalten hatte, denkbar schlecht waren.

Gegen seine sonstige Gewohnheit hatte er Marie verschwiegen, wie schlimm es in den östlichen Reichsteilen wirklich aussah. Die Obere Pfalz an der Grenze Böhmens, die nominell seinem Herrn unterstand und von dessen Vettern Johann und Otto verwaltet wurde, stand dicht davor, ein weiteres Mal von den Hussiten überrannt und verwüstet zu werden, und auch in Sachsen, Franken und Österreich zitterten die Menschen vor den böhmischen Bauernkriegern, die ihren Märtyrer Jan Hus rächen und das Joch ihrer deutschen Barone und Grafen abwerfen wollten. Die Hussiten fielen wie Heusschreckenschwärme über die benachbarten Lande her und ließen nichts als verbrannte Erde zurück.

»Es wird Zeit, dass wir das abstellen!«

»Was?« Erst Maries Frage brachte Michel zu Bewusstsein, dass er seinen letzten Gedanken laut ausgesprochen hatte.

»Die böhmische Revolte!«, erwiderte er mit einem Lächeln, das seine Augen nicht erreichte. »Lass uns nach unten gehen.«

In der Kammer, in der seine Waffen aufbewahrt wurden, wartete sein Knecht Timo auf ihn, ein älterer, vierschrötiger Mann mit einer schneeweißen Narbe, die über Stirn und Nase bis über die rechte Wange verlief. Er sollte Michel als Feldwebel und Quartiermeister begleiten. Noch verrichtete er seine Dienste wie gewohnt, er hatte Michels Rüstung gebracht und half ihm, sie anzulegen. Marie griff ebenfalls zu, um Lederschnallen zu schließen und die Kleidung ihres Mannes zurechtzuzupfen. Als Burghauptmann von Rheinsobern war Michel das Recht verliehen worden, die Rüstung eines Ritters zu tragen. Für diesen Feldzug aber hatte er auf eine einengende Vollpanzerung verzichtet und sich für ein Kettenhemd mit stählerner Brustplatte entschieden, das ihm bis zu den Oberschenkeln reichte. Sein Lederwams und die ledernen Beinkleider waren mit aufgenieteten Stahlplatten versehen, die Arme und Beine schützen sollten, und auf dem Kopf trug er eine visierlose Sturmhaube mit Nackenschutz. Als er vollständig gerüstet war, schwang er seine Arme und ging ein paar Schritte hin und her, um seine Beweglichkeit zu prüfen. Marie betrachtete ihn mit schräg gelegtem Kopf, lächelte einen Augenblick versonnen und wurde sofort wieder ernst. In ihren Augen glich Michel einem jener sagenhaften Kriegshelden, von denen fahrende Sänger berichteten. In einer Schlacht kam es jedoch weniger auf die äußere Erscheinung und die Bewaffnung an, sondern auf Kampferfahrung, und die fehlte ihm trotz der Feldzüge, an denen er in jungen Jahren im Dienste des Pfalzgrafen teilgenommen hatte.

Rede deinen Mann nicht schlechter, als er ist, schalt sie sich in Gedanken. Um ihm das Herz nicht noch schwerer zu machen, legte sie ihre Hand in seine, lächelte ihm aufmunternd zu und begleitete ihn in die große Halle, in der sich die Ritter, die ihn begleiten sollten, und seine eigenen Unteranführer bereits versammelt hatten. In den letzten Jahren war aus dem schlichten, zugigen Raum ein repräsentativer und gleichzeitig wohnlich wirkender Rittersaal geworden, doch trotz der bestickten Wandbehänge, der Jagdtrophäen und der Webteppiche wirkte er in Maries Augen an diesem Tag besonders ungastlich und kalt. Daher war sie froh, als Michel alle aufforderte, nach draußen zu gehen. Im inneren Hof, der auf der einen Seite von dem an die Burgwand angebauten Zeughaus und auf der anderen vom Hauptgebäude der Burg begrenzt wurde, wimmelte es nun von Menschen, für die zwischen den fünf großen Wagen und den Pferden der Ritter kaum Platz blieb.

Die von Michel ausgerüsteten Fußknechte erhielten gerade die langen Spieße, die sie während des Marsches über der Schulter tragen würden. Michel winkte ihnen lächelnd zu. In den letzten Tagen hatte er mit jedem seiner Männer geredet und glaubte sich ihrer sicher sein zu können. Anders war es jedoch mit den vierzehn Rittern, die der Pfalzgraf ihm ausdrücklich unterstellt hatte, und deren Gefolge. Einige der adligen Herren hatten ihm deutlich zu verstehen gegeben, dass es ihnen gegen den Strich ging, einem bürgerlichen Burghauptmann gehorchen zu müssen, und daher waren auch ihre Leute nicht gewillt, sich von ihm oder seinen Unterführern etwas sagen zu lassen. Das war ein Problem, welches er auf dem Marsch würde lösen müssen, fuhr es Michel durch den Kopf. Er war stolz darauf, dass der Pfalzgraf ihn zum Anführer der Truppe bestimmt hatte, und daher nicht gewillt, sich das Heft aus der Hand nehmen zu lassen.

Während sein Blick über die Männer und Wagen glitt, trat Marie an seine Seite, klammerte sich an ihn und schenkte ihm ihr süßestes Lächeln. »Soll ich nicht ein Stück mitkommen, nur eine oder zwei Tagereisen weit?«

Michel schüttelte lächelnd den Kopf. »Es ist besser, du bleibst hier. Es wäre ungerecht gegenüber den anderen, die ihre Familien bereits zurücklassen mussten. Außerdem will ich mein Augenmerk mehr auf meine neuen Kameraden richten als auf deine Reize.«

Seine Worte klangen scherzhaft, doch Marie begriff, was Michel im Sinn hatte. Er wollte sich gleich zu Anfang die Störenfriede heraussuchen und sie zurechtstutzen, dabei durfte sie ihn nicht ablenken. Sie nickte mit einem bekümmerten Lächeln. »Du hast Recht. Es ist besser, wenn du die Leute gut im Auge behältst, denn nicht alle sind bereit, unter dir zu dienen.«

Ohne den Namen zu nennen, spielte Marie auf Falko von Hettenheim an, einen hochfahrenden und überstolzen Ritter, für den allein eine adlige Herkunft mit möglichst langer Ahnenreihe zählte. Schon am Tag seiner Ankunft hatte der Mann, als er sich nur unter seinesgleichen wähnte, über Michel gelästert und ihn einen Wirtsbalg und unfähigen Emporkömmling genannt. Marie hatte das gehört und sich beinahe mit Gewalt zurückhalten müssen, um nicht auf den eingebildeten Kerl loszugehen und ihm vor aller Augen recht undamenhaft die Meinung zu sagen. Es war kein Geheimnis, dass Michel als fünfter Sohn eines Konstanzer Gassenschenks zur Welt gekommen war und nicht als Sohn eines Ritters, aber er hatte dem Pfalzgrafen seinen Wert bewiesen und war für seine Verdienste mit seiner jetzigen Stellung belohnt worden.

Ritter Falko aber glaubte über jeden Menschen, der ihm nicht gleichrangig war, verfügen zu können wie über einen seiner Leibeigenen. Am Tag zuvor hatte er ihr in einem Korridor aufgelauert, sie wie eine beliebige Magd in eine leere Kammer gezerrt, ihr den Rock hochgezogen und seine Hüfte an ihrem Oberschenkel gerieben. Erst als er eine Hand benötigt hatte, um seine Hose zu öffnen, hatte sie sich losreißen und ihm entkommen können. Sein Fluch gellte ihr jetzt noch in den Ohren, ebenso wie seine Worte, dass eine Hure wie sie gefälligst stillzuhalten habe. Sie hatte eine Weile überlegt, ob sie Michel von dem Zwischenfall erzählen oder lieber den Mund halten sollte, und sich schließlich für das Schweigen entschieden. Da Michel und Falko von Hettenheim gemeinsam in den Krieg ziehen mussten, wollte sie keinen Streit zwischen ihnen provozieren.

Michel bemerkte Maries verkniffene Lippen und schloss sie in die Arme. »Es ist so weit, mein Schatz. Ich wünsche dir alles Liebe und Gute. Wünsche du es mir auch.«

»Das tue ich von ganzem Herzen, und ich sehne mich jetzt schon nach dir!« Marie erwiderte seine Umarmung, küsste ihn auf den

Mund und trat dann zurück. Timo brachte Michels Pferd, einen kräftigen braunen Wallach, der zwar etwas kleiner war als die Schlachtrosse der Ritter, dafür aber ausdauernder und schneller. Michel schwang sich mit Leichtigkeit in den Sattel, nahm den Zügel in die Rechte und streckte die Linke hoch, um die Aufmerksamkeit seiner Männer auf sich zu ziehen. »Wir brechen auf. Ein Hurra auf unseren Pfalzgrafen!«

Seine Pfälzer schwenkten ihre Spieße und schrien laut »Hurra!«, während von den anderen nur ein schwaches Echo kam.

Dann reihte sich einer nach dem anderen in den Zug ein, den Michel anführte. Falko von Hettenheim musste sich sichtlich dazu zwingen, dem nichtadligen Burghauptmann den Vortritt zu lassen, lenkte sein Pferd aber so, dass der Kopf des Tieres beinahe Michels Bein berührte. Als der Blick des Ritters Marie streifte und dann auf Michels Rücken hängen blieb, spiegelten sich Neid und Hass auf seinem Gesicht, denn unwillkürlich verglich er die schöne Burgherrin mit seiner plumpen und unscheinbaren Ehefrau, die ihn schon lange nicht mehr reizte. Er durfte seine Gemahlin jedoch nicht verstoßen, denn sie war die Tochter des Grafen Rumold von Lauenstein, eines hoch geschätzten Gefolgsmanns und engen Ratgebers des Pfalzgrafen.

Wäre der Wirtsbalg vor ihm ein beliebiger Bauer oder Kleinbürger gewesen, hätte er ihn auf der Stelle abgestochen, sich seine Frau genommen und so lange benutzt, bis er ihrer überdrüssig geworden wäre. So aber würde er sein Verlangen an Trosshuren und Bauernmägden stillen müssen, die er sich nach Belieben nehmen konnte, und sich nach den Schlachten an dem schadlos halten, was dem Sieger zufiel. Dem Vernehmen nach sollten die Frauen in Böhmen sehr schön sein, also würde er deren Reize bis zur Neige auskosten, ganz gleich, ob er sie zwingen musste oder ob sie sich ihm freiwillig unterwarfen.

Tief in seine Gedanken verstrickt hatte er die Zügel durchhängen lassen, und so fiel sein Pferd zurück, bis es neben dem Reittier Godewins von Berg einhertrottete.

Godewin, der schon Falkos Jugendfreund gewesen war, stieß diesen leicht an und grinste unter dem hochgeschobenen Visier. »So tief in Gedanken?«

»Ich habe an die Weiber gedacht, die ich unterwegs bespringen werde«, antwortete Ritter Falko wahrheitsgemäß.

»Hoffentlich finden wir genug für uns alle. Der Wirtsspross da vorne war sich ja zu fein, Trosshuren anzuwerben.« Godewin seufzte entsagungsvoll.

Falko lachte boshaft auf. »Vielleicht hatte Hauptmann Gossenratte Angst, sein Weib würde sich unter die käuflichen Weiber einreihen. Soviel man weiß, soll sie, bevor der Kerl sie heiratete, eine wandernde Hure gewesen sein. Mir ist immer noch ein Rätsel, wieso unser Pfalzgraf so ein schmutziges, ehrloses Pack auf die Rheinsoberner Vogtsburg gesetzt hat.«

»Vielleicht hat Frau Marie die Röcke bei den richtigen Leuten gehoben. Sie ist wohl ein Bissen, den man nicht alle Tage findet. Ich würde sie auch gern zwischen den Schenkeln besuchen.«

Godewins Worte steigerten Falkos Verlangen in einem Maße, dass die Schamkapsel ihn schmerzhaft drückte. »Am liebsten würde ich auf der Stelle umkehren und ihr mein härtestes Körperteil bis zum Schaft in den Unterleib rammen.«

Godewin warf den Kopf in den Nacken und lachte. »Du willst doch nicht behaupten, du hättest einen Knochen an der Stelle, an der andere Männer ein Stück meist schlaffes Fleisch sitzen haben?«

»Auf alle Fälle habe ich dort mehr als du.« Ritter Falko fletschte die Zähne und spornte sein Pferd an, bis es wieder zu Michels Braunem aufgeschlossen hatte. In seinen Augen war Godewin ein Narr und ein Maulheld, der, wenn es hart auf hart kam, wie ein Hund vor diesem aufgeblasenen Burghauptmann ohne Rang und Namen kuschen würde. Der Grünschnabel hatte noch nicht begriffen, dass es im Krieg vor allem um den eigenen Ruhm ging, und den würde er, Falko von Hettenheim, nicht einem Wirtsbengel überlassen, auch wenn dieser hundertmal vom Pfalzgrafen zum Anführer gemacht worden war.

Als Michel den Schatten des Pferdes neben sich auftauchen sah, drehte er sich zu Falko um und las in dessen Gesicht wie in einem aufgeschlagenen Buch; besser sogar noch, denn Lesen und Schreiben hatte er erst von Marie gelernt, und es machte ihm immer noch Mühe, mehr als ein paar Zeilen zu entziffern. Falko zerfraß sich schier vor Wut, weil er einem Mann gehorchen sollte, der in seinen Augen kein Mensch war, sondern ein Niemand. Ändern konnte er die Situation jedoch nicht, denn er war mit seinem Knappen, zwei Reisigen und fünf schlecht ausgerüsteten Bogenschützen erst zur Truppe gestoßen, als der Pfalzgraf Michel bereits zu deren Anführer ernannt hatte. Daher blieb ihm zunächst einmal nichts anderes übrig, als sich unterzuordnen.

Michel war überzeugt, dass er sich bei dem Hettenheimer und den anderen Rittern würde durchsetzen können, aber er ahnte, dass es nicht leicht sein würde. Um seiner eigenen Sicherheit willen musste er seine Stellung spätestens dann gefestigt haben, wenn es zu den ersten Kämpfen kam. Ein anderer Umstand bereitete ihm ebenfalls Sorgen. Eine so große Streitmacht wie die seine hätte sich normalerweise auf einigen größeren Rheinbarken eingeschifft, wäre bis zur Mainmündung gesegelt und von dort mit kleinen, von Pferden getreidelten Prähmen flussaufwärts gefahren. Auf diese Weise hätten sie drei Viertel des Weges bequem auf dem Wasser zurücklegen und die Kräfte von Tier und Mensch schonen können. Der Weg hätte jedoch mehr als doppelt so viele Wochen in Anspruch genommen wie der, den er jetzt eingeschlagen hatte, und der Befehl des Pfalzgrafen lautete, sich auf dem schnellsten Wege Kaiser Sigismunds Truppen bei Nürnberg anzuschließen.

Trotz der Probleme, die der vor ihm liegende Marsch mit sich bringen würde, war Michel guten Mutes. Seine Trosswagen waren in bestem Zustand und so hoch mit Nahrungsmitteln und Ausrüstung beladen, dass er keine Zeit mit Furagieren zu verlieren brauchte. Die Vorräte waren eigentlich nur für ihn und seine Fußknechte bestimmt, aber er würde wohl oder übel auch die Ritter samt ihrem Gefolge ernähren müssen, denn diese führten zumeist nur ein oder zwei Packpferde mit sich, welche den persönlichen Besitz ihrer adligen Herren trugen. Die Hoffnung, seine Großzügigkeit würde es den Edelleuten leichter machen, sich mit seinem Kommando abzufinden, milderte seine Bedenken.

Unwillkürlich glitt sein Blick über seine adligen Begleiter, die ihm so ungeordnet folgten wie eine Schar Hühnerküken, ohne sich um ihr Fußvolk zu kümmern, und er fragte sich, welcher von den Männern als Erster nachgeben würde; Falko von Hettenheim gewiss nicht, eher schon Godewin von Berg, dessen Haltung und Miene verrieten, wie unsicher er sich fühlte. Michel nickte dem Junker fröhlich lächelnd zu und stellte fest, dass der junge Mann seinen Gruß beinahe scheu erwiderte.

4.

Marie blieb auf dem Burghof stehen, bis der letzte Wagen durch das Tor gerollt und das Knirschen der eisenbereiften Räder auf den Pflastersteinen verklungen war. Schließlich zeugten nur noch ein paar Pferdeäpfel auf dem Hof davon, dass zweihundert wackere Männer von hier aufgebrochen waren, um in den Krieg zu ziehen. Marie schlang die Arme um sich, denn sie fröstelte bei dem Gedanken an das, was Michel und seinen Leuten im fernen Böhmerland alles zustoßen konnte. Was für ein Schicksal mochte dort auf sie warten, ein kurzer, ruhmreicher Feldzug und eine glückliche Heimkehr – oder der Tod?

Sie schüttelte sich, um die düsteren Ahnungen zu vertreiben, die sich ihrer bemächtigen wollten, und kehrte mit einem gewissen Widerwillen in die zugigen Gemächer der Sobernburg zurück. Obwohl sie seit mehr als zehn Jahren hier lebte, spürte sie mehr denn je, dass sie in Rheinsobern niemals heimisch geworden war. Hätten Michel und sie nicht Freud und Leid miteinander geteilt und versucht, sich das Leben so angenehm wie möglich zu machen, hätte sie es niemals so lange hier ausgehalten. Gemeinsam hatten sie sich Halt gegeben, und es war ihnen gelungen, das Städtchen am Fuß der Burg aufblühen zu lassen, so dass es dem Pfalzgrafen nun dreimal so viele Abgaben einbrachte wie unter dem früheren Vogt. Ihr eigener Reichtum war mit der Stadt gewachsen, und Marie vermochte nicht mehr aus dem Kopf zu sagen, welche Weinberge, Bauernhöfe und Häuser ihr gehörten. Die meisten Ritter, deren Stammsitze in der Nähe lagen, besaßen kaum ein Zehntel von dem, was sie und Michel ihr Eigen nennen durften. Auch jetzt, nachdem sie zwölf Beutel zu drei Dutzend Golddukaten, die gesamten Ersparnisse der letzen drei Jahre, für den Feldzug hatten aufwenden müssen, waren sie nicht arm geworden. Marie tat es um das Geld nicht Leid, das nun in Waffen, Kleidung, Mehl, Speck, Erbsen, Wein und anderer Ausrüstung steckte, denn es mochte dazu beitragen, dass Michel heil und gesund zu ihr zurückkehrte. Er war fest davon überzeugt gewesen, dass er diese Ausgaben und noch einiges mehr durch Kriegsbeute wieder hereinbringen würde. Marie glaubte nicht so ganz daran, und es interessierte sie auch nicht, ob er eines Tages mit vollen oder leeren Taschen vor ihr stehen würde, sie wünschte sich nur, ihn so bald wie möglich wieder zu sehen.

Nachdem sie eine Weile sinnend auf dem Hof gestanden und ins Nichts gestarrt hatte, besann sie sich auf ihre Pflichten. Sie nahm ihr Rechnungsbuch zur Hand und legte es kurz darauf wieder weg, denn sie kam zu keinem passenden Ergebnis. Dann ging sie in die Kammer, in der die Truhen mit Leib- und Bettwäsche, Geschirr und anderen für den Haushalt notwendigen Dingen standen, und versuchte, all das auszusortieren, was dringend ersetzt werden musste. Aber auch diese Arbeit ging ihr nicht wie gewohnt von der Hand. Zuletzt gab sie es auf, sich Normalität vorspiegeln zu wollen, und rief nach ihrer Beschließerin.

»Marga, sage Timo, er soll meine Stute satteln!« Noch während sie die Worte aussprach, fiel ihr ein, dass Timo Michel begleitete, und sie setzte rasch die Worte »oder einen anderen Knecht« hinzu.

Die Beschließerin nickte und verließ das Zimmer genauso schnell und stumm, wie sie es betreten hatte, und kurz darauf hörte Marie ihre Stimme über den Hof schallen. Marga war eine energische Frau, die sich mit wenigen, aber beredten Gesten und einem Organ durchzusetzen pflegte, dessen Lautstärke jeden Feldwebel mit Neid erfüllt hätte.

Die Frau hatte schon unter dem letzten Burgvogt als Beschließerin auf der Sobernburg gedient. Da sie sehr tüchtig war und sich in allen Belangen ihres Wirkungskreises gut auskannte, hatte Marie sie in ihren Diensten behalten, doch zu ihrem Leidwesen war ihr Verhältnis selbst nach all den Jahren noch immer unterkühlt zu nennen. Sie bedauerte es ein wenig, denn sie hätte sich jenes vertrauensvolle Miteinander gewünscht, das zwischen ihrer Freundin Mechthild von

Arnstein und deren Beschließerin herrschte. Mit einer Frau wie Guda hätte sie nicht nur über die Dinge sprechen können, die den Haushalt betrafen, sondern auch über alles, was sie persönlich berührte, und sie hätte Kummer und Freude mit ihr teilen können.

Gerade jetzt brauchte Marie einen Menschen, dem sie ihr Herz ausschütten konnte. Der Aufstand dauerte nun schon mehr als sechs Jahre, und bisher hatte der Kaiser keinen einzigen nennenswerten Erfolg gegen die Hussiten erzielt trotz des Böhmenpfennigs, den Sigismund im Reich hatte erheben lassen, und trotz der Truppen, die er Jahr für Jahr sammelte und gegen die Aufständischen warf.

Margas Rückkehr riss Marie aus ihren sorgenvollen Betrachtungen.

»Die Stute steht bereit.«

Die Beschließerin verbeugte sich, sah ihrer Herrin jedoch nicht ins Gesicht. Das tat sie nie, denn die Gerüchte, die sich um die Frau des Burghauptmanns und um diesen selbst rankten, hatten ihr eine unüberwindbare Abneigung gegen das Paar eingeflößt. Marie Adlerin war keine Dame von Stand – und schlimmer noch, sie war noch nicht einmal eine ehrbare Frau. Man sagte ihr nach, sie sei in ihrer Jugend von einem Gericht als Hure verurteilt und mit Ruten gestrichen worden. Marga selbst hatte die feinen Linien auf dem Rücken ihrer Herrin gesehen, die nur von einer Auspeitschung stammen konnten. Da auch der Burghauptmann nicht von edler Herkunft, sondern der Sohn eines gewöhnlichen Schankwirts war, haderte Marga nun schon seit zehn Jahren mit dem Schicksal, welches zwei so unwürdige Leute weit über ihren Stand hochgeschwemmt, sie mit Reichtümern überschüttet und auch noch als Herren über Rheinsobern eingesetzt hatte. Sie verachtete diese Emporkömmlinge aus tiefster Seele, sah sich jedoch gezwungen, ihren Grimm hinunterzuschlucken und den Nacken vor einer ehemaligen Hure zu beugen, denn andernfalls hätte sie eine Stellung verloren, die sie weit über das gewöhnliche Gesinde und sogar über die meisten Bürger von Rheinsobern hinaushob. Marie achtete nicht auf Margas verbissene Miene, sondern verließ erleichtert den Raum. Sie musste dieses Gemäuer, in dem jeder Stein und jedes Möbelstück sie an Michel erinnerten, wenigstens für eine Weile hinter sich lassen, und sie brauchte jemanden, mit dem sie reden konnte. Daher wollte sie den einzigen Menschen aufsuchen, der Verständnis für sie aufbrachte, nämlich ihre alte Freundin Hiltrud, die wegen der Vorliebe für ihre Geißen in Rheinsobern und Umgebung nur die Ziegenbäuerin genannt wurde. Marie hätte auch zu ihrer Base Hedwig gehen können, die als Frau des Böttchermeisters Wilmar Häftli in der Stadt unten lebte. Doch die beiden hielten sie für etwas Ähnliches wie eine Heilige und begriffen nicht, dass sie auch nur ein Mensch war, der von Sorgen und Nöten geplagt werden konnte. Im Gegensatz zu Hedwig würde Hiltrud ihr nicht nur zuhören, sondern auch Verständnis für ihre Situation haben und alles tun, um ihre Ängste zu vertreiben.

Marie stieg mithilfe einer Bank auf Häschen, ohne die Dienste des Knechts in Anspruch zu nehmen, und verließ die Burg. Als sie die Hauptstraße der Stadt entlangritt, verbeugten die Bürger sich vor ihr und grüßten sie ehrerbietig. Marie erwiderte die Grüße munterer, als ihr zumute war, und hielt Häschen zweimal sogar an, um die ihr entgegengestreckten Bittschriften an sich zu nehmen, war zuletzt aber froh, als sie das Stadttor endlich hinter sich lassen konnte.

Nicht weit vor der Stadt gab es eine Stelle, von der aus sie die Straße entlangblicken konnte, welche vom Rhein weg nach Osten führte. Sie zügelte Häschen und starrte in die Ferne, in der eine Staubwolke anzeigte, wo Michels Trupp gerade marschierte. Einen Moment lang überlegte sie, ob sie ihm nicht doch nachreiten sollte, um ihn noch einmal in die Arme zu schließen. Dann aber sah sie ein, dass sie ihn damit zum Gespött der ihn begleitenden Ritter machen würde, und entschied sich schweren Herzens gegen ein kurzes Wiedersehen. Häschen, die den Weg zu Hiltrud von unzähligen Besuchen her kannte, erleichterte ihr die Entscheidung, indem sie weitertrottete und ohne Maries Zutun zum Hof der Freundin abbog.

Der Ziegenhof gehörte zu den größten Höfen im Rheinsoberner Amt. Er bestand aus mehreren Gebäuden, deren Wände aus Fachwerk und mit Lehm beworfenem Weidengeflecht errichtet worden waren und mit Ausnahme der Scheune ein aus Feldsteinen aufgemauertes Fundament aufwiesen. Stall und Scheune waren mit Holzschindeln gedeckt, während das ansehnliche Wohnhaus ein Dach aus hellrot gebrannten Ziegeln hatte. Auf der Wiese neben dem Hof weidete ein gutes Dutzend Kühe, und auf einer anderen hütete eine Jungmagd eine größere Ziegenherde. Thomas, Hiltruds Ehemann, arbeitete zusammen mit einer Schar von Knechten und Mägden auf den Feldern, die zum Hof gehörten, und Hiltrud stand auf einer kleinen überdachten Veranda und rührte das Butterfass. Sie hielt auch nicht inne, als ihre Besucherin mithilfe des Gatterzauns, der den Gemüsegarten des Hofes begrenzte, aus dem Sattel stieg.

Marie band Häschen an einen der beiden Apfelbäume, die zwischen dem Haus und dem Garten standen, und eilte auf Hiltrud zu. »Mmmm! Frische Butter! Ich glaube, ich bin zur rechten Zeit gekommen.«

Hiltrud warf ihrer Freundin einen forschenden Blick zu und stellte wieder einmal fest, dass Marie sich seit dem Konzil in Konstanz kaum verändert hatte. Sie war höchstens noch schöner geworden. Hiltrud selbst war mit den Jahren etwas in die Breite gegangen, und in ihr Gesicht hatten sich die ersten Falten eingegraben. Dennoch galt sie trotz ihrer ungewöhnlichen Größe immer noch als gut aussehende Frau. Ihr Mann, ein ehemaliger leibeigener Ziegenhirt, hatte in den letzten Jahren ebenfalls an Gewicht zugelegt, und sie waren nun ein angesehenes Bauernpaar, das mit sich und der Welt zufrieden war. Das lag nicht zuletzt an dem Kindersegen, den Marie so heiß ersehnte und der sich hier auf dem Ziegenhof in reichem Maße eingestellt hatte. Hiltrud hatte sieben Kinder geboren, von denen fünf am Leben geblieben waren und ihren Eltern Hoffnung gaben, sie würden das Erwachsenenalter erreichen. Michel und Marie, die beiden Ältesten, die zur Unterscheidung von ihren Paten Michi und Mariele genannt wurden, halfen bereits kräftig bei der Arbeit, während die fünfjährige Mechthild auf ihre beiden jüngeren Brüder Dietmar und Giso Acht gab.

Marie sah die drei jüngeren Geschwister vor der Stalltür spielen und empfand mit einem Mal heftigen Neid. Hiltrud schien ihr vom Schicksal doch etwas zu großzügig bedacht worden zu sein, während sie selbst sich grämte, weil sie Michel bisher keinen Erben hatte schenken können. Sofort tadelte sie sich wegen dieses Gefühls, bat ihre Freundin im Stillen um Verzeihung und wünschte ihr alles Glück der Welt, denn sie würde niemals vergessen, dass Hiltrud ihr damals gegen viele Widerstände das Leben gerettet hatte.

»Du siehst aus, als hättest du mehr Kummer, als du ertragen kannst.« Hiltrud war immer noch in der Lage, Maries Mienenspiel zu deuten, und ihr war klar, dass ihre Freundin nicht nur gekommen war, um ein paar Scheiben Brot mit frischer Butter zu essen und einige belanglose Worte mit ihr zu wechseln. Ihr Blick wanderte nach Osten, wo immer noch eine auffallend lange Staubwolke zu sehen war. »Ich weiß, was dir das Herz schwer macht. Dort drüben zieht Michel nach Böhmen, nicht wahr? Möge Gott ihm beistehen!«

»Wenn ich Häschen antreiben würde, wäre ich in weniger als einer Stunde bei ihm, und doch fühle ich mich so elend, als hätte er mich schon vor Monaten verlassen.« Marie seufzte und zwang sich zu einem Lächeln. »Das ist verrückt, meinst du nicht auch?«

Hiltrud schüttelte resolut den Kopf. »Das ist ganz und gar nicht verrückt. Wenn man seinen Mann nicht mehr vermisst, ist die Liebe tot. Wenn Thomas auch nur einen Tag weg ist, werde ich unruhig wie eine Glucke, die eines ihrer Küken verloren hat.«

Sie hielt inne, blickte kurz in das Butterfass und nickte zufrieden. »Fertig, Marie. Jetzt kann ich dich mit einer Brotzeit nach deinem Geschmack verwöhnen.«

»Deine Butter schmeckt wesentlich besser als die, die bei uns in der Burg auf den Tisch kommt.« Marie leckte sich die Lippen und musste sofort wieder an ihren Mann denken. »Ich hoffe, Michel findet in diesem Böhmen auch genug zu essen.«

»Kopf hoch, Marie! Er wird bestimmt nicht verhungern, denn er ist ein findiger Bursche. Wenn es einmal eng für ihn werden sollte, weiß er, wie er den Kopf aus der Schlinge ziehen muss.« Hiltrud öffnete die Tür und ging voraus. Ihre drei jüngsten Kinder hatten schon eine ganze Weile zu ihr und Marie hinübergeschielt und rannten nun auf ihren kurzen Beinchen quer über den Hof, um gleichzeitig mit ihnen in die Küche zu gelangen. Obwohl es erst März war, brannte wegen des warmen, sonnigen Frühlingswetters kein Feuer auf dem Herd, und es war drinnen kühler als draußen. Die Küche war nicht besonders groß, aber sie enthielt einen langen Tisch mit einer dicken Platte aus grob behauenem Holz, die auch als Arbeitsfläche diente, und Bänke und Hocker für mehr als ein Dutzend Leute. Da die Tür zur Speisekammer offen stand, konnte Marie sehen, dass Hiltrud trotz des frühen Jahres noch reichliche Vorräte und auch eine für eine Bäuerin ungewöhnlich große Auswahl an Körben, Kübeln und Kesseln besaß. In der Küche hingen

Würste und Schinken gleich dutzendweise von der Decke und zeugten vom Wohlstand ihrer Besitzer.
Maries Gedanken wanderten wieder zu Michel, der bei diesem schönen, trockenen Wetter wohl trotz der hochbeladenen Ochsenkarren gut vorankommen würde, und sie hoffte für ihn, dass die Witterung noch lange anhalten möge. Je schneller er nach Böhmen kam, dachte sie, umso eher konnte er wieder bei ihr sein. Dann erst erinnerte sie sich daran, dass ihn jeder Schritt zuerst einmal dem Feind näher brachte, und schüttelte sich.
»Eigentlich sind die Böhmen nicht Michels Feinde, sondern die des Kaisers oder besser gesagt, die Feinde Sigismunds von Böhmen, denn sie haben sich gegen ihren König erhoben und ihn für abgesetzt erklärt.« Erst als sie ihre eigene Stimme hörte, wurde ihr bewusst, dass sie ihre Gedanken laut ausgesprochen hatte.
»Michel zieht gegen die Böhmen, also sind sie auch seine Feinde.« Hiltruds Weltbild war einfacher als Maries, und sie hatte sich niemals überflüssige Gedanken über die Großen dieser Welt gemacht. Zum einen kam ihr das für ihre Begriffe von ihrem Stand her nicht zu, und zum anderen machten die Grafen und Fürsten ohnehin immer nur das, wonach ihnen gerade der Sinn stand. Ihr genügte es, dass der Hof und das Vieh ihr gehörten und ihre Besitzurkunden wohl verwahrt tief unten in ihrer Truhe lagen. Auch war ihr Besitzrecht in den Akten der Rheinsoberner Vogtei vermerkt und eine Kopie davon im Kloster Niederteufach hinterlegt worden. Da sie als freie Bauern galten, stand es Hiltruds Mann sogar zu, vor den Pfalzgrafen zu treten, um sein Recht einzufordern, daher war er in der Lage, jedem Versuch ihrer adligen Nachbarn, sich ihr Land anzueignen, einen Riegel vorzuschieben.
Hiltrud sah Maries bittenden Blick auf sich gerichtet, eilte in die Vorratskammer und kehrte kurz darauf mit einem großen Laib Brot

zurück. »So, jetzt können wir essen. Möchtest du einen Becher Tee oder lieber Wein?«

Tee wäre Marie lieber gewesen, aber das hätte zusätzliche Arbeit für ihre Freundin bedeutet, denn Hiltrud pflegte ihre Kräuter jedes Mal frisch zusammenzustellen. »Ich nehme Wein, zu zwei Dritteln mit Wasser gemischt. Schließlich will ich heute noch nach Hause reiten.«

»Du kannst jederzeit bei uns übernachten.«

»Ich weiß! Aber da ich meinen Leuten nicht Bescheid gesagt habe, würden sie mich suchen kommen.«

Während Hiltrud daumendicke Scheiben des köstlich duftenden Brotes abschnitt und diese dick mit Butter bestrich, wackelte der kleine Giso auf Marie zu und streckte die Arme nach ihr aus.

»Tante, hochheben!«

Marie beugte sich lächelnd zu ihm herab und nahm ihn auf den Arm. »Mein Gott, bist du schwer geworden!«

»In dem Alter wachsen die Kinder noch schnell.« Hiltrud freute sich über Maries Worte, gaben sie ihr doch das Gefühl, gut für ihre Kinder zu sorgen, aber sie bemerkte auch den leicht verkniffenen Zug im Gesicht ihrer Freundin. »Hast du das Zeug eingenommen, das ich dir letztens mitgegeben habe?«

Marie nickte betrübt. »Ja, aber es hat nicht geholfen.«

»Es ist noch zu früh, das feststellen zu können. Schließlich ist Michel gerade erst fort.«

Marie lächelte versonnen, denn sie musste an ihre letzte Liebesnacht denken, schüttelte dann aber den Kopf. »Ich bin jetzt zehn Jahre verheiratet und habe alle Mittel genommen, zu denen du, die Hebamme und die Ärzte mir geraten haben.«

»Und da war einiges eher Unappetitliche dabei und das meiste von vorneherein nutzlos. Ich habe mich erst vor kurzem an eines von

Gerlinds Rezepten erinnert und dir danach einen Trank gebraut, der dir wirklich helfen sollte. Sie hat ihn damals für eine Frau bereitet, die ihrem Ehemann unbedingt einen Erben schenken wollte.«

Marie beugte sich nach vorne. »Und? Hat es geklappt?«

»Sie hat in der Folgezeit mehreren Kindern das Leben geschenkt, aber es waren alles Mädchen.« Hiltrud lachte bei dieser Erinnerung laut auf, während Marie spürte, dass sich Hoffnung in ihr regen wollte.

»Was würde ich nicht für eine Tochter geben!« Marie sah auf den kleinen Giso und stellte sich vor, wie schön es wäre, ein eigenes Kind in den Armen zu halten.

Hiltrud sah, dass ihrer Freundin die Tränen über die Wangen liefen. In dem Moment wünschte sie sich, die Kräfte einer Heiligen zu besitzen, um ihr helfen zu können. Gleichzeitig musste sie ein Lächeln unterdrücken. Anstatt sich mit den Gegebenheiten abzufinden, begehrte Marie auch jetzt wieder gegen ihr Schicksal auf, genauso wie damals, als Ruppertus Splendidus ihr Leben zerstört hatte, um an den Reichtum ihres Vaters zu kommen, so dass sie, um zu überleben, zur Wanderhure hatte werden müssen. Jetzt aber führte sie ein herrliches Leben, war reich und weitaus angesehener, als sie es als wohlhabende Bürgerin von Konstanz gewesen wäre.

Hiltrud schüttelte die Erinnerung an die aufregenden Jahre ab, die sie und Marie erlebt hatten, holte zwei irdene Becher aus dem in die Wand eingelassenen Schrank, den ihr Mann eigenhändig aus Fichtenholz geschreinert hatte, und füllte sie knapp zur Hälfte mit Wein, während Mechthild schon mit einem Krug zum Brunnen lief und frisches Wasser zum Anmischen brachte.

»Hier, Marie! Zum Wohlsein! Es freut mich, dass wir wieder einmal gemütlich zusammensitzen können. Möchtest du noch ein Stück Brot?« Als Marie nickte, schnitt Hiltrud ihr eine weitere

Scheibe ab und strich diesmal besonders viel Butter darauf. »Du weißt gar nicht, wie oft ich mich früher, als wir gemeinsam durch das Land gezogen sind, nach einem Butterbrot gesehnt habe.«
»Was habt ihr denn damals gemacht, Tante Marie und du, Mama?« Mechthild war in dem Alter, in dem Kinder sich für alles interessieren.
Marie wartete gespannt, was ihre Freundin darauf antworten würde. Auch wenn Hiltrud ihr gegenüber kein Blatt vor den Mund nahm, was ihre gemeinsame Zeit als Wanderhuren betraf, so hatte sie ihre Vergangenheit vor ihren Kindern bislang geheim gehalten.
»Was wir gemacht haben? Nun, wir sind von Markt zu Markt gezogen und haben dort unsere Waren feilgeboten.«
So kann man es auch beschreiben, dachte Marie und freute sich, wie geschickt Hiltrud sich aus der Affäre gezogen hatte. Mechthild nickte und wies auf einen Bottich in der Ecke, in dem der am Vormittag angemachte Kräuterquark reifte. »Ihr habt Käse und so was auf den Märkten verkauft.«
Hiltrud strich ihrer Tochter über den fast weißen Schopf, den alle ihre Kinder hatten, und wies mit dem Kinn nach draußen. »Du solltest jetzt mit Dietmar und Giso in den Hof gehen. Tante Marie und ich haben noch etwas zu besprechen.«
Die Kleine nickte ernsthaft und hob Giso, der lieber auf Marias Schoß geblieben wäre, trotz seines lautstarken Protests herab. Dann fing sie Dietmar ein und schleppte beide ins Freie. Als die Kinder verschwunden waren, atmete Hiltrud auf. »Ich liebe meine Rasselbande ja sehr, aber manchmal sind sie allzu neugierig und aufdringlich.« Sie beugte sich vor und blickte Marie prüfend ins Gesicht. »Du hast auch schon zufriedener ausgesehen.«
»Ich sagte doch, dass ich Michel vermisse.«
»Deswegen solltest du dich aber nicht gehen lassen.«

Empört über diese Unterstellung warf Marie den Kopf in den Nacken. »Ich und mich gehen lassen?«

Hiltrud lachte leise. »Zumindest versuchst du, dich in dich selbst zu verkriechen, und löst dich jetzt schon in Angst und Kummer auf. Du kannst nichts daran ändern, dass Michel in den Krieg ziehen muss, aber anstatt ihm nachzutrauern, solltest du alles tun, damit er bei seiner Rückkehr ein wohl geordnetes Haus vorfindet.«

»Willst du vielleicht behaupten, ich halte mein Haus nicht in Ordnung?« Jetzt wurde Marie wirklich böse.

Hiltruds Lachen verstärkte sich. »Jetzt ist gewiss noch alles in Ordnung, aber von nun an wirst du für Michel mitarbeiten müssen, damit es auch so bleibt. Schließlich bist du die Frau des Burghauptmanns und gräflichen Vogtes von Rheinsobern und hast die Pflicht, dafür zu sorgen, dass während seiner Abwesenheit alles normal weitergeht. Oder soll Michel bei seiner Rückkehr von den Bürgern der Stadt bestürmt werden, die von ihm Entscheidungen fordern, welche du längst hättest treffen müssen?«

»Nein, natürlich nicht! Mein Mann verlässt sich auf mich, und ich darf ihn nicht enttäuschen.« Marie nickte heftig, umarmte Hiltrud und drückte sie an sich. »Ich werde Michel in allen Belangen würdig vertreten, das verspreche ich dir. Sei mir nicht böse, dass ich dich eben angeraunzt habe.«

»Ich bin abgehärtet. Schließlich bin ich lange genug mit dir über die Straßen gezogen und wusste dabei oft nicht, wie ich dich vor deinen Narrheiten bewahren sollte.«

In Maries Gesicht spiegelte sich die Erinnerung an die Zeit, in der sie sowohl an der irdischen Gerechtigkeit als auch an Gottes Gnade gezweifelt hatte, und sie antwortete sehr ernst: »Wenn du es eine Narrheit nennst, mich an denen rächen zu wollen, die mich vergewaltigt, meiner Heimat beraubt und in den Straßenstaub gestoßen haben, dann mag es eine gewesen sein.«

»Damals in Konstanz hattest du übermenschliches Glück. Wären deine Unternehmungen nur um ein weniges fehlgegangen, hätte der Rhein unsere toten Leiber seiner Mündung entgegengetragen.«

»Du hast Recht wie meistens. Aber hätte ich es nicht gewagt, meine Hände nach den Sternen auszustrecken, wärst du jetzt keine wohlhabende Freibäuerin auf einem eigenen Hof mit einem braven Ehemann und einem Stall voller munterer Kinder.«

»Während du die arme, getretene Ehefrau eines Kriegers bist, die um eine leere Wiege und um ihren Mann weint, der in die Schlacht geschickt wurde. Marie, ich habe das Gefühl, du wirst niemals richtig zufrieden sein. Nimm dein Schicksal hin, so wie es gekommen ist, und du wirst erkennen, dass du trotz der harten Jahre auf der Landstraße ein großes Stück vom Kuchen des Glücks erwischt hast.«

Hiltrud schenkte Marie noch einmal nach und begann von ihren Kinder zu sprechen, denn dieses Thema lag ihr am meisten am Herzen. Marie hörte ihr durchaus interessiert zu, denn sie war die Patin aller Töchter ihrer Freundin und Michel der Gevatter der Söhne. Nur wenige Bauernkinder hatten großzügigere Paten, dessen war Hiltrud sich bewusst. Einmal hatte Michel sogar in einem Gespräch mit Hiltrud und Thomas angedeutet, dass er einen ihrer Söhne an Kindes statt annehmen würde, wenn seine Frau über das fruchtbare Alter hinaus war. Marie ahnte nichts von diesen Plänen, und Hiltrud, die sich der Verlockung des Angebots durchaus bewusst war, wünschte ihrer Freundin von ganzem Herzen, sie würde selbst noch ein paar Kinder bekommen. Schließlich war sie erst knapp über dreißig Jahre alt und so gesund, wie man bei guter Ernährung und ausreichender Bewegung an frischer Luft nur sein konnte.

Kurz darauf kehrte Thomas vom Feld zurück und begrüßte den Gast mit jener freudigen Scheu, die sich in all den Jahren nicht gelegt hatte. Marie hatte es ihm ermöglicht, die einzige Frau zu heiraten, zu der sein Herz sich je hingezogen gefühlt hatte, und überdies dafür gesorgt, dass aus dem buckligen, leibeigenen Ziegenhirten, der auf einer abgelegenen Burg im Schwarzwald gelebt hatte, ein reicher Freibauer geworden war. In den zehn Jahren seiner Ehe mit Hiltrud war seine Liebe zu seiner Frau nur noch tiefer und fester geworden, und er hätte alles Menschenmögliche getan, um Marie für sein Glück zu danken.

»Michel ist fort, nicht wahr?«, fragte er, als Hiltrud ihm einen Becher mit Wein vermischten Wassers reichte.

Marie nickte seufzend und blickte durch das Fenster nach Osten. Die Staubwolke, die sein Trupp aufgewirbelt hatte, war längst verweht, und der klare Horizont machte Marie das Herz noch schwerer. Thomas stellte den Becher ab, ohne daraus getrunken zu haben, fasste nach ihrer Hand und hielt sie fest. »Michel kommt schon wieder zurück. Du weißt ja, Unkraut vergeht nicht.«

Gegen ihren Willen begann Marie zu lachen. »Du und Hiltrud, ihr versteht es, einen Menschen aufzurichten. Ich bin so froh, dass ich euch habe, denn ich weiß nicht, wie ich allein mit meinem Kummer fertig werden sollte.«

»Du bist zu bequem geworden«, spöttelte Hiltrud, wurde aber sofort wieder ernst und nahm Maries andere Hand. »Wenn du irgendwelche Probleme hast oder Hilfe brauchst, komm sofort zu uns. Auf Thomas und mich kannst du immer zählen.«

Marie atmete tief durch und schenkte ihr einen dankbaren Blick. Der Trost ihrer Freunde hatte ihr Kraft gegeben, und sie fühlte sich nun weitaus besser als bei ihrer Ankunft auf dem Ziegenhof. Ihre Gedanken flogen weit in die Ferne zu einer anderen Freundin, zu

Mechthild, der energischen Burgherrin auf Arnstein. Diese würde, wenn ihr Gemahl in den Krieg ziehen musste, kein so jämmerliches Bild abgeben wie sie. Allerdings war sie als Tochter eines Ritters auch dazu erzogen worden, die Frau eines Kriegers zu werden, denn Fehde und Kampf gehörten zum Leben der Edelleute wie für einfache Leute das Ringen um das tägliche Brot.

»So, ich werde euch jetzt wieder verlassen. In der Burg wartet viel Arbeit auf mich.« Marie stand auf, umarmte Hiltrud und drückte Thomas die Hand.

So schnell, wie sie es beabsichtigt hatte, kam sie jedoch nicht weg, denn die Kinder des Paares forderten nun lautstark ihr Recht. Michi, der Erstgeborene, war mit seinen neun Jahren bereits ein aufgeweckter, fleißiger Junge, der schnell begriffen hatte, dass seine Patentante traurig war. »Ich freue mich auf Onkel Michels Rückkehr. Er wird jedem von uns etwas Hübsches mitbringen, meinst du nicht auch?«

Marie nickte lächelnd. »Ganz gewiss wird er das. Was hättest du denn gerne?«

Der Junge wand sich verlegen. »Och, ich weiß nicht so recht. Aber dir wird er sicher ein hübsches Schmuckstück schenken. Das hat er doch immer getan.«

»Ich will auch ein Schmuckstück haben!«, rief seine Schwester Mariele. Sie war nur ein Jahr jünger als er und lief, wie ihre Mutter behauptete, Gefahr, eitel zu werden. Die drei Kleineren hatte es auch nicht mehr draußen gehalten, sie standen um Marie herum und blickten sie mit bettelnden Augen an, gaben sich dann aber mit der Aussicht auf einen großen Pfefferkuchen zufrieden, wie Michel ihn jedes Jahr vorbeigebracht hatte. Die muntere Rasselbande ließ keine trübe Stimmung zu, und als Marie endlich auf Häschen steigen und losreiten konnte, lachte sie noch immer über die altklugen Sprüche der Kinder. Auch wenn das Leben Stürme mit sich brachte, so machten Freunde wie Hiltrud und Thomas mit ihren Kindern es ihr leichter, sie zu überstehen.

5.

Obwohl das Wetter trocken und für diese Jahreszeit ungewöhnlich stabil blieb, war Michels Stimmung so schlecht wie selten zuvor. Seine Hoffnung, die Ritter und ihre Gefolgsleute würden ihn als Führer des Zuges anerkennen und ihm ein gewisses Vertrauen entgegenbringen, hatte er mittlerweile fahren lassen. Die Misshelligkeiten, die seine Reise begleiteten, lagen nicht nur an Falko von Hettenheim, der alles tat, um die anderen Adligen gegen ihn aufzuhetzen, sondern auch am Standesdünkel der Herren. Als Söhne von Rittern war es ihnen aus tiefster Seele zuwider, dem Sprössling eines Kneipenwirts gehorchen zu müssen, und das ließen sie Michel zu jeder Zeit spüren. Dennoch blieb ihm nichts anderes übrig, als diese hochnäsige Bande durchzufüttern, denn sonst hätten die Männer die Bauern am Weg rücksichtslos ausgeplündert. Zum Dank für seine Großzügigkeit aber erhielt er nur Spott und Häme.

Als Michel schon damit rechnete, dass es schlimmer nicht mehr kommen konnte, wurde er eines Besseren belehrt. Der kleine Heereszug hatte am Tag zuvor die Stadt Waiblingen passiert und zog nun zwischen zwei bewaldeten Hügelketten entlang, als ein kleines Dorf auf einer Lichtung etwas abseits von der Straße auftauchte. Es bestand aus ein paar armseligen, nur dünn mit Stroh gedeckten Katen und beherbergte kaum mehr als ein gutes Dutzend Menschen, die zu dieser Tageszeit auf kleinen, auf den Waldlichtungen ringsum verstreuten Feldern arbeiteten. Etwas abseits der anderen hütete ein junges Mädchen die Ziegenherde der Dörfler. Michel interessierte sich mehr für den Zustand der Straße als für die Menschen, denen sie begegneten, und warf deswegen nur einen kurzen Blick auf die Hirtin. Falko von Hettenheim hingegen, der wie gewöhnlich direkt hinter ihm ritt, starrte das Mädchen begehrlich an und spürte ein heißes Gefühl in den Lenden, das nach Erleichterung schrie. Als er feststellte, dass Michel nicht auf ihn achtete, ließ er sein Pferd zurückfallen, wendete es und ritt auf die Ziegenhirtin zu.

Das Mädchen wusste nicht so recht, was sie von dem Ritter halten sollte, und wich ängstlich vor ihm zurück. Falko sprang aus dem Sattel, packte die Hirtin und zerrte sie ein Stück in den Wald, und als sie den Mund zum Schrei öffnete, stopfte er ihn ihr mit seinem rechten Handschuh.

»Jetzt tu nicht so, als wenn dich noch nie ein Mann gestoßen hätte«, spottete der Ritter, als er sie gegen ihren heftigen Widerstand zu Boden zwang. Sie strampelte mit den Beinen, doch er wälzte sich auf sie und drückte sie mit seinem Gewicht nieder. Seine freie Hand fasste nach ihrem Rock und zog ihn über ihre Schenkel hoch, bis ihr nackter Unterleib seinen Blicken und seinem Verlangen wehrlos ausgeliefert war.

»Gleich wirst du wissen, was ein richtiger Mann ist«, flüsterte der Ritter dem Mädchen keuchend ins Ohr. Er bewegte sein Becken ein wenig, bis er die richtige Position eingenommen hatte, und drang mit einem einzigen, heftigen Ruck in sie ein.

Zur gleichen Zeit bemerkte Michel Falkos Abwesenheit und wandte sich suchend um. Zunächst dachte er, der Ritter wäre zurückgeblieben, um sich zu erleichtern, entdeckte dann aber dessen Reittier ein ganzes Stück von der Straße entfernt auf der Ziegenweide, wo es sich das frische Gras schmecken ließ. Da Michel die Hirtin ebenso wenig entdecken konnte wie den Hettenheimer, zog er fluchend sein Pferd herum, ritt auf die Herde zu und sah sich um. Ein Geräusch, das nicht von einem Tier stammen konnte, verriet ihm, wo er zu suchen hatte, und so trieb er seinen Braunen an grünlich schimmernden Buchenstämmen vorbei in das Halbdunkel unter dem Blätterdach und entdeckte nach kurzer Zeit Falko, der die Hirtin mit harten Stößen bearbeitete. Das Gesicht des Mädchens war vor Angst und Schmerzen verzerrt, und sie kämpfte ebenso gegen den Mann über ihr an wie gegen den Handschuh in ihrem Mund, der sie zu ersticken drohte.

»Lass sofort die Kleine los!«, brüllte Michel voller Zorn, doch Falko machte ungerührt weiter. Er wurde fertig, ehe Michel ihn erreicht hatte, stand aufreizend langsam auf und riss dem Mädchen den Handschuh so rau aus dem Mund, dass Blut von den Lippen der Kleinen tropfte. Dann drehte er sich mit einem herausfordernden Blick zu Michel um. »Wenn du die Hure haben willst, nur zu. Aber vergiss nicht, dass ich sie vor dir beackert habe.«

Die Hirtin bedeckte ihren blutverschmierten Schoß mit den Händen und weinte. »Ich bin keine Hure!«

Michels Hand fuhr zum Schwert, und für einen Augenblick lang sah es so aus, als wolle er die Waffe ziehen und Falko niederschlagen. »Du bist das dreckigste Schwein, das mir je über den Weg gelaufen ist!«

Falko von Hettenheim duckte sich unwillkürlich und wich ein paar Schritte zurück. Dann aber richtete er sich auf und winkte verächtlich ab. »Du wärest ein Narr, würdest du wegen einer lumpigen Bauernmagd mit mir Streit anfangen. Hätte ich ihr nicht das Häutchen gesprengt, dann hätte es ein anderer getan, vielleicht schon heute Abend.«

»Gib ihr wenigstens ein paar Münzen als Entschädigung für ihr verlorenes Gut.« Noch während er es sagte, ärgerte Michel sich über sich selbst, denn mit dieser Bemerkung hielt er dem Mann auch noch die Stange.

»Eine dreckige Ziegenmagd bezahlen? Sie soll froh sein, dass sie mal einen richtigen Mann in sich gespürt hat.« Der Ritter drehte sich mit einem hässlichen Auflachen herum und ging zu seinem Pferd.

Michel ballte hilflos die Hände, sah auf das weinende Mädchen herab und stieg aus dem Sattel. »Ich hätte dem Kerl doch den Schädel einschlagen sollen«, schimpfte er und streckte der Ziegenhirtin die Rechte hin. »Komm, Mädchen, steh auf! Ich tue dir nichts.«

Die Hirtin schlug ihren Rock nach unten, rollte sich wie ein Tierchen zusammen und bedeckte ihr Gesicht mit den Händen. In dem Moment wünschte Michel Marie herbei. Sie hätte gewusst, wie man mit einem auf eine so brutale Weise geschändeten Geschöpf umgehen musste. Schließlich öffnete er seinen Geldbeutel und nahm ein paar Münzen heraus.

»Hier, die sind für dich. Das Geld kann dir das, was du heute verloren hast, nicht zurückgeben, aber vielleicht hilft es dir auf andere Weise.« Da das Mädchen nicht reagierte, nahm er eine ihrer Hände, legte die Münzen hinein und schloss ihre Finger zur Faust. »Gott sei mit dir, Kleine. Er hat dich bestimmt nicht verlassen, auch wenn du das jetzt vielleicht glaubst.«

Die Ziegenhirtin schob sich noch weiter von ihm weg, und Michels Wut auf Falko von Hettenheim stieg, bis sie ihn in der Kehle würgte. Er wusste, dass es kaum eine Möglichkeit gab, den Mann zur Rechenschaft zu ziehen, denn das hätte der hiesige Burgherr tun müssen oder der Besitzer des Mädchens, falls es eine Leibeigene war. In der Regel aber fingen diese Leute wegen eines Bauernmädchens keinen Streit mit jemandem an, der dem gleichen Stand angehörte wie sie selbst.

Michel verließ die schluchzende Hirtin, nahm sein Pferd am Zügel und trat ins Freie. Dort sah er einige Bauern, die mittlerweile ahnten, dass etwas nicht stimmte, mit Hacken und Äxten auf die Weide zulaufen, schwang sich in den Sattel und trieb seinen Braunen an. Es fuchste ihn gewaltig, Fersengeld geben zu müssen, aber die Dörfler würden ihn für den Vergewaltiger halten und sich in ihrer Wut an dem Falschen schadlos halten wollen.
Ein Reiter war schneller als jeder Bauer, sosehr der Zorn dessen Schritte auch beflügeln mochte, und der Anblick der marschierenden Soldaten ermunterte die Dörfler nicht gerade dazu, Streit zu suchen. Daher blieben sie bald zurück, fluchten auf die Herren, die eines ihrer Mädchen als Freiwild angesehen hatten, und dankten gleichzeitig Gott, dass nicht gleich der gesamte Kriegertrupp über ihr Dorf und ihre Frauen hergefallen war. Sie versammelten sich am Waldrand, schlugen das Kreuz und wünschten den Rittern und Soldaten im Gebet ein kühles Grab im Feindesland.
Michel war nicht gewillt, Falkos Handlung so einfach hinzunehmen. Er lenkte sein Pferd neben dessen grobschlächtigen Gaul und maß ihn mit einem zornigen Blick. »Tut das nicht noch einmal, Herr Falko, sonst werde ich meine Hand nicht mehr zurückhalten können.«
Falko von Hettenheim spuckte aus und starrte Michel höhnisch ins Gesicht. »Versuch es doch, Großmaul!«
Michels Hand glitt zum Schwertgriff, im gleichen Moment aber griffen die anderen Ritter zu den Waffen und machten Miene, ihrem Standesgenossen beizustehen. Da sich auch deren Gefolgsmänner kampfbereit machten und Michels eigene Leute sich schon darauf zu freuen schienen, den ihnen verhassten Rittern und ihrem Fußvolk eine bittere Lektion zu erteilen, ließ er das Schwert los und hob die Hand. »Alles zurück in die Marschordnung! Wehe, es

macht einer Ärger!« Zu Falko gewandt setzte er grimmig hinzu: »Ich habe dich gewarnt, Mann. Bei der nächsten Schandtat bist du fällig.«

Hettenheim sah aus, als wolle er ihn noch weiter reizen, doch Godewin von Berg, der ebenso gut wie Michel wusste, dass die Überlebenden einer bewaffneten Auseinandersetzung schwerste Strafen zu erwarten hatten, wenn sie im Gegensatz zu Falko keine mächtigen Verwandten oder Freunde am Hof des Pfalzgrafen hatten, packte Hettenheim am Arm und hielt ihn zurück.

»Der Mann ist doch keinen Streit wert«, raunte er ihm zu und fragte ihn ebenso leise, was denn vorgefallen sei.

Falko knirschte mit den Zähnen. »Der Wirtsbalg wollte frech werden, weil ich die Ziegenhirtin gestoßen habe.«

»Was, du konntest deinen Nagel in ein brauchbares Stück Weiberfleisch schlagen? Bei Gott, Falko, hast du ein unverschämtes Glück. Verdammt, hättest du mich nicht mitnehmen können?«

Falko von Hettenheim warf ihm einen spöttischen Seitenblick zu. »Eine Ziegenhirtin für zwei Männer, das wäre für dich kein Vergnügen gewesen, abgesehen davon, dass du nicht mehr dazugekommen wärst, sie zu benutzen, weil dieser Wirtsschwengel da vorne dich bestimmt daran gehindert hätte.«

»Zu zweit hätten wir ihm seine Frechheiten schon austreiben können.« Godewin starrte auf Michels Rücken und bedauerte es, nicht dabei gewesen zu sein.

Der Hettenheimer beschäftigte sich jedoch weniger damit, dass sie den verhassten Wirtssohn zu zweit in seine Schranken hätten zurückweisen können, sondern überlegte, wie er eine Gelegenheit herbeiführen konnte, Michel Adler mit Godewins Hilfe noch auf diesem Marsch das Lebenslicht auszublasen. War der Wirtsbalg beseitigt, konnte er sich zum Anführer des Heereszugs machen und

mit dem Geld, welches der unverschämte Kerl in einer Truhe auf einem der Wagen mit sich führte, etwas Besseres anfangen, als es für ein paar Laib Brot und etwas frisches Fleisch auszugeben. Bei dieser Vorstellung lachte Falko von Hettenheim auf. Oh ja, er würde dieses Geld für Fleisch ausgeben, für appetitliches Weiberfleisch.
Während Falko von Hettenheim auf eine Gelegenheit wartete, Michel zu einer Unvorsichtigkeit zu verleiten, um ihn endlich loswerden zu können, hielt dieser Ausschau nach weiteren Truppen, die zum Sammelpunkt bei Nürnberg unterwegs waren. Der Kaiser hatte einen Aufruf an alle Edlen des Reiches verlesen lassen, und Papst Martin V., der von Sigismund beim Konstanzer Konzil auf den Stuhl Petri gesetzt worden war, hatte den Kampf gegen die Hussiten den Kreuzzügen gegen die Heiden gleichgestellt. Sie begegneten jedoch lange Zeit keinem anderen Kriegertrupp, und als sie schließlich auf zwei fränkische Ritter mit ihren Begleitern trafen, war Michel nach kurzer Zeit froh, dass es sich nur um eine Hand voll Leute handelte, denn die beiden Standesherren schlossen sich Falko von Hettenheim an und ignorierten ihn auf eine geradezu beleidigende Weise, während sie seine Spießträger wie leibeigene Knechte behandelten.
Zwei Tage lang sah Michel dem Spiel mit geballter Faust zu, dann kam es zu dem von ihm schon erwarteten Eklat. Michels Leute hatten ihre fünf Wagen am Abend links der Straße auf einer kleinen Lichtung zu einer kleinen Wagenburg zusammengestellt, während die Ritter und ihre Männer es vorgezogen hatten, jenseits des Weges unter ein paar uralten, von Blitzen gespaltenen Buchen zu lagern. Als Michel sich nach dem Abendessen einen Becher Wein aus dem aufgebockten Fässchen zapfen wollte, kam Gunter von Losen, einer der beiden fränkischen Ritter, herüber und streckte ihm fordernd einen Becher hin.

»He, Wirt, schenk mir von deinem besten ein.« Seine Stimme triefte dabei vor Hohn.

Michel holte tief Luft und unterdrückte den Wunsch, den Mann, der ihm gerade bis ans Kinn reichte, mit einem Fausthieb zu Boden zu strecken. Mit einem sanften Lächeln nahm er Gunters Becher, hielt ihn unter das Spundloch und füllte ihn bis zum Rand. Der Ritter grinste breit und warf seinen Standesgenossen, die die Szene erwartungsvoll verfolgten, einen triumphierenden Blick zu. Als er jedoch nach seinem vollen Becher greifen wollte, zog Michel ihn zurück.

»Du hast mich einen Wirt genannt, also werde ich dich auch wie ein solcher behandeln. Der Wein kostet drei Kreuzer, zahlbar im Voraus, denn Kredit gewähre ich nicht. Das gilt von jetzt an auch für die anderen Herren Ritter und ihre Leute.«

Gunter von Losen schnappte nach Luft. »Das kannst du nicht machen! Der Wein gehört dem Pfalzgrafen.«

Michel legte ihm die rechte Hand so schwer auf die Schulter, dass der Mann in die Knie sank. »Da irrst du dich, mein Freund. Der Wein wurde mit meinem Geld bezahlt, wie übrigens alle Vorräte, die wir mitführen, und ich denke nicht daran, sie weiterhin mit Leuten wie dir zu teilen. Also iss das, was du selber mit dir führst, und glaube ja nicht, du könntest die Bauern am Weg ausplündern. Es würde dir verdammt schlecht bekommen.«

Der fränkische Ritter starrte Michel verärgert an. »Das kannst du nicht mit uns machen! Sind wir Krämer, dass wir wagenweise Vorräte mit uns schleppen? Entweder versorgst du uns, oder wir nehmen, was wir brauchen, den Bauern ab, ob dir das nun passt oder nicht.«

Damit stürzte Losen Michel in ein Dilemma, denn am liebsten hätte er dem hochnäsigen Ritterpack nicht einmal mehr eine harte Brotrinde abgegeben. Doch als Anführer der Truppe war ihm auch die Verantwortung für die Pfälzer Ritter auferlegt worden, und so suchte er nach einem Kompromiss.

»Die Ritter und ihre Leute, die mit mir von Rheinsobern aus aufgebrochen sind, erhalten genug Lebensmittel, um nicht hungern zu müssen. Du aber, dein Freund und eure Leute gehen mich nicht das Geringste an. Entweder ihr verschwindet, oder ihr bettelt die Pfälzer an, damit sie euch ein paar Brosamen zuwerfen.« Sein Gegenüber lief tiefrot an und machte den Mund auf, um ihn wortlos wieder zu schließen. Wütend griff er nach seinem Weinbecher, den Michel noch festhielt, und wandte sich gleichzeitig zum Gehen. Doch Michel hob die Hand mit dem Gefäß über den Kopf. »Drei Kreuzer, oder du wirst durstig bleiben müssen.«

»Fahr zur Hölle, Wirtsbalg!« Der Ritter bleckte die Zähne, wagte es aber nicht, Michels Arm zu packen und herunterzuziehen, sondern drehte sich um und ging.

»Hier, du hast etwas vergessen.« Michel goss mit einer bedauernden Geste den Wein aus und warf dem anderen den leeren Becher zu. Losen fing ihn auf, kehrte schimpfend und knurrend zu seinen Standesgefährten zurück und rief ihnen zu, was Michel ihm gesagt hatte. Daraufhin bedachten die übrigen Ritter und ihre Männer Michel mit mörderischen Blicken.

Michel ließ sich weder von wütenden Mienen noch von drohenden Gesten einschüchtern, sondern befahl seinem Koch und dessen Gehilfen, den Standesherren und ihrem Fußvolk das Essen nur noch knapp zuzuteilen und keinen Becher Wein ohne Bezahlung herauszugeben. Seine Leute, die sich schon mehr als einmal über das hochnäsige Gesindel geärgert hatten, grinsten zustimmend und spotteten über die Gefolgsmänner der adligen Herren, die nun Wasser trinken mussten, während sie selbst sich Michels Wein

schmecken lassen durften. Das trug nicht gerade zu einer besseren Stimmung im Heer bei, und so atmete Michel erleichtert auf, als die Stadt Nürnberg in der Ferne auftauchte.
Eine halbe deutsche Meile vor dem schwer befestigten Tor, das die Reisenden mit zwei wuchtigen Türmen grüßte, trat ein kaiserlicher Profos den Neuankömmlingen entgegen und wies ihnen einen Lagerplatz an der Pegnitz an. Als Michel ihn fragte, warum man sie so weit von der Stadt entfernt lagern hieß, bleckte der Mann die Zähne. »Es ist wegen der Weiber. Die Kerle sollen sich an die Trosshuren halten und nicht in die Stadt laufen und den Bürgerfrauen nachstellen.«
»Ein vernünftiger Gedanke. Aber wo sind die Huren?«
Der Profos zeigte ein Stück flussaufwärts, wo mehrere bunte Zelte zwischen den grünen Erlen des Auwalds hindurchleuchteten. »Dort stehen ihre Zelte, rechts die für die Herren von Stand und links jene für die einfachen Soldaten.«
Michel lag die Frage auf der Zunge, welche Seite er nehmen sollte, da er kein Edelmann war, aber auch kein einfacher Soldat. Da er jedoch kein Interesse an den Diensten einer Hure hatte, schluckte er die Worte hinunter und fragte den Profos stattdessen, wo er seine Vorräte ergänzen konnte und welche Truppen bereits versammelt waren.
»Ich hoffe nicht, dass wir als Letzte angekommen sind«, setzte er mit einem entschuldigenden Auflachen hinzu.
»Das seid ihr gewiss nicht.« Die säuerliche Miene des Profos verriet, dass bislang weniger Krieger hier eingetroffen waren, als er und sein kaiserlicher Herr erwartet hatten. Das verwunderte Michel, denn er hatte sich vorgestellt, dass die Grafen und Ritter des Reiches von allen Seiten herbeiströmen würden, wenn der Kaiser sie rief. Aber als er kurz darauf durch das Lager schritt, um sich selbst ein Bild zu machen, wurde ihm klar, dass das hier kein Strom gewesen war,

sondern höchstens ein Rinnsal. Es hatten sich kaum mehr als fünfhundert schwer gepanzerte Ritter eingefunden, um an Sigismunds Kreuzzug teilzunehmen, und auch der Rest des Heeres bestand nur aus etwa eintausend Mann leicht gewappneter, berittener Reisigen, Bogenschützen und Spießträger zu Fuß, von denen kaum einer so gut ausgerüstet war wie seine Fußsoldaten. Nicht einmal die Hälfte der Kriegsknechte verfügten über eine halbwegs kriegstaugliche Bekleidung und Waffen, die diese Bezeichnung auch verdienten. Die meisten trugen noch ihre Bauernkittel und sahen so aus, als wüssten sie nicht viel mit dem krummschäftigen Spieß anzufangen, den man ihnen in die Hand gedrückt hatte.

Timo störte Michel aus düsteren Ahnungen auf. »Verzeiht, Herr, aber die Zelte sind aufgeschlagen, und die Leute lassen anfragen, wie es denn mit den Weibern wäre.«

Michel überlegte kurz und nickte. »Gib jedem so viel Geld, wie er braucht, um sich eine Hure und zwei Becher Wein bei den Schenken leisten zu können, aber nicht mehr. Ich will nicht, dass die Kerle sich besaufen.«

»Ich passe schon auf, Herr.« Timo lächelte verlegen, denn er wusste, dass einige seiner Kameraden am Abend betrunken in der Ecke liegen würden. Aber wenn der Rest sich anständig benahm, fielen sie nicht weiter auf, und darauf würde er schon achten.

»Und was ist mit den Rittern? Sollen wir sie weiter versorgen? Eigentlich brauchen wir ihnen kein Essen mehr zu geben, denn sie haben ihr Lager bei anderen Leuten aufgeschlagen.« Timo blickte seinen Herrn beinahe flehend an, denn er hasste die hochnäsigen Kostgänger von ganzem Herzen.

Michel legte ihm die Hand auf die Schulter. »Wir sind den Rittern nichts schuldig, und da sie nichts mit uns zu tun haben wollen, sollen andere sie durchfüttern.«

»Ganz meine Meinung, Herr.« Timo kehrte mit einem zufriedenen Lächeln zu seinen Leuten zurück, die ihn bereits voller Spannung erwarteten und ihren Hauptmann erst einmal hochleben ließen, bevor sie sich aufstellten, um die Münzen in Empfang zu nehmen. Michel war erleichtert, als er sie jubeln hörte, hieß das doch, dass der Streit zwischen ihm und den Rittern sein Ansehen bei den eigenen Leuten nicht geschmälert, sondern eher noch gestärkt hatte. Jetzt würden die Kerle ihm überallhin folgen, und sollte es in die Hölle sein. Während er noch einmal durch das Lager schlenderte, hielt er nach bekannten Gesichtern Ausschau. Beim Konzil in Konstanz hatte er etliche Leute von Rang und Namen und viele andere tapfere Kerle kennen gelernt, doch entweder hatten die Männer sich in den zehn Jahren, die dazwischen lagen, so stark verändert, dass er sie nicht wieder erkannte, oder es befand sich tatsächlich keiner von ihnen im kaiserlichen Heer.

Als die Sonne knapp über dem Horizont stand, wurde es unruhig im Lager, denn der Kaiser des Heiligen Römischen Reiches Deutscher Nation war extra von Nürnberg herübergeritten, um die Neuankömmlinge willkommen zu heißen, und die Soldaten liefen zusammen, um ihn zu bestaunen. An Sigismunds Seite ritt der Nürnberger Burggraf Friedrich, der gute Gründe für seine Treue hatte, war er doch von dem Kaiser mit der Mark Brandenburg belehnt worden. Gerüchte besagten, Friedrich habe sich auch Hoffnung auf die sächsische Kurwürde gemacht, die Sigismund jedoch an den Markgrafen von Meißen übertragen hatte. Es war wohl die Angst vor den Hussiten, die den Burggrafen dazu bewogen hatte, seinen Grimm über diese vermeintliche Zurücksetzung hinunterzuschlucken und sein Haupt erneut vor dem Kaiser zu beugen. Von den anderen hohen Herren des Reiches ließ sich zur Enttäuschung der hier versammelten Soldaten jedoch niemand sehen. Michel fühlte sich niedergeschlagen, denn er hatte erwartet, Pfalzgraf Ludwig hier zu treffen, und wie die anderen vermisste auch er die Söhne Eberhards von Württemberg, den hessischen Landgrafen Ludwig und den sächsischen Kurfürsten und Markgrafen von Meißen, der zwar Friedrich der Streitbare genannt wurde, dieses Heerlager aber ebenso mied wie die bayerischen Herzöge und die Herren der Habsburger Lande. All diese Herren hatten dem Kaiser schon in den letzten Jahren unter verschiedensten Vorwänden die Heerfolge verweigert, um ihn zu Zugeständnissen zu zwingen, und sie schienen dieses Spiel heuer wiederholen zu wollen.

Michel stand noch gedankenverloren da, als die tief stehende Abendsonne einen lang gezogenen Schatten über ihn warf.

»Dich kenne ich doch von irgendwo her!« Sigismund von Luxemburg, König von Böhmen, König von Ungarn, Herzog von Brabant, Herzog von Schlesien, Markgraf von Mähren und Kaiser des Heiligen Römischen Reiches Deutscher Nation stand vor ihm und blickte ihn auffordernd an.

Michel beugte rasch das Knie. »Michel Adler, zu Euren Diensten, Euer Majestät. Ich war einer der pfälzischen Hauptleute beim Konstanzer Konzil.«

»Ach ja, ich erinnere mich. Du bist doch der Bursche, der damals die unschuldig als Hure verurteilte Bürgerstochter geheiratet hat.« Der Kaiser nickte zufrieden, klopfte Michel leutselig auf die Schulter und ließ sich von ihm zu den Pfälzer Spießknechten führen. Einige der Männer weilten wohl noch in den Zelten der Huren oder den Buden der Schankwirte, doch dem Kaiser gefiel, was er sah.

»Leicht gepanzerte, bewegliche Infanterie ist genau das, was wir im Kampf gegen die Hussiten brauchen, Michel. Hättest du tausend dieser Kerle bei dir, würde ich dich dafür zum Reichsritter ernennen und dir ein hübsches Lehen geben.«

»Leider sind es nur einhundertzwanzig, hoher Herr.« Michel musste lächeln, denn der Überschwang des Kaisers verblüffte ihn. Unauffällig musterte er ihn und stellte fest, dass Sigismund weit über die zehn Jahre seit ihrer letzten Begegnung hinaus gealtert war. Der lange, bis auf die Brust fallende Bart des Kaisers war von grauen Strähnen durchzogen und wirkte ebenso wie sein Haupthaar zerzaust und ungepflegt. Auch traten die Linien des Gesichts weitaus schärfer hervor als früher, und sein Mienenspiel wechselte von einem Augenblick zum anderen von tiefer Erschöpfung, ja, sogar Hoffnungslosigkeit, zu grenzenlosem Optimismus, um sich dann wieder in einem trüben Sinnieren zu verlieren. Auch berichtete ein verbissener Zug um seinen Mund von vielen Enttäuschungen, die, wie Michel annahm, Sigismund sich mit seiner schroffen Art und seinem Zaudern teilweise selbst zuzuschreiben hatte. Sogar die Kleidung des Herrn über das Heilige Römische Reich Deutscher Nation wirkte wie vom Zahn der Zeit angenagt, auch wenn sie heute wie damals aus prächtig gewirktem und fein verarbeitetem Tuch bestand. Über einer leichten Rüstung trug der Kaiser einen roten Waffenrock, der fast bis zum Boden reichte und mit schwarzen und goldenen Adlern, Löwen und anderen Wappenzeichen bestickt war, wie sie dem hohen Herrn als Besitzer vieler Länder zustanden.

»Brav, brav«, murmelte Sigismund und verabschiedete sich mit einem freundschaftlichen Klaps von Michel, der sich hinter dem Rücken des hohen Herrn verwirrt den Kopf kratzte. Es musste schlecht um Sigismunds Sache stehen, wenn er sich über die Ankunft einer guten Hundertschaft Fußknechte in einem solchen Maß freute und deren nichtadligen Anführer wie einen alten Freund begrüßte.

Während Michel dem Kaiser nachblickte, entging ihm, dass die

pfälzischen Ritter, die ihr Lager ein Stück flussabwärts aufgeschlagen hatten, düster zu ihm herüberstarrten. Falko von Hettenheim hätte seinen halben Besitz für einen einzigen Blick des Kaisers gegeben und kochte vor Wut, weil Sigismund Michel so viel Aufmerksamkeit geschenkt hatte.
Godewin von Berg trat neben den Hettenheimer und zog die Schultern hoch. »Ich hoffe, wir haben uns mit unserer Haltung auf dem Marsch nicht allzu sehr in die Nesseln gesetzt, denn wie es aussieht, besitzt Michel Adler einflussreiche Freunde.«
Diese Bemerkung war nicht angetan, Falkos Zorn zu besänftigen. Er wollte seinen Nachbarn schon harsch zurechtweisen, ließ ihn dann jedoch wortlos stehen und gesellte sich zu Gunter von Losen, dessen Hass auf den Wirtssohn kaum geringer war als sein eigener.

6.

Eigentlich hatte Sigismund warten wollen, bis sich eine genügend große Streitmacht bei Nürnberg gesammelt hatte, doch eine gute Woche nach Michels Ankunft jagten Boten auf schaumbedeckten Pferden heran und überbrachten schlimme Nachrichten. Die Hussiten waren in mehreren Heersäulen in die Meißner Mark, nach Österreich und in die Obere Pfalz eingebrochen, und eines ihrer Heere bewegte sich zielstrebig auf Nürnberg zu.
Als Michel die Nachricht erfuhr, begann er das Fehlen der Großen des Reiches zu begreifen. Dem Schwiegersohn des Kaisers, Albrecht V. von Österreich, lagen die eigenen Städte stärker am Herzen als Sigismunds böhmische Krone, und der sächsische Kurfürst verteidigte ebenfalls lieber sein Gebiet, als es schutzlos dem Feind zu überlassen. Durch ihre Partikularinteressen aber splitterten

diese Herren ihre Kräfte auf, anstatt die Böhmen mit geballter Macht niederzuwerfen.
Michel blieb nur wenig Zeit, um über die verfahrene Lage nachzudenken, denn in den Pegnitzauen sammelten sich in den nächsten zwei Tagen die Gefolgsleute des Nürnberger Burggrafen, und das deutete auf einen baldigen Aufbruch hin. Daher befahl er Timo, die Leute vom Wein fern zu halten und alles für einen schnellen Abmarsch vorzubereiten, und er tat gut daran, denn bereits am nächsten Morgen riefen die Hörner und Trompeten von den Türmen der Burg zum Aufbruch, und der Kaiser ritt an der Spitze seines Gefolges durch das Tor.
Im Gegensatz zu seinem letzten Besuch im Lager hatte er sich besonders prächtig gekleidet und stach aus seinen Rittern hervor wie ein Fasan aus seinen Hennen. Seine Rüstung stellte ein Wunderwerk der Plattnerkunst dar und passte ihm wie angegossen. Die Goldtauschierungen auf den Arm- und Beinschienen glänzten ebenso im Licht der Morgensonne wie der Helm, den eine goldene Krone zierte, und auf seinem Mantel trug der Kaiser einen aufspringenden Löwen, der mit Goldfäden groß unter dem Reichsadler eingestickt worden war und darauf hinwies, dass Sigismund vor allem als König von Böhmen ins Feld zog.
Burggraf Friedrich und die übrigen edlen Herren waren ebenfalls gewappnet, als stünde die Schlacht kurz bevor. Doch schienen sie nicht zu wissen, ob sie sich freuen sollten, weil das Heer endlich aufbrach, oder die geringe Zahl an Kriegern bedauern, mit denen sie in den Kampf ziehen mussten. Dem Kaiser folgten nun etwa fünfhundert gepanzerte Ritter und anderthalbtausend Reisige und Fußknechte. Dazu gesellte sich ein Tross aus mehreren Dutzend großer Ochsenkarren, den dazugehörigen Wagenlenkern und Ochsentreibern, Köchen, Feldschern, Handwerkern, einer in die Hunderte

gehende Anzahl von Dienern und mindestens die doppelte Anzahl an Trosshuren und Marketenderinnen, die sich am Ende des Zuges gleich hinter Michels Schar einreihten.

Der Kaiser hatte den fränkischen Reichsritter Heribald von Seibelstorff zum Hauptmann der Fußtruppen ernannt, einen untersetzten Mann mittleren Alters mit einem runden, von einem roten Bart gesäumten Gesicht, der mit seiner schmucklosen, aber perfekt sitzenden schwarzen Rüstung wie ein wackerer Kriegsmann mit großer Erfahrung wirkte. Bisher hatte er die angeworbenen Söldner des Kaisers und den Rest des Fußvolks jedoch nur einmal kurz gemustert und dabei ein paar beleidigende Äußerungen von sich gegeben. Für ihn schien der Krieg nur zu gelten, wenn er als ritterlicher Wettstreit zweier gepanzerter Heere ausgetragen wurde, und Knechte und Söldner hatten bei einem solchen nichts verloren. Michel hielt es für einen Fehler des Kaisers, ausgerechnet diesem Mann die Führung der Fußsoldaten anzuvertrauen, denn er selbst hatte seine Erfahrungen bei den Fußknechten des Pfalzgrafen gesammelt und war fest davon überzeugt, dass er die Truppe besser hätte führen können als der Seibelstorffer.

Der Reichsritter kümmerte sich auch weiterhin nicht selbst um die Leute. Er hatte noch nicht einmal eine Marschordnung erstellt, sondern überließ es dem Profos Gisbert Pauer, Ordnung in das bunt gemischte Fußvolk zu bringen, von denen außer Michels Pfälzern kaum mehr als ein Dutzend aus derselben Gegend stammte. Auch Pauer erteilte nur den oft selbst ernannten Anführern der einzelnen Gruppen ein paar knappe Befehle und ritt wieder nach vorne, um in die Nähe des Kaisers zu kommen, so dass es keinen Offizier gab, der die Leute im Auge behielt.

Timo, der neben Michels Pferd marschierte, umklammerte seinen Spieß, als wolle er ihn erwürgen, und starrte nach vorne, als könne er nicht glauben, was er da sah. Schließlich schüttelte er den Kopf. »Könnt Ihr mir sagen, Herr, wie der Kaiser mit diesem Hühnerhaufen da vor uns einen Krieg gewinnen will? Die Kerle laufen doch auseinander, sobald ein Böhme einen Furz lässt.«

»Na, na, Timo! So schlecht ist dieses Heer nun auch wieder nicht. Auf dem langen Marsch werden sich die Reihen schon noch fester schließen.«

Der Knecht räusperte sich und spuckte neben die Straße. »Seid mir nicht böse, Herr, aber ich habe in Nürnberg so einiges über die Hussiten gehört. Ein gepanzerter Reiter ist ungefähr das schönste Geschenk, das man diesen gotteslästerlichen Kerlen machen kann. Ihr habt doch auch von den Schlachten bei Morgarten und Sempach gehört, in denen die Eidgenossen die Habsburger und deren Verbündete vernichtend geschlagen haben. Denen haben weder ihre schweren Rüstungen noch ihre Streitrosse gegen den Wall der Schweizer Speere geholfen. So ähnlich sollen auch die Hussiten kämpfen, und bis jetzt sind sie immer als Sieger vom Schlachtfeld gezogen. Soll ich Euch die Scharmützel und Schlachten nennen, in denen sie die stolzen Herren Ritter zu Paaren getrieben haben?«

Michel winkte ab, doch Timo ließ sich nicht bremsen. Er überschüttete seinen Herrn mit einem Schwall von Namen; die Schlachten, bei denen die Hussiten gesiegt, die geplünderten und ausgebrannten Städte, die sie zurückgelassen hatten, und die Ritter aus alten, bekannten Geschlechtern, die ein schmähliches Ende unter den Speeren und Morgensternen der Aufständischen gefunden hatten.

»Erst im letzten Jahr haben sie die Stadt Pretz in Österreich bis auf die Grundmauern zerstört und jeden Bewohner abgeschlachtet, der nicht rechtzeitig fliehen konnte, und so soll es noch Hunderten von Städten in Österreich, Bayern und Franken bis hinauf nach Sachsen und Brandenburg ergangen sein.« Timo sah zu Michel auf, als erwarte er ein Lob für seinen Bericht, doch dieser funkelte ihn nur verärgert an.

»Behalte deine Ammenmärchen für dich, Alter. Kein Wort davon zu unseren Leuten.« Der schuldbewusste Blick seines Knechts zeigte ihm, dass diese Ansammlung von übertriebenen Gerüchten und Schreckensmeldungen bereits in aller Munde war. Gewiss war nicht Timo der Urheber des Geredes, denn er konnte sein Wissen erst hier bei Nürnberg erworben haben. Die Klatschmäuler, die es in jedem Heer gab, trugen jedes Wort weiter, das jemand fallen ließ, und machten aus einem Lüftchen einen Höllensturm, der das Reich zugrunde richten wollte.

Zwei Tage später fragte Michel sich, ob die Gerüchte, die Timo aufgeschnappt hatte, tatsächlich so bar jeder Grundlage waren, wie er angenommen hatte. Der kaiserliche Heereszug hatte sich von Nürnberg aus in östliche Richtung auf den Böhmerwald zubewegt und marschierte nun schon seit vielen Stunden zwischen lang gezogenen, mit dichtem Wald bestandenen Höhenrücken. Dabei kam er nicht halb so schnell vorwärts wie Michels Trupp auf dem Weg nach Nürnberg. Das lag weniger an den schlechten Straßen als vielmehr an der Schwerfälligkeit des Trosses und dem schlechten Material. Auf jeder Meile ereignete sich mindestens ein Zwischenfall. Meist war es nur ein gerissener Strang, der mühsam geflickt werden musste, denn es gab nicht genug Ersatz, dann wieder löste sich ein Rad von der Achse, und zweimal musste die Fracht von einem zusammengebrochenen Wagen umgeladen werden. Am dritten Tag war abzusehen, dass die Vorräte nicht bis Böhmen reichen würden, und Michel fragte sich, wie der Kaiser ein Heer versorgen lassen wollte, das mit Edelleuten, Soldaten und Tross, die Huren eingerechnet, etwa dreitausend Seelen zählte. Timos Worten zufolge sollten die Hussiten wie die Heuschrecken hausen und überall, wo sie auftauchten, verwüstetes Land zurücklassen, das nicht einmal mehr die Überlebenden ihrer Massaker ernähren konnte.

Am vierten Tag erhielten Michels Befürchtungen neue Nahrung. Der Heereszug stockte, und als Michel seine Leute zum Stehen gebracht hatte und nach vorne eilte, um nach der Ursache zu sehen, krampfte sein Herz sich beim Anblick der elenden Gestalten, die den Weg blockierten, vor Mitleid zusammen. Den Männern, Frauen und Kindern stand noch das Grauen ins Gesicht geschrieben, und kaum einer von ihnen trug mehr als ein Hemd auf dem Leib, so dass man ihre schlecht versorgten Wunden sehen konnte.

Sie hoben flehend die Arme. »Die Hussiten sind hinter uns! Sie haben alle anderen niedergemacht und unsere Dörfer angezündet. Nur wir konnten ihnen durch Gottes Gnade entkommen.«

Das stimmte nicht ganz, denn als die Menschen endlich die Straße frei gemacht hatten, stieß der sich langsam dahinwälzende Heereszug noch mehrfach auf Flüchtlinge, deren Berichte selbst die abgehärtetsten Krieger erschütterten. Die Hussiten mussten Teufel sein, die direkt aus der Hölle kamen, denn sie brachten ihre Gefangenen auf möglichst grausame Weise zu Tode, sollten selbst jedoch durch dämonische Künste unverwundbar sein.

Am frühen Nachmittag des fünften Tages quollen nicht weit vor ihnen Rauchsäulen zum Himmel, die nur von einem Dorf stammen konnten, das gerade von den Hussiten eingeäschert wurde. Nicht lange danach kamen ihnen von frischem Entsetzen gezeichnete Bauern entgegen und erzählten von neuen Gräueln.

Der Kaiser ließ die Menschen kurzerhand von der Straße treiben und befahl seine Unteranführer zu sich. Zu denen, die der Herold nach vorne holte, gehörten auch Michel und der Schweizer Söldnerführer Urs Sprüngli, der mit einem guten Dutzend seiner Reisläufer in die Dienste des Kaisers getreten war und das Fehlen einer

handfesten Schar seiner Appenzeller Landsleute sichtlich bedauerte. Falko von Hettenheim und einige andere Ritter, die nicht angesprochen worden waren, drängten sich rücksichtslos zwischen die Gerufenen, bis auch sie ganz vorne vor dem Kaiser standen.
Sigismund knetete den Knauf seines langen Schwerts mit beiden Händen, und sein Blick flog mehrfach zu den Flüchtlingen hinüber, die sich neben der Straße niedergelassen hatten und sich im Schutz des kaiserlichen Heeres sicher wähnten. »Männer, wir haben unser erstes Ziel erreicht. Der Feind steht keine Stunde vor uns und ist damit beschäftigt, ein Dorf zu plündern. Mit Gottes Hilfe können wir die gottlosen böhmischen Ketzer überraschen und vernichtend schlagen. Lasst eine kleine Schar zum Schutz des Trosses zurück und macht euch zum Kampf bereit. Wir rücken so schnell wie möglich vor.«
Den meisten der Anwesenden konnte man ansehen, dass es ihnen angenehmer gewesen wäre, in der heimatlichen Burg von den Heldentaten zu reden, die sie gegen die Hussiten verüben wollten, als ihnen tatsächlich gegenüberzustehen, und so fiel der Hochruf auf den Kaiser sehr dünn aus. Selbst Michel ertappte sich dabei, sich zu seiner Frau in das sichere Rheinsobern zurückzuwünschen. Ihm gingen die Worte »mit Gottes Hilfe« nicht aus dem Kopf, und er erinnerte sich an das, was Marie damals in Konstanz gesagt hatte: »Man darf sich nie auf die Hilfe Gottes verlassen, sondern muss auf seine eigene Stärke bauen!« Nun ja, dachte er, vielleicht hilft Gott uns, wenn wir unseren guten Willen zeigen.
Das Heer kam auch ohne Tross kaum schneller voran, und es gelang ihnen nicht, die Plünderer zu überraschen, denn als sie endlich das Dorf am Ufer eines kleinen Flusses erreichten, waren die Gebäude bereits bis auf die Grundmauern niedergebrannt. Die Hussiten, deren Späher wohl besser gewesen waren als die eigenen, hatten sich

mit Mann und Wagen auf die flache, kahle Kuppe eines Hügels unweit des Dorfes zurückgezogen und eine schier uneinnehmbare Verteidigungsstellung aufgebaut. Mehrere Dutzend Fuhrwerke, allesamt kleiner und wendiger als die des kaiserlichen Trosses, waren zu einer Wagenburg zusammengeschoben worden, und die Aufständischen hatten sogar noch genug Zeit gefunden, die Lücken mit Reisig und Dornengestrüpp zu verbarrikadieren.

Die Hügelflanken waren an den meisten Stellen zu steil für Reiter, und wild wucherndes Buschwerk bot den Verteidigern zusätzlichen Schutz. Der Kaiser zügelte sein Pferd, starrte zum Feind hinauf, als empfände er diesen Schachzug der Böhmen als persönliche Beleidigung, und öffnete und schloss in hilfloser Geste die Hände.

Timo wollte sich am Kopf kratzen, traf aber nur seinen Helm. »Das sieht nicht gut aus, Herr. Wir sollten die Kerle dort oben einschließen und belagern, denn wenn wir versuchen, ihre Wagenburg im Sturm zu nehmen, verlieren wir die Hälfte unserer Leute schon auf dem Weg nach oben.«

Michel nickte zunächst zustimmend, besann sich dann aber eines Besseren. »Wir führen nicht genug Vorräte mit uns, während die Hussiten reiche Beute gemacht haben dürften. Außerdem reicht unsere Zahl nicht aus, den Hügel zu umschließen.«

»Dann wird Gott uns helfen müssen.«

»In dem Fall bleibt uns nur Hoffen und Beten!« Michel klopfte dem treuen Burschen auf die Schulter und blickte wieder nach oben. Vor der Wagenburg waren Männer aufgetaucht, die die Kaiserlichen mit Spott und Hohn überschütteten, um sie zu reizen. Zwar waren ihre Worte meist unverständlich, da der Großteil von ihnen tschechisch sprach, aber ihre Gesten waren eindeutig, und die, welche die deutsche Sprache beherrschten, brüllten in drastischen Worten herab, was sie von ihrem aus Luxemburg stammenden

König und seinen deutschen Gefolgsleuten hielten. Dabei schwenkten sie Fahnen, auf denen eine Gans zu sehen war. Die deutschen Ritter sahen dieses Symbol als Beleidigung des Reichsadlers an und erwiderten die Beschimpfungen hitzig.

Godewin von Berg drehte sich mit einer wütenden Geste zu seinen Standesgenossen um. »Mein Pferd wird den Hang bewältigen, und wenn mir nur hundert von euch folgen, treiben wir dieses Gesindel zu Paaren.« Ohne eine Antwort abzuwarten, gab er seinem Hengst die Sporen und trieb ihn bergan. Das wuchtige Tier knickte bei jedem Schritt ein und stieß ein klagendes Stöhnen aus, kämpfte sich aber höher und höher, ohne abzurutschen. Es war eine reiterliche Meisterleistung, aber auch eine entsetzliche Schinderei für das Pferd. Godewin erreichte in kurzer Zeit die Wagenburg, ritt an ihr entlang und stieß mit seiner Lanze nach den Männern, die auf ihren Wagen standen, Spieße und Morgensterne schwenkten und ihn dabei verblüfft anstarrten.

Einige Augenblicke lang sah es so aus, als würde der Mut des Ritters die Böhmen lähmen. Dann aber sprang ein gutes Dutzend von ihnen herab und umringte den Angreifer. Morgensterne zerschlugen die Schienbeine des Pferdes und brachten es zu Fall, während Godewin von mehreren Hakenspießen gleichzeitig gepackt und zu Boden gerissen wurde. Dann hallten heftige Schläge den Hügel hinab, als würden Riesen mit Stöcken auf einen eisernen Kochkessel schlagen.

Die Kaiserlichen im Tal vernahmen Godewins Aufheulen, das kurz darauf abbrach, und sahen, wie sich das Streitross mit schmerzerfülltem Wiehern am Boden wälzte. Ein wilder Schrei nach Rache erfüllte die Luft, und die Ritter und einige ihrer Reisigen stürmten los, ohne sich um den Rest des Heeres und die Rufe ihrer Anführer zu kümmern. Zunächst kamen ihre Pferde noch gut voran, aber als es steiler wurde, wurden die schwächeren Tiere rasch langsamer, stürzten oder überschlugen sich. Viele rollten über ihre Reiter hinweg und rissen die ihnen Folgenden mit sich.

Michel, der bei seinen Leuten geblieben war, konnte kaum glauben, was sich vor seinen Augen abspielte. Sahen die Herren denn nicht, dass ihre sinnlosen Attacken dem Feind in die Hände spielten? Seiner Schätzung nach kamen auf jeden von ihnen mindestens fünf Böhmen, die keine schweren, behindernden Rüstungen trugen und nur darauf warteten, die hilflos am Boden liegenden Ritter mit panzerbrechenden Keulen und Morgensternen zu erschlagen. Jetzt strebte auch der Kaiser, der zunächst stehen geblieben war, nach oben, und ein Stück hinter ihm quälte Heribald von Seibelstorff, der die Fußknechte hätte befehligen sollen, seinen Hengst bergauf, um ja nicht als Letzter der Ritter den Feind anzugehen.

Michel sah die Katastrophe kommen. Er schwang sich aus dem Sattel, zog sein Schwert und deutete mit der Klinge auf den Feind. »Soldaten, folgt mir!« Er lief los und atmete erleichtert auf, als er sah, dass sich nicht nur seine Pfälzer, sondern ein großer Teil der anderen Fußknechte in Bewegung setzte. Ein Stück weiter rechts nickte Urs Sprüngli ihm zu, schwang seinen Bihänder und stieß einen kehligen Kriegsruf aus.

In den nächsten Minuten war es Michel kaum möglich, auf das Geschehen über ihm zu achten, denn er hatte genug damit zu tun, festen Halt auf dem lockeren, steil ansteigenden Gelände zu finden, den gestürzten, wild um sich schlagenden Pferden auszuweichen und seine Männer mit wilden Rufen anzufeuern. Als ein scharfer Knall die Luft erschütterte, sah er erschrocken auf und bemerkte eine dünne Rauchwolke vor einem der Wagen verwehen. Gleichzeitig vernahm er das Schreien verletzter Männer und die grässlichen Laute, die sterbende Pferde ausstießen.

»Die Schweine haben Kanonen!«, schrie Timo neben ihm. Michel schüttelte ungläubig den Kopf. Kanonen waren wuchtige, schwer zu transportierende Rohre aus Schmiedeeisen, mit denen man Breschen in Burgmauern schießen konnte, aber keine Waffen für eine offene Feldschlacht.

»Das muss ein Donner gewesen sein!«, rief er Timo zu und trieb die Fußknechte an, die vor Schreck stehen geblieben waren. »Weiter, Männer! Oder wollt ihr hier am Hang übernachten?«

Die Soldaten folgten ihm auf dem Fuß. Keine zwei Atemzüge später knallte es wieder, und diesmal sah er das Geschütz. Es war auf einem der Wagen befestigt und wirkte gegen die Kanonen, die er kannte, beinahe wie ein Spielzeug, hatte aber eine verheerende Wirkung. Anscheinend schossen die Feinde nicht mit Steinkugeln, sondern mit kleinen Eisenstücken, die Breschen in die Reihen der Angreifer rissen. Die Linie eisengepanzerter Ritter war längst aufgebrochen, und die Kanonen taten ihr Übriges, um die noch vorwärts stürmenden Gruppen zu zersprengen. Nun wendeten die Ersten ihre erschöpften Pferde und trieben sie wieder bergab, um dem tödlichen Feuer zu entkommen. Damit aber vergrößerten sie die Verwirrung. Die Hussiten tanzten auf ihren Wagen und schwangen ihre Waffen.

Einige Ritter hielten dem Feuer stand und erreichten die Wagenburg, doch die leicht gerüsteten Böhmen wichen ihren Lanzenstößen mit spielerischer Leichtigkeit aus und richteten ihre Kanonen auf Angreifer wie Fliehende. Mittlerweile war jedem bewusst, dass der sinnlose Ansturm in einem Blutbad enden würde. Einen Moment erwog Michel, seine Leute zum Stehen zu bringen, damit sie sich langsam und ohne Panik zurückziehen konnten. Doch dann wählte er lieber einen Weg, der ihnen so lange wie möglich Deckung bot.

Als die Hussiten sahen, dass sich die Reihen der Ritter vor ihnen

lichteten, sprangen sie in dichten Schwärmen von ihren Wagen und stürmten brüllend auf die Kaiserlichen zu. Morgensterne sausten durch die Luft und zerschlugen Pferdeknochen und Ritterrüstungen, Hakenspieße rissen die Gepanzerten von ihren Rossen, und jeder Ritter, der niedersank, sah drei, vier Hussiten über sich, die wenig Federlesens mit ihm machten. Jetzt brach Panik aus, jeder flüchtete, ohne auf die anderen zu achten, und plötzlich stand der Kaiser, den nur noch ein paar Leibwachen umgaben, einer Horde anstürmender Böhmen gegenüber, die mit dem Ruf »Zygmunt! Zygmunt!« weitere Hussiten aus der Wagenburg zu sich riefen.
Michel hörte sich selbst »Vorwärts!« brüllen und rannte los, ohne darauf zu achten, ob seine Männer ihm noch folgten. Doch als er auf die ersten Feinde traf und versuchte, mit wütenden Schwerthieben eine Bresche in die Mauer triumphierend heulender Böhmen zu schlagen, vernahm er hinter sich die heiseren Rufe der eigenen Leute und den hellen Ton, mit dem Eisen gegen Eisen schlug. Der unerwartet disziplinierte Angriff überraschte die Hussiten, die ihre Feinde bereits geschlagen wähnten, und ließ sie zurückweichen. Auch die Männer, die den Kaiser vom Pferd gerissen hatten und gerade auf ihn einschlagen wollten, ließen ihr Opfer los und flohen zu ihren Genossen. Michel schlug einen heranschwirrenden Speer beiseite, riss Sigismund auf die Füße und schleppte ihn trotz der hinderlichen Rüstung mit sich.
Ein Böhme, der sich den Triumph, seinen vertriebenen König erlegt zu haben, nicht nehmen lassen wollte, sprang hinter einem Busch hervor und griff sie von hinten an. Erst im letzten Moment nahm Michel den zum Schlag erhobenen Morgenstern wahr, stieß den Kaiser über eine Kante hinab in die Arme seiner hilflos hinaufstarrenden Leute, drehte sich um und schlug mit aller Kraft zu. Der Morgenstern schrammte über seinen Rücken, riss das Lederwams

auf und durchdrang einige Glieder des Kettenhemdes, ohne mehr als eine Fleischwunde zu reißen, während der Hussit ohne Kopf den Hang hinunterkollerte.
Michel hatte keine Zeit, auf seine Verwundung zu achten, denn er sah, wie die Böhmen zusammenliefen, um die unerwartet aufgetauchte Fußtruppe mit geballter Macht anzugreifen, und befahl seinen Männern, einen Kordon um den Kaiser zu bilden. Gleichzeitig brüllte er die Ritter an, die sich noch im Hang befanden, zu ihm und seinen Fußknechten aufzuschließen.
»Wenn ihr einzeln flieht, holen euch die Hussiten mit Leichtigkeit ein! Hier aber können wir die Kerle in einen Wall aus Lanzen und Speeren rennen lassen.« Zu seiner Überraschung folgten die Männer seinem Appell. Urs Sprüngli führte ihm seine Appenzeller und etliche andere Fußknechte zu und half ihm, eine Mauer aus Leibern um den Kaiser zu bilden, die Schritt für Schritt ins Tal zurückwich und die Hussiten mit Lanzen und Speeren auf Abstand hielt. Nahe dem brennenden Dorf hatten sich die geflohenen Ritter und Fußknechte zu einem ungeordneten Haufen zusammengeschlossen und griffen die Hussiten nun von der Seite an. So entlasteten sie die Männer um den Kaiser.
Michel hörte den Nürnberger Burggrafen, der die Leute anführte, heiser vor Wut und Erregung schreien. »Los! Macht die Hunde fertig, sonst brechen sie bis Nürnberg durch!«
Der Ansturm der Hussiten verlor im Tal etwas von seiner Wucht, und Michel gelang es, Fußknechte und Ritter zu einer gepanzerten Marschsäule zu vereinen, die sich wie ein tausendfüßiger, mit Hunderten von Stacheln besetzter Igel zurückzog. Kurz darauf ließen die Attacken der Böhmen nach, aber als die Männer schon aufatmen wollten, hörten sie eine Frau bei den Trosswagen schrill und durchdringend schreien. Einen Augenblick später erfüllten wildes Gebrüll

und das Klirren von Waffen die Luft. Ein Trupp Hussiten hatte den Tross überfallen und machte sich, wie aufsteigende Qualmwolken verrieten, gerade daran, die Wagen anzuzünden. Michel befahl den Männern, schneller zu marschieren. Es kam jedoch zu keinem weiteren Kampf, denn als die Plünderer die herannahenden Krieger bemerkten, verschwanden sie wie ein Spuk in den Büschen, und ihre Genossen brachen die Verfolgung der Kaiserlichen ab. Späher berichteten, dass die Hussiten sich bei dem zerstörten Dorf sammelten.

Michel war klar, dass ihnen nicht viel Zeit zum Verschnaufen bleiben würde, und trat auf den Kaiser zu. Sigismund standen das Entsetzen und die Todesangst noch ins Gesicht geschrieben, und seine Hand zitterte, als er Michel wortlos zum Sprechen aufforderte.

»Majestät, wir müssen unsere Wagen ebenfalls zu einer Wagenburg zusammenstellen, um uns besser verteidigen zu können. Ich bin sicher, dass die Hussiten noch einmal angreifen werden.«

Sigismund nickte geistesabwesend. »Tut das, Adler.«

Als Michel den Leuten befahl, die Wagen zusammenzuschieben, und dabei selbst Hand anlegte, sah er, wie mit einem Mal das Leben in die starre Gestalt des Kaisers zurückkehrte und der Herr des Heiligen Römischen Reiches Deutscher Nation sich gegen einen Wagenkasten stemmte, um das schwerfällige Gefährt in die richtige Position zu bringen. Die übrigen hohen Herren folgten seinem Beispiel und griffen ebenso wie die überlebenden Knechte und Trosshuren in die Speichen, um die Räder durch den zähen Schlamm zu bewegen. Innerhalb kürzester Zeit hatten sie ein längliches Rechteck gebildet, das ihnen einen gewissen Schutz vor den feindlichen Pfeilen bot, die beinahe pausenlos aus der Deckung des Waldes abgeschossen wurden.

Auch im Schutz der rasch hereinbrechenden Nacht wagten die

Hussiten keinen offenen Angriff, sondern begnügten sich damit, von Zeit zu Zeit vom Hügel aus ihre Kanonen abzuschießen und ihre Bogenschützen auf alles zielen zu lassen, was sich im schwachen Schein der Wachfeuer in der Wagenburg bewegte. Dabei brüllten und heulten sie wie eine Horde entfesselter Dämonen. Die Geschosse schlugen meist wirkungslos in die Zweige des mächtigen Buchenwaldes ein, aber der Lärm und das Stöhnen und Jammern der eigenen Verwundeten zerrte an den Nerven der Kaiserlichen und schwächte die Kampfkraft der Überlebenden.

Michel schätzte, dass von den etwas mehr als zweitausend Rittern und Fußknechten nur noch knapp die Hälfte hier versammelt war. Die Restlichen waren tot; gefallen im ungleichen Kampf oder hinterher von den Böhmen erschlagen. Einige wenige, die in die Wälder geflüchtet sein mochten, würden früher oder später dem Feind zum Opfer fallen und mussten ebenfalls als Verlust abgeschrieben werden. Ob die erschöpften, immer noch von Schrecken gezeichneten Soldaten dem unvermeidlichen Angriff der Hussiten standhalten würden, wagte Michel zu bezweifeln. Einen Teil ihrer Reihen würden sie auffüllen können, indem sie die Diener und Trossknechte bewaffneten, aber deren Kampfwert war mehr als zweifelhaft. Man konnte nur hoffen, dass die Todesangst ihnen die Arme führen würde.

Eine Weile sah er sinnend den Huren zu, die die Verwundeten versorgten und alles taten, um den Soldaten Mut zu machen. Die Frauen wussten, was ihnen bevorstand, wenn die Kaiserlichen an diesem Ort geschlagen wurden, und sie versprachen in ihrer Angst der Jungfrau Maria und ihrer Schutzheiligen Maria Magdalena reiche Opfergaben, wenn sie diesen Feldzug lebendig und halbwegs ungeschoren überstehen würden.

Irgendwann nach Mitternacht machte der Lärm einer unheimlichen

Stille Platz. Sogar die gewohnten Geräusche des Waldes schienen verstummt zu sein, und kein Stern zeigte sich mehr am Himmel, so dass es nicht möglich war, die Zeit zu schätzen. Es war, als halte das Schicksal selbst den Atem an, bevor es über den Kaiser entschied.
Wie Michel es erwartet hatte, griffen die Hussiten kurz vor Morgengrauen an, als die Dunkelheit in schemenhaftes Grau übergegangen war. Wenn sie darauf gerechnet hatten, einen teilweise noch schlafenden, demoralisierten Feind vorzufinden, hatten sie sich getäuscht, denn sie bekamen nun selbst die Wirksamkeit einer hart verteidigten Wagenburg zu spüren.
Jedem der Kaiserlichen – von Sigismund selbst bis hinunter zum jüngsten Trossbuben – war bewusst, dass es um das nackte Überleben ging, und so kämpften sie mit dem Mut der Verzweiflung. Michel sah nicht weit von sich den Kaiser in vorderster Reihe stehen, und direkt neben ihm focht Falko von Hettenheim, der jeden Standesdünkel vergessen zu haben schien, denn seine wuchtigen Hiebe bewahrten ebenso wie Michels Klinge einige der schlecht bewaffneten Knechte vor einem schnellen Ende. Links von Michel stand Timo wie ein lebender Wall und kämpfte mit so präzisen Hieben, als befände er sich auf dem Übungsplatz. Von Zeit zu Zeit grinste er, als mache ihm die Sache sogar Spaß. Das erinnerte Michel an die Zeit, in der er ein kleiner Rekrut des Pfälzer Heeres gewesen war und Timo jener Unteroffizier, der ihm die Grundkenntnisse des Kriegshandwerks beigebracht hatte.
Vier Stunden lang rannten die Böhmen gegen die kaiserliche Wagenburg an, ohne sie durchbrechen zu können, dann gellten Hörner auf, die ihre Krieger zum Rückzug riefen. Die Bannerträger schwenkten noch einmal ihre Gänsefahnen, die, wie Michel von einem Vertrauten Sigismunds erfuhr, keine Verhöhnung des Reichsadlers darstellten, sondern ein Symbol für Jan Hus waren, da

Gans auf Tschechisch *husa* genannt wurde. Dann war es vorbei. Offensichtlich hatten die Anführer der Hussiten begriffen, dass sie bei weiteren Angriffen ihr Heer vor dieser provisorischen Festung verbluten lassen würden. Die Böhmen verschwanden wie Schatten im Morgennebel, der sich nicht verzogen hatte, sondern wie ein Leichentuch über dem lang gestreckten Tal liegen blieb, und ließen nur ihre Toten zurück, die starr und steif um die Wagenburg lagen.

Michel senkte das Schwert, das ihm wie Blei in der verkrampften Hand lag, und sah sich verwundert um. Er konnte nicht glauben, dass es vorbei war, sondern hielt den Rückzug der Feinde wie die meisten anderen auch für eine Finte. Doch die Zeit verrann, ohne dass die Hussiten zurückkehrten. Auf einen Wink des Nürnberger Burggrafen folgten ein paar beherzte Burschen der deutlich sichtbaren Spur der Feinde und brachten schließlich die Nachricht, dass die Böhmen ihre eigene Wagenburg aufgelöst hatten und Richtung Osten abzogen. Einer der Ritter schlug vor, den Feinden zu folgen und sie auf dem Marsch anzugreifen. Doch niemand hörte auf ihn, denn die Männer waren froh, diese Schlacht überstanden zu haben. Keiner von ihnen hatte noch die Kraft und den Mut, dem abziehenden Feind nachzusetzen und dabei in Reichweite seiner Kanonen zu kommen.

Michel war gerade dabei, festzustellen, wer von seinen Männern noch lebte, und wollte sich um die Verwundeten unter ihnen kümmern, als er zum Kaiser gerufen wurde. Sigismund sagte kein Wort, sondern fiel ihm um den Hals und umarmte ihn wie einen Bruder. Für einen Augenblick sah es so aus, als würde der Kaiser in Tränen ausbrechen. Er beruhigte sich jedoch wieder, schob Michel ein wenig von sich weg und legte ihm die Hand um die Schulter.

»Du hast mir an diesem Tag das Leben und mein Heer gerettet. Ohne dich hätten die böhmischen Ketzer frohlocken können, ihren eigenen König erschlagen zu haben, und sie hätten meine wackeren Ritter und braven Fußknechte wie Vieh niedergemacht. Knie nieder, Michel Adler.«

Michel gehorchte verwirrt und sah, wie der Kaiser sein blutbeflecktes Schwert hob und damit seine Schultern und seinen Kopf berührte.

»Stehe nun auf, Reichsritter Michel Adler. Ich werde dir später, wenn der Feind bezwungen ist, ein Lehen verleihen, das dir deinen Namen geben soll.«

Michel starrte den Kaiser an, ohne begreifen zu können, wie ihm geschehen war. Falko von Hettenheim hatte der Szene kochend vor Wut zugesehen. Jetzt war dieser Wirtsbalg kein einfacher Ministerialer mehr, den sein Landesherr aus Dank für lange Dienste irgendwann einmal zum Ritter schlagen und der trotz dieser Würde auch künftig kaum mehr gelten würde als zuvor, sondern ein wohl bestallter Reichsritter des Heiligen Römischen Reiches Deutscher Nation mit Sitz und Stimme in der Reichsversammlung zu Regensburg. Damit stand dieses Nichts von einem Emporkömmling höher als er, der Nachkomme von acht adligen Herren, deren Stammbaum von keinem bürgerlichen Namen entwertet wurde.

Erst später in der Nacht, als die Gefahr eines feindlichen Angriffs endgültig gebannt war, machte Michel sich klar, was die kaiserlichen Worte für ihn bedeuteten. Nun war er kein Gefolgsmann des Pfalzgrafen mehr, sondern stand ebenso hoch im Rang wie Heribald von Seibelstorff. Von diesem Tag an war auch er, Michel Adler, Sohn des Konstanzer Gassenschenks Guntram Adler, würdig, das Fußvolk des Kaisers anzuführen. Michel fand trotz seiner Erschöpfung keinen Schlaf, denn er musste an Marie denken und fragte sich, was sie zu dieser Wendung der Dinge sagen würde. Das Schicksal hatte sie bisher schon weit über den Stand emporgehoben, in dem sie geboren waren, und sie mit Reichtum und Glück gesegnet, und nun wurden sie mit Würden beschenkt, die sie sogar weit über die meisten Menschen adliger Herkunft stellten. Mit einem Mal seufzte er ernüchtert auf, denn er schmeckte das Bittere im Kelch des Glücks. Zum ersten Mal besaß er etwas, das es wert gewesen wäre, einem Sohn vererbt zu werden, aber er hatte die Hoffnung auf Nachkommen schon lange aufgegeben. Den frisch erworbenen Rang konnte er im Gegensatz zu seinem materiellen Besitz nicht an einen adoptierten Bauernjungen weitergeben, wie er es vor einiger Zeit erwogen hatte.

Einen Augenblick spielte er mit dem Gedanken, auf Maries Vorschlag einzugehen und sich eine willige Magd zu nehmen, die ihm Vaterfreuden verschaffen konnte. Doch allein die Vorstellung, seine Frau an ihren Vorschlag erinnern zu müssen, erfüllte ihn mit Abscheu. Sie würde zu ihrem Wort stehen, das wusste er, aber vielleicht wäre sie dann innerlich so verletzt, dass ihre Verbindung danach nie mehr dieselbe sein konnte. Es hatte in seinem Leben nur eine Frau gegeben, und das war Marie. Wenn er das Glück, das sie zusammen genossen, erhalten wollte, durfte er sie seine geheimsten Wünsche niemals wissen lassen, denn sie wäre imstande, Himmel und Hölle in Bewegung zu setzen, nur um ihm zu einem legitimen Erben zu verhelfen. Sie würde es sogar fertig bringen, ihn zu verlassen, damit er eine neue Frau heiraten konnte. Da die Ehe vor Gott und den Menschen jedoch unauflöslich war, gäbe es für Marie nur einen Weg, nämlich still zu verschwinden und in ihr früheres Leben zurückzukehren. Sie würde als namenlose Hübschlerin über die Landstraßen ziehen müssen, und in dieses Elend hätte er selbst seine schlimmste Feindin nicht gestoßen.

7.

Marie schrak aus einem Albtraum hoch, vermochte die Bilder jedoch nicht abzuschütteln. Sie hatte Michel gesehen, mitten in einer blutigen Schlacht, umgeben von Feinden, die ihn niederrangen. Irgendwie war es ihm gelungen, sich mit wuchtigen Schwertstreichen zu befreien und die anderen in die Flucht zu treiben. Seine Gegner waren jedoch keine hussitischen Böhmen gewesen, sondern deutsche Ritter, und der, der am heftigsten auf Michel eingeschlagen hatte, war Falko von Hettenheim gewesen.
Die Bilder waren von einer solchen Klarheit, als hätte sie dem Geschehen tatsächlich zugesehen, und sie musste sich wie schon so oft in letzter Zeit mühsam daran erinnern, dass es nur ein Traum gewesen war, den wohl die Angst um den geliebten Mann ausgelöst hatte. Sie überlegte, ob sie sich nicht doch dem Burgkaplan anvertrauen sollte, aber der hätte ihr nur wieder etwas von bösen Dämonen und Buhlteufeln erzählt, die ihr solche Bilder schicken würden, und von ihr verlangt, stundenlang in der Kapelle für ihr und Michels Seelenheil zu beten. Wie zu ihrer Beschließerin hatte sie auch zu diesem Mann kein Vertrauensverhältnis aufbauen können, aber bei ihm legte sie auch nicht viel Wert darauf. Seit ihrer ungerechten Verurteilung durch die Kirche und der unmenschlichen Behandlung durch einige Kirchenmänner hatte sie trotz ihrer Rehabilitierung kein Vertrauen mehr zu einem Priester fassen können. So musste sie mit ihrem Kummer und ihrer Angst alleine zurechtkommen und konnte nur zur Mutter Gottes beten, dass Michel alle Gefahren überstand und heil zu ihr zurückkam.
Ihr war klar, dass ihre Abneigung gegen die Ritter, die Michel begleitet hatten, diese in ihrer Phantasie zu seinen Feinden werden ließ, und sie versuchte, die schrecklichen Bilder, die immer noch vor

ihren Augen tanzten, zu ignorieren. Sie legte sich wieder hin und lauschte dem Klopfen ihres Herzens, das wie ein Schmiedehammer gegen ihre Kehle pochte. Von draußen drang bereits Margas Stentorstimme herein, mit der sie die Mägde und Knechte an die Arbeit trieb. Marie sagte sich, dass es auch für sie Zeit wurde, aufzustehen und sich ihren Pflichten zu widmen. Es dauerte jedoch eine ganze Weile, bis sie sich aufraffen konnte, und in dem Moment, in dem sie sich aufrichtete, jagte eine Welle heftiger Übelkeit durch ihren Körper. Es gelang ihr gerade noch, den Kopf über die Bettkante zu strecken, bevor sie sich übergab. Ihr Magen entleerte sich in schmerzhaften Schüben, und es verging geraume Zeit, bis sie sich zitternd und schweißüberströmt auf die Bettkante setzen konnte, ohne von weiteren Würgekrämpfen gepeinigt zu werden.

Die Übelkeit hielt Marie noch fest im Griff, als jemand an die Tür klopfte. Marie vermochte nur ein halbersticktes Krächzen auszustoßen, und so schleppte sie sich durch das Zimmer und öffnete. Vor ihr stand Marga, die befremdet in das kalkweiße Gesicht ihrer Herrin blickte und dann wie ein Hund schnupperte, der eine Fährte zu finden hofft. Der säuerliche Geruch nach Erbrochenem lenkte ihren Blick auf den Weinkrug, der auf einer Anrichte in der Ecke stand, und sie musste ein verächtliches Grinsen unterdrücken. Anscheinend hatte ihre Herrin dem Getränk am Abend stärker zugesprochen, als es ihr gut tat.

Marie war zu elend, um das höhnische Aufblitzen in den Augen ihrer Wirtschafterin zu bemerken, und sie schämte sich, weil es ihr nicht einmal mehr gelungen war, den Nachttopf zu benutzen. Daher bat sie Marga freundlich, ihr eine Magd zu schicken, die den besudelten Teppich zum Waschen bringen konnte.

Marga deutete mit dem Kinn auf die verschmutzte Stelle. »Der Fleck wird wohl nicht mehr weggehen.«

Marie nickte bedrückt und verließ hinter ihr den Raum, denn der Geruch nach Erbrochenem ließ ihren Magen wieder hochsteigen. Draußen bemerkte sie, dass sie noch ihr Nachtgewand trug, und wollte umkehren, sah aber im selben Moment ihre Leibmagd die Treppe hochsteigen. »Oh, Ischi, kannst du den Teppich vor meinem Bett ins Waschhaus bringen und ihn einweichen? Mir ist übel geworden, und ich habe ihn beschmutzt.«

Ischi führte sie in ihr Zimmer zurück, rollte den Teppich zusammen und schleppte ihn hinaus. Kaum hatte das Mädchen den Raum verlassen, betraten ihn zwei junge Mägde, die frisches Wasser in die Waschschüssel gossen und Leintücher bereitlegten. Sie grüßten ihre Herrin mit scheuem Lächeln und gingen so wortlos, wie sie gekommen waren, doch Marie hörte sie auf der Treppe aufgeregt schwatzen. Die beiden waren noch halbe Kinder und überglücklich, auf der Burg dienen zu können, aber Margas herrisches Benehmen schüchterte sie so stark ein, dass sie es nicht wagten, den Kopf zu heben und die Burgherrin anzublicken. Marie hatte sich beiden vertraut machen wollen, um zu sehen, welche von ihnen als Ischis Nachfolgerin in Frage kam, aber im Augenblick quälten sie zu viele andere Sorgen. Sie spülte sich den Mund gründlich aus und wusch sich. Da Ischi anderweitig beschäftigt war, suchte sie sich selbst die Kleidung heraus, die sie an diesem Tag tragen wollte, und zog sich ohne Hilfe an. Als sie die Kammer verließ, um die Küche aufzusuchen, verspürte sie immer noch eine gewisse Übelkeit, hoffte aber, es würde ihr nach dem Frühstück besser gehen. Beim Anblick des für sie bereitgestellten Morgenbreis musste sie mit ihrem leeren Magen kämpfen, und der Geruch widerte sie an. Daher schob sie die Schüssel zurück, ohne einen Löffel davon gekostet zu haben.

Die Köchin starrte ihre Herrin beleidigt an, doch Marie achtete nicht auf sie, sondern verließ fluchtartig den Raum. So sah sie nicht mehr, wie Marga die Küche durch die andere Tür betrat und der Köchin zuraunte, die Herrin habe am Abend zuvor zu tief in ihren Weinbecher geschaut.

Die Köchin schüttelte verwundert den Kopf. »Frau Marie und betrunken? Das kann ich mir nicht vorstellen. Sie hat sich doch sonst nichts aus Wein gemacht.«

»Jetzt, wo ihr Mann fort ist, braucht sie ihn, um sich die einsamen Nächte zu verkürzen. Wir wissen doch, was für eine hitzige Frau sie im Bett ist, und da dürfte es ihr nicht leicht fallen, auf einen strammen Männerknüppel zu verzichten.«

»Es gehört sich nicht, so über die Herrschaft zu sprechen«, wies die Köchin die Beschließerin zurecht.

Marga winkte lachend ab. »Ich weiß, was ich weiß.« Mit diesen Worten verschwand sie und ließ die Köchin als Opfer widersprüchlicher Gefühle zurück. Bislang hatte die füllige Frau, deren Mutter schon hier auf der Burg gedient hatte, die beste Meinung von ihrer Herrin gehabt, aber nun erinnerte sie sich an viele andere Bemerkungen der Wirtschafterin und bekam Zweifel.

Marie war unterdessen in die Kammer gegangen, in der Michel die Berichte seiner Untergebenen entgegenzunehmen pflegte, hatte sich an den wuchtigen Tisch aus Nussbaumholz gesetzt und sah nun den kleinen Stapel Unterlagen durch, der unbearbeitete Markt- und Steuerlisten, Anfragen und Aufstellungen der bei den Kaufleuten bestellten, aber noch nicht gelieferten Waren enthielt. Rheinsobern war eine gut verwaltete Herrschaft, und so gab es nur wenig für sie zu tun. Der nächste Gerichtstag stand erst in einer Woche an, und es lagen nur wenige Klagen von Bürgern vor. Marie bearbeitete alles, was sie vorfand, nach bestem Wissen und Gewissen und vergaß darüber für kurze Zeit ihr Unwohlsein.

Als sie jedoch die Schreibfeder aus der Hand legte und das Tintenfass schloss, kehrte die Übelkeit mit doppelter Wucht zurück. Marie schoss zur Tür hinaus, um den Abtritt rechtzeitig zu erreichen, und würgte dort ebenso schmerzhaft wie geräuschvoll gelbe Galle hoch. Sie wusste zuletzt nicht mehr, wie lange die Krämpfe sie gequält hatten. Als der Würgreiz endlich nachließ, sehnte sie sich danach, mit einer warmen Decke um die Schultern in einem weich gepolsterten Sessel zu sitzen und lindernden Tee zu schlürfen. Vor allem aber vermisste sie einen Menschen, der ihr mit sanfter Hand den Schweiß von der Stirn wischte und sie in ihrem Elend tröstete. Marga war nicht die Person, der sie sich anvertrauen mochte, wenn sie tatsächlich krank wurde, denn die Beschließerin brachte anderen Menschen weder Geduld noch Zuneigung entgegen.

Abgesehen von Michel, der unerreichbar fern war, gab es nur einen Menschen, bei dem sie sich geborgen fühlte, und das war Hiltrud. Marie überlegte, ob sie einen Boten zu ihrer Freundin schicken und diese zu sich rufen sollte. Ihr graute jedoch davor, sich in der kalten, zugigen Burg ins Krankenbett legen zu müssen, und sie sehnte sich nach der behaglichen Wärme in Hiltruds Bauernhaus. Noch etwas unsicher auf den Füßen kehrte sie in ihre Kammer zurück und spülte sich erneut den Mund aus. Doch der bittere Geschmack der Übelkeit blieb an Gaumen und Zunge haften, als hätten die Feuer der Hölle ihn dort festgebrannt.

Sie wollte schon den Befehl geben, einen Wagen anspannen zu lassen, als sie erleichtert feststellte, dass sie langsam wieder zu Kräften kam. Voller Vorfreude auf einen von Hiltruds heilenden Tees zog sie ihr Reitkleid an und ging hinunter in den Stall.

»Kunz, sattle mir Häschen!«, rief sie dem ersten Knecht zu, der ihr über den Weg lief. Das magere Männchen eilte los und kehrte wenige Minuten später mit der Stute zurück. Häschen warf übermütig den Kopf hoch und begrüßte Marie schnaubend und mit kleinen

Stupsern ihres Kopfes, als sei sie froh, endlich wieder ins Freie zu kommen. Die letzte Woche war verregnet gewesen, und daher hatte Marie auf die gewohnten Ausritte verzichtet. Als sie im Sattel saß, biss das Tier, das sich noch nicht ganz beruhigt hatte, auf die Trense und drehte sich unvermittelt. Marie zog die Zügel straff und trieb die Stute an.

Als sie schließlich durch das große, weit geschwungene Burgtor ritt und die Stadt vor sich sah, war ihre Schwäche verschwunden, und sie verspürte einen Heißhunger, der sie beinahe hätte umkehren lassen. Die Aussicht auf eine kräftige Brotzeit auf dem Ziegenhof brachte sie jedoch dazu weiterzureiten. Sie trieb Häschen an, so dass die Hufe im hellen Stakkato auf das Kopfsteinpflaster trommelten und die guten Bürger verwundert die Köpfe zu Türen und Fenstern hinausstreckten, um zu sehen, weshalb die Frau des Burghauptmanns es gar so eilig hatte.

Hiltrud war gerade dabei, die Schweine zu füttern, als Marie heranfegte und Häschen erst im letzten Moment zügelte. »Was ist denn mit dir los? Hast du Nachricht von Michel erhalten?«

Marie schüttelte heftig den Kopf. »Leider nein. Ich hatte einfach Lust, dich zu besuchen. Eigentlich wollte ich einen Heiltrank von dir, weil mir heute Morgen so schlecht geworden ist, aber jetzt habe ich nur noch Hunger.« Sie starrte dabei so begehrlich auf die Essensreste, die Hiltrud den Schweinen vorwarf, als wolle sie selbst darüber herfallen.

»Du scheinst wirklich hungrig zu sein. Komm ins Haus.« Hiltrud schüttete das restliche Futter in den Schweinetrog, wusch sich am Brunnen die Hände und führte Marie in die Küche. Dort schnitt sie ihr ein paar Scheiben Brot ab und legte ihr Wurst, Schinken und Käse sowie einen Topf der Hagebuttenmarmelade vor, die sie wie keine Zweite zuzubereiten verstand.

Marie fiel wie ein ausgehungerter Wolf über das Essen her. Als der Holzteller vor ihr blank geputzt war, schielte sie hungrig auf die Tür der Vorratskammer, in der Hiltrud ihre nahrhaften Schätze aufbewahrte.

Hiltrud bemerkte es und wiegte verwundert den Kopf. »Möchtest du noch etwas? Tu dir keinen Zwang an.«

Marie strich über ihren Bauch und hatte das Gefühl, als hätte sie in letzter Zeit zugenommen. Natürlich war sie nicht mehr ganz so schlank wie früher, aber bisher hatte sie sich ihre gute Figur ebenso bewahrt wie ihr noch recht jugendliches Aussehen. Das wollte sie eigentlich nicht aufs Spiel setzen. Das Loch in ihrem Magen war jedoch noch immer nicht gefüllt, und so bat sie um einen kleinen Nachschlag. Hiltrud nickte leicht verschmitzt und verschwand in der Vorratskammer. Als sie zurückkehrte, hielt sie eine Scheibe Brot in der Hand, auf das sie Butter und eine kräftige Schicht Marmelade gestrichen und das sie zusätzlich mit einem fingerdicken Stück Schinken belegt hatte. Marie sah kaum hin, sondern verschlang das Brot, als wäre es ihre Lieblingsspeise.

»Das war gut!«, sagte sie, als sie endlich den Mund leer hatte.

Hiltrud ging einmal um sie herum und strich ihr über das Gesicht. »Hattest du solche Hungeranfälle schon öfter?«

»Eigentlich nicht«, antwortete Marie. »Ich hoffe auch, sie kommen so rasch nicht wieder. Sonst bin ich, wenn Michel wiederkommt, so dick wie ein Fass.«

»Du hast gesagt, dir wäre beim Aufstehen übel geworden?«

Marie nickte heftig. »Und wie! Ich habe es nicht einmal mehr aus meinem Bett heraus geschafft.«

»Wann hattest du eigentlich deine letzte Monatsblutung?«

»Weshalb fragst du?« Marie hob verwundert den Kopf, versuchte aber, sich zu erinnern. »Nun, das ist schon eine gewisse Zeit her. Ich glaube, da war Michel noch hier. Bei mir kommt sie ja nie so regelmäßig wie bei dir. Das liegt wohl an den Mitteln, die ich damals während unserer gemeinsamen Zeit genommen habe, um nicht schwanger zu werden. Ich fürchte, die Kräuteraufgüsse haben mich unfruchtbar gemacht.«

Hiltrud lächelte und schüttelte dann heftig den Kopf. »Aber alle Anzeichen deuten darauf hin, dass du ein Kind bekommst.«

»Unsinn!« Marie lachte bitter auf und verzog das Gesicht, als wolle sie in Tränen ausbrechen. Dann holte sie tief Luft. »Wäre es möglich?«

»Ausgeschlossen ist es nicht.« Hiltrud zog Marie an sich. »Ich würde es dir so wünschen, Kleines.«

Maries Augen leuchteten auf. »Das wäre wunderbar! Ich werde Michel sofort schreiben und einen berittenen Boten hinter ihm herschicken.«

Hiltrud winkte ab. »An deiner Stelle würde ich warten, bis wir uns sicher sind. Du willst ihm doch nicht zuerst Hoffnungen machen und ihn dann enttäuschen.«

»Das darf ich wirklich nicht!« Marie seufzte auf und horchte in sich hinein. Doch da gab es nichts außer dem schnellen Schlag ihres eigenen, sich an eine verzweifelte Hoffnung klammernden Herzens. »Sag, Hiltrud, wann werde ich Gewissheit haben?«

»Hab noch ein bisschen Geduld. In ein paar Wochen wirst du das Kind schon spüren. So, jetzt koche ich uns noch einen guten Tee, denn du wirst gewiss Durst haben.« Hiltrud verließ die Küche, um draußen am Brunnen Wasser zu holen, und als sie zurückkam, wies sie mit dem Kinn durch das Fenster auf Häschen. »Du solltest nicht mehr so wild reiten wie vorhin, am besten gar nicht mehr. Nachdem du zehn Jahre auf ein Kind warten musstest, solltest du es durch nichts gefährden.«

»Das werde ich nicht, keine Sorge!« Marie umarmte Hiltrud ungeachtet des Kessels, den diese in der Hand trug, und starrte sie mit großen Augen an. »Wenn du Recht behältst, ist heute der glücklichste Tag meines Lebens!«
Hiltrud löste sich lächelnd aus ihren Armen und hängte das Gefäß an den Dreifuß auf dem Herd. »Dann wollen wir dafür sorgen, dass er es auch bleibt.«
Als Marie am späten Nachmittag in die Vogtsburg zurückkehrte, strahlte sie förmlich vor Glück. Ihre gute Laune fiel Marga auf, die sie zur gewohnten Stunde in ihren Räumen aufsuchte und berichtete, was an diesem Tag im Haushalt geschehen war. Sie fand ihre Herrin jedoch seltsam unaufmerksam.
Nachdem sie es fertig gebracht hatte, wenigstens das Notwendigste mit Marie zu besprechen, eilte sie in die Küche. »Die Herrin wünscht jetzt ihr Abendessen«, richtete sie der Köchin aus. Dann zog sie sie näher zu sich heran. »Frau Marie ist heute ganz aufgekratzt. Ich glaube, die Ziegenbäuerin hat ihr kräftig aus dem Weinfass eingeschenkt.«

8.

Der Kaiser und der Nürnberger Burggraf bezeichneten das Scharmützel am Krauthügel als großen Sieg, Michel hingegen hielt es für eine mit viel Glück abgewendete Katastrophe. Ein Großteil der beteiligten Ritter war tot oder auf lange Zeit kampfunfähig, und er selbst hatte ein Drittel seiner Pfälzer Fußknechte verloren. Am meisten aber bekümmerte ihn Timos Schicksal. Ein Pfeil hatte das Bein seines Feldwebels durchschlagen, und da es eine eher leichte Verletzung gewesen war, hatte Timo sich zu wenig um sie gekümmert. Nach ein paar Tagen hatte die Wunde zu eitern begonnen und war schließlich brandig geworden, so dass der Feldscher ihm das Bein hatte abnehmen müssen. Jetzt saß der brave Alte in Nürnberg und ertränkte den Kummer, ein nutzloser, einbeiniger Krüppel geworden zu sein, in Wein und Met. Die noch kampffähigen Fußknechte waren nun dem Appenzeller Sprüngli unterstellt, während der Kaiser Michel einer Schar von Rittern zugeteilt hatte, die unter Heribald von Seibelstorffs Kommando auf eigene Faust gegen die Hussiten vorgehen sollten.

Den ganzen Sommer über und noch während eines großen Teils des Herbstes unternahm der Reitertrupp Einfälle bis tief nach Böhmen hinein, aber statt die Plünderer zu jagen, die die benachbarten Reichsteile verheerten, überfielen die Männer hussitische Dörfer und gingen dabei nicht weniger grausam vor als der Feind. Seibelstorff und die übrigen Ritter schonten niemanden, der ihnen vor die Klinge geriet. Männer und alte Frauen wurden meist auf der Stelle niedergemetzelt und die Mädchen und jüngeren Frauen vergewaltigt, bevor man ihnen die Kehle durchschnitt. Falko von Hettenheim und Gunter von Losen taten sich bei diesen Grausamkeiten besonders hervor, Michel weigerte sich jedoch, eine Frau anzurühren oder einen Wehrlosen niederzustechen, obwohl er sich dem Hohn und Spott seiner Kameraden ausgesetzt sah.

Der letzte Streifzug hatte sie in eine unzugängliche Gegend geführt, in der wohl viele Flüchtlinge aus grenznahen Gebieten Zuflucht gesucht hatten. Jedenfalls wirkte das Dorf, das sie diesmal überfallen hatten, für ein Waldgebirge viel zu groß. Michel stand wie ein düsterer Schatten am Rand des Weilers, während sich unweit von ihm ein vielleicht vierzehnjähriges Mädchen unter Ritter Falko wand und ihn mit schmerzverzerrtem Gesicht zur Hölle wünschte. Michel juckte es in den Fingern, sein Schwert zu ziehen und ihr den

Wunsch zu erfüllen. Die Handlungsweise seiner Begleiter musste zwangsläufig Hass in die Herzen der Böhmen sähen und sie den Aufständischen in die Arme treiben. Noch gab es Städte und Burgen in diesem Land, die den Hussiten bisher widerstanden hatten, und Michel wäre es sinnvoller erschienen, diese zu unterstützen, anstatt Dörfer niederzubrennen, deren Bewohner abzuschlachten und die Kinder, die bereits laufen konnten, als Leibeigene auf die Burgen der beteiligten Ritter zu schicken oder sie dem schmierigen Lombarden, der letztens in Nürnberg aufgetaucht war, für blanke Goldstücke als Sklaven zu verkaufen.

Als Michel die Schreie des von Falko vergewaltigten Mädchens nicht mehr ertragen konnte, stieg er auf sein Pferd und lenkte es zu einem Weg, der auf einen bewaldeten Hügel hinaufführte. Das Jammern und Flehen der geschändeten Frauen verfolgte ihn jedoch wie ein Albtraum, der sich nicht abschütteln ließ. Ludwig, sein neuer Knecht oder – wie er als Ritter nun sagen durfte – sein Knappe, folgte ihm mit hängendem Kopf. Der Siebzehnjährige war der Bastard eines unbedeutenden Ritters und einer leibeigenen Magd und schätzte sich überglücklich, Michel dienen zu dürfen. In seinen Träumen sah Ludwig, den alle nur Wiggo nannten, sich schon in glänzender Rüstung über ein Schlachtfeld reiten, auf dem er jedoch nicht gegen Hussiten kämpfen musste, die Kanonen besaßen, welche Steine und Eisenschrot spien, und die nur aus dem Hinterhalt angriffen, sondern gegen edle Ritter zu Pferd. Gleichzeitig ärgerte er sich über seinen Herrn, der es verschmähte, dem Beispiel der übrigen Standesherren zu folgen und auch ihm die Freuden vorenthielt, die der Krieg so reichlich bot.

Wiggo stand an der Schwelle zum Mannesalter und hätte auch gerne einen weichen Frauenleib unter sich gespürt. Die anderen Knappen nahmen sich das, was ihre Herren ihnen übrig ließen, sein Herr aber

hatte ihm streng verboten, sich an den Schändungen zu beteiligen, und ihm gedroht, ihn aus seinem Dienst zu verstoßen, falls er seinem Befehl nicht Folge leistete. Bisher hatte Wiggo gehorcht, doch die gierige Spannung in seinen Lenden wuchs von Tag zu Tag, und er überlegte verzweifelt, wie er sich Befriedigung verschaffen konnte, ohne sich Michels Wohlwollen zu verscherzen. Als er sich seinem Herrn anschloss, hoffte er, dieser würde ihn bald zurücklassen, so dass er sich heimlich nach einer Magd umsehen konnte, die die anderen verschmäht hatten und bei der er sich endlich als Mann beweisen konnte.
Michel winkte ihn jedoch an seine Seite und zeigte nach vorne. »Da drüben ist jemand.«
»Wo?«, fragte Wiggo, sah es dann aber selbst. Etwa hundert Schritt vor ihnen kauerte ein Mann hinter einem Baum. Er schien sich sicher zu fühlen, doch der Schatten, den die Sonne auf den hellen Kies des Weges warf, verriet ihn. Es mochte sich um einen armen Kerl handeln, der sich voller Entsetzen mit anhören musste, was seiner Frau oder seinen Töchtern angetan wurde. In diesem Fall wäre Michel bereit, ihn laufen zu lassen, aber der Umriss am Boden deutete eher auf einen Bewaffneten hin, wahrscheinlich auf einen Späher, den er nicht entkommen lassen durfte.
Er ließ das Pferd antraben und lenkte es scheinbar an dem Mann vorbei, so dass dieser glauben musste, er sei nicht entdeckt worden. Erst im letzten Moment wendete Michel auf der Hinterhand, galoppierte auf den Späher zu und erreichte ihn, ehe dieser in einem für Reiter undurchdringlichen Gebüsch verschwinden konnte. Michel beugte sich aus dem Sattel, packte den Böhmen und riss ihn zu sich aufs Pferd. Bei dem Ruck verlor der Mann den Streitkolben, griff aber geistesgegenwärtig an den Gürtel, um sein Messer zu ziehen. Michel sah es noch rechtzeitig und schlug ihn mit der Faust bewusstlos.

Unterdessen hatte Wiggo Michel eingeholt und half ihm, den Gefangenen zu fesseln. »Wenn das kein Späher ist, will ich keinen Tropfen Wein mehr trinken«, rief er voller Eifer aus.
»In deinem Alter solltest du den Wein ohnehin meiden.« Michel erinnerte sich an seine eigene Jugend, in der er nur sehr selten einen Krug Bier und nur zu hohen Festtagen einen Schluck Wein erhalten hatte, obwohl die Hänge des Bodensees um Konstanz herum von Reben bedeckt waren. Auch jetzt trank er nur selten so viel, dass er sich am nächsten Morgen nicht mehr an alles erinnern konnte. Die Männer, mit denen er nun ritt, und deren Gefolge hielten nicht viel von solcher Selbstbeherrschung, sondern schütteten Alkohol in sich hinein, wann immer sie welchen auftreiben konnten. Die Truppe hatte im Dorf keinen Wein vorgefunden, sondern ein säuerlich schmeckendes Bier mit einem seltsamen Nachgeschmack. Michel hatte es nach dem ersten Schluck angewidert ausgespuckt, seine Kameraden aber waren nicht so wählerisch gewesen wie er, denn als er mit seinem Gefangenen ins Dorf zurückkehrte, waren nur wenige unter ihnen nüchtern zu nennen.
Heribald von Seibelstorff starrte den gefesselten Böhmen an, als könne er nicht ganz begreifen, was Michel ihm da präsentierte. »Wo habt Ihr den Kerl denn her, Adler?«
»Eben im Wald erwischt. Ich halte ihn für einen hussitischen Späher.«
Heribald nickte grimmig. »Das denke ich auch.« Er gab einem Knappen den Befehl, einen Eimer Wasser über dem Böhmen auszuleeren, und als der Mann sich zu regen begann, trat er ihn in die Rippen.
»Rede, Bursche, wenn dir dein Leben lieb ist. Woher kommst du und wo befindet sich der Rest deines ketzerischen Gesindels?«

Der Hussit kämpfte sich trotz der auf den Rücken gefesselten Hände auf die Beine und spie dem Ritter wortlos ins Gesicht.
Heribald prallte zurück und rieb sich mit dem Ärmel den Speichel von Wange und Nase. »Bringt ihn um! Aber langsam!«
Vier Reisige packten den Gefangenen, rissen ihm die Kleider vom Leib und schleppten ihn grölend zu dem Baum in der Dorfmitte. Dort hängten sie ihn an den Armen auf und begannen ihr blutiges Werk. Der Hussit biss die Zähne zusammen und versuchte, keine Regung zu zeigen, aber sein Wille hielt der Tortur nicht stand, und nach kurzer Zeit drangen seine Schreie durch das Dorf und hallten misstönend vom Waldrand zurück.
Michel wandte sich ab und ärgerte sich über sich selbst, dass er den Mann Seibelstorff ausgeliefert hatte. Es wäre gnädiger von ihm gewesen, den Böhmen gleich zu erschlagen. Gleichzeitig machte er sich klar, dass der böhmische Krieger sich wohl nicht allein in der Gegend herumgetrieben hatte.
»Wir sollten Späher aussenden«, riet er Seibelstorff. »Wenn wir Pech haben, lauert hinter der nächsten Anhöhe ein ganzes Heer auf uns.«
Sein Anführer verzog das Gesicht. »Ich wollte, es wäre so, dann könnten wir diesem aufrührerischen Gesindel endlich zeigen, wer hier der Herr ist.« Sein Blick schweifte über die Männer, die der Folter des Hussiten teils mit grimmigen, teils mit freudig erregten Mienen zusahen, und er zog unbehaglich die Schultern hoch. Mit dreißig Rittern und fünfzig berittenen Knappen und Knechten konnte er sich auf keine größere Schlacht einlassen.
Er grinste Michel freudlos an. »Wir sollten uns tatsächlich umsehen. Adler, Hettenheim, Losen, nehmt noch fünf Reisige mit und seht nach, wohin die Straße dort führt.«
Falko von Hettenheim und Gunter von Losen waren nicht gerade

die Männer, die Michel sich als Begleiter gewünscht hätte. Zu seinem Pech aber war keiner der anderen Standesherren noch in der Lage, ein Pferd zu besteigen. Er sah sich nach Wiggo um, doch sein Knappe war nirgends zu sehen und erschien auch nicht, als er nach ihm rief. So kniff er die Lippen zusammen, damit ihm kein unchristlicher Fluch entschlüpfte, stieg auf seinen Braunen und folgte Falko von Hettenheim, der bereits losgeritten war.

9.

Die Tschechen waren den deutschen Rittern seit drei Tagen auf den Fersen, aber nicht zahlreich genug, als dass sie den Überfall auf das Dorf, das in ihrer Sprache Mleko Vesnice hieß, hätten verhindern können. Während des Gemetzels, das die Deutschen unter den Bauern anrichteten, kauerten sie im Wald, lauschten den Schreien ihrer gequälten Landsleute und bissen auf Äste, um ihre Wut und ihren Hass nicht lauthals hinauszubrüllen. Einer von ihnen war näher an das Dorf herangeschlichen, weil seine Schwester dort mit ihrem Mann lebte und er das Fünkchen Hoffnung nicht hatte aufgeben wollen, seine Verwandten irgendwie retten zu können. Aber die Deutschen hatten auch ihn gefangen genommen und folterten ihn nun zu Tode.

Vyszo, der Anführer der Gruppe, winkte einen seiner Begleiter zu sich. »Dafür werden die Deutschen bezahlen. Lauf zu unseren Leuten, Przybislav, und führe sie her. Wir Übrigen werden den Schweinen folgen und euch Zeichen hinterlassen, mit deren Hilfe ihr sie finden könnt.«

Przybislav nickte. »Ich werde so schnell sein wie ein Falke, Vyszo. Spätestens in zwei Tagen bin ich mit so vielen wackeren Burschen zurück, dass wir diese Schufte in die Hölle schicken können.«

Vyszo klopfte ihm aufmunternd auf die Schultern und sah dem Mann nach, bis er zwischen den Bäumen verschwand. In dem Moment riss einer der anderen Männer den Kopf hoch. »Ich höre Reiter! Sie kommen direkt auf uns zu.«

»Versteckt euch im Wald.« Vyszo scheuchte seine Leute von der Straße und blieb selbst nach ein paar Schritten zwischen ein paar hohen Büschen stehen, um die Kaiserlichen zu beobachten, die so sorglos den Weg herantrabten, als ritten sie daheim zur Jagd.

Wenn wir die Kerle nicht aufhalten, schließen sie zu Przybislav auf und bringen ihn ebenfalls um, dachte Vyszo und zählte die Reiter. Es waren acht, genauso viele wie sie selbst, aber die Deutschen waren beritten und besser bewaffnet.

»Weiter hinten müssen sie durch einen Hohlweg. Dort haben wir eine Chance, sie zu überraschen«, raunte einer seiner Männer ihm zu, der gebückt zu ihm zurückgeschlichen war.

Vyszo drehte sich zu seinen Leuten um und sah, dass sie bereit waren, ihm in des Teufels Rachen zu folgen. »Kommt, stellen wir den Schweinen eine Falle und bringen so viele von ihnen um, wie wir können. Przybislav muss durchkommen und die Unsrigen warnen.«

Während der Hufschlag der deutschen Reiter durch den Wald hallte, bewegten sich die Tschechen zwischen den uralten, moosbedeckten Stämmen so lautlos wie Schatten. Sie erreichten als Erste den Hohlweg und sahen den Deutschen mit brennenden Augen entgegen. Es handelte sich um zwei Ritter in voller Rüstung, einen etwas leichter gewappneten Reiter und fünf Knechte, die mit Eisenplättchen verstärkte lederne Waffenröcke und einfache Sturmhauben trugen. Vyszo war klar, dass sie sich auf ein tödliches Ringen einlassen mussten, wenn sie die Gegner aufhalten wollten, aber sollte Przybislav sein Ziel nicht erreichen, würden die Deutschen noch weitere Dörfer überfallen und ihre Bewohner abschlachten.

Die beiden gepanzerten Ritter und die Knechte ritten ohne zu zögern in den Hohlweg ein, während der leichter gerüstete Mann sein Pferd zurückhielt und die Umgebung scharf beäugte. Vyszo befahl seinen Männern mit einer knappen Geste, sich tiefer zu ducken, doch es war zu spät. Der Reiter sah die Bewegung und stieß einen durchdringenden Warnruf aus.

In dem Moment schnellte Vyszo über die Kante des Hohlwegs und stürzte sich auf den vordersten Ritter. Der Mann wich seinem Streithammer aus, stürzte zu Boden und blieb reglos liegen. Der Tscheche kümmerte sich nicht weiter um ihn, sondern eilte seinen Männern zu Hilfe, die in einen erbitterten Kampf mit den übrigen Deutschen verwickelt waren. Einer seiner Kameraden lag bereits am Boden und ein weiterer sank gerade blutüberströmt in sich zusammen. Gleichzeitig kippte auch der erste Deutsche tot aus dem Sattel, doch die anderen wehrten sich verbissen, allen voran der Reiter, der seine Freunde gewarnt hatte. Der Mann schlug wie ein Berserker auf seine Gegner ein und drängte einen von ihnen mit dem Pferd gegen die Wand des Hohlwegs. Dabei drehte er Vyszo den Rücken zu. Der tschechische Anführer erkannte seine Chance, schnellte nach vorne und holte mit dem Streitkolben aus.

Im gleichen Moment fiel ihm auf, dass einer der anderen Ritter seinen Angriff beobachtete, und er hielt inne, um sich dieses Gegners zu erwehren. Der Mann drehte sich jedoch um und stieß einem von Vyszos Freunden mit einem geradezu aufreizenden Grinsen das Schwert von hinten durch den Leib. Der Hussit biss die Zähne zusammen, schnellte auf seinen ursprünglichen Gegner zu und holte mit aller Kraft aus. Sein Hieb traf jedoch nur dessen Oberschenkel und ließ den Mann im Sattel einknicken. Vyszo sah es rot durch die mit Metallplatten besetzte Hose des Deutschen rinnen und riss mit einem heftigen Ruck seine feststeckende Waffe aus der Beinschiene des Gegners. Dabei brach er den spitzen Schlagkopf ab. Vyszo knurrte wütend, holte aus, ehe der Deutsche das Gleichgewicht wieder gefunden hatte, und ließ die Keule mit aller Kraft auf dessen Helm niedersausen. Ohne einen Laut kippte der Mann aus dem Sattel und wurde von seinem durchgehenden Pferd mitgeschleift.

Vyszo sah sich nach seinen Kameraden um, die augenscheinlich nicht mehr lange standhalten konnten, und brüllte ihnen zu, im Wald zu verschwinden. Nur zweien gelang es, ihm zu folgen, den Rest hatten die Deutschen bereits niedergemacht. Zu Vyszos Erleichterung verzichteten sie jedoch darauf, ihnen zu folgen, wohl weil sie selbst zu starke Verluste erlitten hatten.

Falko von Hettenheim war als Erster aus dem Sattel geschleudert worden, hatte aber nur ein paar Kratzer davongetragen, während Gunter von Losen und zwei Knechte stärker blessiert worden waren. Während die beiden Reisigen ihre Kameraden untersuchten, ob noch Leben in einem von ihnen war, und Gunter von Losen den verletzten und toten Böhmen mit wütenden Hieben die Köpfe von den Schultern trennte, ging Falko zu Michel hinüber, dessen Körper in einem Gebüsch hängen geblieben war. Die Wunde am Oberschenkel blutete, und unter seinem Helm quoll ebenfalls ein steter roter Strom hervor. Zu Falkos Verwunderung bewegte er jedoch seine Finger und stieß ein lang gezogenes leises Stöhnen aus.

Falko ballte die Fäuste. »Der Kerl ist zäher, als ich dachte. Aber das wird ihm nichts nützen.«

Als er sich abwandte, lag ein höhnischer Zug um seinen Mund. »Wir sollten schnellstens verschwinden«, sagte er zu Loosen. »Wo ein Hussit ist, tauchen bald noch mehr auf.«

»Sollen wir unsere Toten denn einfach so liegen lassen?«, fragte einer der Knechte empört.

»Willst du hier bleiben und warten, bis dir einer dieser böhmischen

Ketzer mit dem Streitkolben den Schädel zu Brei schlägt? Los, fangt die Pferde ein, die ihr erwischen könnt, und schwingt euch in die Sättel. Wir müssen schnellstens zurück zum Lager!«

Die Knechte waren gewohnt zu gehorchen und fassten nach den Zügeln. Falko von Hettenheim wartete, bis sie sich auf den Weg gemacht hatten, und stieg dann selbst in den Sattel. Als er an Michel vorbeikam, sah er auf ihn nieder und spuckte aus. »Da hast du deine Ritterwürde, du Wirtsbalg! Wölfe und Bären werden sich schon bald um deinen Kadaver streiten.« In diesem Augenblick öffnete Michel die Augen und starrte Falko wie aus weiter Ferne an. Der Ritter hob das Schwert, um ihn endgültig aus dem Weg zu schaffen, ließ es dann aber mit einem bösen Lachen wieder sinken.

Gunter von Losen, der bemerkt hatte, dass Falko zögerte, kehrte noch einmal um und lenkte sein Pferd an seine Seite. »Was ist mit dem Wirtsbastard?«

»Er lebt noch! Wir lassen ihn für die Böhmen liegen. Die kehren bestimmt zurück und schicken ihn zur Hölle.« Falko von Hettenheim gab sich keine Mühe, seine Befriedigung zu verbergen.

Gunter von Losen stieß ein hämisches Lachen aus. »Das hat der Kerl jetzt von dem Becher Wein, den er mir verweigert hat. Hätte er sich damals anders benommen, würde ich ihn jetzt ins Lager zurückbringen.«

»Das hätte ich wohl kaum zugelassen.« Falko von Hettenheim zog sein Pferd herum und winkte Ritter Gunter, ihm zu folgen. Eine gute Stunde später berichtete er Heribald von Seibelstorff, dass sie von einer größeren Schar Böhmen überfallen worden und im letzten Moment entkommen wären. »Ein Ketzerheer folgt uns auf dem Fuß. Wir müssen uns sofort zurückziehen, bevor ihre Reiter uns eingeholt haben.«

Heribald von Seibelstorff sah das Blut an Falkos Rüstung, das seine

Worte zu bestätigen schien, nickte mit zusammengebissenen Zähnen und gab den Befehl, sich zum Aufbruch bereitzumachen. Diejenigen, die sich nicht im Sattel halten konnten, wurden auf die Rücken ihrer Pferde gelegt, und die Truppe trat in aller Hast den Rückzug an.

10.

Als die drei entkommenen Tschechen merkten, dass sie nicht verfolgt wurden, hielten sie inne und lehnten sich keuchend gegen Baumstämme. Vyszo blickte zu der Stelle zurück, an der fünf seiner Kameraden zurückgeblieben waren, und biss die Zähne zusammen, um seine Wut nicht hinauszuschreien.

»Was sollen wir jetzt tun?«, fragte einer seiner Männer.

»Was wir uns vorgenommen haben. Wir folgen den Deutschen und geben unseren Leuten Zeichen, damit sie wissen, wohin sie sich wenden müssen, und dann ...« Er machte das Zeichen des Halsabschneidens und wies einen seiner Männer an, das Lager der Feinde unter Kontrolle zu halten. Zu seiner Verwunderung kehrte dieser schon nach kurzer Zeit zurück. »Die Deutschen haben das Dorf bereits verlassen und ziehen sich so hastig zurück, als wäre der Teufel hinter ihnen her.«

Vyszo hob die Hände zum Himmel und nahm dieses unerwartete Geschenk an, ohne es zu hinterfragen. »Los, Männer, folgen wir den Schweinen. Aber zuerst schauen wir, ob einer unserer Kameraden im Hohlweg noch lebt.«

Nach kurzer Zeit erreichten die Tschechen die Stelle des Überfalls, starrten mit geballten Fäusten auf die kopflosen Körper ihrer Freunde und stellten dann fest, dass die Deutschen ihre eigenen Toten einfach liegen gelassen hatten, als wären sie voller Angst geflohen. Während seine beiden Begleiter die Knechte ausplünderten, blieb Vyszo bei dem Gewappneten stehen, der ihren Hinterhalt bemerkt hatte, und betrachtete mit Genugtuung die Blutlache, die sich unter ihm gesammelt hatte. Das Kettenhemd des Mannes war noch unversehrt und schien wie für ihn gemacht. Mithilfe seiner Männer zog er es dem Mann aus, wischte es mit ein paar Grasbüscheln ab und legte es sich selbst an. Er ging ein paar Schritte hin und her und rollte mit den Schultern.

»Das ist genau das, was ich schon lange gesucht habe.«

Einer seiner Kameraden nickte und zeigte auf die regungslosen Gestalten, die über den Weg verstreut lagen. »Was machen wir mit den Toten? Wenn wir sie begraben, entkommen uns die Deutschen.«

»Um sie werden sich unsere Leute kümmern, wenn sie hier vorbeikommen. Die Deutschen werft da drüben in den Fluss.« Vyszo wies auf ein Gewässer, das sich jenseits des Hohlwegs ein Stück an der Straße entlangschlängelte, um dann wieder in den dunklen Tiefen des Waldes zu verschwinden. Er selbst beugte sich über Michel und fand auch dessen Kleidung brauchbar. Daher zog er ihn bis auf die Haut aus, schleppte ihn mithilfe eines Kameraden zum Ufer und warf ihn ins Wasser. Er blieb noch einen Augenblick stehen und sah zu, wie die Strömung den Mann ergriff und mit sich nahm. Dann wandte er sich um und befahl den beiden anderen, sich zu beeilen. Der Krieg war noch nicht zu Ende, und jeder Erfolg, den sie errangen, brachte sie der Befreiung vom deutschen Joch ein Stück näher.

Zweiter Teil

Die Witwe

1.

Marie wurde von ihren eigenen Schreien geweckt. Zitternd richtete sie sich auf, presste die Hände auf ihr wild schlagendes Herz und rang nach Atem, als wäre sie eben sämtliche Treppen der Burg hochgelaufen. Wieder hatte sie von Michel geträumt, und die Bilder tanzten noch vor ihren Augen, als wollten sie sie verhöhnen. Auch diesmal war er ihr zum Greifen nahe gewesen, ebenso wie die Ritter, die Michel begleitet hatten. Die Männer hatten ihn mit Spott und Hohn überschüttet und im Stich gelassen, als er gegen eine Übermacht dämonischer Gestalten kämpfen musste, die ihn schließlich unter ihren Körpern begruben. Der Albtraum war noch schlimmer gewesen als die vorhergehenden, denn sie hatte mit ansehen müssen, wie Michel blutüberströmt in einen Fluss stürzte, dessen Wasser bereits rot gefärbt war. Vergebens hatte sie die Hand nach ihm ausgestreckt, um ihn zu retten, die Wellen hatten ihn von ihr fortgetragen bis zu einem schäumenden Wirbel, der ihn in die Tiefe zog.

Ein heftiger Tritt ihres ungeborenen Kindes riss sie aus ihrer Starre und erinnerte sie daran, dass ihre Gedanken nicht nur Michel und der Vergangenheit gelten durften, sondern vor allem der Zukunft. Sie legte die Hände auf ihren Bauch und begann ihn sanft zu streicheln. Das Kleine beruhigte sich wieder, und sie rechnete kurz nach. Michel war im März aufgebrochen, und nun hatte bereits der November eingesetzt, also würde ihr Kind in spätestens anderthalb Monaten zur Welt kommen. Bis dorthin musste sie weiterhin vorsichtig sein und alles tun, um Schaden von sich und dem Ungeborenen abzuhalten.

Marie stand auf und füllte ihren Becher mit kaltem Tee, der auf dem kleinen Tisch neben dem Bett für sie bereitstand, und dankte im Stillen Hiltrud, die all jene Kräuter, die für eine Schwangere gut sein

sollten, gesammelt und nach einem ihrer Rezepte gemischt hatte. Den Sommer über hatte Marie mehr Zeit auf dem Ziegenhof verbracht als in der Sobernburg, die ihr mit jedem Tag, den Michel fernblieb, düsterer und bedrückender erschien. Ihr graute davor, den Winter in dem kalten Gemäuer verbringen zu müssen, doch da sie nicht mehr reiten konnte und der Wagen sie jedes Mal bis auf die Knochen durchrüttelte, war der Weg zum Ziegenhof zu beschwerlich für sie geworden. Hiltrud hatte ihr geraten, zu Hause zu bleiben, und legte nun selbst fast jeden Tag den langen Weg zur Burg zurück. Zwar freute Marie sich über die Besuche ihrer Freundin, aber sie hätte sich lieber von Hiltrud auf dem heimeligen Ziegenhof verwöhnen lassen. Marga stand ihren Bedürfnissen verständnislos gegenüber und bedachte sie mit strafenden Blicken, wenn sie etwas tat, was das Schicklichkeitsgefühl der Beschließerin verletzte.
»Zum Teufel mit Marga und zum Teufel mit dieser Burg!«, fluchte Marie. Am liebsten hätte sie den Pfalzgrafen gebeten, einen Vertreter für Michel zu berufen, damit sie selbst auf den Ziegenhof umziehen konnte. Aber mit einem solchen Schritt hätte sie Michel schwer enttäuscht. Mehr als zehn Jahre hatten sie die Geschicke Rheinsoberns gemeinsam gelenkt, und sie wusste, dass ihr Mann sich auf sie verließ und davon ausging, dass sie ihre Pflicht tun würde.
Wenn er noch lebt, schoss es ihr durch den Kopf, und ihr schauderte bei dem Gedanken. Während sie sich wieder hinlegte und tief durchatmete, um sich zu entspannen, fragte sie sich nicht zum ersten Mal, warum sie bislang noch keine einzige Nachricht von Michel erhalten hatte. Sie hatte ihm schon zweimal nach Nürnberg geschrieben, weil sie vernommen hatte, dass die kaiserlichen Truppen sich vor jedem neuen Vorstoß gegen die Böhmen dort sammelten. Im ersten Brief hatte sie ihm mitgeteilt, dass sie guter Hoffnung war,

und am Ende des Sommers hatte sie ihm versichert, dass es ihr und dem Ungeborenen gut ging. Doch er hatte ihr weder eine Antwort geschickt noch ihr über den Pfalzgrafen Grüße zukommen lassen. Die einzigen Nachrichten, die sie aus dem Böhmerland erhielt, stammten von Händlern und fahrenden Sängern, und die verhießen nichts Gutes. Dem Kaiser war es auch in diesem Jahr nicht gelungen, die rebellischen Hussiten niederzuwerfen; er hatte nicht einmal verhindern können, dass die feindlichen Heere ein weiteres Mal in die Nachbarländer eingedrungen waren und eine Wüstenei zurückgelassen hatten.

Maries Gedanken begannen wieder um Michel zu kreisen, und sie spürte all ihre Sorgen und Ängste aus ihrem Inneren hochquellen. Sie versuchte, sie beiseite zu schieben, um wieder einschlafen zu können, wälzte sich jedoch nur im Bett herum und kämpfte mit den Tränen. Quälend langsam vergingen die Stunden, bis ein matter Lichtstreif im Osten den neuen Tag ankündete und sie endlich aufstehen konnte.

Kurz nach dem Zehn-Uhr-Läuten preschte ein Herold des Pfalzgrafen durch das Tor und zügelte sein in der Kälte dampfendes Pferd vor dem Palas der Vogtsburg.

»Ich bringe Nachricht für die Herrin!«, rief er Marga zu, die ihren Kopf neugierig zur Tür herausstreckte.

»Das wird wohl was sein«, antwortete die Wirtschafterin achselzuckend.

Der Herold öffnete seinen Schaffellmantel, strich über den wappengeschmückten Rock, den er darunter trug, und lachte fröhlich auf. »Herr Michel Adler wurde vom Kaiser aufgrund seiner Tapferkeit im Kampf zum Reichsritter erhoben. Wenn das kein Grund zum Feiern ist und dafür, dem Boten einen Becher guten Weines in die Hand zu drücken, dann weiß ich es wirklich nicht.«

»Du wirst deinen Becher Wein erhalten und mehr als einen.« Marie war an der Tür des Haupthauses erschienen, streckte die Hand nach dem vielfach gesiegelten Schreiben aus und riss es auf. Sie war so nervös, dass sie die Urkunde kaum lesen konnte, doch was der Bote berichtet hatte, stimmte. Ihr Michel war in den Stand eines freien Reichsritters erhoben worden und stand damit auf derselben Stufe wie Mechthild von Arnsteins Gemahl Dietmar.

»Führ den Boten in die Küche, Marga, und versorge ihn mit Wein und einem guten Essen. Ruf vorher aber noch Kunz, damit er sich um das Pferd kümmert. Mann und Tier darf es an nichts fehlen«, wies sie ihre Wirtschafterin an. Diese nickte so mürrisch, als müsse sie die Beköstigung des Herolds aus der eigenen Tasche zahlen, und forderte ihn barsch auf, mit ihr zu kommen.

Marie achtete nicht auf Margas schlechte Laune, sondern drückte die Botschaft, die das erste Lebenszeichen ihres Mannes enthielt, gegen ihre glühenden Wangen. Ihr war danach, zu tanzen und zu singen, und sie bedauerte es, nicht mehr reiten zu können, denn alles in ihr drängte sie, zu Hiltrud zu eilen und diese Freude mit ihr zu teilen.

Kurz entschlossen wandte sie sich um und lief dem Knecht nach, der das Pferd des Boten zu den Ställen führte. »Kunz, spann den kleinen Wagen an. Ich will zum Ziegenhof.«

Der hagere Knecht warf einen misstrauischen Blick zum wolkenverhangenen Himmel. »Ich würde nicht den offenen Wagen nehmen, Herrin. Es ist zwar recht mild für einen Novembertag, aber es wird Regen geben.«

Marie lachte. »Du tust ja direkt so, als wäre der Weg zum Ziegenhof weiter als nach Heidelberg, wo der Pfalzgraf zurzeit Hof hält. Wir sind in weniger als einer halben Stunde dort, und gegen die Kälte kannst du mir die Pelze auf die Bank legen, die ich sonst für den Schlitten benutze, und eine geteerte Plane als Schutz vor dem Regen.«

Der Knecht nickte brummend, übergab das Pferd des Boten einem der Rossbuben und ging zur Remise, um den Wagen auf den Hof zu schieben. Ihm war es bei seiner Warnung weniger um seine Herrin gegangen als um sich selbst. Er war den Unbilden des Wetters stärker ausgeliefert als sie, denn ihn schützte kein langer Mantel und kein Pelz, der Schoß und Beine wärmte, sondern nur ein Filzüberwurf, der sich im Regen voll sog und ihn das Rheuma in seinen Knochen doppelt so heftig spüren ließ. Aber wenn die Herrin sich etwas in den Kopf gesetzt hatte, blieb ihm nichts anderes übrig, als zu gehorchen. So machte er sich missmutig an die Arbeit und trödelte dabei so lange, dass die ersten Regentropfen schon vor ihrem Aufbruch fielen.

Marie hatte sich umgezogen und ließ sich im Wagen von Ischi einhüllen, bis nur noch ihre Nasenspitze zu sehen war. »Los, Kunz, beeil dich!«, forderte die Magd den Knecht auf. Dieser stülpte seinen alten Hut auf den Kopf und warf den Umhang über. Es ärgerte ihn immer noch, dass er wegen einer Laune seiner Herrin den warmen Stall verlassen musste, und ließ seine Wut an dem Pferd aus, so dass der leichte Wagen wie ein Lederball über die Schlaglöcher hüpfte. Marie musste sich mit beiden Händen festhalten, doch sie sagte nichts, denn sie war so aufgeregt, dass sie die schnelle Fahrt trotz des Rumpelns und der Stöße genoss. Als sie den Ziegenhof erreichten, ließ sie sich von Mariele aus dem Mantel helfen und wartete, bis Hiltrud Kunz eine reichliche Brotzeit und einen Krug Wein aufgetischt hatte. Die Miene des alten Mannes hellte sich angesichts des rosigen Schinkens und der Würste beträchtlich auf.

Als sich die Freundin ihr zuwandte und sie in die Stube zog, in der

man auf einer mit Rosshaarkissen bedeckten Bank trefflich sitzen und schwatzen konnte, versagte ihr im ersten Moment die Stimme.
Hiltrud strich ihr übers Haar. »Ganz ruhig, meine Liebe! Denk an dein Kind. Was gibt es denn für Neuigkeiten, dass du so aufgelöst zu mir kommst?«
»Ich habe Nachricht von Michel erhalten, oder besser gesagt, über ihn. Er hat sich tapfer geschlagen und ist vom Kaiser zum Reichsritter erhoben worden.« Marie konnte vor Aufregung kaum still sitzen.
Hiltrud kratzte sich verwundert am Kopf. »Vom Kaiser? Das ist doch immer noch derselbe Sigismund, der damals in Konstanz im Gefühl seiner Wichtigkeit beinahe geplatzt wäre?«
Marie nickte heftig und drückte ihr die Urkunde in die Hand. »Hier, lies! Das hat ein Bote des Pfalzgrafen mir heute gebracht.«
Hiltrud hatte mit Maries Hilfe Buchstabieren gelernt und tat sich schwer, das von unbekannten Ausdrücken strotzende Schreiben zu entziffern. Aber es reichte, um zu erfassen, dass Michel Adler nun zu den freien Rittern des Heiligen Römischen Reiches Deutscher Nation gehörte und somit nur noch dem Kaiser untertan war.
Hiltrud seufzte und betrachtete ihre Freundin mit gemischten Gefühlen. »Meinen Glückwunsch, Marie. Das ist wirklich eine gute Nachricht für dich. Mir tut es nur Leid, dass wir uns wohl bald trennen müssen.«
Marie schüttelte den Kopf. »Warum denn? Ich verstehe nicht …«
»Sieh her! Da steht doch, dass der Kaiser Michel ein Reichslehen verleihen will. Also werdet ihr nicht mehr lange in Rheinsobern bleiben, sondern dorthin ziehen, wo Michel vom Kaiser hinbeordert wird.«
Marie überflog die Passage, auf die Hiltrud zeigte, und seufzte tief. »So weit hatte ich noch nicht gedacht.« Ihre Freude verflog, und sie wünschte sich beinahe, das Schreiben nie erhalten zu haben. Ein

kurzer Gruß von Michels eigener Hand und die Versicherung, dass es ihm gut ginge, wären ihr lieber gewesen.
Hiltrud entzifferte den Rest des Textes, so gut sie konnte, und rümpfte die Nase. »Hier steht, dass der Ritterschlag bereits im Juni erfolgt ist. Da hat man sich aber viel Zeit gelassen, es dir mitzuteilen.«
»Im Juni, sagst du?« Marie entriss der Freundin das Schreiben und las den Text vollständig durch. Hiltrud hatte Recht, Michel war schon vor einem halben Jahr zum Reichsritter erhoben worden. Damit war die Nachricht nur noch die Hälfte wert, denn die Feldzüge gegen die Böhmen waren bis in den Herbst hinein weitergegangen, und er hätte auf jedem von ihnen verletzt oder gar getötet werden können. Sie musste an den Traum denken, dessen Bilder immer noch nicht verweht waren, und fröstelte plötzlich.
Hiltrud sah sie zittern und sprang auf. »Du hättest bei diesem Wetter nicht mit dem offenen Wagen kommen sollen. Ich bereite dir einen Trunk, von dem dir warm wird.« Sie lief in die Vorratskammer, brach ein paar Stängel von den dort hängenden Kräuterbüscheln ab und warf sie in einen Topf. In der Küche schöpfte sie Wasser aus dem Kupferkessel, der auf dem gemauerten Herd stand, und brachte den Aufguss in die Stube, die sich sofort mit einem angenehm frischen Duft füllte.
Während der Tee zog, legte sich bedrückendes Schweigen über den Raum. Hiltrud beobachtete, wie Marie in ihren trüben Gedanken versank, und beschloss, sie aufzumuntern. Sie goss einen Becher Tee ein, süßte ihn mit einem großen Batzen Honig und drückte ihn der Freundin in die Hand. »Hier, trink, und dann vergiss deine Sorgen. Wenn dein Michel es bis zum Reichsritter geschafft hat, muss er sich nicht vor ein paar Hussiten fürchten.«
Marie überlegte, ob sie der Freundin von dem Albtraum erzählen

sollte, ließ es dann aber sein. Hiltrud kümmerte sich wie eine Mutter um sie, daher wollte sie nicht undankbar erscheinen und zwang sich ein Lächeln ab. »Du hast Recht. Wir sollten uns über die Botschaft freuen. Wer weiß, vielleicht ist Michel schon auf dem Weg nach Hause, denn im Winter wird der Kaiser gewiss keinen Krieg führen.«

Mit dieser Hoffnung im Herzen und zwei Bechern heißen, aber erfrischenden Tees im Magen sah die Welt schon wieder besser aus, und als Marie wenig später in ihrem Wagen saß, um in die Stadt zurückzukehren, störte sie weder der kalte Wind, der von den Bergen herabwehte, noch der Regen, der wie aus Kübeln vom Himmel fiel.

2.

Zwei Wochen später war der Winter eingezogen. Um Rheinsobern war die Landschaft nur mit Raureif bedeckt, aber die Höhen des Schwarzwalds und der Vogesen, die in den wenigen klaren Stunden, in denen die Sonne den Nebel und die dichten grauen Wolken vertrieb, zu sehen waren, lagen bereits unter einem dicken Schneemantel. Da Marie jeden Morgen hoffte, Michel würde genau an diesem Tag zu ihr zurückkehren, saß sie, sooft ihre Pflichten es ihr erlaubten, an einem Fenster, durch das sie auf den Burghof hinabblicken konnte.

An einem Morgen, an dem sich das Wetter von einer besonders stürmischen und regnerischen Seite zeigte, schüttelte sie sich bei dem Gedanken, Michel müsse gerade jetzt dort draußen durch den eisigen Regen reiten oder sogar durch den Schneesturm, der über die Höhen fegte. Sie zog die Decke, die sie um die Schultern geschlun-

gen hatte, enger um sich und widmete sich wieder ihrer Handarbeit, einem Kissenbezug für ihr ungeborenes Kind. Während sie mit feinen Stichen Ranken um die bereits fertigen Blüten stickte, dachte sie mit einem versonnenen Lächeln daran, wie überrascht und glücklich Michel sein würde, sie hochschwanger anzutreffen. Jetzt, wo er ein Ritter des Heiligen Römischen Reiches Deutscher Nation geworden war, würde er sich ganz besonders über einen Sohn freuen. Doch auch eine Tochter könnte einen edlen Ritter heiraten und damit das kaiserliche Lehen an ihre Kinder vererben, so wie es in der Ernennungsurkunde niedergelegt worden war.
Eingesponnen in ihre Träume von einer glücklichen Zukunft mit Michel bemerkte Marie zunächst nicht, dass drei von je zwei Ochsen gezogene Wagen durch das Tor der Vogtsburg rollten. Erst das Geräusch der eisenbereiften Räder auf dem Pflaster des Hofes ließ sie aufschauen. Im ersten Moment dachte sie, es wäre Michel mit dem Tross, den er damals mitgenommen hatte, doch die Hoffnung verflog beim Anblick der altersschwachen Karren und der mageren Zugtiere. Sechs Männer begleiteten den Zug zu Pferd, und ihre dicken Mäntel glänzten ebenso vor Nässe wie die Planen der Wagen, während die vier Männer und drei Frauen, die neben den Wagen herliefen, sich nur mit einfachen Überwürfen aus geflochtenem Stroh gegen Regen und Kälte geschützt hatten. Marie wunderte sich über die große Zahl der Gäste, die unangemeldet über die Burg hereinbrachen, und rätselte, wer diese Leute wohl sein mochten. Als die Wagen zum Stehen kamen, wurde die Plane des vordersten Wagens hochgeschlagen, und eine dicke Frau in der Tracht und mit dem Kopfputz einer Edeldame sah sich neugierig um. Neben ihr kletterten eine einfacher gekleidete Frau und eine Schar Kinder verschiedensten Alters aus dem Wagen. Zu Maries Erleichterung schienen die beiden anderen Fuhrwerke außer den Fuhrknechten

keine weiteren Menschen mehr zu enthalten. Jetzt besann sie sich auf ihre Pflichten als Burgherrin und eilte in die Halle hinab.
Als sie eintrat, quoll die Schar der Angekommenen bereits durch die gegenüberliegende Tür, an der Spitze die Edeldame, deren Gestalt ebenso breit wirkte wie hoch. Als sie in den Schein der Talglampen trat, die in dieser Jahreszeit auch tagsüber brannten, stellte Marie fest, dass das Kleid der Frau und ihre mit Kaninchenpelz verzierte Haube einer Mode entsprachen, die den Bildern in der Burgkapelle nach vor fünfzig Jahren beliebt gewesen war. So würde sich heutzutage nur noch die Frau eines armen Ritters kleiden, dessen Besitz abseits aller großen Städte und der bekannten Handelsstraßen lag. Die Männer, die der Dame auf dem Fuße folgten, sahen ebenfalls so aus, als kämen sie aus einem abgelegenen Teil des Reiches. Zwei von ihnen waren weit jenseits der vierzig, während die vier Jüngeren Nachkömmlinge eines der beiden mit der dicken Dame zu sein schienen, deren kleinere Kinder mit dem Gesinde hereinströmten und sofort ausprobierten, ob ihre Schreie von den hohen Wänden zurückhallten.
Die Dicke ließ ihre Augen gierig über die Einrichtung der Halle gleiten und bekam den Ausdruck eines Kindes, das mehr in dem vom Nikolaus gefüllten Stiefel vorfindet, als es sich gewünscht hat. Sie segelte auf Marie zu und musterte sie von Kopf bis Fuß. »Seid Ihr Marie Adlerin?« Marie nickte, aber noch bevor sie die Dame begrüßen konnte, sprach diese ansatzlos weiter. »Ich bin Kunigunde von Banzenburg. Mein Ehemann Manfred ist der neue Burghauptmann und Vogt des Pfalzgrafen in Rheinsobern.« Dabei zeigte sie auf den etwas prächtiger Gekleideten der beiden älteren Männer.
Marie achtete kaum auf ihn, sondern zog spöttisch die Mundwinkel nach unten und schüttelte den Kopf, als wolle sie eine hartnäckige Fliege vertreiben. Wie es aussah, hatte Pfalzgraf Ludwig keine Zeit

verloren, Michels Posten nach dessen Erhebung in den Stand eines Reichsritters neu zu besetzen. Ihrer Meinung nach hätte der hohe Herr zumindest so lange warten können, bis Michel aus dem Krieg zurückgekehrt war.

Da Marie ihr nicht antwortete, zog Frau Kunigunde den Ältesten ihrer Begleiter nach vorne. »Das hier ist mein Vetter Götz von Perchtenstein.«

Der Perchtensteiner war so mager, als hätte er zeitlebens zu wenig zu essen erhalten, und hatte nur noch einen dünnen Kranz grauer Haare auf dem Kopf. Er wirkte früh vergreist, und als er den Mund öffnete, konnte Marie sehen, dass er nur noch ein paar gelbe, teilweise verfaulte Zahnstümpfe besaß.

»Es freut mich außerordentlich, Euch kennen zu lernen, Frau Marie. Erlaubt mir, meine ergebenste Anteilnahme für Euren Verlust auszusprechen«, sagte er mit einer unangenehm zischelnden Stimme, die wohl durch seine schlechten Zähne bedingt war.

Marie blickte ihn verständnislos an. »Welchen Verlust?«

Frau Kunigunde legte den Kopf schief. »Wisst Ihr es denn noch nicht?«

Ihr Mann, der bisher noch keinen Ton von sich gegeben hatte, trat an ihre Seite und legte seine Rechte auf den abgenützten Griff seines Schwerts. »Euer Gemahl, Reichsritter Michel Adler, ist vor sieben Wochen im Kampf mit den böhmischen Ketzern gefallen.«

Seine Worte trafen Marie wie ein Schlag. Sie presste die Hände auf den Mund, um den Schrei zurückzuhalten, der über ihre Lippen brechen wollte, und schüttelte hilflos den Kopf.

»Ihr habt auch mein Beileid«, fuhr Manfred von Banzenburg in einem so beiläufigen Ton fort, als frage er einen Knecht, ob der Pferdestall bereits ausgemistet sei. »Es geschah bei einem Vorstoß ins Böhmerland, an dem er unter dem Kommando des hochedlen

Heribald von Seibelstorff teilgenommen hat. Die Truppe geriet in einen Hinterhalt und wurde von hussitischen Ketzern zum größten Teil niedergemetzelt. Die Überlebenden konnten nur durch den heldenhaften Einsatz des Ritters Falko von Hettenheim entkommen, der den Rückzug gegen die Übermacht der Aufständischen deckte. Da man die Toten zurücklassen musste, wurde Eurem Gemahl kein christliches Begräbnis zuteil.«

Selten wohl hatte ein Mensch einer Frau mit schonungsloseren Worten beigebracht, dass sie Witwe geworden war. In Marie mischte sich die Wut über die Gefühllosigkeit des neuen Burghauptmanns mit dem in ihr aufsteigenden Elend, und sie biss die Zähne zusammen, um nicht die Beherrschung zu verlieren. Sie konnte nur noch daran denken, dass Michel seinen Ruhm und seine Erhöhung nur um wenige Monate überlebt hatte, und ihr wurde bei der Vorstellung, welch grausames Ende er gefunden haben musste, so übel, dass sie sich wie ein kleines verschrecktes Tierchen verkriechen wollte.

»Kümmere dich um unsere Gäste«, forderte sie Marga auf und verschwand ohne ein weiteres Wort. Als sie wenige Minuten später auf ihrem Bett lag und ihren Tränen freien Lauf ließ, fiel ihr ganz nebenbei ein, dass von nun an sie der Gast in diesem Haus war und nicht Ritter Manfred und seine Familie.

Nach einer schlaflos durchweinten Nacht fühlte Marie sich vollkommen erschöpft und erhob sich mit zerschlagenen Gliedern. In den letzten Stunden waren ihre Gedanken nur um die Frage gekreist, was sie jetzt, da Michel tot war, auf der Welt noch zu suchen hatte. Ihr Glaube war nicht stark genug, als dass sie aus ihm hätte Kraft schöpfen können, und er flößte ihr auch keine Angst vor der Himmelsstrafe ein, welche die Selbstmörder traf. Das Ungeborene in ihr hatte sich jedoch die ganze Nacht über so unruhig bemerkbar gemacht, als fürchte es um seine Existenz, und ihr war nun bewusst, dass sie nicht einfach den Tod suchen durfte. Sie hatte eine heilige Verantwortung Michel gegenüber, die Frucht seiner Lenden gesund zur Welt zu bringen und so aufzuziehen, wie es sich für den Sohn oder die Tochter eines Reichsritters gehörte. Dabei war es im Augenblick kein Trost für sie, dass sie reich genug war, um sich und dem Kind ein angenehmes Leben bieten zu können.

Statt darauf zu warten, dass Ischi ihr warmes Wasser aus der Küche brachte, wusch sie sich mit dem Rest aus der Kanne. Es war so kalt, als riebe sie Schnee über ihre Haut, und weckte ihre Lebensgeister. Als sie ihre Kammer verließ, wirkte sie so beherrscht, als wäre nichts Besonderes geschehen. Das Gesinde schien bereits auf sie gewartet zu haben, denn einer nach dem anderen kamen ihre Knechte und Mägde herbei, um ihr Beileid auszusprechen. Ihre verstörten Gesichter drückten nicht nur Trauer, sondern auch Sorge um ihre Zukunft aus. Schon der erste Blick auf den neuen Burgvogt und dessen Gemahlin hatte ihnen verraten, dass die schöne Zeit, die sie unter ihrer alten Herrschaft verlebt hatten, vorbei sein mochte. Maries Leibmagd Ischi war ihrer Herrin am engsten verbunden und die Einzige, die sich keine Sorgen machte, denn Marie hatte ihr eine gute Mitgift versprochen, so dass sie im nächsten Frühjahr ihren Ludolf heiraten konnte. Dennoch ging ihr Michels Tod so nahe wie der eines geliebten Familienmitglieds.

Sie wischte sich die Tränen mit dem Schürzenzipfel ab, ohne den Strom stillen zu können, und ergriff Maries Hand. »Herrin, es tut mir so Leid um Euch und Ritter Michel ...«

Marie lächelte Ischi traurig zu und strich ihr dankbar über die Haare. Um sich abzulenken, eilte sie in die Küche. Es waren eine Menge mehr Menschen zu versorgen als vorher, und die Köchin würde noch einige zusätzliche Mägde und Küchenjungen benötigen. Als sie eintrat, stellte ihr ein Mädchen, das sonst die Böden schrubbte, den Napf mit dem Morgenbrei hin und starrte sie dabei ängstlich an. Marie nickte ihr aufmunternd zu und aß ein wenig. Der Brei war nicht anders als sonst, doch es kam ihr vor, als kaue sie auf trockenem, staubigem Pergament herum, und es kostete sie Kraft, das wenige, das sich in ihrem Mund befand, hinunterzuschlucken. Während sie auf ein paar halb zerquetschten Körnern herumkaute, entdeckte sie, dass noch kein Kessel mit frischem Wasser auf dem Dreifuß über dem Herd hing, und rügte die Köchin. »Unsere Gäste werden sich waschen wollen, und das können sie bei diesem Wetter nicht draußen am Brunnen tun.« Es gelang ihr noch nicht, Ritter Manfred und Frau Kunigunde als Herren der Vogtsburg zu betrachten, sie empfand sie vielmehr als Eindringlinge in ihre kleine, wenn auch nicht sonderlich geliebte Welt, die ihr nichts als Kummer gebracht hatten. Es würde wohl noch ein paar Tage dauern, bis sie sich an sie gewöhnt hatte und sie nicht mehr als ungebetene Gäste ansah. Um sich von dem in ihrer Brust wühlenden Schmerz um Michel abzulenken, suchte sie nach Marga und fragte sie, wo sich die Neuankömmlinge befänden.

»Ich habe den neuen Burghauptmann, seine Familie und sein Gefolge vorläufig in der Halle untergebracht, Herrin, und bin gerade unterwegs, um sie mit Frühstück zu versorgen.«

»Ja, bitte, kümmere dich darum. Ich werde hinuntergehen und sehen, was ich für sie tun kann.« Marie wandte sich der Halle zu und blickte von der Treppe auf die unten versammelte Familie hinab. Die Leute mussten wohl in einer zugigen, überfüllten Ganerbenburg gehaust haben, in der Betten aus frischen Strohschütten schon ein besonderer Luxus gewesen waren und wo die Dienerschaft sich nachts in düsteren Winkeln eng aneinander kauerte und die Hunde an sich zog, um nicht zu frieren. Marie hatte bei den Ritten zu

großen Jahrmärkten, die Michel und sie unternommen hatten, unterwegs auf Burgen genächtigt, auf denen ähnliche Verhältnisse herrschten.
Nun glich auch ihre Halle mehr einem Stall als dem repräsentativen Rittersaal, den sie mit viel Sorgfalt eingerichtet hatte, und sie schüttelte sich bei dem Gedanken, so leben zu müssen wie viele der alten Rittergeschlechter, denen außer ihrem adligen Namen nicht mehr geblieben war als ein unbequemer Wehrbau als Heimstatt und ein kleines Dorf mit leibeigenen Bauern, die hungern mussten, um die Herrschaft ernähren zu können.
Frau Kunigunde hatte Marie bereits entdeckt und eilte ihr mit weit ausgebreiteten Armen entgegen. Sie schien die ungeschickte Art, mit der ihr Gemahl von Michels Tod berichtet hatte, vergessen machen zu wollen, denn sie zog Marie an sich und presste einige Tränen hervor. »Es tut mir ja so Leid für Euch, meine Gute. Ich kann mir lebhaft vorstellen, wie es ist, so knapp vor der Niederkunft den Mann zu verlieren.«
Meine Gefühle für Michel wirst du nie verstehen können und auch nicht, wie sehr ich ihn vermisse, fuhr es Marie durch den Kopf. Wieder versagte ihr die Stimme, aber Frau Kunigunde schien gewohnt zu sein, ihre Gespräche selbst führen zu müssen. »Glaubt nicht, wir wollen Euch hier verdrängen, Frau Marie«, versicherte sie ihr gestenreich. »Ihr werdet im Gegenteil die Hausherrin bleiben, solange es Euch beliebt. Meine Familie und ich werden uns mit einigen bescheidenen Zimmerchen zufrieden geben und wünschen uns nichts mehr, als in Eintracht mit Euch zu leben.«
Marie freute sich über die freundlichen Worte und löste sich mit einem tiefen Seufzer aus den Armen der Frau. »Ich danke Euch für Eure Anteilnahme, Frau Kunigunde, und dafür, dass Ihr versteht, wie schwer es mir im Augenblick noch fällt, mich mit meinem

Schicksal abzufinden. Ich werde Euch aber gewiss nicht den Platz vorenthalten, der Euch gebührt.«
Sie sah nicht mehr, wie Kunigundes Augen bei ihren Worten aufleuchteten, denn in diesem Moment trat einer der jungen Männer, denen sie am Vortag nur wenig Beachtung geschenkt hatte, auf sie zu. Er trug nun den Talar eines Klerikers und schlug mit der rechten Hand das Kreuzzeichen.
»Das ist Matthias, unser Zweitgeborener«, stellte Frau Kunigunde ihn vor. »Er wurde im Kloster Heidfeld erzogen und dort auch zum Priester geweiht. Nun wird er eine Weile bei uns bleiben, um meinen Gemahl bei der Verwaltung des Amtes Rheinsobern zu unterstützen.«
Matthias blickte Marie mit dem Hochmut eines Mannes an, der sich den weniger Gebildeten weit überlegen dünkt. »Der Segen Gottes sei mit dir, meine Tochter«, grüßte er, obwohl er mindestens zehn Jahre jünger war als sie, und setzte ein paar lateinisch klingende Worte hinzu. »In nominus pater et filius et spiritus sanctus.«
Marie musste ein Lächeln unterdrücken, denn das unbeholfene Latein des Mannes tat ihr in den Ohren weh. Bevor sie etwas sagen konnte, fasste er sie am Arm und zog sie näher zu sich heran.
»Ich möchte mit dem Schreiber Eures Gemahls über die Verwaltung Rheinsoberns sprechen, da ich dieses Amt nun übernehmen muss.«
»Der Schreiber meines Gemahls steht vor Euch, denn ich habe ihm die Bücher geführt.« Maries Stimme klang kühl, da ihr die Gier in der Stimme des Kirchenmanns missfiel. Trotz der Kälte und ihres gesegneten Zustands wäre sie lieber zu Hiltrud gefahren, um sich von ihr trösten zu lassen, anstatt mit diesem arroganten Kerl in die Schreibstube der Vogtsburg zu gehen und ihm die Unterlagen zu zeigen.
Aber sie durfte ihre Pflichten nicht vernachlässigen, und so winkte

sie dem sichtlich Konsternierten, ihr zu folgen. Sie führte ihn durch mehrere kahle, zugige Korridore in die Turmstube, in der Michel und sie neben den Dokumenten und Kassenbüchern auch ihr Geld aufbewahrten. Die Mitte des Raumes nahmen zwei gepolsterte Kirschholzstühle und ein Tisch mit kunstfertig geschnitzten Beinen ein. Von dort aus konnte man das Bord erreichen, auf dem einige Stapel gebundener Bücher und etliche Schriftrollen lagen. Die wichtigsten Unterlagen und das Geld waren in einer großen eisernen Kassette verwahrt, die unter dem Bord stand und zu der sie den einzigen Schlüssel besaß. Der größte Luxus der kleinen Kammer war jedoch der Kamin, in dem mehrere große Scheite brannten und eine angenehme Wärme verbreiteten. Von den beiden Fenstern aus konnte man sowohl den Burghof wie auch den Vorplatz überschauen.

Matthias sah kurz hinaus und wandte sich dann Marie zu. »Du wirst mir jetzt den Schlüssel zur Kasse übergeben, meine Tochter.«

Marie zögerte einen Augenblick, sagte sich aber dann, dass von nun an nicht mehr sie für die Verwaltung der Stadt zuständig war, und nestelte den Schlüssel von dem Schlüsselbund, den sie an ihrem Gürtel trug. Matthias ergriff ihn hastig und öffnete die Kassette. Die Urkunden und Bücher legte er beinahe beiläufig beiseite und starrte mit gierigen Augen auf die glitzernden Goldgulden, die zum Vorschein kamen. Bevor er die Hände danach ausstrecken konnte, griff Marie zu und zählte den größten Teil davon ab.

»Dieses Geld gehört mir. Ich habe es nur in die Kassette getan, um es sicher zu verwahren.«

»Das kann jeder behaupten!«, rief der Priester empört.

»Hier ist der Beleg, auf dem diese Summe verzeichnet ist, unterschrieben von meinem Mann und mir.« Marie zog ein Blatt aus dem Stapel, den Matthias eben beiseite gelegt hatte, und reichte es ihm.

»Wenn Euch das noch nicht genügt, ehrwürdiger Vater, so kann ich Euch die Rechnungsbücher der Vogtei zeigen, in der alle dem Amt gehörenden Summen verzeichnet sind.« Maries Stimme zeigte einen gewissen Unmut. Die zweihundert Gulden, die sie der Kasse entnommen hatte, hätten sie nicht viel ärmer gemacht, doch es war ihr Geld, und sie sah nicht ein, warum sie darauf verzichten sollte.
Matthias zählte mit säuerlicher Miene die restlichen Münzen und kontrollierte dann die Rechungsbücher, um zu sehen, ob die Summe stimmte. Zu seinem Ärger war das tatsächlich der Fall, und sein Gesicht wurde noch länger, als er die Steuerlisten durchging und den Betrag verzeichnet fand, den Michel Adler jedes Jahr als Abgaben an den Pfalzgrafen geschickt hatte. Er hatte sich vorher kundig gemacht, welche Einnahmen man aus einer Herrschaft wie Rheinsobern ziehen konnte, und musste zähneknirschend feststellen, dass der Vorgänger seines Vaters nur das Geld für sich behalten hatte, welches ihm nach Recht und Sitte zustand. Die Summe reichte aus, um die Burg instand zu halten, das Gesinde zu bezahlen und zu zweit recht gut davon leben zu können, aber nicht für darüber hinausgehende Ausgaben. Matthias war mehr als enttäuscht und musste an sich halten, um seinem Ärger nicht mit harschen Worten Luft zu machen. Als Sohn eines nicht gerade in Reichtümern schwelgenden Ritters hatte er sich nicht einmal die ärmlichste Pfarrpfründe kaufen können und sich daher auf die reichen Einnahmen der Vogtei Rheinsobern gefreut.
Marie bemerkte sein wechselndes Mienenspiel und nahm an, er würde ihre Buchführung anzweifeln. Daher klärte sie ihn mit scharfer Stimme über die Einnahmen und Ausgaben der letzten Jahre auf und wies ihn zuletzt darauf hin, dass ihre Bücher erst im Frühjahr von dem hochgelehrten Magister Claudius Steinbrecher einer Prüfung unterworfen und für gut befunden worden waren.

Matthias starrte auf die Unterschrift und das Siegel des pfalzgräflichen Revisors und hätte die Seite, auf der es prangte, am liebsten aus dem Folianten gerissen. Doch er wusste ebenso gut wie die Frau, die mit verärgerter Miene vor ihm stand, dass die Zweitschrift des Rechnungsbuchs im Rentamt des Pfalzgrafen lag. Herr Ludwig wusste auf den Heller genau, was dieses Amt hier einbrachte und wie viel er davon zu beanspruchen hatte.

»Seid Ihr jetzt zufrieden?« Marie konnte eine gewisse Schadenfreude nicht verbergen.

Matthias nickte mit zusammengebissenen Zähnen und schlug die Kassette zu, ohne die Urkunden wieder hineingelegt zu haben. Marie wies ihn freundlich, aber bestimmt darauf hin und verließ mit einem kurzen Gruß den Raum. Mit der Übergabe der Bücher und der Kasse war ein erster, aber entscheidender Schritt für ihren Abschied als Burgherrin von Rheinsobern getan

3.

Während Marie in ihre Gemächer zurückkehrte, um sich ungestört ihrer Trauer und ihrem Schmerz hingeben zu können, eilte Matthias zu seiner Familie, die die große Halle als vorläufiges Domizil erwählt und sich dort mit ihren gesamten Habseligkeiten eingerichtet hatte. Ritter Manfred, seine Frau und ihr ältester Sohn Martin saßen zusammen mit Vetter Götz an der Stirnseite des Tisches und ließen sich Brot, Braten und Wein schmecken, während die Kinder unter der Aufsicht der ältesten Tochter Kriemhild und einer ältlichen Verwandten namens Sabine, einer Base zweiten Grades von Ritter Manfred, am entgegengesetzten Ende des Raumes spielten. Als ihr zweitgeborener Sohn eintrat, blickten der neue Burghauptmann und seine Frau erwartungsfroh auf. Das Lächeln erstarb jedoch auf ihren Lippen, als sie Matthias' griesgrämige Miene wahrnahmen.

Ritter Manfred schlug ärgerlich auf den Tisch. »Was ist los? Bringt das Rheinsoberner Amt nicht so viel ein, wie wir erhofft haben?«

»Das ist nicht möglich!«, rief seine Frau. »Soviel ich gehört habe, konnten Ritter Michel und seine Frau von Anfang an auf großem Fuß leben.«

»Gewiss nicht von dem Geld, das sie von den Abgaben zurückbehalten haben.« Matthias gab sich keine Mühe, seine Enttäuschung zu verbergen. »Ich habe die Bücher zweimal durchgerechnet, um Unregelmäßigkeiten zu ihren Gunsten nachweisen zu können, doch Frau Marie hat sie korrekt geführt. Ich konnte ihr nicht den geringsten Fehler nachweisen. Schlimmer noch – die Abrechnungen der letzten Jahre sind von dem Magister Claudius Steinbrecher überprüft und für gut befunden worden. Wir dürfen froh sein, wenn zweihundert Gulden pro Jahr für uns übrig bleiben.«

Frau Kunigunde winkte ab. »Dann werden wir eben die Abgaben der Bürger erhöhen.«

Matthias hob bedauernd die Hände. »Wie ich das Gesindel kenne, wird es sich lautstark beim Pfalzgrafen beschweren, und wir haben kurz darauf einen Revisor am Hals.«

Seine Mutter wischte den Einwand mit einer verächtlichen Geste beiseite. »So schlimm wird es schon nicht werden.«

»Leider doch, Mama. Dieser Michel und seine Frau haben dem Pfalzgrafen jeden Groschen zukommen lassen, der ihm gebührte. Liefern wir weniger ab, wird er nach den Gründen forschen lassen, und das würde ebenfalls Ärger für uns bedeuten. Dabei hatte ich so gehofft, ich könnte mir von dem Rheinsoberner Geld eine ertragreiche Pfründe kaufen. So aber werden wir jahrelang sparsam wirtschaften müssen, um das dafür nötige Geld zusammenzubekommen. Wenn ich das gewusst hätte, wäre ich bei den frommen Mönchen im Kloster geblieben und hätte versucht, einen reichen Gönner zu finden, auch wenn mir dafür die nötige Unterstützung durch eine einflussreiche Sippe fehlt.«

Er setzte sich zu seinen Eltern, deren Mienen verrieten, dass sie die Spitze in den letzten Worten ihres Sprösslings gespürt hatten, griff nach einem der Brettchen, die auf dem Tisch gestapelt lagen, und legte sich ein großes Stück Braten auf. Seine Enttäuschung hatte ihm offensichtlich nicht den Appetit verdorben, denn er aß, als hätte er wochenlang hungern müssen.

Frau Kunigunde dachte nicht daran, sich so einfach in ihr Schicksal zu fügen. Ihr lebhaftes Mienenspiel verriet, dass sie neue Pläne ausheckte, und als sie zu sprechen begann, blickte sie nicht ihren Mann an, sondern Götz von Perchtenstein. »Frau Marie soll über große Reichtümer verfügen. Also sollten wir dafür sorgen, dass ihre Schätze uns zugute kommen. Zum Glück ist Vetter Götz unbeweibt und kann sich jederzeit mit dem Goldvögelein vermählen. Dann haben wir genug Geld, um in Freuden davon leben zu können, und unser lieber Matthias vermag sich jede Pfründe zu kaufen, die er begehrt.«

Während ihr Mann und ihre Söhne den Gedanken noch in ihren Köpfen wälzten, entblößte Ritter Götz seine schadhaften Zähne zu einem breiten Grinsen. »Ich hätte nichts dagegen, die schöne Witwe zu freien, auch wenn sie wegen ihres dicken Bauches derzeit als Weib nicht zu gebrauchen ist. Allein ihr Wein mag die Sache wert sein, denn er ist von ausgezeichneter Qualität, und ich habe selten einen besseren Braten gegessen als hier.«

»So lange wirst du auf dein Vergnügen im Bett nicht verzichten müssen. Frau Marie wird schon im nächsten Monat ihr Junges werfen, und zwei Wochen darauf kannst du deine Lanze zum Buhurt rüsten.« Frau Kunigunde zwinkerte ihrem Vetter listig zu und stieß ihren Mann unter dem Tisch mit dem Fuß an. »Als neuer Burghauptmann und Vogt von Rheinsobern bist du doch sozusagen der Vormund der schönen Witwe, also wirst du diese Heirat so schnell wie möglich in die Wege leiten, bevor der Pfalzgraf auf den Gedanken kommt, Marie mit einem anderen seiner Gefolgsleute zu vermählen. An seinem Hof bleibt, wie du weißt, eine Frau mit Geld nicht lange allein im Bett.«

Ihr Mann nickte zögernd. »Sollten wir nicht wenigstens warten, bis sie ihr Kind geboren hat?«

Frau Kunigunde schüttelte so wild den Kopf, dass ihre Haube verrutschte, und blickte ihren Mann strafend an. »Damit verlieren wir nur wertvolle Zeit, in der uns unser Schatzvögelchen davonfliegen kann. Wenn du es nicht tust, spreche ich Marie selbst auf die Heirat an.«

»Mach das!« Ritter Manfred wirkte sichtlich erleichtert, denn er fühlte sich der Aufgabe nicht gewachsen, eine widerspenstige Witwe von der Notwendigkeit einer neuen Heirat zu überzeugen. Aber gegen den Willen seiner Frau kam niemand so leicht an. Kunigunde würde nicht eher ruhen, bis Frau Marie, ob hochschwanger oder nicht, im Bett ihres Vetters lag.

4.

Michel starrte verwirrt gegen die Decke aus gewachsenem Fels, die sich über ihn wölbte, und fragte sich, wie er hierher geraten sein mochte. Als er sich bewegte, spürte er einen dumpfen Schmerz am Hinterkopf, eine gute Handbreit über der Nackenwurzel, und in

seinem linken Oberschenkel wühlten Raubtierkrallen. Seine Muskeln schienen aus Wasser und seine Sehnen aus altem Leder zu bestehen, denn es gelang ihm nur mit einer fast übermenschlichen Kraftanstrengung, sich aufzurichten und umzusehen. Man hatte ihn auf ein primitives Lager aus Birkenreisig und Laub ganz nah an die Rückwand einer hohen, lang gestreckten Höhle gebettet und mit einer alten Pferdedecke zugedeckt. Der Eingang auf der anderen Seite war bis auf ein kleines Abzugsloch mit Gestrüpp und Dornen versperrt worden, und kurz davor, dort, wo die Höhle eine Art runden Platz bildete, stand ein zweirädriger Karren, neben dem eine magere Mähre angebunden war, die mit aufgestülpten Lippen an einigen Zweigen mit halbvertrockneten Blättern herumkaute.
Zwischen dem Karren und seinem Lager zogen sich eine kleine und eine größere Laubschütte an der Wand entlang, die mit alten, fast haarlosen Schaffellen und unbestimmbaren Lumpen bedeckt waren, und ein paar Schritt entfernt auf der anderen Höhlenseite brannte ein kleines Feuer, über dem ein Kessel an einem aus frischen Ästen gefertigten Dreifuß hing. Eine magere Frau mittleren Alters und von unbestimmbarer Haarfarbe legte eben ein Holzscheit nach. Sie trug ein einfaches Wollkleid, das schon bessere Tage gesehen hatte, und eine Jacke, die einmal einem viel größeren Menschen gehört haben musste. Als sie bemerkte, dass er wach war, lächelte sie ihn unsicher an.
»Gelobt sei Gott! Du bist endlich wieder zu dir gekommen. Wir fürchteten schon, du würdest in den ewigen Schlaf hinüberdämmern.« Sie sprach Deutsch, aber mit einem seltsamen Akzent, als hätte sie diese Sprache erst in späteren Jahren gelernt.
Michel zog unbehaglich die Schultern hoch. »Habe ich denn so lange geschlafen? Was ist mit mir geschehen?«
»Du warst schwer verletzt und halb ertrunken, aber zum Glück hatte

der Fluss dich auf eine Sandbank gespült. Reimo hat dich noch rechtzeitig gefunden, bevor du verblutet bist. Erst wollte er dich liegen lassen, weil er dich für einen Hussiten gehalten hat, aber du hast auf Deutsch nach jemandem gerufen, deswegen hat er dich aus Mitleid mit einem Landsmann hierher geschleppt.«

»Was heißt: Hierher? Und wieso lag ich im Fluss?«

»Hier ist unsere Zuflucht, in der wir schon seit drei Jahren hausen. Wir müssen sie jedoch bald verlassen, denn die Gegend ist nicht mehr sicher. Reimo hat am gleichen Tag, an dem er dich fand, Spuren von hussitischen Streifscharen entdeckt.«

»Wer ist Reimo, und was sind Hussiten?« Michel versuchte, sich an irgendetwas zu erinnern, doch sein Kopf war so leer wie ein zerbrochener Wassereimer.

Die Frau schüttelte verwundert den Kopf. »Reimo kannst du nicht kennen, denn er ist mein Mann, und er hat dich das erste Mal unten am Fluss gesehen. Die Hussiten aber müsstest du kennen, denn deinen Verwundungen nach hast du gegen sie gekämpft.«

»Habe ich das? Aber wieso erinnere ich mich nicht daran? Ich … ich weiß nicht mehr, was ich getan habe … noch, wer ich bin. Mein Gott! Ich bin – niemand!« Die Panik in seiner Stimme verstärkte die Kopfschmerzen ins Unerträgliche.

»Aber du musst doch einen Namen haben! Meiner ist Zdenka, und ich bin Reimos Weib.«

»Zdenka? Das klingt seltsam.« Michel rätselte herum, warum ihm der Name der Frau fremd erschien, der ihres Mannes aber vertraut klang, doch er konnte sich nicht erklären, warum er so empfand.

»Ich bin Tschechin und mein Mann ist Deutscher, das ist unser Elend«, erklärte Zdenka ihm. »Zu Beginn des Aufstands haben meine Landsleute Reimo um meinetwillen in Frieden gelassen, aber später, als es hieß, wir Tschechen müssten das deutsche Joch endgültig abwerfen, mussten wir aus unserem Dorf fliehen. Als die Leute, die in der Gegend Jagd auf Deutsche gemacht hatten, weitergezogen waren, brachten gute Freunde uns heimlich unser Pferd und unseren Wagen sowie etwas Saatgut und zwei Ziegen und warnten uns zurückzukehren. Seitdem leben wir hier im Wald und sterben fast vor Furcht, von den furchtbaren Taboriten entdeckt und umgebracht zu werden.«

»Ich weiß auch nichts von Taboriten. Wer sind die?«

»Die Schlimmsten unter den Hussiten. Sie töten jeden, der kein Tscheche ist oder sich nicht ihrer Sache anschließt. Sie haben sogar schon Herren von Stand umgebracht, die sich dem Aufstand gegen König Sigismund angeschlossen hatten, aber anderer Meinung gewesen waren als ihre Anführer.«

»Woher weißt du das alles, wenn du dich schon so lange im Wald versteckst?«

»Reimo trifft sich gelegentlich mit einem Vetter von mir, um Kräuter, Harz und Schwämme, die ich sammele, gegen andere Sachen einzutauschen und zu erfahren, was es Neues gibt. Aber sag, weißt du wirklich nicht, wie du heißt? Das muss dir doch wieder einfallen!«

Michel breitete mit einem hilflosen Lächeln die Arme aus. »Ich weiß es einfach nicht. Ebenso wenig kann ich dir sagen, welchem Stand ich angehöre und woher ich komme. Es ist schrecklich, aber mein Kopf ist ganz leer.«

»Das gibt es doch nicht!« Zdenka kratzte sich am Kopf und musterte ihn ungläubig. »Kannst du dich denn erinnern, wer Marie ist?«

Michel horchte in sich hinein, aber der Name löste kein Echo in ihm aus. »Wer soll das sein?«

»Als du im Fieber lagst, hast du immer wieder diesen Namen gerufen und der Frau geschworen, sie nie zu vergessen.«

»Auch daran erinnere ich mich nicht. Marie ... Marie ... Der Name gefällt mir, aber ich verbinde nichts damit.«

»Vielleicht fällt es dir wieder ein. Jetzt müssen wir erst einmal überlegen, wie wir dich nennen. Irgendwie müssen wir dich doch rufen können.«

Michel zog hilflos die Schultern hoch.

Zdenka kaute auf den Lippen. »Bisher habe ich dich Nemec genannt, denn so heißen in meiner Muttersprache die Deutschen. Aber das ist kein richtiger Name.«

»Ehrlich, ich kann ja kaum etwas mit den Begriffen Deutsche oder Tschechen anfangen. Aber da die Tschechen, wie du sagst, nicht gerade meine Freunde sind, solltest du mir lieber einen deutschen Namen geben. Langsam wundere ich mich, dass ich überhaupt sprechen und auch verstehen kann, was du sagst, denn so dumm wie ich ist ja höchstens ein neugeborenes Kind. Ich fürchte, du wirst mir noch vieles erklären müssen ...«

Ein Geräusch am Eingang unterbrach ihr Gespräch. Jemand schob einen Teil der Zweige, die die Höhle schützten, beiseite, und ein Knabe schlüpfte herein. Ihm folgte ein untersetzter Mann um die vierzig mit fahlgelben Haaren, der einen vielfach geflickten, erdbraunen Kittel und Hosen von gleicher Farbe trug. Das musste Zdenkas Mann Reimo sein. Er war wohl auf der Jagd gewesen, denn er hielt ein Rebhuhn und zwei Hasen in der Hand, von denen noch die Schlingen herabhingen, in denen er sie gefangen hatte. Dem Jungen, der etwa zehn Jahre alt sein mochte, sah man das Erbe der beiden Erwachsenen an, denn er hatte die hellen Haare des Vaters und die dunklen Augen der Mutter.

Zdenka war ganz aufgeregt. »Unser Nemec ist endlich zu sich gekommen! Aber stellt euch vor, er kann sich an nichts mehr erinnern, auch nicht an seine Marie, nach der er doch so oft gerufen hat.«

Reimo zog das Gestrüpp wieder vor den Eingang und drehte sich dann langsam zu Michel um, während der Junge zu seiner Mutter lief und sich scheu an sie schmiegte.
»Das ist unser Karel«, stellte Zdenka ihn Michel mit sichtlichem Stolz vor.
»Ein prachtvoller Bursche.« Michel nickte dem Jungen lächelnd zu und sah dann Reimo an, der ihn nachdenklich musterte.
Sein Lebensretter schüttelte verwundert den Kopf. »Ich habe schon gehört, dass es Leute geben soll, die ihr Gedächtnis verloren haben, aber ich hielt das für ein Ammenmärchen.«
»Leider ist es tatsächlich so. Ich weiß nichts mehr von meiner Vergangenheit, als hätte es mich vorher nicht gegeben. Das ist ein schlimmes Gefühl, und ich bin froh, dass ich wenigstens sprechen kann, denn sonst wäre ich ein hilfloser Krüppel. Reimo, ich danke dir! Es war sehr edel von dir, mich aus dem Fluss zu ziehen und in euer Versteck zu bringen. Und ich danke auch dir, Zdenka. Ihr beide habt mir das Leben gerettet und mich gepflegt, obwohl ihr doch nicht wissen konntet, ob ich euch nicht nur zur Last falle. Das hätte gewiss nicht jeder getan.«
Reimo reichte die Hasen und das Rebhuhn seiner Frau, die sofort begann, das erste Tier abzuhäuten und auszuweiden. »Natürlich habe ich mich gefragt, ob ich richtig handle. Aber ich nahm an, dass du mit deiner Verletzung keine Gefahr für uns darstellen würdest, und ich hoffte, du könntest uns erzählen, was König Sigismund tut, um sein Reich wiederzugewinnen und Menschen wie uns, die ihm treu geblieben sind, vor den tschechischen Mordbrennern zu beschützen.«
Zdenka fuhr auf. »Nicht jeder Tscheche ist schlecht, und es gibt auch unter den Deutschen genug Mordbrenner. Erinnere dich an das Dorf, in dessen Nähe du den Nemec gefunden hast.«

Reimo senkte den Kopf. »Das werde ich nie vergessen. Als ich sah, wie Sigismunds Truppen sich dort aufgeführt haben, schämte ich mich das erste Mal, ein Deutscher zu sein. Die Soldaten haben selbst kleinen Mädchen Gewalt angetan, bevor sie sie umbrachten.«

»Warum hast du mich dann gerettet? Du musstest doch annehmen, dass ich auch zu diesen Mordbrennern gehöre.«

»Ich hatte dich vorher gefunden und schon ein Stück weit in den Wald getragen. Als ich dann zu dem Dorf schlich, wollte ich dich im ersten Moment wirklich den Wölfen zum Fraß liegen lassen. Aber zum einen hoffte ich, du könntest uns berichten, wie es im Reich aussieht und warum die Deutschen genauso hausen wie die Hussiten, und zum anderen wollte ich nicht, dass die Mühe, die du mir bis dahin schon bereitet hattest, umsonst gewesen wäre. Jetzt bleibt mir nur die Hoffnung, dass du dein Gedächtnis bald wieder findest. In deinen Fieberträumen hast du nämlich nicht nur von deiner schönen Marie gesprochen, sondern auch einem gewissen Falk oder Falko gedroht, du würdest ihm beim nächsten Wiedersehen das Genick brechen.«

Dieser Name rief in Michel ebenso wenig Widerhall hervor wie der jener Marie. Während er seinen schmerzenden Hinterkopf betastete und sich die Schläfen rieb, als könne er so seine Erinnerungen wecken, half Reimo seiner Frau, das erlegte Wildbret zu versorgen.

»Heute Abend gibt es Hasenbraten. Früher haben wir Bier dazu getrunken, aber hier haben wir leider nur Wasser. Dabei kann meine Zdenka ein Bier brauen, bei dessen Geschmack einem das Herz aufgeht.«

Reimo seufzte und deutete dann auf Michels linken Oberschenkel. »Die Wunde dort wird dir wohl noch lange zu schaffen machen. Darin steckte der Dorn eines Kriegshammers, und wir hatten Mühe, ihn herauszuziehen. Zum Glück hast du nicht noch mehr Blut dabei verloren, sonst wärst du uns unter den Händen gestorben. Du hast auch eine Wunde am Kopf, die so groß ist wie meine Hand, und kannst von Glück sagen, dass dein Schädel, soweit ich es beurteilen konnte, heil geblieben ist. Du musst einen guten Helm getragen haben, sonst hätte der Schlag deinen Kopf zerschmettert.«

Michel lachte misstönend. »Ich wüsste gerne, wer mir so grob den Scheitel gezogen hat, aber ich könnte mit dem Kerl im Wirtshaus sitzen und mit ihm anstoßen, ohne zu ahnen, dass er mir ans Leben wollte.«

»Das wäre fatal, denn er könnte versucht sein, dir ein Messer in den Rücken zu jagen, um sein Werk zu vollenden. Willst du versuchen, ob du aufstehen kannst? Ich habe dir eine Krücke geschnitzt, damit du, wenn du aufwachst, nicht hilflos herumliegen musst.« Reimo entzündete eine primitive Fackel am Feuer und ging in einen Teil der Höhle, der Michels Blick bisher verborgen geblieben war. Als er zurückkam, hielt er einen kräftigen Stock in der Hand, der in einer mit Moos und Bast gepolsterten Gabel endete.

Michel versuchte, auf die Beine zu kommen, sank aber mit einem Wehlaut zurück. Sofort war Reimo an seiner Seite und half ihm behutsam, aufzustehen und sich auf die Krücke zu stützen. Michel versuchte, ein paar Schritte damit zu gehen, aber er stolperte vor Schwäche über die eigenen Füße und war froh, als er sich nach einer kurzen Strecke am Feuer niederlassen konnte, um Zdenka bei der Arbeit zuzusehen. Da er ihr und ihrem Mann dort nur im Weg war, ließ er sich von Karel, der langsam Vertrauen zu ihm fasste, zu seinem Lager zurückführen. Reimo nahm einen einfachen Schemel, setzte sich neben Michel und reparierte einige Gegenstände, während er sich mit ihm unterhielt. Obwohl er ein einfacher Mann aus einem abgelegenen Dorf war, wusste er viel über das zu berichten, was sich in Böhmen abspielte. Als Michel seine Verwunderung über sein und Zdenkas Wissen äußerte, huschte ein Lächeln über sein Gesicht.

»Das stammt alles vom Vetter meiner Frau, der gelegentlich als Hausierer herumzieht und uns Dinge besorgt, die wir dringend benötigen. Als ich dich fand, kam ich gerade von einem Treffen mit ihm, und ohne seine Warnung wäre ich entweder den Hussiten in die Hände geraten oder von den deutschen Soldaten für einen Rebellen gehalten und erschlagen worden.«

»Ich danke Gott, dass dir nichts passiert ist«, antwortete Michel ernst. Der vierschrötige Mann mit seinem kurz gehaltenen Bart und den wasserhellen Augen war ihm ebenso sympathisch wie Zdenka, die mit ihren etwa fünfunddreißig Jahren trotz der Spuren, die die Angst in ihr Gesicht gegraben hatte, noch immer recht hübsch aussah, und wenn er Karel anblickte, erwachte eine seltsame Sehnsucht in ihm, ein eigenes Kind in die Arme zu nehmen. Unwillkürlich fragte er sich, ob wohl irgendwo ein Junge auf seine Rückkehr wartete.

Reimo gab seinen Gedanken eine andere Richtung. »Wie sollen wir dich denn nennen? Ich mag nicht länger Nemec sagen, denn das ist heutzutage ein Schimpfwort.«

»An welchem Tag hast du mich gefunden?«, fragte Michel.

»Am Namenstag des heiligen Franz von Assisi.«

»Dann nennt mich erst mal Franz. Der Name ist so gut wie jeder andere.« Michel atmete tief durch und blickte dann auf seine Hände, die ihm Gegensatz zu denen seiner Retter müßig ruhten, und er beschloss, ihnen wenigstens einen kleinen Teil der Arbeit abzunehmen. »Reimo, auch wenn ich verletzt bin, kann ich ein paar Kleinigkeiten tun. Wenn du also eine Arbeit für mich hast, die ich im Sitzen erledigen kann ...«

Zdenka hob den Kopf und sah ihn strafend an. »Dafür bist du noch zu krank, Nem ... eh, Frantischek.«

»Er hat den Namen Franz gewählt«, warf Reimo brummend ein. »Außerdem können wir ein weiteres Paar Hände durchaus gebrauchen, da wir die Höhle verlassen und einen sicheren Ort erreichen müssen, ehe der Schnee alle Wege unpassierbar macht. Bei dem Eiswind, der jetzt schon aus dem Osten kommt, werden selbst die Wölfe im Wald erfrieren.« Er stand auf, kramte im Hintergrund der Höhle herum und kam mit einem beschädigten Korb zurück. »Ich zeige dir, wie du ihn reparieren kannst. Karel wird dir die Weidenruten bringen, die du dafür brauchst.«

Während der Junge eifrig aufsprang und aus der Höhle schlüpfte, untersuchte Michel das Flechtwerk und ließ sich erklären, wie es zustande kam. Wenig später musste er zugeben, dass es mit seiner Geschicklichkeit, Körbe zu flechten, nicht so weit her war. Reimo half ihm geduldig, aber als der Korb fertig war, war er unförmig und schief.

Michel lächelte entschuldigend. »Besser ging es leider nicht. Ich fürchte, Korbflechten war nicht mein Handwerk – wenn ich je eines gelernt haben sollte.«

»Es ist noch kein Meister vom Himmel gefallen«, tröstete Reimo ihn lachend. »Viel besser hätte ich es auch nicht gekonnt. Hauptsache, wir können den alten Korb wieder benutzen.«

5.

Michel wurde schnell klar, dass seine Gastgeber froh waren, jemanden gefunden zu haben, mit dem sie ihre Einsamkeit teilen konnten. Der Junge sah ihn schon nach zwei Tagen als eine Art älteren Bruder an und zeigte ihm seine Sammlung seltsam geformter Steine und allerlei andere Dinge, die er im Wald gefunden hatte, und ließ ihn seinen ledernen, mit Haferkleie gefüllten Ball reparieren. Zdenka lobte Michel, weil er ausgezeichnet mit Kindern umgehen konnte, und war der Ansicht, dass er selbst welche haben müsse. Dieser Gedanke gefiel Michel, aber er konnte sich nicht an ein Kindergesicht erinnern. Schnell lernte er, sich mit der Krücke durch die Höhle zu bewegen, half seinen Rettern, so gut er es vermochte, und unterhielt sich stundenlang mit ihnen über das, was sie über die Welt da draußen wussten.

Von den deutschen Ritterheeren hieß es, sie seien kaum mehr in der Lage, das Kernland der Hussiten zu bedrohen, sondern würden sich auf die Verteidigung der grenznahen Landschaften in Österreich, Bayern, Franken und Sachsen beschränken. Die Streifscharen der Taboriten nutzten die Situation für schnelle, gezielte Überfälle, die ihre schwerfälligeren Gegner nur selten abwehren konnten, bedrohten kaisertreu gebliebene Burgen und Städte in ihrem Herrschaftsgebiet und suchten nach Flüchtlingen wie Reimo und Zdenka, um jeden Keim des Widerstands zu ersticken. Die Höhle, in der das Paar Zuflucht gesucht hatte, lag den Worten des Vetters zufolge zu nahe an ihrem Heimatdorf, um sicher zu sein, denn sie war auch Leuten bekannt, die es mit den Aufständischen hielten. Als Michel Reimo fragte, wo sie einen sicheren Ort für sich zu finden glaubten, sank der Mann für einen Augenblick kraftlos in sich zusammen.

»Wenn ich das wüsste, wären wir schon längst nicht mehr hier. Am liebsten würde ich Böhmen verlassen und mich weit genug weg von hier unter Deutschen ansiedeln. Aber ich fürchte, dass Zdenka von ihnen nicht aufgenommen werden wird, weil sie Tschechin ist, und die Gefahr, auf dem Weg nach Westen auf Soldaten oder Marodeure zu treffen, die uns umbringen, weil einer von uns nicht zu ihrer Seite gehört, ist mir bisher zu groß gewesen. Der einzige Ausweg, den ich sehe, wäre, uns nach Burg Falkenhain durchzuschlagen.

Es heißt, Graf Václav Sokolny sei dem Kaiser noch immer treu ergeben, und seine Feste wurde noch nie erobert.«
»Dieser Ruhm schmückt alle Burgen bis zu dem Tag, an dem ein Feind sie in Besitz nimmt.« Michel ärgerte sich sofort über seine unbedachten Worte, denn er durfte Reimo und Zdenka nicht den Mut und die Hoffnung nehmen, an die sie sich klammerten.
Reimo hob in einer hilflosen Geste die Hände. »Auf Falkenhain werden wir sicherer sein als hier. Ich habe nur Angst vor dem Weg dorthin, denn auf den Straßen sind wir Räubern und hussitischen Streifscharen hilflos ausgeliefert. Vielleicht wären wir trotzdem schon losgezogen, aber wir wollten warten, bis du so weit bei Kräften bist, dass du bei dieser Kälte reisen kannst.«
Da Michel ihm versicherte, er fühle sich kräftig genug, begannen sie mit den Vorbereitungen für den Aufbruch. Zdenka suchte noch am gleichen Tag Reste von Decken und notdürftig gegerbte Kaninchenfelle zusammen, um Kleidung für Michel herzustellen, in der er dem eisigen Wind standhalten konnte, und Reimo kümmerte sich um den Wagen und stellte die Vorräte zusammen, die sie mitnehmen wollten. Am Abend des zweiten Tages war der größte Teil der Habe verladen und Michels Ausrüstung schon so gut wie fertig, und sie unterhielten sich beim Abendessen gerade darüber, ob sie schon am Nachmittag des nächsten Tages oder in der Frühe des übernächsten aufbrechen sollten. In dem Moment hörten sie draußen Zweige brechen.
Reimo stellte seinen Napf beiseite und griff nach der Axt. »Ich hoffe, es ist kein Bär, der ein Winterquartier sucht.«
Dann aber klangen Stimmen auf, und im selben Moment wurde der Windschutz beiseite gerissen. Drei bewaffnete Männer erschienen im Eingang, musterten die kleine Gruppe in der Höhle mit höhnischen Blicken und machten verächtliche Gesten, als sie Michels

Verbände sahen und die Krücke, die er an sein gesundes Bein gelehnt hatte. Ein vierter Mann, der dem leibhaftig gewordenen schlechten Gewissen glich, schlüpfte an ihnen vorbei und blieb zitternd neben dem Pferd stehen. Alle vier trugen unter ihren Überwürfen aus Schaffellen zerschlissene, vielfach geflickte Hosen und Hemden aus Leinen; ihre Füße steckten in Holzschuhen, die sie mit Gras ausgepolstert hatten. Der vorderste der Eindringlinge, ein mittelgroßer, breit gebauter Mann mit rußigem Gesicht, muskelbepackten Armen und großen, narbigen Händen, lachte auf und sagte etwas auf Tschechisch, das Reimo und Zdenka aufschreien ließ.

»Was will er?«, fragte Michel.

Zdenka sah ihn mit blutleerem Gesicht an. »Das ist Bolko, der Schmied aus unserem Dorf. Sie wollen dich, Reimo und Karel auf der Stelle töten, mich aber zuerst ...« Ihre Stimme erstickte in einem Tränenschwall.

Bolko wies mit dem Kinn auf sie und wechselte in ein kaum verständliches Deutsch. »Ich wollte Zdenka heiraten, doch sie zog mir diesen dreckigen Nemec vor. Dafür werden wir dir, Reimo, und dem Balg da die Eier abschneiden und sie euch zu fressen geben, bevor wir euch zur Hölle schicken, und dem Deutschenliebchen werden wir, nachdem wir mit ihr fertig sind, deinen Krückstock unten reinrammen, bis er oben wieder herauskommt, und dann sehen wir zu, wie sie langsam verreckt.«

Reimo stieß die Luft aus und ging mit hoch über dem Kopf geschwungener Axt auf Bolko los. Die beiden anderen Männer sprangen vor, packten ihn und schleuderten ihn zu Boden. Dann fesselten sie ihn trotz seiner heftigen Gegenwehr und zogen ihm die Hose aus. Bolko legte den Morgenstern beiseite, zog ein Messer und legte die Schneide grinsend an Reimos Glied.

Zdenka kreischte auf und zog die Aufmerksamkeit der anderen auf sich. Den Augenblick nutzte Michel aus. Obwohl sein verwundetes Bein ihn noch nicht richtig tragen wollte, zog er sich an der Krücke hoch, hinkte, so schnell er es vermochte, auf den Schmied zu, der lässig nach seiner Waffe griff. Doch bevor er den Morgenstern heben konnte, stieß Michel ihm das Fußende seiner Krücke mit aller Kraft in den Bauch. Bolko riss den Mund auf, schien vor Schmerz aber nicht schreien zu können, und brach in die Knie. Michel nahm ihm den Morgenstern aus der Hand und zertrümmerte ihm mit der gleichen Bewegung den Schädel.

Der Schmied war tot, bevor die anderen Eindringlinge begriffen hatten, was geschehen war, doch als sein Leichnam auf dem Höhlenboden aufschlug, kam Bewegung in sie. Mit wilden Schreien hoben sie ihre Waffen und gingen auf Michel los. Reimo brachte den Ersten trotz seiner Fesseln zu Fall, Michel sah den Mann stürzen, schlug zu und tötete auch ihn, während er dem Letzten mit der Krücke die Füße unter dem Leib wegriss. Ehe der Mann sich wieder erheben konnte, brach Michels Hieb ihm das Genick.

Als Michel auf den vierten Tschechen zuhumpelte, fiel dieser auf die Knie, rang die Hände und überschüttete ihn mit einem Wortschwall. Da er seine Muttersprache verwendete, verstand Michel ihn nicht und hob die Waffe zum Schlag.

Zdenka fiel ihm in den Arm. »Nicht ihn! Das ist mein Vetter Vúlko. Er sagt, die drei Schufte hätten ihn gezwungen, sie hierher zu führen.«

»Das schwöre ich bei Gott und allen Heiligen!«, stieß Vúlko mühsam auf Deutsch hervor.

Michel sah den Mann unschlüssig an, senkte aber, als Reimo sich der Bitte seiner Frau anschloss, den Morgenstern und lehnte sich trotz der Krücke gegen die Wand, denn er zitterte plötzlich vor

Schwäche, und es war, als stäche ein glühender Dolch durch seinen Oberschenkel und zerfetze den Muskel.

Hilflos sah er zu, wie Karel seinen Vater befreite. Reimo stand auf, zog seine Hose hoch und befestigte sie mit der Schnur, die ihm als Gürtel diente. Dann drehte er sich so steif und müde wie ein alter Mann zu Michel um und starrte ihn ungläubig an. »Ich … ich kann es nicht glauben, was ich gesehen habe. Trotz deines kaputten Beins hast du drei gesunde, kräftige Kerle erschlagen, als wären es zahnlose Hunde, die es gewagt haben, einen ausgewachsenen Bären zu stellen.«

Zdenka kniete neben Michel nieder, drückte ihre Stirn gegen seinen Handrücken und küsste ihm dann beide Hände. »Selten ist eine gute Tat rascher und großartiger belohnt worden als durch dich. Wenn Reimo dich nicht gerettet hätte, wären wir nun eines grausamen Todes gestorben.« Ihr Mann folgte ihrem Beispiel und umfasste dann Zdenka, als wolle er sie nicht mehr loslassen.

Karel schmiegte sich vorsichtig an Michel und blickte mit leuchtenden Augen zu ihm hoch. »Darf ich dich stützen und dir helfen, dich auf dein Bett zu legen? Du wirst jetzt sehr erschöpft sein.«

Michel nahm die Dankesbeteuerungen kaum wahr, denn er konnte den Blick nicht von den Toten lösen und fragte sich, was eben in ihm vorgegangen sein mochte. Er hatte wie unter einem inneren Befehl gehandelt und die Eindringlinge mit einer Leichtigkeit getötet, als sei er das Morden gewohnt. Nun musste er annehmen, dass er wirklich zu jenen Leuten gehört hatte, die unschuldige Menschen in ihren Dörfern überfielen, die Männer abschlachteten und deren Frauen schändeten. Der Gedanke stieß ihn ab, und er war nur froh, dass er seine Lebensretter vor einem solchen Schicksal hatte bewahren können.

Er entzog den dreien seine Hände und humpelte zum Ausgang der

Höhle, um einen Blick ins Freie zu werfen. Im Licht der untergehenden Sonne glänzte Reif auf den Graten der bewaldeten Höhenzüge ringsum, und die Wipfel der Bäume schwankten im Wind. Die Luft war klar und unangenehm kalt. Es musste Spätherbst sein oder sogar schon Winter, denn es roch nach kommendem Schnee. Er kannte die Wetterverhältnisse hier ebenso wenig wie die Gegend, aber er begann zu fürchten, dass Reimo den Aufbruch zu lange hinausgezögert hatte. Wenn sie Pech hatten, würden sie am nächsten Morgen schon nicht mehr die Höhle verlassen können oder spätestens unterwegs in einen starken Wintereinbruch geraten. Das sagte er Reimo auch, als er zum Feuer zurückkehrte, und machte ihm ein wenig Vorwürfe, weil er zu viel Rücksicht auf seine Verletzung genommen hatte.
Reimo zitterte noch unter dem Schock und schlug sich auf die Brust, als wolle er die Schuld an allem, was geschehen war, auf sich nehmen. »Ich bin weniger um deinetwillen hier geblieben, Franz, sondern aus Angst davor, mit meiner Familie ins Ungewisse zu ziehen. Irgendwie habe ich doch gehofft, wir könnten hier bleiben, warten, bis der Krieg vorbei ist, und dann in unser Dorf zurückkehren. Aber jetzt müssen wir die Gegend so schnell wie möglich verlassen.« Er wies dabei auf die drei Toten, denen Zdenka und Vúlko eben die Kleidung auszogen.
Die Frau sah mit einem bitteren Lächeln zu Michel auf. »Normalerweise plündere ich keine Toten aus. Aber wir brauchen ihre Sachen, wenn wir durch den Winter kommen wollen. Als Reimo dich gefunden hat, warst du nackt, und er musste seine Kleidung mit dir teilen.«
Michel nickte ihr zu. »Das verstehe ich. Wasch das Zeug aber, bevor wir es anziehen. Es so zu tragen wäre mir unangenehm.«
»Keine Sorge, das tue ich.« Als die drei Kerle schließlich nackt in

einer Ecke lagen, trat die Frau noch einmal zu Bolko und berührte sein schlaff hängendes Glied mit der Fußspitze. »Du wirst keine Frau mehr gegen ihren Willen nehmen.«

Sie sprach so leise, dass nur Michels scharfe Ohren es hörten, und ihr Gesicht verzerrte sich für einen flüchtigen Augenblick vor Hass. Bolko musste ihr schon einmal Gewalt angetan haben, sei es vor oder während ihrer Ehe mit Reimo. Michels Blick flog zu Karel, doch dieser war zu sehr der Sohn seines Vaters, um von dem Schmied stammen zu können. Er beschloss, Zdenkas Geheimnis für sich zu behalten und Reimo nicht damit zu belasten.

»Was machen wir mit den dreien, lassen wir sie hier liegen oder begraben wir sie?«, fragte er nach einer Weile.

»Ich habe keine Lust dazu«, fauchte Zdenka böse. Reimo schüttelte zuerst ebenfalls den Kopf, kratzte sich dann aber im Nacken und überlegte.

»Lust habe ich auch keine, aber es waren schließlich unsere Nachbarn. Wenn wir je wieder bei unseren Leuten leben wollen, sollten wir die drei nicht den Wölfen und Bären zum Fraß überlassen.«

»Dann soll Vúlko es tun. Schließlich hat er sie hergeführt«, antwortete seine Frau bissig. Der Blick, den sie ihrem Vetter zuwarf, zeigte dem Mann, dass sie ihm seinen Verrat so rasch nicht verzeihen würde.

»Ich konnte doch nicht anders«, begann er wieder zu jammern. »Sie haben mir schlimme Dinge angedroht, wenn ich ihnen euer Versteck nicht verrate.«

Zdenka warf den Kopf in den Nacken. »Bestimmt keine so schlimmen, wie sie sie uns antun wollten!«

Vúlkos Gesicht färbte sich dunkel vor Scham. »Sie wollten meiner Frau und …«, er stockte für einen Moment und rang nach Fassung, bevor er fortfuhr, ».. und mir vor den Augen unserer Kinder Gewalt antun und dann mit diesen weitermachen.«

»Was für ekelhafte Schweine!«, brach es aus Michel heraus.

Reimo schüttelte bedrückt den Kopf. »Der Krieg lässt die Menschen verrohen. Glaube nicht, dass die Unseren viel anders sind. Ich habe die abgeschlachteten Kinder im Dorf gesehen! Ein Mädchen, das kaum älter war als unser Karel, haben sie zuerst vergewaltigt und ihm dann die Kehle durchgeschnitten.«

»Ich habe nicht behauptet, dass die Deutschen besser sind!«, antwortete Michel scharf. »Jetzt aber geht es um unsere Haut. Glaubst du wirklich, wir könnten uns nach Burg Falkenhain durchschlagen? Und was machen wir mit Vúlko?«

Reimo hob hilflos die Hände. »Nach Hause können wir ihn nicht lassen. Die Leute würden ihn fragen, wo Bolko und die anderen geblieben sind, und von ihm erfahren, wohin wir uns wenden wollen, und dann würden die Freunde der Toten uns folgen, um sie zu rächen.«

Vúlko stieß einen Schrei aus. »Bitte lasst mich gehen! Ich verrate euch gewiss nicht.«

»Das hast du schon einmal getan! Also wirst du mit uns kommen, und wenn du zu fliehen versuchst, wird es dir genauso ergehen wie deinen Freunden da drüben!« Michels Gesichtsausdruck hätte auch einen mutigeren Mann als Vúlko eingeschüchtert. Der Tscheche starrte ihn so panikerfüllt an, als wolle der Deutsche ihm auf der Stelle den Schädel einschlagen. Er wagte erst, vorsichtig aufzuatmen, als Reimo ihm einen primitiven Holzspaten reichte und ihn aufforderte, mit ihm zu kommen und das Grab für die drei Toten auszuheben.

»Morgen früh brechen wir auf«, erklärte Reimo und sah Michel dabei fragend an, als käme es allein auf dessen Meinung an.

6.

Kunigunde von Banzenheim ließ ihre Augen zufrieden über die vollen Truhen und Schränke der Sobernburg wandern. Hier war wirklich alles im Übermaß vorhanden. Die Leintücher und Federbetten reichten aus, den Hofstaat des Pfalzgrafen zu beherbergen, genauso wie das tönerne Geschirr und die Platten und Teller aus Zinn und Silber. In den Vorratskammern hingen Schinken und geräucherte Würste dicht an dicht von einem halben Dutzend langer Stangen herab, und um die mit ausgesucht guten Tropfen gefüllten Weinfässer im Keller zu zählen hätte man einen ganzen Tag benötigt.

Marga, die Frau Kunigunde auf ihrem Rundgang durch ihr neues Reich begleitete, nahm mit Genugtuung wahr, welch starken Eindruck diese Fülle auf die Dame machte. Für jemand, der sein Leben in einer engen Ganerbenburg verbracht hatte, musste die Feste Rheinsobern ein wahres Paradies darstellen.

»Wie Ihr seht, habe ich mir rechte Mühe gegeben, all diese Vorräte anzulegen«, erklärte Marga stolz und vergaß dabei völlig, dass sie das Ganze von Maries Geld angeschafft hatte. Sie rückte etwas vertraulicher an ihre neue Herrin heran und zupfte sie am Ärmel. »Liebe Frau Kunigunde, Ihr ahnt ja nicht, wie ich mich freue, endlich wieder einer Dame von edler Herkunft dienen zu können und nicht mehr so einem Frauenzimmer wie dieser Marie.«

Die Verachtung, die in Margas Worten mitschwang, ließ Kunigunde hellhörig werden. »Was willst du damit sagen? Ist Marie keine adlige Dame? Stammt sie aus bürgerlichem Hause oder gar aus dem Bauernstand?«

Marga stieß ein kurzes Lachen aus. »Wenn es nur das wäre! Vor ihrer Heirat war sie eine Hure, die von Jahrmarkt zu Jahrmarkt zog und sich für ein paar lumpige Pfennige an jeden einfältigen Tölpel verkaufte.«

»Was du nicht sagst!« Frau Kunigunde wollte es nicht glauben, doch Marga versicherte ihr, dass es die reine Wahrheit sei, und bekräftigte ihre Worte mit ein paar Geschichten, die sie über Marie erfahren haben wollte.

»Ihr Mann war auch nicht von adliger Herkunft, sondern der Sohn eines gemeinen Wirts. Er hat sich während des Konzils in Konstanz beim Pfalzgrafen lieb Kind zu machen gewusst und wurde als Vogt hier eingesetzt. Doch trotz ihrer Rangerhöhung sind die beiden Abschaum geblieben, und es hat mich geekelt, solchen Leuten dienen zu müssen.«

Kunigunde von Banzenheim war im ersten Augenblick verwirrt, fasste sich aber schnell und überlegte, wie sie diese Neuigkeit zu ihren Gunsten verwenden konnte. Am liebsten hätte sie diese Marie so behandelt, wie es einer Hure zustand, nämlich sie ohne einen Heller aus der Stadt gejagt und ihren Besitz beschlagnahmt. Aber zu solchen Maßnahmen durfte sie leider nicht greifen, denn dieses schmutzige Frauenzimmer stand aus ihr unbekannten Gründen in der Gunst des Pfalzgrafen.

»Wahrscheinlich hat Marie dem Pfalzgrafen ihre Schenkel einladend geöffnet und erhielt dafür überreichen Lohn«, sagte sie mürrisch und merkte erst beim Klang ihrer eigenen Stimme, dass sie ihren Gedanken laut ausgesprochen hatte.

Marga stimmte ihr eifrig zu und wusste auch noch zu berichten, dass Marie zugleich noch die Bettgenossin des Herzogs von Württemberg gewesen sei. »Zuletzt aber war sie ihrem Mann recht treu«, setzte sie schnell hinzu, um sich nicht selbst in ein schlechtes Licht zu setzen, denn wenn Frau Kunigunde das übrige Gesinde befragte, würde dieses nichts anderes zu berichten wissen.

Frau Kunigunde hatte die Anwesenheit der Wirtschafterin bereits vergessen und hing ihren eigenen Plänen nach. Auch wenn es ihr nach diesen skandalösen Neuigkeiten in der Seele wehtat, Marie eine Heirat mit ihrem Vetter vorzuschlagen, schien ihr das nach wie vor die beste Lösung zu sein, um an den Besitz dieses Weibes zu gelangen. Sie war nun überzeugt, auf keinen größeren Widerstand zu treffen, denn als ehemalige Hure musste die Witwe froh sein, wenn ein Mann von Stand sich zu ihr herabließ.

»Habt Ihr noch Anweisungen für mich, Frau Kunigunde?«, fragte Marga devot.

Die Gemahlin des neuen Burghauptmanns schüttelte den Kopf. »Du kannst in die Küche gehen und nachsehen, ob das von mir bestellte Abendessen rechtzeitig fertig wird.« Frau Kunigunde wedelte mit der Hand, als wolle sie ein lästiges Insekt verscheuchen, und eilte dann mit wehenden Röcken davon. Marga hätte zu gerne gewusst, was die Dame nun vorhatte, und überlegte, ob sie ihr unter einem Vorwand folgen sollte. Da sie jedoch auf Frau Kunigundes Wohlwollen angewiesen war, drehte sie sich seufzend um und ging, um ihre Pflicht zu erfüllen.

Frau Kunigunde hatte unterdessen die Tür zu Maries Kammer erreicht und platzte hinein, ohne vorher anzuklopfen. Marie saß am Fenster und nähte ein Wickelkissen für das Kind, das sie bald gebären würde. Als Frau Kunigunde vor ihr stand, sah sie verärgert von ihrer Handarbeit auf, weil sie nicht einmal in ihren eigenen vier Wänden vor Störungen gefeit war. »Was wünscht Ihr?«

»Ich muss mit dir reden.« Kunigunde zog sich einen Stuhl heran und setzte sich neben Marie. Dabei huschte ihr Blick über die Einrichtung der Kammer, die ihr noch mehr zusagte als alles, was sie bisher auf der Burg gesehen hatte. Hier zu leben musste eine wahre Freude sein. Sie schob diesen Gedanken sofort wieder beiseite und

versuchte, Besorgnis zu heucheln. »Wie du weißt, hat der Pfalzgraf meinem Gemahl die Verantwortung für dich übertragen.«
Marie schüttelte irritiert den Kopf. »Wie soll ich das verstehen?«
»Du bist nun das Mündel meines Mannes, und was er über dich bestimmt, wird geschehen.«
Kunigundes Behauptung entlockte Marie nur ein kurzes Auflachen. »Da irrt Ihr Euch. Nach dem Tod meines Mannes ist der Pfalzgraf mein Vormund.«
Die überlegene Ruhe, die Marie ausstrahlte, erbitterte Frau Kunigunde, und sie klopfte mit der geballten Faust auf ihren Oberschenkel. »Diese Verpflichtung hat er auf meinen Mann übertragen, und dessen Wille ist es, eine so schöne Frau …« Ein neidisches Seufzen brach aus ihr heraus, und sie musste tief Luft holen, bevor sie weitersprechen konnte. »Nun, mein Mann ist der Ansicht, dass es sich nicht schickt, eine so junge Witwe wie dich in unserem Haus zu beherbergen.«
Marie zuckte mit den Schultern. »Also muss ich die Burg verlassen. Gut, das werde ich tun.«
Frau Kunigunde funkelte sie zornig an. »Hör mir doch richtig zu, Weib! Mein Mann will, dass du meinen Vetter Götz von Perchtenstein heiratest, und damit basta.« Es war zwar nicht unbedingt die Rede, die Frau Kunigunde hatte halten wollen, doch Maries Gleichmut hatte sie heftiger werden lassen als geplant.
Die junge Witwe musterte sie mit einem spöttischen Blick und schüttelte den Kopf. »Ihr seid wohl irregeworden!«
Frau Kunigunde fuhr wütend auf und packte Marie bei der Schulter. »Ich werde deinen Trotz schon noch brechen! Entweder du gehorchst, oder …«
Marie befreite sich aus ihrem Griff und schob ihre Hände beiseite. »Was heißt hier: Oder?«

Frau Kunigunde hätte am liebsten ihren Mann gerufen und Marie von ihm prügeln lassen, bis sie ihr aus der Hand fraß und Götz heiratete. Doch wenn es dem Weib gelang, sich beim Pfalzgrafen zu beschweren, würde dessen Zorn sie treffen. Daher musste sie diese renitente Hure auf eine andere Weise in ihre Schranken weisen. Kunigunde drehte sich um die eigene Achse und betrachtete noch einmal wohlgefällig die Einrichtung der Kammer. In dem Augenblick wusste sie, wie sie es anfangen musste.

»Da mein Gemahl der neue Burghauptmann ist, steht mir die Kemenate zu. Oder glaubst du, ich hause in einer kalten, zugigen Kammer, während eine dreckige Hure wie du sich in meinen Zimmern breit macht?«

Marie empfand diese Worte wie eine schallende Ohrfeige und rang nach einer Antwort. Ein Blick in Kunigundes zornrotes Gesicht sagte ihr, dass ihr ein Streit mit dieser Frau nichts einbringen würde, daher zuckte sie mit den Achseln. »Da Ihr es so wollt, werde ich meine Sachen wegschaffen lassen, damit Ihr Eure Möbel und Truhen hier aufstellen könnt.«

Frau Kunigunde starrte sie verwirrt an. »Welche Möbel und Truhen? Ich habe nichts dergleichen mitgebracht.«

»Dann müsst Ihr Euch welche besorgen. Die jetzige Einrichtung gehört mir, und sie wurde von meinem Geld bezahlt. Ich habe nicht vor, sie Euch zu überlassen.«

Bevor Frau Kunigunde etwas sagen konnte, trat Marie zur Tür und rief nach ihrer Zofe. Als Ischi gleich darauf hereinkam, befahl sie ihr, ein paar Knechte zu holen, um die Kemenate ausräumen zu lassen.

»Das verbiete ich dir!«, schrie Frau Kunigunde voller Wut.

Marie drehte sich mit eisigem Gesicht um. »Ihr habt ihr nichts zu verbieten. Ischi ist meine Magd, und auch die Knechte haben ihren

Lohn für dieses Jahr von mir erhalten. Bis zum Lichtmesstag werden sie das tun, was ich anordne, und es ist reine Gefälligkeit von mir, wenn ich ihnen erlaube, bereits jetzt für Euch zu arbeiten.«

Frau Kunigunde gab sich nicht geschlagen, sondern eilte in die Halle und rief mit sich überschlagender Stimme nach Marga.

»Welche ist die elendste Kammer in der ganzen Burg?«, fragte sie, als die Wirtschafterin erschrocken herangeeilt kam. »Sorge dafür, dass diese widerwärtige Hure dort untergebracht wird. Mehr ist sie nicht wert.«

Margas Augen leuchteten bei diesem Auftrag auf. Endlich konnte sie ihrer ehemaligen Herrin zeigen, was sie von ihr hielt. Ein Lächeln stahl sich auf ihr Gesicht, und sie beantwortete Frau Kunigundes Anweisungen mit einem eifrigen Nicken. »Verlasst Euch ganz auf mich, Herrin. Ich werde schon die richtige Kammer für diese Metze finden.«

7.

Marie stand am Fenster der winzigen Dachkammer, die Frau Kunigunde ihr zugewiesen hatte, und starrte hinaus. Der einzige Vorteil, den ihr kaltes, zugiges Quartier bot, war der freie Blick über den Ort und das Land bis hin zum Schwarzwald und den Vogesen. Obwohl die kleine Stadt Rheinsobern genannt wurde, lag sie nicht direkt am Rheinufer, sondern eine gute halbe Stunde zu Fuß entfernt. Von ihrem Aussichtspunkt konnte Marie das Band des Stromes, der sich im Schein der fahlen Wintersonne träge nordwärts wälzte, weit überblicken. Noch lag kein Schnee über dem Land, doch der Wind biss in ihre Haut und ließ sie frösteln.

Mit einer raschen Bewegung schloss sie die offene Fensterluke und verhängte sie mit einem alten Mantel, da die geschabte Tierhaut, die das Fenster anstelle von Glas ausfüllte, an mehreren Stellen zerrissen war und der Wind eisige Kälte in ihre Kammer blies. Es wäre kaum eine halbe Stunde Arbeit gewesen, das Fenster zu reparieren, doch keiner der Knechte wagte, noch etwas für sie zu tun, denn sie fürchteten Ritter Manfreds Drohungen. Der Burgvogt war vor ein paar Wochen, als die Männer Maries Truhen und Möbel auf den Dachboden unterhalb des Turms geschafft hatten, in dessen oberste Kammer sie einquartiert worden war, wie ein Habicht unter die Leute gefahren und hatte ihnen gedroht, dass er jeden, der noch einen Handschlag für Marie tat, ohne Gnade auf die Straße setzen würde. Der eine oder andere hätte es vielleicht doch gewagt, seiner ehemaligen Herrin beizustehen, doch Marga hatte an einer der Mägde ein Exempel statuiert, die es gewagt hatte, Marie heimlich etwas zu essen zu bringen. Die Beschließerin hatte das Mädchen zuerst mit ihrem Stock grün und blau geschlagen und es dann nur mit einem dünnen Kittel bekleidet in die Kälte hinausgejagt. Marie konnte nur hoffen, dass ihre Base Hedwig oder Hiltrud sich der Kleinen angenommen hatten. Sie selbst konnte sich nur noch auf Ischi verlassen, die die Sobernburg im Frühjahr verlassen würde und Marga nicht fürchtete. Ihre Leibmagd trotzte der neuen Herrschaft und tat alles, um Marie das Leben so erträglich zu machen, wie es unter den widrigen Umständen möglich war.

Frau Kunigunde hatte sich für ihre anfängliche Niederlage mit offener Bosheit gerächt und Marie in diese winzige Kammer verbannt, die nur über mehrere enge, steile Stiegen zu erreichen war, und von allem Besitz ergriffen, was Marie nicht in Sicherheit hatte bringen können. Ritter Manfred, dessen älteste Söhne und der Perchtensteiner trugen nun Michels Kleidung. Ritter Götz flatterten die Hosen zwar um die Beine, und sein magerer Oberkörper hätte in Michels

Wams zweimal hineingepasst, doch er trug die warmen, teuren Stoffe mit einem lächerlichen Stolz. Auch die Vorräte und die Leckereien, die Marie für teures Geld erstanden hatte, waren in den Besitz des neuen Burghauptmanns übergegangen, ebenso der Weinkeller, dessen Fässer zumeist den Rebensaft von Maries eigenen Weinbergen enthielten.

Während Frau Kunigunde und ihre Familie sich an Maries Schinken, Würsten und Wein labten, musste sie sich mit einfachstem Essen aus der Gesindeküche zufrieden geben, das Ischi ihr hochbrachte, da sie wegen ihrer fortgeschrittenen Schwangerschaft Mühe hatte, die vielen Treppen hinabzusteigen. Marie wusste, dass ein einziges Wort ihre Lage ändern würde, doch dazu war sie nicht bereit. Sie konnte sich vorstellen, was mit ihren Ländereien und den übrigen Besitztümern geschehen würde, wenn Ritter Götz seine Hand danach ausstreckte. Und selbst wenn der Perchtensteiner der liebste und netteste Mensch gewesen wäre, den man sich hätte vorstellen können, wäre Marie so kurz nach der Nachricht von Michels Tod keine Ehe mit ihm eingegangen, denn sie fühlte sich so gar nicht als Witwe. Das mochte an dem Kind liegen, das in ihr heranwuchs, schenkte es ihr doch die Illusion, dass Michel irgendwie noch bei ihr war, und machte es ihr beinahe unmöglich, die Nachricht von seinem Tod zu glauben.

Für eine Weile quälte sie die Gewissheit, dass sie ohne Michel verloren war und vergebens darauf wartete, dass er zurückkam und sie aus ihrer misslichen Lage befreite. Dann schüttelte sie sich wie ein nasser Hund. Sie hatte sich noch nie kampflos in ihr Schicksal gefügt, wie es so viele andere Frauen taten, und würde sich auch diesmal nicht aufgeben. Da es durch das verhängte Fenster in der Kammer düster war, wollte sie schon nach Ischi rufen, damit diese einen Fidibus aus der Burgküche holte, um das Talglicht anzuzün-

den. In dem Moment vernahm sie schwere Schritte auf der Treppe. Sie klangen nicht nach Ischi, und so griff sie nach dem Dolch, den sie bereitgelegt hatte, um sich notfalls gegen gewisse Zudringlichkeiten verteidigen zu können. Sie legte die Waffe jedoch sofort wieder beiseite, denn der eintretende Schatten entpuppte sich als Hiltrud.
»Bei Gott, Marie, bei dir ist es so dunkel wie in einer Kirche um Mitternacht«, rief die Freundin anstelle eines Grußes.
Marie zeigte auf das verhangene Fenster. »Die Bespannung ist kaputt, und ich muss sie mit meinem Mantel abdichten, um die Zugluft fern zu halten.«
»Es zieht trotzdem«, antwortete Hiltrud besorgt. Sie trat mit einem raschen Schritt ans Fenster und zog den Mantel beiseite. »So, jetzt kann ich dich richtig sehen. Eigentlich bin ich ja gekommen, um dich wegen Michels Tod zu trösten und dir Gesellschaft zu leisten. Aber wie es aussieht, benötigst du noch ganz andere Hilfe.«
Marie hieb mit der Rechten wütend durch die Luft. »So hilflos, wie es aussieht, bin ich nicht. Ich benötige nur einen Boten, der den Weg zum Pfalzgrafen nicht scheut, denn ich glaube nicht, dass Herrn Ludwig gefällt, wie sein neuer Burghauptmann mich behandelt.«
Hiltrud war anderer Meinung, was die hohen Herrschaften betraf, doch sie wollte Marie das Herz nicht noch schwerer machen. »Mein Thomas wird für dich zum Pfalzgrafen reisen und ihm deine Klagen überbringen.«
»Das wäre lieb von euch beiden. Warte, ich schreibe rasch einen Brief, denn Herr Ludwig muss erfahren, dass sein neuer Burgvogt mich schamlos beraubt hat.« Marie suchte in der kleinen Truhe, die neben ihrer schmalen Schlafstelle stand, nach Papier, Tinte und Feder und schrieb mit klammen Fingern einige Zeilen. Dabei musste sie immer wieder ihre Hände anhauchen, um sie ein wenig zu erwärmen.

»So, jetzt noch Unterschrift und Siegel, dann bin ich fertig.« Sie faltete das Papier zusammen, nahm das Siegelwachs und hielt es einen Augenblick lang hilflos in der Hand. Dann stand sie schwerfällig auf, ging zur Tür und öffnete sie. »Ischi, bring einen Fidibus, ich will die Lampe anzünden!«

Ihre Worte hallten vielfach durch den Turm und den Speicher darunter, und kurz darauf erschien die junge Magd mit einem brennenden Span, der so klein war, dass sie die steilen Treppen wie auf Flügeln hatte hocheilen müssen, damit er nicht vorzeitig abbrannte. Sie hielt die Flamme, die beinahe schon an ihren Fingern leckte, gerade noch rechtzeitig an das Talglicht. Der Docht ließ sich entzünden, doch das Licht flackerte bedenklich in der Zugluft, so dass Hiltrud den Mantel wieder vor das Fenster hängte. Die Flamme beruhigte sich, und Marie konnte endlich etwas Siegelwachs auf das Papier tropfen lassen.

Sie drückte ihren Siegelring hinein und reichte das Schreiben ihrer Freundin. »Verstecke es bitte, wenn du die Burg verlässt, damit Frau Kunigunde es nicht entdeckt.«

Hiltrud ballte die Faust. »Sie soll es wagen, mir zu nahe zu kommen!«

Marie nickte ihr dankbar zu, hielt plötzlich in der Bewegung inne und dachte nach. »Kannst du noch ein paar andere Sachen für mich hinausschmuggeln? Ich wüsste gerne meine Besitzurkunden und meinen wertvollsten Schmuck in Sicherheit.«

»Her damit!«, forderte Hiltrud sie auf.

Marie nahm ein Bündel und einen Lederbeutel aus einer kleinen Schatulle, die sie unter dem Bett hervorzog. »Kannst du all das ungesehen aus der Burg bringen?«, fragte sie unsicher.

»Ich stecke es dorthin, wo sich kein Mann hinzulangen traut, weil er sonst eine gepfefferte Ohrfeige von mir erhält.« Hiltrud zwinkerte ihr verschwörerisch zu, zog ihren Rocksaum hoch und klopfte gegen ihren Unterleib. »Du hast wohl die Lehren unserer Wanderzeit vergessen, Marie, und weißt nicht mehr, wo man solche Sachen am besten verbergen kann. Damals hast du dem Herzog von Württemberg die Beweise gegen den Keilburger Grafen auf diese Weise überbracht.« Sie kicherte bei der Erinnerung, dachte dann aber daran, dass Marie ja erst vor kurzem Witwe geworden war, und hielt beschämt inne.

»Ich werde diesen Winter noch öfter vorbeikommen und dir eine Wurst oder einen Schinken mitbringen. Von dem Brei da wirst nicht einmal du satt, geschweige denn dein Kind.« Sie zeigte dabei auf den Napf, den Ischi zusammen mit dem Span hochgebracht und auf den wackeligen Schemel gestellt hatte, der Marie den Tisch ersetzen musste.

»Ja, tu das bitte.« Marie empfand plötzlich einen Heißhunger auf eine von Hiltruds ausgezeichneten Räucherwürsten, so dass sie am liebsten aufgesprungen und ihr zum Ziegenhof gefolgt wäre. Aber sie hatte Kunigundes Drohung mehr als einmal gehört, was man mit ihr machen würde, wenn sie versuchte, die Sobernburg ohne Erlaubnis zu verlassen, und bei der unvermeidlichen Auseinandersetzung konnte es leicht passieren, dass Kunigunde die Urkunden und den Schmuck bei Hiltrud entdeckte. Der Gedanke daran ließ ihr die Tränen in die Augen steigen, und sie verfluchte den Pfalzgrafen, der sie zum Mündel des neuen Burghauptmanns gemacht hatte, so dass sie weder bei Hiltrud noch bei Hedwig Unterschlupf suchen durfte, ohne die beiden in Schwierigkeiten zu bringen.

»Komm, setz dich, Hiltrud, und lass uns von schöneren Zeiten reden«, sagte sie und rückte ein wenig beiseite, um ihrer Freundin Platz zu machen.

Hiltrud blieb mehrere Stunden bei Marie und tröstete die Freundin, so gut sie konnte. Erst als der neue Burghauptmann mit seiner Familie am Abendbrottisch saß und sie daher nicht Gefahr lief, von ihnen ausgefragt und kontrolliert zu werden, verließ sie Marie. Während sie im Halbdunkel die steilen Treppen hinabstieg, murmelte sie leise Verwünschungen über das Gesindel, das sich hier breit gemacht hatte. Am liebsten wäre sie in die Halle geplatzt und hätte diesem Drachen von einer Kunigunde und deren Mickermännchen von Ehegatten gehörig die Meinung gesagt. Der Auftrag, den Marie ihr erteilt hatte, war jedoch wichtiger als ihr persönlicher Zorn, und so beeilte sie sich, das Tor der Burg hinter sich zu lassen. Draußen schüttelte sie sich, atmete erleichtert auf und rückte das Bündel zurecht, das gegen ihren Oberschenkel drückte. Dann schritt sie mit wehenden Röcken in die beginnende Nacht hinein. Sie hatte weder Angst vor Räubern noch vor wilden Tieren, denn der Stock, den sie beim Gehen als Stütze benützte, hatte eine scharfe Spitze, die ihn zu einer gefährlichen Waffe werden ließ. Außerdem war sie sicher, dass Thomas ihr schon bald entgegenkommen würde.

8.

Der Schnee hatte sich in diesem Winter Zeit gelassen, doch nun fielen die Flocken bereits in solchen Massen vom Himmel wie seit Menschengedenken nicht mehr. Das magere Pferdchen vermochte den Wagen kaum noch zu ziehen, obwohl Reimo und Vúlko ihm mit ihren Leibern den Weg durch den fast hüfthohen Schnee bahnten. In den ersten Tagen hatten Michel, Zdenka und Karel noch auf dem Wagen sitzen können, doch nun stapften sie verdrossen und müde hinter ihm her. Wenn ihr Gefährt wieder einmal stecken blieb und die Männer sich gegen die Räder stemmten, durchsuchte Zdenka ihre Habe und warf alles weg, auf das sie glaubte verzichten zu können, um dem wackeren Gaul die Arbeit zu erleichtern. Michel sah meist hilflos zu, denn er kam auf seiner Krücke nur mühsam vorwärts und fühlte den Biss der Kälte bis auf die Knochen. Das verletzte Bein, das schon beinahe verheilt gewesen war, wollte ihn kaum noch tragen, denn das eisige Wetter und die Belastung ließen die Wunde wieder nässen.

Als Zdenka in nicht allzu großer Ferne das Geheul eines Wolfsrudels vernahm, kämpfte sie sich durch den Schnee nach vorne und klammerte sich an ihren Mann. »Wir müssen den Wagen zurücklassen, Reimo, sonst kommen wir nie lebend nach Falkenhain.«

Schon dreimal hatten Wölfe die Gruppe angegriffen, doch den drei Männern war es jedes Mal gelungen, die Tiere zu vertreiben. Drei abgezogene Wolfspelze hingen steif gefroren am Wagen und klapperten im Wind gegeneinander. Zwei der Wölfe hatte Michel erlegt, den dritten Reimo. Doch beide wussten, dass die nächste Wolfsattacke die letzte sein konnte.

Da ihr Mann nicht sofort antwortete, riss Zdenka an seinem Ärmel. »Hast du nicht gehört, Reimo? Wir müssen den Wagen zurücklassen.«

Reimo schüttelte heftig den Kopf. »Wenn wir den Wagen aufgeben, sind wir Bettler. Er trägt unsere gesamte Habe.« Doch auch er wusste, dass sie, sollte Falkenhain nicht hinter der nächsten Wegbiegung liegen, keine andere Wahl mehr hatten.

Michel folgte Zdenkas in den Schnee getretener Spur und gesellte sich zu den dreien. »Glaubt ihr, wir sind noch auf dem richtigen Weg?«

Während Reimo hilflos die Hände hob, bejahte Vúlko die Frage. Er sehnte sich nach Frau und Kindern, doch er hatte einsehen müssen, dass es für seine Familie besser war, wenn er als verschollen galt, als wenn er ohne seine Begleiter nach Hause zurückgekehrt wäre. Daher hatte er sich auf Zdenkas Drängen hin Reimo angeschlossen. Er hatte als Einziger von ihnen den Weg nach Falkenhain schon einmal in friedlicheren Zeiten zurückgelegt, und seine Anwesenheit erwies sich mehr und mehr als glückliche Fügung.

Er deutete nach links. »Die Wolken hängen zwar niedrig, aber ich bin mir sicher, dass der Höhenzug da drüben der nördliche Ausläufer des Lom ist, an dem Falkenhain liegt. Wir müssten die Burg noch vor Einbruch der Nacht erreichen.«

Reimo sah zweifelnd in das Grau, das nur schwache Konturen erkennen ließ. »Wollen wir es hoffen, sonst werden wir doch noch den Wölfen als Festmahl dienen.«

Michel kniff die Augen zusammen und spähte nach vorne. Das Schneetreiben hatte nachgelassen, und er glaubte in der Ferne Umrisse zu erkennen, die eine Burg sein mochten, und machte die anderen darauf aufmerksam. Vúlko jubelte erleichtert auf. So sicher, wie er sich gegeben hatte, war er seiner Sache wohl doch nicht gewesen. Die Entdeckung weckte in ihnen allen neue Kräfte, und die Erleichterung, dem Ziel so nahe zu sein, schien sogar auf das Pferd überzugreifen, das sich viel stärker ins Geschirr legte, so dass sie zwei Stunden später erschöpft, aber glücklich vor dem Burgtor standen. Ihre Hoffnung auf Rettung zerstob jedoch, als auf ihr Rufen hin eine ebenso grimmige wie ablehnende Antwort erfolgte.

»Verschwindet, Gesindel! Wir haben den Winter über kaum genug für uns zu beißen, geschweige denn für Leute wie euch.«

»Habt Mitleid mit uns, wir sind arme Flüchtlinge, die alles verloren haben«, flehte Zdenka nach oben zur Turmstube hoch, hinter deren Schießscharte der Schatten des Torwächters mehr zu erahnen als zu sehen war.

»Wenn ihr uns nicht helft, werden wir erfrieren«, schrie Vúlko auf.

Der Wächter oben ließ sich nicht erweichen. »Besser ihr erfriert, als dass wir wegen euch hungern.«
Michel hatte bis jetzt geschwiegen, doch nun humpelte er mit seiner Krücke nach vorne und klopfte kräftig gegen das Tor. »Mach auf, Bursche, oder soll ich dir das Fell über die Ohren ziehen?« Er wusste nicht, wer ihm diese herrischen Worte in den Mund gelegt hatte. Seine Begleiter starrten ihn verwirrt an, und selbst dem Torwächter verschlug es für einen Moment die Sprache. Erst als er begriff, dass ja die schützende Mauer mit dem geschlossenen Tor zwischen ihm und dem Fremden lag, lachte er höhnisch auf. »Das hättest du wohl gern, Bursche. Aber ich glaube, du wirst vorher erst einigen Wölfen die Felle über die Ohren ziehen müssen.«
Seine Worte brachten Reimo auf eine Idee. Er lief zum Wagen zurück, ergriff die hart gefrorenen Wolfsbälger und hielt sie so hoch, dass der Wächter sie sehen konnte. »Das hat mein Freund schon getan. Er ist ein großer Krieger und hat sowohl diese Wölfe wie auch drei Hussiten erlegt, die uns umbringen wollten, obwohl er verletzt ist und nur seine Krücke als Waffe besaß.«
»Er ist ein Nemec, ein Deutscher«, setzte Zdenka rasch hinzu.
Der Torwächter schien unsicher zu werden. »Bist du vielleicht ein Soldat König Sigismunds, Kerl?«
Michel hob zweifelnd die Hände. »Ich weiß es nicht, denn ich habe durch einen Schlag auf den Kopf mein Gedächtnis verloren.«
»Wer hätte denn schon einmal so etwas gehört«, spottete der Torwächter, doch mischte sich nun eine andere, befehlsgewohnte Stimme in das heftig geführte Gespräch ein.
»Wer seid ihr und wo kommt ihr her?«
Reimo neigte unwillkürlich sein Haupt und gab Antwort. »Ich bin Reimo, der Deutsche, und das sind mein Weib Zdenka, mein Sohn

Karel und Zdenkas Vetter Vúlko. Wir stammen aus dem Dorf Kyselka und mussten vor den Hussiten fliehen.«

»Jetzt erst, nach etlichen Jahren, in denen die Hussiten dort bereits das Sagen haben? Mann, du glaubst doch nicht, dass wir dir das abnehmen!« Die Stimme des Torwächters klang bissig, doch der neu hinzugekommene Mann wies ihn zurecht.

»Schweig, Huschke, und lass die Leute reden.«

»Danke, edler Herr.« Zdenka atmete erleichtert auf und erklärte dann, dass sie, ihr Mann und ihr Sohn schon vor mehreren Jahren aus Kyselka geflohen seien und sich in einer Höhle verborgen hätten. »Nun aber haben Feinde unser Versteck entdeckt, und wenn Frantischek uns nicht vor ihnen gerettet hätte, wären wir jetzt alle mausetot.«

Der Torwächter gab noch immer nicht auf. »Frantischek, das ist aber ein seltsamer Name für einen deutschen Krieger.«

»Es ist nicht sein richtiger Name, den hat er nämlich vergessen. Wir haben ihn Franz genannt, weil ich ihn am Tag des heiligen Franziskus von Assisi gefunden habe.« Während Reimo die Tatsachen gerade rückte, setzte der Schneesturm wieder ein, und Karel, der ebenso durchgefroren war wie die Erwachsenen, begann leise vor sich hin zu wimmern.

Aus der Turmstube drang ein leises, aber leidenschaftlich geführtes Gespräch, und die kleine Gruppe konnte nur hoffen, dass sich nicht der misstrauische Turmwächter, sondern der andere Mann durchsetzen würde, dessen Stimme ebenso mitleidig wie neugierig geklungen hatte. Nach kurzer Zeit erlöste sie das Geräusch, mit dem ein großer Riegel oder Sperrbalken zurückgeschoben wurde, von der ängstlichen Spannung, die auch Michel ergriffen hatte. Die beiden Torflügel schwangen auf und schoben den davor liegenden Schnee beiseite.

Unter dem Tor empfingen sie fünf Männer, deren wild im Zugwind flackernde Fackeln die Dämmerung kaum noch zu durchdringen vermochten. Sie trugen derbe, aber warme Kleidung und hatten ihre Schwerter blankgezogen. In dem Moment, in dem der Wagen unter den Torbogen rollte, kam ein sechster Mann die Treppe herab, die zur Turmkammer hochführte, und betrachtete die Neuankömmlinge interessiert. Er war in einen mit viel Geschick zusammengenähten und mit Borten verzierten Mantel aus Wolfsfell gehüllt und schützte seine Beine bis zum Knie mit Schnürstiefeln, die mit Schafsfell gepolstert waren, und seinen Kopf mit einer Mütze aus Fuchspelz.

»Ich bin Václav Sokolny, der Herr dieser Burg. Seid mir willkommen.« Sein Deutsch war gut, doch ein starker Akzent verriet, dass es sich nicht um seine Muttersprache handelte.

»Wir danken Euch, edler Herr.« Zdenka eilte auf ihn zu, sank in die Knie und fasste nach seiner Hand, um sie zu küssen. Doch da er dicke, gefütterte Handschuhe trug, begnügte sie sich damit, die Stirn kurz dagegen zu lehnen.

Der Mann bemerkte ihre Verlegenheit und lächelte amüsiert, half ihr jedoch wieder auf die Beine. »Seht zu, dass ihr ins Warme kommt. Ihr seid ja völlig durchgefroren. Wanda soll euch Bier erhitzen. Das vertreibt die Kälte aus euren Gliedern. Hynek wird sich um euer Pferd kümmern.«

Der Mann, der sich angesprochen fühlte, verneigte sich vor dem Burgherrn und sagte: »Ovšem, pán!«

Michel hatte mittlerweile von Zdenka genug tschechische Worte gelernt, um es als »Jawohl, Herr!« übersetzen zu können. Er war froh, der beißenden Kälte zu entkommen, obwohl er doppelte Kleidung trug und der schwere Marsch ihm den Schweiß auf Stirn und Rücken getrieben hatte. Doch jetzt, wo sie standen, blies der Wind durch jede Falte des Gewands.

Während seine Begleiter Sokolny mit gesenkten Köpfen folgten, ohne nach rechts oder links zu sehen, wanderte sein Blick prüfend umher. Die Burg war an einem idealen Ort erbaut worden, denn die steil abfallenden Flanken des Bergsporns schützten sie auf drei Seiten. Die Mauern, die schier ansatzlos aus der Abbruchkante aufstiegen, waren allerdings nur halb so hoch und um einiges weniger massiv als die auf der Stirnseite, die einem Angriff zuerst ausgesetzt war, und ein wuchtiger, jedoch nicht übermäßig hoher Torturm schützte den Eingang. Die Burg selbst war von ungefähr ovalem Querschnitt und eher klein zu nennen, dessen war Michel sich sicher, auch wenn er sich nicht erinnern konnte, je eine andere Wehranlage gesehen zu haben. Bis auf den Palas glichen die restlichen Gebäude eher Hütten, die sich wie erschrockene Kinder an die aus großen, aber nur grob behauenen Quadern errichtete Umfassungsmauer lehnten.

Graf Sokolny führte seine Gäste über den schmalen Burghof, der trotz des anhaltenden Schneetreibens geräumt war, in einen Anbau direkt neben dem Hauptgebäude, der die Küche enthielt. Dort war die Köchin bereits dabei, dampfendes Bier in Becher zu füllen. »Hier, trinkt«, forderte sie die Eintretenden auf. Die beiden Soldaten, die die Gruppe begleiteten, bezogen diese Aufforderung auch auf sich und griffen rasch zu. Um Sokolnys Lippen zuckte ein Lächeln, doch er sagte nichts, sondern nahm sich ebenfalls einen Becher. Die Köchin knickste und holte noch ein paar leere Becher von einem Bord und füllte sie mit der dampfenden Flüssigkeit, nach der die ganze Küche roch, und drückte sie Michel und seinen Begleitern in die Hände. Während die Männer vorsichtig an dem starken, heißen Getränk nippten, um sich nicht die Lippen zu verbrennen, knüpfte Zdenka ein Gespräch mit der Köchin an. Beide sprachen tschechisch, da es ihnen vertrauter war als das Deutsch der Bewoh-

ner der großen Städte, und dem Eifer nach, mit dem sie sich unterhielten, mussten sie sich eine Menge zu sagen haben.
Graf Sokolny wartete, bis seine unerwarteten Gäste sich etwas erholt hatten, und wies dann auf die Tür. »Folgt mir in die Halle. Es ist gleich Zeit zum Abendessen, und da wollen wir Wanda und ihre Leute nicht länger stören.«
Zdenka zeigte auf die Töpfe, aus denen es angenehm duftete. »Wenn es erlaubt ist, würde ich gerne mithelfen.«
»Heute solltest du dich erholen. Aber wenn Wanda einverstanden ist, kannst du dich ab morgen gegen den üblichen Lohn in der Küche nützlich machen.« Sokolny scheuchte die Gruppe zur Tür hinaus wie eine Bäuerin eine ins Haus eingedrungene Hühnerschar. Als er sah, welch überwältigenden Eindruck die große Halle mit ihrer hohen, aus geschnitzten Holzbalken bestehenden Decke, den Waffen und Trophäen an den Wänden und der langen, von wuchtigen Stühlen gesäumten Tischreihe auf seine Gäste machte, nickte er zufrieden und ließ Reimo, Zdenka, Karel und Vúlko die Zeit, sich umzusehen. Die vier waren sich schnell einig, dass die vier größten Häuser ihres Dorfes zusammen hier hereinpassen würden. Michel schüttelte kaum merklich den Kopf über die erstaunten Ausrufe, denn er fand den Saal nicht besonders groß und hielt seine Einrichtung für ungewöhnlich altmodisch. Statt Teppichen lagen gehackte Tannenreiser auf dem Boden, und ein gutes Dutzend Hunde balgte sich unter dem Tisch um einen Knochen.
»Na, Großer«, sagte Michel, als ein großer Bärenhund auf ihn zukam und ihn aus gelben Augen beäugte. Der Hund ließ ein leises Knurren hören, doch Michel griff beherzt zu und fasste ihn am Genick. »Wenn wir Freunde bleiben wollen, solltest du ein wenig höflicher zu mir sein!«
Der Hund zog die Stirn kraus, als müsse er überlegen, was er tun

sollte, beschnupperte Michel ausführlich und legte dann seinen Kopf auf seinen Oberschenkel. Es war das verletzte Bein, und die Berührung tat weh. Michel verbiss jedoch den Schmerz, tätschelte das wuchtige Tier und freute sich, einen ersten Freund auf Burg Sokolny gefunden zu haben.

9.

Marie starrte im trüben Schein des flackernden Talglichts auf den Schnee, den der Wind trotz des als Vorhang verwendeten Mantels durch das löchrige Fenster in ihre Kammer wehte und der sich darunter zu einem kleinen weißen Haufen ansammelte. Es war so kalt in dem Raum, dass die Flocken nicht mehr auftauten, und Marie glaubte trotz der drei übereinander gezogenen Kleider und der Decke, die sie um die Schultern geschlungen hatte, erfrieren zu müssen. Da die Kammer keinen Kamin hatte und man ihr auch einen mit glühender Holzkohle gefüllten Bettwärmer verweigerte, war ihr Bett feucht geworden und hatte sich dort, wo sich ihr Atem niederschlug, mit einer dünnen Eisschicht überzogen.
Ihre Niederkunft stand kurz bevor, und ihr war schmerzhaft bewusst, dass ihr Kind in dieser Umgebung nicht einmal die erste Nacht überleben würde. In trüben Momenten hatte sie schon daran gedacht, aufzugeben und sich in das Schicksal zu fügen, welches Frau Kunigunde ihr zugedacht hatte. Schließlich ging es um Michels Kind, dessen Leben sie nicht aus schlichtem Trotz riskieren durfte. Doch jedes Mal, wenn sie so weit gewesen war, zu der neuen Burgherrin zu gehen und sich ihr zu unterwerfen, bäumten sich ihr Stolz und ihr Wille zur Unabhängigkeit auf. Sie konnte sich vorstellen, was für ein elendes Leben sie unter der Fuchtel dieser Frau

führen würde, denn dieses Nichts von einem Mann, den sie nach Kunigundes Willen ehelichen sollte, stand völlig unter deren Pantoffel und würde keinen Finger rühren, um seine Gemahlin vor seiner Base zu schützen. Und vor allem würde eine Ehe mit diesem saft- und kraftlosen Götz von Perchtenstein Michels Andenken beschmutzen.

Marie umklammerte ihren Leib, in dem ihr Kind sich unruhig bewegte, biss die Zähne zusammen und schickte etliche stille Verwünschungen nach unten, wo sich Kunigundes Sippschaft an ihren Vorräten satt fraß, während sie selbst nun schon vierundzwanzig Stunden hungern musste. Seit ein paar Tagen war sie so schwerfällig geworden und fühlte sich auch so elend, dass sie sich auf den ausgetretenen Stufen der steilen Treppen nicht mehr halten konnte. Normalerweise brachte Ischi ihr das Essen, doch diese war am Vortag zum Haus ihres zukünftigen Mannes gegangen und wurde dort wahrscheinlich durch den Schneesturm festgehalten, der seit der Nacht tobte.

Marie rieb sich die klammen Hände und schob sich näher an die Bettkante heran, um der Zugluft nicht unmittelbar ausgesetzt zu sein, als sie im Dachboden, der sich weiter unten an ihren Turm anschloss, Geräusche hörte. Sie nahm an, dass es wieder einmal Frau Kunigundes Rangen waren, die ihr schon zwei der dort unten aufgestapelten Kisten aufgebrochen und ausgeplündert hatten, aber sie hatte nicht mehr die Kraft, hinunterzusteigen und sie zu vertreiben. Dann aber vernahm sie Schritte auf der Treppe, die zu ihrer Kammer führten, und richtete sich gespannt auf.

Wenige Herzschläge darauf steckte Ischi den Kopf zur Tür herein. Die junge Magd war in einen unförmigen Mantel gehüllt, und das dicke Wolltuch, das sie sich um den Kopf gewickelt hatte, ließ nur Augen, Nase und Mund frei. Sie hielt jedoch keinen Napf oder

Teller in der Hand, sondern Maries dicksten Pelzmantel und ihre Winterstiefel. Während sie die Gegenstände auf das Bett legte, lächelte sie ihrer Herrin aufmunternd zu.

»Der Sturm tobt heute besonders stark, Herrin«, sagte sie leise, »stark genug, um Frau Kunigunde und ihre Sippschaft in der warmen Kemenate zu halten, und die Torwächter beschäftigen sich weniger mit der Pforte als mit ihrem Feuerbecken. Daher kann ich Euch endlich zum Ziegenhof bringen, wie es mir Eure Freundin schon vor etlichen Tagen aufgetragen hat. Der Weg wird gewiss nicht leicht sein, aber bisher fand ich keine Möglichkeit, Euch aus der Burg zu schmuggeln.«

Marie hörte nur das Wort Ziegenhof und dachte daran, wie heimelig warm es in Hiltruds Stube sein würde. Dort gab es auch genug zu essen und die Hilfe, die sie brauchte, um ihr Kind gesund zur Welt zu bringen. Der Gedanke weckte ihre Lebensgeister, und sie nickte der Magd erleichtert zu. »Du bist ein Schatz, Ischi. Ich hatte den Mut beinahe schon verloren, dank deiner Hilfe aber werde ich Frau Kunigunde doch noch ein Schnippchen schlagen.«

Sie stand auf, schlüpfte in die Stiefel und warf sich den halbkreisförmigen Mantel über. Zu einer Zeit gefertigt, als sie noch nicht schwanger gewesen war, spannte sich der Stoff über ihrem Bauch und ließ einen Spalt frei. Ischi warf einen kritischen Blick auf die zerdrückten Gewänder ihrer Herrin, die ihr für den weiten Weg nur wenig geeignet schienen, und holte schnell einige andere Sachen herauf. Sie nahm ihr den Überwurf wieder ab und zog ihr eines nach dem anderen die wärmsten Kleider über, die sie hatte finden können. Dann half sie ihr wieder, den Mantel umzulegen, und wickelte sie zusätzlich noch in ein dickes Schultertuch, das die mit Fell gefütterte Kapuze am Kopf festhielt. Schließlich stützte sie ihre Herrin,

so dass diese trotz ihrer Unförmigkeit Schritt für Schritt die steilen Stufen hinabsteigen konnte.
Obwohl es Marie drängte, die unwirtliche Burg so rasch wie möglich zu verlassen, blieb sie auf dem Speicher neben dem Turm stehen, öffnete ein paar Truhen und holte einige Dinge heraus, an denen sie besonders hing. Es handelte sich um ein paar kleinere Schmuckstücke, die sie im Lauf der Jahre von Michel bekommen und Hiltrud noch nicht in Verwahrung gegeben hatte, sowie ein paar Kleinigkeiten aus Michels Besitz, die noch nicht in die gierigen Hände von Kunigundes Sippschaft gefallen waren. Diese Dinge wollte sie nicht zurücklassen, denn sie war überzeugt, dass sie sonst kein Stück davon wieder sehen würde.
Die Kälte in der Vogtsburg hatte auch ihr Gutes, denn sie hielt das Gesinde in der warmen Küche und Frau Kunigundes bevorzugte Mägde in deren Kemenate. Daher erreichten Marie und Ischi ungesehen den Burghof und stapften durch den wadenhohen Schnee auf das Tor zu. Die großen Torflügel waren zwar verschlossen, aber die kleine Pforte, die für einzelne Personen gedacht war, stand unbewacht offen. Kurz darauf blickte Marie auf das Gemäuer zurück, das elf Jahre lang ihre Heimat gewesen war und in das sie nie mehr zurückkehren wollte. Sie schüttelte sich, um die Erinnerung an die letzten Monate abzustreifen, damit diese sie nicht wie eine Wolke böser Geister verfolgte, und wandte der Burg mit einer heftigen Bewegung den Rücken zu.
»Eigentlich hätten Hiltrud oder Thomas am Tor auf uns warten sollen, doch bei dem scheußlichen Wetter ist es mir nicht gelungen, sie aufzusuchen. Wir werden daher allein gehen müssen«, schrie Ischi ihr ins Ohr, um das Heulen des Sturms zu übertönen.
Marie musterte die junge Frau und wiegte besorgt den Kopf. Ischis Kleidung reichte aus, um hier in der Stadt Nachbarn besuchen oder

in die Kirche gehen zu können, doch für einen stundenlangen Marsch über das offene Land war sie nicht geeignet. Sie würde erfroren sein, bevor sie den halben Weg zum Ziegenhof zurückgelegt hätten. Sie würde alleine gehen müssen.

Die Magd holte aus einer kleinen Nische zwischen zwei Häusern einen kräftigen Stock und einen dick ausgepolsterten Korb, die sie auf dem Weg zur Burg versteckt hatte. Der Korb enthielt eine noch warme, mit einem Deckel verschlossene Schüssel mit einem nahrhaften Eintopf aus gehackter Gerste, Steckrüben und etwas Hühnerfleisch. Marie riss Ischi fast den Löffel aus der Hand, den die Magd aus dem Stroh daneben fischte, und verschlang hastig das Essen, nicht ohne sich zwischen den einzelnen Bissen bei der jungen Frau zu bedanken. Als die Schüssel leer war, blickte sie noch einmal zur Burg hoch, die in dem Schneetreiben kaum noch zu erkennen war, und schüttelte die Faust. »Diese Kunigunde wollte mich verhungern lassen. Der Teufel soll sie und ihr Gelichter holen!«

Während Ischi die Schüssel wieder in den Korb packte und ihn an einem Riemen schulterte, ergriff Marie den Stock und richtete all ihre Gedanken auf den gefährlichen Weg, der vor ihr lag. Selbst in der Stadt konnte man die Wucht des Sturms spüren, der über die Dächer hinwegfegte, Schnee in jede Ritze trieb und sich wie frisch geschorene Schafwolle auf die Fassaden der Häuser legte, so dass die Gassen scheinbar bis in den Himmel reichenden Schluchten glichen. Noch wehrte sich der Tag, sich der Nacht zu beugen, und doch waren bereits alle Fensterläden geschlossen. Nur hie und da drang ein dünner Lichtschein nach draußen und bewies, dass im Inneren der weiß überkrusteten Häuser noch Leben existierte. Das Wetter hatte die Menschen an die Kamine und die Feuerstellen in den Rauchküchen getrieben, an denen nun Bratäpfel einen angenehmen Duft verbreiteten und gewürzter Wein so warm wurde, dass er

wohlig die Kehle hinunterrann und die Kälte aus den Gliedern vertrieb.
Marie und Ischi begegneten keiner Menschenseele, bis sie zum Tor kamen, an dem die Wächter auf sie aufmerksam wurden. Es waren städtische Büttel, die nicht direkt unter der Fuchtel des neuen Vogts standen, sondern in erster Linie dem Rat von Rheinsobern verpflichtet waren. Als sie die beiden Frauen erkannten, wechselten sie ein paar viel sagende Blicke, wandten ihnen den Rücken zu und widmeten sich wieder der eisernen Pfanne, in der ein Holzkohlenfeuer einen Hauch von Wärme abgab.
Ischi schob mit klammen Fingern den Riegel der Pforte zurück und öffnete sie, um Marie ins Freie zu lassen. Als sie den Wind im Gesicht spürte, der heulend um die Mauern strich, und die sich auftürmenden Schneewehen sah, hielt sie ihre Herrin zurück. »Bleibt lieber hier. Bei diesem Wetter geht Ihr zugrunde, ehe Ihr den Ziegenhof erreicht habt. Kommt, ich nehme Euch zu meinen Schwiegerleuten mit. Sie werden Euch mit Freuden aufnehmen.«
Marie schüttelte heftig den Kopf und löste Ischis Finger von ihrem Mantel. »Das mag sein, aber dort wird Frau Kunigunde zuerst nach mir suchen lassen. Sie dürfte nicht annehmen, dass ich bei diesem Wetter und in meinem Zustand zu meiner Freundin wandern werde. Bis sie auf den Gedanken kommt, jemand zur Ziegenbäuerin zu schicken, halte ich vielleicht schon den Schutzbrief des Pfalzgrafen in meinen Händen.«
Ischi schlug aufweinend die Hände vors Gesicht. »Das Wetter macht mir Angst. Ihr werdet unterwegs sterben!«
Marie strich ihr lächelnd über die Wange. »Glaube mir, Ischi, ich bin schon bei weit schlimmerem Wetter über die Straßen gezogen.«
»Aber nicht mit einem Kind im Bauch, das in wenigen Tagen zur Welt kommt.« Für einen Augenblick überlegte Ischi, ob sie nicht

die Torwächter rufen sollte, damit diese ihre Herrin zurückhielten, doch ehe sie zu einem Entschluss kam, hatte Marie sich ihren Händen entwunden und stapfte durch den Schnee davon.

»Gott und die Heilige Jungfrau mögen Euch beschützen!«, rief Ischi ihr nach, schloss die Pforte und kehrte mit hängenden Schultern und den Kopf voller Selbstvorwürfe zum Haus ihres Verlobten zurück.

Einer der Wächter sah, dass sie vergessen hatte, den Riegel vorzulegen, und stand brummend auf, um es selbst zu tun. »Weiber!«, schimpfte er und dachte daran, um wie viel lieber er jetzt bei seiner eigenen Frau sein würde, um die Wärme des Bettes mit ihr zu teilen, als in der klammen Wachstube sitzen zu müssen, obwohl an einem solchen Tag keine Reisenden zu erwarten waren.

Marie fühlte sich bei weitem nicht so mutig, wie sie sich Ischi gegenüber gegeben hatte. Bis zu Hiltruds Hof war es auch bei gutem Wetter ein Fußmarsch von einer Stunde, und in diesem Schneesturm würde jeder Schritt zu einem Kampf werden, bei dem sie leicht unterliegen konnte. Ihr Blick glitt über die verschneite Rheinebene, die beinahe konturlos vor ihr lag und sie an ein Leichentuch gemahnte. Sie ballte die Fäuste. »Es wird nicht das meine sein!«, schrie sie in den Wind hinein, um sich Mut zu machen. Hätte sie sich gegen den Sturm stemmen müssen, wäre sie schon nach wenigen Schritten unterlegen, aber zu ihrem Glück traf er sie schräg von hinten, und sie konnte die Wucht des Elements ausnutzen und sich von ihm treiben lassen. Das Schwierigste war, auf der Straße zu bleiben und die Abzweigungen nicht zu verfehlen, denn unter den Schneehauben sahen Büsche und Bäume ganz anders aus als in den wärmeren Jahreszeiten, und die Mauern der Stadt, die ihr einen Anhaltspunkt hätten geben können, verschwanden nach kurzer Zeit in dichtem Schneetreiben. Marie musste mehrmals anhalten und sich orientie-

ren und war sich trotzdem nicht sicher, ob sie den richtigen Weg eingeschlagen hatte. Als der Sturm für einen Augenblick nachließ, hörte sie in der Ferne einen Wolf heulen, ein anderer, der ein ganzes Stück näher zu sein schien, antwortete ihm mit gieriger Stimme. Marie schauderte. Wohl streiften die Wölfe nur selten durch die Rheinauen, doch in harten Wintern kamen sie immer wieder ins flache Land herab. Sie umklammerte den Stock, als suche sie bei dem leblosen Holz Schutz, und schritt so rasch aus, wie es ihr noch möglich war. Die ungewohnte Anstrengung und die zusätzliche Last durch ihr ungeborenes Kind trieben ihr schon bald den Schweiß aus allen Poren. Die Schweißtropfen, die auf ihre Wangen herabliefen, froren in der Kälte, so dass sie die Eisperlen vom Gesicht wischen musste, und gleichzeitig begann ihr Rücken fürchterlich zu jucken. Es waren fast siebzehn Jahre vergangen, seit man sie in Konstanz ausgepeitscht und die Büttel sie halb tot über die Landstraße gezerrt hatten, doch mit einem Mal erschien es ihr, als sei es erst gestern gewesen.
Bald dampfte Marie wie eine abgehetzte Stute und flehte Gott und die heilige Maria Magdalena an, ihr zu helfen. Noch immer betete sie lieber zu der Schutzheiligen der Hübschlerinnen als zur Jungfrau Maria, da sie in der einstigen Hure aus Galiläa eine Leidensgefährtin sah. In ihren Gedanken versponnen wäre Marie beinahe am Ziegenhof vorbeigegangen, doch das Meckern einer Geiß und der Umriss des Stalls, der sich nicht weit neben ihr aus dem Schneetreiben schälte, wiesen ihr den Weg zum Ziel. Sie stolperte auf das Haus zu und klopfte mit letzter Kraft gegen die Tür. Einige Augenblicke lang tat sich nichts, dann öffnete Hiltrud, starrte sie mit großen Augen an, als fürchte sie, von einem Winterdämon genarrt zu werden, streckte ihr aber dann die Arme entgegen, um sie aufzufangen.
»Mein Gott, Marie! Bist du denn wahnsinnig geworden, durch die-

ses Wetter zu laufen? Wenn du mir eine Nachricht gesandt hättest, wäre ich doch sofort gekommen, um dich zu holen!«

»Du bist gut«, quetschte Marie zwischen ihren klappernden Zähnen heraus. »Hätte ich vielleicht Ischi zu dir schicken sollen? Sie hätte sich unterwegs verirrt und wäre erfroren.«

»Du hast es ja auch geschafft.« In Hiltruds Stimme lag immer noch ein tadelnder Ausdruck, aber sie musste ihrer Freundin insgeheim Recht geben. Nur eine Frau mit einem ähnlich starken Willen wie Marie konnte den Weg bei diesem Wetter bewältigen.

»Komm, ich bringe dich ans Feuer und erhitze dir gleich etwas Würzwein.« Hiltrud schloss die Haustür, schob Marie in die Küche und half ihr, sich auf die Bank neben dem Herd zu setzen. Dann füllte sie einen Tonkrug mit Wein, gab einige Kräuter und Gewürze hinzu und wickelte einen Lappen um den Griff eines Schürhakens, der mit der Spitze im Feuer lag. Als sie das rot glühende Ende des Eisens in die Flüssigkeit hielt, zischte es, und Dampf quoll bis zur Decke. Hiltrud zählte langsam bis zehn, zog den Schürhaken wieder heraus, roch kurz an dem dampfenden Krug und füllte zwei Becher mit dem scharf riechenden Getränk.

»Auf den Schreck brauche ich auch einen Schluck«, sagte sie mit einem kläglichen Versuch zu lachen. Sie reichte Marie einen Becher, nahm selbst den anderen und wies ihre älteste Tochter an, etwas zu essen aufzutischen. Mariele wäre zwar am liebsten in der Küche geblieben, denn sie war neugierig zu erfahren, warum ihre Patin bei diesem scheußlichen Wetter zu ihnen gekommen war, aber sie gehorchte ohne Murren. Sie lief in die Vorratskammer, belegte ein großes Brett mit allerlei bäuerlichen Leckerbissen wie Schinken, Käse und geräucherten Blut- und Leberwürsten und stellte sie mit einem scheuen Lächeln vor ihrer Patentante auf den Tisch. Als Hiltrud dicke Scheiben des frisch duftenden Brotes abschnitt, lief

Marie das Wasser im Mund zusammen. Sie griff gierig zu und hörte erst auf zu essen, als das Brett fast leer war.
Hiltrud schüttelte fassungslos den Kopf. »Dich haben sie wohl ganz schön hungern lassen. Gott sei Dank bist du jetzt bei uns. Ich füttere dich schon wieder heraus, so dass du Kraft genug hast, dein Kind zur Welt zu bringen. Jetzt aber gehörst du ins Bett. Komm mit mir! Solange Thomas fort ist, solltest du neben mir schlafen.«
Marie hob erstaunt den Kopf. »Thomas ist fort? Ja, aber wohin ist er gegangen?«
»Du bist ja lustig!« Hiltrud gab der Freundin einen leichten Nasenstüber. »Er ist doch zum Pfalzgrafen gereist, um ihm deinen Brief zu überbringen. Ich hoffe, er kann dort bleiben, bis das Wetter sich wieder beruhigt hat, denn der Sturm ist stark genug, einen erwachsenen Mann umzubringen.«
»Es tut mir Leid, dass ich euch so viele Umstände mache«, antwortete Marie bedrückt.
Damit kam sie bei Hiltrud an die Falsche. »Meine liebe Freundin, wenn wir nach all dem Guten, das du und Michel für uns getan habt, nicht auch mal etwas für dich tun können, sind wir es nicht wert, auf der Welt zu sein. Also Kopf hoch und fort mit den bösen Gedanken! Dein Kind braucht eine fröhliche Mutter und keine verzagte Tränenliese, sonst wird es selbst ein Trauerkloß!«
Marie winkte ab. »Kinder merken doch nicht, wie ihre Mütter gestimmt sind.«
»Täusche dich da nicht. Kinder wissen ganz genau, was ihre Mütter fühlen. Aber komm jetzt! Die anderen haben sich bereits unter ihre Decken verkrochen.« Hiltrud klang genauso resolut und gleichzeitig besorgt, wie Marie sie kannte, und zum ersten Mal seit langem

fühlte sie sich geborgen. Hier konnte sie ihr Kind ohne Angst zur Welt bringen, und es machte sie nur traurig, dass Michel die Geburt nicht mehr hatte erleben können.

10.

Graf Sokolny stand am Fenster seiner Kammer und blickte hinab in den Hof, in dem sich seine Reisigen unter der Anleitung Marek Lasiceks, des Hauptmanns seiner Burgwachen, in verschiedenen Waffengattungen übten. Am besten machte sich der Neue, und während der Graf ihm zusah, bedauerte er es immer mehr, dass dieser Mann sein Gedächtnis verloren hatte. Sokolny war überzeugt, Menschen gut einschätzen zu können, aber dieser Franz war ihm ein Rätsel. Der Deutsche war ein ausgezeichneter Kämpfer und jetzt, da seine Oberschenkelwunde fast verheilt war, ein Gewinn für ihn. Der Graf wusste jedoch nicht, ob er es mit einem Edelmann zu tun hatte oder mit einem bürgerlichen Kriegsknecht, der sich nach langem Dienst zum Söldnerhauptmann hochgearbeitet hatte. Wenn Franz mit den Männern trainierte, war seine Sprache so derb wie die eines Landsknechts, doch ihm und seiner Familie gegenüber benahm er sich wie ein Mann von Stand. Der Graf hätte sich Klarheit gewünscht, denn wenn der Deutsche ein Edelmann war und er ihn wie einen Knecht behandelte, würde das an dem Tag, an dem Franz sein Gedächtnis wiedererlangte, Feindschaft zwischen ihnen säen. Andererseits ging es jedoch nicht an, einen Soldknecht wie einen Herrn von Stand zu behandeln und an die eigene Tafel zu laden. Doch nicht nur Václav Sokolny, auch seine Gefolgsleute wussten nicht genau, was sie von dem Fremden halten sollten. Die Deutschstämmigen unter ihnen hießen ihn kurzerhand als Landsmann willkommen, die Tschechen aber wahrten Abstand, denn sie fragten sich, ob er wohl zu jenen gehört hatte, die eine blutige Spur durch ungeschützte Dörfer zogen, anstatt sich den hussitischen Horden entgegenzustellen. Viele von ihnen hingen heimlich den Lehren von Jan Hus an, durften sich aber nicht offen dazu bekennen, denn Graf Sokolny galt als treuer Katholik und sprach den Gläubigen das Recht ab, über ihre Bischöfe oder gar über den Papst zu richten. Trotz ihres Glaubens war jedoch keiner der Männer bereit, seinen Herrn an die Hussiten zu verraten, deren Streifscharen die Burg und ihre engere Umgebung bislang verschont hatten.

Marek Lasicek hielt sich für einen ebenso guten Tschechen wie jeder andere, seine Treue galt jedoch vor allem dem Grafen Sokolny und dessen Familie. Für Sigismund, den böhmischen König und Kaiser der Deutschen, hatte er allerdings ebenso wenig übrig wie für den ungeschlachten Prokop, der ihm als Kriegsherr der Hussiten und Anführer der fanatischen Taboriten gleichermaßen zuwider war. Beide störten mit ihrem Krieg das schöne, friedliche Leben, das bis zu Hus' Tod in Böhmen geherrscht hatte. Auch ihm bereitete der Fremdling, der sich Franz nannte, Kopfzerbrechen. Wäre der Mann ein einfacher Rekrut gewesen, den er wie Vúlko und Reimo in seine Schar aufnehmen und schleifen hätte können, wäre er ihm vielleicht sogar sympathisch geworden. Doch der Deutsche hatte sich schon in den wenigen Tagen, die er an den Waffenübungen teilnahm, als außergewöhnlich geschickter Krieger erwiesen und ihm bei einem Übungskampf die Waffe aus der Hand geschlagen. Das war etwas, was Marek Lasicek nicht so leicht vergaß, zumal ihm das seit seinen eigenen Rekrutentagen nicht mehr passiert war.

Marek sah zu, wie Michel Vúlko, der sich etwas tollpatschig anstellte, die richtige Schwerthaltung beizubringen versuchte, bemerkte dann, dass sein Herr oben hinter dem Fenster stand, und lächelte. Er würde diesem Deutschen schon zeigen, wer von ihnen der bessere Kämpfer war.

»He, Nemec, was hältst du von einem Übungskampf mit mir, aber kein schlappes Gegeneinanderschlagen der Schwerter, sondern so richtig hart?«

Michel drehte sich zu ihm um und nickte. »Warum nicht? Bei dem bisschen Üben, das wir hier machen, wird man ja nicht einmal warm.«

Marek trat vor und prüfte seinen Stand auf dem niedergetrampelten Schnee. Die übrigen Soldaten stellten sich im Kreis auf, während Michel das hölzerne Übungsschwert gegen eine echte Klinge vertauschte und dann in das Rund trat. Bevor Marek und er die Klingen kreuzen konnten, erschien der Graf und hob die Hand. »Ich weiß für heute einen besseren Zeitvertreib, Männer, als euch gegenseitig die Köpfe einzuschlagen. Der Tag ist sonnig und nicht zu kalt, also sollten wir dafür sorgen, dass unsere Vorratskammern wieder aufgefüllt werden.«

»Ihr wollt zur Jagd reiten, Herr?« Marek, der sonst als Erster zur Stelle war, wenn dieses Wort fiel, zog ein schiefes Gesicht. Nach einem kurzen Blick auf den Grafen, der nicht so aussah, als würde er sich umstimmen lassen, schob er sein Schwert mit einem heftigen Ruck in die Scheide.

»Dann messen wir eben ein andermal unsere Kräfte, Nemec. Jetzt wollen wir sehen, ob du beim Geheul der Wölfe den Inhalt deiner Blase bei dir behalten kannst.«

Mareks Freunde lachten, während Michel nur leicht den Kopf schüttelte. Er verstand den Tschechen, der bis jetzt unbestritten der beste Kämpfer gewesen war und als solcher wie ein kleiner König über die Reisigen geherrscht hatte. Der Mann konnte sich nur schlecht daran gewöhnen, dass ihm ein anderer zumindest ebenbürtig war.

»Vor einem Wolf habe ich mich bis jetzt nur selten gefürchtet.« Michel strich über die Wolfsfelljacke, die Zdenka ihm aus den abgezogenen Fellen der von ihm erlegten Wölfe genäht hatte, und hatte die Lacher nun auf seiner Seite.
Marek machte ein Gesicht, als wolle er Michel an die Gurgel, winkte dann aber nur mit einer ärgerlichen Geste ab. »Wir werden schon noch feststellen, Nemec, wer von uns beiden der bessere Mann ist.« Danach drehte er Michel den Rücken zu und wandte sich an seinen Herrn.
»Wird das Fräulein auch mitkommen, pán?«
»Ich wüsste nicht, wer es ihr verbieten könnte, denn auf mich wird sie gewiss nicht hören«, antwortete Sokolny lachend.
Als hätte sie es vernommen, erschien seine Tochter Janka auf der Freitreppe vor dem Hauptgebäude. Sie trug, wie es für die Jagd notwendig war, feste Pelzstiefelchen, ein langes Reitkleid mit mehreren übereinander liegenden Röcken aus Wolle und darüber einen Pelzmantel. Ihren Kopf schützte eine warme Kappe mit Fellbesatz, die ihr bis über die Ohren reichte, und die Hände steckten in festen Handschuhen, die so gearbeitet waren, dass sie mit ihnen die Armbrust bedienen konnte.
»Du bist früh dran, denn wir anderen sind noch nicht fertig.« Die Stimme ihres Vaters klang weniger tadelnd als stolz auf seine mutige Tochter. Noch war Janka nicht ausgewachsen, aber sie versprach schon jetzt eine Schönheit zu werden. In friedlicheren Zeiten hätte ihr Vater längst einen Gatten für sie gefunden, doch in weitem Umkreis gab es nun keinen Edelmann mehr, der um eine Gräfin Sokolna hätte freien können.
»Jindrich soll mir Norka satteln«, wies Janka einen Knecht an. Während dieser davoneilte, winkte Sokolny seinen Leibdiener herbei, der seine Jagdkleidung bereithielt, und ließ sich von ihm anklei-

den. Mareks Soldaten, die als Treiber mitkommen sollten, waren bereits warm angezogen und mussten sich nur noch mit Waffen versorgen.

Als Michel aus der Rüstkammer trat, musterte Sokolny ihn interessiert. Der Deutsche hatte sich für einen festen Sauspieß und ein langes Jagdmesser entschieden, welches so in seinem Gürtel steckte, dass er mit beiden Händen danach greifen konnte. Sein Blick wanderte ebenso sehnsüchtig wie abschätzend über die Pferde, die die Stallknechte heranführten, und verriet, dass er gewohnt war zu reiten. Sokolny überlegte, ob er dem Mann ein Pferd anweisen lassen sollte, verzichtete aber darauf, um Marek nicht noch mehr zu verärgern. Der treue Bursche hätte ihm die Bevorzugung des Deutschen gewiss sehr übel genommen, denn er setzte sich nur dann auf ein Pferd, wenn er lange Strecken zurückzulegen hatte, und hatte nicht die Geschicklichkeit im Sattel, die von einem Jäger verlangt wurde.

Daher waren es nur drei Leute zu Pferd, die den Jagdtrupp anführten, Sokolny selbst, seine Tochter Janka und Feliks Labunik, ein Edelmann minderen Ranges, der in den Diensten des Grafen stand. Obwohl der Schnee fast knietief lag, kamen auch die Reisigen gut voran. Michel spürte zwar das schmerzhafte Ziehen seiner Hüftverletzung, hielt jedoch wacker mit Marek Schritt, der einen knappen Kopf kleiner war als er, aber um einiges breiter. Nur wenig mehr als hundert Schritte von Burg Falkenhain entfernt betraten sie einen verzaubert wirkenden Forst. Die Bäume trugen dicke weiße Hauben, der Boden zwischen den mächtigen Stämmen aber war zum größten Teil frei von Schnee, wenn auch steinhart gefroren und ebenso wie das Unterholz von glitzerndem Raureif bedeckt. Mehr als einmal stiebte es silbrig auf, wenn eines der Pferde oder einer der Treiber das Buschwerk streifte. Weihnachten lag nicht mehr fern,

und das war auch einer der Gründe für diese Jagd, denn der Graf wollte an den Festtagen frisches Wildbret auf seiner Tafel sehen.
Marek teilte seine Leute auf und schärfte ihnen noch einmal ein, das Wild den Reitern entgegenzutreiben. »Denkt daran, eine Wildsau ist immer schneller als ihr, sowohl auf der Flucht wie auch beim Angriff. Und glaubt nicht, unsere böhmischen Keiler wären harmlos. Die nehmen es mit einem halben Dutzend Deutschen auf.«
Michel ließ die Stichelei lächelnd von sich abtropfen. Obwohl er sich nicht erinnern konnte, je ein Tier gejagt zu haben, war ihm das alles hier vertraut, auch wenn er gegen das Gefühl ankämpfen musste, dass er eigentlich mit einer gespannten Armbrust in der Hand auf einem Pferd hätte sitzen und darauf lauern müssen, einen Hirsch oder ein Wildschwein ins Visier zu bekommen. Rasch besann er sich, reihte sich mit vorgehaltenem Spieß in die Linie der Treiber ein und hielt mit den Männern Schritt.
Der Graf hatte nur drei Hunde mitnehmen lassen, darunter auch Michels besonderen Freund Mozak. Hynek, der für die Tiere verantwortlich war, bereitete es Mühe, sie an der Leine zu halten, denn sie hatten bereits Witterung aufgenommen. Auf einen Wink Sokolnys ließ der Knecht die Hunde frei, und einen Augenblick später hatten sie das erste Wildschwein aufgescheucht. Es versuchte zu fliehen, doch Jankas Pfeil war schneller, und es sank mit einem misstönenden Schrei zusammen. Der Graf beglückwünschte seine Tochter zu dem guten Schuss und übersah dabei eine weitere Wildsau, die sich grunzend und schreiend davonmachte, obwohl Mozak versuchte, sie mit lautem Gebell den Jägern zuzutreiben.
»Das war nicht gut, Herr«, kritisierte Marek den Grafen mit dem Vorrecht des treuen Gefolgsmanns. Sein Herr winkte lachend ab, doch es war ihm anzusehen, dass er sich ebenso ärgerte. Jedes Wildschwein, das sie erlegten, bedeutete Nahrung für die Menschen in

der Burg, und wenn ihnen zu viele entkamen, mussten sie die Gürtel enger schnallen.

»Weiter!« Sokolny feuerte die Männer an und hielt die Armbrust bereit. Doch es war wiederum seine Tochter, die zum Schuss kam. Diesmal musste der Graf einen Pfeil hinterhersenden, da das Wildschwein nicht tödlich getroffen war.

Im Lauf des Nachmittags löste sich die Linie der Jäger und Treiber immer weiter auf, und es kamen Knechte aus der Burg, um das erlegte Wild nach Hause zu schaffen. Als die ersten Treiber erschöpft stehen blieben, hielt auch Graf Sokolny sein Pferd an. »Die Jagd ist zu Ende. Wir haben genug erlegt«, rief er und ließ das Zeichen zum Sammeln geben. Kurz darauf tauchten die meisten Jagdteilnehmer bei ihnen auf, doch Janka, Michel und ein weiterer Treiber fehlten, und während die beiden anderen Hunde sich bereits an ein paar Stücken Fleisch gütlich taten, rief Hynek vergebens nach Mozak.

»Wenn ich den verdammten Nemec erwische, trete ich ihm in den Arsch, dass ihm eine Delle bleibt«, schrie Marek wütend auf.

»Der Deutsche und Antonin sind Fräulein Janka gefolgt. Sie waren zuletzt rechts vor uns«, berichtete einer seiner Männer.

Sokolny ließ noch einmal das Horn ertönen. Labunik formte seine Hände zu einem Trichter und schrie in den Wald hinein, dass die Jagd vorüber wäre. Es kam jedoch keine Antwort. Sokolny stieß den Atem hart aus den Lungen und kniff die Lippen zusammen. Sein Blick suchte den Himmel, der sich im Osten bereits schwarz färbte.

»Feliks, du kommst mit mir. Marek, du sorgst inzwischen dafür, dass der Rest unserer Beute in Sicherheit gebracht wird. In einer Stunde ist es dunkel, und es wäre schade, wenn sich die Wölfe an einer Wildsau laben würden, die wir zurücklassen müssten.«

»Das wäre wirklich jammerschade, Herr.« Marek wies einige Männer an, das erlegte Wild, das noch auf dem Sammelplatz lag, zur

Burg zu bringen, blieb selbst jedoch an Sokolnys Seite. Der Graf warf ihm einen leicht verärgerten Blick zu, den Marek mit einem trotzigen Kopfschütteln beantwortete. Schließlich ging es um die kleine Jaschenka, die er schon als Zweijährige auf seinen Knien geschaukelt hatte.

»Hoffentlich ist ihr nichts passiert«, stieß er ein paarmal hervor, während er keuchend mit den Pferden Schritt zu halten versuchte. Seine Worte drückten aus, was der Graf selbst insgeheim befürchtete. Als sie die Spuren von Jankas Pferd, des Hundes und ihrer beiden Begleiter entdeckten, atmeten sie erleichtert auf. Sokolny trieb seinen Schimmel an und ließ Feliks Labunik und Marek bald weit hinter sich zurück.

Plötzlich sah er jemand auf sich zulaufen. Es war Antonin, einer von Mareks Männern und ein wackerer Soldat. Jetzt aber hatte er seinen Spieß weggeworfen und rannte blind vor Panik dem Pferd des Grafen entgegen. Sokolny konnte den Zusammenstoß gerade noch verhindern, packte dann Antonin, zog ihn zu sich hoch und schüttelte ihn.

»Was ist los?«, herrschte er ihn an.

Antonin sah schreckensbleich zu ihm auf. »Medved, medved!«

»Ein Bär, sagst du?« Sokolny zitterte vor Schreck. Um diese Zeit lagen die meisten Bären in ihren Höhlen im tiefsten Winterschlaf. Die wenigen, die keine Höhle gefunden hatten oder von stärkeren Bären aus ihrem Bau vertrieben worden waren, waren jedoch besonders heimtückisch und angriffslustig, und schon viele Jäger hatten eine solche Begegnung mit dem Leben bezahlt. Für einen Augenblick sah der Graf eine blutüberströmte Janka in den Pranken einer solchen Bestie hängen, stieß Antonin beiseite und gab seinem Pferd die Sporen. »Gott im Himmel, gib, dass ich nicht zu spät komme!«

11.

Der Bär tauchte überraschend vor ihnen auf und zerschmetterte Jankas stämmiger Stute mit einem einzigen Schlag das Genick. Michel war nicht nahe genug, um die Gefahr erkennen zu können, und sah das Tier erst, als Antonin schreiend vor Angst die Waffe wegwarf und davonrannte. Er packte seinen Spieß fester und sprang mit einem großen Satz nach vorne, um Janka beizustehen, die halb unter ihrer Stute begraben lag. Der Bär war schon fast über dem in Panik um sich schlagenden Mädchen, als er den neuen Feind wahrnahm und sich aufrichtete.

Der Spieß traf ihn knapp unter den Rippen, drang aber nicht durch die dicke Speckschicht. Ehe Michel die Waffe herausziehen und erneut zustoßen konnte, schlug der Bär mit einem wütenden Brummen zu, zerbrach den festen Schaft, als wäre er nur ein Strohhalm, und fegte Michel wie eine lästige Fliege beiseite. Seine kleinen Augen musterten den Mann abschätzend, dann aber zog Jankas Kreischen seine Aufmerksamkeit wieder auf sich. Mozak, der Michel gefolgt war, sprang den Bären an, aber ehe er sich verbeißen konnte, wurde er mit einer einzigen Bewegung abgeschüttelt und trotz seiner Größe mehrere Schritte weit weggeschleudert. Die Bestie kümmerte sich nicht um den aufjaulenden Hund, sondern wandte sich wieder Janka zu, die verzweifelt versuchte, sich zu befreien.

Mozaks Angriff hatte Michel die Zeit gegeben, aus der Schneewehe zu kriechen. Er zog sein Jagdmesser, sprang auf den Rücken des Bären und krallte sich mit der Linken in dem dichten braunen Pelz fest. Dann stieß er dem Tier die scharfe Klinge zwischen die Rippen.

Der Bär blieb ächzend stehen, drehte sich mit einer schwankenden Bewegung um und schlug kraftlos zu, ohne Michel erreichen zu können. Dieser hatte sich wohlweislich weggeschnellt und umkreiste das Tier nun. Als der Bär sich aufrichtete, um ihn zwischen seinen Vorderbeinen zu zerquetschen, stieß er ein zweites Mal zu und wich dann erst den Pranken aus. Ein Zittern durchlief das mehr als mannshohe Geschöpf. Es schwankte, stürzte ohne einen Laut zu Boden und blieb regungslos liegen.

Michel brachte mehrere Schritte zwischen sich und den Bären, denn irgendwoher wusste er, dass diese Raubtiere noch im Todeskampf zu überraschenden Reaktionen fähig waren. Ein zweiter Blick aber zeigte ihm, dass der Bär wirklich tot war. Seine ausgestreckten Krallen lagen dicht neben Jankas Kopf. Das Mädchen hatte aufgehört zu schreien und starrte die tote Bestie mit weit aufgerissenen Augen an. Michel klopfte Mozak, der sich winselnd an ihn schmiegte, anerkennend auf die Flanken, und beugte sich über die Tochter des Grafen, um sie zu befreien. Die isabellenfarbene Stute war jedoch zu schwer, als dass ein Mann allein sie hätte anheben oder wegrollen können.

In diesem Augenblick traf Graf Sokolny ein. Er sah das Raubtier und die tote Stute und hatte das Gefühl, als wolle sein Herz vor Schreck aufhören zu schlagen. Dann aber nahm er wahr, dass seine Tochter den Oberkörper bewegte, sprang von seinem Rappen und fasste ihre Hand. »Bei Gott, Kind, ich glaubte dich schon verloren.«

Michel schnaubte. »Haltet keine unnützen Reden, sondern helft mir, Janka herauszuziehen!«

Sokolny zuckte unter dem herrischen Ton zusammen, begriff aber, dass Michel Recht hatte, und fasste mit an. Wenige Augenblicke später saß Janka noch immer schreckensstarr, aber bis auf ein paar Quetschungen und blaue Flecken unversehrt an einen Baumstamm gelehnt und wandte keinen Blick von Michel. »Du hast dein Leben gewagt, um das meine zu retten.«

Sokolny prüfte die Wunden des toten Bären, dessen Blut den

Schnee rötete, und reichte Michel die Hand. »Ich weiß nicht, wie ich dir danken soll. Wäre Janka dem Bären zum Opfer gefallen, hätte es meiner Frau das Herz gebrochen.«
Michel wehrte ab. »Dankt Gott, dass er mich im richtigen Moment zur Stelle sein ließ.«
Unterdessen waren auch Marek und Feliks herangekommen und bestaunten den toten Bären mit sichtlichem Schaudern. Ein Stück hinter ihnen schlich Antonin wie das leibhaftig gewordene schlechte Gewissen näher und atmete erleichtert auf, als er die junge Herrin unverletzt am Baum lehnen sah. Dann streifte sein Blick den Grafen und Marek, deren Mienen ihm nichts Gutes versprachen.
»Ich nehme Janka vor mich in den Sattel und bringe sie nach Hause. Ihr wartet hier auf die Leute, die ich euch schicken werde, damit ihr den Bären und das tote Pferd in die Burg schaffen könnt. In unserer Lage können wir es uns nicht leisten, auf Fleisch zu verzichten, auch wenn die Stute nur als Futter für die Hunde verwendet werden kann.«
»Wird gemacht, Herr! Mal sehen, ob man uns nicht von hier aus schon hört!« Marek steckte zwei Finger in den Mund und ließ drei kurze, schrille Pfiffe durch den Wald gellen, die kurz darauf erwidert wurden. Der Graf nickte, als hätte er nichts anderes erwartet, und hob seine Tochter wie ein kleines Kind auf sein Pferd. Als er hinter ihr saß, bedachte er Marek mit einem leicht spöttischen Blick.
»Na, du alter Streithammel? Willst du dich noch immer mit dem Nemec messen, um zu sehen, wer von euch der bessere Mann ist?«
Marek musterte den Bären, warf Michel einen scheuen Blick zu und schüttelte den Kopf. »Nein, das ist nicht mehr nötig. Ganz ehrlich gesprochen fühle ich mich nicht mutig genug, so ein großes Biest mit dem Messer anzugehen.«

Michel klopfte Marek auf die Schulter. »Das hättest du auch kaum gebraucht, denn du hättest den Bären höchstwahrscheinlich mit einem einzigen Speerstoß erledigt.«
Marek blickte ihn einen Herzschlag lang düster an und fragte sich, ob der Deutsche sich über ihn lustig machen wollte, doch er las keinen Falsch in Michels Augen und begann zu grinsen. »Wahrscheinlich hast du Recht, aber trotzdem hast du alles gewagt, um unsere Jaschenka zu retten. Das allein zählt. Gib mir die Hand, Nemec, damit ich dir danken kann.« Er begnügte sich jedoch nicht mit der Hand allein, sondern riss Michel in seine Arme und drückte ihn an sich.
Sokolny atmete auf, denn nach dieser mutigen Tat konnte er dem Deutschen einen Platz an seiner Tafel einräumen, ohne sich etwas zu vergeben. War dieser Franz kein Edelmann, so geschah es eben aus Dank für die Errettung seiner Tochter.
Die Erleichterung über den glücklichen Ausgang der Jagd war in der ganzen Burg zu spüren. Václav Sokolny ließ sich nicht lumpen und befahl, ein großes Fass Bier aufzumachen. Das Getränk schmeckte herber, als Michels Zunge es gewohnt zu sein schien, rann aber trotzdem wie Öl die Kehle hinunter. Während sich Jäger und Treiber, Knechte und Mägde noch an dem Getränk labten, saßen Sokolny, die Edelleute und Marek zusammen, um Gericht zu halten. Zwei Stunden nach Sonnenuntergang hatten sie das Urteil gefällt, welches sofort vollzogen werden sollte.
Fackeln erleuchteten den Burghof fast taghell, als Antonin trotz der eisigen Kälte mit nacktem Oberkörper ins Freie geführt und mit dem Gesicht zur Wand an ein paar Eisenringen festgebunden wurde. Michel tat der Mann Leid, doch in den Gesichtern der anderen konnte er lesen, dass Antonin für sie nur noch ein erbärmlicher Feigling war, der seine Herrin in der Stunde größter Gefahr im Stich gelassen hatte.

Sokolny maß den Gefangenen mit einem verächtlichen Blick und hob die Hand, um die Aufmerksamkeit auf sich zu lenken. »Antonin hat heute versagt und ist es nicht wert, weiterhin ein Krieger zu sein. Für seine Feigheit wird er zwanzig Peitschenhiebe erhalten und danach als höriger Knecht dienen. Mag ein anderer seine Stelle einnehmen und mutiger sein als er.«

Nun trat Marek mit einer Peitsche in der Hand hinter den Verurteilten. Er hätte auch jemand anderen die Strafe vollziehen lassen können, doch Antonin war einer seiner Männer gewesen und hatte das Leben Jankas, des erklärten Lieblings der Burgbewohner, gefährdet. Ohne ein Wort hob er die Peitsche und schlug zu. Die auf dem Burghof Versammelten, von denen die meisten einen Becher Bier in der Hand hielten, zählten laut mit. »Jedan, dva, tri ...«, bis die zwanzig Hiebe voll waren.

Michel sah der Auspeitschung mit einem seltsam zwiespältigen Gefühl zu und spürte einen Druck im Kopf, der immer stärker wurde. Plötzlich glaubte er nicht mehr Antonin vor sich zu sehen, sondern eine junge Frau, nein, ein Mädchen, kaum älter als Janka, das sich unter der Wucht brutaler Schläge wand, die ihren Rücken in ein blutiges Schachbrett verwandelten. Sie war wunderschön und hatte diese Strafe nicht verdient, doch als er sich durch die dicht stehende Menge nach vorne kämpfen wollte, um ihr beizustehen, packte ihn jemand und rüttelte ihn durch.

»Was ist mit dir, Nemec?«

Michel starrte auf eine kräftige, untersetzte Gestalt, die er erst auf den zweiten Blick als Marek Lasicek erkannte. Der Druck in seinem Schädel hatte nachgelassen, und er sah jetzt zwei Knechte und eine Magd, die sich vom Boden erhoben und ihn mit zweifelnden Blicken anstarrten.

»Was ist geschehen?«, fragte Michel mit matter Stimme.

»Du hast auf einmal wild um dich geschlagen und Mirko, Petr und Jitka zu Boden gestoßen.« Marek musterte Michel, als müsse er sich überzeugen, ob er ihn loslassen durfte.

»Anscheinend hat unser Franz in seinem früheren Leben einer Auspeitschung beigewohnt, die in seinen Augen ungerecht war, und sich gerade an sie erinnert.« Graf Sokolny legte Michel den Arm um die Schultern und lächelte ihm aufmunternd zu. »Aber sei versichert, Antonin hat die Hiebe, die er erhielt, auch verdient. Anderswo hätten sie ihn für sein Verhalten wahrscheinlich hingerichtet.«

Michel nickte widerstrebend, dachte dabei jedoch weniger an den tschechischen Knecht als an das junge Mädchen, das er vor seinem inneren Auge gesehen hatte. Handelte es sich um jene Marie, nach der er Zdenka und Reimo zufolge im Fieberwahn gerufen hatte?

Während sich ein paar Knechte um Antonin kümmerten, kehrten die übrigen Leute in den großen Burgsaal zurück. Sokolnys Vorfahren hatten die Halle niedriger bauen lassen, als es anderswo üblich war, und an jeder Längsseite zog sich ein großer Kamin entlang, in dem Tannen- und Buchenholzscheite von der Größe halber Baumstämme brannten und eine anheimelnde Wärme verbreiteten. Zusammen mit einigen an den Schmalseiten befestigten Fackeln spendeten die Kaminfeuer genug Licht, um von jeder Stelle aus die gesamte Halle überblicken zu können, die von einer mächtigen Tafel in Hufeisenform beherrscht wurde. Oben an der Schmalseite saßen der Graf und seine hochrangigen Gefolgsleute sowie die Damen des Hauses. Sokolnys Gemahlin Madlenka, eine etwas füllige, aber durchaus noch ansehnliche Frau um die vierzig mit vollem, kastanienbraunem Haar und dunklen Augen, die sie ihrer Tochter vererbt hatte, trat auf Michel zu und führte ihn zu einem Ehrenplatz.

»Ich kann Euch gar nicht genug danken, dass Ihr unser Kind vor der Bestie errettet habt.« Sie sprach zu ihm wie zu einem Gleichgestellten, und seltsamerweise empfand Michel kein Unbehagen dabei, wie es seiner Ansicht nach angemessen wäre, wenn er nur ein kleiner Kriegsknecht wäre. Oder gaukelte ihm seine Phantasie ein besseres Leben vor als das, was er wirklich geführt haben mochte? Er bedankte sich mit einigen höflichen Worten bei der Dame des Hauses, nahm erleichtert wahr, das Marek ihm fröhlich zuzwinkerte, und widmete sein Augenmerk dann nur noch dem vollen Bierkrug und dem riesigen Wildschweinbraten, der zu beiden Seiten über den Teller aus Zinn hinausragte. Immer noch tief in Gedanken verstrickt, bemerkte er die Blicke nicht, die Janka auf ihren Lebensretter richtete. Einem aufmerksameren Beobachter wäre nicht entgangen, dass die Frau in ihr erwacht war und ihre Gefühle für Michel weit über die Dankbarkeit für ihre Rettung hinausgingen.

Als Michel einige Zeit später in seinem Bett lag, brummte ihm sein Kopf vor lauter erfolglosem Nachsinnen, und die Vielzahl der Bierkrüge, die er geleert hatte, tat ein Übriges. Er lag noch eine Weile wach und fiel dann in einen bleiernen Schlaf, in dem er sich mit wütenden Bären herumschlug, die ihm alle ans Leben wollten.

Plötzlich hörte er im Traum seinen Namen rufen. Erschrocken wandte er sich um und sah eine Frau auf sich zukommen. Es war dieselbe, die in seiner kurz erwachten Erinnerung ausgepeitscht worden war, nur älter und – wie er stolz feststellte – noch schöner. Ihr Haar umrahmte das Haupt wie ein goldener Kranz oder eine Krone, und ihr Antlitz hätte das Auge jeden Künstlers entzückt. Mit einem Mal änderte sich jedoch ihre Miene zu einem Ausdruck des Schmerzes.

»Michel, hilf mir, es tut so weh!«, schrie sie schmerzerfüllt auf und streckte die Hände nach ihm aus.

Er fasste sie mit sanftem Druck. »Hab keine Angst, Marie, ich bin doch bei dir.«

Ihre blauen Augen leuchteten hell auf, und ihr Mund formte seinen Namen mit einer Zärtlichkeit, die ihn wie ein warmer Hauch umkoste. »Jetzt wird alles gut!«

Es war nur ein Flüstern, doch in ihm lag alle Erleichterung der Welt. Er wollte sie in seine Arme nehmen und sie trösten, doch da verwandelte sie sich in einen Bären und griff ihn an.

Michel schreckte hoch und starrte verwirrt in die Kammer, in der er lag. Der Mond, der durch die winzigen Butzenscheiben des Fensters schien, war hell genug, um ihn die Konturen um sich herum erkennen zu lassen. Es dauerte eine Weile, bis Michel begriff, dass er auf Burg Sokolny weilte und die schöne Frau, die Marie hieß, derzeit nur in seinen Träumen existierte.

»Marie!« Er sprach diesen Namen wie ein Kosewort aus und kämpfte gegen den Wunsch, die Burg am nächsten Morgen zu verlassen, um nach dieser Frau zu suchen. Wo sollte er anfangen? Er wusste weder, woher er stammte, noch wo er jemand finden konnte, der ihn wieder erkennen und ihm helfen konnte, wieder er selbst zu werden. Am meisten bedrückte ihn aber die Tatsache, dass er im Traum seinen richtigen Namen gehört, ihn beim Erwachen aber wieder vergessen hatte.

12.

Der Schmerz war so entsetzlich, dass Marie sich fragte, wie ihn all die anderen Frauen vor ihr hatten ertragen können. Ihr Blick suchte Hiltrud, die über sie gebeugt stand und der Wehmutter half. Die Freundin hatte mehr als ein Kind geboren und sich dabei nie über solch entsetzliche Schmerzen beschwert. War es vielleicht nur bei ihr so schlimm?

»Entspannt Euch, Herrin!«, forderte die Hebamme sie auf. Die Frau war sichtlich nervös, denn bisher hatte sie ihr Werk bei Bäuerinnen verrichtet und manchmal auch bei Mägden, die sich mit Knechten oder ihren Brotherren eingelassen hatten oder von diesen benutzt worden waren, als wäre es ihr gutes Recht. Eine Dame von Stand war ihr noch nicht untergekommen, und sie hatte Angst, Marie anzufassen.

Sie und Hiltrud waren nicht die einzigen Frauen im Raum. Da es sich bei Marie um die Frau eines Reichsritters handelte, hatte Hiltrud einige ihrer Nachbarinnen herbeigerufen, damit diese später bezeugen konnten, dass alles mit rechten Dingen zugegangen war. Sogar Maries Base Hedwig war von einem Knecht mit dem Schlitten aus der Stadt geholt worden, ebenso der Pfarrer der Kirche zum heiligen Kreuz, der die Geburt beurkunden und in sein Kirchenbuch eintragen sollte. Der fromme Mann saß etwas unglücklich in der Ecke und bemühte sich, nicht auf den nackten Unterleib der Gebärenden zu starren.

Eine neue Schmerzwelle schien Marie in Stücke reißen zu wollen. Sie schloss die Augenlider und ballte die Fäuste, um die Schreie zu unterdrücken, die aus ihrer Kehle brechen wollten. Mit einem Mal aber hörte sie, wie ihr jemand tröstende Worte ins Ohr flüsterte, und sie sah Michel ganz deutlich vor sich stehen. Schnell streckte sie die Arme nach ihm aus. »Hilf mir, Michel! Ich ertrage den Schmerz nicht mehr.«

Er kam auf sie zu, fasste ihre Hände und blickte sie sehnsüchtig an. Marie war es, als sei er älter geworden und so schmal, als hätte er hungern müssen. Auch trug er eine fremde Tracht. Er wirkte wie ein Mensch, der alles verloren hatte, sogar sich selbst. Er lächelte jedoch und nickte ihr aufmunternd zu. »Halt durch, mein Lieb! Es wird alles gut werden«, las sie von seinen Lippen ab.

Marie lächelte unter Tränen. »Das wird es, Michel, das wird es!«
Der durchdringende Schrei eines neugeborenen Kindes zerstörte das Traumgesicht und riss Marie jäh wieder in die Gegenwart. Verwirrt sah sie sich um und blickte in lauter lachende Gesichter. Hiltrud beugte sich zu ihr nieder und wischte ihr mit einem in scharf riechende Essenzen getauchten Tuch den Schweiß von der Stirn.
»Siehst du, du hast es geschafft! Meinen Glückwunsch, Marie. Du hast eine Tochter.«
»Ich habe Michel gesehen«, antwortete Marie gedankenverloren.
»Gewiss hast du ihn gesehen, denn er hat vom Himmel auf dich herabgeblickt, um dich zu beschützen«, antwortete der Pfarrer salbungsvoll.
Marie schüttelte energisch den Kopf. »Nein, so war es nicht. Wäre Michel im Himmelreich, so hätte er gewiss ein Gewand angehabt, wie es die Engel auf den Bildstöcken in der Kirche tragen. Er trug jedoch ganz irdische Kleidung und wirkte sehr lebendig. Ich glaube nicht, dass er tot ist.«
»Ich fürchte, sie hat bereits das Wochenbettfieber und sieht Gespenster«, raunte eine der Frauen der Wehmutter zu. Diese legte ihre rechte Hand prüfend auf Maries Stirn und schien nicht so recht zu wissen, was sie von dem Ganzen halten sollte.
»Sie ist ganz kühl, und ihr Blick scheint klar zu sein.« Es klang verwundert, aber auch ein wenig ängstlich.
»Michel lebt!«, wiederholte Marie aufgebracht.
Hiltrud streichelte ihre Wange. »Gewiss tut er das. Aber du solltest jetzt weniger an ihn denken als an eure Tochter. Die braucht dich nämlich jetzt.« Sie winkte der Hebamme, das Neugeborene in Maries Arme zu legen, und brachte die Freundin mit sanftem Zwang dazu, das Mädchen anzusehen. Im ersten Moment wollte

Marie abwehren, denn sie spürte, dass selbst Hiltrud sie nicht ernst nahm, dann aber blickte sie in das rote, runzlige Gesicht des Neugeborenen und glaubte, Michels Züge darin zu erkennen. Sofort leuchteten ihre Augen auf. Die Kleine hörte auf zu schreien und sah ihre Mutter mit weit offenen, dunkelblauen Augen an, als wolle sie sich ihr Bild für immer einprägen.

Marie strahlte Hiltrud überglücklich an. »Sie gleicht Michel, findest du nicht?«

»Meinst du?«, fragte Hedwig, die sich auf die Bettkante gesetzt hatte und leicht an den fast weißen Haaren des Neugeborenen zupfte. »Ich glaube, sie sieht eher dir ähnlich.«

»Das meine ich auch«, stimmte Hiltrud ihr zu, »und ich bin überzeugt, dass unser Schatz einmal ebenso schön werden wird wie seine Mutter.«

Auch die anderen Frauen lobten das Neugeborene, und selbst der Pfarrer ließ sich ein paar anerkennende Worte entlocken, während er die Geburt auf einem dünn geschabten Pergament verzeichnete und das Siegel seiner Pfarrei darunter setzte.

Kaum war das Siegelwachs getrocknet, drang ein lautes Poltern in die Stube, gefolgt von einer keifenden Stimme. Gleich darauf schwang die Tür auf, und begleitet von einem Schwall eisiger Luft trat Frau Kunigunde ein.

»Hier finde ich dich also, du undankbares Geschöpf!«, herrschte sie Marie an. »Da tut man alles, um dir das Leben zu erleichtern, und du schleichst dich zu diesem Bauernpack, das nach Kuhmist und noch übleren Dingen stinkt.«

Hiltrud stemmte empört die Arme in die Hüften und rümpfte die Nase, denn das Kleid der neuen Burgherrin roch durchdringend nach Schweiß und Hundekot, während sie selbst sich immer noch so sauber hielt, wie sie es sich einst als Wanderhure angewöhnt hatte. »In meinem Haus ist es sauber und warm, was man von der Sobernburg nicht behaupten kann.«

Frau Kunigunde wandte ihr mit einer verächtlichen Bewegung den Rücken zu und starrte den Pfarrer an. »Und was macht Ihr hier, ehrwürdiger Vater?«

»Ich habe die Geburt von Frau Maries Tochter beurkundet.«

»Also hat sie endlich geworfen? Das ist gut! Dann ist sie ja wieder brauchbar.« Angewidert starrte sie auf das Neugeborene, das Maries Base eben in weiche Tücher packte, dann hellte ihr Gesicht sich auf. »Los, zieh dich an!«, herrschte sie Marie an. »Du wirst mir auf der Stelle in die Burg folgen! Deinen Balg kannst du ja mitnehmen. Beeile dich gefälligst, denn ich will die Schlittenpferde nicht lange draußen in der Kälte stehen lassen.«

Marie war zu erschöpft, um sich gegen diese Frechheit wehren zu können, Hiltrud aber schob ihren massigen Leib vor sie und maß Frau Kunigunde mit einem herausfordernden Blick. »Wenn Ihr Frau Marie in ihrem geschwächten Zustand zwingt, mit Euch zu kommen, werden weder sie noch das Kind die Fahrt überleben. Ich frage mich, wie Ihr den Tod der beiden dem Pfalzgrafen erklären wollt. Ich werde dem hohen Herrn auf jeden Fall die Wahrheit berichten, denn ich kenne ihn gut.«

Letzteres stimmte zwar nicht, denn Hiltrud hatte Pfalzgraf Ludwig außer in Konstanz nur ein paarmal aus der Ferne gesehen, wenn er Rheinsobern besuchte, doch ihre Drohung verfing sofort. Frau Kunigunde war klar, dass sie durch Maries Tod nichts gewinnen konnte. Deren Base Hedwig würde das Erbe für sich beanspruchen und auch bekommen, denn Wilmar Häftli, ihr Gatte, besaß als stellvertretender Zunftmeister der Rheinsoberner Böttcher großen Einfluss in der Stadt. Ritter Manfred hatte schon einige Kostproben des Stolzes der Rheinsoberner Bürger erfahren und seiner Gattin

voller Ingrimm berichtet, wie schlecht das hochmütige Pack ihn behandelt habe.
Frau Kunigunde hasste es, sich geschlagen geben zu müssen, doch sie wusste, dass sie vorerst nichts ausrichten konnte. So warf sie den Kopf in den Nacken und raunzte Hiltrud an. »Du bist mir für sie verantwortlich! Sobald das Weibsstück das Wochenbett verlassen kann, werde ich sie durch meinen Mann holen lassen. Solltet ihr Widerstand leisten wollen, werden unsere Soldaten euch eines Besseren belehren.« Damit drehte sie sich um und rauschte in einer Wolke intensiven Geruchs davon.
Als die Tür sich hinter ihr geschlossen hatte, spie die Hebamme aus. »Ich habe deutlich gehört, wie dieses Miststück noch einmal extra gefurzt hat.«
Der Pfarrer hob tadelnd die Hand. »Mäßige deine Zunge, meine Tochter. Die Dame ist die Gemahlin unseres Burgvogts und hat ein Recht auf deine Ehrerbietung.«
»Das macht sie aber auch nicht vornehmer«, antwortete die Hebamme mit gedämpfter Stimme.
Marie nahm kaum wahr, was um sie herum vorging, sondern lag mit geschlossenen Augen und geballten Fäusten da. Sie wusste, wozu Frau Kunigunde fähig war. Wenn sie nicht wie eine Gefangene nach Rheinsobern zurückgeschleppt werden wollte, würde sie mit ihrem Kind der Kälte trotzen und über die winterlichen Straßen zu einem Ort wandern müssen, an dem sie Schutz vor der sauberen Sippschaft auf der Vogtsburg fand. Das sagte sie auch zu Hiltrud, als der Pfarrer und die anderen Frauen bis auf ihre Base den Ziegenhof verlassen hatten.
Hedwig, die das Kind schaukelte, widersprach ihr vehement. »Du kannst nicht von hier fortgehen, oder willst du, dass deine Kleine unterwegs stirbt?«

Hiltrud hob begütigend die Hand. »Schon gut, Hedwig, du brauchst dich nicht zu ereifern. Ich würde Marie nicht einfach weggehen lassen, sondern einen Schlitten für sie anspannen lassen und dafür sorgen, dass sie zum Pfalzgrafen gebracht wird. Wahrscheinlich werden wir schnell handeln müssen, denn oben in der Burg würde man sie zwingen, Kunigundes schmierigen Vetter zu ehelichen, damit die Sippschaft endlich an ihr Vermögen kommt.«

» ... und meine Kleine wäre dann ihres Lebens nicht mehr sicher! «, schloss Marie sich diesen Worten an. »Du siehst das ganz richtig, Hiltrud. Sobald ich ein wenig bei Kräften bin, werde ich dein Angebot annehmen und mich von einem deiner Knechte mit einem Pferdeschlitten nach Heidelberg bringen lassen.«

»Das wird mein Thomas übernehmen. Ich wünschte, er wäre schon wieder zurück, denn ihm würde gewiss etwas einfallen, wie wir Ritter Manfred daran hindern können, dich von hier fortzuschaffen.«

Marie konnte sich ein bitteres Lächeln nicht verkneifen, denn in ihren Augen war Hiltruds Gatte gewiss nicht der Mann, der sich gegen den Vogt und dessen Frau durchsetzen konnte. Zwar war Thomas ein Bastard des ehemaligen Burgherrn auf Arnstein und damit Ritter Dietmars Halbbruder, aber als Leibeigener war er gewohnt gewesen, Höherstehenden ohne Zögern zu gehorchen. Hiltrud war bei weitem durchsetzungsfähiger als ihr Ehemann, doch verlassen durfte Marie sich nur auf einen einzigen Menschen, nämlich auf sich selbst. Also würde sie die Anstrengung der Geburt so rasch wie möglich überwinden und auf die Beine kommen müssen.

Während sie über ihre nächsten Schritte nachdachte, kam ihr Michel wieder in den Sinn. Sie vermisste ihren Mann mehr denn je, spürte jedoch seltsamerweise keine Trauer mehr, sondern die feste Überzeugung, dass er noch am Leben sein musste. Sie verstand zwar nicht, was ihn daran hindern konnte, zu ihr und seiner kleinen Tochter zurückzukehren, doch irgendwann würde er sie wieder in die Arme schließen, dessen war sie sich nun vollkommen sicher.

Dritter Teil

Aufbruch ins Ungewisse

1.

So lange wie an diesem Tag hatte Ludwig von der Pfalz Marie noch nie in seinem Vorzimmer auf eine Audienz warten lassen. Vier Stunden saß sie nun schon in dem zugigen Raum und hatte in dieser Zeit ein gutes Dutzend Männer und auch mehrere Damen kommen und gehen sehen, von denen die meisten von geringerem Stand waren als sie selbst. Diese Behandlung konnte nur bedeuten, dass Herr Ludwig noch stärker verärgert war, als sie befürchtet hatte. Es war auch schon eine Weile her, seit der Lakai, der die Bittsteller aufrief und in den Saal führte, in dem der Pfalzgraf sie zu empfangen geruhte, den letzten Besucher zur Tür hinausbegleitet hatte, und so erwartete sie, jeden Moment aufgerufen zu werden. Doch nichts rührte sich.

Marie begann, die mit rotem Damast bezogenen Stühle zu zählen, und als sie damit fertig war, machte sie mit den Stuhlbeinen weiter. Das Vorzimmer war von wahren Künstlern unter den Handwerkern möbliert worden. Das konnte sie inzwischen sogar fachmännisch beurteilen, denn sie hatte ihre Zofe Ischi im vergangenen Frühjahr mit dem Drechsler und Tischmacher Ludolf verheiratet und war in dieser Zeit oft in dessen Werkstatt gewesen, um ihm und seinen Leuten zuzusehen. Ischis Mann war ihr dankbar gewesen, weil sie die Vermählung gefördert und seiner Frau eine für ihre Verhältnisse großzügige Mitgift geschenkt hatte, und hatte mit seinem Wissen nicht, wie es sonst üblich war, hinter dem Berg gehalten, sondern sie in die Geheimnisse seiner Kunst eingeweiht.

Im Mai hatte ein Befehl des Pfalzgrafen die schöne Zeit beendet, die sie bei Hiltrud auf dem Ziegenhof und tagsüber auch in der Stadt bei Ischi oder ihrer Base Hedwig verbracht hatte. Damals hatte sie noch geglaubt, Herrn Ludwig dankbar sein zu müssen, und war

gern seiner Weisung gefolgt, auf der Stelle nach Heidelberg zu reisen, denn seinem Eingreifen war es zu verdanken, dass Kunigunde von Banzenburg und ihr Mann sie hatten in Ruhe lassen müssen.
Sie erinnerte sich noch gut an die schlimmen Tage, die sie nach der Geburt ihrer Tochter verlebt hatte, als ihre Schwäche ihr vorgaukelte, Frau Kunigunde würde jeden Moment mit den Soldaten der Burg zurückkehren und sie und ihre kleine Hiltrud, die von allen nur Trudi gerufen wurde, aus der Geborgenheit des Ziegenhofs herausreißen und wieder in die eiskalte Turmstube sperren. Zwar hatte Hiltrud ihr geschworen, sie und ihr Patenkind mit Mistforke und Sense gegen das Gesindel aus der Burg zu verteidigen, doch das hatte ihre Ängste nur vermehrt, denn die Männer hätten Hiltrud wahrscheinlich erschlagen.
Sie wusste bis heute nicht, ob Hiltruds Warnung oder der wieder einsetzende Schneesturm Frau Kunigunde daran gehindert hatte, sie zurückzuholen, jedenfalls hatte die Frau ihre Chance vertan, denn eine Woche später war Hiltruds Mann Thomas wie ein rettender Engel mitten im schlimmsten Toben der Elemente erschienen und hatte ihr einen Schutzbrief des Pfalzgrafen mitgebracht. In diesem Dokument, welches ein Sekretär in der schönsten Kanzleischrift aufgesetzt hatte, verbot Herr Ludwig, die Witwe des Reichsritters Michel Adler gegen ihren Willen zu etwas zu zwingen, und befahl dem Burgvogt von Rheinsobern darin sogar ausdrücklich, Marie Adler ihr persönliches Eigentum und das ihres Gemahls ungeschmälert auszuhändigen.
Als die Straßen wieder begehbar gewesen waren, hatte sie Frau Kunigunde und ihren Mann auf den Ziegenhof holen lassen, um ihnen die Urkunde zu präsentieren. Sie erinnerte sich immer noch mit einer gewissen Schadenfreude an den Tobsuchtsanfall, den die Frau bekommen hatte. Manfred von Banzenburg hatte die Sache

viel ruhiger aufgenommen und ihr in den Tagen danach ihr Hab und Gut, soweit es noch vorhanden war, und seinen gelehrten Sohn Matthias geschickt, um ihr einen Geldbetrag für das Fehlende und die verzehrten Lebensmittel anzubieten. Sie war sich sicher, dass das Geld aus den Beuteln stammte, die für den Pfalzgrafen bestimmt gewesen waren, aber sie hatte es angenommen, denn das Fehlen dieser Summe würden die Banzenburger mit Herrn Ludwig ausmachen müssen.

In Heidelberg angekommen, wichen ihre überschwänglichen Gefühle für den Pfalzgrafen Wut und Empörung, denn als sie ihm ihre Ergebenheit und Dankbarkeit hatte bekunden wollen, war der hohe Herr ihr ausgewichen und hatte ihr kurzerhand die Namen von drei Gefolgsleuten genannt, unter denen sie sich möglichst rasch einen neuen Ehemann aussuchen sollte. Herr Ludwig gedachte nämlich, die Michel versprochene Reichsgrafschaft einem seiner Getreuen zukommen zu lassen, und hatte es als besondere Gnade dargestellt, dass er ihr die Wahl zwischen mehreren Bewerbern ließ. Marie hatte alle drei energisch abgelehnt, denn sie war mehr denn je davon überzeugt, dass Michel lebte.

Seit der Geburt ihrer Tochter hatte sie beinahe jede Nacht von ihm geträumt. Er war ihr immer in dem gleichen fremden Gewand erschienen, entweder vor der Kulisse einer gewaltigen, aber leider nur sehr undeutlich zu erkennenden Burganlage oder der eines Waldgebirges, das dem Schwarzwald ähnelte. Mehr als einmal hatte sie versucht, Herrn Ludwig davon zu überzeugen, dass ihr Gemahl nicht tot war, doch er hatte ihr keinen Glauben geschenkt. Für den Pfalzgrafen galt das Wort Falko von Hettenheims, der bei Gott und der Heiligen Jungfrau geschworen hatte, Michel sei tot auf der Walstatt zurückgeblieben. Er hatte sie abwechselnd verspottet und gescholten und ihr schließlich vorgeworfen, sie habe sich eine billige

Ausrede zurechtgelegt, um sich nicht wieder vermählen zu müssen. Marie misstraute Falko und würde ihm nicht einmal geglaubt haben, wenn er Gott Gott und den Teufel Teufel genannt hätte, denn sie hasste diesen Mann mit einer Inbrunst, die sie sich selbst nicht zu erklären wusste. Sie musste sich jedoch zurückhalten, denn Falko stand beim Pfalzgrafen in hohem Ansehen, und sie durfte Herrn Ludwig nicht noch mehr reizen.

Eine heftige Spannung im Unterleib riss sie aus ihren Gedanken. Ihre Blase war nach den vier Stunden so voll, dass sie für einen Augenblick fürchtete, den Stuhl unter sich nass machen zu müssen. Sie wagte jedoch nicht, das Vorzimmer zu verlassen, denn wenn sie wegging, würde der Pfalzgraf das zum Anlass nehmen, die Audienz für beendet zu erklären, und sich in den Rittersaal begeben, in dem seine Gefolgsleute bereits auf ihn warteten. Danach würde es Tage oder gar Wochen dauern, bis man sie wieder zu ihm vorließ, und das durfte sie nicht riskieren. Da sie den Winter nicht in der Residenz verbringen wollte, musste sie abreisen, bevor die Herbststürme die Reise erschwerten, denn Trudi konnte sie eine Fahrt durch Dauerregen oder Schnee nicht zumuten.

Um sich abzulenken, starrte sie zum Fenster hinaus in das Grün, das die weitläufige Schlossanlage umgab. Die Butzenscheiben verzerrten zwar das Bild der Bäume, waren aber so klar, dass die Farben des Herbstes in voller Pracht durch das Glas schimmerten. Es war fast Mitte Oktober, und bald würden die Herbststürme die Blätter hinwegreißen. Marie seufzte, denn sie musste daran denken, dass sie seit beinahe einem Jahr als Witwe galt und in wenigen Wochen Trudis ersten Geburtstag feiern würde. Mariele, Hiltruds älteste Tochter, umsorgte ihre Kleine liebevoll und las Marie jeden Wunsch von den Augen ab, denn sie war sehr stolz darauf, dass sie ihre Patin zum Pfalzgrafen hatte begleiten dürfen.

Marie hoffte, dass Trudi sich inzwischen mit Marieles Brei zufrieden gegeben hatte, denn das war nicht immer der Fall. Die Kleine saugte viel lieber an der Brust und spuckte das, was man ihr sonst anbot, zumeist aus. Auch um ihrer Tochter willen wünschte Marie sich, dass die Audienz bald hinter ihr lag und sie sie endlich stillen konnte. Einige der Damen am Hof hatten sie mehr oder weniger offen kritisiert, weil sie sich keine Amme genommen hatte, und waren überzeugt, dass das Mädchen zu sehr verwöhnt wurde. Marie hätte es sich jedoch um nichts in der Welt nehmen lassen, Michels Kind ihre eigene Milch zu geben, und sie dachte ein wenig traurig daran, dass sie Trudi in den nächsten Monaten würde entwöhnen müssen.

Maries Blase schmerzte so stark, dass sie kaum noch wusste, wie sie sich setzen sollte, doch in dem Moment, in dem sie aufgeben und zum Abtritt laufen wollte, der ein ganzes Stück entfernt in die Mauer zum Zwinger eingelassen war, erschien der Lakai. »Herr Ludwig ist bereit, Euch zu empfangen.«

Marie folgte ihm in die Zimmerflucht, in der der Pfalzgraf residierte. Vor einer Tür, die auf beiden Flügeln das Wappen der Pfalz als Relief trug, hielten zwei Gardisten Wache, die stählerne Brustpanzer und Helme mit Federn in den Pfälzer Farben trugen. Als der Lakai mit Marie herankam, traten sie mit unbewegten Gesichtern beiseite. Der Diener öffnete einen Flügel und kündete Marie mit lauter Stimme an. Sie trat auf seine Handbewegung hin ein und knickste vor dem Pfalzgrafen, der gelangweilt auf einem Armstuhl saß, bei dem sogar die Armlehnen mit dicken Polstern versehen waren. Er trug ein reich besticktes Gewand von blauer Grundfarbe, das einem Waffenrock ähnelte, aber aus leichterem Stoff bestand, eine eng anliegende rote Hose und auf dem Kopf ein nachtblaues Barett mit silbernen Stickereien und einer mit Rubinen besetzten

Agraffe. In seiner rechten Hand hielt er einen reich ziselierten Becher, während die Linke lässig auf dem Tisch vor ihm ruhte. Er erwiderte Maries Gruß nicht, sondern stellte ihr sofort die Frage, die sie schon erwartet hatte.

»Nun, Frau Marie, habt Ihr es Euch überlegt? Werdet Ihr Herberstein heiraten?«

Marie schüttelte energisch den Kopf. »Nein, Euer Hochwohlgeboren. Ich habe meine Meinung nicht geändert. Mein Michel lebt noch, und ich würde eine Todsünde begehen, reichte ich einem anderen Mann meine Hand. Bei Gott und allen Heiligen ist mir bestimmt, auf seine Rückkehr zu warten.«

Die Miene des Pfalzgrafen zeigte deutlich, dass er sich auch von christlichen Argumenten nicht beeindrucken lassen wollte. Er stellte den Weinbecher ab und hieb mit der Hand ärgerlich durch die Luft. »Nicht Gott hat Euch das bestimmt, sondern allein Eure Einbildung! Euer Gemahl ist so tot, wie es ein Mann nur sein kann, der in einen Hinterhalt hussitischer Teufel geraten ist. Begrabt ihn endlich auch in Eurem Herzen und seht ein, dass Ihr einen neuen Ehemann braucht, der Euch beschützt und das Lehen erwirbt, das Herr Sigismund Eurem toten Mann zugestanden hat und welches nun Eurer Tochter zufallen wird. Wenn Ihr noch lange wartet, bringt Ihr Eure Tochter um ihr Erbe, denn der Kaiser wird seine Zusage bald schon vergessen haben.«

»Dann werde ich ihn daran erinnern müssen, denn die dafür notwendigen Urkunden sind in meinem Besitz«, antwortete Marie selbstbewusst.

Der Pfalzgraf stieß einen Laut aus, der sowohl Ärger wie Ungeduld bedeuten mochte. »Ihr habt doch gar nicht die Möglichkeit, vor unseren Herrn Sigismund zu treten, denn der zieht nun schon seit Jahren von Feldlager zu Feldlager. Und wenn Ihr es tatsächlich fertig brächtet, ihn zu finden und eine Audienz bei ihm zu erlangen, würde er Euch kurzerhand mit dem nächstbesten Ritter vermählen, der gerade in seiner Gunst steht, denn ein Ritterlehen benötigt die feste Hand eines Herrn, besonders, wenn es gerade erst verliehen wurde.«

Marie begriff durchaus, dass der Pfalzgraf nicht gewillt war, sie einem Günstling des Kaisers zu überlassen. Gab er sie einem seiner Vertrauten, so konnte er darauf rechnen, dass dieser ihn auch als unabhängiger Standesherr des Deutschen Reiches unterstützen würde. Doch sie würde keinen Gefolgsmann der hohen Herren als neuen Ehemann akzeptieren und auch sonst niemanden. »Verzeiht, Herr Ludwig, aber ich kam nicht, um meinen Stand als Witwe zu beenden, sondern um Euch zu bitten, mir den Winter über Urlaub zu gewähren.«

Ludwig von der Pfalz hob misstrauisch den Kopf. »Wo wollt Ihr hin?«

»Ich möchte die kalte Jahreszeit bei meiner Freundin Hiltrud verbringen, die auf einem Freibauernhof in der Nähe von Rheinsobern lebt.«

Die Miene des Pfalzgrafen hellte sich bei diesen Worten auf. »Ich hatte gehofft, Ihr würdet den Winter in meiner Residenz verbringen«, antwortete er und verbarg seine Erleichterung darüber, die nächsten Monate ihr widerspenstiges Wesen nicht ertragen zu müssen, nur unzureichend. »Ich will jedoch großzügig sein und Euch Eure Bitte gewähren. Lauenstein, Ihr sorgt dafür, dass die Dame morgen früh aufbrechen kann.«

Der Befehl galt seinem Berater, einem älteren Mann mit grauem Bart und schütter werdendem Haar, der still in einer Ecke gesessen hatte. Der Mann stand auf und nickte eifrig, bedachte Marie jedoch mit einem verächtlichen Blick. Er hasste sie, seit sie es gewagt hatte, Zweifel am Ruhm seines Schwiegersohns Falko von Hettenheim zu äußern, und war der Meinung, dass sein Herr viel zu viel Langmut mit der widerspenstigen Witwe zeigte. Er hatte Herrn Ludwig schon mehrere geeignete Freier für das Frauenzimmer genannt, Männer, die bereit waren, sich mit der mehr als reichlich bemessenen Mitgift über gewisse Flecken in der Vergangenheit ihrer Gemahlin hinwegzutrösten. Da Frau Marie wohl kaum noch vor dem Frühjahr verheiratet werden würde, war es auch in seinen Augen das Beste, wenn sie den Winter auf einem abgelegenen Bauernhof verbrachte, auf dem sie ihr Gift nur an Kühe und Ziegen versprühen konnte.

Da sein Berater nachdenklich vor sich hin starrte, wurde der Pfalzgraf ungeduldig. »Was ist los mit Euch, Lauenstein? Ist es so schwierig, der Dame bis morgen eine angemessene Begleitung zu stellen?«

Lauenstein zuckte unter der harschen Stimme zusammen und ärgerte sich sichtlich, dass Marie Ursache und Zeugin dieses Tadels war, aber er setzte sofort wieder die glatte Miene eines Höflings auf und verbeugte sich vor dem Pfalzgrafen. »Morgen früh wird alles bereitstehen, Euer Durchlaucht.«

»Gut! Marie Adlerin, ich erlaube Euch, Euch zu entfernen.« Ludwig von der Pfalz wedelte mit der Hand, als wolle er ein Huhn verscheuchen, und griff, während der Lakai Marie hinausbegleitete, zu seinem Weinbecher. Die Tür hatte sich noch nicht wieder hinter ihr geschlossen, als er kurz und hart auflachte. »Diesen Winter, Lauenstein, soll die Frau noch ihre Ruhe haben, doch im Frühjahr lege ich ihr einen neuen Ehemann ins Bett, egal, was sie dazu sagt.«

Marie hörte die Worte noch, und da es um ihr Schicksal ging, blieb sie trotz ihrer schmerzhaft angeschwollenen Blase draußen vor der Tür stehen und legte ungeachtet der verblüfften Blicke der Wachen ihr Ohr auf das Holz.

»Marie Adlerin ist ein aufmüpfiges Weib, wie es mir noch nie untergekommen ist. Ich bin überzeugt, dass sie sich auch weiterhin weigern wird, einen Mann zu nehmen, und dabei auf Euren Schutzbrief pocht. Ihr hättet ihr nicht Brief und Siegel geben sollen, dass sie nicht gegen ihren Willen verheiratet werden darf.«

Marie konnte sich die ärgerliche Geste des Pfalzgrafen vorstellen, die Lauensteins Worte hinwegwischte. »Ich habe diesen Schutzbrief ausgestellt und kann ihn genauso gut wieder verwerfen. Frau Marie wird im Frühjahr verheiratet, und ich weiß nun auch, mit wem.«

»Ihr habt nicht mehr Hugo von Herberstein im Auge?«

»Nein. Ritter Hugo freit um die Tochter des Burghauptmanns von Birkenfeld, die ebenfalls eine reiche Erbin ist. Ich denke da eher an Meister Fulbert Schäfflein aus Worms.«

»Aber der ist doch nur ein bürgerlicher Pfeffersack!« Marie vernahm deutlich den Abscheu in Lauensteins Stimme.

Der Pfalzgraf hingegen schien vor Zufriedenheit zu schnurren. »Frau Marie ist doch selbst die Tochter eines Pfeffersacks, und da scheint mir Schäfflein der richtige Bräutigam zu sein. Gleich zu Gleich gesellt sich immer gerne, Lauenstein, das solltet Ihr Euch merken. Meister Fulbert wird die Schulden, die ich bei ihm habe, mit dem Vermögen der Witwe verrechnen und dabei einen erklecklichen Gewinn machen.«

»Aber Frau Marie ist eine Dame von Stand!«

Der Pfalzgraf lachte wie über einen guten Witz. »Ich kenne das Frauenzimmer noch aus Zeiten, als sie viel weniger als das war. Aber um Euren Adelsstolz nicht zu kränken, will ich Euch sagen, dass es mich nur eine Geste kostet, eine Zeremonie im Dom, ein Antippen mit dem Schwert, um aus dem Pfeffersack Fulbert Schäfflein einen Ritter Fulbert zu machen. Das bringt mir sogar einen weiteren Vorteil, denn er wird sich von dem Geld seiner Frau eine meiner Burgen kaufen müssen.«

Während Marie vor Wut die Fingernägel in ihre Handballen grub, schien Lauenstein immer noch nicht zufrieden zu sein. »Einem frisch ernannten Pfälzer Ritter wird der Kaiser wohl kaum das Michel Adler zugesagte Reichslehen übergeben.«

»Auch das habe ich schon geklärt. Das Lehen wird Michel Adlers Tochter überschrieben, daher benötigen wir einen Vormund, der ihre Belange besser vertreten kann als ein Fulbert Schäfflein. Ich werde das Kind daher zu meinem Mündel machen, es in zwei, drei Jahren an meinen Hof nehmen und von geeigneten Damen erziehen lassen.«

Marie hatte genug gehört und wandte sich taumelnd ab. Die Hand auf ihr wild stolperndes Herz gepresst, wankte sie durch den Raum, nahm aber dennoch die schadenfrohen Mienen der Wachen wahr, aus denen zu lesen war, dass sich das Wort vom Lauscher an der Wand und der eignen Schand wieder einmal bewahrheitet hatte. Während sie von ihrem Elend davongetrieben wurde, hasste sie sich selbst, weil sie in diesem Augenblick nicht in der Lage war, sich umzudrehen, die Tür zum Gemach des Pfalzgrafen aufzureißen und ihm ins Gesicht zu schreien, was sie von selbstsüchtigen, machtgierigen Edelleuten im Allgemeinen und ihm im Besonderen hielt. Aber wenn sie nicht hier im Raum oder im Korridor die Röcke heben und sich damit lächerlich machen wollte, musste sie so schnell laufen, wie es ihre verkrampften Muskeln und der ihr verbliebene Rest von Würde zuließen.

Sie schoss zur Tür hinaus und verfluchte dabei die Menge an Stoff, die ihr Schneider für das Kleid einer Edeldame als unbedingt nötig erachtet hatte. Schon nach wenigen Schritten erkannte sie, dass sie es nicht bis zum Abtritt schaffen würde, und hastete die nächste Treppe hinauf zu ihrer Kammer. Dort riss sie die Tür auf, schlug sie fast in der gleichen Bewegung hinter sich zu und zog mit fiebernden Händen den Nachttopf unter dem Bett hervor.

Erst als sie Erleichterung verspürte, bemerkte sie, dass ihre kleine Namensvetterin sie erschrocken anstarrte. Mariele hockte auf einem der beiden mit waidgefärbten Polstern bezogenen Stühle und wiegte Trudi in den Armen. Hiltruds älteste Tochter war nun acht Jahre alt und verständig genug, ihr als Kindsmagd zu dienen. Marie war froh um die Dienste ihres Patenkinds, denn so treu und ergeben wäre ihr keine fremde Magd gewesen.

Marie stieß einen aus der Tiefe ihrer Brust kommenden Seufzer aus und lächelte Mariele aufmunternd zu. »Der Pfalzgraf hat mir erlaubt, den Winter bei deinen Eltern zu verbringen, und mir sogar befohlen, schon morgen aufzubrechen. Wir sollten gleich anfangen zu packen.«

Mariele nickte glücklich und dachte dabei an die Kleider, die Marie für sie hatte machen lassen. Sie wusste zwar, dass die Sachen ihr übers Jahr nicht mehr passen und daher an ihre jüngere Schwester Mechthild gehen würden, aber dennoch war sie stolz, so feine Dinge zu besitzen. Eines ihrer Gewänder glich sogar der Hoftracht, die sonst nur Damen von Stand trugen. In Gedanken streichelte sie die senffarbene Seide, die leicht unter den Händen knisterte, und sah dabei ihrer Patentante zu, die den Nachttopf mit dem linken Fuß unter das Bett zurückschob.

»Frau Kunigunde und ihre Töchter werden Augen machen, wenn sie uns sehen. So schöne Kleider wie wir haben sie gewiss nicht.«

Marie schüttelte unwillig den Kopf. »Ich hoffe, ich muss weder ihr noch ihrem Nachwuchs noch sonst jemandem von der Burg oben begegnen.«

Niemals würde sie der Frau des Rheinsoberner Burghauptmanns die abscheuliche Behandlung verzeihen, mit der das Weib sie zu einer Heirat mit ihrem Vetter Götz hatte zwingen wollen, wobei ihr bewusst war, dass Ludwig von der Pfalz ebenso skrupellos an ihr handelte, auch wenn er sie nicht bei Wasser und Brot einsperrte. Wie Kunigunde von Banzenburg ging es ihm nur um den eigenen Vorteil.

2.

Rumold von Lauenstein verabscheute Marie von ganzem Herzen, denn er wusste sehr genau, dass sie von einer Wanderhure zur Ehefrau und Witwe eines freien Reichsritters aufgestiegen war, und es tröstete ihn nicht, dass der verstorbene Adler auch nur ein Wirtsbalg gewesen war, der es verstanden hatte, sich beim Kaiser lieb Kind zu machen. Trotz seiner Abneigung sorgte der Höfling für das einer Dame von Geblüt angemessene Geleit und stellte Marie einen bequemen Reisewagen aus dem Besitz des Pfalzgrafen zur Verfügung, dessen Sitze und Seitenwände mit weichen Polstern überzogen waren, so dass die Dame und ihre Begleitung durch das Rütteln und Stoßen auf den schlaglochübersäten Straßen keinen Schaden nehmen würden. Als Marie auf den Hof trat, saßen der Kutscher und sein Knecht bereits auf dem Bock, und gerade schwangen sich die beiden Vorreiter und ein halbes Dutzend Trabanten mit eleganten Brustpanzern und federgeschmückten Helmen in die Sättel.

Da der Lakai, der neben dem Schlag stand, sich zu fein war, Mariele zu helfen, nahm Marie ihr mit einer Hand Trudi ab und stützte sie mit der anderen, so dass sie über die hohe Trittstufe in das Innere des Wagens klettern konnte. Mariele drehte sich innen sofort herum und nahm ihren Schützling in Empfang. Dabei blickte sie ihre Patin so verstört an, als hätte sie in dem Wagenkasten ein Ungeheuer vorgefunden. Marie zog sich mit einem Ruck ebenfalls

in das Innere der Kutsche und brachte es gleichzeitig fertig, ihre Mitreisende und deren Leibmagd zu grüßen.
Bei der Dame handelte es sich um Lauensteins Tochter Hulda, eine brünette, früh verblühte Frau mit teigigem Gesicht und einer aus dem Leim gegangenen Figur. Sie musste Marie auf Befehl ihres Vaters begleiten, denn zum einen verbot es einer Dame von Stand die Schicklichkeit, alleine zu reisen, zum anderen wollte der Pfalzgraf wohl kontrollieren, ob Marie zu dem ihm genannten Ziel reiste. Als Gemahlin Falko von Hettenheims stand Hulda unter der Frau eines Reichsritters, plusterte sich bei Maries Erscheinen aber sofort auf, als wolle sie ihr jedes Wort, das diese gegen ihren Gatten gesagt haben mochte, auf dieser Reise heimzahlen.
Kaum hatte die Kutsche sich in Bewegung gesetzt, berichtete sie Marie bereits wortreich von den neuesten Taten Ritter Falkos, der sich ihren Behauptungen nach erneut im böhmischen Krieg hatte auszeichnen können. Ihre ausschweifende, belehrende Art strapazierte Maries Geduld so stark, dass sie ihr nach einer Weile die Hand auf die Schulter legte und sie lächelnd anblickte. »So, wie Ihr Euren Gemahl als den Tapfersten und Entschlossensten unter Sigismunds Gefolgsleuten rühmt, frage ich mich, warum der Kaiser ihn nicht ebenso wie meinen Michel zum freien Reichsritter ernannt hat.«
Hulda zischte wie eine Schlange. »Euer Mann hat sich bei Sigismund einzuschmeicheln und seine Taten übertrieben groß darzustellen gewusst und deswegen den Rang und den Titel erhalten, der meinem Gemahl gebührt hätte!«
»Das hat der Kaiser anders gesehen«, konterte Marie gelassen.
»Sigismund ist ein seniler Narr geworden!« Hulda verwendete die gleichen Worte, die ihr Ehemann bei einem kurzen Besuch auf seiner Burg zu ihr gesagt hatte. Das war gegen Ende des letzten

Winters gewesen, kurz bevor der Frühjahrsfeldzug begonnen hatte. Eine Weile hatte Hulda von Hettenheim gehofft, erneut schwanger geworden zu sein, aber mittlerweile hatte sie die Hoffnung begraben müssen, ihrem Gemahl in diesem Jahr den erhofften Erben schenken zu können. Ihr Blick flog zu der kleinen Trudi, die geborgen in Marieles Armen schlief, und sie beneidete und hasste Marie mehr denn je. Zwar hatte sie selbst schon fünf Mädchen geboren, aber im Gegensatz zu Maries Kind würde keinem von ihnen das Erbe des Vaters zugesprochen werden. Wenn nicht ein Wunder geschah und sie doch noch einen Sohn zur Welt brachte, würde, so bestimmten es die Familiengesetze, Falkos Vetter Heinrich der neue Herr auf Hettenheim, und ihre Töchter mussten mit einer lächerlich kleinen Mitgift vorlieb nehmen. Bei dieser Vorstellung knirschte sie mit den Zähnen. Da fiel ihr ein, dass man Marie die Kenntnis um die Wirksamkeit vieler Kräuter und Tränke nachsagte, und ihr wurde klar, dass es nicht in ihrem Interesse liegen konnte, die Frau neben sich weiterhin zu kränken.
Sie ergriff Maries Hände, als wären sie die besten Freundinnen. »Entschuldigt, Frau Marie, aber ich vergaß ganz, wie sehr es Euch grämen muss, vom Ruhm meines Gemahls zu hören, während Euer Gatte diesen schrecklichen Hussiten zum Opfer gefallen ist.«
Ihr Lächeln gab ihre verfärbten, schadhaften Zähne frei, und als sie näher an Marie heranrückte, stieg dieser ein Schwall strengen Duftes in die Nase. Marie hatte gelernt, wie notwendig es für eine Frau war, sich an intimen Stellen zu waschen, doch Frau Hulda schien ihren Schoß für so sündhaft zu halten, dass sie ihn nicht einmal mit einem in Wasser getauchten Lappen berühren wollte. Da sie die nächsten drei bis vier Tage auf engstem Raum mit dieser Person würde verbringen müssen, beschloss sie, verbindlich zu sein.

»Ihr seid sehr zartfühlend«, sagte sie freundlich, obwohl ihr diese Lüge die Zunge im Mund umzudrehen drohte.
Sofort lächelte Frau Hulda ihr scheinbar dankbar zu und begann von ihren Töchtern zu berichten. Sie zählte all die Krankheiten auf, die ein Kind in Trudis Alter befallen konnten. Da Marie ihrem Plagegeist nun einmal nicht entkommen konnte, schob sie die Gedanken an ihre eigene Zukunft beiseite und ließ das Gerede wie einen Wolkenbruch über sich ergehen. Sie nickte und sagte auch hie und da etwas, wenn sie das Gefühl hatte, ihre Begleiterin erwarte eine Antwort. Zum Glück hörte die Frau sich lieber selbst reden als anderen Leuten zuzuhören, und so ging sie bald auf den neuesten Klatsch vom Hof des Pfalzgrafen über. Marie stellte rasch fest, wie wenig Kontakte sie zu den Damen dort gehabt haben musste, denn das meiste war ihr neu. Es interessierte sie allerdings auch nicht, ob eine Freifrau von Buchenberg ihren Mann mit dem eleganten Ritter Nantwig betrog und der Reichsgraf von Enztal nicht sicher sein konnte, welches der vier Kinder seiner Frau von ihm selbst stammte. Als Frau Hulda annahm, sie hätte Marie mit ihrem Geplauder unauffällig eingelullt, ging sie zu dem Thema über, welches ihr wirklich auf der Seele lag. Sie legte ihre Hände auf Maries Schultern und drehte sie zu sich herum, so dass sie ihr in die Augen blicken konnte. »Ich bedarf dringend Eures Rates!«
Marie hob verwundert die Augenbrauen, wehrte die Frau aber nicht ab. Noch ehe sie sie auffordern konnte, ihr Anliegen vorzutragen, presste Frau Hulda ihre Worte in einem atemlosen Schwall heraus. »Ich habe sagen hören, Ihr würdet Mittel kennen, das Verlangen eines Mannes zu steigern, eine unerwünschte Schwangerschaft zu verhindern oder …« Sie starrte Marie beinahe flehend an.
»Oder was?«, fragte diese verständnislos.
»Kennt Ihr ein Mittel, welches den Samen des Mannes unweigerlich

an sein Ziel führen und neues Leben im Leib eines Weibes wecken kann?« Frau Hulda begann vor Anspannung zu zittern und schien die Antwort kaum erwarten zu können. Auch ihre Magd, die ihr als Zofe diente und wohl auch ihre engste Vertraute war, beugte sich interessiert vor.

Marie wusste für einen Augenblick nicht, was sie sagen sollte. Das Verlangen ihres Mannes hätte Hulda ihrer Ansicht nach mit einem ausgiebigen Bad und einem frischen Hemd steigern können, aber sie verkniff sich eine Bemerkung in dieser Richtung und zählte jene Speisen auf, denen eine Steigerung des Geschlechtstriebs nachgesagt wurde. Frau Hulda nickte zu jeder einzelnen und gestand, sie bereits ausprobiert zu haben, jedoch ohne den erwünschten Erfolg, und sie ließ durchblicken, dass sie nun jene Art von Mittel suchte, welches den schmalen Grat zur Hexerei schon überschritten hatte. Sie verlangte nach einem Zauber, der ihr die Liebe ihres Mannes erhielt und ihr zu einem Sohn verhalf. Zuletzt packte sie Marie und schüttelte sie.

»Ihr könnt das wohl nicht verstehen, da Euer Adel noch neu ist und unsere Sitten und Gebräuche Euch fremd sind. Für einen Angehörigen eines alten und bedeutenden Geschlechts ist der höchste Wunsch ein Sohn und Erbe. Doch mein Schoß ist beim letzten Besuch meines Mannes leer geblieben! Bei Gott und allen Heiligen bitte ich Euch, mir zu helfen, den Herzenswunsch meines Gemahls zu erfüllen. Gelingt Euch das, werde ich auf ewig Eure treue Freundin sein.«

Marie musste ein Lächeln verbergen. Dem ach so stolzen und überheblichen Falko von Hettenheim mangelte es also an einem Sohn, dem er Titel und Besitz hinterlassen konnte. Das war in ihren Augen genau die richtige Strafe für den Mann, der sie zutiefst beleidigt hatte und dem sie insgeheim eine Mitschuld an Michels Verschwinden gab. Zuerst wollte sie Hulda von Hettenheims Ansinnen möglichst diplomatisch zurückweisen, aber dann fiel ihr das Mittel ein, mit dem Hiltrud ihr zu Trudi verholfen hatte. Laut ihrer Freundin wirkte es bei jeder Frau, die körperlich in der Lage war, Kinder zu bekommen, doch auf seine Einnahme hin waren bisher nur Mädchen geboren worden. Da Huldas Vater ein enger Vertrauter des Pfalzgrafen war, war es Ritter Falko weder möglich, seine Frau zu verstoßen, noch sie in ein Kloster zu stecken. Also würde er weiterhin ihr Lager aufsuchen müssen, um doch noch zu einem Erben zu kommen, und Marie erschien es gerade das Richtige, ihm für seinen Hochmut und seine Zudringlichkeit zu einer Reihe weiterer Töchter zu verhelfen.

Sie legte ihre Stirn in Falten, als müsse sie angestrengt nachdenken, und winkte dann auch die Magd näher zu sich. »Wenn Ihr auf die Hilfe übernatürlicher Kräfte hofft, müsstet Ihr eine Hexe oder einen Magikus aufsuchen, denn von solchen Dingen weiß ich nichts. Die Bäuerin auf dem Ziegenhof, zu der wir unterwegs sind, kennt allerdings einen Kräutersud, der reichen Kindersegen zur Folge hat. Ich habe jahrelang auf Nachwuchs gewartet und erst nach der Einnahme dieses Trunks empfangen. Zwar wurde es kein Sohn, aber Hiltrud selbst hat mit seiner Hilfe drei kräftigen Knaben das Leben geschenkt.«

Hulda von Hettenheim sog diese Worte förmlich in sich hinein. »Glaubt Ihr, die Bäuerin wird mir ihr Mittel geben?«

Marie wiegte scheinbar unschlüssig den Kopf. »Ich weiß es nicht. Es könnte sein, dass sie sich ängstigt, wenn eine so hohe Dame wie Ihr das Mittel wünscht. Sie ist nur eine einfache Frau und verwendet diesen Saft meist nur bei ihren Kühen, damit diese auch ganz sicher trächtig werden.« Marie hatte keine Ahnung, ob dem so war, doch wie sie Hiltrud kannte, nahm sie es an. Natürlich war ihre Freundin bei weitem nicht so ängstlich, wie sie Hulda gegenüber behauptet hatte, aber sie wollte diese ein wenig zappeln lassen.

Hulda faltete die Hände vor der Brust und blickte Marie drängend an. »Bitte helft mir und überredet die Frau, mir ihren Saft zu überlassen!«

»Ich will es versuchen, Frau Hulda. Doch ob es helfen wird, können weder die Ziegenbäuerin noch ich Euch garantieren.«

Ritter Falkos Gemahlin winkte ab. »Ich will dieses Mittel haben, koste es, was es wolle!« Ihre Magd stimmte ihr eifrig zu und erklärte Marie, dass es gewiss nicht an ein paar Dukaten scheitern würde.

»Es geht der Ziegenbäuerin nicht ums Geld. Sie wird Euch den Trank gewiss um Gottes Lohn geben, denn schließlich liegt es immer noch in Gottes Hand, ob das Mittel Euch den ersehnten Erben bringt.« Marie hatte der Hettenheimerin den Köder hingehalten und zog ihn nun langsam etwas zurück, damit die Dame bei der zu erwartenden Wirkung des Tranks ihren Ärger nicht an Hiltrud ausließ. Sie vergönnte Ritter Falko noch ein Dutzend weiterer Töchter samt den mit den Schwangerschaften verbundenen Erwartungen und Enttäuschungen und war daher bereit, Hulda zu dem Mittel zu verhelfen. Mariele, die die Dame ebenfalls nicht mochte, begriff trotz ihrer Jugend, was ihre Patentante vorhatte, und zwinkerte ihr verschwörerisch zu. Als sie jedoch etwas sagen wollte, bedeutete Marie ihr zu schweigen, denn sie wollte nicht, dass das Mädchen mit den Kräuterkenntnissen seiner Mutter angab. Blieb der erhoffte Sohn aus, konnte es Frau Hulda sonst einfallen, Hiltrud als Hexe zu bezeichnen, die einen Fluch über sie geworfen hatte, damit sie nur Mädchen gebären konnte.

3.

Der Kutscher schien seine Passagiere rasch loswerden zu wollen, denn er trieb die Pferde immer wieder mit der Peitsche an und fuhr bis in die Dämmerung hinein. Die erste Nacht verbrachten sie in einer kleinen sauberen Herberge, die zweite in einer am Rhein liegenden Mautburg des Pfalzgrafen. Hier wie dort blieb ihnen kaum Zeit, sich umzusehen, geschweige denn ein ausgiebiges Abendessen oder Frühstück zu sich zu nehmen. Marie war schließlich froh, als sich am Abend des dritten Tages die Kirchtürme von Rheinsobern aus dem Dunst schälten und sie zum Ziegenhof abbiegen konnten. Der Kutscher und die begleitenden Reiter waren sichtlich erstaunt, dass eine Dame von Rang vor einem Bauerhof halten ließ, anstatt die Vogtsburg aufzusuchen. Eine reichhaltige Brotzeit aus Hiltruds Vorräten bewies ihnen jedoch, dass man auch hier gut zu leben verstand.

»Dein Schinken ist besser als der, den der Pfalzgraf selber isst«, sagte einer der Reiter zu Hiltruds Mann. »Und der Wein gewiss nicht schlechter«, setzte einer seiner Kameraden mit einem bedauernden Blick auf seinen leeren Becher hinzu. Thomas stellte ihm lächelnd die noch halb volle Kanne hin, damit er sich nachschenken konnte.

»Ihr seid Freibauern?«, wollte einer der Männer wissen. Als Thomas stolz nickte, seufzte der Soldat. Er musste an seinen Vater denken, der als leibeigener Bauer kaum das Nötigste zum Beißen für seine vielköpfige Familie erarbeiten konnte, da der Grundherr ihm den größten Teil des Viehs und des Getreides abforderte und ihn wie seine anderen Leibeigenen samt den Kindern, die schon zupacken konnten, auf seiner Burg fronen ließ. Er selbst hatte Glück gehabt, denn der Burgherr hatte ihn zu seinen Reisigen gesteckt und später zur Minderung seiner Abgaben mit einigen anderen Kameraden dem Pfalzgrafen geschenkt. Jetzt wurde er gut eingekleidet, bekam ausreichendes Essen und auch den einen oder anderen Heller, der jedoch nicht lange in seinem Beutel blieb. Er hätte es schlechter treffen können, sagte er sich, zum Beispiel als Soldat in Böhmen, wo der Kaiser seit Jahren Krieg führte, ohne ihn zu gewinnen.

Während die Begleitmannschaft es sich schmecken ließ, saßen Marie, Hulda und deren Magd mit Hiltrud in der warmen Stube.

»Ich brauche diesen Trank unbedingt«, drängte Hulda die Gastgeberin. »Frau Marie hat mir Wunderdinge davon erzählt.«

Hiltrud blickte Marie fragend an, denn es war sonst nicht deren Art, ihre Kräutersäfte Fremden gegenüber so überschwänglich zu loben, und das sanfte, madonnenhafte Lächeln ihrer Freundin machte ihr klar, dass Marie etwas im Schilde führte. Hiltrud hätte gerne gewusst, um was es ging, denn es wäre ihr lieber gewesen, selbst zu entscheiden, ob sie der unsympathischen Dame den Trank geben sollte oder nicht. Maries auffordernder Blick ließ ihr jedoch keine andere Wahl, als zuzustimmen.

»Ich werde Euch eine Flasche des Tranks mitgeben, gegen Gottes Lohn, versteht sich, denn alles andere liegt in der Hand des Himmels und der Heiligen Jungfrau.«

Frau Hulda wirkte auf einmal so gelöst, als hätte Hiltrud ihr den Weg zur ewigen Seligkeit gewiesen, und fasste sie bei den Händen. »Sobald ich einen Sohn geboren habe, werde ich Euch reich belohnen.«

Marie musste ihre Heiterkeit verbergen, denn sie wusste ja, dass Hiltrud bis zum Jüngsten Tag auf diese Belohnung würde warten müssen. Schnell lenkte sie das Gespräch auf allgemeinere Dinge. Hiltrud beteiligte sich wenig an der folgenden Unterhaltung, denn zwischen ihr und einer Edeldame wie Hulda gab es kaum Gemeinsamkeiten. Das fiel Hulda von Hettenheim jedoch nicht auf, da sie fast ununterbrochen weitersprach, und wenn sie einmal Luft holen musste, sprang ihre Magd für sie ein. Den Worten der beiden Frauen zufolge waren Huldas Vater Rumold von Lauenstein und ihr Gemahl Falko höchst angesehene und berühmte Männer, ohne deren tatkräftige Unterstützung Herr Ludwig schon längst seines Amtes als Pfalzgraf verlustig gegangen wäre. Huldas Stimme triefte vor Stolz und Eigenlob, und Marie dachte etwas boshaft, dass Hiltrud jetzt einen kleinen Geschmack dessen erhielt, was sie selbst in den letzten Tagen hatte ertragen müssen.

Zu ihrer beider Erleichterung verabschiedete Frau Hulda sich am nächsten Morgen, um auf der Vogtsburg Quartier zu nehmen. Als sie den Reisewagen bestieg, winkte sie gnädig zu Marie und Hiltrud hinab, während ihre Magd das in Tücher gewickelte Fläschchen, das die Hoffnungen ihrer Herrin auf einen Sohn erfüllen sollte, krampfhaft festhielt. Der Kutscher schnalzte mit der Zunge und ließ seine Peitsche gekonnt über den Ohren der Pferde knallen, so dass das Gefährt sich in Bewegung setzte. Die Männer der Eskorte reihten sich hinter dem Wagen ein.

Hiltrud sah dem Zug eine Weile nach, dann drehte sie sich zu Marie um und stemmte die Fäuste in die Hüften. »Du wirst mir einiges zu erklären haben!«

»Das habe ich vor, aber drinnen in der warmen Stube und nicht hier im Freien, wo einem der Wind durch die Knochen pfeift.« Marie fasste ihre Freundin lachend unter und führte sie ins Haus. Hiltrud schenkte zwei Becher Würzwein ein, stellte einen vor Marie auf die Tischplatte und nippte an dem zweiten. Da Marie nichts sagte, sondern nur leise vor sich hin kicherte, stach ihr Zeigefinger auf sie zu.

»Heraus mit der Sprache! Warum warst du so erpicht darauf, dieser hochnäsigen Kuh mein Elixier zu verschaffen?«

»Diese Hulda ist die Gemahlin jenes Falko von Hettenheim, der in Michels Trupp nach Böhmen aufgebrochen ist.«
Hiltrud richtete sich auf. »Du meinst den Kerl, der dir gegenüber zudringlich geworden ist?«
Marie blies scharf die Luft aus den Lungen. »Zudringlich ist ein arg schwaches Wort! Der Kerl wollte mich in meinem eigenen Haus vergewaltigen.«
Hiltrud lächelte gelassen. »Du hättest ja laut schreien können.«
» ... und damit einen Skandal provozieren?« Marie schüttelte den Kopf.
Hiltrud hob begütigend die Hände. »Zum Glück konntest du ihm ja entkommen, bevor du zu Schaden gekommen bist, und jetzt weilt er irgendwo an der böhmischen Grenze und führt Krieg, also wirst du ihm so schnell nicht mehr begegnen. Das erklärt aber nicht, warum du ausgerechnet seiner Frau zu reichem Kindersegen verhelfen willst.«
Marie grinste nun wie ein Lausbub. »Der Gute hat noch keinen Sohn, aber bereits fünf Töchter, und ich dachte, man sollte ihm zu einigen weiteren verhelfen.«
Hiltrud schüttelte irritiert den Kopf und lachte dann auf. »So willst du dich also an dem Kerl rächen. Er soll sein Weib schwängern und schwängern und seine Mühe nur mit Mädchen belohnt sehen.«
Marie nickte ihr fröhlich zu. »Du hast es erfasst! Falko von Hettenheim hasst und verachtet seine Frau, das habe ich einigen Bemerkungen am Hof des Pfalzgrafen entnommen, aber trotz seines Widerwillens muss er ihr beiwohnen, denn nur sie kann ihm einen Erben schenken, und solange seine Frau deinen Trank verwendet, wird er neun Monate lang auf einen Knaben hoffen und dann bitter enttäuscht werden.«
»Es ist aber nicht ausgeschlossen, dass seine Frau mit einem Sohn

niederkommt, also ärgere dich nicht zu sehr, wenn dein Plan fehlschlägt. Sag mir lieber, warum du so rachsüchtig bist. Da muss doch mehr dahinter stecken.«

Marie nickte mit finsterer Miene. »Falko von Hettenheim hat alles getan, um Michels Ruhm im Kampf gegen die Böhmen zu schmälern und seinen eigenen zu erhöhen. Ich musste mir den ganzen Sommer über anhören, was für ein edler, tapferer und besonnener Ritter dieser Falko sei, aber in meinen Augen ist er ein ehrloser Strolch, der mit Sicherheit an Michels Verschwinden schuld ist.«

Hiltrud krauste unwillig die Nase. »Du glaubst immer noch, dass dein Mann lebt?«

»Natürlich tue ich das!«, antwortete Marie heftig und presste die Hand gegen die Brust. »Ich fühle es hier drinnen! Michel lebt! Es gibt noch etwas anderes, das darauf hinweist. Ich habe mehrere Berichte über das Scharmützel gehört, in dem mein Mann gefallen sein soll, und keiner stimmte mit dem anderen überein. In der Pfalz nimmt man das, was Falko von Hettenheim behauptet hat, für bare Münze, denn er ist einer der Gefolgsleute des Pfalzgrafen und Schwiegersohn eines Mannes mit großem Einfluss. Aber ein fränkischer Ritter, mit dem ich vor ein paar Monaten gesprochen habe, stellte die Sache ganz anders dar. In seinen Augen war Falko von Hettenheim nur einer von vielen Rittern im Gefolge des Reichsritters Heribald von Seibelstorff und gewiss nicht der mutigste, tapferste oder glaubwürdigste. Der Mann kannte auch Michel und war über ihn des Lobes voll.«

Das kann ich mir denken, fuhr es Hiltrud durch den Kopf. Sie nahm an, dass der Ritter versucht hatte, sich der reichen Witwe angenehm zu machen, um dann um ihre Hand anzuhalten. Sie wollte ihre Freundin jedoch nicht kränken und behielt ihre Vermutung für sich. Marie sprach auch nicht mehr über Falko von

Hettenheim und dessen Ehefrau, sondern platzte mit dem Thema heraus, das seit ihrem Aufbruch aus Heidelberg wie ein schwarzes Tuch auf ihrer Seele lag.
»Der Pfalzgraf will mich zwingen, mich wieder zu verheiraten!«
Hiltrud zuckte mit den Schultern. »Das war vorauszusehen. Hübsche und vor allem reiche Witwen von Stand sind sehr begehrt, und die hohen Herren tun alles, um sie mit Männern ihres Vertrauens zu vermählen. Am Hofe des Pfalzgrafen hast du gewiss eine größere Auswahl als bei Frau Kunigunde in Rheinsobern.«
Marie verzog das Gesicht. Niemals mehr würde sie Frau Kunigunde ohne Abscheu gegenübertreten, und sie hatte sich vorgenommen, das Weib einfach zu ignorieren. Die Gefahr ging nun vom Pfalzgrafen aus, und sie fragte sich wieder und wieder, wie sie der angedrohten Heirat entkommen konnte. In der anheimelnden Wärme von Hiltruds Küche reifte in ihr ein Entschluss. »Ich werde nicht an den Hof des Pfalzgrafen zurückkehren, um darauf zu warten, bis man mich wie ein Kalb zum Schlachten vor den Altar zerrt, sondern mich direkt an den Kaiser wenden. In seiner Umgebung gibt es gewiss Männer, die von Michel wissen und mir Nachricht geben können.«
Im ersten Augenblick hielt auch Hiltrud das für eine gute Idee, nach kurzem Überlegen schüttelte sie jedoch heftig den Kopf. »Das solltest du nicht tun. Hättest du mächtige, einflussreiche Verwandte, die dich beschützen könnten, hättest du vielleicht eine Chance, heil bei Sigismund anzukommen. In deiner Lage aber musst du auf jeder Burg, in der du unterwegs übernachtest, darauf gefasst sein, dass ihrem Besitzer sowohl dein Aussehen wie auch dein Vermögen ins Auge stechen, und die meisten werden keine Skrupel haben, dich mit Gewalt zur ihrer Frau zu machen. Selbst wenn du es schaffst, unbehelligt bis zum Kaiser zu gelangen, bist du nicht in Sicherheit.

Glaubst du wirklich, er sei besser als der Pfalzgraf? Auch er wird danach trachten, dich so rasch wie möglich mit einem seiner Gefolgsleute zu verheiraten, den er auf diese Weise belohnen kann, ohne dass es ihn etwas kostet.«

Das war für Hiltruds Verhältnisse eine lange Rede gewesen, und sie hoffte, Marie ein wenig zur Vernunft gebracht zu haben. Ihre Freundin schniefte jedoch nur und machte eine wegwerfende Handbewegung. »Ich muss ja nicht als Edelfrau reisen, denn schließlich suche ich nicht den Schutz des Kaisers, sondern meinen Mann.«

»Der längst tot und vermodert ist. Kind, schlag dir diesen Gedanken doch endlich aus dem Kopf!« Nach längerer, fruchtloser Diskussion war Hiltrud schließlich froh, als Mariele die kleine Trudi zum Stillen hereinbrachte, denn der Wortwechsel mit ihrer Freundin drohte in einen Streit auszuarten. Sie konnte Marie ansehen, dass diese wieder irgendein wahnwitziges Vorhaben ausbrütete.

4.

Die Tage kamen und gingen in stetem Gleichmaß; der Herbst beendete sein prächtiges Farbenspiel, und bald schon reckten die Bäume ihre kahlen Äste wie klagende Hände in den Winterhimmel. Von Osten her fuhr der Wind scharf über das Land, und der Schnee färbte die höheren Lagen des Schwarzwalds weiß. Marie saß am offenen Fenster und starrte ungeachtet der Kälte, die in ihre Stube drang, in die Ferne. Deutlicher noch als sonst hatte sie in der Nacht von Michel geträumt, und nun fragte sie sich, ob es nicht besser gewesen wäre, wenn sie beide nicht so hoch im Rang gestiegen wären. Als Frau eines braven Handwerkers oder Händlers hätte sie weitaus mehr Freiheiten besessen, als Sitte und Brauch es Damen von

Stand zubilligten. Unverheiratete Töchter adliger Familien wurden von ihren Familien zumeist wie eine Ware verschachert, um Bündnisse einzugehen und die Sippe zu stärken; und vermögende Witwen galten als Mündel des Landesherrn, der sie für seine eigenen Interessen zu nutzen wusste. Daher blieben Frauen, die ihren Mann verloren hatten, selten lange allein, sondern wurden spätestens nach Ablauf des Trauerjahrs ohne Rücksicht auf ihre Wünsche mit einem Günstling ihres Vormunds verheiratet. Marie hatte von Frauen gehört, die bereits mehrfach Witwe geworden waren und noch bis über das fruchtbare Alter hinaus einem neuen Ehemann ins Bett gelegt worden waren. Nur wenn es einem jener unglücklichen Geschöpfe gelang, die Gunst eines hochrangigen Kirchenmanns zu erlangen und sich mit seiner Fürsprache in ein Kloster zurückzuziehen, konnte diese sich einer aufgezwungenen Ehe entziehen.

Marie stand der Sinn jedoch weder nach einem neuen Ehemann noch danach, den Rest ihres Lebens als Nonne verbringen zu müssen. Das sagte sie Hiltrud auch ziemlich deutlich, als diese wenig später eine Bemerkung machte, die Maries und Trudis Zukunft betraf.

Hiltrud drehte die Augen zum Himmel. »Du kannst dich nicht auf Dauer dem Willen des Pfalzgrafen widersetzen! Mich wundert schon, dass er bis jetzt so langmütig war. Andere Landesherren hätten dich schon längst ungeachtet deiner Proteste in die Burgkapelle schleppen lassen und mit dem Nächstbesten verheiratet, egal, ob es sich um einen raubeinigen Rüpel oder einen hochnäsigen Narren wie diesen Falko von Hettenheim gehandelt hätte.«

Marie schauderte es. »Hettenheim ist nicht nur ein arrogantes Ekel, sondern auch, wie ich Huldas Worten entnehmen konnte, einer von jenen Männern, denen es Vergnügen bereitet, einer Frau im

Bett Schmerzen zuzufügen. Frau Hulda wäre gewiss froh, wenn sie ihm endlich den ersehnten Erben schenken könnte und dann in Ruhe gelassen würde.«

»Es ist nicht jeder Edelmann so ein Widerling wie dieser Hettenheim.«

»Aber es ist auch keiner so wie Michel!«, antwortete Marie heftig. Sie musste daran denken, wie seine Umarmungen ihre Sinne hatten jubilieren lassen, und fragte sich wieder einmal, wo er jetzt wohl sein mochte. Dabei überhörte sie beinahe, dass Hiltrud jenen Gedanken in Worte fasste, der sie schon seit langem bedrückte.

»Wenn Michel noch leben sollte, warum kommt er dann nicht zu dir zurück?«

Marie schloss das Fenster und drehte sich zu ihrer Freundin um. »Ich weiß es nicht. Es muss einen triftigen Grund geben, und den werde ich herausfinden.«

»Du trägst dich also immer noch mit der verrückten Idee, den Kaiser aufzusuchen?«

»Nicht den Kaiser, zumindest nicht ihn persönlich, sondern sein Heer. Es dürften noch einige von Michels Fußknechten am Leben sein, die mir Nachricht geben können. Vielleicht gelingt es mir, Timo zu finden oder etwas über dessen Schicksal zu erfahren, denn das könnte mir einen Anhaltspunkt geben, was Michel zugestoßen ist. Timo hätte meinen Mann nie im Stich gelassen.«

»Wahrscheinlich sind sie beide umgekommen.«

Marie spannte die Gesichtsmuskeln an, bis ihre Wangen weiß hervortraten. »Da glaube ich nicht. Aber ich werde es herausfinden. Erst wenn ich an Michels Grab stehe, werde ich mich in mein Schicksal fügen.«

»Aber gewiss, da du ja so ein sanftes und folgsames Geschöpf bist«, spottete Hiltrud. »Außerdem kannst du nicht einfach nach Nürnberg reisen, auch wenn der Kaiser hundertmal dort Hof hält und seine Truppen mustert.«

»Gewiss kann ich das.«

»Die Reiter des Pfalzgrafen werden dich spätestens auf halber Strecke eingeholt haben. Dann bringen sie dich zurück und stecken dich in das Bett dieses Kaufmanns, den Herr Ludwig für dich bestimmt hat.« Hiltrud hätte am liebsten Maries Kopf gepackt und ihn so lange gegen die Wand gestoßen, bis das verrückte Frauenzimmer Vernunft annahm. Aber sie wusste aus langjähriger Erfahrung, dass ihre Freundin sich keine noch so abwegige Idee ausreden ließ.

Maries Lächeln bestätigte ihre Ängste. »Wenn der Pfalzgraf nicht erfährt, wohin ich ziehe, kann er mich auch nicht verfolgen lassen. Ich darf natürlich nicht als Edeldame zum Heer reisen.«

»Als was denn sonst? Neben den Ehefrauen und weiblichen Verwandten der höheren Herren, die unter dem Schutz einer Leibwache stehen, werden nur Huren und Marketenderinnen bei der Truppe geduldet.«

Marie lächelte. »Du sagst es. Als das werde ich reisen!«

»Als Hure? Nein, das lasse ich nicht zu!« Hiltrud sprang empört auf.

Marie lächelte ihr begütigend zu, und als Hiltrud sich immer noch nicht beruhigen wollte, zog sie sie an sich. »Natürlich nicht als Hure, du Dummchen. Ich werde als Marketenderin gehen. Diese Art von Frauen ziehen durch das ganze Land, und keinen Pfalzgrafen interessiert es, woher sie kommen und wohin sie gehen.«

»Diese Art von Frauen – das ist genau die Bezeichnung, die ich solchen Weibern geben würde. Die meisten von ihnen sind Huren, die zu Geld gekommen sind und Wagen und Gespann erwerben konnten. Sie spreizen aber auch dann noch ihre Beine für jeden lüsternen Bock, der ihren Preis zahlen kann.«

Als sie Maries angespannten Gesichtsausdruck wahrnahm, begriff Hiltrud, dass sie gegen eine Wand sprach. Ihre Freundin würde sich von nichts und niemandem davon abhalten lassen, ihren Plan in die Tat umzusetzen. Sie ließ Marie allein und suchte ihren Mann auf, um mit ihm über das Problem zu sprechen. Doch als sie ihm vorschlug, den Pfalzgrafen zu benachrichtigen, damit dieser Marie davor bewahren konnte, in ihren eigenen Untergang zu reisen, schüttelte Thomas entschieden den Kopf.

»Du solltest Frau Marie nicht zu etwas zwingen, was sie nicht will, und sie vor allem nicht verraten. Es ist ihr Wille, Michel zu suchen, und ich muss sagen, ich verstehe sie. Lass sie ziehen! Selbst wenn sie in Schwierigkeiten geraten sollte, ist das immer noch besser für sie, als mit einem ungeliebten und vielleicht sogar verhassten Ehemann verheiratet zu sein.«

»Du meinst, es ist besser, wenn sie als Hure herumzieht?« Hiltrud streifte ihren Mann mit einem zornigen Blick, doch Thomas nahm ihre Hände und lächelte liebevoll.

»Du stellst es so dar, als wäre Marie ein leichtfertiges Frauenzimmer, aber damit tust du ihr Unrecht.«

Hiltrud seufzte tief auf. »Bei Gott, das ist sie gewiss nicht. Aber es gibt genug üble Kerle, die sich um das Nein einer Marketenderin wenig scheren.«

»Mit dieser Gefahr muss Marie selbst zurechtkommen. Wir können ihr nur helfen, ihre Reise so gut wie möglich vorzubereiten.«

Etwas an Thomas' Blick verriet Hiltrud, dass ihr Mann mehr über die Sache wusste, als er zugeben wollte. Neugierig geworden bohrte sie nach und brachte ihn zu dem Geständnis, dass Marie ihn bereits vor etlichen Tagen gebeten hatte, ihr beim Kauf eines Marketenderwagens und zweier brauchbarer Zugochsen zu helfen. »Ich habe dir doch letztens schon erzählt, dass der Kaiser neue Truppen angefordert hat. Herr Ludwig ist der Aufforderung zwar nicht gefolgt, aber bei Wimpfen soll sich die neckarfränkische Schar versammeln. Den Weg dorthin dürfte Marie unbeschadet zurücklegen können.«

»Ich habe Angst um sie und finde es nicht gut, dass du ihre Launen noch unterstützt.« Hiltrud fauchte ihren Mann zornig an und ging zurück zu Marie. »Das ist verrückt! Denk doch nur an dein Kind. Soll es denn auch noch ohne seine Mutter aufwachsen, wo es den Vater bereits verloren hat?«

Marie senkte den Kopf, damit Hiltrud ihr Gesicht nicht sehen konnte. Sie hatte ihre eigenen Pläne, die sie der Freundin jetzt noch nicht enthüllen durfte.

Hiltrud schnaubte böse und schalt sie eine Närrin, bekam aber keine Antwort. Auch in den nächsten Tagen gab sie sich keine Mühe, ihre Ablehnung zu verbergen, und versuchte noch mehrfach, auf ihre Freundin einzuwirken, um sie von ihrem Vorhaben abzubringen. Doch Marie gab nicht nach, und als sie von einem Besuch bei ihrer Base Hedwig und ihrer früheren Magd Ischi mit einem Ballen hellroten Stoffes zurückkehrte, um sich einen Rock daraus zu schneidern, wusste Hiltrud, dass ihr nichts anderes übrig bleiben würde, als ihr bei den Vorbereitungen zu helfen.

Es war beinahe so wie früher, als sie als Hübschlerinnen über die Straßen gezogen waren, und doch anders. Damals hatten sie ihre geringen Besitztümer auf einem kleinen, von Ziegen gezogenen Wägelchen verstaut und sie später sogar, als die Tiere ihnen abgenommen und getötet worden waren, in einem Packen auf dem Rücken tragen müssen. Jetzt würde Marie über einen robusten Ochsenkarren verfügen, in dem sie genügend Kleidung für alle Jahreszeiten unterbringen konnte, und sie würde wohl kaum in Gefahr geraten, Meilen um Meilen zu Fuß zurücklegen zu müssen.

Trudis erster Geburtstag kurz vor dem Weihnachtsfest unterbrach die emsige Arbeit für kurze Zeit. Bislang hatte das Kind in Hiltruds Gedanken keine Rolle mehr gespielt, doch als sie sah, dass Marie der Kleinen ähnlich bunte Kleider nähte wie für sich selbst, sah sie sie erschrocken an.

»Du willst deine Tochter doch nicht etwa mitnehmen?«

»Wollen? Ich muss!«, antwortete Marie bedrückt. »Wenn ich Trudi bei dir zurückließe, würden entweder Frau Kunigunde oder der Pfalzgraf sie dir wegnehmen und bei sich erziehen lassen. Beides könnte ich nicht ertragen. Außerdem hätte ich, falls Michel wirklich tot sein sollte, keine Möglichkeit, meine Tochter zurückzufordern. Man würde mir nur ins Gesicht lachen.«

Diesem Argument konnte Hiltrud sich nicht verschließen. Die kleine Trudi war als Erbin ihres Vaters im selben Maße ein Spielball der Mächtigen wie ihre Mutter. Es gab ihr einen Stich, beide in Gefahr zu wissen, und sie wünschte, dieser Winter würde nie vergehen. Die Zeit ließ sich jedoch nicht aufhalten. Die Weihnachtstage flogen ebenso an den Bewohnern des Ziegenhofs vorüber wie Neujahr, und wenige Tage danach zeichnete der Pfarrer, der von Hof zu Hof zog, die drei Buchstaben C + M + B an ihren Türstock. Er erhielt dafür einen großen Schinken und ein Maß Wein als Dank.

Ende Januar, als die Kälte am größten war, verließ Thomas in warmer Reisekleidung den Hof. Er sagte weder den Kindern noch dem Gesinde, wohin er ging, Hiltrud und Marie wussten jedoch, dass er sich in dem nicht allzu weit entfernten Städtchen Rabenweiler nach einem Wagen umsehen wollte, der Maries Ansprüchen genügte. Er blieb eine Woche aus, und als er zurückkam, zwinkerte er den beiden Frauen zu. »Ich hatte Glück!«, rief er lachend. »Sobald die Kälte gebrochen ist, werden wir drei Kühe vom Rudishof bei Sternberg holen. Der Bauer musste sie mir billig verkaufen, weil ihm im Herbst das Heu verfault ist.«

Während Hiltrud scheinbar eifrig nickte, wunderte Marie sich. Davon, dass er Kühe kaufen wollte, hatte Thomas bei der Abreise nichts erzählt. Sie begriff jedoch rasch, dass er Neugierige von dem eigentlichen Grund seiner Reise ablenken wollte. Es war auch in seinem Sinn, dass niemand erfuhr, welchen Anteil er und Hiltrud an ihrem Verschwinden hatten. Sie lächelte Thomas dankbar zu und nahm ihre Kleine auf den Arm. Trudi hatte sich prächtig entwickelt und stapfte mittlerweile unermüdlich auf ihren festen Beinchen herum. Ohne Mariele und Mechthild, die stets bei der Hand waren, um auf den kleinen Treibauf zu achten, hätte Marie schon graue Haare bekommen. Trudi sprach auch schon die ersten Worte, doch war das erste nicht Mama gewesen, wie Hiltrud es erwartet hatte, sondern Lile, womit sie Mariele meinte.

Als der Frost den ersten wärmeren Tagen hatte weichen müssen, saßen Marie und Hiltrud wieder in der kleinen, an einen Erker erinnernden Ecke, die Thomas für seine Frau eingerichtet hatte. Ihre Füße steckten in Schafsfellpantoffeln, und um die Schultern trugen sie selbst gewebte Decken. Während Hiltrud einen ihrer Würzweine im Kessel aufrührte, blickte sie mit einem tiefen Seufzer durch das kleine Fensterchen, das sie zum ersten Mal seit Wochen geöffnet hatte, ins Freie, und schüttelte den Kopf. »Bis Ostern ist es nicht mehr weit.«

Marie wusste, was ihre Freundin damit sagen wollte. Am Palmsonntag würde ihre Reise ins Ungewisse beginnen, und jetzt, wo der Zeitpunkt näher rückte, den sie den ganzen Winter über herbeigesehnt hatte, fühlte sie sich bei weitem nicht so mutig wie in den Wochen zuvor. Fast hoffte sie, Hiltrud würde sie bitten, auf die Reise zu verzichten, denn allmählich wuchs in ihr die Angst, was ihr und ihrer Tochter in der Ferne alles zustoßen mochte. Doch ihre Freundin hatte sich nicht nur mit ihren Plänen abgefunden, sondern unterstützte diese sogar.

Anstatt ihr das bevorstehende Abenteuer auszureden, blickte sie sie auffordernd an. »Hast du alles beisammen, was du mitnehmen willst?«

Marie nickte. »Trudi und ich sind bereit.«

»Unser Wildfang wird mir fehlen«, bekannte Hiltrud ein wenig traurig. »Und wer soll sich um deine Besitztümer kümmern, wenn du weg bist? Thomas ist ein guter Bauer, aber von der Verwaltung größerer Ländereien wie den deinen versteht er zu wenig und ich auch nicht.«

»Mach euch nicht geringer, als ihr seid«, antwortete Marie tadelnd. »Ihr werdet euch um meine vier Pachthöfe und meine Weinberge kümmern müssen; die städtischen Liegenschaften und die Gelder, die ich bei den Fernhandelskaufleuten angelegt habe, wird Wilmar verwalten. Ich bin sicher, Thomas und du werdet gut mit ihm auskommen.«

Hiltrud erinnerte sich noch gut daran, wie sie den späteren Ehemann von Maries Base kennen gelernt hatte, und musste kichern. Wilmar hatte sich gesträubt, Hilfe von Huren anzunehmen, doch war ihm nichts anderes übrig geblieben, und obwohl er es in der Rheinsoberner Küferzunft inzwischen weit gebracht hatte, wirkte er in Maries oder ihrer Gegenwart immer noch ein wenig gehemmt.

»Wir werden uns schon einigen.« Hiltrud erwiderte Maries Lächeln, obwohl ihr alles andere als froh zumute war. »Jetzt bleibt uns nur zu hoffen, dass vor dem Palmsonntag nicht doch noch ein Bote des Pfalzgrafen erscheint, der dich zurück an den Hof oder – schlimmer noch – zu deiner eigenen Hochzeit ruft.« Das war nur zur Hälfte spöttisch gemeint, denn im Grunde ihres Herzens hoffte Hiltrud, dass es so kommen würde.

Marie schüttelte in gespielter Entrüstung den Kopf. »Aber Hiltrud, wer wird denn den Teufel an die Wand malen? Bis zum Palmsonntag bin ich hier sicher, danach muss ich verschwunden sein.« Marie vermutete, dass der Pfalzgraf sie wie seine anderen Adligen auch zu den Osterfestlichkeiten an seinen Hof rufen würde, und deswegen plante sie, sich mit Hiltrud und Thomas auf eine Wallfahrt zu begeben, von der sie nicht zurückkehren würde. Als der ersehnte Morgen anbrach, ohne dass ein Bote des Pfalzgrafen sich hatte sehen lassen, atmete sie erleichtert auf und schob die Unsicherheit, die die Krallen nach ihr ausgestreckt hatte, energisch beiseite. Sie zog es nun einmal vor, ein Leben in eigener Verantwortung zu führen, anstatt von den Launen der hohen Herren wie eine Schachfigur hin und her geschoben zu werden.

5.

Sie brachen sehr früh am Morgen auf, so dass die Nachbarn die großen Traggestelle nicht sehen konnten, die sie alle fünf auf dem Rücken trugen. Marie hatte nur das Notwendigste mitgenommen, da sie den Rest unterwegs kaufen wollte, dennoch stapften sie, Hiltrud, Thomas und die beiden ältesten Kinder des Paares so schwer beladen dahin, als brächten sie Ware zum Markt. Neben dem Gepäck trug Marie Trudi in einem Tuch vor der Brust. Ähnlich wie Hiltrud hatte sie sich ein einfaches, naturbraunes Wollkleid angezogen und schützte sich mit einem großen, in Grautönen gemusterten Schultertuch, das auch den Kopf bedeckte, gegen die Kälte, so dass man sie ebenfalls für eine Bäuerin halten musste. Trotz des kühlen Windes schwitzten sie und ihre Begleiter schon bald unter ihren Lasten. Aber sie stöhnten und beschwerten sich nicht, sondern bewegten ihre Lippen wie im Gebet. Um den Eindruck zu verstärken, sie seien Pilger auf dem Weg zu einem Wallfahrtsort, ging Michi mit einem Stock voraus, an dem er am Abend zuvor ein Büschel aus Palmkätzchen und dem ersten Grün des Jahres befestigt hatte. Hiltrud hatte überlegt, auch ihre jüngeren Kinder auf die Wallfahrt mitzunehmen, sich aber dagegen entschieden, denn es bestand die Gefahr, dass die Kleinen etwas ausplapperten und das Geschwätz in falsche Ohren geriet. Daher hatte sie sie unter der Aufsicht einer Magd zu Hause gelassen.

Kurz bevor sie Rabenweiler erreichen, wo Thomas Wagen und Zugochsen gekauft hatte, blieben die beiden Frauen mit den Kindern in einer Herberge zurück. Hiltrud hielt wenig von dieser in ihren Augen übertriebenen Vorsicht, fügte sich aber Maries Entscheidung. Um der Beklemmung in ihrer Brust Luft zu verschaffen, spöttelte sie über die unzureichenden Kochkünste der Wirtin und das saure Gesöff, das man hier als Wein ausschenkte, obwohl es nicht einmal als Essig taugte. Bei ihrer Ankunft waren sie die einzigen Gäste in der Wirtsstube, doch am späten Nachmittag hielten gleich zwei Wagenzüge vor der Herberge, und die Fuhrknechte drängten wie eine Viehherde herein, die die Tränke gewittert hatte. Da Marie und Hiltrud nicht von einem erwachsenen Mann begleitet wurden, hielt man sie sofort für Huren und machte sie zum Ziel begehrlicher Blicke und anzüglicher Bemerkungen. Um Ärger zu vermeiden, zogen die beiden sich mit den Kindern in ihre Kammer zurück.

Am nächsten Vormittag tauchte Thomas mit einem von zwei Ochsen gezogenen Wagen auf, hielt jedoch nicht an, sondern ließ die Tiere an der Herberge vorbeitrotten und lenkte sie am anderen Ende des Dorfes auf einen Weg, der auf den Wald zuführte. Marie hatte die Zeche bereits bezahlt, und so konnten sie die Herberge umgehend verlassen. Unauffällig folgten sie dem Karren und holten ihn auf einer einsamen Lichtung ein.

Hiltrud umarmte ihren Mann, als hätte sie ihn wochenlang vermisst, während Marie beklommen das Gefährt und die Zugtiere musterte. Der Wagen war recht neu und wirkte sehr stabil. Die hüfthohen Seitenwände bestanden aus verpichten Brettern, und eine doppelt vernähte, gut geteerte Plane diente als Regen- und Windschutz. Sie lag auf gebogenen Spanten, die sich so hoch über dem Wagenboden wölbten, dass man bequem darunter stehen konnte. Die mit massiven Speichen versehenen Räder reichten Marie bis ans Kinn, die Naben waren gut geschmiert und an dem hinten überragenden Deichselbalken hing ein Blechkübel voll mit Achsenfett. Rechts und links am Wagen waren Fässchen angebracht, von denen eines frisches Wasser und das andere Körnerfutter enthielt.
»Bei Gott, Thomas! Du hast wirklich an alles gedacht«, lobte Marie ihn nach einem Blick ins Innere. Dort standen mehrere stabile Truhen, die dazu bestimmt waren, ihre Besitztümer und die wertvollere Handelsware aufzunehmen. Auf einer von ihnen lag eine mit Haferstroh gefüllte und mit Segeltuch überzogene Matratze, die zusammen mit etlichen Decken und zusammengenähten Schafsfellen ein bequemes Bett bildete, in dem Marie und Trudi die nächsten Monate gemütlich schlafen konnten. Im hinteren Teil befand sich ein an die Seitenwand geschraubter Schrank, der nicht nur Schubladen hatte, wie Thomas stolz verkündete, sondern auch mehrere Geheimfächer, in denen Marie ihre Münzen, den Siegelring und den als Tauschobjekt für Notfälle gedachten Schmuck verstecken konnte. Da sie jederzeit in der Lage sein sollte, ihre Rolle aufzugeben und wieder als Edeldame aufzutreten, musste sie über mehr Geld verfügen als eine gewöhnliche Marketenderin.
Hiltruds Lob kam etwas zögerlicher, denn nun gab es nichts mehr, was Maries Fahrt im Wege hätte stehen können, doch trotz ihres geheimen Widerwillens dachte sie wie immer praktisch. »Na schön,

da können wir ja endlich unsere Lasten auf den Wagen laden. Ich habe schon einen ganz schiefen Rücken.« Die anderen lachten und halfen ihr, die Traggestelle zu verstauen. Während Hiltrud und die Kinder es sich im Innern des Wagens gemütlich machten, stieg Thomas wieder auf den Bock und klopfte einladend auf den Platz neben sich.

»Komm, Marie, setz dich gleich hierher, damit du lernst, deine Tiere von hier aus zu lenken. Oder willst du neben ihnen hergehen wie ein Fuhrknecht?« Marie hatte nicht die geringste Erfahrung mit einem Ochsengespann, aber sie war bereit, in den paar Tagen, die sie noch zusammen verbringen würden, alles Notwendige zu lernen. Thomas und Hiltrud hatten ihren Nachbarn erzählt, sie würden zu einer Pilgerreise aufbrechen, und ihnen natürlich auch ihr Ziel genannt, nämlich die Wallfahrtskirche Sankt Marien am Stein. Um ihre Geschichte glaubhaft zu machen, mussten sie die heilige Stätte aufsuchen, um dort zu beten und, wie es Sitte war, Devotionalien für sich und ein paar alte und kranke Bewohner der umliegenden Höfe mitzubringen. Der Ochsenkarren half ihnen nun, die verlorene Zeit aufzuholen. Zwar waren die Zugtiere nicht viel schneller als Menschen, aber weitaus ausdauernder, und es reiste sich angenehmer, wenn die eigenen Füße nicht ständig über Steine und Wurzelwerk stolperten.

Am vierten Tag auf dem Bock war Thomas mit Maries Fertigkeiten als Wagenlenkerin so zufrieden, dass er ihr das Gespann für eine Weile überließ. Zunächst ging es auch flott voran, aber als Marie auf eine Weggabelung traf und versuchte, die Ochsen auf den linken Weg zu treiben, bogen diese unbeirrt nach rechts ab.

»Verdammte Viecher!«, brüllte Marie die Tiere an. »Wollt ihr wohl tun, was ich will!«

Doch auch das nützte nichts. Thomas wollte schon die Zügel übernehmen, die sie ihm in ihrer Verzweiflung reichte, doch dann schüttelte er den Kopf. »Du musst lernen, auch mit solchen Situationen zurechtzukommen. Fahr ein Stück diesen Weg entlang und suche nach einer Stelle, an der du den Wagen wenden kannst.«

Marie kniff die Lippen zusammen und ließ die Ochsen weiterlaufen. Kurz darauf trafen sie auf ein Stück Land mit kurzem Bewuchs, das viel versprechend aussah. Marie wollte die Ochsen darauf zulenken, doch Thomas riet ihr, die Tiere erst anzuhalten und sich die Stelle genau anzusehen. »Es ist noch recht früh im Jahr, und daher könnte der Untergrund sumpfig sein. Bei einem Heereszug hättest du keine Schwierigkeiten, helfende Hände aufzutreiben, doch wenn du allein reist, musst du ständig auf der Hut sein, wenn du nicht Gefahr laufen willst, deinen Wagen zurücklassen zu müssen.«

Marie zog die Zügel an und wollte sie Thomas in die Hand drücken. Er wies lächelnd auf eine vorstehende Wagenstrebe.

»Zieh die Zügel stramm an, damit die Ochsen auch wirklich stehen bleiben, und wickele sie um diesen Pflock.«

Marie befolgte den Rat, sprang vom Wagen und schritt ein Stück über die Lichtung. Bald nickte sie, denn Thomas hatte Recht. Der Boden war so sumpfig, dass sie an einigen Stellen einzusinken drohte. Verärgert kehrte sie zurück und stieg wieder auf den Bock. »Hier können wir wirklich nicht wenden. Ich hoffe nur, dass wir nicht zu weit vom Weg abkommen.«

Thomas kniff die Augen zusammen und starrte in die Ferne. »Wir müssen Sankt Marien am Stein spätestens morgen früh erreichen, denn dann werden die Hauptfeiern für die Pilger abgehalten, an denen wir teilnehmen sollten. Danach wird die Kirche wieder geschlossen.«

Marie zog die Nase kraus. Der Wallfahrtsort weckte nicht gerade

die besten Erinnerungen in ihr, denn sie wusste aus eigener Erfahrung, dass die Mönche des nahen Klosters, die die Pilger betreuen sollten, sich mehr für die Huren interessierten, die bei jeder Wallfahrt auftauchten und dort meist gute Geschäfte machten, als für die Seelen der betenden Menschen. Doch sie schüttelte die Bilder, die in ihr aufstiegen, bald wieder ab. Diesmal würde sie den Ort ja nicht betreten, und in Thomas' Begleitung war Hiltrud vor den lüsternen Kuttenträgern sicher.
Ein heller Streifen hinter einem lichten Waldstück lenkte Maries Aufmerksamkeit wieder auf die Straße. »Schau, Thomas, dort vor dem Dorf zweigt ein Weg ab, der in die gewünschte Richtung führen könnte.«
»Dann nimm ihn!« Thomas nickte zufrieden, als er sah, dass sie die richtige Entscheidung getroffen hatte. Noch bevor sie die eigentliche Pilgerstraße erreichten, sahen sie auf einem vor ihnen verlaufenden Weg eine größere Gruppe vorüberziehen. Die Männer an ihrer Spitze trugen große Kreuze und mit Heiligenbildern bestickte Fahnen. Sie schritten hastig aus, als hinge ihre Seligkeit davon ab, Sankt Marien am Stein früh genug zu erreichen.
Als sie nach weniger als tausend Schritt eine weitere Wegkreuzung erreichten, zügelte Marie die Ochsen und sah ihre Freunde an. »Es wäre das Beste, wenn ihr euch jetzt den Wallfahrern anschließt und ich den Weg nach Wimpfen nehme.«
Thomas stimmte ihr zögerlich zu. Hiltrud hingegen sah mit einem Mal so verzweifelt aus, als hätte sie unterwegs auf ein Wunder gehofft, welches Maries Reise unnötig machte. Sie blieb wie erstarrt auf dem Wagen hocken, so dass Thomas sie zweimal auffordern musste, ihre persönlichen Sachen an sich zu nehmen und abzusteigen. Auch ihren beiden Kindern schien es schwer zu fallen, sich von ihrer Patentante zu trennen. Mariele umklammerte Trudi und

begann zu heulen, als ihre Mutter ihr befahl, die Kleine auf ihr Lager zurückzulegen und endlich auszusteigen.
Marie streichelte das Mädchen, hob es dann herab und blickte Hiltrud und Thomas fragend an. »Ihr wisst, was ihr zu tun habt?«
Hiltrud nickte seufzend. »Wir werden in Sankt Marien am Stein so viele Kerzen und Devotionalien kaufen und segnen lassen, dass die frommen Brüder sich an uns erinnern werden.«
»Und was werdet ihr sagen, wenn man euch nach mir fragt?«
»Du hast unterwegs Bekannte getroffen und bist von ihnen auf ihre Burg eingeladen worden, aber wir wissen weder den Namen des Ritters noch, wo seine Burg liegt«, antwortete Thomas so lebhaft, als wolle er jemanden überzeugen.
Marie nickte zufrieden, aber Hiltrud fand noch ein Haar in der Suppe. »Was ist, wenn man uns beschuldigt, dich umgebracht zu haben, um an dein Gold zu gelangen?«
»Gut, dass du daran gedacht hast. Ich werde einen Brief schreiben, den ihr von einem Boten bekommen haben könntet und der eure Worte bestätigt.« Marie holte Schreibzeug aus dem Schrank, hockte sich auf eine Truhe und schrieb. Es war nicht einfach, auf dem unebenen Holz saubere Buchstaben zu malen, aber als sie ihr Siegel und ihren Namenszug darunter setzte, wirkte der Brief so natürlich, dass selbst der Pfalzgraf nichts daran auszusetzen finden würde.
Als sie ihrer Freundin das Blatt reichte, musste auch sie mit den Tränen kämpfen, denn nun war der Augenblick des Abschieds gekommen. »Wünscht mir Glück!«, bat sie.
»Mehr als alles andere auf der Welt!« Hiltrud versuchte vergebens, ihr Gesicht mit dem Ärmel zu trocknen. Hoch auf dem Bock wirkte Marie, die Trudi auf den Schoß genommen hatte, plötzlich seltsam klein und hilflos. Hiltrud hob die Hände und sah ihren Mann an. »So geht es nicht, Thomas. Marie kann das nicht alleine schaffen.«

Thomas kaute einen Augenblick lang auf seinen Lippen herum, dann nickte er, fasste seinen Sohn unter den Achseln und setzte ihn neben Marie auf den Bock. »Bleib du bei der Tante, Junge, und hilf ihr! Kümmer dich um die Ochsen und gehorche Marie in allen Dingen.«

»Was machst du?«, fragte Hiltrud erschrocken.

»Ich gebe ihr unseren ältesten Sohn als Knecht mit. Das ist das Einzige, was wir jetzt noch für Marie tun können. Alles, was wir sind und haben, verdanken wir ihr, und wenn wir nicht tun, was in unserer Macht steht, um ihr zu helfen, sind wir es nicht wert, geboren worden zu sein.« Thomas wandte sich mit einer heftigen Bewegung ab, umschlang mit einem Arm die Schulter seiner Frau, nahm Mariele an die Hand und schritt mit ihnen hinter den Wallfahrern her.

»Ich liebe euch!«, rief Marie ihnen nach, aber die beiden drehten sich nicht mehr nach ihr um. Michi starrte seinen Eltern nach und schien zu überlegen, ob er diese überraschende Wendung seines Schicksals so einfach hinnehmen oder hinter ihnen herlaufen sollte. Dann aber lächelte er Marie an und begann sich auf das vor ihm liegende Abenteuer zu freuen. Marie nahm sich vor, doppelt vorsichtig zu sein und den Jungen heil wieder nach Hause zu bringen. Da sie den Beginn ihrer Suche nicht mit ängstlichen Gedanken beschweren wollte, zwinkerte sie Michi zu und ließ ein befreiendes Lachen aus ihrer Kehle steigen. »Dann wollen wir mal!«

6.

Auf dem Weg nach Wimpfen konnte Marie erst ermessen, welches Geschenk Thomas und Hiltrud ihr gemacht hatten, indem sie ihr Michi mitgaben. Gewiss fehlte der Junge ihnen auf dem Hof, und sie hoffte, sie würde ihnen ihre Großzügigkeit irgendwann einmal vergelten können. Michi war es gewohnt, mit Ochsen umzugehen, und nahm ihr die Pflege der Tiere ganz selbstverständlich ab, so dass sie sich um Trudi kümmern konnte. Zudem hielt seine Gegenwart trotz seiner Jugend die meisten Männer davon ab, Maries Nein nicht gelten zu lassen, und die Wirte behandelten sie um seinetwillen nicht als unerwünschte Hure, sondern ließen sie wie einen Fuhrmann im Hof übernachten, in dem stämmige Wirtsknechte nachts Wache hielten. Der Junge war auch schwierigen Situationen gewachsen, als zum Beispiel der Wagen in einem Schlammloch auf der Straße zu versinken drohte, rief er Bauern aus der Umgebung zusammen, die das Gefährt mit Stangen hochwuchteten und aufs Trockene zogen. Michi war es auch, der vom Wagen sprang und sich nach dem richtigen Weg erkundigte, wenn sie sich wieder einmal verfahren hatte. Schon nach wenigen Tagen war ihr bewusst, dass sie ohne ihn noch nicht einmal den Treffpunkt der neckarfränkischen Kriegsschar erreicht hätte.

Der März war einem stürmisch nassen April gewichen, als sich ein Hügel mit steilen Hängen aus dem Grau schälte, auf dessen vorspringendem Sporn eine Burg mit wuchtigen Türmen das Tal dominierte. Unter der Wehranlage breitete sich die von einer kaum weniger massiven Stadtmauer umgebene Freie Reichsstadt Wimpfen aus. Als Marie ihre Ochsen an einer Weggabelung zur Stadt hochtreiben wollte, trat ihr ein Mann in den Weg.

»Zu dem Heereszug geht es da lang!« Er deutete nach Osten auf ein Waldstück, und Marie sah mit einem gewissen Grausen auf das, was einmal ein Weg gewesen sein mochte, jetzt aber einem mindestens zehn Schritt breiten, von Waldrand zu Waldrand reichenden, tief aufgewühlten Morast glich. Weiter vorne schimmerten helle Zeltwände zwischen den noch recht kahlen Bäumen hindurch, und Marie glaubte, Pferde wiehern zu hören. Wie es aussah, legten die braven Wimpfener Bürger keinen Wert auf eine zu enge Nachbarschaft mit den Soldaten. Sie bedankte sich lächelnd bei dem Mann, der sie immer noch so böse anstarrte, als hätte sie die Seuche in die Stadt bringen wollen, zerrte an den Zügeln, bis die widerspenstigen Zugtiere dem Druck der Nasenringe folgten, und ließ sie langsam Richtung Lager gehen. Michi sprang ab und lief vor ihr her, um die Tiere mit dem Stock um die schlammigsten Stellen herumzulenken.

Unterwegs beobachtete sie ein paar Burschen in stark verdreckten Hosen und Stiefeln, die offensichtlich nur darauf warteten, dass ihr Gefährt stecken blieb, um sich ein Trinkgeld verdienen zu können. Ihre Ochsen waren jedoch kräftig genug, den halb leeren Wagen in das Kriegslager zu ziehen. Die meisten Helfer, die sie lauernd begleiteten, stöhnten enttäuscht auf, als sie den Lagerplatz erreichte, aber einer von ihnen lachte vergnügt und schlug einem anderen auf die Schulter.

»Habt ihr euch das Weib näher angesehen? Hol mich der Gottseibeiuns, wenn ich je so einem leckeren Happen begegnet bin! Bei der würde sogar der Zumpf meines steinalten Großvaters noch hart und steif werden.«

Einer seiner Kameraden lachte trocken auf. »Der meine wird es gerade, aber er wird warten müssen, bis wir unseren Sold erhalten, es sei denn, eine der Huren lässt mich für versprochenen Lohn ins Zelt.«

»Bei den Schulden, die du jetzt schon bei ihnen hast, wirst du wohl Handarbeit machen müssen«, spottete ein Dritter und deutete dann auf einen weiteren Marketenderwagen, der auf sie zurollte und nach wenigen Schritten im Schlamm stecken blieb.

Während die Männer auf ihn zuliefen, um sich doch noch ein paar

Münzen zu verdienen, sah Marie sich um. Zu ihrer Linken standen die einfachen, teilweise schon arg zerschlissenen Zelte der Soldaten und rechts die mit Fahnen und aufgemalten Wappen geschmückten Unterkünfte der Ritter, denen man aber auch schon den jahrelangen Gebrauch ansehen konnte. Für die Pferde hatte man einen Pferch aus grob behauenem Stangenholz errichtet, während die Ochsen am Ende des Lagerplatzes an Bäumen festgebunden worden waren und mit ihren Zähnen das Heu mahlten, das man ihnen vorgeworfen hatte. Nicht weit von den Ochsen standen drei Wagen, die ähnlich wie der ihre mit Planen gedeckt waren, und davor hockten ebenso viele Frauen in bunten Kleidern um ein kleines Kochfeuer. Als Marie das Gespann in ihre Richtung lenkte, stand eine von ihnen auf, stemmte die Arme in die Hüften und blickte ihr abweisend entgegen. Es handelte sich um eine dralle, recht hübsche Frau um die fünfundzwanzig in einem dunkelbraunen Kleid und einem gestrickten Schultertuch aus ungefärbter Wolle.
»Wer hat dich denn gerufen?«, herrschte sie Marie an.
»Wer sollte mich gerufen haben? Ich habe gehört, dass das neckarfränkische Aufgebot sich an dieser Stelle sammeln soll, und kam her, um meine Dienste anzubieten.« Marie unterdrückte ihren Ärger über den unfreundlichen Empfang und lächelte scheinbar gelassen.
»Anbieten kannst du viel, aber ich bezweifle, dass du genommen wirst. Der hochedle Kaufherr Fulbert Schäfflein liefert die Ausrüstung für dieses Heer, und nur er hat zu entscheiden, welche Marketenderinnen es begleiten dürfen.«
Eine der anderen Frauen lachte auf. »Lass dir von Oda nicht Bange machen! Sie ist bloß neidisch, weil du viel besser aussiehst als sie.«
Oda fuhr herum und blaffte die Sprecherin an. »Was soll an dieser dürren Ziege denn hübsch sein?« Sie wollte noch etwas sagen, doch Marie trieb ihre Ochsen mit einem leichten Zungenschnalzen an

und lenkte sie so dicht an ihr vorbei, dass die Tiere die Frau beinahe umgeworfen hätten. Oda sprang schimpfend beiseite und drohte Marie mit der Faust, wagte es jedoch nicht, sie zu beschimpfen, denn Marie schwang spielerisch ihre Peitsche, so dass die Schnur über Odas Kopf hinwegschwirrte.

Während Marie ihr Gefährt neben den anderen Wagen anhielt, vom Bock sprang und Keile unter die Räder legte, standen die anderen Marketenderinnen auf und drängten neugierig näher. Michi grüßte die Frauen kurz, schirrte die Ochsen aus und führte sie an zwei noch freie Bäume, an denen er sie anbinden konnte. Dann blickte er unschlüssig auf einen Stapel Heu, der in der Nähe lag, und drehte sich fragend um.

Eine der Frauen nickte ihm zu. »Das Zeug hat uns der hiesige Vogt gespendet, also geniere dich nicht und greif zu.«

Während Michi die Tiere fütterte, umringten die Frauen Marie. »Sind das deine Kinder?«, fragte eine Marketenderin, die etwa in ihrem Alter war und ein buntes, aus verschiedenen Stofffetzen zusammengenähtes Kleid trug. Die Frau hatte eine recht gute Figur, doch ihr Gesicht wirkte herb und grimmig. Trotzdem hatte Marie das Gefühl, ihr vertrauen zu können, und legte ihr Trudi in die ausgestreckten Arme.

»Das ist meine Tochter Trudi. Der Junge heißt Michi und ist der Sohn meiner besten Freundin. Er ist mitgekommen, um mir zu helfen und die Ochsen zu versorgen.«

Die herbe Frau lachte. »So einen Burschen könnte ich auch gebrauchen. Es ist doch arg mühsam, alles allein machen zu müssen. Also, ich bin die Theres, und die Hübsche hier nennt sich Donata.« Sie wies dabei auf eine breit gebaute, hellblonde Frau mittleren Alters, die ihr freundlich zulächelte.

»Ich bin Marie.« Marie reichte den beiden Frauen die Hand. Ehe sie noch etwas sagen konnte, näherte sich der Wagen, der vorhin im Schlamm stecken geblieben war. Er war kleiner als die anderen und mit zwei mageren alten Gäulen bespannt. Auch die Frau auf dem Bock war nicht mehr die Jüngste. Nach Maries Schätzung musste sie mindestens fünfzig sein. Sie wirkte ungewöhnlich groß, war dabei aber so dürr, als hätte sie kaum noch einen Fetzen Fleisch auf den Rippen. Ihr Gesicht bestand nur noch aus Runzeln, ihre hellblauen Augen aber, die unter einem weit in die Stirn geschobenen schwarzen Männerhut hervorblitzten, waren klar und lebendig. Sie trug einen weiten Rock, eine kittelartige Bluse, ein Schultertuch aus dicker Wolle und Soldatenstiefel, alles so tiefschwarz, als würde sie ihre Kleidung regelmäßig färben, um ihre Ähnlichkeit mit einem Raben, der als Totenvogel galt, zu unterstreichen.

Oda, die beleidigt abseits gestanden hatte, baute sich nun mit vor der Brust verschränkten Armen vor dem neu angekommenen Wagen auf. »Sieh an, die Schwarze Eva! Du versuchst wohl überall dein Glück. Aber hier brauchst du gar nicht erst zu bleiben, denn der ehrenwerte Herr Fulbert Schäfflein sucht die Marketenderinnen, die seine Waren verkaufen sollen, diesmal persönlich aus.«

Es war das zweite Mal, dass die Frau den Namen des Mannes in den Mund nahm, mit dem Pfalzgraf Ludwig Marie hatte verheiraten wollen, und langsam wurde sie neugierig, den Heereslieferanten kennen zu lernen. Jetzt aber musste sie über die neu angekommene Marketenderin lächeln, die gerade eine ebenso kurze wie eindeutige Antwort gab. Die Alte hob eine ihrer mageren Hinterbacken und ließ einen Furz fahren. Dann stieg sie ab, ohne der schimpfenden Oda weiter Beachtung zu schenken, und schirrte ihre Pferde aus. Dabei wanderten ihre Blicke über die bereits versammelten Frauen. Theres und Donata schien sie zu kennen, denn sie nickte ihnen freundlich zu, ebenso einigen Trosshuren, die gekommen waren, um sie zu begrüßen. Die meisten Frauen, die sich hier versammelt hatten, waren über dreißig, stämmig gebaut und hatten eher durchschnittliche Gesichter. Auf den Jahrmärkten hätten sie es nach Maries Erfahrung kaum zu besserer Kundschaft als Pfennighuren gebracht, aber bei einem Heer konnten sie, wenn die Soldaten Beute machten, bei einem einzigen Kriegszug mehr verdienen als sonst in mehreren Jahren.

Marie war so in Gedanken versunken, dass sie nicht bemerkte, wie die Schwarze Eva sie zweifelnd musterte und nach einer ihrer blonden Strähnen fasste, die sich aus ihren um den Kopf gelegten Zöpfen gelöst hatten. »Dich kenne ich noch nicht.«

»Ich bin Marie und genauso eine Marketenderin wie du oder die anderen hier.« Marie gab sich keine Mühe, den herausfordernden Ton in ihrer Stimme zu unterdrücken. Frauen wie diese Eva hatte sie in ihren Jahren als Wanderhure kennen gelernt. Sie waren misstrauisch wie alte Dachse, jederzeit bereit, jemanden, den sie nicht mochten, für einen Heller an seinen ärgsten Feind zu verkaufen, und führten eine scharfe Zunge.

Eva winkte verächtlich ab. »Auf jeden Fall sind wir Konkurrentinnen.«

Theres hob mahnend die Hand. »Auf einem Kriegszug wie diesem müssen wir uns zusammentun und einander helfen!«

»Wenn ich mich mit Oda verbünde, kann ich mir gleich eine giftige Natter an die Brust legen, und diese Marie ist mir einfach zu hübsch, als das ich ihr so schnell über den Weg trauen könnte. Mit dir und Donata aber bin ich immer gut ausgekommen und habe nichts dagegen, mit euch zusammen zu reisen.«

Marie wunderte sich über die Alte, die so tat, als hätte sie darüber zu bestimmen, welche Marketenderin an dieser Fahrt teilnehmen durfte und welche nicht. Oda schien ähnlich zu empfinden, denn sie

schäumte fast vor Wut. »Du kannst deinen Wagen anspannen und wieder verschwinden, du dürres Gerippe, denn so eine wie dich nimmt der ehrenwerte Herr Schäfflein bestimmt nicht.«
Eva warf einen scheelen Seitenblick auf Marie. »Dafür aber dich und diese Madonna im roten Rock, meinst du? Na, wenn ihr glaubt, ihr könnt bei diesem Pfeffersack einen Vorteil erringen, indem ihr euch unter ihn legt, dann bleibt ihr nicht lange in unserem Gewerbe. Im Krieg zählen bei einer Marketenderin andere Fähigkeiten, und wenn sie die nicht hat, hätte sie besser bei den Huren bleiben sollen.«
»Dich möchte ich als Hure gehen sehen. Bei dir dürrem Klappergestell vergeht doch dem geilsten Bock die Lust.« Oda wollte sich schier ausschütten vor Lachen, und sie stieß Marie auffordernd an, es ihr gleichzutun.
Marie begriff, dass Oda sie als Verbündete gegen Eva gewinnen wollte, aber sie war nicht bereit, sich in einen Streit hineinziehen zu lassen. Daher zuckte sie nur mit den Achseln und ging zu ihrem Wagen. Am Vortag hatte sie einer Bäuerin ein paar Eier abgekauft und am Morgen etwas Milch aufgetrieben, so dass sie die Rühreier so machen konnte, wie Michi sie am liebsten aß.
Während Oda unschlüssig dastand und nicht wusste, ob sie sich zu Marie gesellen sollte oder zu den anderen, die sich lebhaft unterhielten, kamen drei Männer auf die Gruppe zu. Der eine war ein lang aufgeschossener Mann von vielleicht vierzig Jahren mit schmalem, etwas teigig wirkendem Gesicht, dünnen blonden Haaren und wasserhellen Augen. Er trug ein kittelartiges Wams von brauner Farbe und dunkelgrüne Strumpfhosen, die wie eine zweite Haut an seinen Storchenbeinen klebten. Neben ihm ging ein kleiner, dicklicher Mann mit rundlichem Gesicht, fast kindlich wirkendem Schmollmund, einer kurzen breiten Nase und weit auseinander liegenden, blassblauen Augen. Bekleidet war er mit einem kurzen, viel

zu stramm sitzenden grünen Wams mit rot und schwarz gestreiften Ärmeln, einer Strumpfhose mit einem roten und einem schwarzen Bein und einer übertrieben großen Schamkapsel, die rosa und weiß unter seinem an dieser Stelle ausgeschnittenen Wams hervorstach. Ein grünes Barett mit einer Reiherfeder vervollständigte den Aufzug, der zu geschmacklos war, um einem Edelmann gehören zu können, und vollends unpassend für einen Kaufherrn. Und doch handelte es sich, wie Donata Marie zuflüsterte, die mit ihrer Pfanne zum Feuer zurückgekehrt war, um Fulbert Schäfflein.
Der dritte Mann war ein mittelgroßer, breit gebauter Ritter in einem altmodischen Waffenrock aus dunkelgrauem Stoff, dessen Wappen ein auf einem Berggipfel stehendes Reh zeigte. Er wirkte ebenso streng wie gleichmütig, so dass Marie sich hütete, ihn einschätzen zu wollen. Er war einer jener Männer, die man länger beobachten musste, um sie beurteilen zu können.
Maries Urteil über Schäfflein stand aber schon fest. Noch bevor der Kaufherr die auf ihn zueilende Oda an sich gezogen und sie in den Hintern gekniffen hatte, dankte sie allen Heiligen, dass sie der drohenden Vermählung mit diesem Mann hatte entfliehen können. Er flüsterte Oda – laut genug, dass es die Frauen am Feuer hören konnten – ins Ohr, dass sie später in sein Zelt kommen sollte, als sein Blick auf Marie fiel. Er öffnete den Mund und schloss ihn wieder, als könne er vor Überraschung kein Wort hervorbringen, wieselte dann sofort auf sie zu und bückte sich, als wolle er sich vergewissern, dass sie unter dem Kleid genauso schön war, wie ihr Gesicht es versprach.
Marie fing seine Hand ab, bevor er ihr in den Ausschnitt greifen konnte, erhob sich mit einer schlangenhaften Bewegung und musterte den mehr als eine Handspanne kleineren Mann angewidert. Schäfflein würde Hiltrud wahrscheinlich nicht einmal bis zur Brust

reichen, und so ein Mickermännchen hätte ihr dem Willen des Pfalzgrafen nach ihren Michel ersetzen sollen?

»Wen haben wir denn da?« Schäffleins Miene glich der eines Katers, der sich an eine Schüssel voll frischer Sahne herangeschlichen hatte, aber den Besen der Hausfrau zum Schlag erhoben sah.

»Marie, eine Marketenderin«, antwortete Marie mit einem Lächeln, das ebenso geheuchelt war wie Odas Zuneigung zu dem Handelsmann.

»Du hast gewiss schon gehört, dass ich das Monopol erhalten habe, diesen Heereszug auszurüsten. Also wirst du dich gut mit mir stellen müssen, wenn du etwas verdienen willst. Wir können später in meinem Zelt darüber reden, welchen Kredit ich dir gewähren kann.« Schäffleins Worte ließen keinen Zweifel daran, dass er Marie nur dann Waren überlassen würde, wenn sie ihm gefügig war.

Marie zuckte mit den Schultern. »Haltet Euch lieber an Oda, Herr Schäfflein. Sie hat Euren Kredit gewiss nötiger als ich, denn ich bezahle bar.« Sie öffnete den Beutel, der an ihrem Gürtel hing und in den sie genau zu dem Zweck ein paar größere Münzen gelegt hatte, und ließ zwei württembergische Gulden im Sonnenlicht aufleuchten.

In Schäffleins Gesicht fochten die Gier nach einem Liebesakt mit Marie und seine Habsucht einen kurzen, aber heftigen Kampf miteinander aus, dann warf er einen abschätzenden Blick auf Oda und schien zu finden, dass für seine männlichen Bedürfnisse bereits genügend gesorgt war und er auf Maries Geld nicht verzichten sollte.

»Du und ihr beide«, er wies dabei auf Theres und Donata, »könnt mit dem langen Hans verhandeln. Die alte schwarze Krähe dort aber muss verschwinden.« Er spuckte vor Eva aus und wollte sich abwenden, als der Ritter ihm den Weg vertrat.

»Die Schwarze Eva kommt mit, ob es Euch passt oder nicht, Meister

Schäfflein. Sie hat mehr Feldzüge mitgemacht als jeder altgediente Haudegen, und bisher kam jedes Heer, mit dem sie fuhr, halbwegs unbeschadet zurück.«

Marie musste lächeln. Offensichtlich wollte der Mann die alte Marketenderin bei seinem Tross haben, weil er die Tatsache, dass die Schwarze Eva so viele Feldzüge überlebt hatte, höheren Mächten zuschrieb und hoffte, diese seien dann auch ihm und seinen Männern gewogen.

Schäfflein fluchte leise vor sich hin, gab aber nach. »Gut, soll sie in drei Teufels Namen bleiben! Aber denkt nicht, dass ich dem alten Klappergestell meine Waren schenke.«

Marie lachte spöttisch auf. »Das nimmt auch keine von uns an, denn wir wissen alle, wer als Einziger vom Krieg reich wird – nämlich der Heereslieferant.«

»Damit hast du verdammt Recht, Mädel.« Die Schwarze Eva trat neben Marie und legte ihr die Hand auf die Schulter. Mit dieser Geste war Marie endgültig in den Kreis der Marketenderinnen aufgenommen. Das schien auch der Ritter so zu sehen, denn er reichte ihr mit einem Lachen die Hand. »Nichts gegen die gute Eva, aber es macht doch auch Freude, ein schönes Gesicht um sich zu sehen.«

»Vor dreißig Jahren, Ritter Heinrich, hättet Ihr das Gleiche auch zu mir gesagt.« Eva spielte die Gekränkte, doch der Ritter war auch nicht auf den Mund gefallen.

»Vor dreißig Jahren habe ich mich wohl eher für das Steckenpferd interessiert, das mir ein Stallknecht geschnitzt hatte, aber gewiss nicht für eine schöne Frau.« Er hatte damit die Lacher auf seiner Seite.

Eva grinste so, dass ihr Gesicht nur noch aus Falten bestand. »Also ziehen wir wieder einmal gemeinsam in den Krieg, Ritter Heinrich. Ich erinnere mich noch gut an unseren ersten Feldzug. Da seid Ihr noch ein blutjunges Bürschlein und Knappe des wackeren Reimbert von Gundelsheim gewesen. Jetzt ist der arme Kerl auch schon seit Jahren verfault. Habt Ihr Euer damaliges Ziel erreicht und seid sein Nachfolger als Vogt der braven Brüder von Sankt Bernhardus zu Vertlingen geworden?«

»Ja, ich bin Vogt geworden«, antwortete der Ritter mit einem gewissen Stolz, »und als solcher führe ich jetzt auch diese Truppe an, denn der hochwürdige Abt zu Sankt Bernhard nimmt gleichzeitig das Amt des Kreishauptmanns in dieser Gegend ein.«

» … und überträgt es, da er als frommer Mann nicht selbst in den Krieg ziehen kann, seinem getreuen Vogt. Na ja, vielleicht bringt uns dieser Krieg endlich einmal reiche Beute ein.« In Evas Stimme schwang ein gewisser Spott mit, aber auch die Hoffnung, endlich genug Geld erwerben zu können, um sich irgendwo zur Ruhe setzen zu können. Das war eine Hoffnung, die auch die meisten Huren hegten und die sich, wie Marie aus Erfahrung wusste, für die Frauen, die über die Landstraßen zogen, beinahe niemals erfüllte. Auch die Schwarze Eva würde ihre letzten Lebensjahre wohl nicht in gesicherten Verhältnissen verbringen können, sondern auf ihrem Wagenbock sitzen bleiben, bis sie tot herunterfiel und von einigen Soldaten oder Knechten neben der Straße verscharrt wurde.

Schäfflein hatte das Gespräch zwischen dem Ritter und der alten Marketenderin mit sichtlichem Unwillen verfolgt, aber nicht gewagt, es zu unterbrechen. Jetzt gab er seinem Kommis einen auffordernden Rippenstoß, zeigte mit dem Kinn auf die Frauen und streckte gleichzeitig die Hand gebieterisch nach Oda aus, die sofort an seine Seite trat und kichernd mit ihm ging.

Eva sah den beiden nach und spie verächtlich aus. »Eine Hure bleibt eine Hure, auch wenn sie ein paar Zugtiere vor einem Wagen besitzt und sich deswegen für etwas Besseres hält.«

Marie zuckte bei diesen harschen Worten zusammen, denn sie hatte fünf Jahre ihres Lebens als umherziehende Hure verbringen müssen und fürchtete, sich mit einem unbedachten Wort zu verraten. Daher hielt sie sich, als der lange Hans mit den anderen Marketenderinnen zu verhandeln begann, zunächst im Hintergrund. Theres gab ihr die kleine Trudi zurück und prüfte sehr sorgfältig die Waren, die Schäffleins Knechte vor ihr ausbreiteten. Der Kommis und seine Leute gingen mit einem Geschick auf sie und die anderen Frauen ein, das von langer Erfahrung zeugte, so dass Marie sich fragte, warum Schäfflein nach Wimpfen gereist war, wenn er sich nicht persönlich um die Verhandlungen zu kümmern brauchte. Natürlich war es möglich, dass er mit den Kaufherren der Stadt zu tun hatte, aber aufgeblasen, wie dieser Mann war, hätte er sicher damit angegeben.

Marie vermutete, dass Schäfflein gekommen war, weil er in der Fremde ungestraft Dinge tun konnte, die daheim in Worms üble Nachrede zur Folge gehabt hätten. Eine Marketenderin oder eine Hure ließ sich ohne weitere Probleme aufs Lager ziehen und zog danach wieder ihrer Wege. Nahm er aber eine seiner Mägde daheim ins Bett, bestand die Gefahr, dass das Frauenzimmer zum Pfaffen lief, um sich seine Sünden vom Herzen zu reden. Beichtete die Frau, dass sie mit ihrem Herrn Unzucht getrieben hatte, wurde ihm als ledigem Mann eine baldige Heirat ans Herz gelegt, damit er seine Männlichkeit in einer gottgefälligen Ehe beweisen konnte. Einem Verheirateten wurde im gleichen Fall mit dem Zorn Gottes und dem Schrecken des Höllenfeuers gedroht.

»Und was willst du alles haben?« Der lange Hans trat ungeduldig auf Marie zu, so dass sie hochschreckte und merkte, dass sie sich wieder mit ihren Erinnerungen an jene Zeit herumgeschlagen hatte, in der Kirchenmänner sie von der Schwelle ihrer Gotteshäuser vertrieben hatten, nachdem ein Dominikaner sie unschuldig verurteilt und zu einem Leben auf der Straße verdammt hatte. Sie blickte auf und sah, dass die anderen Marketenderinnen schon dabei waren, die gekauften Waren auf ihre Wagen zu laden. Sie achtete nur am Rande auf das, was die Frauen ausgewählt hatten, denn sie hatte sich längst überlegt, welche Vorräte sie erwerben wollte. Zwar war sie selbst noch nie mit einem Heer gezogen, aber aus Michels Erzählungen wusste sie, was die Soldaten unterwegs zu kaufen pflegten, und sie hatte ihrem Mann ja auch geholfen, die Furagewagen und die Spießknechte auszurüsten, die er nach Böhmen mitgenommen hatte. Die über hundert Bewaffneten seines Trupps waren der Hauptgrund, weshalb sie nach Nürnberg und notfalls auch bis Böhmen ziehen wollte. Bisher war kein Einziger von Michels Männern in seine Heimat zurückgekehrt, und mehr denn je war Marie davon überzeugt, dass wenigstens einer von ihnen ihr berichten konnte, was Michel zugestoßen war.

Der Wunsch, so rasch wie möglich Klarheit über das Schicksal ihres Mannes zu gewinnen, verführte Marie jedoch nicht dazu, unnötiges Geld auszugeben. Sie schacherte mit dem langen Hans, als ginge es um ihr Leben, und kritisierte sowohl die Qualität seiner Waren wie auch den in ihren Augen stark überhöhten Preis.

Das teigige Gesicht des Kommis verzog sich vor Ärger, und er blaffte Marie schließlich an, als sie wieder einmal etwas auszusetzen hatte. »Für wen hältst du dich eigentlich? Wenn du noch einmal meckerst, bekommst du gar nichts und kannst hier in Wimpfen versauern.«

Marie strich über den Beutel an ihrem Gürtel. »Das wäre aber schade um die blanken Gulden, die dein Herr zu gerne einstreichen würde.«

»Herr Schäfflein ist reich genug, er braucht deine paar Münzen nicht.« Der lange Hans tat so, als wolle er alles wegräumen lassen, bevor er Marie auch nur um einen Groschen entgegenkam, doch sein Blick wanderte zu ihrer Geldkatze, in der es verlockend klirrte. Wenn er sich den Handel entgehen ließ, würde Schäfflein zetern und ihm seinen Anteil an den anderen Verkäufen kürzen. Daher gab er seufzend nach. »Gut, einverstanden, aber für dieses Fass Wein wirst du mir zwei fehlerfreie Taler zahlen.«

»Einverstanden! Aber nur, wenn guter Wein darin ist und kein saurer Hund.« Marie trat an das aufgestellte Fass, öffnete das Spundloch und roch daran. Als einer von den Knechten einen kleinen Becher abfüllte und sie probieren ließ, nickte sie. Der Wein schien aus Schäffleins Heimat zu stammen, die für ihren Reichtum an Rebstöcken bekannt war.

»Also gut, zwei Taler für den Wein, aber dafür akzeptierst du meinen Preis für den Ballen Tuch da drüben«, erklärte sie dem Kommis. Dieser schüttelte verzweifelt den Kopf. »Leg einen Groschen pro Elle darauf, sonst kann ich ihn dir nicht geben. Mein Herr wird mich beuteln, wenn er sieht, wie du mich über den Tisch gezogen hast.«

Marie nickte lachend. Jetzt, wo sie beide wussten, was sie voneinander zu halten hatten, wurden sie rasch handelseinig, was den Kauf der restlichen Waren wie Lederriemen, Knöpfe, Nadeln und Messer betraf. Schließlich erstand Marie noch einiges an Hartkäse, luftgetrockneter Wurst und Schinken, die sich viele Monate lang halten würden, sowie zwei kleine Fässer mit gepökelten Heringen, denn die Soldaten würden bald froh um eine Abwechslung vom täglichen Einerlei der Heeresrationen sein. Als sie ihre Einkäufe verstaute und noch einmal in ihre Börse blickte, stellte sie fest, dass sie weniger Geld hatte ausgeben müssen, als sie gerechnet hatte, und sah der Zukunft etwas hoffnungsvoller entgegen.

7.

Zwei Tage später ließ Ritter Heinrich die Hörner zum Aufbruch blasen. Er verfügte über nicht viel mehr Männer als Michel damals. Mehr als fünfzig waren Ritter, die selbst nur von einem geringen Gefolge begleitet wurden. Auch Ritter Heinrich hatte persönlich nur seinen Knappen Anselm sowie vier Reisige, die sein Abt ihm anvertraut hatte. Im Gegensatz zu den meisten waren er und seine Männer jedoch recht gut ausgerüstet. Bei den Rittern, die sich ihm unterstellt hatten, handelte es sich zumeist um nachgeborene Söhne, die nicht mehr ihr Eigen nannten als Schwert und Rüstung und deren Pferde nur wenig Ähnlichkeit mit den Schlachtrössern betuchterer Herren aufwiesen, sondern oft genug so aussahen, als hätte man sie vor dem Abdecker gerettet.

Ritter Heinrich musterte seine Schar und schüttelte den Kopf. »Wieder einmal müssen die armen Hunde, die selbst kaum etwas zu beißen haben, für den Kaiser die Kastanien aus dem Feuer holen«, sagte er zu der Schwarzen Eva. »Die hohen Herren selbst bleiben in ihren Burgen hocken und lassen den Kaiser Kaiser sein. Oder siehst du hier die Farben Leiningens oder Hohenlohes? Die kümmert es nicht, ob ganz Böhmen brennt, Hauptsache, ihre Ländereien bleiben vom Krieg verschont. Dabei wären Männer wie Ludwig von der Pfalz oder Ludwig und Ulrich von Württemberg, die Söhne des eher wilden als milden Eberhard, wie man ihn nun nennt, allein schon in der Lage, genug Soldaten zu stellen, um diesen Böhmen ein für alle Mal den Schneid abzukaufen und sie in ihre Löcher zurückzutreiben.«

Marie dachte an ihren einstigen Gönner, den Grafen Eberhard von Württemberg, der nun schon seit mehreren Jahren unter der Erde lag. Ob er sich wohl an diesem Krieg beteiligt hätte? Wahrscheinlich ebenso wenig wie die anderen, offiziell dem Kaiser unterstellten deutschen Landesfürsten. Ritter Heinrichs Worte hatten bitter und anklagend geklungen, als beschuldige er die größeren Territorialherren des Reiches, der Sache des Kaisers nicht so zu dienen, wie es ihre Pflicht gewesen wäre. Wie viele andere schien auch er der Meinung zu sein, dass ein so mächtiges Imperium wie das Römische Reich der Deutschen einen lokalen Aufstand wie den in Böhmen längst hätte niederwerfen müssen. Doch es sah so aus, als könne Kaiser Sigismund nur auf die nachgeborenen Söhne von Reichsrittern und die Hilfe reichsunmittelbarer Abteien zählen, und das hielt Marie für kein gutes Omen.

Ihre Zweifel schienen sich auf ihrem Gesicht abzuzeichnen, denn die Schwarze Eva tippte ihr mit dem Peitschenstiel auf die Schulter. »Für Angst ist es jetzt zu spät, Marie. Oder willst du deinen Wagen wenden und deine Sachen auf den Jahrmärkten verkaufen? Lass dir gesagt sein, dass man sie dort besser und billiger bekommt.«

Marie drehte sich zu ihr um und schüttelte heftig den Kopf. »Ich habe keine Angst, und ich werde den Trupp auch nicht verlassen.«

»Das freut mich. Außerdem ist Hettenheim ein guter und vor allem sehr umsichtiger Anführer. Der fällt nicht auf eine so plumpe Falle der Hussiten herein wie Heribald von Seibelstorff im vorletzten Herbst.«

Evas Antwort traf Marie in doppelter Weise. Zum einen erwähnte sie Seibelstorffs misslungenen Feldzug, bei dem Michel gefallen sein sollte, und zum anderen nannte sie Ritter Heinrich bei einem Namen, der Maries sämtliche Nackenhaare aufstellen ließ. »Wie nanntest du unseren Anführer, Hettenheim?«

»Ja, es ist Heinrich von Hettenheim vom fränkischen Zweig dieser Sippe. Wahrscheinlich hast du schon von seinem Vetter Falko gehört, der sich in der Pfalz einen Namen gemacht hat. Erwähne den Mann aber bitte nicht in Ritter Heinrichs Gegenwart, denn die beiden Herren sind sich alles andere als grün.« Die Schwarze Eva nickte bekräftigend und trieb ihre Pferde an, um sich dem langsam vorrückenden Zug anzuschließen, der auf die Fähre zuhielt, die die ersten Ritter und Reisigen über den Neckar brachte.

Marie spürte, dass die alte Marketenderin ihr mehr berichten konnte, als sie bisher erfahren hatte, doch sie hatte keine Zeit, sie auszuhorchen, und musste ihre Neugier zunächst zügeln. Sie kletterte nun ebenfalls auf den Bock, bettete Trudi so auf ihren Schoß, dass sie nicht herabrutschen konnte, und ließ ihre Ochsen dem Wagen der Schwarzen Eva folgen. Da sie immer wieder warten mussten, bis die Fähre die nächste Gruppe Reiter und Fußsoldaten übergesetzt hatte, fand sie Zeit zum Nachdenken. Ritter Heinrich und sein Verwandter Falko waren keine Freunde. Diesen Umstand musste sie sich merken, auch wenn sie nicht wusste, ob er ihr je würde weiterhelfen können.

Als die drei Bagagewagen an der Reihe waren, die Ritter Heinrich mitnehmen hatte können, war die Sonne schon über die Bäume gestiegen, und es wurde langsam warm. Die ersten Wagen hatten sich ohne Schwierigkeiten übersetzen lassen, doch Maries widerspenstige Ochsen scheuten vor dem Prahm, der bei jeder Bewegung unruhig auf und ab tanzte. Erst als Michi abstieg und die Tiere mit einem Strick am Nasenring führte, gelang es, den nach Maries Einkäufen schwer beladenen Karren über die schwankenden Bohlen auf die Fähre zu bringen. Als die Tiere mit den Köpfen über dem Bug standen, folgte Evas Wagen. Die Alte hatte Marie wohlweislich den Vortritt gelassen, um nicht mit ihrem leichteren Gefährt auf dem schwankenden Prahm stehen zu müssen, bevor die unruhigen Ochsen gebändigt waren. Auf der anderen Seite des Neckars angekommen, scheuchte der Fährmann Marie ungeduldig von seinem Prahm

herunter, fing aber geschickt die Münze auf, die sie im zuschnellte, und verneigte sich vor ihr.
»Wünsche ein frohes Reisen und viel Beute im Krieg«, rief er ihr nach und stieß seinen Prahm wieder ab, um die nächste Fuhre zu holen. Während Maries Wagen noch den Pfad am Wasser entlangrollte, der kurz danach scharf abknickte und zum Hochufer hinaufführte, kletterte Michi geschickt wie ein Affe auf den Bock.
»Das solltest du nicht tun, das ist zu gefährlich«, wies Marie ihn zurecht. »Was ist, wenn du abrutschst und unter die Räder kommst?«
Michi grinste nur lausbubenhaft, als wolle er sagen, dass ihm das gewiss nicht passieren würde. Er war in den ersten Tagen doch noch traurig gewesen, weil er seine Eltern und Geschwister hatte verlassen müssen, um mit ihr ins Unbekannte zu ziehen. Jetzt aber leuchteten seine Augen beim Anblick jedes Ritters auf, und er lief so oft wie möglich zu den Männern, um sich ihre Geschichten anzuhören. Da er seine Aufgaben darüber nicht vernachlässigte, nahm Marie seine häufige Abwesenheit mit einem nachsichtigen Lächeln hin.
Die Spitze des Zuges marschierte bereits weiter, als das Übersetzen noch in vollem Gange war, und Marie fürchtete schon, Heinrich von Hettenheim habe keine Übersicht über sein Heer, doch im Verlauf der nächsten Stunden wurde sie eines Besseren belehrt. Ihr Anführer ordnete die Truppenteile kurz nach dem Übersetzen des Trosses neu an und bildete eine Nachhut aus Fußsoldaten, nicht, weil hier mitten im Reich eine Gefahr drohte, sondern um Männer zur Hand zu haben, die einen stecken gebliebenen Wagen schnell wieder flott machen konnten. Nachmittags schickte er Vorreiter los, die an dem Ort, an dem er lagern lassen wollte, Lebensmittel, Heu und Wasser bereitstellen lassen sollten. Als Lagerplatz hatte er das Meierdorf eines Ritters gewählt, der dem Kaiser verpflichtet war und seine Standesgenossen und ihr Gefolge samt Knechten und

Zugtieren gut verköstigte, so dass die mitgeführten Vorräte geschont werden konnten. Auch die folgenden Nächte verbrachte das Heer im Schatten von Klöstern oder Burgen, deren Besitzer sie mehr oder weniger großzügig versorgten.

Der Heerwurm kroch zunächst das Jagsttal hoch, bis er über Dörrbach und Mergentheim zum Taubergrund wechselte, um schließlich über Steinsfeld und Oberdachstetten nach Ansbach weiterzuziehen. Marie nützte die langen Stunden des Marschs, um ihre Fertigkeit beim Kutschieren zu verbessern, und hörte abends den anderen Marketenderinnen zu, die lebhaft ihre Erfahrungen austauschten und von anderen Kriegszügen berichteten. Auf diese Weise erfuhr sie viel mehr über ihr neues Gewebe, als sie es sich hatte vorstellen können. Es war doch ganz etwas anderes, als Händlerin unter Kriegsvolk zu leben, denn als Wanderhure von Markt zu Markt zu ziehen. Bis jetzt hatte sie kaum etwas verkauft, denn die Ritter und Soldaten hatten sich vor der Abreise in Wimpfen versorgt und mussten auch noch nicht über schlechtes Essen klagen. Die Trosshuren nahmen ebenfalls nur ein paar Münzen ein, denn nach den langen Tagesmärschen waren die Männer zu erschöpft, um an Frauen denken zu können. Die Geschwindigkeit, mit der Ritter Heinrich den Trupp vorwärts trieb, wunderte Marie, doch als sie mit Eva darüber sprach, lachte die alte Marketenderin auf.

»Sei doch froh! Wenn die Kerle ein scharfes Marschieren gewöhnt sind, halten sie nicht nur die Vorstöße, sondern auch einen schnellen Rückzug durch, denn wie man hört, sollen die Hussiten recht hurtige Verfolger sein.«

Bis jetzt hatte Marie sich mit dem beschäftigt, was sie in Nürnberg in Erfahrung bringen wollte, und kaum einen Gedanken an die Möglichkeit verschwendet, selbst in den Krieg ziehen zu müssen. Sie war von der Vorstellung beherrscht gewesen, sie würde im Lager des Kaisers schon jemanden finden, der Michels Schicksal aufklären konnte. Doch nun dämmerte ihr, dass der Weg, den sie eingeschlagen hatte, sie mitten in den böhmischen Aufstand führen konnte, in Scharmützel oder gar in große Schlachten, und sie begann unsicher zu werden. Ihre Fürsorge hatte den Lebenden zu gelten und nicht den Toten, zumindest hatte dieser Gedanke sie in der ersten Zeit nach der Nachricht von Michels Tod aufrecht gehalten und tat es im Grunde immer noch. Sie trug die Verantwortung für Trudi, die ja auch Michels Vermächtnis an sie war, und für Michi, den Sohn ihrer besten Freundin. Stieß ihm etwas zu, würde sie Hiltrud nie mehr in die Augen sehen können, und ohne Trudi hatte ihr eigenes Leben kaum noch einen Sinn.

Die Zweifel nagten noch an ihr, als Ritter Heinrich am Abend den Befehl zum Halten gab. Sie stellte ihren Wagen ab, besorgte frisches Wasser, während Michi sich um die Ochsen kümmerte, und setzte sich dann mit Trudi zu den übrigen Marketenderinnen ans Lagerfeuer, um mit ihnen das Abendessen zuzubereiten. Es gab wieder einmal Pfannkuchen, und bald schlichen einige Soldaten, darunter auch Ritter Heinrichs Knappe Anselm, auffällig schnuppernd um sie herum. Eva erkannte ein paar der Männer wieder, die ihr in Wimpfen geholfen hatten, den Wagen aus dem Schlamm zu ziehen, und winkte sie heran.

»He, ihr Burschen! Wenn ihr einen Pfannkuchen wollt, so kommt und greift zu. Heute gibt es sie noch kostenlos.«

Das ließen die Soldaten sich nicht zweimal sagen, und ehe die Sonne auch nur einen Fingerbreit weitergewandert war, leckten sie sich das Fett von den Fingern und machten Oda, Theres und vor allem Marie schöne Augen. Die Schwarze Eva beobachtete sie eine Weile und legte Anselm dann ihre krallenartig gebogene Hand auf die Schulter.

»Du willst mir doch nicht untreu werden, mein Liebster?« Damit entfesselte sie einen Lachsturm, der auch Ritter Heinrich herbeilockte. Er sah die Pfannkuchen und leckte sich genießerisch die Lippen.

»Die riechen aber gut. Besser kann auch meine Mutter sie nicht backen.«

»Ich glaube, einer ist noch übrig, als hätte er extra auf Euch gewartet.« Die Schwarze Eva reichte dem Ritter fröhlich den letzten Pfannkuchen.

Marie wartete, bis er auf dem letzten Bissen kaute, und beugte sich dann neugierig zu ihm hinüber. »Wie lange werden wir brauchen, bis wir Nürnberg erreichen?«

»Wenn nichts dazwischenkommt und wir genauso schnell vorwärts kommen wie bisher, werden wir am fünften Tag dort sein.«

8.

Marie fieberte der Ankunft in der Stadt entgegen, in der sich der Kaiser und viele seiner Gefolgsleute versammelt hatten, und war froh, dass Ritter Heinrich kaum weniger ungeduldig zu sein schien als sie.

Zwei Tage später kam ein Ritter, der nur von seinem Knappen begleitet wurde, eilig auf die Truppe zugeritten. Ritter Heinrich befahl seinen Leuten, weiterzumarschieren, und winkte den Neuankömmling zu sich. Der junge Mann, der seinem Gesicht nach zu urteilen, das von dem geöffneten Visier beschattet wurde, kaum mehr als achtzehn Jahre zählte, zügelte sein Pferd vor ihm und grüßte ihn artig.

»Gott mit Euch, edler Herr. Ist es meinem Knappen und mir gestattet, uns Euch anzuschließen?«

»Wollt Ihr uns nur auf dem Weg nach Nürnberg begleiten oder Euch in mein Heer einreihen?«

Der junge Ritter wirkte mit einem Mal recht grimmig. »Erst einmal nur bis Nürnberg. Wohin ich mich danach wenden werde, kann ich jetzt noch nicht entscheiden.«

Ritter Heinrich nickte ihm freundlich zu. »Bis zu unserem Ziel sind es nur noch zwei oder drei Tage, und so lange seid Ihr als Reisegefährte willkommen.«

»Ich danke Euch. Mein Name ist Heribert von Seibelstorff. Ich bin Ritter Heribalds Sohn und ausgezogen, den Ruhm meines Hauses wieder aufzurichten.« Das klang schwülstig, war aber eine Sprache, die einem jungen Mann von achtzehn Jahren angemessen erschien.

Ritter Heinrich legte seine Rechte auf die Brust. »Seid mir willkommen, Junker Heribert. Mein Name lautet Heinrich von Hettenheim.«

Bei der Nennung dieses Namens zog Ritter Heribert so scharf am Zügel, dass sein brauner Hengst nervös zu tänzeln begann. »Ich kann nicht sagen, dass mir der Name Hettenheim besonders gefällt, denn ein Mann dieses Geschlechts hat meine Sippe in Schande gestürzt«, erklärte er mit schonungsloser Offenheit und sah dabei so aus, als wolle er sein Gegenüber auf der Stelle zum Zweikampf fordern.

Ritter Heinrich winkte mit einem ärgerlichen Auflachen ab. »Ich habe mit Eurer Familie bisher nichts zu tun gehabt. Ihr dürftet von meinem Vetter Falko von Hettenheim sprechen, dem solch eine Tat durchaus zuzutrauen ist. Lasst Euch sagen, dass er und ich alles andere als Freunde sind.«

»Dann seid Ihr wohl der Mann, der sein Erbe antreten wird, sollte das Schicksal Falko von Hettenheim keine ehelichen Söhne gewähren. Ich habe bereits von Euch gehört.«

Heinrich von Hettenheim kniff die Lippen zusammen und suchte nach einer passenden Antwort. Derweil war der Tross hinter ihnen zum Stehen gekommen. Die Schwarze Eva stieg von ihrem Wagen, warf die Zügel einem der Reisigen zu, die sie mit Pfannkuchen verwöhnt hatte, und trat neugierig näher. Der junge Heribert wich unwillkürlich vor der hässlichen alten Frau zurück und starrte sie voller Abscheu an. Eva achtete nicht auf seine abwehrende Haltung, sondern folgte ihm und zupfte an seinem Steigbügel.

»Ihr sagtet, Ihr wärt Ritter Heribalds Sohn? Ich bin schon oft mit Eurem Vater gezogen und wundere mich daher, dass er eine Schmähung oder Beleidigung nicht eigenhändig rächt.«

»Das hätte er gewiss auch getan, wenn er noch am Leben wäre. Aber während er schwer verwundet auf unsere Burg zurückgebracht wurde und dort nach monatelangem Siechtum seinen Verletzungen erlag, haben andere am Hofe des Kaisers seinen Ruhm untergraben, um sich selbst zu erhöhen.« Junker Heribert hatte seine Worte leidenschaftlich herausgestoßen, doch dann wurde ihm klar, dass er einer einfachen Marketenderin Rede und Antwort gestanden hatte. Er schnaubte verärgert und lenkte seinen Braunen an Eva vorbei, ohne sie eines weiteren Blickes zu würdigen. Die Marketenderin sah ihm mit einem beinahe mitleidigen Lächeln nach, warf dann den Kopf hoch, als müsse sie einen Gedanken abschütteln, und kehrte zu ihren Kameradinnen zurück, die nun ebenfalls abstiegen, weil der Zug vorne ins Stocken geraten war.

»Wir haben Verstärkung bekommen«, erklärte sie ihnen feixend, »wenn man ein halbes Kind wie diesen Heribert von Seibelstorff als solche bezeichnen kann. Stellt euch vor, der Junker wollte unserem braven Heinrich ans Leder, nur weil dieser ein Hettenheim ist.«

Die anderen Marketenderinnen lachten, während Marie sich stocksteif aufrichtete. »Wer ist gekommen, ein Ritter Seibelstorff?«

»Ja, der Sohn des alten Heribald. Das war ein Haudegen, sage ich euch, wenn auch nicht unbedingt der Hellste im Kopf. Doch für seine Leute hätte er sich jederzeit in Stücke hauen lassen.«
Eva kniff die Lippen zusammen und zuckte dann mit den Schultern. »Den Worten seines Sohnes zufolge ist genau das auch passiert.«
Da der Zug sich wieder in Bewegung setzte, eilten die Frauen zu ihren Wagen zurück und nahmen die Zügel zur Hand. Marie trieb die Tiere an und starrte dabei über ihre Köpfe hinweg, während ihre Gedanken herumwirbelten wie trockene Blätter im Wind. Der Name Heribald von Seibelstorff war ihr nur allzu gut bekannt, unter seinem Kommando sollte ihr Mann gefallen sein. Vorne reihte sich gerade der junge Heribert mit seinem Knappen in den Zug ein. Ob er ihr wohl die ersehnte Auskunft geben konnte? Sie hätte auch allzu gerne gewusst, weshalb er den Namen Hettenheim so hasste, dass er Ritter Heinrich beinahe ans Leder gegangen wäre. Sein Verhalten schien den Bericht des fränkischen Ritters zu bestätigen, der einige Tage am Hof des Pfalzgrafen zu Gast gewesen war und sich mit seiner Version der Kämpfe im Böhmerland den Unmut der pfälzischen Edlen zugezogen hatte. Seine Worte hatten ihren Verdacht genährt, Falko von Hettenheim könne etwas mit Michels Verschwinden zu tun haben. Sie beschloss, Ritter Heribert noch am gleichen Abend auszufragen.
An diesem Tag schienen sich die Stunden langsamer dahinzuschleppen als sonst. Marie reagierte gereizt auf jede Fliege, die sie umschwirrte, und zum ersten Mal störte sie sogar Trudis munteres Geplapper. Zuletzt drückte sie Michi die Kleine in die Arme und befahl ihm, sie mit Brei zu füttern, anstatt ihm wie sonst die Zügel zu überlassen, während sie selbst ihre Tochter versorgte. Abends im Lager wollte sie ihm auftragen, Trudi zu beaufsichtigen, doch er

hatte sich weggeschlichen, um sich von Anselm zeigen zu lassen, wie man einen Spieß führt.
Marie überlegte kurz, ob sie ihre Tochter einer der anderen Marketenderinnen anvertrauen sollte, doch die liefen noch eilig zwischen ihren Wagen und dem Feuer hin und her, um Vorbereitungen für das Abendessen zu treffen, und hatten keine Zeit, ein kleines Kind zu hüten. Marie war viel zu aufgeregt, um an Essen denken zu können, und so nahm sie Trudi auf den Arm und ging zu der Stelle, an der Heribert von Seibelstorff sich niedergelassen hatte. Sie hatte sich schon so an die vielen Blicke gewöhnt, die ihr folgten, wenn sie durchs Lager ging, dass sie sie kaum noch bemerkte. Die meisten Männer respektierten sie, und einige begegneten ihr sogar mit einer gewissen Scheu, denn sie war die schönste Frau im Zug und glich, wie sich einige zuflüsterten, mit ihrer Tochter auf dem Arm den Madonnenstatuen in den großen Kathedralen. Um dieses Bild vollkommen zu machen, fehlte ihr nur noch der blaue Himmelsmantel.
Als Marie sich Heribert von Seibelstorff näherte, hockte der junge Ritter missmutig vor einem einfachen Zelt und reagierte erst nach dreimaligem Ansprechen auf seinen Knappen, der ihm einen Holzteller mit Bratwürsten reichte. Der Duft, der von ihnen ausging, fachte Maries Hunger an und lieferte ihr gleichzeitig einen Aufhänger für das Gespräch mit dem Junker.
Sie trat lächelnd auf ihn zu. »Gott zum Gruß, edler Herr. Wie ich sehe, habt Ihr Bratwürste als Vorrat mitgenommen. Da sie sich selten lange halten, würde ich Euch gern ein paar davon abkaufen. Ihr könnt Silber dafür haben oder aber auch ein paar Becher Wein.«
Heribert von Seibelstorff fuhr verärgert auf und wollte Marie schon mit harschen Worten abweisen, aber seine Worte erstarben ihm auf der Zunge. Ein lieblicheres Bild als diese Frau mit dem Kind auf dem Arm hatte er noch nie gesehen. Er stand auf, ohne darauf zu

achten, dass sein Teller zu Boden glitt und die noch ungegessene Bratwurst ins Gras rollte. »Wer seid Ihr, schöne Frau?«
Überrascht von seiner heftigen Reaktion trat Marie einen Schritt zurück. »Ich heiße Marie und bin eine Marketenderin.«
»Marie? So wie die Heilige Jungfrau, die Mutter Gottes!«
»Nur fehlt mir das a am Ende des Namens, um eine echte Maria zu sein.« Marie hatte oft genug mit jüngeren Gefolgsleuten Michels zu tun gehabt und wusste, dass ein fröhliches Wort oder ein Scherz zur rechten Zeit ihnen ihre Unsicherheit nehmen konnte. Um Heriberts Lippen spielte auch sogleich ein jungenhaftes Lächeln, und er erinnerte sich an ihre Frage.
»Görch, bringe vier Bratwürste, aber die schönsten und besten, die du hast«, rief er seinem Knecht zu. Dieser warf einen traurigen Blick auf die Würste, die auf dem kleinen Rost vor ihm lagen und die er eigentlich für sich bestimmt hatte. Seufzend legte er die Würste auf ein Brett und brachte sie zu Heribert, der sie an Marie weiterreichte.
»Ich danke Euch, Herr. Diese Bratwürste riechen ausgezeichnet. Wenn sie auch so schmecken, habe ich nie bessere gegessen.«
Ihr Lob schmeichelte Görch, und er lächelte sie mit einem gewissen Stolz an. »Bessere Bratwürste als bei uns gibt es nirgends.«
Marie hatte unterdessen Trudi auf den Boden gestellt und begann mit Genuss zu essen. Der Knecht hatte nicht zu viel versprochen. So gute Bratwürste machte nicht einmal Hiltrud, und die war inzwischen eine Meisterin auf diesem Gebiet. »Danke«, sagte Marie zu dem Junker, als sie mit der ersten Wurst fertig war. Dann lächelte sie dem Knappen zu, der traurig auf die anderen drei starrte, die noch vor ihr auf dem Brett lagen.
»Eine gute Tat ist ihres Lohnes wert. Dein Herr und du könnt heute von mir so viel Wein bekommen, wie ihr wollt.«
Heribert hob beschwichtigend die Hände. »Ein Becher für meinen

Knappen und einer für mich ist genug, sonst säuft Görch sich nur voll und ist morgen nicht zu gebrauchen.«

»Aber Herr, wann habe ich …«, protestierte der Knappe, wurde aber von seinem Herrn unterbrochen.

»Erst vor drei Tagen, als ich dir sagte, dass wir am nächsten Morgen aufbrechen werden, um uns dem Heer des Kaisers anzuschließen. Ich musste dich über den Sattel legen, weil du zu betrunken warst, um darauf sitzen zu können.« Heriberts Stimme klang sanft, doch schwang darin eine Warnung mit, es nicht noch einmal so weit kommen zu lassen. Dann wandte er sich an Marie. »Bitte sagt auch den anderen Marketenderinnen, dass sie Görch nicht mehr Wein geben sollen, als ihm gut tut.«

Marie fiel auf, dass er sie wie eine Dame von Stand anredete, und fragte sich, ob sie sich irgendwie verraten hatte. Da sie ihn ja schlecht fragen konnte, hoffte sie, dass seine respektvolle Anrede niemand anderem auffiel oder für die Übertreibung eines leicht entflammbaren jungen Mannes gehalten wurde – was sie wahrscheinlich auch war.

Görch schüttelte sich wie ein nasser Hund und lenkte die Aufmerksamkeit auf sich. »Die Marketenderinnen geben mir eh nichts, Herr, denn ich habe kein Geld.«

»Das ist auch gut so«, erklärte Junker Heribert mit einem zufriedenen Lächeln und lud Marie mit einer höflichen Geste ein, sich zu ihm auf den Baumstumpf zu setzen.

Marie war froh, dass sie nun keine Ausrede mehr benötigte, um mit ihm ins Gespräch zu kommen. Sie nahm mit einem gewissen Abstand zwischen sich und dem jungen Mann Platz und blickte ihn mit schräg gelegtem Kopf an. Seine Unsicherheit schien zurückzukehren, denn als er zum Sprechen ansetzen wollte, schluckte er mehrmals und streckte die Hände nach Trudi aus, die für ihr Alter auf erstaunlich flinken Beinen herumlief. Zu Maries Verwunderung ging ihre Tochter auf den Junker zu und ließ sich von ihm in die Höhe heben.

»Sie erinnert mich an meine kleine Schwester«, sagte Heribert lächelnd. Sein Knecht riss die Augen auf und starrte ihn verwirrt an.

»Aber Herr, Fräulein Hella ist doch bereits zwölf.«

»Aber es ist noch nicht so lange her, da sah sie so aus wie diese Kleine. Wie heißt du denn?« Heribert hielt das Mädchen vor sein Gesicht und lächelte es an.

»..udi!«, klang es ohne Scheu zurück.

»Trudi, eigentlich Hiltrud«, ergänzte Marie.

»Ein schöner Name für ein schönes Kind«, fand der junge Ritter und maß Marie dabei mit einem Blick, der verriet, wen er am schönsten fand.

»Sie ist siebzehn Monate alt und dafür schon recht groß und gut entwickelt«, berichtete Marie stolz.

»Habt Ihr vorhin nichts von einem Becher Wein gesagt, Frau Marie?«, bettelte Görch, bevor sein Herr ihr antworten konnte.

Sie nickte und stand auf. »Und ich werde mein Versprechen auch halten. Darf ich Trudi so lange Eurer Aufsicht überlassen, Herr Junker?«

Heribert zuckte bei dieser Frage zusammen, lächelte aber dann entzückt. »Aber gerne, Herrin.«

Er freute sich darüber, dass Marie bereit war, ihm ihre Tochter anzuvertrauen, denn nun würde sie gewiss wiederkommen und ihm noch eine Weile Gesellschaft leisten. Er sehnte sich jetzt schon danach, sie wieder zu sehen und ihre Stimme zu hören, die ihm so lieblich erschien wie Engelsgesang.

Marie kehrte bald zurück und brachte drei Becher und einen Krug voll Wein. »Eure Bratwürste machen Durst«, erklärte sie lachend.

»Meine Rede!«, rief Görch und wählte mit einem schnellen Griff den größten der drei Becher für sich. Da Marie von ihrem Wein nur nippte und auch Ritter Heribert wenig trank, musste der Knappe an diesem Abend nicht dürsten. Er setzte sich in ihrer Nähe auf den Boden und mischte sich immer wieder in das Gespräch ein, so dass Marie nur wenige Fragen stellen musste, um es auf den Punkt zu lenken, der ihr am Herzen lag. Der Junker und sein Knecht wetteiferten darin, ihr die Geschichte derer von Seibelstorff zu erzählen, von ihrem steten Aufstieg bis hin zu dem jähen, völlig unverschuldeten Fall.

»Wir sind beim Kaiser in Ungnade gefallen, und das ist allein die Schuld dieses Falko von Hettenheim«, erklärte der Junker grimmig. »Mein Vater hat immer zu ihm gehalten und seine Fehler gedeckt, weil er hoffte, einen guten Anführer aus ihm machen zu können. Und wie hat dieser ehrlose Mensch es ihm gedankt? Während mein Vater dahinsiechte und sich nicht mehr wehren konnte, hat Falko die Berichte über seinen Kriegszug völlig verdreht, ihm seine eigenen Fehler angelastet und ihn so verleumdet, dass der Kaiser ihn seines Postens enthoben hat. Diese Schmach hat mehr zum Ende meines Vaters beigetragen als seine Verletzungen, und deshalb werde ich mich dem Heer anschließen und diesen Hund von einem Hettenheim zur Rede stellen und ihn zum Zweikampf fordern.«

Marie, die sich weniger für die beleidigte Ehre des Seibelstorffers interessierte als für ihren Mann, lenkte ihn vorsichtig von seinen Wuttiraden ab. »Euer Vater hatte doch gewiss noch andere Ritter unter seinem Kommando außer diesem Falko von Hettenheim? Habt ihr jemals den Namen Michel Adler gehört?«

Heribald nickte versonnen. »Oh ja, an diesen Namen erinnere ich mich gut. Er war ein Pfälzer wie Hettenheim, aber im Gegensatz zu diesem ein wackerer Mann. Mein Vater hat es vor seinem Tod noch

bedauert, auf Falkos Einwirken hin Adlers besonnene Ratschläge in den Wind geschlagen zu haben.«
»Herr Heribald hat gesagt, dass es mit Adler an seiner Seite nicht zu einer solchen Katastrophe gekommen wäre«, warf Görch ein.
»Mich interessiert, was aus diesem Michel Adler geworden ist«, bohrte Marie nach.
»Er soll bei einem Scharmützel mit Hussiten gefallen sein. Zumindest hat das Falko von Hettenheim behauptet. Er war der Anführer des Trupps, zu dem auch Adler gehörte, und ist mit seinen Leuten in eine Falle der Böhmen geraten. Einer der Überlebenden wurde später auf jenem fatal verlaufenden Rückzug von einem Axthieb getroffen und hat meinem Vater kurz vor seinem Tod gebeichtet, der Hettenheimer habe Michel Adler schwer verwundet zurückgelassen.«
Marie biss sich in die linke Hand. Genau das hatte sie schon lange vermutet. Falko von Hettenheim hatte ihren Mann verraten und ihn damit ebenso auf dem Gewissen, als wenn er ihn mit eigener Hand erschlagen hätte. Noch wollte sie ihre Hoffnung nicht aufgeben.
»Könnte es möglich sein, dass Michel Adler noch lebt, sei es als Gefangener der Hussiten oder als Flüchtling in den böhmischen Wäldern?«
Heribert schüttelte den Kopf. »Die Hussiten lassen keinen Gefangenen am Leben. Das, was mein Vater über ihre Grausamkeiten berichtet hat, lässt auch dem Stärksten das Blut in den Adern gefrieren. Und selbst wenn Adler den Aufständischen trotz seiner Verletzungen entkommen wäre und im Wald überlebt hätte, wäre er spätestens im Winter, wenn der Ostwind durch die Berge fegt und alles unter Schnee und Eis begräbt, dem Tod geweiht gewesen.« Er zog die Brauen zusammen und blickte Marie durchdringend an. »Warum interessiert Euch dieser Adler? Kanntet Ihr ihn?«

Marie überlegte, ob sie leugnen sollte, entschied sich aber dafür, wenigstens einen Teil der Wahrheit zu sagen. »Ich kenne ihn aus meiner Kindheit, denn wir stammen aus derselben Stadt.«

»Behaltet ihn als Helden in Erinnerung. Mit seiner Tapferkeit und seiner Umsicht hat er nicht nur meinem Vater, sondern auch dem Kaiser das Leben gerettet und eine Schar wackerer Ritter davor bewahrt, von den Hussiten erschlagen zu werden.« Heriberts Augen leuchteten bei diesen Worten auf, und er machte keinen Hehl daraus, dass er Michel Adler bewunderte.

Marie freute sich darüber, doch dann drohten Schmerz und Verzweiflung sich wie ein schwarzes Tuch über sie zu legen und sie in einen tiefen Abgrund zu reißen. Nichts in Heriberts Bericht deutete darauf hin, dass Michel überlebt haben könnte. Dennoch würde sie weitersuchen und so lange herumfragen, bis sie Gewissheit erlangt hatte. Jetzt aber galt es, den Junker von seinem Vorhaben abzubringen. Sosehr sie Falko von Hettenheim auch die Pest an den Hals wünschte oder noch Schlimmeres, weil er Michel wissentlich im Stich gelassen hatte, sowenig wünschte sie sich einen Zweikampf zwischen ihm und dem jungen Seibelstorff, den dieser unerfahrene Jüngling nicht überleben würde.

»Ich weiß nicht, ob es so klug von Euch ist, Falko von Hettenheim jetzt schon herauszufordern«, begann sie vorsichtig. »Er hat einen guten Ruf, auch wenn Ihr und ich wissen, wie unbegründet er ist. Aber Ihr müsst darauf Rücksicht nehmen. Verdient Euch zunächst Eure Sporen im Kampf gegen die Hussiten und poliert Euer Wappenschild damit wieder auf. Dabei findet sich ganz gewiss eine Gelegenheit, Ritter Falko die Maske der Falschheit vom Gesicht zu reißen, bevor Ihr ihn niederstecht.«

Heinrich von Hettenheim, der die kleine Gruppe erspäht hatte und näher gekommen war, legte bei Maries Worten Heribert von

Seibelstorff die Hand auf die Schulter und nickte mit ernster Miene. »Marie hat Recht. Lasst Euch ja nicht auf einen Zweikampf mit meinem Vetter ein, bevor Ihr mehr Erfahrung gesammelt habt. Er kämpft nicht ritterlich, sondern wie eine Ratte, und er kennt tausend Tricks und Schliche, die ihm zum Sieg verhelfen können.«

Der junge Seibelstorff schüttelte Heinrichs Hand ab und fuhr auf. »Ich fürchte Ritter Falko nicht.«

»Natürlich nicht, denn im Gegensatz zu ihm seid Ihr ein wackerer Kerl, der das Herz auf dem rechten Fleck trägt. Ihr müsst jedoch mehr Erfahrung im Kampf sammeln, bevor Ihr mit meinem Vetter die Lanze kreuzen könnt.« Heinrich von Hettenheim berichtete ihm nun so einiges über seinen Verwandten, was diesen nicht gerade im besten Licht erscheinen ließ.

Marie war froh, dass Heinrich von Hettenheim sie zu unterstützen versuchte, doch als sie Heriberts angespanntes Gesicht musterte, ahnte sie, dass der junge Mann sich so stark in seine Rachegefühle verrannt hatte, dass er keinem Argument mehr zugänglich war. Sie überließ die beiden Ritter ihrem Gespräch und kehrte mit Trudi zu den anderen Marketenderinnen zurück.

Als sie am Feuer saß, wurde ihr nach und nach bewusst, wie naiv sie gewesen war, als sie diese Reise angetreten hatte. Sie hatte wirklich geglaubt, sie müsse nur unerkannt nach Nürnberg oder zu einem der anderen großen Sammelpunkte des kaiserlichen Heerbanns gelangen, um jemanden zu finden, der ihr den Weg zu Michel weisen konnte. Doch langsam schälte sich heraus, dass die Hintergründe seines Verschwindens verworrener waren, als sie es sich hatte vorstellen können. Wahrscheinlich würde sie noch monatelang als Marketenderin mit dem Heer ziehen müssen, bis sie die Wahrheit herausgefunden hatte.

9.

Wie bei Wimpfen wurden die Soldaten auch in Nürnberg von der Stadt fern gehalten. Die Stadtmauer lag noch zwei Wegstunden vor ihnen, als der kaiserliche Profos Gisbert Pauer die neckarfränkische Schar im Namen Kaiser Sigismunds begrüßte und seine Wachen anwies, sie ins Lager zu geleiten. Dabei handelte es sich um einen lichten Föhrenwald, in dem schon mehr als tausend Ritter und Reisige lagerten. Noch während die Neuankömmlinge die Wagen zu einer schützenden Gruppe zusammenfuhren und die Zelte aufschlugen, entspann sich ein lebhaftes Gespräch zwischen Ritter Heinrich und Pauer, und das machte Marie, die nach Informationen hungerte, neugierig. Sie fuhr ihren Wagen an die Stelle, die man ihr anwies, sprang vom Bock, nahm Trudi auf den Arm und bat Michi, den Rest für sie zu erledigen. Doch noch während sie hinüberlief, um die Männer zu belauschen, verabschiedete der Profos sich und wandte sich zum Gehen. Marie wollte sich schon enttäuscht entfernen, da trat Heribert von Seibelstorff Gisbert Pauer in den Weg.

»Verzeiht, Herr. Ich bin Heribert von Seibelstorff, Ritter Heribalds Sohn. Ich will mich dem kaiserlichen Heer anschließen und möchte wissen, welche Aufgaben Ihr für mich habt.«

Pauer musterte den jungen Ritter skeptisch und hielt ihn offensichtlich für keine nennenswerte Verstärkung. »Bleibt erst einmal bei Ritter Heinrichs Männern«, beschied er ihn kühl.

Der junge Ritter hatte wohl eine andere Begrüßung erwartet, denn sein Gesicht verdunkelte sich jäh. Wortlos drehte er sich um und schritt mit hochgezogenen Schultern und eckigen Bewegungen zu seinem Zelt hinüber. Marie zog sich nun ebenfalls zurück. Auf dem Weg zu ihrem Lagerplatz kam sie an ein paar Fußknechten vorbei, die sich in einem für sie fremdartigen Dialekt über die Kämpfe gegen die Hussiten unterhielten. Ihren Worten zufolge richteten sich die böhmischen Bauernkrieger nicht nach dem Wechsel der Jahreszeiten, sondern führten auch zu unüblichen Zeiten Krieg. So hatten sie mitten im letzten Winter ein eilig zusammengestelltes Aufgebot Herzog Albrechts V. bei Zwettl in Österreich vernichtend geschlagen und das Land in weitem Umkreis verheert. Einer der Soldaten äußerte daraufhin die Hoffnung, dass die Feinde die fränkischen und oberpfälzischen Gebiete in diesem Sommer in Ruhe lassen und sich anderswo austoben würden, damit sie nicht gegen sie ziehen müssten. Marie schüttelte es, als seine Kameraden ihm lebhaft zustimmten.

Nachdenklich gesellte sie sich zu ihren Freundinnen, die bereits am Lagerfeuer saßen und das Abendessen kochten. Eva blickte auf, als Marie auf sie zukam, und zeigte auf deren Wagen. »Du solltest dich besser um deine Sachen kümmern. Hier auf dem Platz lungern mehr Diebe herum, als ich Warzen habe. Wenn du nicht aufpasst, bekommen deine Weinfässer Füße.«

Marie hatte ihre Handelswaren so gut es ging in Kisten und Kasten verstaut oder zu Ballen verschnürt und ihr Gold gut versteckt. Trotzdem bedankte sie sich für den Rat und stieg auf ihren Wagen. Viel gab es nicht für sie zu tun. Sie zog die Plane fester und verschnürte sie zusätzlich mit einer zweiten Garnitur Lederriemen, und bevor sie wieder abstieg, schloss sie den vorderen Teil mit einem Vorhang, an dem mehrere kleine Glöckchen befestigt waren, die sie vor Dieben warnen sollten. Danach setzte sie sich zu den Marketenderinnen und beteiligte sich scheinbar sorglos an ihrer Unterhaltung. Theres lockte Trudi zu sich und fütterte sie mit einem Stück Schinken. Die Kleine nahm das Fleisch mit einem gewissen Widerwillen in den Mund, kaute aber dann lebhaft darauf herum.

»An so einem Kind merkt man, wie rasch die Zeit vergeht«, seufzte

die auch an diesem Tag recht buntscheckig gekleidete Marketenderin.
Die Schwarze Eva musterte sie mit schräg gehaltenem Kopf. »Wenn du selbst ein Kind haben willst, solltest du nicht mehr lange warten.«
Theres zuckte etwas hilflos mit den Schultern. »Ich würde ja gerne so etwas Kleines an meine Brust drücken, aber ich bin nicht bereit, es Oda nachzumachen und die Beine für den nächstbesten Kerl zu spreizen.«
Die Augen ihrer Gefährtinnen richteten sich auf Oda, deren auch früher schon nicht sonderlich schlanke Figur noch nichts von einer Schwangerschaft erkennen ließ. Trotzdem wussten die Frauen bereits, dass ihr Aufenthalt in Fulbert Schäffleins Zelt nicht ohne Folgen geblieben war.
Auf Donatas Gesicht lag ein spöttischer Ausdruck. »In meinen Augen hast du einen verdammt hohen Preis für die paar Pfennige gezahlt, die der Kaufherr dir nachgelassen hat. Jetzt trägst du seinen Balg aus und wirst keinen Heller dafür erhalten.«
»Pah, das verstehst du nicht! Herr Schäfflein war wirklich großzügig«, fauchte Oda sie an.
Eva grinste breit. »Ich hoffe, du wirst nicht mitten in einer Schlacht gebären müssen oder gar auf der Flucht, denn von uns wird dir dann keine beistehen, das ist so gewiss wie das Amen in der Kirche.«
Marie war sich da nicht ganz so sicher, denn sie wusste, sie würde es nicht über sich bringen können, eine hochschwangere Frau im Stich zu lassen, selbst wenn es sich dabei um eine so unangenehme Person wie Oda handelte. Aber sie sagte nichts, um die anderen nicht gegen sich aufzubringen. Das Gespräch der Frauen verebbte bald, und als die ersten Sterne über dem grünen Nadeldach des Föhrenwalds aufblinkten, wünschten sie einander Gute Nacht und suchten ihre

Schlafplätze auf. Während Marie ihr Bett auf der großen Truhe aufschüttelte, dachte sie darüber nach, wohin Michi schon wieder verschwunden sein mochte. Trotzdem richtete sie auch sein Lager her und kuschelte sich dann mit Trudi in ihre Decken. Obwohl ihre Gedanken unruhig um all das kreisten, was sie in den letzten Tagen erfahren hatte, schlief sie fast übergangslos ein und träumte erneut von Michel. Er wirkte recht fröhlich und scherzte mit einigen Leuten, deren Gesichter verschwommen blieben. Dennoch sah Marie klar und deutlich, dass sich zwei Frauen darunter befanden, die ihren Mann auf eine Weise anhimmelten, die sie am Morgen mit einem Gefühl wilder Eifersucht erwachen ließ.

Am nächsten Tag schien das Lager unter einer lähmenden Mattigkeit zu leiden, was sich zumindest bei der neckarfränkischen Schar mit den harten Märschen der vergangenen Wochen erklären ließ. Es tauchte keine weitere der erwarteten Verstärkungen auf. Marie nahm ihr Frühstück mit Eva und Theres ein und wanderte mit Trudi zu Heriberts Zelt, um ihn noch ein wenig auszufragen. Da niemand zu sehen war, setzte sie sich auf einen am Boden liegenden Baumstamm, der, wie unschwer zu erkennen war, als Sitzplatz und Tisch diente. Görch musste sie gehört haben, denn er kam heraus und begrüßte sie mit einer Miene, die verriet, dass er ihren Wein noch nicht vergessen hatte und auf mehr hoffte. Noch ehe er etwas sagen konnte, trat sein Herr aus dem Zelt. Dessen zornige Miene glättete sich bei Maries Anblick, und er zauberte ein jungenhaftes Lächeln auf sein Gesicht.

»Willkommen, schöne Frau! Ihr seid genau der Anblick, der einen Mann dieses elende Kriegslager vergessen lässt.«

Marie zog die Augenbrauen hoch. »Was ist an diesem Kriegslager so schlecht?«

»Allein die Tatsache, dass es noch existiert! All die Leute hier sollten unterwegs sein, um die Hussiten zu stellen«, antwortete Heribert heftig. »Ihr habt doch auch gehört, wie schrecklich diese Böhmen im Reich wüten. Anstatt sie jedoch beherzt anzugreifen und in ihre Schranken zu verweisen, beliebt es Seiner Majestät, dem Kaiser, hier Heerschau zu halten und es sich in Nürnberg gut gehen zu lassen.«

Der junge Ritter ließ keinen Zweifel daran, wie wenig ihm die jetzige Lage gefiel, aber als er Maries verkniffene Miene sah, glaubte er, er hätte sie mit seinem Ausbruch geängstigt, und ergriff ihre Hände. »Verzeiht meine unbedachten Worte. Solange Ihr hier seid, ist dieses Lager in meinen Augen schön.«

Marie wusste nicht so recht, was sie darauf antworten sollte, denn Heriberts Stimme hatte ihr etwas zu schmachtend geklungen. Das Leuchten in seinen Augen schmeichelte ihr zwar als Frau, war ihren Plänen aber eher hinderlich. Wie sollte sie Michel suchen, wenn ein verliebter Junge wie Heribert an ihrem Schürzenband hing? Außerdem hatte sie gewiss nicht die Absicht, Seibelstorff die ersten Erfahrungen mit dem weiblichen Geschlecht zu verschaffen. Um ihm keinen Raum für eine überstürzte Liebeserklärung zu lassen, deutete sie mit einem Seufzer in die Richtung, in der Nürnberg liegen musste.

»Ich würde mir zu gerne die Stadt ansehen, doch wie man hört, sollen einfache Soldaten und Frauen vom Tross dort nicht willkommen sein.« Sofort begriff sie, dass das die falsche Bemerkung gewesen war, denn Heribert bot ihr unverzüglich seine Begleitung an und klopfte dabei auf den Griff seines Schwertes.

»An meiner Seite wird Euch niemand daran hindern, die Stadt zu betreten.« Er sah so aus, als sei er eher bereit, die Torwächter niederzuschlagen, als Marie abweisen zu lassen.

Sie hob begütigend die Hände. »Gerne, aber nicht heute. Ich möchte mich zuerst im Lager umsehen, um die anderen Gruppen etwas

näher kennen zu lernen, und wenn ich nach Nürnberg gehe, will ich dort auch den Markt besuchen. Also sollte ich vorher noch meine Vorräte durchgehen, um zu wissen, was ich einkaufen muss.«
»Ich stehe Euch jederzeit zur Verfügung.« Heribert wollte noch mehr sagen, doch da gellte ein Signalhorn auf. Der Junker packte Marie, schob sie hinter sich und zog sein Schwert, als erwarte er einen Angriff. Das Signal kündete jedoch nur die Ankunft des Kaisers an. Sigismund wurde von zahlreichen Höflingen begleitet, darunter dem Burggrafen von Nürnberg, der als Ranghöchster an seiner rechten Seite ritt. In Ermangelung anderer hochrangiger Herren nahm Falko von Hettenheim den Platz links des Kaisers ein und blies sich in seiner erborgten Wichtigkeit auf.
Während der Kaiser den Blick sichtlich enttäuscht über die in seinen Augen wohl zu geringe Zahl der versammelten Krieger schweifen ließ, stieß Heribert von Seibelstorff sein Schwert wieder in die Scheide und drängte sich nach vorne, bis er direkt vor Sigismund stand. Da er Marie nicht losgelassen hatte, folgte sie ihm notgedrungen und erschrak, als sie in das Gesicht des Kaisers blickte. Sigismund war in den zwölf Jahren, die seit ihrem Zusammentreffen in Konstanz vergangen waren, ungewöhnlich stark gealtert. Sein grau gewordener Bart wirkte ungepflegt, und in seine Wangen und seine Stirn hatten sich tiefe Furchen gegraben. Was Marie am meisten erschütterte, war der gleichermaßen rastlose wie müde Ausdruck seiner Augen. Der nun schon seit sieben Jahren andauernde Kampf um sein Böhmisches Königreich schien Sigismund des größten Teils seiner Lebenskraft beraubt zu haben.
Obwohl der Kaiser sich nicht nur über die geringe Zahl, sondern auch über die schlechte Ausrüstung der Neuankömmlinge ärgerte, rang er sich mühsam ein »Prächtige Burschen!« ab und fragte nach ihrem Anführer.

Ritter Heinrich drängte sich durch seine Leute, blieb vor dem Kaiser stehen und verbeugte sich. Falko von Hettenheim lächelte bei dessen Anblick spöttisch und wandte sich mit einer vertraulichen Geste an den Kaiser. »Mein sowohl an Reichtümern wie auch an Kriegsruhm noch recht armer Vetter hofft wohl, in Böhmen Schätze und Ansehen erwerben zu können. Doch ich fürchte, das wird ihm mit der elenden Schar, die er Euch zugeführt hat, kaum gelingen.«

Heinrich von Hettenheim blickte zu seinem Vetter auf, der hoch über ihm im Sattel thronte, und lachte auf. »Eure Zunge ist lose wie die eines Marktweibs, Falko, aber Euer Gerede verbirgt nur, dass ich etwas besitze, um das Ihr mich glühend beneidet, nämlich zwei prächtige Söhne, die einmal meinen Namen weitertragen werden. Ihr dagegen werdet in diesem Herbst wohl einen Weinbecher auf Eure sechste Tochter erheben, denn wie man hört, ist Eure Gemahlin wieder einmal gesegneten Leibes.«

Ritter Falko zog die Zügel so straff an, dass sein Pferd empört aufwieherte und gegen das Tier des Kaisers prallte. Marie trat ein paar Schritte zurück und kicherte still vor sich hin. Wie es aussah, hatte Frau Hulda nicht gezögert, Hiltruds Mittel anzuwenden, und wenn sie tatsächlich von einer Tochter entbunden werden würde, ging der Becher Wein, den Heinrich auf die Gesundheit der Mutter leeren wollte, auf ihre Rechnung. Noch während sie sich amüsierte, stellte sich Heribert vor Falkos Pferd in Positur und funkelte den Reiter wütend an.

»Ihr seid also der Verleumder Hettenheim, der den Ruf meines Vaters in den Schmutz getreten hat. Ich fordere Euch zum Zweikampf und werde Euch Euer Lügenmaul ein für alle Mal stopfen.«

Der Kaiser blickte verwirrt auf den zornigen Junker herab und drehte sich dann zu Falko von Hettenheim um, dessen Gesicht die

Farbe alten Burgunderweins angenommen hatte. »Wer ist dieser Bursche?«

Ehe Falko antworten konnte, erklärte Heribert laut und deutlich: »Mein Name ist Heribert von Seibelstorff! Ich bin Ritter Heribalds Sohn und werde die Schande rächen, die dieser Mann über meinen Vater gebracht hat.«

Sigismund hob abwehrend die Hand. »Sosehr ich Kampfeslust bei meinen Rittern liebe, ist es doch nicht mein Wille, dass sie sich gegenseitig nach dem Leben trachten, anstatt ihren Mut vor dem Feind zu beweisen. Ich verbiete diesen Zweikampf! Herr Falko von Hettenheim ist ein erprobter Recke mit einem glänzenden Wappenschild, den Ihr, junger Seibelstorff, Euch erst noch erwerben müsst. Erst wenn Ihr mir bewiesen habt, dass Ihr ein wahrer Ritter seid, dürft Ihr Eure Stimme im Kreis von Männern erheben.«

Heribert zuckte zusammen, als hätte man ihm einen Hieb mit der Peitsche übergezogen, und wurde weiß wie eine gekalkte Wand, Falko von Hettenheim aber verzog das Gesicht. »Ihr habt diesem Gimpel soeben das Leben gerettet, Euer Majestät.«

Diese Beleidigung trieb Heribert das Blut ins Gesicht, und seine Rechte fuhr an den Schwertgriff. Bevor er die Waffe ziehen konnte, hingen Marie und Heinrich von Hettenheim an ihm und drängten ihn zurück. »Bezähme deine Wut, du junger Narr! Du kannst nicht im Angesicht des Kaisers das Schwert ziehen. Seine Leibwächter würden dich in Stücke schlagen, bevor du diese Ratte von einem Falko auch nur berührt hast.« Als Heribert nicht darauf reagierte, schnaubte Heinrich Marie zornig an. »Sag doch auch etwas, Frau!«

Marie sprach begütigend auf Heribert ein und beschwor ihn, Vernunft anzunehmen. Heribert starrte sie erst mit einem weit entrückten Blick an, der darauf hindeutete, dass er innerlich bereits mit seinem Leben abgeschlossen hatte. Dann aber löste er die Hand vom

Schwertknauf. Der Blick, mit dem er Falko von Hettenheim dabei maß, zeigte jedem, dass er diesen Moment weder zu vergessen noch zu vergeben bereit war. Falko achtete jedoch nicht mehr auf ihn, sondern starrte Marie mit weit offen stehendem Mund an, als habe es ihm für einen Augenblick die Sprache verschlagen. Dann aber sah er Trudi, die sich weinend vor Aufregung an Maries Rock klammerte, schüttelte den Kopf und machte eine wegwerfende Handbewegung.

Marie konnte ihm die Gedanken von der Stirn ablesen. Der Mann hatte sie erkannt, aber Trudi, der man ansehen konnte, dass sie ihre Tochter war, hatte ihn irritiert, denn wie vielen anderen am Hof des Pfalzgrafen war auch ihm bekannt, dass sie in den zehn Jahren ihrer Ehe kein Kind bekommen hatte, und von ihrem jetzigen Mutterglück hatte er offensichtlich noch nichts erfahren.

Der Burggraf von Nürnberg fand, dass Falko von Hettenheim zu viel Aufmerksamkeit geschenkt wurde, und lenkte sein Pferd neben das des Kaisers. »Ihr habt Recht, Herr! Unsere Ritter sollten sich wirklich nicht gegenseitig abschlachten. Aber für die Steigerung der Kampfkraft und die Stärkung der Moral wäre ein kleines Turnier gewiss nicht schlecht. Sollen die Jungspunde doch beim Buhurt zeigen, was sie wert sind, und von den Erfahrungen der Älteren lernen.«

Der Kaiser überlegte kurz und nickte dann gnädig. »Das ist ein ausgezeichneter Gedanke, Herr Friedrich. Ein Turnier käme uns in dieser Situation durchaus gelegen. Lasst es im weiten Umkreis ausrufen, dann stoßen gewiss noch mehr Ritter zu uns, und wir können mit einer gestärkten Streitmacht gegen die rebellischen Böhmen ziehen.«

10.

Michel saß in der Wachkammer über dem Eingangstor der Burg und spähte in die Ferne. Die alten Wälder ringsum leuchteten in der Sonne wie grünes Feuer, und hoch am Himmel zogen Habichte auf der Suche nach Beute ihre Kreise. Außerhalb der Mauern machten die Knechte Heu. Das war eine harte Arbeit, um die Michel sie nicht beneidete. Doch mit jeder Fuhre, die sie einbrachten, würden sie ihre Ochsen und Pferde im Winter einige Tage länger füttern können. Sokolnys Knechte und die in die Burg geflohenen Bauern der Umgebung hatten im Herbst Weizen und Gerste gesät, und alle hofften, das Getreide würde wachsen und ihnen reiche Ernte schenken, ohne dass die Kriegsfurie hier durchzog und alles vernichtete. In gewisser Weise war Falkenhain, wie der alte, aber immer noch gebräuchliche deutsche Name der Burg lautete, eine Oase des Friedens, um die sich bislang weder Hussiten noch kaiserliche Ritter gekümmert hatten.

Michel stand nun schon fast anderthalb Jahre in Sokolnys Diensten. Seine Hüftwunde war längst verheilt, und er spürte sie nur noch, wenn das Wetter umschlug und der Ostwind scharf über die Höhen strich. Gelegentlich bekam er Kopfschmerzen, dass ihm beinahe die Augen aus den Höhlen sprangen, aber während er am Tag darunter litt wie unter einem Fluch, schlief er abends selbst unter den größten Schmerzen schnell ein, träumte dann aber wirr. Manchmal sah er sich am Boden liegen, während sich ein Mann in Rüstung mit höhnischem Gesicht über ihn beugte und ihn anspie. Dann sah er wieder die Frau namens Marie vor sich, die ihn in die Arme schloss und sein Gesicht mit Küssen bedeckte. Dieses Traumgesicht war auf seine Art nicht weniger peinigend, denn mittlerweile kannte er jede Stelle ihres Körpers und verging fast vor Sehnsucht. Wenn er am

Morgen erwachte, tastete er unwillkürlich nach ihr, doch der Platz neben ihm war leer, und seine durch die Träume angefachte Leidenschaft wartete vergebens auf Erfüllung.
Um die Qual in seinen Lenden zu lindern, hatte er sich im letzten Winter mit Jitka, einer der Mägde auf der Burg, eingelassen, war danach aber von starken Schuldgefühlen gepackt worden und lebte seither so, wie es einem Mönch anstand. Während er seinen Gedanken nachhing, schweifte sein Blick gewohnheitsmäßig über das Land. Plötzlich stutzte er und kniff die Augen zusammen, denn er hatte einen Reitertrupp erspäht, der sich ganz offen von Süden her näherte. Michel glaubte mehrere Ritter und einige Reisige erkennen zu können und fragte sich, ob es sich um Boten des Kaisers und böhmischen Königs handeln könnte. Das würde bedeuten, dass der Aufstand der Hussiten niedergeschlagen worden war, sonst hätten die Männer gewiss nicht unangefochten in die Nähe Falkenhains gelangen können. Auf alle Fälle galt es, kühlen Kopf zu bewahren, dachte er und machte Huschke, der ebenfalls in der Wachstube saß und zwischen den Rundgängen seinen Gürtel um die Schnalle herum neu vernähte, auf die Gruppe aufmerksam.
»Siehst du die Reiter dort? Sollen wir Alarm geben?«
Huschke hob die Hand, um die Augen gegen die Sonne zu schützen, und spähte hinaus. Schließlich schüttelte er den Kopf. »Ein Alarm ist unnötig, Frantischek. Das ist der junge Sokolny mit einigen Gefolgsleuten und Reisigen.«
Er nahm das Horn und blies das Zeichen, das die Ankunft von Besuchern ankündete, und setzte sich dann wieder gleichmütig hin, um den geteerten Faden durch das nächste Loch zu ziehen.
»Der junge Sokolny? Von dem habe ich nie etwas gehört.«
»Wir reden auch nicht gern über Herrn Ottokar, seit er die Burg verlassen hat, um sich den Hussiten anzuschließen, obwohl wir es

gewiss seinem Einfluss bei den Rebellen zu verdanken haben, dass noch kein Heer der Aufständischen vor unseren Toren erschienen ist.«

»Ist dieser Ottokar Fräulein Jankas Bruder?«

Huschke schüttelte lachend den Kopf. »Nein, er ist ihr Onkel, der jüngere Bruder unseres Grafen. Ein prachtvoller Bursche, wenn du mich fragst.«

Michel erinnerte sich an Bolko und die Kerle, die Reimos Familie und ihn in der Höhle überfallen hatten, und bleckte die Zähne. »Aber er ist ein Hussit!«

»Du wirst dich doch deswegen nicht mit ihm schlagen wollen?«

Huschke schüttelte den Kopf und wollte noch etwas sagen, wurde aber von Marek Lasicek unterbrochen, der zur Tür der Wachstube hereinpolterte und fragte, was das Zeichen zu bedeuten habe.

Huschke deutete hinaus. »Graf Ottokar kommt.«

Marek sah nun selbst hinaus und schlug den anderen vor Freude auf die Schultern. »Es ist wirklich der junge Herr!« Dabei lächelte er, als wäre er eben zum Ritter geschlagen worden.

Huschke deutete auf Michel. »Unser Nemec mag keine Hussiten und ist daher argwöhnisch, was Herrn Ottokar betrifft.«

Marek winkte mit beiden Händen ab. »Gott im Himmel, der junge Herr ist nicht irgendein verblendeter Hussit, sondern in erster Linie ein Sokolny. Er würde nicht dulden, dass man etwas gegen uns unternimmt.«

»Wenn Falkenhain so sicher ist, warum seid ihr dann so sehr auf der Hut?«, fragte Michel bissig.

»Vor marodierenden Streifscharen, die sich auch hierher verirren können, ist man nie gefeit, und den deutschen Rittern um diesen Hettenheim ist noch weniger zu trauen. Die haben erst kürzlich wieder etliche Dörfer verwüstet und standen den Hussiten dabei an

Grausamkeit nicht nach. Die Deutschen schlagen einfach zu und fragen nicht, ob man kaisertreu ist oder nicht.«

Für einen Augenblick schien der Krieg die Mauer zwischen dem Deutschen und dem Tschechen, die vor mehr als einem Jahr gefallen war, wieder aufgerichtet zu haben. Marek und Michel maßen sich mit herausfordernden Blicken, dann wandte der Tscheche sich ab und stieg nach unten, um das Tor öffnen zu lassen. Michel folgte ihm langsam und trat gerade in den Hof, als Ottokar Sokolny mit seinen Männern in die Burg einritt. Die Rüstungen der Männer wirkten in seinen Augen ein wenig altmodisch, doch er hatte keine Zeit, darüber nachzusinnen, warum er so empfand. Der junge Sokolny trug ein bis zu den Hüften reichendes Kettenhemd, auf dem Kopf einen wuchtigen Topfhelm mit schmalem Visier und stilisierten Falkenschwingen an den Seiten sowie eiserne Beinröhren, die in beweglichen Eisenschuhen endeten. Sein Schild zeigte einen stilisierten Falken auf rotem Grund. Die ihn begleitenden Ritter waren ähnlich gewappnet und unterschieden sich nur durch die Art der Helmzier und ihrer Wappenbilder von ihm, während die reisigen Knechte in so genannten Lentnern steckten, Panzern aus gekochtem und gepresstem Leder, und einfache Eisenkappen auf den Köpfen trugen.

Ottokar Sokolny lenkte sein Pferd bis zur Haupttreppe des Palas und stieg dort steifbeinig ab. Marek, Huschke und mehrere Knechte eilten sofort herbei, um ihm zu helfen.

»Es ist schön, dass Ihr wieder da seid, Herr Ottokar.« Marek fasste die Hand des jungen Herrn und hielt sie für einen Moment fest.

»Na, Marek, versuchst du immer noch, aus den Bauern meines Bruders Soldaten zu machen, oder bedauerst du es schon längst, nicht mit mir aufgebrochen zu sein?«, spöttelte Ottokar.

Marek schüttelte sofort den Kopf. »Ich bedauere es nicht, denn mit dem Mordgesindel von Taboriten will ich nichts zu tun haben.«
Michel fand diese Einstellung vernünftig und fragte sich, was den Bruder des Grafen dazu bewegt haben mochte, sich den böhmischen Aufrührern anzuschließen. Seine ablehnende Haltung schien sich auf seinem Gesicht zu spiegeln, denn Ottokar Sokolny hielt inne und musterte ihn mit zusammengekniffenen Augen.
»Du bist wohl neu hier? Dich kenne ich noch nicht.« Michel hatte inzwischen genug Tschechisch gelernt, um seine Frage verstehen und sie beantworten zu können.
»Ich bin neu und kenne dich auch nicht.« Seinen deutschen Akzent konnte er dabei nicht verleugnen.
Ottokar Sokolny verzog ärgerlich das Gesicht, als er in Michel einen Deutschen erkannte. Man sah ihm deutlich an, dass er sich fragte, wieso ein Deutscher, den seine Kleidung mit dem gepolsterten Lederwams, wie man es unter Kettenhemden zu tragen pflegte, und den festen Lederschuhen als Anführer seines Bruders kennzeichnete, hier eine so hohe Stellung einnahm. Doch er sagte nichts, sondern schritt unter dem leisen Klirren seines Panzers die Freitreppe empor.
Graf Václav Sokolny kam seinem Bruder entgegen. »Gott zum Gruß, Ottokar. Dies ist ein gesegneter Tag, weil er dich zu mir geführt hat. Wie lange haben wir uns jetzt nicht mehr gesehen?«
»Mehr als drei Jahre, Václav, und ich freue mich sehr, dich wohlauf zu finden. Wie geht es der kleinen Janka? Klettert sie immer noch jeden Baum hinauf wie ein Eichhörnchen?«
»Janka ist eine junge Dame geworden und klettert gewiss nicht wie ein Junge auf Bäumen herum.« Sokolnys Tochter war gerade sehr undamenhaft zur Tür hinausgeschossen, um ihren Onkel zu begrüßen, verwandelte sich aber bei den Worten ihres Vaters in ein wohlerzogenes Edelfräulein. Sie knickste vor Ottokar und spähte

dabei an ihm vorbei in den Burghof, wo Michel noch immer am Fuß der Treppe stand und den Bruder des Grafen nicht aus den Augen ließ.

Ottokar blickte auf seine Nichte herab und rieb sich die Augen. »Das muss ein Trugbild sein! Wo ist denn der Wildfang geblieben, der hier herumtobte, als ich die Burg verließ?«

»Die Zeit vergeht, Ottokar, auch wenn sie hier bei uns oft genug stehen zu bleiben scheint und nur der Wechsel der Jahreszeiten einen daran erinnert, wie das Leben verrinnt.« Graf Sokolny seufzte und wirkte für einen Augenblick alt. Dann straffte er die Schultern, begrüßte die übrigen Ritter und nach ihnen auch die Reisigen mit Handschlag.

Ottokar legte seinem Bruder schließlich die Hand auf die Schulter und sah ihm ins Gesicht. »Ich muss dringend mit dir reden, Václav.«

»Gewiss, aber dafür ist noch genug Zeit. Wascht euch erst einmal den Staub der Reise ab und stärkt euch mit dem, was Küche und Keller für hungrige Gäste bereithalten.« Sokolny drehte sich um und gab Jindrich den Befehl, in die Küche zu eilen und der Köchin Wanda mitzuteilen, dass ganz besondere Gäste angekommen seien.

11.

Eine gute Stunde später saßen die beiden gräflichen Brüder an der Stirnseite des hufeisenförmigen Tisches in der großen Halle, ihnen zur Seite ihre hochrangigsten Gefolgsleute, zu denen bei Václav Sokolny außer Feliks Labunik auch Marek und Michel gehörten, dessen Anwesenheit Graf Ottokar jedoch zu stören schien.

»Hältst du es für gut, Václav, diesen Deutschen an deinem Tisch sitzen zu lassen?«, fragte er ziemlich rüde.
»Es ist mein Tisch, und ich entscheide, wer daran Platz nahmen darf und wer nicht«, wies sein Bruder ihn sanft, aber mit Nachdruck zurück.
»Einige Leute werden es gar nicht gerne sehen, dass ein Deutscher in so hohem Ansehen bei dir steht.«
Graf Václav winkte ab. »Als wenn es jemanden interessieren würde, was auf meiner Burg geschieht.«
»Du belügst dich selbst, und das weißt du auch! Weder unser Anführer, der Kleine Prokop, noch die taboritischen Prediger haben vergessen, dass es eine Burg Falkenhain gibt, deren Herr noch immer zu dem Verräter Sigismund hält.« Diesmal klang Graf Ottokars Stimme so scharf, als hätte er statt seines Bruders einen Feind vor sich, doch er mäßigte seinen Tonfall sofort wieder, blickte den älteren Sokolny aber herausfordernd an. »Ich bin nicht länger in der Lage, dich zu beschützen, Václav. Du musst dich uns anschließen, oder du wirst untergehen.«
»Ich habe Kaiser Sigismund den Treueid geschworen und werde ihn nicht brechen, um mich mit Räubern und Mordbrennern zusammenzutun!« Václav Sokolny hieb mit der Faust auf den Tisch.
Einer der Ritter, die den jungen Sokolny begleitet hatten, stemmte sich hoch und bleckte die Zähne wie ein gereizter Wolf. »Ottokar hat Recht! Du musst dich auf unsere Seite stellen, oder man wird dir deine Burg über dem Kopf anzünden und die Überlebenden massakrieren.«
»Wir sind nicht hierher gekommen, um uns über deine altmodischen Vorstellungen zu unterhalten, sondern um dir klar zu machen, dass es nur einen Weg für uns und für dich gibt, Václav!«, setzte ein anderer hinzu. »Wir tschechische Edelleute müssen uns

gegen das verdammte Gesindel, das sich um den Prediger Jan von Tabor schart, zusammenschließen, sonst ist es unser Verderben. Seine Anhänger verlangen immer heftiger, dass Geburtsrecht und Besitz nicht mehr gelten sollen, und die Knechte, die das hören, denken nur noch daran, was sie auf dem nächsten Raubzug zusammenraffen können, anstatt unsere Felder zu bestellen. Deswegen haben wir beschlossen, diesem heidnischen Unsinn, den die Taboriten uns aufzwingen wollen, ein Ende zu bereiten, und uns zum Bund der Kalixtiner zusammengeschlossen. Wir benötigen die Unterstützung jedes braven Edelmanns, um gegen jene vorzugehen, die die gottgewollte Ordnung auf den Kopf stellen wollen. Nimm Vernunft an! Schwöre diesem Sigismund ab, denn der ist vor sechs Jahren seines Thrones enthoben worden …«

» … und zwar genau von jenen Schreiern, deren Einfluss dir heute zu groß geworden ist«, unterbrach Graf Václav ihn grimmig.

»Darum müssen wir diese Kerle auch in die Schranken weisen! Sieh es doch ein, Václav. Wir haben uns damals gegen Sigismund ausgesprochen, weil wir einen König aus unserem eigenen Land haben wollen, und keinen, der die Kronen Europas auf seinem Haupt sammelt und doch überall ein Fremder geblieben ist.« Ottokar sprang auf und umklammerte die hochragende Lehne am Sessel seines Bruders.

»Václav, wenn du zögerst, ist es für dich bald zu spät! Dieser Emporkömmling Vyszo sammelt schon Leute, um gegen deine Burg zu ziehen und sie zu schleifen. Lange werde ich ihn nicht mehr aufhalten können. Komm mit mir zu Prokop, wirf ihm den Kopf dieses Deutschen da als Geschenk vor die Füße und bekenne dich zu unserer Seite.«

Václav Sokolny stand auf und funkelte seinen Bruder zornig an. »Dieser Deutsche, dessen Kopf du so vehement verlangst, hat meiner Tochter das Leben gerettet. Eher sterbe ich, als dass ihm etwas geschieht!«

Ottokar Sokolny blickte zur Zimmerdecke, als suche er beim Himmel Hilfe. »Dann schicke ihn fort! Ich kann mich für seine Sicherheit verbürgen, bis er unsere Grenzen passiert hat.«

In Václav Sokolnys Gesicht arbeitete es heftig, und Michel wartete ebenso gespannt wie die anderen darauf, wie er sich entscheiden würde. Wenn es sein musste, würde er Böhmen verlassen, auch wenn er keine Ahnung hatte, wohin er sich wenden sollte. Gleichzeitig wunderte es ihn, dass die Hussiten sich so wenig einig waren, obwohl sie sich mit ihren Überfällen nicht nur den Kaiser, sondern auch etliche deutsche Fürsten zum Feind gemacht hatten. Wenn die Taboriten, die den eifrigen Worten der Gäste zufolge ganz allein die Schuld an den Raubzügen trugen, und die adligen Kelchbrüder einander an die Kehle gingen, spielten sie damit nur Sigismund in die Hände, ganz gleich, wie ihre eigenen Pläne aussehen mochten.

Es währte schier eine Ewigkeit, bis Graf Sokolny eine Entscheidung fällte und das Ansinnen seiner Gäste mit harten Worten zurückwies. Als Ottokar Sokolny und seine Freunde am nächsten Tag die Burg enttäuscht verließen, wirkte der Graf um Jahre gealtert, und es schien, als sähe er seine Burg schon brennen. Michel verstand ihn. Der Eid, den Václav Sokolny vor Gott auf seinen König geschworen hatte, war ihm heilig, auch wenn dieser nun den Untergang Falkenhains besiegeln mochte.

Vierter Teil

Nach Böhmen

1.

Der Lärm, den die Leute um den Turnierplatz vollführten, war kaum zu ertragen. Marie hätte sich am liebsten die Ohren zugehalten, konnte es aber nicht, weil sie Trudi auf dem Arm hielt. Selbst dort war die Kleine noch in Gefahr, von der zusammengepressten Menschenmasse erdrückt zu werden. Einige Nürnberger Knechte versuchten gerade, Marie und die Schwarze Eva beiseite zu drängen, um in die erste Reihe der Zuschauer zu kommen. Marie fauchte einen der aufdringlichen Kerle wütend an, und als das nichts half, stemmte sie sich kurzerhand gegen ihn und wurde nach vorne geschoben. Dabei spannte sich die Schnur, die den für die Zuschauer aus dem niederen Volk vorgesehenen Platz von der Stechbahn trennte, und die Pfähle, an denen sie befestigt war, wurden beinahe aus der Erde gerissen. Sofort eilten einige Turnierknechte herbei und drückten Marie und die anderen mit ihren Speerschäften zurück.

In diesem Augenblick beneidete Marie Michi, der mit etlichen anderen Jungen in den Zweigen einer uralten Buche am Rand des Zuschauerrings hockte, die gesamte Stechbahn überblicken konnte und unter dem dichten Blätterdach vor den sengenden Strahlen der Sonne geschützt war. Sie hob Trudi über den Kopf, damit ihr nichts passieren konnte, behauptete aber ihren Platz in der vordersten Reihe. Auch der Schwarzen Eva gelang es, sich an ihrer Seite zu halten, und sie entblößte ihre noch verbliebenen Zähne zu einem freudlosen Lachen. »Ich verstehe ja, dass der Kaiser den Nürnbergern ein Schauspiel bieten und ihnen zeigen will, wie tapfer und mutig die Ritter sind, die er zu ihrem Schutz aufgeboten hat. Aber musste es unbedingt auf dem Anger vor der Stadt sein, wo jeder Tölpel und jede Waschmagd herbeilaufen und zusehen kann?«

Marie blickte zu der großen, mit bunten Tüchern verkleideten Tribüne hinüber, auf der der Kaiser eben Platz genommen hatte. Man hatte große Leinensegel über sie gespannt, um ihn und seine Begleiter vor der sengenden Sonne zu schützen, die jetzt, Ende Juli, von einem makellos blauen Himmel herabbrannte. Da nicht das geringste Lüftchen wehte, quoll Marie schon bald der Schweiß aus allen Poren, und ihre Zunge lag wie ein ausgetrocknetes Stück Leder im Mund. Trudi quengelte ebenfalls vor Durst. Marie wäre am liebsten zu den Buden gelaufen, die ein Stück hinter dem Turnierplatz aufgebaut worden waren und an denen Wein, Bier und frisches Quellwasser ausgeschenkt wurden. Doch um dorthin zu gelangen, hätte sie ihren guten Platz aufgeben müssen und würde nicht mehr von dem Turnier sehen als die bewimpelten Lanzenspitzen der Ritter, bevor sie sie senkten, um gegeneinander anzureiten.
Nicht nur Lärm und Hitze machten Marie zu schaffen. Eine Frau, die neben ihr aufgetaucht war, stank widerwärtig nach Fisch und furzte ununterbrochen, und dem Kerl hinter ihr hätte ein ausgiebiges Bad mit viel Ascheseife mindestens ebenso gut getan wie der Fischhändlerin. Er kratzte sich ausdauernd an allen möglichen Stellen seines Körpers und fuhr dabei häufig unter den Hosenlatz, wo es ihn wohl besonders juckte. Marie dachte schaudernd an all das Ungeziefer, das der Kerl mit sich herumschleppen musste, und beschloss, sich und Trudi noch am gleichen Abend einer Behandlung mit Lauswurz zu unterziehen.
Ihr Blick wanderte wieder zur Tribüne hinüber, und sie sah neidvoll zu, wie der Kaiser sich seinen Pokal erneut mit Wein füllen ließ. Sie betrachtete die Damen des Gefolges, die kostbare Kleider aus Samt und Barchent trugen und Hauben in verschiedensten Formen aufgesetzt hatten, von denen bunte Schleier herabwehten. Dazu hielten sie phantasievoll gestaltete Fächer in den Händen, mit denen sie sich

Kühlung verschaffen konnten. Die Herren waren mindestens ebenso prunkvoll, wenn auch etwas weniger auffällig gekleidet. Bei ihnen handelte es sich durchwegs um Edelleute im gesetzten Alter, da kaum einer der kampffähigen Ritter sich die Gelegenheit entgehen lassen wollte, vor dem Kaiser zu brillieren.

»Die Herren sollten ihre Tapferkeit besser gegen die Hussiten beweisen.« Erst als die Fischfrau sie empört anstarrte, wurde Marie bewusst, dass sie ihre Gedanken laut ausgesprochen hatte.

»Also, ich bin froh, dass der Kaiser und sein Heer hier in Nürnberg weilen und uns Schutz und Sicherheit verleihen«, erwiderte die Fischhändlerin heftig, und die umstehenden Leute stimmten ihr eifrig zu. Da Marie keinen Streit provozieren wollte, schluckte sie die bissigen Worte, die ihr auf der Zunge lagen, schnell wieder hinunter. Den Nürnbergern lag ihre eigene Stadt nun einmal mehr am Herzen als das Reich, und solange sie sich unter dem Schutz des Kaisers sicher fühlen konnten, berührte es die meisten nur wenig, wenn die hussitischen Raubscharen Sachsen oder Österreich plünderten.

Den Kaufleuten, die den Verlust ihrer Handelspartner in den verheerten Ländern durchaus spürten, war die Anwesenheit des kaiserlichen Heeres doppelt willkommen, weil es neben Sicherheit auch gute Geschäfte versprach. Da es den einfachen Soldaten verboten war, die Stadt zu betreten, hatten die Nürnberger Hurenwirte Zelte in der Nähe des Kriegslagers errichtet und etliche ihrer Mädchen dort untergebracht. Die Städter interessierte es nicht, dass sie die angereisten Marketenderinnen und Trosshuren gleich doppelt um ihren Verdienst brachten, denn die Frauen würden auch später auf dem Marsch keine nennenswerten Geschäfte machen, weil die Soldaten ihr ganzes Geld schon hier für Wein und Huren ausgegeben hatten. Marie ärgerte sich darüber, obwohl es ihr wenig ausmachte,

ihre Waren auf Kredit zu verkaufen, während den anderen Marketenderinnen nur die Hoffnung blieb, dass die Soldaten genügend Beute machten, um ihre Schulden bei ihnen bezahlen zu können.
Ein Fanfarenstoß riss Marie aus ihren Gedanken. Sie blickte nach vorne und sah, wie der kaiserliche Herold in einer wappengeschmückten Tunika die Stechbahn betrat, um den ersten Waffengang anzukünden. Da an dem Turnier mehr als fünfhundert Ritter teilnehmen wollten, wurde es zunächst als Buhurt ausgetragen. Erst zum Schluss, wenn die Reihen sich stark gelichtet hatten, würden die noch im Sattel sitzenden Ritter einzeln gegeneinander antreten, um unter sich den Sieger zu ermitteln. Marie versuchte, in den ersten beiden Gruppen Heinrich von Hettenheim und Heribert von Seibelstorff auszumachen, entdeckte stattdessen aber Falko von Hettenheim inmitten seiner pfälzischen Freunde.
Falko hatte sich von einem Nürnberger Plattner einen Turnierpanzer fertigen lassen und war nur noch durch den Wimpel mit seinem Wappen zu erkennen, einen durch eine goldene Wellenlinie geteilten blauen Schild mit einem silbernen Greif und einer zerbrochenen Sarazenenklinge. Er sah prächtig aus, und die Zuschauer, die von seinen angeblichen Erfolgen im Kampf gegen die Hussiten gehört hatten, brachen bei seinem Anblick in lauten Jubel aus. Marie hätte am liebsten ausgespuckt.
»Ritter Falko wird gewiss gewinnen!«, rief ein Mann, der sich zwischen Marie und die Fischhändlerin geschoben hatte.
Marie stieß ein verächtliches Lachen aus. »Ich würde nicht auf ihn wetten!«
Der Mann entblößte seine gelben Zähne zu einem überheblichen Grinsen. »Was weißt du schon von Rittern, Weib. Ich hingegen …«
Er brach ab, da sich die beiden gegnerischen Gruppen eben in Bewegung setzten.

Der Boden erbebte unter dem Hufschlag der massigen Hengste, und das Scheppern der metallenen Rüstungen hallte so laut, dass Maries Ohren schmerzten. Sie sah die Ritter aufeinander zureiten und hörte die stumpfen Lanzen auf Schilde und Rüstungen prallen. Getroffene Pferde schrien, Männer brüllten vor Wut und Schmerz, und für einige Augenblicke ließ der aufgewirbelte Staub nur ein wogendes Knäuel erkennen, aus dem Waffen und Rüstungsteile herausflogen. Als die im Sattel gebliebenen Ritter die Enden der Stechbahn erreichten, legte sich der Staub, doch es war nicht mehr zu sehen als die Knappen und Knechte, die zu den Gestürzten eilten oder die reiterlosen Pferde einfingen und beiseite führten.

»Falko von Hettenheim hat seinen Mann aus dem Sattel gehoben«, erklärte der Mann hinter Marie triumphierend.

Marie verzog die Mundwinkel. »Du kannst ja auf ihn wetten!«

Der Mann sah sie an, als sei sie ein besonders appetitliches Stück Fleisch, und leckte sich die Lippen. »Das werde ich auch! Wenn Ritter Falko dieses Turnier gewinnt, gewährst du mir ein gemütliches Stündchen hinter einem Busch.«

Marie hätte ihm am liebsten in sein feixendes Gesicht geschlagen, lächelte aber nur mitleidig. Wenn ihre Wünsche nur ein wenig Kraft hatten, würde Falko von Hettenheim mit seinem ganzen Hochmut im Staub liegen. Übermütig warf sie den Kopf in den Nacken. »Was setzt du dagegen?«

»Fünf Schilling!«

»Was? Mehr ist es dir nicht wert? Dann wird wohl kaum etwas aus unserem Geschäft werden.« Marie wandte sich verächtlich ab und sah den nächsten beiden Gruppen zu. Wegen der vielen Teilnehmer sollten zunächst zehn Durchgänge stattfinden, in denen jeweils über fünfzig Ritter gegeneinander antraten. Die Sieger aus diesen Begegnungen mussten sich so lange in Gruppen miteinander messen, bis nur noch eine Hand voll Kämpfer übrig geblieben war. Die Vornehmsten unter ihnen hatten bereits den Anfang gemacht, und jede folgende Gruppe würde aus weniger bedeutenden Kämpfern bestehen, so dass die Ranghöchsten sich vor dem nächsten Waffengang etwas erholen konnten, während den letzten Teilnehmern kaum Zeit blieb, sich den Schweiß von der Stirn zu wischen.

Bei der zweiten Gruppe entdeckte Marie ihre Freunde Heinrich von Hettenheim und Heribert von Seibelstorff. Ritter Heinrich war weitaus weniger aufwändig gerüstet als sein Vetter, und der junge Seibelstorffer hatte sich nur einen zusätzlichen Brustschild vorgeschnallt. Beiden war jedoch der Erfolg vergönnt. Während ihre Gegner aus den Sätteln kippten, verließen sie unversehrt das Getümmel.

Die Sonne stieg in den Zenit, und die Zuschauer keuchten unter der Hitze. Selbst der Kaiser ließ sich Luft zufächeln, während er gekühlten Rheinwein trank. Um auch dem einfachen Volk Gelegenheit zu geben, sich zu laben, wurde nach fünf Runden eine Pause eingelegt, in der eilfertige Nürnberger Wirte Wein und Bier feilboten. Da die Leute dicht an dicht standen, mussten Geld und Trinkgefäße von anderen weitergereicht werden. Es war kein Wunder, dass dabei die eine oder andere Münze spurlos verschwand und mancher Becher den, der ihn bestellt hatte, fast leer erreichte.

Marie erstand einen Krug mit Bier, das zwar bitter schmeckte, aber ihren Durst stillte, und überlegte dann, was sie Trudi geben sollte. Während sie nach jemand suchte, der Wasser verkaufte, entdeckte sie ein gutes Stück von sich entfernt einen einbeinigen Krüppel mit einem Holzbein, der sich in der vordersten Reihe ins Gras gesetzt hatte und düster zu den Rittern hinüberstarrte. Er kam ihr so bekannt vor, dass sie stutzte und noch einmal hinsah. Konnte das Timo sein, Michels Knecht und Unteranführer?

Kurz entschlossen bückte sie sich, schlüpfte unter dem Absperrseil hindurch und eilte zu dem Mann. Einer der Turnierknechte rannte hinter ihr her, um sie wieder hinter das Seil zu scheuchen, aber einer seiner Kameraden hielt ihn auf. »Es ist doch Pause, Kunz. Du kannst das Weibsstück immer noch einfangen, wenn sie vor dem nächsten Waffengang noch nicht verschwunden ist.«

Marie hatte unterdessen den Krüppel erreicht und schlug das Kreuzzeichen. Es war tatsächlich Timo, der einbeinig und mit abgezehrtem Gesicht auf dem Boden saß. Da er sie nicht beachtete, rüttelte sie ihn an der Schulter. Ärgerlich drehte er sich zu ihr um und wollte sie anfahren, doch die Worte erstarben ihm auf der Zunge. »Frau Marie? Bei allen Heiligen, seid Ihr es wirklich?«

»Ja, ich bin es, aber lass das Frau weg. Ich gelte hier als Marketenderin«, raunte Marie ihm zu.

»Aber was führt Euch hierher und warum diese Verkleidung? Das gehört sich doch nicht für eine Dame von Stand.«

»Was nützt es mir, eine Dame von Stand zu sein, wenn ich Michel nicht mehr habe? Ich habe mich aufgemacht, meinen Mann zu suchen, denn ich kann nicht glauben, dass er tot ist.«

»Ich kann Euch auch nicht sagen, was mit ihm geschehen ist, denn niemand hat ihn mehr gesehen, weder lebend noch tot.« Timo stieß die Worte so knurrend aus, als glühe eine unlöschbare Wut in ihm.

Marie spitzte die Ohren. »Du musst mir alles erzählen, was damals geschehen ist, Timo.«

Timo senkte betroffen den Kopf. »Leider ist das nicht viel, denn ich bin bereits in der ersten Schlacht verwundet worden und musste in Nürnberg zurückbleiben, während Ritter Michel im Gefolge Heribalds von Seibelstorff aufbrach, um gegen die Böhmen zu kämpfen. Was dort geschah, habe ich nur gerüchteweise vernommen.«

»Was hast du denn erfahren?«, drängte Marie.
Timo antwortete nicht, denn er hatte die Ähnlichkeit zwischen Trudi und ihrer Mutter entdeckt und starrte sie verwundert an. »Sagt bloß, Ihr habt zuletzt doch noch ein Kind von meinem Herrn empfangen?«
Marie bejahte. »Trudi ist einer der Gründe, warum ich mich als Marketenderin verkleiden musste. Da Michel zum Reichsritter ernannt worden ist und als tot gilt, wollte man mir meine Tochter wegnehmen und sie am Hof des Pfalzgrafen erziehen lassen. Ich aber sollte mit irgendeinem Pfeffersack verheiratet werden, bei dem Herr Ludwig Schulden hat.«
»Da haben die hohen Herrschaften sich an Euch wohl die Zähne ausgebissen!« Timo erinnerte sich nur allzu gut an die Durchsetzungskraft seiner Herrin und grinste. Er war schon in Konstanz Michels Stellvertreter gewesen, als seine spätere Herrin dem Kaiser getrotzt und ihm ihre Rache abgerungen hatte.
»Erzähl mir von Michel!«, forderte Marie ihn auf.
»Ja, aber nicht hier, wo man gleich sein eigenes Wort nicht mehr verstehen wird.« Timo zeigte auf die Ritter, die sich zum nächsten Durchgang bereitmachten, und bat Marie, ihm aufzuhelfen und das Seil der Absperrung hochzuhalten. Sie schlüpften unter der Absperrung hindurch und brachten damit die Turnierknechte gegen sich auf, die das Feld für die Ritter freihalten mussten. Zwei der in bunte Waffenröcke gehüllten Männer eilten auf sie zu und hoben drohend ihre Spieße. »Macht den Platz frei, Gesindel!«
Timo wollte schneller gehen, blieb aber mit dem an seinen Stumpf geschnallten Stecken in einem Loch hängen und fiel hin. Marie stellte Trudi ab, um ihm aufzuhelfen. Einer der Turnierknechte holte mit seinem Schaft aus, doch lief die Kleine mit hoch erhobenen Händchen auf ihn zu. »Nix tun!«, schrie sie.

»Hilf dem Krüppel, damit er fortkommt, oder willst du etwa das Kind schlagen?«, rief einer der Zuschauer dem Turnierknecht zu. Dieser brummte mürrisch, riss Timo jedoch hoch und gab ihm einen Stoß, so dass er von den Zuschauern aufgefangen und festgehalten werden musste. »Und jetzt verschwindet, oder ich lasse euch ins Turmverlies werfen!«

»Wir sind gleich weg«, versprach Marie und führte Timo und Trudi zwischen den sich aufstellenden Rittern ins Freie. Sie kamen an den Zelten vorbei, in denen die Kämpfer versorgt wurden, und mussten sich durch ein Gewühl aus Pferden und schimpfenden Knechten drängen. Marie war so beschäftigt, den stampfenden Hufen auszuweichen, dass sie Falko von Hettenheim nicht bemerkte, der sie angespannt beobachtete.

Der Ritter hatte sie sofort wieder erkannt und ließ sie nicht aus den Augen. Vor wenigen Tagen erst hatte ihn ein Brief seiner Frau erreicht, den sie von seinem Burgkaplan hatte schreiben lassen. Neben ihrer großen Hoffnung, endlich den erwünschten Erben in sich zu tragen, hatte sie ihm auch berichtet, dass die Ehefrau des gefallenen Ritters Michel Adler nach dessen Tod eine Tochter geboren hätte. Als Falko Marie nun mit dem Kind und Michels ehemaligen Knecht Timo an sich vorbeigehen sah, wurde der Verdacht, den er vor mehreren Wochen gehegt hatte, zur Gewissheit. Er verglich sie im Geist mit den unansehnlichen Mägden, mit denen er sich hier in Nürnberg zufrieden geben musste, und fand, dass Marie Adlerin durch die Geburt noch schöner geworden war als damals in Rheinsobern. Sein Unterleib reagierte mit einem schmerzhaften Ziehen auf diesen Vergleich, so dass er an sich halten musste, um nicht aufzuspringen und sie auf der Stelle ins Zelt zu zerren. Zuerst musste er dieses Turnier gewinnen, dann würde er sie sich holen. Entkommen konnte sie ihm nicht mehr.

Timo führte Marie ein Stück weit die Pegnitzauen entlang, bis das Geschrei und die Geräusche vom Turnierplatz nur noch gedämpft zu hören waren, und fasste ihre Hände. »Ich bin so glücklich, Euch zu sehen, Herrin, und erst das Kind! Ritter Michel würde jubeln vor Glück, hätte er ihre Geburt noch erleben dürfen.«

»Ich glaube nicht an seinen Tod! Ich sehe ihn oft in meinen Träumen vor mir, und mein Gefühl sagt mir, dass er noch lebt.«

»Gäbe Gott, dass es so wäre! Nach all der Zeit hege ich keine großen Hoffnungen mehr.« Timo seufzte und strich sich dann mit der Zunge über die Lippen. »Mein Hals kratzt arg, Herrin. Ich weiß nicht, ob die Worte da so herauskommen werden, wie ich es will.«

Marie stand auf und blickte sich um. Etwa fünfzig Schritt entfernt hatte einer der Wirte sein Fass im Schatten einer mächtigen Kiefer aufgebockt und war gerade dabei, die Krüge seiner Knechte neu zu füllen. »Bleib du bei dem Onkel«, sagte Marie zu ihrer Tochter und eilte los.

Trudi zog eine Schnute und wich ein paar Schritte vor Timo zurück, denn der Einbeinige mit der Narbe im Gesicht war ihr nicht geheuer. Sie blieb aber in der Nähe, bis ihre Mutter mit einem Krug Wein, einem Krug Wasser und drei Bechern zurückkam. Marie füllte Trudi einen Becher mit Wasser, verdünnte ihren Wein und reichte Timo, der schon eine abwehrende Handbewegung machte, den Becher mit unvermischtem Inhalt. Dann hockte sie sich ebenfalls auf die sonnendurchwärmte Steinplatte, die nun im Halbschatten einiger Zweige lag. »Hier, trink einen Schluck und berichte mir dann alles, was du weißt.«

Timo leerte den Becher in einem Zug, wischte sich mit einem zufriedenen Brummen über den Mund und streifte die Tropfen aus seinem Bart. Dann begann er wortreich zu erzählen. Zunächst erfuhr Marie kaum mehr, als sie schon wusste, hob aber interessiert den

Kopf, als Timo Wiggo erwähnte, der Michel als Knappe gedient hatte.
»Kannst du mir sagen, wo ich den Burschen finde? Wenn er in der entscheidenden Schlacht dabei war, müsste er wissen, was mit meinem Mann geschehen ist.«
Timo winkte mit einer ärgerlichen Geste ab. »Das habe ich auch gedacht und den Jungen ins Gebet genommen, als er mit dem Heer nach Nürnberg zurückgekommen ist. Zuerst wollte er nicht so recht mit der Sprache heraus, doch dann gab er zu, Michels Aufbruch versäumt zu haben, weil er sich dem Treiben einiger Knechte angeschlossen hatte und deswegen gar nicht bei seinem Herrn gewesen war. Er hat nur mitbekommen, dass die beiden überlebenden Ritter, Falko von Hettenheim und Gunter von Losen, nur noch mit zwei Knechten zurückkehrten und Heribald von Seibelstorff, der damals ihr Anführer war, panikerfüllt zuriefen, auf der Stelle den Rückzug anzutreten.«
Marie hob den Kopf. »Außer diesen beiden Rittern gibt es also keine Zeugen für Michels letzte Stunden?«
Timo füllte seinen Becher, trank aber nur einen Schluck und schüttelte viel sagend den Kopf. »Ihr vergesst die überlebenden Reisigen, Herrin. Ich wollte schließlich auch wissen, was meinem Herrn zugestoßen war, und habe nach den beiden gesucht. Es hat einige Zeit gedauert, bis ich einen von ihnen erwischt habe, und mich überdies den größten Teil meiner Barschaft gekostet, ihn so betrunken zu machen, dass ich ihn aushorchen konnte. Was er mir berichtet hat, kam mir reichlich seltsam vor. Er hat nämlich behauptet, es habe gar keinen Grund zu einem überstürzten Rückzug des Heeres gegeben, denn Hettenheim und seine Begleiter hätten die paar Böhmen, mit denen sie aneinander geraten waren, in ihre Wälder zurückgescheucht. Der Anführer der Schar, eben dieser Ritter Falko, habe

ihm und seinem Kameraden jedoch verboten, sich um ihre Gefallenen zu kümmern, und befohlen, sofort ins Lager zurückzukehren. Er selbst und der andere Ritter seien ihnen erst nach einer Weile gefolgt, und das hätten sie wohl kaum getan, wenn Gefahr bestanden hätte. Das Wichtigste aber kommt jetzt: Der Bursche war sich sicher, dass Euer Gemahl zwar verwundet gewesen war, aber noch gelebt hatte, als er den Kampfplatz verlassen musste. Auf dem Rückmarsch hat er Teile eines Gesprächs zwischen Hettenheim und Losen aufgeschnappt, in dem sie sich über Ritter Michel lustig gemacht und sich ausgemalt haben, welches Ende er wohl in den Händen der Hussiten finden würde.«

»Sie haben ihn liegen lassen, damit die Hussiten ihn zu Tode foltern!« Marie schlug die Hände vors Gesicht.

Timo fasste sie bei der Schulter und schüttelte sie. »Das mag stimmen, aber sie hatten die Böhmen doch vertrieben, und wer weiß, ob die Kerle wirklich zurückgekommen sind.«

Marie blickte ihn mit neu erwachender Hoffnung an. »Vielleicht nicht. Zumindest haben diese Verräter Michel Zeit gegeben, seine Wunden zu versorgen und sich in die Büsche zu schlagen. Du weißt, er ist findig.«

»Das weiß ich wohl«, stimmte Timo ihr zu. »Es soll in einigen Teilen Böhmens noch immer Burgen und Städte geben, die dem Kaiser treu geblieben sind und den Hussiten bislang widerstanden haben. Vielleicht hat er eine von ihnen erreicht und ist nun in Sicherheit.«

Marie blickte ihn zweifelnd an. »Aber wenn das so wäre, warum hat er mir dann keine Nachricht zukommen lassen?«

»Ich kann mir nicht vorstellen, dass er einen Boten quer durch das Gebiet der Aufständischen schicken kann, und wenn er selbst fortgeht, werden die, die ihm geholfen haben, ihn für einen elenden

Feigling halten.« Timo sah Marie an, dass sie seine Worte in sich aufsaugte und für bare Münze nahm, und hob abwehrend die Hände. »Nein, nein, Herrin! Macht Euch keine unsinnigen Hoffnungen. Das sind doch alles nur Vermutungen, versteht Ihr? Ohne Hilfe ist Euer Gemahl gewiss noch auf dem Kampfplatz verblutet oder tatsächlich in die Hände der Feinde geraten. Wir sollten beten, dass er das, was sie mit ihm gemacht haben, nicht lange überlebt hat.«

»Seine Feinde sind Hettenheim und dieser ..., du hast einen Mann namens Losen erwähnt.«

»Gunter von Losen ist ein fränkischer Ritter, der auf dem Marsch von Rheinsobern hierher zu uns stieß und sich sofort Falko von Hettenheim anschloss. Er hat versucht, Herrn Michel zu demütigen, ist bei ihm aber an den Falschen geraten. Und ausgerechnet mit diesen beiden musste Euer Gemahl in seinen letzten Kampf reiten.« Timo trank den Rest des Weines aus und deutete zum Turnierplatz hinüber, auf dem der Buhurt unterdessen fortgesetzt worden war. »Wenn wir noch etwas sehen wollen, sollten wir jetzt zurückkehren, Herrin.«

Über Timos Bericht hatte Marie das Turnier ganz vergessen. Er hatte ihre Hoffnung eher bekräftigt als enttäuscht und ihr vor allem einen Grund geliefert, warum Michel nicht zu ihr hatte zurückkehren können. Ihr Mann war kein Feigling und würde Freunde, die ihm geholfen hatten, niemals in Stich lassen. Sie wandte sich mit einer heftigen Bewegung an den Knecht. »Hast du eine Ahnung, wann der Kaiser endlich gegen die Hussiten ziehen will? Bei uns im Lager hört man nur Gerüchte.«

»Ich weiß auch nicht mehr als Ihr, Herrin. Warum fragt Ihr?«

»Ich werde weiter nach Michel suchen. Wenn es sein muss, auch tief in Böhmen, doch allein kann ich nicht dorthin reisen.«

Timo schlug vor Schreck das Kreuz. »Schlagt Euch das sofort wieder aus dem Kopf, Herrin! Das ist viel zu gefährlich, ganz gleich, ob Ihr Euch einem Heereszug anschließt oder zu Fuß dorthin geht.«

Marie schüttelte den Kopf, dass ihre blonden Zöpfe sich lösten und um ihren Kopf flogen. »Solange ich noch glauben kann, dass Michel lebt, werde ich alles daransetzen, um ihn zu finden.«

»Darüber sollten wir später reden. Schauen wir lieber wieder dem Turnier zu. Wenn es Euch genehm ist, könnten wir unterwegs noch einen Krug dieses ausgezeichneten Weines mitnehmen.« Timo war anzusehen, dass er nachsann, wie er Marie von ihren gefährlichen Plänen ablenken konnte, und er atmete schon auf, als sie gleichmütig nickte. Vielleicht, dachte er, hatte sie das mit der Reise nach Böhmen doch nicht so ernst gemeint.

Marie ließ sich die beiden Krüge noch einmal mit Wein und Wasser füllen und kehrte mit Timo und Trudi zum Turnierplatz zurück. Dort hatten sich die Reihen der Ritter schon stark gelichtet. Viele der Besiegten lagen verletzt in Zelten, wo die Feldscher ihre Wunden und Knochenbrüche versorgten, und die Pferdekadaver am Rand des Platzes zeugten mehr als alles andere davon, mit welcher Härte dieser Wettkampf geführt wurde. In Maries Augen war das eine seltsame Art, Krieger auf einen Kampf vorzubereiten. Viel zu viele wurden verletzt, und wenn der Kaiser darauf warten wollte, bis sie alle wieder einsatzfähig waren, würde es heuer keinen Feldzug mehr geben.

Da gerade wieder Pause war, liefen Marie und Timo unter den drohenden Blicken der Turnierknechte über das Feld und setzten sich auf der anderen Seite vor den Füßen anderer Zuschauer ins Gras, die ihnen gutmütig Platz machten. Als Marie Trudi auf den Schoß genommen hatte und sich umschaute, bemerkte sie, dass der aufdringliche Mann neben ihr stand, der Falko von Hettenheim

bejubelt hatte. Sein breitflächiges Gesicht glänzte vor Freude, Schweiß und sicher auch reichlich genossenem Wein, und er grinste Marie anzüglich an.
»Lockere schon mal deine Röcke, Weib. Es sind nur noch acht Ritter im Turnier, und Herr Falko zählt zu ihnen. Wenn er gewinnt, werden wir zwei unseren Spaß miteinander haben.«
»Wovon träumst du nachts? Ich sagte dir doch, dass du mit deinen paar Schillingen zu den Pfennighuren gehen kannst.«
»Ich setze zehn Gulden auf Ritter Falko!« Der Mann war offensichtlich ganz sicher, dass Hettenheim gewinnen würde.
Marie musterte ihn spöttisch und streckte die Hand aus. »Du willst zehn Gulden besitzen? Das glaube ich erst, wenn ich sie sehe.«
Das Gesicht des Mannes färbte sich rot, doch nach einem kaum merklichen Zögern zog er einen Lederbeutel unter seinem Wams hervor und zählte Marie die Gulden einzeln in die Hand. Bevor er sie wieder an sich nehmen konnte, packte die Schwarze Eva die Münzen und versteckte sie hinter ihrem Rücken.
»He, was soll das? Gib mein Geld her, Weib!« Der Mann wollte ihr die Münzen mit Gewalt abnehmen, doch sie rief die umstehenden Zuschauer zu Hilfe.
»Es geht um eine Wette, und da soll doch alles mit rechten Dingen zugehen, nicht wahr?«
Ein paar Männer bejahten. Eva bat zwei von ihnen, die die einfache, aber saubere Tracht der Nürnberger Zeitler trugen, sich neben sie zu stellen und mit ihr auf das Geld Acht zu geben. »Gewinnt Ritter Falko, erhält der Herr hier seine Gulden zurück und kann mit meiner Freundin in die Büsche verschwinden. Verliert der Hettenheimer jedoch, wäre es zu schade, wenn er mit seinem Wetteinsatz das Weite suchen würde.«
»Das ist gerecht«, stimmte ihr einer der beiden Zeitler zu. Maries

Wettgegner schnaubte ärgerlich, beruhigte sich aber schnell wieder und grinste, als sähe er sie schon unter sich.
Marie drehte ihm den Rücken zu und fauchte Eva wütend an. »Ich mag es nicht, wenn man über meinen Kopf hinweg über mich bestimmt. Falls tatsächlich dieser verdammte Falko gewinnt, was Gott verhüten möge, kannst du die Beine für den Kerl da breit machen.«
»Ich glaube kaum, dass er damit einverstanden sein dürfte«, antwortete Eva kichernd. »Außerdem hat er noch nicht gewonnen. Schau nach vorne, Schätzchen! Es geht wieder los.«
Marie sah, wie sich die letzten acht Ritter aufstellten, und entdeckte zu ihrer Freude sowohl Heinrich von Hettenheim wie auch den jungen Seibelstorff unter ihnen. Zusammen mit zwei anderen Rittern traten sie gegen Ritter Falko und dessen Gefährten an. Timo tippte ihr auf die Schulter und zeigte aufgeregt auf einen Ritter an Falkos Seite.
»Der Kerl in der blauroten Rüstung ist Gunter von Losen.«
Marie schätzte den Ritter mit einem raschen Blick ab. Losen war nicht ganz so prächtig gewappnet wie Falko von Hettenheim, aber er wirkte mit dem hohen Federbusch auf seinem Helm und dem mit drei goldenen Sternen geschmückten roten Schild gegen die Ritter auf der anderen Seite wie ein Pfau. Der fränkische Ritter, den Marie trotz seiner Geckenhaftigkeit als erfahrenen Kämpfer einstufte, würde auf den schlecht gerüsteten Heribert von Seibelstorff treffen, während die beiden Hettenheimer gegen andere Gegner anreiten mussten.
Auf ein Zeichen des Kaisers hin hob der Herold seinen Stab. Ein Fanfarenstoß hallte über das Feld, und die Ritter trabten an. Da nun weniger Staub aufgewirbelt wurde, erlebten die Zuschauer hautnah mit, wie die Kämpen aufeinander trafen. Lanzen splitterten krachend, und auf beiden Seiten sanken Pferde in die Knie. Zu Maries

Enttäuschung blieb Falko im Sattel, während sein Gegner zu Boden geschleudert wurde. Heinrich von Hettenheim saß ebenfalls noch auf dem Pferd, während Heribert von Seibelstorff bedenklich schwankte und nur mit Mühe einen Sturz vermeiden konnte. Losen aber hatte Lanze und Steigbügel verloren, kippte in seiner schweren Rüstung zur Seite und fiel scheppernd zu Boden.

Marie stieß einen Jubelruf aus, während ihr Wettgegner noch breiter grinste. Er hatte sich einen Krug Wein besorgt, prostete ihr damit spöttisch zu und trank so gierig, dass ihm der Wein aus den Mundwinkeln lief und am Hals herabrann. Sollte Falko von Hettenheim das Turnier gewinnen, konnte Marie nur hoffen, dass der Kerl zu betrunken sein würde, um seinen Mann zu stehen, denn sie hatte vor, ihn eher umzubringen, als sich ihm hinzugeben.

Auf dem Stechfeld nahmen die noch im Sattel sitzenden Ritter die Helme ab und wischten sich mit Tüchern, die ihnen ihre Knappen reichten, den Schweiß aus den Gesichtern. Heinrich von Hettenheim musterte seinen nächsten Gegner mit einem abschätzenden Blick und verglich ihn mit seinem Vetter, der gegen Junker Heribert antreten sollte. Der junge Mann war Falko von Hettenheim auf keinen Fall gewachsen. Heinrich nickte dem Junker anerkennend zu. »Ihr habt wacker gekämpft und Losen Gras fressen lassen. Aber jetzt solltet Ihr beiseite treten und meinen Vetter mir überlassen.«

Junker Heribert schüttelte empört den Kopf, stülpte sich wortlos den Helm über und lenkte sein Pferd auf jenen Teil der Stechbahn, auf dessen anderer Seite Ritter Falko gerade Aufstellung nahm. Heinrich von Hettenheim zuckte mit den Schultern und konzentrierte sich auf seinen Kampf. Für ihn galt jetzt, den burgundischen Ritter, der ihm gegenüberstand, aus dem Sattel zu werfen. Es handelte sich um einen jener Männer, die von Turnier zu Turnier zogen und von den Preisgeldern lebten, also um einen im Tjost geübten

Kämpen, der Heinrichs Meinung nach zwar nicht so heimtückisch und verschlagen war wie sein Vetter, ihm aber sein ganzes Können abfordern würde.

Der Herold hob erneut seinen Stab, und die Ritter trieben ihre von den vorausgegangenen Kämpfen erschöpften Pferde an. Der Burgunder zielte gut, doch Heinrich gelang es, die Spitze der gegnerischen Lanze mit dem Schild beiseite zu schieben und den Turnierritter mit der eigenen Waffe aus dem Sattel zu stemmen. Neben ihm brach das Pferd des Seibelstorffers in die Knie. Heribert verlor den Halt und stürzte zu Boden. Im Gegensatz zu dem schwer gepanzerten Burgunder kam er zwar allein auf die Beine, doch das Turnier war für ihn zu Ende. Während er leise vor sich hin fluchend Görch folgte, der sein Pferd eingefangen hatte, machten sich Heinrich und Falko von Hettenheim bereit, den Sieger des Turniers unter sich zu bestimmen.

Marie, die sonst nur widerwillig zur Kirche ging, faltete die Hände, als die beiden Vettern Aufstellung nahmen, und betete stumm, aber inbrünstig zur Jungfrau Maria und der heiligen Maria Magdalena, Ritter Heinrich zu schützen und ihm zum Sieg zu verhelfen, während ihr Wettgegner Falko lautstark anfeuerte. Als die beiden Ritter antrabten, wurde es still im Rund. Marie schloss die Augen und stieß mit jedem Herzschlag eine Bitte an die Heilige Jungfrau aus. Plötzlich hallte ein einzelner scharfer Schlag über das Feld. Sie riss die Augen auf und sah beide Ritter noch im Sattel sitzen. Die Menge um sie herum stöhnte jedoch enttäuscht auf. Dann sah sie es selbst: Falko von Hettenheim rutschte mitsamt seinem Sattel immer weiter auf dem Rücken des Pferdes zurück, glitt über die Kruppe und stürzte seitwärts zu Boden.

Marie lachte schallend auf und klatschte in die Hände. Trotz des vielkehligen Gelächters, das dem ihren folgte, vernahm Falko ihre

Stimme, riss sich wütend den Helm vom Kopf und starrte sie drohend an. Ihre Schadenfreude ließ ihn die Niederlage doppelt demütigend empfinden, und er schwor sich, dafür zu sorgen, dass sie, wenn er seine Begierde an ihr gestillt hatte, keinen Mann mehr auslachen würde.

Unterdessen ritt Heinrich von Hettenheim zur Tribüne und senkte die Lanze vor dem Kaiser. Herr Sigismund winkte ihm huldvoll zu und forderte die Anwesenden auf, den Ritter hochleben zu lassen. Ein dreifaches Hurra ertönte, wobei Marie sich fast die Kehle aus dem Hals schrie.

Dann bedeutete der Kaiser der Menge, still zu sein, und wandte sich an den Sieger. »Ihr habt wacker gekämpft, Herr von Hettenheim. Doch Euer Vetter hat Eurem Geschlecht heute ebenfalls Ehre gemacht. Mit Rittern wie Euch an meiner Seite werden wir das aufständische Böhmengesindel bald niedergeworfen haben.«

Marie starrte immer noch auf Falko von Hettenheim, der sich wegen seiner schweren Rüstung nicht aus eigener Kraft erheben konnte und auf seine Knechte warten musste. Dabei bemerkte sie zunächst nicht, dass die Schwarze Eva sie ansprach. Erst als sie ein Zupfen am Ärmel verspürte, hob sie den Kopf und sah die Alte lächelnd über sie gebeugt.

»Hier, die sind für dich!« Eva zählte ihr sieben der zehn Gulden in die Hand. »Einen behalte ich und die beiden anderen gebe ich Theres und Donata. Wir haben auf diesem Kriegszug bisher kaum Geschäfte gemacht und können das Geld gut gebrauchen. So leicht hast du gewiss noch nie sieben Gulden verdient und wirst die anderen verschmerzen können.«

Marie stimmte ihr zu, auch wenn sie schon wesentlich mehr Gold in der Hand gehalten hatte. »Sieh zu, dass Oda nicht sieht, wie du Theres und Donata das Geld gibst. Sonst will sie auch einen Anteil, und ich bin nicht bereit, ihr auch nur einen Heller zukommen zu lassen.«

»Da kannst du unbesorgt sein, dem unverschämten Stück gäbe ich auch nichts.« Eva kicherte und warf einen raschen Blick zu Falko von Hettenheim hinüber, der eben von der Stechbahn geführt wurde. »Dem aufgeblasenen Kerl vergönne ich die Niederlage, aber am meisten freut es mich, dass unser braver Ritter Heinrich ihn in den Staub gestoßen hat.«

Doch Marie musste noch etwas loswerden. »Ich habe nichts dagegen, dass du diese Gulden behältst, aber wenn du noch einmal so über meinen Körper bestimmst wie eben, solltest du zu allen Heiligen beten, dass ich dich nicht als Erste umbringe. Ich lege mich unter keinen Kerl, hast du verstanden?«

Eva wollte schon lächelnd abwinken, doch dann bemerkte sie den Ausdruck in Maries Augen und schluckte. »Ich fürchte, das meinst du ernst! Es ist wohl nicht ratsam, dich zur Feindin zu haben, nicht wahr?«

»Das solltest du dir merken«, riet Marie ihr mit einem feinen Lächeln, welches Eva an eine sprungbereite Katze erinnerte, die eine Maus vor sich sieht.

2.

Ritter Falko feuerte seinen Helm in die Ecke des Zeltes, ohne darauf zu achten, ob das teure Stück Beulen oder Schrammen davontrug. Er konnte es einfach nicht fassen, ausgerechnet von seinem Vetter Heinrich vom Pferd gestoßen worden zu sein, und brüllte seinen Diener an, ihm Wein zu bringen. Drei hastig heruntergestürzte Becher fachten seinen Zorn jedoch nur noch mehr an. Kaum hatte sein Knappe ihn aus dem stählernen Korsett der Rüstung befreit, verließ er das Zelt, um Gunter von Losen aufzusuchen. Er traf seinen Freund in einem üblen Zustand an und mindestens ebenso wütend wie er selbst.

Losen ballte die Fäuste. »Dieser elende Lümmel! Dieses Nichts von einem Milchgesicht! Ich hatte diesen Gernegroß fast schon aus dem Sattel gestoßen, als mein Steigbügel riss und ich den Halt verlor. Ich bin nur froh, dass du Junker Heribert Staub hast fressen lassen.«

»Dafür habe ich den Endkampf gegen meinen Vetter verloren. Möge der Kerl samt seinen Söhnen auf ewig in der Hölle schmoren!« Falko stieß eines der am Boden liegenden Rüstungsteile mit dem Fuß beiseite. »Heinrich hat mich vor dem Kaiser und dem ganzen Pöbel beschämt und zum Narren gemacht.«

»Wenn du ihn so hasst, solltest du ihn den Böhmen zum Fraß vorwerfen, so wie du es damals mit diesem Michel Adler gemacht hast.«

»Halt den Mund! Hier haben selbst die Zeltwände Ohren. Willst du riskieren, dass der nächste Becher Wein, den du zu den Lippen führst, vergiftet ist?«

Gunter von Losen stemmte seinen Oberkörper unter Schmerzen hoch und sah seinen Freund verwundert an. »Was ist denn mit dir los? Du hast doch nicht etwa Angst?«

Falko schüttelte ärgerlich den Kopf. »Natürlich nicht. Aber ich habe Michel Adlers Weib im Lager entdeckt. Wenn sie erfährt, was wirklich geschehen ist, wird sie alles daransetzen, ihren Mann zu rächen.«

»Adlers Frau ist hier im Lager? Unter den Trossweibern? Na, da gehört sie ja wohl auch hin. Wegen der würde ich mir keine Gedanken machen. Wie sollte die uns gefährlich werden können?«

»Sie war in ihrer Jugend eine Hure und die Schülerin einer Hexe.

Das Weib kennt Mittel, die einem Mann das Leben ganz langsam aus den Adern rinnen lassen.«

»Dann klage sie doch als Hexe an. Wenn sie auf dem Scheiterhaufen brät, sind wir vor ihr sicher«, schlug Losen vor.

Ritter Falko lachte gehässig auf. »Wenn das so einfach wäre, hätte ich es bereits getan. Frau Marie ist dem Kaiser bekannt und besitzt hohe Gönner im Reich. Selbst mein Herr, der Pfalzgraf, zählt zu ihnen. Außerdem wird es mich kaum befriedigen, wenn sie brennt. Ich will, dass sie sich unter mir windet, bevor ich ihr ganz langsam und genussvoll die Kehle zudrücke.«

»Ich habe schon sagen hören, dass Adlers Frau sehr schön sein soll, hätte mir aber nicht vorstellen können, dass sie dir das Blut erhitzt, denn du hast doch mehr Weiber besessen als sonst ein Mann. Wenn du sie gehabt hast, werde ich mir wohl auch anschauen, wie sie unter ihren Röcken gebaut ist.«

»Ich werde sie mir nicht nur anschauen.« Falko berauschte sich an dem Gedanken, Marie auf seine Weise für den Spott zu bestrafen, mit dem sie ihn bei seiner Niederlage überschüttet hatte. Wenn Losen ihm dabei half, sollte es ihm nur recht sein. »Sieh zu, dass du bald wieder auf die Beine kommst!« Er klopfte seinem Freund gönnerhaft auf die Schulter und beantwortete dessen schmerzhaft verzogenes Gesicht mit einem Grinsen. »Der Seibelstorffer Bengel hat wohl ein wenig arg hart zugestoßen, was?«

Losen hob drohend die Faust. »Mach, dass du hinauskommst, sonst stoße ich zu.«

Falko wich dem Weinbecher aus, den Losen nach ihm warf, und verließ lachend das Zelt. Neben dem Turnierplatz fand ein großer Jahrmarkt statt. Falko von Hettenheim schlenderte an den Buden entlang, ohne sich für die angepriesenen Waren zu interessieren. Erst bei einer Gruppe Gaukler, die unter der Anleitung ihres grauhaarigen Prinzipals ihre Künste zeigten, blieb er stehen und sah einer jungen Akrobatin zu, die ihren Körper verbog und Arme, Beine und Kopf zu einem Knoten verflocht, der den Zuschauern ein bewunderndes Stöhnen entlockte. Als sie kurz darauf einen Kopfstand machte und dabei die Beine spreizte, überlegte Falko, ob er sie nicht mitnehmen und in genau dieser Stellung benützen sollte. Für ein paar Münzen war die Frau gewiss dazu bereit. Doch als er auf sie zugehen wollte, wurde ihm bewusst, dass es im ganzen Lager nur ein einziges Weib gab, welches er unter sich spüren wollte, und das war Marie.

Falko wandte sich abrupt ab und stieß ein Mädchen, das ebenfalls die bunten Fetzen der Gaukler trug und in dessen Korb bereits mehrere Münzen klapperten, rüde beiseite. Sie schimpfte hinter ihm her, aber nicht zu laut, denn sein Wappen war bekannt, und die Leute wussten, dass er schnell und hart zuschlug.

Kurz darauf entdeckte Falko Marie und zwei ihrer Gefährtinnen am Rande des Festplatzes. Die dunkel gekleidete Marketenderin mit dem abgetragenen Männerhut auf dem Kopf, der sie wie eine alte Hexe aussehen ließ, hielt Maries Tochter auf den Armen und fütterte sie mit getrockneten Früchten, während Marie gerade mit großem Genuss eine Bratwurst verzehrte. Er trat mit einem höhnischen Grinsen auf sie zu und packte sie am Arm. »Komm mit, Hure, diesmal wirst du mir nicht entwischen.«

Marie, die ihn nicht hatte kommen sehen, sah erschrocken auf. Sein Blick verriet ihr, dass er sie erkannt hatte und sich nun holen wollte, was ihm in Rheinsobern versagt geblieben war. Um Hilfe zu rufen hatte keinen Sinn, denn niemand würde es wagen, sich einem Ritter entgegenzustellen, der eine Marketenderin in die Büsche schleppte. So ließ sie sich einfach in sich zusammenfallen und machte sich schwer. Falko riss sie hoch und fluchte unflätig, weil er ihr ganzes

Gewicht halten musste. Mit einem raschen Griff packte er sie unter den Achseln und schleifte sie auf das dichte Buschwerk am Pegnitzufer zu. Maries rechte Hand schlüpfte durch den verdeckten Schlitz ihres Rockes und tastete nach dem kleinen scharfen Messer, das sie aufgrund früherer Erfahrungen am Oberschenkel trug. Gerade als der Mann sie zu Boden stoßen und sich auf sie werfen wollte, zog sie es und setzte die Klinge auf seinen Hosenlatz. Falko bemerkte es erst, als die Spitze sich durch den Stoff gebohrt hatte und seine empfindlichsten Teile bedrohte.

»Wenn Ihr mich nicht sofort loslasst, werdet Ihr kein Weib mehr mit Gewalt nehmen können!« Marie hätte am liebsten mit aller Kraft zugestoßen und ihn entmannt, doch sie wusste, dass man sie danach in Stücke hauen würde, ohne ihr auch nur die Möglichkeit zu geben, sich zu verteidigen. Notfalls aber würde sie auch das in Kauf nehmen, denn sie wollte sich von keinem Kerl mehr benutzen lassen.

Falko spürte, wie ernst es ihr war, und gab sie frei. »Du Miststück solltest froh sein, mal einen richtigen Mann in dir zu spüren.«

»Geh zu den Huren oder spieße die böhmischen Weiber auf, wie du es ja sonst gerne tust, mich aber lass in Ruhe, verstanden?«

Falko war jedoch nicht bereit, ein zweites Mal an diesem Tag den Kürzeren zu ziehen. Er zog das Schwert und grinste Marie an. »Sprich dein letztes Gebet, Hure, denn jetzt werde ich dich erschlagen und deinen Kadaver in die Pegnitz werfen!«

Er packte Marie, die in dem dichten Gebüsch keine Möglichkeit zur Flucht finden konnte, und holte aus. Im selben Augenblick tauchte sein Vetter Heinrich hinter ihm auf und prellte ihm das Schwert mit einem Stock aus der Hand.

»Frauen zu bedrohen traust du dich, aber dich einem gleichwertigen Gegner zu stellen, dafür bist du zu feige. Komm, heb deine Waffe

auf! Ich warte schon lange darauf, dir mit der Klinge das Fell zu gerben.« Er warf das Holz weg und zog sein Schwert.
Falko von Hettenheim schmeckte an diesem Tag zum zweiten Mal die Bitternis einer Niederlage. Sein Tod würde Heinrich von Hettenheim ein reiches Erbe einbringen, und er selbst hätte an dessen Stelle gewiss nicht gezögert, es sich zu verschaffen. Aber er kannte seinen ehrpusseligen Vetter gut genug um zu wissen, dass dieser keinen Wehrlosen töten würde.
So streckte er beide Arme weit von sich. »Ist diese Hure es wirklich wert, dass sich zwei Blutsverwandte ihretwegen bekämpfen? Benutzen wir sie doch beide! «
Marie fauchte, doch Ritter Heinrich bedeutete ihr, still zu sein. »Das ist der Unterschied zwischen uns beiden, Vetter«, sagte er zu Falko. »Ich habe bis jetzt noch kein einziges Weib mit Gewalt genommen, während du deinen Hass auf deine Gemahlin, die dir nur Töchter gebiert, an unschuldigen Frauen austobst und dabei oft genug blutende Leiber beackerst.«
Ritter Falko lachte auf und wich dabei immer weiter von seinem Vetter zurück. Als er seiner Meinung nach weit genug gekommen war, zeigte er seinem Vetter noch eine obszöne Geste und ging dann scheinbar völlig ruhig zwischen den Ständen Richtung Stadt, als sei nichts geschehen.
Heinrich starrte auf sein Schwert, als frage er sich, ob es ein Fehler gewesen war, seinen Vetter am Leben zu lassen. Schließlich schob er es mit einem Achselzucken in die Scheide und drehte sich zu Marie um.
»Du solltest dich in Zukunft vor Falko in Acht nehmen, Marie. Er ist wie ein tollwütiger Hund – jederzeit bereit, einem die Zähne ins Fleisch zu schlagen.«
»Ich werde schon aufpassen. Danke für Eure Hilfe! « Marie klang

nicht so mutig, wie sie sich geben wollte. Falko würde gewiss nicht aufgeben, dachte sie und bedauerte es, dass er nun von ihrem Messer wusste. Ein zweites Mal würde sie ihn damit nicht überraschen können.

»Ich werde Anselm befehlen, auf dich aufzupassen«, erklärte Heinrich nach kurzem Überlegen. »Er vermag zwar selbst nichts gegen meinen Vetter auszurichten, aber er kann mich oder Junker Heribert zu Hilfe rufen. Wir beide werden dich beschützen.«

»Das ist sehr freundlich von Euch, Herr.« Marie behagte es zwar nicht, überwacht zu werden, doch solange Falko in der Nähe war, würde das ihr einziger Schutz sein. Sie schenkte Heinrich von Hettenheim ein dankbares Lächeln und zeigte auf Falkos Schwert, das immer noch am Boden lag. »Was machen wir damit?«

»Lass es liegen. Es ist nicht gerade ehrenhaft für einen Ritter, wenn er seinen Knappen aussenden muss, seine Waffe zu suchen. Aber er hat nichts anderes verdient.« Ritter Heinrich reichte Marie den Arm und bot ihr an, sie ins Lager zu begleiten.

3.

Als Falko von Hettenheim außer Sichtweite seines Vetters war, ließ er seiner Wut freien Lauf und stürmte blindlings durch die Menschenmassen. Eine Frau, die ihm nicht schnell genug auswich, packte er und schleuderte sie gegen einen Stand, an dem Honig und Pfefferkuchen feilgehalten wurden, so dass sie den Tisch samt den darauf ausgebreiteten Waren mit sich riss.

»Kannst du nicht aufpassen?«, brüllte der Verkäufer die Frau an.

»Der Ritter dort vorne hat mich gegen deinen Tisch geworfen. Er ist

schuld!«, verteidigte sie sich und zeigte auf Falkos breitschultrige Gestalt, die durch die Besucher des Jahrmarkts pflügte.
Der Verkäufer zog erschrocken den Kopf ein und begann, seine Töpfe und Tiegel vom Boden aufzulesen. »Sei still, Frau! Mit dem ist nicht gut Kirschen essen. Wenn man nur auf seinen Schatten tritt, bekommt man schon eine aufs Maul.«
Die Frau konnte sich nicht beruhigen. »Es wird Zeit, dass der Kaiser seine Männer in den Krieg schickt, damit sie auf Böhmen einprügeln und nicht auf anständige Nürnberger!«
»Da hast du Recht«, stimmte der Verkäufer ihr zu. »Die Kriegsleute führen sich auf, als wären sie unsere Herren und wir ehrbaren Bürger Würmer, die zu ihren Füßen kriechen müssen, und wenn wir unser Recht fordern, sind sie sofort mit dem Schwert bei der Hand. Erst letztens haben sie den Jockel vom Goldschmied Rupp zum Krüppel geschlagen, weil er ein wertvolles Schmuckstück nicht für einen Bettel hergeben wollte. Und …« Er führte noch einige Zwischenfälle auf, die die Nürnberger schon seit Wochen erbosten, und die Umstehenden, die neugierig zusammengelaufen waren, beteiligten sich lebhaft an seinen Klagen.
Ritter Falko nahm den Auflauf, den er verursacht hatte, gar nicht wahr, denn seine Gedanken beschäftigten sich nur damit, wie er sich an Marie und an seinem Vetter rächen konnte. Er ging viele Möglichkeiten durch, doch keine davon stellte ihn wirklich zufrieden. Er war so gedankenversunken, dass er Gisbert Pauer nicht bemerkte, der winkend auf ihn zueilte. »Herr Falko, da seid Ihr ja endlich! Ich suche Euch schon die ganze Zeit, der Kaiser will mit Euch sprechen!«
Erst als der Profos ihn bei der Schulter packte, wurde Falko sich der Gegenwart des Mannes bewusst. »He, Hettenheim! Habt Ihr nicht gehört? Ich sagte, der Kaiser ruft Euch zu sich!«

Falko blieb stehen und blinzelte verwundert. »Der Kaiser? Aber wieso denn?«
Pauer zuckte mit den Schultern. »Das müsst Ihr ihn schon selber fragen. Er wartet in seinem Zelt auf Euch. Beeilt Euch, denn Ihr wisst ja, dass Herr Sigismund leicht ungeduldig werden kann.«
Dessen war Falko sich nur allzu bewusst. Er drehte sich auf dem Absatz herum und hastete zu dem kaiserlichen Zelt, dessen rote Seide wie Feuerglut in der Sonne leuchtete. Obwohl Sigismund ein Quartier in der Stadt hatte, welches er bequem zu Fuß erreichen konnte, pflegte er sich zumeist vor den Toren aufzuhalten und dort seine Audienzen zu geben. Während Falko sich den Wachen näherte, dachte er, dass es ein gutes Omen war, nach der letzten Demütigung durch diese ehemalige Hure und seinen Vetter zu Sigismund gerufen zu werden.
Als Falko eintrat, lag der Kaiser angekleidet auf seinem Feldbett und bedeckte sein Gesicht mit den Händen. János, sein ungarischer Leibwächter, der wie immer in einem roten Waffenrock und grasgrünen Hosen steckte, kam dem Hettenheimer mit blankem Krummsäbel in der Hand entgegen und forderte ihn in gebrochenem Deutsch auf, stehen zu bleiben. Dann kündete er dessen Ankunft in seiner eigenen, sehr fremdartig klingenden Sprache an.
Sigismund rieb sich über die Stirn und setzte sich auf. Für einen Augenblick wirkte er müde und alt, dann straffte sich seine Miene, und um den Mund erschien der Anflug eines Lächelns. »Kommt her und setzt Euch, Hettenheim.«
Falko blickte sich verwundert um, entdeckte aber außer dem Ruhebett des Kaisers keine Sitzgelegenheit. Im gleichen Moment brachte János einen Klappstuhl herbei, der zwar recht unbequem war, aber eine Auszeichnung darstellte, da sonst nur die höchsten Reichsfürsten in Anwesenheit des Kaisers Platz nehmen durften.

Sigismund klatschte in die Hände, und kurz darauf erschien ein Diener mit einem vollen Krug Wein und zwei silbernen Pokalen, die er auf einem sechseckigen, mit Intarsieneinlagen übersäten Tischchen abstellte. Eine Handbewegung des Kaisers verscheuchte ihn wieder. »Schenkt Ihr uns ein, Hettenheim«, forderte Sigismund den Ritter auf und starrte auf den Pokal, als gäbe es nichts Wichtigeres auf der Welt als zu beobachten, wie der Wein hineinfloss. Er nahm das Gefäß beinahe gierig entgegen und leerte es in einem Zug. »Es war ein verdammt heißer Tag heute, und ich fürchte, in der Nacht wird es ein Gewitter geben.«
Falko von Hettenheim leerte seinen Pokal ebenfalls bis zur Neige und genoss, wie der schwere ungarische Wein wie Feuer durch seine Kehle floss.
»Dieser Wein hat Kraft«, lobte der Kaiser das Getränk.
»Das hat er wohl, Euer Majestät. Aber Ihr habt mich sicher nicht rufen lassen, damit ich die Qualität Eures Weines preisen kann.«
Sigismund lachte unnatürlich laut auf. »Nein, gewiss nicht. Ich habe Euch zu mir holen lassen, weil ich Euch für einen wackeren Mann halte, wie ich kaum einen besseren finden kann.«
Ein solches Lob hatte Ritter Falko nicht erwartet und er starrte den Kaiser verblüfft an. Sigismund reichte ihm den Pokal zum Nachfüllen und grinste wie ein kleiner Junge, dem eben ein besonders guter Streich eingefallen ist. »Ich möchte Euch fragen, ob Ihr nicht in meine Dienste wechseln wollt.«
Falko spürte, wie alles in ihm gierte, laut Ja zu schreien, aber er hielt sich noch zurück, weil er mehr erfahren wollte. Hatte Sigismund vor, ihn zum Reichsritter zu schlagen und ihm ein großes Lehen zu übertragen, wie er es längst verdient hätte? Er sah sich schon in Amt und Würden und beschloss, als Erstes seine Gemahlin Hulda zum Teufel zu jagen und sich ein jüngeres und vor allem angenehmeres

Weib ins Bett zu holen. Sofort korrigierte er sich. Williges Weiberfleisch fand er überall, im Ehebett jedoch konnte er nur eine Frau brauchen, die ihm Besitz, Reichtum und eine einflussreiche Verwandtschaft mitbrachte und die ihm vor allem einen Erben gebar.
»Ich brauche treue Männer«, fuhr der Kaiser fort, ohne auf Falkos triumphierendes Mienenspiel zu achten. »Männer, auf die ich mich verlassen kann. Ich will meinen Enkeln einmal mehr hinterlassen als ein paar wacklige Kronen, die ihnen jeder aufmüpfige Vasall wieder vom Kopf stoßen kann.«
Sigismund beugte sich vor, fasste Falko am Ärmel und zog ihn näher zu sich heran. »Ich bin es satt, gezwungen zu sein, die ach so edlen Kurfürsten, Reichsgrafen und Fürstbischöfe um Unterstützung anzuflehen, wie ich es seit Beginn des böhmischen Krieges tun muss. Die Hilfe, die ich von ihnen erhalten habe, reichte nicht einmal aus, einen einzigen erfolgreichen Feldzug durchzuführen. Meine Schwierigkeiten in Böhmen wären nicht ihr Problem, sagen sie hinter vorgehaltener Hand, aber mir gegenüber tun sie so freundlich und besorgt, als würde jeder Tag sie schmerzen, den die böhmische Rebellion andauert. Seht Euch doch den Nürnberger Burggrafen an. Vor gut zehn Jahren habe ich ihn mit der Mark Brandenburg belehnt und ihm den Kurhut auf die Stirn gesetzt. Dafür sollte er mir doch dankbar sein, nicht wahr? Fordere ich jedoch Geld oder Soldaten von ihm, verliert er sich in tausend Ausreden. Er wagt es, mir ins Gesicht zu sagen, sein Sohn Joachim müsse zuerst noch die aufrührerischen Ritter in Brandenburg zähmen und er selber habe so viel Geld im bayerischen Zwist verloren, dass er keinen Spießknecht mehr besolden könne. Ist es denn meine Schuld, dass er die Verlierer unterstützt und sein halbes Heer dabei verloren hat?«
Der Kaiser trank und streckte Falko den Pokal ein weiteres Mal zum Nachfüllen hin. »So wie der Nürnberger sind sie alle. Würde man

sie in einen Sack stecken und draufschlagen, man träfe keinen Falschen. Doch ich bin ihnen an Voraussicht und List überlegen.«
Er hob den Blick zum Himmel, als erhielte er eben eine göttliche Eingebung, und kicherte vor sich hin. »Wenn man es genau nimmt, kommt mir der böhmische Krieg nun sogar gelegen. Sollen die hussitischen Banden ruhig Bayern, Franken, Sachsen und andere Gebiete verheeren. Sie werden die dortigen Herren bald mürbe machen, so dass sie sich meinen Vorschlägen geneigter zeigen.«
»Welchen Vorschlägen?«, wagte Falko einzuwerfen.
»Ich habe den Reichstag angefleht, mir eine Sondersteuer für meinen Kampf um Böhmen zu bewilligen. Ich bat sie auch um Soldaten, doch selbst als Seine Heiligkeit, der Papst in Rom, zum Kreuzzug gegen die hussitischen Ketzer aufrief, blieben die hohen Herren geizig und ihre Ritter meinem Heer fern. Doch damit wird es bald ein Ende haben. Sobald die Hussiten das Reich so erschüttert haben, dass Mensch und Tier bis hinunter nach Burgund vor ihnen erzittern, werde ich dem Beispiel Englands folgen und die Reichsstände zwingen, mir eine regelmäßige Steuer zu bewilligen, die es mir ermöglicht, ein stehendes Söldnerheer zu unterhalten. Ihr, Hettenheim, sollt einer der Hauptleute dieses neuen Heeres sein.«
Als kaiserlicher Hauptmann hätte ich auf jeden Fall Anspruch auf ein Reichslehen, fuhr es Falko durch den Kopf, auch wenn er bezweifelte, dass es Sigismund gelingen würde, dem Reichstag einen solchen Beschluss abzutrotzen. Burgund würde sich ebenso wenig von den Hussiten bedroht fühlen wie die meisten Kurfürsten, auf deren Stimme es letztlich ankam. Bis in die Länder seines bisherigen Herrn, des Pfalzgrafen am Rhein, der ja auch die Kurwürde trug, konnten die Bauernkrieger aus Böhmen nicht gelangen, ohne ihre Rückzugsgebiete aufgeben zu müssen und somit verwundbar zu

werden. Das Gleiche galt für die Besitzungen der Fürstbischöfe zu Trier, Köln und Mainz und die des Markgrafen von Baden. Diese Herren würden Sigismund im Reichstag wohl eine weitere herbe Niederlage bereiten. Trotzdem hielt Falko es für förderlich, den kurpfälzischen Dienst zu verlassen und Herrn Sigismunds Gefolgsmann zu werden.

Er stand auf und beugte das Knie vor dem Kaiser. »Ich schwöre, Euch mit all meiner Kraft zu dienen und alles zu tun, um Eure Macht und Eure Größe zu mehren.«

Sigismund lächelte zufrieden und trank dem Ritter zu. »Ihr seid ein wackerer Mann, Hettenheim. Ich wollte, ich hätte mehr von Eurer Sorte.«

Falko nickte heftig, obwohl es das Letzte war, was er sich wünschte, denn er wollte weder seinen Lohn noch seinen Einfluss mit anderen teilen. Da Sigismund übergangslos weitersprach, setzte er sich wieder und hörte ihm aufmerksam zu.

»Ich darf natürlich nicht den Eindruck erwecken, als wolle ich nichts mehr gegen die Böhmen unternehmen, sonst würden die Reichsfürsten misstrauisch werden und meine Pläne hinterfragen. Aus diesem Grund werdet Ihr morgen früh mit einhundert meiner besten Ritter aufbrechen. Ich bleibe noch ein paar Tage hier, bis der Großteil der beim Turnier blessierten Männer wieder kampffähig ist, und folge Euch dann mit dem Rest des Heeres. Wir werden über Hersbruck, Sulzbach und Vohenstrauß nach Osten ziehen und wenigstens eine der hussitischen Städte in Böhmen erobern und niederbrennen. Ich will ein Fanal setzen und diesem aufständischen Gesindel zeigen, was es heißt, sich gegen seinen von Gott eingesetzten Herrn zu erheben.«

Mit grimmigem Gesicht forderte der Kaiser ein weiteres Mal Wein. Ritter Falko füllte ihm den Pokal und wollte auch sich selbst nachschenken, aber der Weinkrug war bereits leer. Er sah den Kaiser fragend an, in der Hoffnung, dieser werde nach dem Diener rufen und neuen kommen lassen. Doch Sigismund bemerkte seinen Blick noch nicht einmal.

Daher stellte er seinen Pokal wieder ab und stand auf. »Darf ich eine Bitte äußern, Majestät?«

»Nur zu«, antwortete der Kaiser gut gelaunt.

»Gestattet mir, für meinen Trupp eine oder zwei Marketenderinnen nach meinem Gefallen auszusuchen.« Falko war eben eingefallen, dass er sich auf diese Weise Maries bemächtigen konnte, denn einem kaiserlichen Befehl konnte sich auch sein Vetter nicht widersetzen.

Sigismund schüttelte den Kopf. »Nein, nein, Hettenheim! Ihr müsst beweglich sein, und Ochsenwagen würden euch nur aufhalten.«

»Aber …«, begann Ritter Falko, doch der Kaiser winkte heftig ab.

»Ich sagte Nein! Nehmt ein paar Packpferde mit Vorräten mit, ansonsten habt Ihr meine Erlaubnis, jederzeit unterwegs zu furagieren. Spätestens an der böhmischen Grenze werden wir wieder zusammentreffen, und bis dorthin werdet Ihr wohl auf Marketenderinnen verzichten können. Auf Euren früheren Streifzügen waren ja auch keine dabei.«

Falko von Hettenheim war klar, dass jedes weitere Wort sinnlos war. Daher verneigte er sich vor Sigismund und verließ rückwärts gehend das Zelt. Der Ungar, der ihn während der ganzen Zeit nicht aus den Augen gelassen hatte, schob seinen Säbel in die Scheide und schloss den Zelteingang hinter ihm.

Auf dem Weg zum Lager legte Falko sich seine nächsten Pläne zurecht. Zunächst ärgerte er sich darüber, dass Gunter von Losen zu angeschlagen war, um ihn begleiten zu können, doch dann huschte ein verstohlenes Lächeln über sein Gesicht. Wenn sein Freund im Heer des Kaisers blieb, konnte er seinen Vetter und das Weib im Auge behalten und dafür sorgen, dass Marie sich dem Zug des Kaisers anschließen musste. Zufrieden mit der Entwicklung, die sein Schicksal genommen hatte, stürmte er kurz darauf in Losens Zelt.

4.

Marie wusste nicht, was sie mehr verabscheute, die fürchterliche Hitze oder den Staub, den das Heer aufwirbelte und der in jede Ritze und Pore ihres Körpers kroch. Ihre Augen brannten wie Feuer und waren gewiss ebenso rot wie die Trudis, die missmutig neben ihr saß. Haare, Haut und Kleidung der Kleinen waren gelb gepudert, selbst ihre sonst weiß leuchtenden Zähne hatten die Farbe des Staubs angenommen. Marie sehnte sich nach einer Gelegenheit, die verschwitzten und staubverkrusteten Kleider ausziehen und sich waschen zu können. Doch solange das Heer marschierte, musste sie bei ihrem Wagen bleiben, auch wenn Michi ihn hätte lenken können, denn die Büttel des Profos achteten scharf darauf, dass sich niemand vom Zug entfernte, und abends war es zu gefährlich, sich außerhalb der Sichtweite der Wachen aufzuhalten. Erst vor zwei Tagen hatten mehrere Soldaten Oda abgefangen, als sie sich im Wald erleichtern wollte, und sie so lange benutzt, bis auch der Letzte zufrieden gestellt gewesen war. Oda hatte sich wütend bei Pauer beschwert, war aber ausgelacht worden und hatte sich überdies noch einige scharfe Worte anhören müssen. Es war, wie der Profos ihr gesagt hatte, einfach unmöglich, unter mehr als dreitausend Männern die Schuldigen herauszufinden, also müsse sie auf sich selbst aufpassen. Marie hasste es mindestens ebenso wie Oda, sich vor Hunderten von

Augenpaaren an den Straßenrand zu hocken, um ihre Notdurft zu verrichten, aber das war immer noch besser, als das Opfer einiger brutaler Kerle zu werden.
»Der Kaiser ist verrückt, sich mitten im Hochsommer auf den Marsch zu machen. Das hätte er im Frühjahr tun sollen«, schimpfte Eva, die sich mit ihrem Karren wieder hinter Maries Wagen eingereiht hatte. Sie nahm ihren durchgeschwitzten Hut ab und klopfte ihn an der Bordwand ihres Wagens aus.
Eine gelbe Wolke stob auf und wehte auf Oda zu, die sofort zu zetern begann. »Musst du noch mehr Staub aufwirbeln, als bereits in der Luft ist?«
»Viel mehr Dreck, als wir bereits schlucken, kann man kaum noch aufwirbeln.« Theres wischte sich mit der Hand über das schweißnasse Gesicht und verrieb den gelben Puder noch mehr, so dass ihr Gesicht einer steinernen Fratze glich.
Eva antwortete meckernd, doch Marie achtete nicht mehr darauf, was ihre Kameradinnen sich zuriefen. Sie fasste den Zügel mit einer Hand, holte mit der anderen die Feldflasche hinter dem Sitz hervor und öffnete sie mit den Zähnen, bevor sie sie an Trudi weiterreichte. »Hier, trink!«, sagte sie zu der Kleinen. Die halb volle Feldflasche war für die Ärmchen der Kleinen jedoch zu schwer, daher musste Marie ihr helfen und gleichzeitig auf ihre Ochsen Acht geben. Sie ärgerte sich über Michi, der schon wieder vom Bock gesprungen war und sich verdrückt hatte. Wahrscheinlich lief er weiter vorne bei den Soldaten mit und ließ sich irgendwelche schrecklichen Geschichten erzählen.
Langsam fragte Marie sich, ob es nicht ein Fehler gewesen war, Hiltruds Sohn mitzunehmen. Zu Hause war Michi ein braver und folgsamer Bursche gewesen, doch mittlerweile schaute er den Soldaten alle möglichen Unarten ab und geriet durch seine Unbesonnenheit

womöglich noch in Gefahr. Ihr wurde das Herz schwer, als sie an Hiltrud dachte, die ihr den Jungen anvertraut hatte und trotz der Tatsache, dass in Böhmen Krieg herrschte, überzeugt gewesen war, ihre Freundin könne auf ihn Acht geben und ihn heil wieder nach Hause bringen. Ich hätte ihn in Nürnberg bei Timo zurücklassen sollen, fuhr es Marie durch den Kopf. Der hätte dem Jungen den Kopf schon zurechtgesetzt, sie aber fühlte sich dieser Aufgabe nicht gewachsen, denn sie musste sich um Trudi kümmern, ihr Ochsengespann im Zaum halten und den Soldaten ihre Waren verkaufen.

»He, halt doch endlich an!«, brüllte jemand Marie an. Sie sah erschrocken auf und bemerkte, dass der Heerwurm ins Stocken geraten war und sie Gefahr lief, in die vor ihr marschierenden Fußsoldaten hineinzufahren.

»Brrr, Hinz! Halt, Kunz!«, rief sie den beiden Ochsen zu und zog die Zügel an. Die Tiere wurden sofort langsamer, aber ein paar der Spießträger mussten dennoch zur Seite springen, um nicht niedergetrampelt zu werden.

Der Soldat, der Marie gescholten hatte, stieß das Schaftende seines Spießes auf den Boden und starrte sie zornig an. »Wenn du das nächste Mal nicht besser aufpasst, steche ich dein Viehzeug ab! Dann kannst du deinen Wagen selber ziehen.« Der Blick, den er auf das hinter Marie auf dem Wagen stehende Weinfass warf, nahm seiner Drohung jedoch jegliche Wirkung. Marie holte einen hölzernen Krug aus der Kiste unter dem Bock und füllte ihn bis zum Rand.

»Hier, trink, damit du nicht umsonst von der Straße springen musstest«, rief sie dem Soldaten zu. Der nahm den Krug entgegen und setzte ihn an die Lippen. Seine Kameraden umringten ihn sofort und forderten lauthals ihren Anteil. Marie stieg lächelnd wieder auf den Bock und sah dann Oda auf sich zukommen, die neugierig schauen wollte, was passiert war.

»Was soll das heißen? Wie sollen wir Geschäfte machen, wenn du diesem Gesindel den Wein umsonst ausschenkst?«

Die Schwarze Eva, die ebenfalls abgestiegen war, verzog ihr Gesicht. »Hast du noch nie einen Krug Wein opfern müssen, um ein paar Soldaten zu besänftigen?«

Oda reckte die Nase gen Himmel und beschloss, die anderen Marketenderinnen nicht mehr zu beachten. Eva und Theres lachten über sie, Marie aber schenkte ihr keinen zweiten Blick, denn der Heerwurm hatte sich wieder in Bewegung gesetzt, und sie musste ihr Gespann antreiben, um die Lücke zu schließen, die sich vor ihr aufgetan hatte.

Als die Signalhörner am späten Nachmittag zum Halt riefen, atmeten die Marketenderinnen erleichtert auf. Es dauerte jedoch eine geraume Weile, bis sie sich einen Platz zum Lagern suchen konnten, und die besten Stellen waren wie üblich bereits belegt. Nur mit Mühe fanden sie einen geeigneten Platz, an dem sie ihre Wagen zusammenfahren und die Zugtiere ausspannen konnten.

Michi ließ sich auch jetzt nicht blicken, und Marie hätte sechs Paar Hände brauchen können, da Trudi vor Erschöpfung quengelte, während die Ochsen unruhig stampften und brüllten, weil sie das Wasser rochen, und sich kaum ausspannen ließen. Zuletzt musste Marie zwei Soldaten bitten, ihr zu helfen.

»Wenn ich dir dafür unter die Röcke schlüpfen kann, gerne«, antwortete einer erwartungsvoll grinsend.

»Ich hatte eher an einen Becher Wein für jeden von euch gedacht.«

Die beiden Soldaten sahen sich kurz an, dann packten sie die Ochsen, so dass Marie den Tieren endlich das Joch abnehmen konnte, führten sie zur Tränke und wischten ihnen mit trockenen Grasbüscheln den schlimmsten Dreck ab. Als sie fertig waren, wartete Marie bereits mit zwei bis zum Rand gefüllten Bechern Wein auf sie.

Die Soldaten prosteten ihr zu. »Für einen solchen Lohn sind wir gern zu Diensten.«

»He, Marie, wenn du so weitermachst, hast du bald keinen Wein mehr zu verkaufen«, rief Oda spöttisch herüber.

Eva, die bereits mit ihrer Arbeit fertig war und auf ein kleines Schwätzchen zu Marie herüberkam, drehte sich mit verächtlicher Miene um. »In die Verlegenheit kommst du gewiss nicht, weil du jede Unterstützung mit anderer Münze bezahlst. Aber wenn dein Bauch noch weiter wächst, wird den Männern ein Becher Wein lieber sein.«

Theres und Donata prusteten vor Lachen, während Oda Eva mit einer Reihe rüder Flüche bedachte, wie Marie sie selbst von der Wanderhure Berta nicht gehört hatte, mit der sie ein gutes Jahrzehnt früher über die Straßen gezogen war. Eva kümmerte sich jedoch nicht um die keifende Frau, sondern half Marie, alles für die Nachtrast vorzubereiten. Theres und Donata suchten unterdessen im Wald nach trockenen Zweigen für ein Feuer und ließen sich dabei von Junker Heriberts Knappen Görch und einem Reisigen aus dem Aufgebot Heinrich von Hettenheims helfen und beschützen.

Während Marie Wasser zum Kochen holte und etwas davon abzweigte, um sich und Trudi von der dicken Staubkruste zu befreien, stellte Eva im Rund der zusammengeschobenen Marketenderwagen ihren eisernen Dreifuß auf und schichtete Gras und Holz für ein Feuer auf. Nicht lange danach quoll Dampf aus dem großen Kessel, der über den Flammen hing. Marie und Theres suchten die Zutaten für das Abendessen zusammen und brachten sie Eva, die an diesem Abend das Kochen übernommen hatte und angesichts der geringen

Menge an Schmalz und Salzfleisch die Nase kraus zog. »Der Hunger wird's wohl reintreiben.«
Marie zog die Schultern hoch. »Du hast selber gesagt, wir müssen sparen, weil wir nicht wissen, wann wir wieder Nachschub bekommen.«
»Jetzt fahr nicht gleich aus der Haut. Man wird doch noch jammern dürfen.« Eva lachte kurz auf, warf die ersten Brocken in den Kessel und sah Marie dann auffordernd an. »Ein paar Graupen solltest du mir aber doch noch geben. Die Männer werden gewiss hungrig sein.«
»Nicht nur die«, antwortete Marie und stieg auf ihren Wagen, um noch ein halbes Maß zu holen. Nachdem Eva die Körner mit einem entsagungsvollen Seufzen in den Kessel geschüttet hatte, setzte Marie sich neben ihren Wagen auf einen flachen Stein und lehnte sich gegen einen Baum, um ein wenig zu verschnaufen. Trudi, die sich von Donata vom Wagen herunterheben ließ, lief auf ihre Mutter zu und schmiegte sich an sie.
Eva hatte ebenfalls Maries Schaff benutzt, um sich Gesicht und Hände zu waschen, die anderen Marketenderinnen sahen jedoch immer noch aus wie Gespenster. Donata und Theres blickten sich auffordernd an und verschwanden eifrig miteinander schwatzend im Wald.
»Passt auf, dass euch nicht ein paar Kerle aufs Kreuz legen!«, schrie Oda hinter ihnen her.
Die Antwort erhielt sie allerdings von Eva. »Ach, deswegen wäschst du dich nicht mehr! Da tust du gut daran, denn je mehr eine Frau stinkt, umso weniger sticht die Männer der Hafer.«
»Nein, nur die Nase«, warf Marie spöttisch ein. Sie erntete einen empörten Blick von Oda, die nun aber doch aufsprang und hinter den anderen herrannte.

Eva blickte ihr seufzend nach. »Auf dieses Miststück hätte ich gerne verzichten können.«
»Da bist du nicht allein«, antwortete Marie und sah auf, denn der Geruch der Suppe hatte ihre Kostgänger herbeigelockt.
Heinrich von Hettenheim, der als Erster auftauchte, trat zum Kochkessel und schnupperte. »Wenn das nur halb so gut schmeckt, wie es riecht, wird es ein Festmahl.«
Der junge Seibelstorff hockte sich neben Marie ins Gras und begnügte sich damit, ihr ein Lächeln zuzuwerfen, während die beiden Reisigen bei den Wagen stehen blieben und den Kessel anstarrten, als könnten sie den Kochvorgang mit den Augen beschleunigen. Hinter ihnen erschien Anselm, der die Worte seines Herrn vernommen hatte und sich schon die Lippen leckte. »Egal, wie es schmeckt, es kann nur besser sein als der Fraß, den die Trossküche heute ausgibt. Ich habe einen Blick darauf geworfen und mich geschüttelt. Da wird ja Schweinen besseres Essen vorgeschüttet, das schwöre ich euch.«
»Trotzdem hat der kaiserliche Tross auch seine guten Seiten. Zum Beispiel die hier.« Görch, der als Letzter in das Rund der Wagen trat, warf den anderen einen listigen Blick zu und holte eine unterarmlange Wurst und eine Speckseite unter seinem Waffenrock hervor.
»Das stammt aber nicht aus der Verpflegung für die gewöhnlichen Leute«, spöttelte Eva und streckte die Hand danach aus.
Der Knappe blickte sie treuherzig an. »Aber meine Gute, da wir nicht auf Kosten des Kaisers essen, sondern auf unsere eigenen, haben wir gelegentlich doch mal eine kleine Entschädigung verdient.«
Eva ließ Görchs Beute unter dem aufgestapelten Feuerholz verschwinden und lächelte ihn an. »Lass dich aber ja nicht vom Profos

erwischen. Wie ich gehört habe, schlagen Pauers Knechte sehr hart zu, und unter zwanzig Rutenhieben kommst du gewiss nicht davon.«

Junker Heribert war aufgestanden und legte seinem Knappen die Hand auf die Schulter. »Hör, was Eva sagt, und lass das Stehlen sein. Eine Auspeitschung auf dem Feldzug kann, wenn sich die Striemen entzünden, deinen Tod bedeuten. Und selbst wenn du es überstehst, müsste ich etliche Zeit auf deine Dienste verzichten, und das würde ich dir arg übel nehmen.«

Als Eva von Rutenhieben sprach, begannen Maries Schulterblätter beinahe unerträglich zu jucken, so dass sie die Fäuste ballen und sich auf die Lippen beißen musste, und Heriberts Ermahnung verstärkte das Gefühl noch. Sie wusste, wovon der junge Ritter sprach, denn sie war als Siebzehnjährige mit Ruten gestrichen worden, wie man es beschönigend nannte, und beinahe daran gestorben.

Mühsam schüttelte sie die immer noch albtraumhaften Erinnerungen ab, drückte Trudi an sich und streichelte ihr gedankenverloren über das Haar. Dabei fiel ihr auf, dass Michi sich immer noch irgendwo herumtrieb, obwohl das Essen schon fertig war. Die Unzuverlässigkeit ihres jungen Begleiters wurde langsam zu einem Problem. »Habt ihr eine Ahnung, wo Michi ist?«

Görch nickte. »Den habe ich vorhin bei Gunter von Losen gesehen. Ich glaube, Michi hat dessen Rüstung vom Staub gereinigt.«

»Er hätte lieber die Ochsen sauber machen sollen!«, schimpfte Marie. Es machte sie wütend, dass Michi ausgerechnet Gunter von Losen umschwänzelte. Der Mann war ein guter Freund Falko von Hettenheims, und das, was Timo ihr über den Zusammenstoß zwischen Michel und Losen erzählt hatte, ließ sie vermuten, dass Losen ebenso viel Schuld an dem Verschwinden ihres Mannes trug wie Falko von Hettenheim. Es wurde an der Zeit, ein ernstes Wort mit dem Jungen zu reden. Auch wenn sie ihn nicht direkt als ihren Knecht ansah, obwohl sie ihm neben Essen und Kleidung auch schon Münzen zugesteckt hatte, hatte er nicht das Recht, ohne ihre Erlaubnis für andere zu arbeiten, zumal sie ihn auf diesem Feldzug nötiger brauchte als je zuvor. Hätte Michi vorhin die Ochsen zur Tränke geführt, hätte sie nicht zwei Becher Wein dafür geben müssen. Sie überlegte, ob sie dem Jungen überhaupt etwas zu essen aufheben sollte, aber ehe sie sich zu einer Entscheidung durchringen konnte, nahm Eva sie ihr ab.

Die alte Marketenderin hatte das Essen für die Anwesenden auf einige Holzteller und -schalen verteilt und füllte nun zwei große Schöpflöffel voll in einen Tontopf. »Hier, das ist für Michi.«

Marie nahm den Topf entgegen und stellte ihn auf die Sitzbank ihres Wagens. Während sie Trudi fütterte und zwischendurch auch etwas aus ihrem eigenen Teller löffelte, kehrten die drei anderen Marketenderinnen zurück. Oda, die selbst nichts zu der Mahlzeit beigesteuert hatte, setzte sich sofort ans Feuer und griff nach der Schale, die für Theres bestimmt gewesen war.

»He, was soll das?« Theres wollte ihr die Schale abnehmen, deren Inhalt schon gefährlich schwappte, doch Eva reichte ihr eine andere. »Lass es für heute gut sein. Wir haben noch genug. Aber wenn Oda sich morgen nicht an den Zutaten beteiligt, wird ihr der Magen leer bleiben, das schwöre ich dir.«

Ungeachtet dieser Drohung löffelte Oda weiter und war fertig, bevor Theres und Donata ihre Schalen auch nur zur Hälfte geleert hatten.

»Man merkt, dass du für zwei essen musst«, spottete Eva und blickte sich fragend um. »Wer ist heute mit dem Spülen dran?«

»Da Oda sich selber zum Essen eingeladen hat, kann sie es tun«, schlug Theres vor, und die anderen stimmten ihr sofort zu. Oda machte ein saures Gesicht, sammelte aber dann doch das Geschirr ein. Ihr vorgewölbter Bauch machte es ihr jedoch unmöglich, auch noch den Kessel mitzunehmen. Daher stand Theres auf. »Komm, Oda, ich helfe dir.«

Während sie unter den Augen der Wachen Richtung Bach wanderten, schenkte Marie den beiden Rittern je einen Becher Wein ein und gab, als sie Görchs bettelnde Augen auf sich gerichtet sah, ihm und Anselm auch je einen halben Becher.

Eva kniff besorgt die Augen zusammen und wackelte mit dem Kopf. »Langsam muss ich Oda Recht geben! Du gehst doch etwas zu großzügig mit deinen Sachen um.«

»So schlimm ist es auch wieder nicht«, wandte Marie ein. »Immerhin bezahlen die beiden Herren das Essen für sich und ihre Leute mit gutem Geld.«

Ritter Heinrich warf Junker Heribert einen raschen Blick zu. »So viel ist es nun auch wieder nicht gewesen. Ich glaube, wir sollten wieder ein paar Schillinge hier lassen.«

Der Junker griff sofort zum Gürtel und löste seine schon arg geschrumpfte Börse. Bevor er jedoch eine Münze herausziehen konnte, hob Marie die Hand.

»Wartet, bis ich ausgerechnet habe, was Ihr uns schuldig seid.«

Heribert knotete die Schnur seines Beutels wieder am Gürtel fest. »Vergesst es aber bitte nicht, Frau Marie.«

Marie verdrehte die Augen, als sie diese Anrede hörte, die einer Dame von Stand oder wenigstens einer begüterten Bürgersfrau zustand, aber keiner Marketenderin. Auch Ritter Heinrich runzelte die Stirn, denn sosehr er Marie auch mochte, so machte er sich Sorgen, ob der Junker sich nicht ihretwegen zum Narren machen würde. Er hob seinen Becher und trank dem Jüngeren zu. »Auf Euer Wohl, Junker Heribert, und natürlich auf das deine, Marie. Eine so patente Marketenderin wie dich findet man selten.« Er leerte den Becher in einem Zug und stellte ihn auf den Boden.

»Soll ich nachschenken?«, fragte Marie.

Der Ritter schüttelte ernst den Kopf. »Lieber nicht, denn ich will einen klaren Kopf behalten.«

Sein sorgenvoller Tonfall ließ Marie aufhorchen. »Gibt es Schwierigkeiten?«

Heinrich ergriff einen Ast und stocherte damit im Feuer herum. »Schwierigkeiten ist zu viel gesagt. Für meinen Geschmack stecken mir die Fußknechte etwas zu viel die Köpfe zusammen, wenn keiner ihrer Offiziere hinsieht, vor allem die Flamen, die der Kaiser in diesem Frühjahr anwerben ließ. Die Kerle haben bislang nur ihr Handgeld bekommen und fragen nun immer lauter, wo ihr Sold bleibt. Ich hoffe, wir treffen bald auf den Feind und machen Beute, damit sie Ruhe geben.«

Eva spuckte verächtlich ins Feuer. »Dann hätte nicht Euer ehrenwerter Vetter die Vorhut führen dürfen, Ritter Heinrich, denn uns fehlen jetzt die Lebensmittel, weil er die Dörfer vor uns ausgeraubt und die dort vorhandenen Vorräte verbrannt hat.«

Heinrich von Hettenheim ballte die Fäuste. »Meinen Vetter interessiert es nicht, ob der Kaiser die Krone Böhmens wiedergewinnt oder nicht, Hauptsache, er kehrt als reicher Mann aus diesem Krieg zurück. Hoffentlich ist Gott so gerecht und versagt ihm zur Strafe den erhofften Sohn.«

Das hatte wie ein Gebet geklungen, und Marie, die wusste, dass Ritter Heinrich sich insgeheim Hoffnungen auf Falkos Erbe für seine Söhne machte, lachte hell auf. »Solange er mit Frau Hulda verheiratet ist, wird der Wunsch nach einem Sohn ihn zum Vater vieler Töchter machen, so dass Ihr einst sein Erbe werdet antreten können.«

Der Ritter hob verwundert den Kopf. »Kennst du Falkos Gemahlin denn?«
Marie nickte eifrig und merkte erst im letzten Augenblick, dass sie kurz davor war, sich zu verraten. Sie lachte etwas gekünstelt und wiegte Trudi auf den Armen, damit ihr mehr Zeit blieb, die richtigen Worte zu finden. »Nun, ich habe Frau Hulda einmal auf einem Markt gesehen, wo sie eine Kräuterfrau nach einem Mittel fragte, das ihr zu weiteren Schwangerschafen und möglichst vielen Söhnen verhelfen könnte. Sie erhielt auch einen Trank, doch die Kräuterfrau erzählte mir später, der Sud, den sie der Dame gegeben habe, würde dieser wie versprochen zu einem reichen Kindersegen verhelfen, jedoch nur zu Töchtern.«
Ritter Heinrich klopfte Marie lachend auf die Schulter. »Das würde ich meinem hochnoblen Vetter von Herzen gönnen. Doch eher wird er seine Frau im Schlaf ersticken und sich einen anderen gebärfähigen Leib in sein Bett holen als zulassen, dass ich oder einer meiner Söhne sein Erbe antrete. Na ja, es geht mir nicht so schlecht, dass ich am Bettelstab ginge, und wenn ich Glück habe, ernennt der ehrwürdige Abt von Vertlingen einmal meinen Ältesten zu meinem Nachfolger.«
Eva blinzelte ihm zu. »Vielleicht erringt Ihr in diesem Krieg die Gunst des Kaisers, und er belehnt Euch mit einer reichsfreien Herrschaft. Das hat er nämlich vor zwei Jahren bei einem tapferen Ritter getan, der ihm das Leben gerettet haben soll. Der arme Kerl hatte zwar nicht viel davon, weil er kurz darauf im Kampf gegen die Böhmen fiel, doch seine Erben werden ihm diesen Aufstieg wohl ewig danken.«
Marie musste an sich halten, um Eva nicht anzuschreien, dass ihr an einem lebendigen Michel weit mehr gelegen wäre als an einer Reichsgrafschaft, mit der sie nichts anfangen konnte. Selbst wenn

der Kaiser Wort hielt und ihrer Tochter das Lehen übertrug, würden andere Leute das Land verwalten und dabei hauptsächlich auf ihren eigenen Vorteil bedacht sein. Ihr aber würde man Trudi wegnehmen und sie selbst mit einem von Sigismunds Gefolgsleuten verheiraten. Ob derjenige ein besserer Mensch sein würde als dieser unsägliche Fulbert Schäfflein, der Oda geschwängert hatte, wagte sie zu bezweifeln.

»Die Welt ist ungerecht!«, brach es aus ihr heraus, und die anderen sahen sie verblüfft am.

»Was meinst du damit?«, fragte Eva.

Marie kniff die Augen zusammen und rieb sich mit den Fingerspitzen über die Stirn. »Nur eine alte Erinnerung, sonst nichts«, wich sie aus.

Junker Heribert trat neben sie und fasste ihre Hände. »Wenn Euch irgendjemand beleidigt oder bedrängt haben sollte, dann nennt mir seinen Namen, und ich werde ihn bestrafen.«

Marie entzog sich ihm mit einem missglückten Lachen. »Edler Herr, die meisten Leute, die mich beleidigten, habe ich vergessen, und die anderen sind es nicht wert, dass Ihr Euch mit ihnen beschäftigt.«

Der junge Seibelstorff sah nicht so aus, als würde er sich mit dieser Erklärung zufrieden geben, doch zum Glück kam Michi gerade mit schuldbewusster Miene zurück.

»Wo hast du dich die ganze Zeit herumgetrieben?«, fuhr Marie ihn verärgert an. »Hast du überhaupt schon etwas gegessen?«

Michi schüttelte den Kopf. »Nur ein Stück Brot, das mir der Proviantmeister zugesteckt hat.«

»Wir haben dir etwas aufgehoben«, erklärte Eva. »Es ist in dem Topf auf dem Bock. Komm, bring ihn ans Feuer, denn er dürfte inzwischen kalt geworden sein.«

Michi eilte zum Wagen, holte sich den Topf und stellte ihn neben das Feuer, so dass ihn nur die Hitze, aber nicht die Flammen erreichen konnten. Nach einer Weile zog er seinen Löffel aus einem Beutel an seinem Gürtel und begann zu essen. »Das schmeckt aber gut!«

»Das will ich dir auch geraten haben, denn schließlich habe ich heute gekocht.« Eva lächelte dabei und schnitt ihm ein Stück der Wurst ab, die Görch mitgebracht hatte. »Hier! Jungen in deinem Alter haben immer Hunger.«

Dann legte sie den Kopf in den Nacken und sah zum Firmament hinauf. »Der Abendstern ist bereits zu sehen. Da heißt es, ins Bett gehen, auch wenn es nur aus ein paar Decken besteht, die wir unter unseren Wagen ausbreiten.«

»Die alten Römer nannten den Abendstern Venus, nach ihrer Göttin der Liebe«, sagte Heribert mit einem sehnsuchtigen Blick auf Marie.

Heinrich von Hettenheim sah es und legte ihm die Hand auf die Schulter. »Wenn du unbedingt ein Weib brauchst, dann geh zu den Trosshuren. Marie ist zu schade, um als Liebchen eines Junkers zu dienen.« Er verzichtete auf die förmliche Anrede, die er bis jetzt benützt hatte, und sprach wie ein älterer Freund.

Heribert funkelte ihn empört an. »Ich verehre Frau Marie und würde sie nie aus niederer Lust heraus beschmutzen.«

»Das ist ein guter Vorsatz, den du nicht vergessen solltest.« Ritter Heinrich entschied sich endgültig dafür, so zu reden, wie ihm der Schnabel gewachsen war. Der junge Seibelstorffer brauchte jemand, der auf ihn aufpasste und ihm auch unangenehme Dinge vor Augen führte.

Theres und Oda kamen mit den gewaschenen Tellern zurück und teilten sie auf. Plötzlich stieß Eva einen scharfen Ruf aus und zeigte auf ein mit hübschen Schnitzereien versehenes Exemplar. »Halt, das da gehört mir!«

Oda zuckte zusammen und wollte die Schale unter ihrem Rock verschwinden lassen. Theres war jedoch schneller und entwand sie ihr. »Das ist wirklich dein schönstes Stück, Eva. Ich fürchte, wir dürfen Oda nicht mehr spülen lassen. Sie hat mir etwas zu lange Finger.«

»Ich habe sie gestern an Maries Wagen herumnesteln sehen, und als ich sie zur Rede stellen wollte, lief sie trotz ihres dicken Bauches blitzschnell davon.« Donata machte keinen Hehl aus ihrer Abneigung, und die drei anderen nickten düster.

Eva maß die Schwangere mit einem durchdringenden Blick. »An deiner Stelle würde ich vorsichtiger sein, denn bald wirst du unsere Hilfe bitter nötig haben.«

Oda winkte patzig ab. »Pah, bis mein Kind kommt, bin ich längst wieder in Nürnberg oder gar in Worms, in Herrn Schäffleins Haus.«

Eva lachte meckernd. »Wenn du dich da mal nicht täuschst! Mit einem dicken Bauch reist es sich nicht gut, und wenn Herr Schäfflein tatsächlich an seinem Bastard interessiert sein sollte, was ich doch arg bezweifle, wird er sich gewiss nicht freuen, wenn du mit einem tot geborenen Kind niederkommst, denn das würde an seinem männlichen Stolz kratzen.«

Marie musste kichern, als sie an das mickrige Männlein dachte, dem Oda so bereitwillig ihre Schenkel dargeboten hatte. Ehe sie dem Willen des Pfalzgrafen gehorchte und diesen Ritter von der traurigen Gestalt heiratete, würde sie es vorziehen, in ein Kloster zu gehen, um bis an ihr Ende um Michel zu trauern.

Eva tippte Marie auf die Schulter. »Was machst du denn jetzt schon wieder für ein Gesicht? Wenn man deine Stimmungsschwankungen beobachtet, könnte man fast den Verdacht haben, du wärst schwanger und nicht Oda.«

Marie fuhr zornig hoch. »Ich bin gewiss nicht schwanger!«

»Seit Nürnberg benimmst du dich aber recht eigenartig«, erklärte die alte Marketenderin gelassen, winkte dann aber selbst ab. »Du musst selbst mit deinen Launen zurechtkommen. Kommt, legen wir uns hin. Der morgige Tag wird nicht leichter als der vergangene.« Sie ging auf ihren Wagen zu, drehte sich jedoch ganz unvermittelt zu Oda um und zeigte mit dem Finger auf sie. »Sollte ich dich dabei ertappen, dass du um meinen Wagen herumschleichst, ziehe ich dir eins mit der Peitsche über, ob du nun gesegneten Leibes bist oder nicht!«

5.

Am nächsten Morgen tauchte Görch wie ein Schatten neben Maries Wagen auf, sah sich noch einmal verstohlen um und steckte ihr einen Schinken zu, den, wie er sagte, der Proviantmeister vergessen habe mitzunehmen. »Hier, für dich, für deinen leckeren Wein! Pass bitte gut auf dich auf und halte dich von den flämischen Fußknechten fern. Die Kerle wollen desertieren, wenn sie ihren Sold nicht bald bekommen, und auf dem Rückweg ins Reich ein paar Dörfer plündern, damit ihr Marsch sich gelohnt hat.«

»Aber hinter uns liegen doch nur noch die kaisertreuen Weiler auf Reichsgebiet. Die können sie doch nicht meinen!«

Görch zuckte mit den Schultern. »Wahrscheinlich doch. Aber was macht es schon, ob die Dörfer von den Böhmen oder den Soldaten des Kaisers überfallen werden? Das Ergebnis ist immer dasselbe.«

»Ja, Menschen werden umgebracht, Frauen geschändet und die

hohen Herren erheben ihre Pokale auf den Sieg. Es ist zum Haare-Ausraufen.«

»Ich muss sagen, mir ist es lieber, die Flamen bringen ein paar Bauern um, als dass sie hier im Heer Ärger machen«, antwortete Görch achselzuckend.

Marie nickte bedrückt. Von Michel wusste sie, dass rebellierende Truppenteile auch vor den eigenen Leuten nicht Halt machten und die Frauen beim Tross ihnen als Erstes zum Opfer fielen. In diesem Augenblick verfluchte sie die Idee, als Marketenderin aufzutreten, und wünschte sich in Hiltruds warme Bauernstube zurück. Dann aber erinnerte sie sich energisch daran, dass sie dort ja auch nicht sicher gewesen war. Einem ungewollten Ehemann ins Bett gelegt zu werden war oft genug der Beginn vieler hundert Vergewaltigungen, auch wenn der Mann in diesem Fall mit dem Segen der Kirche handelte. Also war es gleichgültig, an welchem Ort sie weilte. Für sie zählte nur, zu überleben und Michel zu finden. Sie steckte den Schinken, den Görch ihr gebracht hatte, zu ihren eigenen Vorräten und beruhigte ihr Gewissen damit, dass der Proviantmeister des Kaisers einem Stück Rauchfleisch nicht ansehen konnte, ob es aus seinen eigenen Beständen stammte oder nicht.

Sie zwinkerte Görch zu, der sich hastig verabschiedete, um zu seinem Herrn zurückzukehren, und winkte Michi zu sich. »Du bleibst heute bei mir, und du wirst dich auch in Zukunft nicht mehr bei Gunter von Losen und seinen Leuten herumtreiben! Hast du mich verstanden?«

Michi nickte widerwillig. Maries offensichtliche Abneigung gegen den Ritter ärgerte ihn. Gunter von Losen war immer freundlich zu ihm und behandelte ihn nicht wie einen lästigen Bauernlümmel, sondern beinahe wie den Sohn eines Edelmanns, und Lutz, sein Knappe, hatte ihm versprochen, ihm ein Schwert zu schenken, sobald er eines von den Böhmen erbeutet hatte. Michi freute sich unbändig auf eine eigene Waffe und wollte sich die Freundschaft dieses Mannes auf keinen Fall verscherzen, ganz gleich, wie oft Marie ihn dafür schelten würde. Er sah jedoch ein, dass er ihr helfen musste, denn sie war ja nur eine Frau und nicht von Kindesbeinen an mit Ochsen vertraut.

Er blickte mit einem jungenhaften Lächeln zu ihr auf. »Darf ich denn wenigstens heute Abend noch ein wenig zu den Soldaten gehen?«

Marie wollte ihm nicht alle Freude missgönnen und nickte. »Wenn du nicht zu Losen und seinen Leuten läufst, gerne.«

Michi mochte die Freundin seiner Mutter, die für ihn die beste Patentante der Welt war, aber selbst ihretwegen war er nicht bereit, auf ein Schwert zu verzichten. Warum sollte er sich zu Anselm oder Görch gesellen, die ihn wie einen kleinen Jungen behandelten und nicht wie einen vollwertigen Mann? Ritter Gunter unterhielt sich oft mit ihm, fragte nach Marie und lobte ihre Schönheit und ihre Stimme, so dass es ihm manchmal schwer fiel, nicht damit herauszuplatzen, dass sie keine einfache Marketenderin war, sondern eine echte Dame von Stand.

Während Michi seinen Gedanken nachhing, trieb Marie ihre Ochsen an und ließ das Ende der Peitschenschnur so knapp über ihren Köpfen tanzen, dass sie es wohl spürten, aber keine Schmerzen empfanden. Trudi lachte vor Freude, als die Tiere mit ihren Ohren wackelten, als wäre die Schnur eine Fliege, die sie vertreiben wollten. Die beiden Ochsen stemmten sich gehorsam ins Joch und zogen den schweren Wagen scheinbar ohne große Mühe von der Stelle. Marie dachte daran, dass sie auch heute nichts anderes zu sehen bekommen würde als die Rücken der vor ihr marschierenden Soldaten und den ewigen Staub, der bereits in dichten Schwaden über der Kolonnenspitze aufstieg.

Es mochte an den mürrischen Flamen liegen oder daran, dass sich die Anzeichen bewohnten Landes mehrten, denn Marie kam es so vor, als rückte der Heerwurm noch langsamer vor als die Tage vorher. Die kurze Mittagsrast nutzte sie, um mehrere Eimer Wasser aus einem nahen Bach zu schöpfen und die Ochsen zu tränken. Eva entdeckte in der Nähe eine Quelle und rief die anderen Marketenderinnen zu sich. Frisches und vor allem sauberes Trinkwasser stellte auf diesem Feldzug eine rare Köstlichkeit dar. Es gab zwar überall Bäche und Flüsse, doch meist waren sie, wenn die Frauen sie endlich erreichten, schon von den Hufen der Pferde aufgewühlt und schlammig. Zudem hatten viele Soldaten die Angewohnheit, ins Wasser zu urinieren, obwohl das bei Androhung von Stockhieben verboten war. Aus diesem Grund schöpften die Marketenderinnen ihr Trinkwasser nur ungern aus einem fließenden Bach.

Nachdem Marie ihre Wasservorräte wieder aufgefüllt hatte, reichte sie Trudi ein Stück trockenen Brotes und steckte sich auch selbst einen Bissen in den Mund. Als das Signal zum Weitermarsch erging, schnupperte sie misstrauisch.

»Riechst du was?«, fragte sie Eva.

Die alte Marketenderin schüttelte den Kopf. »Nein, nichts ... Halt! Warte! Irgendwie riecht es verbrannt.«

Jetzt merkten es auch andere, und die Unruhe wuchs. »Die Böhmen werden doch nicht den Wald angezündet haben, um uns zu vernichten? Trocken genug wäre er ja«, rief ein Mann besorgt.

Marie stellte sich auf den Bock und entdeckte weit in der Ferne eine Rauchfahne, die hoch in den Himmel stieg. Das sah nicht nach einem Waldbrand aus, aber auch nicht nach den Kochfeuern eines Heeres. An der Spitze des Zuges hatte der Kaiser ebenfalls die Rauchsäule entdeckt und fragte den Mann, der hinter ihm ritt, ob es sich um ein Zeichen Falko von Hettenheims handeln könnte. Seit er den Ritter mit seiner Schar losgeschickt hatte, wartete er sehnsüchtig auf eine Nachricht von ihm, aber bisher war noch kein Bote des Hettenheimers aufgetaucht. Mit einem heftigen Ruck zügelte er sein Pferd und befahl dem Mann, der ihm keine Antwort hatte geben können, dorthin zu reiten und nachzusehen. »Nehmt Euch zwanzig Mann, Herr Volker, und schaut, was dort vorgeht.«

Volker von Hohenschalkberg nickte, deutete wahllos auf einige Ritter in seiner Nähe, zu denen auch Heinrich von Hettenheim und Junker Heribert zählten, und trabte an, ohne zu prüfen, ob ihm auch alle folgten. Unter dem Blick des Kaisers wollte jedoch niemand von den Angesprochenen zurückstehen, und so ließen die Männer den sich langsam in Bewegung setzenden Heerwurm bald hinter sich. Der Brandgeruch wurde stärker und stärker, aber zur Erleichterung der Reiter blieb der Wald hinter ihnen zurück. Sie ritten jetzt über eine Siedlungsinsel, eine große, in den Wald geschlagene Lichtung, auf der Wiesen und Felder angelegt worden waren. In der Mitte stand ein größeres Dorf, dessen Bewohner versucht hatten, sich mit einer Palisade zu schützen. Als die Männer des Erkundungstrupps sich der Siedlung näherten, sahen sie, dass die Reste der hölzernen Befestigung und die größeren Häuser noch lichterloh brannten, während von den ärmlicheren Hütten nur noch Reste am Boden schwelten.

Einer der Ritter stieß einen gellenden Schrei aus und zeigte nach vorne. Heinrich von Hettenheim trieb sein Pferd an, um ebenfalls über die brennenden Holzstämme zu blicken, und fühlte, wie ihm das Blut in den Adern gefror. Es war nicht sein erster Feldzug, und er hatte schon genug Tote gesehen. Dieser Anblick aber erschien ihm wie ein Gruß aus der Hölle. Zwei hohe Haufen, die aus teilweise schrecklich zugerichteten Leichen von Männern, Frauen und Kindern bestanden, waren beidseits der Straße aufgeschichtet worden, und mitten auf dem Weg lag ein einzelner Leichnam, der nur noch an den Fetzen seiner Kutte als Priester zu erkennen war. Man hatte ihn auf ein Kreuz aus jaucheverschmierten Brettern genagelt und ihn anschließend ausgedärmt.

Junker Heribert würgte es. »Wer kann so etwas Entsetzliches getan haben?«, fragte er Ritter Heinrich mit grünem Gesicht.

»Entweder mein Vetter Falko oder die Hussiten. Ich nehme an, es waren die Aufständischen, denn Falkos Leute hätten sich nicht die Mühe gemacht, die Toten zusammenzutragen.«

Der Junker sah sich wild um. »Du meinst, die Böhmen sind noch in der Nähe?«

Ritter Heinrich warf einen Blick auf die rauchenden Trümmer des Dorfes und schüttelte den Kopf. »Nein, sie dürften sich längst wieder in die Büsche geschlagen haben. Ich bin sicher, sie wussten genau, dass wir kommen, sonst hätten sie die Leichen nicht als makabren Willkommensgruß für den Kaiser aufgetürmt.«

Ritter Volker wandte sich von Ekel und Entsetzen geschüttelt ab und wies einen seiner Begleiter an, zum Heer zurückzureiten und dem Kaiser Bericht zu erstatten.

Es dauerte eine Weile, bis Sigismund das Dorf erreichte, denn er hatte den Schutz seiner Truppen nicht verlassen wollen. Erst kurz vor der brennenden Palisade ließ er die Signalhörner zum Halten blasen, ritt auf Volker zu und rief nach einem Seitenblick auf die Toten gereizt: »Verdammt, zu was habe ich Ritter Falko als Vortrab vorausgeschickt, wenn nicht, um uns kleinere Streifscharen der Böhmen vom Hals zu halten und uns vor größeren Truppen zu warnen?«

»Wir sollten die Toten begraben«, bat Junker Heribert, der den kaiserlichen Wutausbruch nicht gehört hatte.

Der Kaiser drehte sich verärgert zu ihm um. »Dadurch würden wir mindestens vier Stunden verlieren. Nein, wir ziehen weiter. Mit

Gottes Hilfe werden wir diese Mörder finden und bestrafen.« Er wollte sein Pferd antreiben, doch es scheute vor dem toten Priester zurück, der vor ihm auf dem Weg lag.
»Warum habt ihr den noch nicht beiseite geschafft?«, fuhr der Kaiser Volker von Hohenschalkberg an.
»Wir sind Krieger und keine Totengräber«, rief dieser empört aus. Heinrich von Hettenheim winkte ein paar Knechte heran, die den Toten angeekelt zu den anderen warfen. Kurz darauf war die Straße frei, und das Heer konnte weiterziehen. Keinen ließ der Anblick der Toten unberührt. Die Ritter versuchten sich mutig zu geben und prahlten, wie sie den Böhmen diese Tat heimzahlen würden, die Knechte und Fußsoldaten aber stapften mit grauen Gesichtern die Straße entlang, und nicht wenige von ihnen übergaben sich am Straßenrand.
Marie bemühte sich, nicht hinzusehen, doch als sie ihr Gespann zwischen den Haufen hindurchlenken wollte, blieben die Ochsen wie angewurzelt stehen. »Geh nach vorne, wirf den Tieren das Tuch hier über die Köpfe und führe sie!«, befahl sie Michi, der sich steif vor Angst an den Wagenkasten klammerte. Marie gab dem Jungen einen sanften Stoß und riet ihm noch, den Blick nur auf die Ochsen und den Weg zu seinen Füßen zu richten. Dann zog sie Trudi auf ihren Schoß, deckte einen Teil ihres Rockes über sie und nahm die Zügel, um bereit zu sein, wenn es den Zugtieren einfallen mochte, kopflos davonzurennen. Sie heftete ihren Blick starr auf Michi, der Rotz und Wasser heulte, aber tat, was wie ihm gesagt hatte. Als das Schlimmste vorbei zu sein schien und er wieder neben ihr saß, streichelte sie ihn und stammelte ein über das andere Mal, wie tapfer er gewesen sei.
Die Straße zog sich schier endlos lange an dem brennenden Dorf entlang, und als sie von ihm wegbog, wollte Marie schon aufatmen.

In dem Moment sah sie von oben auf drei weitere Tote, die in einem überwucherten Graben lagen und den Augen der Sammler wohl entgangen waren. Es handelte sich um einen Mann, eine Frau und ein junges Mädchen. Marie wollte die Augen schließen, nahm aber im gleichen Moment eine Bewegung war. Sie sah wieder hin und stellte fest, dass ein Arm des Mädchens wie von selbst über den Boden kroch und die Finger seiner anderen Hand sich krampfhaft öffneten und schlossen.

Mit einem Ruck hielt sie die Ochsen an, reichte Michi die Zügel und sprang ab.

»Ist etwas passiert?«, rief Eva von hinten.

»Ich glaube, da lebt noch jemand!« Marie kniete neben dem Mädchen nieder und berührte zögernd seine Hand. Die Kleidung der vielleicht Zwölfjährigen hatte sich mit Blut voll gesogen, aber sie war noch warm, und ihre Muskeln zuckten wie im Fieber.

Einer der Männer des Profos hatte bemerkt, dass Maries Gespann stehen geblieben war, und eilte zornig herbei. »Mach, dass du auf deinen Wagen kommst und weiterfährst! Du hältst den ganzen Zug auf.

Marie schüttelte vehement den Kopf. »Das Mädchen hier lebt noch. Wir können es nicht einfach hier liegen lassen.«

Der Büttel warf einen kurzen Blick auf die Verletzte und spuckte aus. »Pah, die macht es nicht mehr lange. Du siehst doch, sie blutet wie ein Schwein.«

»Ich werde sie aber nicht wie ein Schwein verrecken lassen. Eva, bitte komm und hilf mir, sie auf meinen Wagen zu laden.«

Die alte Marketenderin kletterte steif vom Bock und trat näher. »Du weißt schon, was du tust?«, fragte sie zweifelnd.

»Oh ja! Das weiß ich sehr genau.« Sie wollte ihr nicht sagen, dass sie einst selbst blutverschmiert und halb tot neben einer Straße

gelegen hatte und nur deswegen noch lebte, weil Hiltrud sie unter dem Spott ihrer Mitreisenden auf ihren Ziegenwagen gelegt und später aufopfernd gepflegt hatte. Ohne auf die beißenden Kommentare einiger neugierig stehen gebliebener Soldaten zu achten, zog sie das Kind unter den Toten hervor und schleppte es zu ihrem Wagen.
»Fahr du eine Weile weiter!«, rief sie Michi zu. »Ich muss mich um die Verletzte kümmern.« Während der Junge die Ochsen antrieb, bettete Marie das Mädchen zwischen den festgezurrten Fässern und Kisten im Wagenkasten auf ein Stück Segeltuch, schnitt ihr den vom getrockneten Blut starren Kittel vom Leib und wusch den mageren Körper, der nur erahnen ließ, dass er einmal einer Frau gehören sollte. Danach kümmerte sie sich um die klaffenden Wunden am Oberschenkel und an der Schulter. Nun war sie froh um die Kräuter und Salben, die Hiltrud ihr mitgegeben hatte. Sie versorgte die Verletzungen, wie sie es gelernt hatte, und packte das Kind in saubere Tücher.
Das Mädchen kam den ganzen Tag nicht zu Bewusstsein, schrie aber immer wieder auf und schlug dann wild um sich, so dass Marie es keinen Augenblick allein lassen konnte. Ihr blieb nichts anderes übrig, als sich neben die Kleine auf eine Kiste zu setzen, ihr Wasser und fiebersenkende Säfte einzuflößen und sie mit sanfter Stimme zu beruhigen. Am Abend musste Michi die Ochsen versorgen und auch sonst den größten Teil von Maries Arbeit tun, so dass er nicht zu Gunter von Losens Knappen laufen und mit ihm reden konnte. Darüber ärgerte er sich so, dass er am liebsten alles hingeworfen hätte und einfach weggegangen wäre, denn die Toten, deren Gesichter ihn wie Gespenster verfolgten, hatten ihm gezeigt, wie überlebenswichtig es war, bewaffnet zu sein. Missmutig schlang er sein Abendessen hinunter, und als er sich in der Dämmerung wegschleichen

wollte, um doch noch Ritter Gunter zu besuchen, forderte Marie ihn auf, frisches Wasser zu holen und das Fass aufzufüllen, das draußen am Wagen hing. Als er damit fertig war, blies der Hornist bereits zur Nachtruhe, und ihm blieb nichts anderes übrig, als sich unter den Wagen zu legen, sich in seine Decke zu hüllen und zu schmollen.

6.

Das Erwachen am nächsten Tag war anders als sonst. Marie hatte die halbe Nacht bei der Verletzten gewacht und war, nachdem sie sich endlich niederlegt hatte, immer wieder aus schlimmen Albträumen hochgeschreckt, in denen die Toten Michels Züge angenommen hatten. Als sie sich müde und mit zerschlagenen Gliedern erhob, sah sie, dass ihr Findling wach war. Große grüne Augen starrten sie aus einem schmalen Gesicht mit hochgesetzten Jochbögen ängstlich an. Die Hände des Mädchens waren verkrampft, und ihre Lippen zitterten.

Marie lächelte ihm zu und träufelte mehrere Tropfen Mohnsaft in einen Becher Wasser. »Hier, trink, dann werden deine Schmerzen nachlassen.«

Sie setzte dem Kind den Becher an die Lippen und redete besänftigend auf die Kleine ein, bis sie den Trank gehorsam schluckte. Das betäubende Mittel zeigte nach kurzer Zeit Wirkung, die Lider des Mädchens fielen zu und seine regelmäßigen Atemzüge verrieten schon nach kurzer Zeit, dass es eingeschlafen war. Jetzt machte sich auch Trudi bemerkbar, die im Gegensatz zu ihrer Mutter in der Nacht süß und selig geschlafen hatte.

Während Marie ihre Tochter fütterte, stieg Eva ächzend auf ihren

Wagen und blickte herein. »Na, Marie, hast du schon bereut, diesen lebenden Leichnam mitgenommen zu haben? Wenn das Bauernmädchen stirbt, wirst du es begraben müssen, und glaube nicht, dass ich dir dabei helfe.«

Ähnliche Worte hatte sich auch Hiltrud vor langer Zeit anhören müssen, fuhr es Marie durch den Kopf, und sie funkelte Eva zornig an. »Wenn es so weit kommt, tue ich mehr für sie, als wir für ihre Verwandten und Freunde getan haben.«

Die alte Marketenderin zuckte mit den Achseln. »Der Kaiser hat es verboten. An so etwas musst du dich gewöhnen, sonst überstehst du die böhmischen Kriegszüge nicht. Jetzt komm endlich frühstücken. Im Lager geht etwas vor, und es ist eine alte Regel, dass man sich den Bauch voll schlagen soll, solange man noch dazu kommt.«

»Was ist denn los?«, fragte Marie verwirrt.

»Es muss mit den Flamen zusammenhängen. Genaueres weiß ich auch nicht. Theres wollte vorhin nachschauen, wurde aber von einem der Büttel verjagt.« Eva machte Marie Platz, damit diese das Wageninnere verlassen konnte, und hielt schnell Trudi fest, die ihrer Mutter nachkletterte und dabei beinahe zwischen Rad und Wagenkasten gefallen wäre. Marie bedankte sich, ließ das Kind aber auf dem Arm der alten Marketenderin sitzen, denn Donata reichte ihr einen Napf mit Brei und einen Krug Bier.

Während Marie aß, schweiften ihre Blicke über das Lager. Dort, wo das Gefolge des Kaisers und seine Ritter genächtigt hatten, wimmelte es wie in einem Ameisenhaufen, und trotz des Lärms konnte man deutlich die klangvollen Appenzeller Flüche vernehmen, die Urs Sprüngli, einer der Anführer der Fußknechte, ausstieß.

Eva nahm neben Marie Platz und deutete kopfschüttelnd auf den Schweizer. »Da muss etwas Größeres passiert sein, und ich kann nicht sagen, dass mir die Situation gefällt. Schau, dort geht Ritter

Heinrich. Vielleicht kann er uns Auskunft geben. Heh, Herr Heinrich, her zu uns!« Sie stellte sich auf und winkte dem Ritter eifrig zu.
Heinrich von Hettenheim blieb stehen und blickte zu ihr hinüber. Einen Augenblick sah es so aus, als wolle er weitergehen, doch dann kam er auf Maries Wagen zu. Sein Gesicht war grau vor Sorge. »Die Flamen haben sich heute Nacht in die Büsche geschlagen.«
»Ihnen war der Anblick von gestern wohl zu viel«, spottete Eva, obwohl ihr alles andere als zum Lachen zumute war.
»Gestern Abend haben sie, wie schon mehrfach in den letzten Wochen, einen Abgesandten zum Kaiser geschickt und ihren ausstehenden Sold gefordert, und als er ihnen auch diesmal verweigert wurde, haben die Unterhändler so unverschämte Drohungen ausgestoßen, dass Sigismund den Befehl gab, sie an Pfähle zu binden und für ihre Frechheiten auszupeitschen. Danach hat er sie begnadigt und ihnen die gleichen halben Versprechungen gemacht wie schon die letzten Male, anstatt sie wenigstens mit einer Geste zu beruhigen. Trotzdem hat niemand erwartet, dass die gesamte Gruppe desertieren würde.« Ritter Heinrich schlug wütend mit der Faust gegen ein Wagenrad. »Dieser Kriegszug steht unter keinem guten Stern, und das liegt nicht daran, dass der Feind erfolgreich ist, sondern an der Unentschlossenheit des Kaisers. Sigismund träumt davon, die aufständischen Böhmen zu unterwerfen, doch die Hussiten jagen ihm solche Furcht ein, dass er es nicht wagt, sie zu einer entscheidenden Schlacht herauszufordern. Stattdessen zieht er sinnlos umher und gibt große Teile des Reiches der Verheerung preis.«
Marie fühlte, wie die Angst ihren Magen in einen kalten Klumpen verwandelte. »Wie wird es jetzt weitergehen?«
»Der Kaiser ist der Meinung, es wäre zwar misslich, dass die Flamen desertiert sind, aber es seien noch genug Gewappnete und Fußvolk

da, um den Vormarsch fortsetzen zu können. Nur fürchte ich, dass er sich irrt. Das Beispiel der Flamen wird nämlich Schule machen.«

Eva sah ihn mit schief gelegtem Kopf an. »Ihr glaubt also, es werden sich noch weitere Soldaten heimlich verabschieden?«

»Ich würde nicht dagegen wetten. Aber jetzt muss ich dringend nach meinen eigenen Leute sehen, damit die nicht auch noch auf die Idee kommen, in die falsche Richtung zu laufen.« Der Ritter winkte den Frauen kurz zu und verschwand mit eiligen Schritten.

Marie blickte ihm seufzend nach. »Ich hoffe, er irrt sich.«

»Hoffen kannst du ja, aber wundere dich über nichts. Wie es aussieht, treiben die Leute des Profos die Soldaten zum Weitermarsch zusammen. Ich werde schon mal zu meinem Wagen gehen und alles bereitmachen.« Eva stieg von Maries Gefährt und schlurfte zu ihrem Karren.

Marie warf einen Blick auf ihr eigenes Gespann und sah, dass die Ochsen weder getränkt noch gefüttert worden waren. »Michi, wo bist du?«, rief sie zornig. Der Junge ließ sich nicht sehen. Sie schwor sich, ihm eine kräftige Standpauke zu halten, wenn er zurückkam, und befahl Trudi, im Wagen zu bleiben, während sie sich selbst an die Arbeit machte. Lange bevor sie fertig war, kam ein Büttel heran und forderte sie barsch auf, anzuspannen und sich mit ihrem Wagen in den Zug einzureihen. Marie nahm den Ochsen trotz ihres enttäuschten Brummens das Futter weg und richtete das Zaumzeug her. Sonst hatte Michi ihr wenigstens dabei geholfen, doch nun musste sie allein zurechtkommen. Der Büttel kehrte zurück, klopfte mit seinem Stock gegen eines der Wagenräder und fuhr sie an. »Beeil dich gefälligst, du dummes Weib!«

»Es würde schneller gehen, wenn du zupacken und mir helfen würdest«, fauchte Marie zurück. Sie befestigte rasch die Zugseile am

Wagen, packte die Zügel und stieg auf den Bock. »So, jetzt bin ich bereit.«

Der Büttel war jedoch schon weitergegangen. Marie ließ ihre Peitsche über den Ohren der Ochsen tanzen. Die Tiere setzten sich in Bewegung, mussten aber bald wieder anhalten, weil die Heersäule ins Stocken geraden war, und so ging es den ganzen Tag über. Trotz aller Bemühungen des Profos und seiner Büttel blieb der Zug immer wieder stehen. Marie war froh um die Pausen, gaben sie ihr doch die Zeit, sich um ihren verletzten Findling zu kümmern. Am Nachmittag wachte das Mädchen wieder auf, trank einen Schluck Wasser und kaute auch ein wenig auf dem Kanten Brot herum, den Marie ihm reichte. Dabei starrte es seine Pflegerin mit großen Augen an, ohne ein Wort zu sagen.

Marie strich der Verletzten über die Stirn und lächelte ihr aufmunternd zu. »Ich bin Marie, und wer bist du?«

Das Mädchen öffnete den Mund und versuchte, etwas zu sagen, brachte aber kein Wort heraus. Mit einer hilflosen Geste hob es die Hand und tastete nach seiner Kehle.

Marie beugte sich besorgt über sie. »Was ist, hat man dir auf die Kehle geschlagen oder dich gewürgt? Kannst du deswegen nicht sprechen?«

Die Kleine ruderte mit den Armen und stieß ein paar gurgelnde Laute aus.

Marie überlegte, ob ein Aufguss von Salbei und Spitzwegerich dem Mädchen helfen würde, aber in dem Augenblick klopfte der Büttel gegen den Wagenkasten und rief, dass es weiterginge.

»Ich muss wieder auf den Bock«, erklärte Marie ihrem Findling und schwang sich hinaus. Bevor sie die Ochsen antrieb, streckte sie noch einmal den Kopf hinein und bat Trudi, ihrem Findling ein wenig Wasser einzuflößen. Ihre Tochter schleppte die Trinkflasche zu dem Mädchen und versuchte, sie ihm an den Mund zu halten, doch sie brachte das schwere Gefäß nicht hoch. Das Mädchen nahm Trudi die Lederflasche aus der Hand, ehe sie ihr auf das Gesicht fallen konnte. Marie, die immer wieder in den Wagen hineingeblickt hatte, atmete erleichtert auf, als sie sah, dass die Verletzte sich selbst zu helfen wusste, denn es war ihr nicht mehr möglich, den Bock zu verlassen, weil der Heereszug in immer kürzeren Abständen loszog und wieder zum Stehen kam.

Nach einer Weile, in der Marie halb in Gedanken versunken auf die Rücken der vor ihr marschierenden Fußknechte starrte, spürte sie, wie jemand sie am Ärmel zupfte. Es war Trudi, die eifrig ins Wageninnere zeigte.

»Mädi Aua«, erklärte die Kleine.

Marie sah sich kurz um, ob jemand in der Nähe war, der ihr die Zügel abnehmen konnte, da sie aber niemand entdeckte, wickelte sie sie um den dafür vorgesehenen Stab und kletterte nach hinten. Ihr Findling deutete mit verzerrtem Gesicht auf ihren Unterleib und zitterte fast vor Anstrengung, den Inhalt ihrer Blase bei sich zu halten. Marie zog ein passendes Gefäß aus einer Kiste und schob es ihr unter.

»So wird es wohl gehen. Ich weiß, wie es ist, wenn man dringend muss und sein Lager nicht nass machen will.«

Evas durchdringender Pfiff riss Marie aus ihren Gedanken, und gleichzeitig hörte sie Theres' warnenden Ruf. »Der Zug steht!« Rasch eilte sie nach vorne und riss an den Zügeln. Zu ihrem Glück waren die Ochsen ohne ihre antreibende Lenkerin bereits langsamer geworden, und so blieb es den Fußknechten vor ihr erspart, in den Graben springen zu müssen.

7.

Am nächsten Morgen brachte Ritter Heinrich die Nachricht, dass in dieser Nacht eine Gruppe fränkischer Fußknechte desertiert sei. Schäumend vor Wut hatte der Kaiser einige Ritter hinter den Männern hergeschickt, um sie einfangen zu lassen, und dann den Befehl ausgegeben, den Tag über an diesem Lagerplatz zu verweilen. Die Zeit vertropfte zäh, während die Unruhe der Männer beständig wuchs und die Marketenderinnen sich besorgt ansahen. Die erzwungene Untätigkeit steigerte die Gefahr, dass das Heer auseinander brach, und am Abend hatte das graue Gespenst der Angst auch die Ritter ergriffen, denn ihre Kameraden waren bis zur Dämmerung noch nicht zurückgekehrt. Am nächsten Morgen waren wieder einige Dutzend Soldaten verschwunden, darunter sogar einige Reisige aus dem direkten Gefolge des Kaisers, und Sigismunds wuterfülltes Schreien war im ganzen Lager zu hören.

Eva wollte Donata holen, um Holz für das Feuer zu suchen, und fand die Freundin mit durchschnittener Kehle zwischen ihren durchwühlten und teilweise ausgeraubten Kästen und Truhen liegen. Als die alte Marketenderin wieder ins Freie trat, glich ihr Gesicht mehr denn je einem Totenkopf.

»Donata ist tot! Ermordet und beraubt von unseren eigenen Soldaten. Gott im Himmel, was für ein Ende für die arme Haut!«

Oda begann zu kreischen. »Ich spanne an und fahre! Hier bleibe ich keinen Augenblick länger!«

Theres lachte hart auf. »Glaubst du wirklich, du würdest durchkommen? Wenn dich die Böhmen nicht erwischen, schnappen dich unsere eigenen Deserteure, und ich fürchte, die bringen dich nicht weniger brutal um als der Feind.«

Marie setzte Trudi ins Wageninnere und sagte ihr, sie solle bei der Kranken bleiben. Dann starrte sie auf Donatas Wagen und schüttelte sich. »Wir müssen den Mord dem Profos melden und anschließend Ritter Heinrich bitten, Wachen für uns abzustellen. Sonst besteht die Gefahr, dass die nächsten Deserteure sich ebenfalls ihr Reisegeld bei uns holen.«

»Marie hat Recht«, stimmte Eva zu. »Komm mit, wir gehen gleich zu Pauer.« Sie schlang ihr Tuch enger um die Schultern, obwohl die Sonne nun schon das Land erwärmte, und stapfte los. Marie und die anderen folgten ihr, doch als sie zum Profos kamen, hörte Pauer ihnen nur mit halbem Ohr zu. Ihn beschäftigten andere Probleme als ein ermordetes Trossweib, und als Eva den Namen Heinrich von Hettenheims erwähnte, wirkte er direkt erleichtert.

»Ja, geht zu ihm, meldet ihm die Sache und sagt ihm in meinem Namen, er soll jemanden als Wache für euch abstellen.« Danach wandte er sich ab und stiefelte mit langen Schritten davon.

Eva spie eine unflätige Bemerkung aus, aber so leise, dass er sie nicht mehr hören konnte, und fasste Marie am Ärmel. »Hoffen wir, dass Ritter Heinrich mehr Verständnis für uns aufbringt, sonst werden wir selbst Wachen einteilen müssen.«

Marie breitete die Hände aus. »Das wäre wahrscheinlich das Beste.«

»Ein kräftiger Kerl mit einem Spieß in der Hand ist mir lieber. So einer lässt sich nicht von hinten überraschen, was ich zumindest Oda zutrauen würde.« Eva sah Heinrichs Knappen Anselm vorbeilaufen und schrie ihm hinterher. »Heh, Bursche! Wo finden wir deinen Herrn?«

Anselm blieb zögernd stehen und scharrte unruhig mit dem Fuß. »Bei unseren Leuten! Ich glaube nicht, dass er Zeit für euch hat, denn im Lager ist der Teufel los.«

»Donata ist in der Nacht umgebracht und ihr Geld gestohlen worden«, berichtete Eva.

Anselm ballte die Fäuste. »Donata ist tot? Hol der Teufel die Kerle, die das getan haben!«

Marie fuhr auf. »Verwünschungen werden uns nicht helfen, wenn die Nächsten abhauen und uns vorher noch die Kehle durchschneiden. Wir brauchen Männer, die bei uns Wache halten!«

Anselm zuckte unter ihrem scharfen Tonfall zusammen, nickte dann aber eifrig. »Keine Sorge, euch wird nichts geschehen, und wenn Görch und ich uns die Nächte um die Ohren schlagen müssen. Ich sage auf alle Fälle meinem Herrn Bescheid und komme dann mit seiner Antwort zu euch. Käme euch Mittag gelegen?«

»Das käme vor allem dir gelegen, weil du dich dann aus unserem Suppenkessel bedienen kannst. Aber tu dir keinen Zwang an. Wir haben genug für euch zu essen. Bis dorthin Gott befohlen.« Eva nickte Anselm erleichtert zu und bedachte ihre Gefährtinnen mit einem auffordernden Blick. »Kommt, kehren wir zurück und kümmern uns um Donatas Sachen, sonst sucht Oda sich noch die besten Stücke aus.«

Marie blickte sie erschrocken an. »Du meinst, wir sollen Donatas Besitz unter uns aufteilen?«

»Was denn sonst? Willst du warten, bis andere Leute ihren Wagen ausgeräumt haben?«

»Aber sie hat doch gewiss Verwandte oder andere Erben.«

Eva stieß ein keckerndes Lachen aus. »Hätte sie Kinder oder einen Mann, so würden wir einen Teil des Gewinns, den wir für ihre Sachen erzielen, für sie beiseite legen. Donata hat jedoch niemals Verwandte erwähnt, also sind wir anderen Marketenderinnen ihre Erben. So ist es Sitte, Kindchen.« Marie hatte nun keine Einwände mehr, und als sie Oda dabei antrafen, Donatas Wagen auszuräumen, gab sie Eva im Stillen sogar Recht.

»Konntest du nicht warten, bis wir Donata ein christliches Begräbnis gegeben haben?«, schnauzte sie die raffgierige Frau an.
Oda wies mit der Hand ein Stück seitwärts, wo ein paar Soldaten gerade dabei waren, eine Grube zu graben. »Ich habe den Kerlen einen Schinken und je einen Becher Wein dafür geboten, dass sie Donata verscharren. Also spar dir deine frommen Reden und halte mich nicht länger auf.« Dabei kletterte sie ungeachtet ihres dicken Bauches flink wie ein Eichhörnchen wieder in den Wagen zurück und rumorte darin herum. Marie mochte sich an dieser Leichenfledderei nicht beteiligen und ging zu dem Grab, das gerade so tief war, dass die Wölfe nicht an die Tote gelangen konnten. Sie sprach ein Gebet für Donata, die ihr in den Monaten ihres Zusammenseins zwar keine Freundin, aber doch eine gute Kameradin geworden war.
Trudi, die inzwischen gelernt hatte, alleine aus dem Wagen zu klettern, tappte ängstlich auf ihre Mutter zu, klammerte sich an sie und sah zu, wie die Soldaten die letzte Erde auf das Grab warfen und mit ihren Stiefeln festtraten. Die Kleine begriff nicht, was geschehen war, doch als Marie die Hände faltete, ließ sie sie los und tat es ihr gleich. Wenig später tauchten auch Eva und Theres auf, um sich von ihrer toten Gefährtin zu verabschieden, nur Oda ließ sich nicht blicken.
Nach einem kurzen und holprig gesprochenen Gebet legte Eva Marie die rechte Hand auf die Schulter. »Wir haben deinen Anteil zu deinem Wagen gebracht. Es ist nicht viel Wertvolles dabei, aber Stoff, Decken und Kleidungsstücke, die du für deinen Findling brauchen kannst. Du wirst Donatas Sachen für das Mädchen abändern müssen, denn sie sind ihr natürlich viel zu groß.«
Es fiel Marie schwer, sich zu bedanken, doch sie wollte die alte Frau nicht vor den Kopf stoßen. Daher nickte sie zustimmend und sah zu

ihrem Wagen hinüber. »Es war lieb von euch, an Anni gedacht zu haben.«
»Ah, Anni heißt sie! Hat sie denn endlich ihre Sprache wiedergefunden?«
»Nein, noch nicht. Da ich sie ja irgendwie ansprechen wollte, habe ich ihr gestern Abend so lange Namen vorgesagt, bis sie genickt hat. Es war eigentlich ganz leicht. Ich sollte jetzt wieder nach ihr sehen.«
Marie hob Trudi auf den Arm und kehrte zu ihrem Wagen zurück. Neben dem Vorderrad fand sie auf einer Decke die Sachen ausgebreitet, die Eva aus Donatas Nachlass für sie ausgewählt hatte. Sie warf nur einen kurzen Blick darauf und stieg in den Wagen, um sich um Anni zu kümmern, und fand die Verletzte erstaunlich munter vor. Ihr Fieber war gesunken, und sie kaute gerade auf einem Dauerbrot herum. Marie beantwortete ihren scheuen Blick mit einem Lächeln, goss ihr einen Becher Wasser aus der Feldflasche ein und begann, ihre Verbände zu erneuern.
»Das sieht gut aus«, sagte sie zufrieden. »Bald wirst du den Wagen verlassen können. Solange wir hier lagern, werde ich dir eine Plane als Sonnendach aufspannen, damit du dich ins Gras legen kannst, und auf dem Weitermarsch solltest du neben mir auf dem Bock sitzen. Luft und Licht sind nämlich für eine Kranke wie dich ebenso wichtig wie die richtige Medizin.«
Anni nickte eifrig und drängte mit Gesten darauf, ins Freie zu kommen. Marie lachte leise auf. »So rasch geht es nicht, Kleine. Du willst doch draußen nicht als Nacktfrosch herumlaufen. Warte wenigstens, bis ich dir eines von Donatas Kleidern passend gemacht habe.« Sie verließ den Wagen, um ihren Teil von Donatas Hinterlassenschaft zu verräumen, und legte dabei einen Kittel beiseite, der sich am schnellsten abändern ließ. Dann setzte sie sich auf den Bock und begann, die Nähte aufzutrennen und die Teile neu zusammenzunähen.

Als Görch zur Mittagszeit erschien, forderte Marie ihn auf, ihr zu helfen, Anni aus dem Wagenkasten zu heben und auf eine weiche Unterlage aus Laub zu betten. Der Knappe packte tatkräftig mit an und berichtete dabei, dass sein Freund Anselm die Bitte der Marketenderinnen Ritter Heinrich vorgetragen hatte.

»Er selbst, mein Herr, Anselm und ich werden abwechselnd bei euch Wache halten«, setzte er eifrig hinzu. Marie nickte dankbar und schnitt ihm ein daumenbreites Stück Schinken zusätzlich ab. Görch verspeiste es mit gutem Appetit, packte dann die vier Tontöpfe, in die Eva ihm das Mittagessen für die beiden Ritter und ihre Knappen gefüllt hatte, in einen Korb und lief mit seiner Last zu dem Teil des Lagers, in dem Heinrich von Hettenheim seine Leute untergebracht hatte.

Marie war überzeugt gewesen, dass sich das Heer spätestens am nächsten Morgen wieder in Marsch setzen würde, doch der Kaiser, der immer noch auf die ausgesandten Reiter wartete, blieb unschlüssig in seinem mit purpurnen Bändern und aufgestickten Wappen geschmückten Zelt sitzen und haderte mit dem Schicksal. Die Vorfälle der letzten Tage schienen ihm den Rest seiner Tatkraft geraubt zu haben, denn er gab weder den Befehl weiterzumarschieren, noch konnte er sich zum Rückzug entschließen.

Marie war froh über diese Pause, denn die Ruhe würde Annis Verletzungen schneller heilen lassen als die Fahrt in dem rumpelnden Wagen. Das Mädchen genas erstaunlich rasch und wollte bald nicht mehr hilflos liegen bleiben. Daher führte Görch, der sich immer wieder bei Marie herumtrieb, um zu helfen und dafür einen Schluck Wein zu ergattern, sie ein paar Schritte herum und schnitzte ihr dann eine Krücke, mit der sie trotz ihres verletzten Beins kleine Strecken zurücklegen konnte. Marie schalt sie zwar, wenn sie zwischen den Marketenderwagen herumhumpelte und überall neugierig hineinsah, war aber gleichzeitig froh, dass Anni Freude am Leben zu zeigen begann. Offensichtlich hatte das Schicksal ihr nicht nur die Sprache genommen, sondern auch die Erinnerungen an das Massaker in ihrem Heimatdorf ausgelöscht.

In der Nacht, nach einem weiteren wirren Traum, lag Marie lange wach und fragte sich, ob Michel wohl ein ähnliches Schicksal ereilt haben mochte. War es möglich, dass er stumm und ohne Gedächtnis irgendwo als Bettler dahinvegetierte? Wenn das der Fall war, konnte sie nur hoffen, dass sie ihn bald fand und irgendwo hinbringen konnte, wo er in Sicherheit war.

Die nächsten Tage hätten erholsam sein können, wenn ihre Lage nicht immer aussichtloser geworden wäre. Heinrich von Hettenheim und die anderen Ritter fluchten und schimpften, weil sie zur Untätigkeit verdammt waren und die Bedingungen im Lager von Tag zu Tag schlechter wurden. Tagsüber predigte der Beichtvater des Kaisers während der langen Gottesdienste, die Sigismund angeordnet hatte, die Tugend der Geduld, aber die fiel angesichts der sich ansammelnden Exkremente von Mensch und Tier und dem fast ungenießbar gewordenen Wasser selbst den Gutmütigsten immer schwerer, und Nacht für Nacht desertierten weitere Soldaten. Einige der fränkischen und schwäbischen Ritter sprachen zuerst heimlich und schließlich immer offener davon, sich vom Heer zu trennen und den Weg in die Heimat auf eigene Faust anzutreten, und die Getreuen drängten den Kaiser, eine Entscheidung zu fällen. Zu ihrem Entsetzen mussten sie feststellen, dass Sigismund, der immer schon ein Zauderer gewesen war, sich wie ein trotziges kleines Kind an die Würde seines Amtes klammerte und weinerlich das Fehlen der großen Herren des Reiches, besonders das seines Schwiegersohns Albrecht V. von Österreich, beklagte. Die Reichsritter, die sonst stolz darauf waren, nur den Kaiser und sonst niemanden ihren Herrn nennen zu müssen, wünschten sich angesichts der Situation anstelle des zitternden Greises einen Anführer, der die Zügel energisch in die Hand nehmen und den Feldzug allen Widrigkeiten zum Trotz zum Erfolg führen konnte.

Am Nachmittag des sechsten Tages keimte endlich Hoffnung auf, als die Wachtposten das Nahen einer größeren Reiterschar unter kaiserlichem Wimpel meldeten. Es handelte sich jedoch nicht um eine Verstärkung, sondern um Falko von Hettenheims Vortrupp, dem sich einige der ausgesandten Ritter angeschlossen hatten. Die Männer waren erschöpft und die meisten von ihnen so verletzt, dass sie Hilfe brauchten und in den nächsten Tagen und Wochen eher eine Belastung als eine Verstärkung sein würden. So mancher Ritter im Lager suchte unter den Männern, die den Hettenheimer begleitet hatten, vergebens nach Freunden und Verwandten, denn mehr als ein Drittel war in den Tiefen der böhmischen Wälder umgekommen.

Falko von Hettenheim ließ seine Leute in der Nähe der Marketenderwagen anhalten und blickte mit brennenden Augen zu Marie hinüber. Dann schwang er sich abrupt aus dem Sattel und warf einem herbeieilenden Knecht die Zügel zu. »Führe den Gaul noch ein paarmal hin und her und reibe ihn gut ab«, befahl er dem Mann und stiefelte dann auf den Teil des Lagers zu, in dem das prunkvolle Zelt des Kaisers stand. Sigismund erwartete ihn am Zelteingang.

»Da seid Ihr ja endlich, Herr Falko. Seht her, in was für eine üble Lage Ihr mich gebracht habt!«, begrüßte er ihn missmutig.

Falko wischte sich Schweiß und Staub aus den Augen und bleckte die Zähne. »Ich habe nur Eure Befehle befolgt, Euer Majestät. Nur erwartete ich, Euch schneller vorrücken zu sehen. Ich habe etliche meiner Männer verloren, weil es den Böhmen gelang, sich zwischen uns zu schieben, und wir uns den Weg zu Euch freikämpfen mussten.«

Für einen Augenblick sah der Kaiser so aus, als wolle er den Hettenheimer wegen seiner tadelnden Worte auf der Stelle bestrafen lassen, dann aber sanken seine Schultern wieder nach vorne, und er rang die Hände. »Das Schicksal ist mir nicht wohlgesinnt, Herr Falko. Ständig desertieren Soldaten, und auf jene, die bei mir geblieben sind, kann ich mich nicht mehr verlassen. Stellt sich uns auch nur ein Hussit in den Weg, werden sie wie die Hasen davonlaufen.«

»Wenn es nur ein Hussit wäre oder hundert oder vielleicht auch tausend, würden wir mit ihnen fertig werden«, antwortete Falko von Hettenheim grimmig. »Aber ihr Anführer, den man den Großen Prokop nennt, ist uns mit mehr als sechstausend Mann und fünfhundert Fuhrwerken auf den Fersen und wird in spätestens vier Tagen hier sein.«

Sigismund geriet in Panik. »Sechstausend Böhmen sagt Ihr? Bei Gott, das ist unser Untergang!«

Falko von Hettenheim kreuzte die Arme vor der Brust und musterte den Kaiser mit finsterer Miene. »Wenn wir uns zum Kampf stellen, gewiss. Aber noch ist Zeit, uns geordnet zurückzuziehen. Aber wir müssen uns beeilen, denn die Böhmen rücken verdammt rasch vor.«

Der Kaiser warf die Hände hoch. »Was ratet Ihr mir?«

»Euer Leben ist zu wertvoll, Euer Majestät, als dass Ihr den Böhmen in die Hand fallen dürft. Aus diesem Grund schlage ich vor, dass Ihr Euch morgen bei Tagesanbruch mit einer Schar tapferer, treuer Ritter auf den Weg macht und Euch so rasch wie möglich nach Nürnberg oder zu einem anderen befestigen Ort zurückzieht, wo Ihr vor dem böhmischen Gesindel sicher seid. Der Rest des Heeres muss Euch im Abstand von einigen Stunden auf verschiedenen Wegen

folgen, um den Feind zu verwirren und von Euch abzulenken. Mit Gottes Hilfe werden alle durchkommen, und wenn nicht, so verlieren wir nur einzelne Truppenteile, aber nicht das ganze Heer.«
Falko von Hettenheim brachte diesen Vorschlag so flüssig vor, als hätte er ihn bereits auf dem Marsch formuliert.
Der Kaiser nickte sichtlich beeindruckt. »Werdet Ihr das Kommando über meine Eskorte übernehmen?«
Ritter Falko hob abwehrend die Hand. »Nein, Euer Majestät. Mit Eurer gütigen Erlaubnis übernehme ich das Kommando über die zurückbleibenden Truppen. Sie benötigen einen Hauptmann, der das Land und die Böhmen kennt und übermäßige Verluste vermeiden kann. Ihr hingegen braucht einen wackeren Kämpfer, der Befehle zu befolgen weiß. Daher schlage ich meinen Vetter Heinrich als Anführer Eurer Eskorte vor. Er vermag kräftig dreinzuhauen, wenn es eine böhmische Streifschar wagt, sich Euch in den Weg zu stellen.«
Der Kaiser wirkte unentschlossen, denn er hätte seine eigene Sicherheit lieber Falko von Hettenheim anvertraut. Als Herrscher des Heiligen Römischen Reiches Deutscher Nation durfte er jedoch nicht einmal den Anschein erwecken, als ließe er seine Ritter und Soldaten im Stich, um die eigene Haut zu retten, und wenn es einen Mann gab, der die traurigen Reste seines Heeres in Sicherheit bringen konnte, so war es in seinen Augen der, der vor ihm stand. Er dachte an die Falkos Worten zufolge in Eilmärschen heranrückenden Hussiten und schauderte. Der so genannte Große Prokop, der ungeschlachte Feldhauptmann der Aufständischen, würde alles daransetzen, um ihn gefangen zu nehmen, und dann würde man ihm ein ähnliches Schicksal bereiten wie dem gemarterten Priester des gebrandschatzten Dorfes. Drohungen dieser Art hatten die Hussiten, wie ihm zugetragen worden war, schon mehrfach ausgestoßen. Der

Kaiser schüttelte seine trüben Gedanken mit einem tiefen Seufzer ab und blickte Falko von Hettenheim so flehend an, als erwarte er sich von ihm das Wunder, das seine böhmische Krone retten konnte.

»Ich werde Eurem Vorschlag folgen, Herr Falko. Überbringt Eurem Vetter den Befehl, meine Begleitmannschaft zusammenzustellen, und weist ihm einen Teil des Trosses zu.«

»Oh nein, Herr, ich beschwöre Euch, Euch nicht mit einem Tross zu belasten. Ihr seid sonst zu langsam, und die Böhmen könnten Euch einholen!«, wehrte Falko heftig ab und verbarg dabei ein Lächeln. Zu seinem Plan gehörte es, den Tross beim Hauptheer zu halten. Nur dann würde es ihm ohne Probleme gelingen, Marie Adlerin in seine Gewalt zu bringen und seine Rache an ihr und ihrem Mann zu vollenden.

»Ihr habt Recht, Herr Falko, ein Tross würde meinen Rückmarsch unnötig verlangsamen.« Der Kaiser atmete tief durch und winkte János zu sich. »Rufe meine Knechte. Sie sollen alles Notwendige zusammenpacken. Wir brechen morgen bei Sonnenaufgang auf, nehmen aber keine Wagen mit, sondern laden das Gepäck auf Tragtiere.«

Der Ungar nickte stumm und verließ das Zelt. Falko von Hettenheim rieb sich mit der behandschuhten Rechten über das schmutzige Kinn und bemühte sich, nicht zu fröhlich zu erscheinen. »Wenn es Euch genehm ist, Euer Majestät, würde ich gerne etwas essen und nach meinen Männern schauen, die ebenfalls seit zwei Tagen keinen Bissen zwischen die Lippen bekommen haben.«

Der Kaiser hob zustimmend die Hand. »Tut das, Herr Falko, doch vergesst nicht, für meine Eskorte zu sorgen.«

Falko neigte lächelnd das Haupt. »Sie wird morgen in aller Frühe für Euch bereitstehen, Euer Majestät.« Damit drehte er sich um und folgte János ins Freie. Draußen aber ging er nicht zu den Proviantwagen, sondern schritt suchend durch die Reihen der Zelte, bis er das Wappen Gunter von Losens entdeckt hatte. Sein fränkischer Freund wartete bereits voller Ungeduld auf ihn. Doch bevor er die erste Frage stellen konnte, befahl Falko ihm, für einen kräftigen Imbiss zu sorgen.

Gunter von Losen schickte seinen Knappen los und musterte Falko neugierig. »Du siehst aus, als hättest du einen harten Feldzug hinter dir.«

Falko von Hettenheim winkte verächtlich ab. »Auch nicht schlimmer als sonst. Nur die letzten Tage waren ein wenig kritisch, weil uns eine stärkere Streifschar den Rückweg verlegt hatte. Wir erlitten einige Verluste, doch die Böhmen dürften das Zusammentreffen weitaus mehr bedauern als wir.«

Gunter von Losen nickte beeindruckt. »Das müssen die Kerle gewesen sein, die letzte Woche nur wenige Stunden vor unserer Ankunft ein Dorf verwüstet und die Einwohner abgeschlachtet haben. Der Kaiser wird dir Dank wissen, dass ihr diese Schweine zu Paaren getrieben habt.«

»Der Kaiser schlottert vor Angst, die Böhmen könnten ihn erwischen und ihren Spaß auch mit ihm selbst treiben«, spottete Falko. »Er ist zu alt geworden, um ein Heer in die Schlacht führen zu können, vielleicht sogar zu alt für die Kronen, die er trägt. Ich habe ihm geraten, sich morgen früh mit ausreichender Bedeckung nach Nürnberg zurückzuziehen.«

»Und der Kommandant dieser Eskorte bist du«, unterbrach Gunter von Losen ihn lachend.

Falko grinste breit. »Hältst du mich für einen Narren? Das ist eine undankbare Aufgabe, die besser zu meinem ehrenwerten Vetter passt. Ich übernehme das Kommando über die zurückbleibenden Truppen.«

»Truppen? Da ist ein Sauhaufen, aber keine Armee!«

»Umso größer ist der Ruhm, wenn ich den größten Teil der Leute heil nach Hause bringe.« Falko wollte noch mehr sagen, doch da stürmte Losens Knappe mit einer riesigen Wurst, einem Laib Brot und einem großen Schinken ins Zelt.

»Ich bringe gleich Wasser zum Waschen und einen Krug Wein«, versprach er atemlos und eilte sofort wieder ins Freie. Falko zog seinen Dolch, schnitt sich eine kräftige Scheibe Schinken ab und steckte sie in den Mund. Während er mit vollen Backen kaute, sah er seinen Freund mit einer hochgezogenen Augenbraue an.

»Du hast diese Marie doch im Auge behalten, nicht wahr?«

Losen nickte und lachte dann auf. »Denkst du trotz unserer fatalen Lage immer noch an dieses Weibsstück?«

Falko bleckte die Zähne zu einem freudlosen Lächeln. »Ich habe auf dem ganzen Feldzug an nichts anderes gedacht als an sie. Lag eines der böhmischen Weiber unter mir, habe ich mir vorgestellt, es sei Michel Adlers Frau, und während ich ihnen die Kehle zudrückte, malte ich mir aus, wie ich den Nacken dieses Miststücks in den Händen halten und ihn ganz langsam zerbrechen werde.«

»Ich will sie auch haben! Wenn du sie vorher umbringst, bist du nicht mehr mein Freund«, antwortete Losen mit einem gierigen Glitzern in den Augen. »Übrigens habe ich von dem Bengel, der bei ihr ist, einiges über sie erfahren. Es war zwar nicht leicht, ihm die Würmer aus der Nase zu ziehen, aber ich weiß, dass dieses Weibsstück einiges Gold bei sich hat. Das könnten wir doch gut gebrauchen.«

Ritter Falko zuckte mit den Schultern. »Meinetwegen kannst du dir das Gold nehmen und auch das Weib, aber erst nach mir. Bei Gott, ich werde ihr das Hohngelächter heimzahlen, mit dem sie mich bei dem Turnier in Nürnberg überschüttet hat, das schwöre ich!«

Seine Miene nahm einen so rachsüchtigen Ausdruck an, dass Losen hoffte, sich niemals den Zorn seines Freundes zuzuziehen.

8.

Heinrich von Hettenheim traf der Befehl, den Kaiser zu begleiten, völlig überraschend, und so blieb ihm kaum die Zeit, sich von Marie und den anderen Marketenderinnen zu verabschieden. Heribert von Seibelstorff zählte ebenfalls zu der Eskorte des Kaisers und war völlig außer sich, Marie zurücklassen zu müssen. Da die beiden Knappen ihre Herren begleiten mussten, gab es niemanden mehr, der die Marketenderinnen würde beschützen können. Marie war einerseits froh, den schmachtenden Blicken des jungen Seibelstorffs für eine Weile entgehen zu können, aber allein der Gedanke, in der Nachhut zu stecken, die von den anrückenden Hussiten wohl als Erste angegriffen werden würde, ließ ihr Herz in der Kehle klopfen.

Eva, Theres und sie sahen am nächsten Morgen zu, wie der Kaiser mit den Rittern, die für seine Sicherheit verantwortlich waren, abrückte und sein Heer im Feindesland zurückließ. Sigismund bemühte sich, eine zuversichtliche Miene zur Schau zu tragen, doch die Marketenderinnen spürten seine Angst und fragten sich, ob die Feinde bereits im Anmarsch waren.

Als der Reitertrupp außer Sichtweite war, spuckte Eva verächtlich aus. »Da reitet er hin, der hohe Herr, um seine kaiserliche Haut zu retten. Was aus unsereinem wird, schert ihn einen Dreck.«

Marie blickte die alte Frau forschend an. »Hast du auch das Gefühl, dass er vor dem Feind geflohen ist?«

»Wie willst du es sonst nennen?«, antwortete Eva spöttisch.

Theres drängte sich zwischen die beiden und fasste sie um die Schultern. »Ich habe gehört, dass Falko von Hettenheim, der gestern angekommen ist, jetzt hier das Sagen hat.«

Marie biss die Zähne zusammen. Das war eine noch schlechtere Nachricht als die über die anrückenden Hussiten. Nun war sie mehr oder weniger in der Gewalt des Mannes, der Michel verraten hatte, denn im ganzen Lager gab es niemanden mehr, der ihm in den Arm fallen würde, wenn er sich ihrer bemächtigte. Das Einzige, was sie tun konnte, war, aufzupassen, dass er sie nicht beim Waschen oder Wasserholen an einer Quelle erwischte, denn sie konnte zumindest hoffen, dass er seinen Ruf nicht dadurch beschädigen wollte, indem er sie mitten im Lager vergewaltigte. Sie unterhielt sich noch ein wenig mit ihren Gefährtinnen, die selbst zu besorgt waren, um ihrer Nervosität besondere Bedeutung beizumessen, und kehrte dann zu ihrem Wagen zurück.

Sie fand Anni zitternd und in halber Bewusstlosigkeit um sich schlagend auf ihrem Lager vor. Daher bettete sie sie frisch und sprach beruhigend auf sie ein. »Ich koche dir gleich einen Tee, der dich gut schlafen lässt.«

Während sie sich um Anni kümmerte, kletterte Trudi unbemerkt aus dem Wagen, wackelte auf Eva zu und bettelte sie um Pflaumen an. Die alte Marketenderin strich ihr über die Haare. »Aber sicher, Trudi! Ich habe doch immer etwas Leckeres für dich. Komm mit!« Während die Kleine Eva jauchzend folgte, hängte Marie den Wasserkessel an das Dreibein über dem Feuer und begann, Annis Verbände zu erneuern.

»Die Wunden heilen sehr gut, mein Kleines. Eigentlich müsstest du langsam schon putzmunter sein, statt dich zitternd im Bett zu verkriechen. Dein Kopf ist ganz kühl. Wovor hast du so furchtbare Angst? Kommt deine Erinnerung zurück?«

Anni zog die Schultern hoch, schüttelte den Kopf und starrte ihre Pflegerin hilflos an. Marie konnte nichts anderes tun, als ihr den mit beruhigenden Kräutern aufgebrühten Tee zu reichen und zuzusehen, wie ihr Schützling das Gebräu in kleinen Schlucken trank. Für einen Augenblick trat Michels Gesicht vor Maries Augen, und sie fragte sich, wie es ihm wohl ergehen mochte, wenn er genauso stumm und ohne Gedächtnis dahinvegetierte. Hockte er auf den Stufen vor einem Kirchentor und streckte die Hand nach den milden Gaben aus, die die Wohlhabenden von ihren Dienern verteilen ließen? Eine andere Art des Überlebens gab es kaum für einen, den der Krieg zum hilflosen Krüppel gemacht hatte. Schnell verdrängte sie diese Vorstellung, trocknete Anni die schweißnassen Haare und versuchte ein Lächeln. Aber als sie sich abwandte, verkrampften sich ihre Hände vor der Brust, denn wenn sie diesen missglückten Feldzug nicht überlebte, gab es wohl auch für Michel keine Hoffnung mehr.

Falko von Hettenheim hatte inzwischen das vom Kaiser zurückgelassene Heer in drei Abteilungen aufgeteilt und schickte die erste, knapp eine Stunde nachdem der Kaiser aufgebrochen war, auf den Weg. Zu ihrem Hauptmann hatte er Volker von Hohenschalkberg bestimmt, dem er einen Teil des Trosses, mehrere Huren und die Marketenderin Theres mitgab. Sie bekamen den Befehl so kurzfristig, dass auch Theres kaum Zeit blieb, sich zu verabschieden. Eva musste ihr noch helfen, die Ochsen anzuschirren, sonst wäre sie nicht rechtzeitig fertig geworden.

Als Theres endlich auf dem Bock saß, erinnerte sie sich an Marie und blickte suchend zu deren Wagen hinüber, aber dort war niemand zu sehen. Sie wollte noch einmal absteigen, doch die Büttel drängten so vehement zum Aufbruch, dass sie nur noch Eva zurufen konnte, Marie Grüße von ihr auszurichten. »Sag ihr, wir sehen uns am Sammelplatz wieder!«

Damit schwang sie die Peitsche und trieb ihre Ochsen an. Eva winkte und blickte ihr noch eine Weile nach, dann nahm sie Trudi auf den Arm und kehrte zu ihrem Wagen zurück, um dort alles für einen plötzlichen Aufbruch vorzubereiten.

Kurz darauf marschierte die nächste Abteilung ab. Der Trupp folgte Ritter Volkers Leuten, sollte aber nach ein paar Meilen einen anderen Weg einschlagen. Zu ihnen gehörte der größte Teil des Trosses, die restlichen Huren und Oda. Als die Marketenderin sich hinter der langen Doppelreihe der Fußsoldaten einreihte, gönnte sie Eva statt eines Abschiedsgrußes nur ein missbilligendes Schnauben.

Zuletzt waren neben Eva und Marie noch etwa zweihundert Ritter und bewaffnete Reisige, eine Hundertschaft Fußknechte und jene Trossknechte übrig, die für die verbliebenen Proviantwagen gebraucht wurden. Marie behagte es noch weniger als ihrer Gefährtin, dass sie ausgerechnet bei Ritter Falkos Abteilung zurückbleiben hatte müssen, doch sie versuchte, sich mit der Tatsache zu trösten, dass sie sich in wenigen Tagen wieder Heinrich von Hettenheim würde anschließen können. Bis dahin musste sie auf der Hut sein und durfte sich auf keinen Fall von den anderen weglocken lassen.

Hätte Falko von Hettenheim Maries Überlegungen gekannt und die Angst hinter ihrer glatten Stirn gelesen, hätte es seinen Triumph noch gesteigert. Er wusste sie wie einen gefangenen Sperling in seiner Hand, und als er durch die Reihen der Ritter und Soldaten schritt und ihnen befahl, sich zum Aufbruch vorzubereiten, schwelgte er bereits im Vorgefühl seiner Rache. Wie Gunter von Losen hatte er an diesem Tag darauf verzichtet, seine Rüstung oder zumindest ein Kettenhemd anzulegen, sondern trug nur ein festes ledernes Wams unter dem Waffenrock. Er nickte seinem Freund zu, dem die Vorfreude schon ins Gesicht geschrieben stand, und deutete auf die Marketenderwagen.

Losen nickte grinsend und eilte zu Evas Karren. »Heh, Alte, spann an, es geht gleich los. Heute wirst du dich vor den Proviantwagen einreihen.«
Eva hinterfragte die Anordnung nicht, sondern kniff die Lippen zusammen und holte die erste ihrer beiden dürren Mähren heran, um sie vor den Wagen zu spannen. Ihr Blick flog dabei zu Marie hinüber, die durch Annis Pflege aufgehalten worden war und nun so viel zu tun hatte, dass sie kaum wusste, wo sie als Erstes zugreifen sollte. Als Eva ihren zweiten Gaul eingespannt hatte, wollte sie zu ihr hinübergehen und ihr helfen, aber Gunter von Losen scheuchte sie mit zornigen Worten auf den Bock.
»Fahr los, du alte Hexe, die Proviantwagen brechen bereits auf.«
»Aber Marie …«, wandte Eva ein.
»Die fährt halt als Letzte. Mach jetzt, dass du deine Klappergestelle in Bewegung setzt! « Als Eva nicht gleich reagierte, entriss der Ritter ihr die Peitsche und drohte ihr damit. Eva zog erschrocken den Kopf ein und wollte ihre Pferde antreiben. Dann aber sah sie Trudi neben ihrem Wagen stehen, und ihr war klar, dass Marie sich beim Einspannen des Wagens gewiss nicht auch noch um das Kind kümmern konnte. »Reicht mir bitte die Kleine herauf und sagt Marie, dass sie auf meinem Wagen ist«, forderte sie Losen auf. Der wollte sich schon mit einer verächtlichen Geste abwenden, sagte sich dann aber, dass Falko kein Aufsehen wünschte. So packte er Trudi wie einen Sack und schob sie Eva in die Arme. »Hier ist das Balg. Und jetzt treib deine Schindmähren an, sonst sorge ich dafür, dass du als Beute für die Hussiten zurückbleibst! «
Eva schnalzte mit der Zunge, lenkte ihre gehorsam anziehenden Gäule auf den Weg und stieß gleichzeitig einen gellenden Pfiff aus. Wie sie gehofft hatte, steckte Marie den Kopf aus ihrem Wagen und sah fragend zu ihr herüber. »Mach dir keine Sorgen um Trudi!

Bis zum nächsten Rastplatz kümmere ich mich um die Kleine!«, rief sie ihr zu.

Marie winkte zum Zeichen, dass sie verstanden hatte, und arbeitete verbissen weiter. Noch nie war das Heer in so ungewöhnlicher Hast aufgebrochen, und das ärgerte sie nicht minder als die Tatsache, dass Michi wieder einmal nirgends zu sehen war. Sie verfluchte seine Unzuverlässigkeit und schwor sich, ihn bei nächster Gelegenheit zu seinen Eltern zurückzuschicken.

Sie konnte nicht ahnen, dass sie dem Jungen diesmal unrecht tat. Zwar war Michi zu Losen gelaufen, um dessen Knappen zu helfen, das Pferd des Ritters zu satteln. Doch während er den Sattelgurt nachzog, wurde ihm klar, dass Marie ihn nötiger brauchte. »Mach du allein weiter, Lutz. Ich muss zu Marie!«, rief er ihm zu und rannte los. Er kam jedoch nur wenige Schritte weit, denn Losen stand plötzlich vor ihm und packte ihn am Genick. »Wo willst du hin?«

Michi wand sich vergebens in seinem Griff. »Ich muss Marie helfen, ihren Wagen anspannen!«

»Die wird auch allein fertig. Mach, dass du nach vorne zu den Proviantwagen kommst und den Trossknechten hilfst!«, schnauzte der Ritter ihn an.

»Die kommen bestimmt allein zurecht, aber Marie ...«

In dem Moment ließ Losen ihn fallen und gab ihm gleichzeitig eine Ohrfeige, die ihn zu Boden schleuderte. »Willst du wohl gehorchen, du elender Lümmel?«

Michi griff sich mit der Hand an die schmerzende Wange und bemerkte, dass Blut an seinen Fingern klebte. Erschrocken sah er zu dem Ritter auf, den er bis jetzt für einen Freund gehalten hatte, und als dieser Miene machte, mit der Faust zuzuschlagen, sprang er verängstigt auf und rannte hinter den Proviantwagen her.

Unterdessen weinte Marie vor Verzweiflung. Den Ochsen hatte die lange Ruhe nicht gut getan, und sie zeigten sich noch störrischer als gewöhnlich. Nur mit Mühe konnte sie den ersten ins Joch spannen, und sie musste ihn mit dem Zügel an einem Baum festbinden, weil er ihr mit dem Wagen durchbrennen wollte. Der zweite Ochse erwies sich als noch sturer. Obwohl Marie ihn am Nasenring festhielt und mit dem Stock auf ihn einschlug, schleifte das Tier sie einige Dutzend Schritte weit durch das Lager, bevor es sich widerstrebend einspannen ließ.

Als Marie es endlich geschafft hatte, warf sie einen raschen Blick in die Runde. Außer dem Gerümpel, welches das Heer zurückgelassen hatte, stand nur noch Donatas ausgeplünderter Wagen in der Nähe. Der Trupp befand sich bereits auf dem Marsch, und sein Ende entfernte sich immer weiter von ihr. Zum Glück waren die Ochsen ausgeruht genug, um diese Lücke rasch schließen zu können, auch wenn sie dafür den widerspenstigen Tieren die Peitsche überziehen musste. Gerade aber, als sie losfahren wollte, bemerkte sie, dass Anni aus dem Wagen gestiegen war, um sich zu erleichtern.

Sie sprang zur Erde und wollte dem Mädchen helfen, auf den Bock zu klettern, als zwei Reiter neben ihr auftauchten. Es waren Falko von Hettenheim und sein Freund Losen. Ihre Mienen machten Marie Angst, und sie streckte die Hand nach der Peitsche aus. Falko war jedoch schneller als sie. Er riss die Peitsche an sich und wog sie einen Augenblick lang in der Hand. Dann holte er aus und ließ die Schnur pfeifend auf Marie zuschnellen.

Marie stöhnte auf, als der scharfe Lederriemen ihr die Haut versengte. Um Hilfe zu rufen hatte keinen Sinn, denn das Ende des Zuges war bereits hinter der ersten Biegung verschwunden, und selbst wenn man sie gehört hätte, wäre wohl niemand zurückgekommen, um ihr beizustehen. Sie biss die Zähne zusammen und blickte auf die Rücken ihrer Ochsen. Ich muss sie zum Laufen bringen und mit Anni auf den Wagen springen, fuhr es ihr durch den Kopf. Ihr war klar, dass Falko wahrscheinlich schneller sein würde, aber sie wollte es wenigstens versuchen. Als hätte er ihre Gedanken gelesen, zog der Ritter sein Schwert und rammte es dem ersten Tier in den Leib. Der Ochse brach ächzend zusammen, schlug noch einmal mit den Beinen und lag dann still. Fast im gleichen Augenblick sank das zweite Tier unter Gunter von Losens Schwerthieb kopflos zu Boden.

Marie wich zurück, bis sie den Wagen im Rücken spürte, doch bevor sie einen klaren Gedanken fassen konnte, trieb Falko sein Pferd neben sie, packte sie bei den Haaren und schleifte sie ein Stück mit. Dann schleuderte er sie mit einem heftigen Ruck zu Boden. Marie sprang auf und wollte in den Wald fliehen, in dem sie den Reitern zwischen den eng stehenden Bäumen hätte entkommen können, doch der Ritter schwang sich aus dem Sattel und warf sich auf sie.

»Jetzt bekommst du endlich, was dir gebührt, du Hure«, rief er, während er ihre Schultern gegen den Boden presste.

Maries Hand fuhr durch den Seitenschlitz ihres Rockes und riss ihr Messer heraus, doch Falko war darauf gefasst gewesen und prellte ihr die Klinge mit einem Faustschlag aus der Hand.

»Wolltest du mich töten oder dich selbst?«, spottete er, während er ihr mit der Rechten unter den Rock fuhr und sie an ihrer empfindlichsten Stelle kniff. Marie strampelte wild mit den Beinen, um ihn abzuschütteln, doch Gunter von Losen, der mit gierigen Blicken näher gekommen war, packte ihren linken Knöchel und verdrehte ihr schmerzhaft das Bein. In dem Moment fühlte Marie sich zurückversetzt nach Konstanz, in das Turmverlies, in dem sie von drei gewissenlosen Schurken geschändet worden war, und schrie entsetzt auf.

Falko legte den Ellenbogen über ihre Kehle, so dass sie kaum noch

Luft bekam und sich nicht wehren konnte, schlug lachend ihren Rock hoch und entblößte ihren Unterleib. Dann griff er zum Hosenlatz, um ihn zu öffnen, besann sich jedoch anders, und zerfetzte ihre Bluse mit einem einzigen Ruck.

Losen starrte auf ihre Brüste, griff sich mit der Hand in den Schritt und stöhnte lüstern auf. »Jetzt mach schon, Falko, ich halte es nicht mehr lange aus!«

Ritter Falko grinste ihn spöttisch an. »Du wirst warten können, bis ich mit dieser Hure fertig bin, mein Freund.« Dann nestelte er an seinem Hosenlatz herum und holte sein Glied heraus. Marie wusste, dass es kein Entkommen mehr gab. Nun musste sie die Lehren ihrer Wanderzeit beherzigen und versuchen, das Unabwendbare so hinzunehmen, als geschähe es einer anderen Person. Sie ließ ihren Körper erschlaffen, bis er sich wie ein knochenloser Sack anfühlte, und als der Ritter mit einem harten Stoß in sie eindrang, blieb ihm der Triumph versagt, Schmerz auf ihrem Gesicht zu sehen oder sie schreien zu hören.

Gunter von Losen sah mit gierigen Augen zu, entdeckte aber dann Anni, die sich lautlos weinend an den Wagen klammerte, und feixte. »Lass dir ruhig Zeit, Falko. Solange du mit Marie beschäftigt bist, werde ich die Kleine da aufspießen.«

Marie hörte es trotz der halben Ohnmacht, in die sie sich versetzt hatte, und schrie wütend auf. »Lasst Anni in Ruhe! Sie ist verletzt und außerdem noch ein Kind.«

Losen beachtete sie nicht, sondern zog das Mädchen mit einer obszönen Bemerkung vom Wagen weg und riss ihr das Hemd vom Leib. Ohne Rücksicht auf ihre Wunden zwang er sie mit einem brutalen Griff, sich auf den Rücken zu legen, und drückte ihr die Beine auseinander.

In dem Augenblick strömte eine Welle von Hass durch Maries

Körper, und sie wünschte sich, tausend Hände zu haben, mit denen sie diese beiden Kerle, die ihre Gier lautstark hinausbrüllten, zerreißen konnte. In ihrem Wunsch, zu töten, merkte sie kaum, dass Ritter Falko nach einigen letzten, harten Stößen fertig wurde und von ihr abließ. Auf seinem Gesicht stand jedoch weniger Befriedigung als Enttäuschung geschrieben. Er hatte es sich häufig vorgestellt, wie es sein würde, Michel Adlers Ehefrau unter sich zu spüren, aber anders als die Mädchen aus den überfallenen böhmischen Dörfern hatte sie weder geschrien noch sich verzweifelt gewehrt, sondern nur wie ein totes Tier unter ihm gelegen. Jetzt fühlte er sich seines Triumphs beraubt und knirschte wütend mit den Zähnen. Seine Hand griff bereits zum Dolch, um wenigstens durch ihren Tod Genugtuung zu finden, doch dann blickte er zu Losen hin, der eben wie ein röhrender Hirschbulle zur Erfüllung kam.

»Willst du Michels Weib auch noch aufspießen oder hast du schon genug?«

»Freilich will ich das! Die Kleine hier war erst die Vorspeise.«

»Dann tu, was du nicht lassen kannst! Aber wehe, du vergisst, dem Miststück hinterher die Kehle durchzuschneiden. Ich reite schon voraus und bringe unsere Leute auf Trab. Mir schleichen in dieser Gegend zu viele dieser verdammten Böhmen herum.« Falko wandte sich mit einer angewiderten Miene ab und stapfte zu seinem Pferd. Einen Moment schwankte er, ob er nicht bleiben und Losen zusehen sollte, wie dieser mit Marie verfuhr. Dann aber sagte er sich, dass es seinem Freund ebenso wenig wie ihm gelingen würde, Michel Adlers Weib zum Schreien zu bringen, und ritt an.

Losen erhob sich, griff nach Annis Hemd und wischte das Blut, das bei ihrer Entjungferung geflossen war, von seinem Glied. Das Mädchen kauerte sich zusammen und weinte lautlos vor sich hin, während Marie wie ein bis zum Brechen gespannter Bogen am

Boden hockte. Näher als jetzt war sie dem Tod nur selten gewesen, und sie wusste, dass sie viel Glück brauchte, um die nächsten Augenblicke lebend zu überstehen. Ihr Blick suchte den Dolch, den Ritter Falko ihr aus der Hand geprellt hatte, und sie fand ihn nur wenige Schritte von sich entfernt am Boden liegen. Ehe sie dorthin kriechen und danach greifen konnte, sah sie Gunter von Losen mit offenem Hosenlatz auf sich zukommen. Er rieb sein Glied mit dem blutbefleckten Hemd, um es wieder aufzurichten.

»Wenn du mir besonders viel Freude bereitest, lasse ich dich vielleicht doch am Leben«, sagte er grinsend.

Marie sah ihm an, dass er log. Er war immer ein eifriger Gefolgsmann Falko von Hettenheims gewesen und würde dessen Befehl niemals missachten. Sie kroch scheinbar ängstlich von ihm weg und näherte sich dabei immer mehr ihrem kleinen Dolch. Losen folgte ihr im Selbstgefühl seiner männlichen Überlegenheit und beschloss, sie so oft zu nehmen, wie sein Rammbock zum Stoß bereit war, und ihr beim letzten Mal das Genick zu brechen. Er achtete dabei nicht auf Maries Hand, die am Boden entlangtastete und sich um einen kleinen Gegenstand schloss, sondern stieg mit beiden Füßen zwischen ihre Beine, beugte sich zu ihr nieder und presste ihr vor Lust die Brüste zusammen.

Marie zog die Knie bis an den Leib und stieß mit aller Kraft zu. Ihre rechte Ferse traf Loosen genau am Ansatz von Glied und Hoden. Der Mann stieß ein ersticktes Stöhnen aus, griff sich an den Unterleib und taumelte rückwärts. Marie erhob sich mit einer schlangenhaften Bewegung, und ehe er einen Versuch machen konnte, sie abzuwehren, stieß sie ihm das Messer in die Kehle.

Losen öffnete den Mund zu einem Schrei, stürzte aber, ehe er einen Laut hervorbringen konnte, in einem Schwall von Blut zu Boden. Marie wich rückwärts bis zu ihrem Wagen zurück und holte mit zitternden Händen die Axt heraus. Als sie mit erhobener Klinge auf den Ritter zutrat, sah sie jedoch, dass er tot war. Sie spie vor ihm aus und wandte sich dann Anni zu, die zitternd in der Nähe kauerte und ihren Schmerz mit seltsamen Lauten aus der Kehle presste – die ersten, die Marie von ihr gehört hatte.

»Komm, ich will dir doch helfen«, sagte sie, während sie die gegen den Unterkörper gepressten Hände des Mädchens löste, um sie zu untersuchen. Die Schenkel des Mädchens waren rot verschmiert, doch zum Glück trat kein frisches Blut aus ihrer Scheide aus.

Marie stieg in den Wagen, suchte zwei Lappen und benetzte sie mit Wasser aus einem der Trinkwasserfässer. »Hier, wasch dich unten ab«, forderte sie Anni auf, während sie ihr einen Lappen in die Hand drückte. Mit dem anderen rieb sie ihren eigenen Unterleib sauber, um die letzten Spuren von Falkos Schweiß und Sperma von sich abzuwaschen, und achtete darauf, dass das Mädchen dasselbe tat. Dann kletterte sie wieder in den Wagen, kramte in Hiltruds Medizinvorräten und holte einen kleinen Tiegel mit Salbe und einen Beutel getrockneter Kräuter heraus.

»Diese Salbe wirst du dir jetzt in deine Öffnung streichen, verstehst du? Sie heilt die Verletzungen ab, die dir dieser Kerl beigebracht hat. Und diese Kräuter musst du kauen.« Sie fasste in den Beutel, holte ein paar getrocknete Stängel und Blätter heraus und steckte sie Anni in den Mund. Als das Mädchen das nach Galle schmeckende Zeug wieder ausspucken wollte, hielt Marie ihr den Mund zu.

»Willst du ein Kind von diesem Schurken austragen? Nein? Dann kau und schluck es!« Sie selbst nahm ebenfalls eine kräftige Portion und mahlte wütend darauf herum. Lange Jahre hatte sie dieses Mittel nicht mehr benutzt, und trotzdem hatte es sie bis zur Einnahme von Hiltruds Saft unfruchtbar gemacht. Nun würde es ihren Traum von einem Erben für Michel wohl endgültig zerstören, doch noch viel weniger wollte sie das Risiko eingehen, von einem Mörder und Frauenschänder wie Falko von Hettenheim geschwängert zu werden.

Sie schickte dem Ritter eine stumme Verwünschung hinterher und machte sich dann klar, wie gefährdet Anni und sie hier waren. Falko von Hettenheim würde seinen Freund bald vermissen und ein paar Männer zurückschicken, die nach ihm suchten. Ohne die Zugtiere und den Wagen kam sie mit dem verletzten Mädchen nicht weit. Sie würde sich mit Anni in den Wäldern verstecken müssen und erst dann, wenn die Kleine richtig gehen konnte, mit ihr gen Westen wandern, bis sie auf bewohntes Gebiet trafen. Maries Herz krampfte sich zusammen, als sie an ihre Tochter dachte, die mit jedem Augenblick weiter von ihr weggebracht wurde, und sie musste an sich halten, um Losens Leichnam deswegen nicht noch ein paar Fußtritte zu verpassen. Nur mühsam gelang es ihr, die Gedanken wieder auf das Notwendige zu lenken, und sie drehte sich zu Anni um.

»Komm, wir ziehen uns frische Kleidung an, und dann machen wir, dass wir von hier verschwinden.« Sie stieg in den Wagen, suchte unter Donatas Sachen nach einem Unterhemd und einem Kleid und warf beides Anni zu, die die Sachen gehorsam überstreifte. Sie sah darin aus wie ein Kind, das in ein Gewand seiner Mutter geschlüpft war. Nun zog auch Marie ihre zerrissene Kleidung aus und wählte Sachen, die den Strapazen des Waldlebens eine Weile gewachsen sein mochten. Gleichzeitig überlegte sie, was sie auf ihre Flucht mitnehmen musste. Wenn sie wieder auf Menschen trafen, benötigte sie Geld, aber auch einige Lebensmittel und wenigstens ein Kleid zum Wechseln. Während sie hastig alles zusammensuchte, was ihr lebensnotwendig erschien, und ein Bündel daraus machte, eilten ihre Gedanken erneut zu Trudi, und sie flehte zu Gott und der Heiligen Jungfrau, dass Eva sich ihrer Tochter annehmen und sicher mit ihr ins Reich gelangen würde.

Als sie den Packen auf den Bock hinausstellte und sich nach Anni umsah, wollte ihr schier das Blut in den Adern stocken. Ein halbes Dutzend Krieger standen mit finsteren Mienen um die toten Ochsen herum, während Anni sich kreideweiß an das linke vordere Wagenrad klammerte und die freie Hand auf ihren Unterleib presste.

Die Männer waren anders gekleidet und ausgerüstet als die Ritter und Fußknechte im Heer des Kaisers. Nur zwei trugen Kettenhemden und Helme, während der Rest in ledernen Brustpanzern mit aufgenieteten Eisenplatten steckte. Ihre Waffen bestanden zumeist aus kurzen Schwertern in einfachen Lederscheiden und stachelbewehrten Morgensternen. Drei von ihnen trugen zusätzlich noch geschwungene Bogen und wohl gefüllte Pfeilköcher auf dem Rücken. Einer der beiden Krieger im Kettenhemd hatte ein Langschwert an der Hüfte hängen und schien der Anführer zu sein. Sein Blick ruhte weniger feindselig als neugierig auf Marie, und als er Gunter von Losens Leichnam mit der Fußspitze berührte, zeigte sein schmales Gesicht den Anflug eines Lächelns, das ihn sogar sympathisch wirken ließ.

»Unser Späher sagte, du hättest diesen Ritter getötet.« Er sprach deutsch mit einem Marie unbekannten Akzent, doch sie konnte ihn ohne Schwierigkeiten verstehen und nickte, ohne etwas zu erwidern. Sie wusste nicht, wie die Männer auf die Wahrheit reagieren würden, und fürchtete, die ganze Horde könnte dann über Anni und sie herfallen. Leisteten sie Widerstand, würde man sie ohne Zögern niedermetzeln. Die Gesichter der einfachen Krieger wirkten so abweisend, als wäre ihr Tod schon beschlossene Sache, und der andere

Mann, dessen von einem Mantel halb verdecktes Kettenhemd zu Maries nicht geringem Entsetzen Michels Rüstung aufs Haar glich und der wohl der Unteranführer der Gruppe war, schien seinen Gesten nach der gleichen Meinung zu sein.
Er fuhr den Sprecher auf Tschechisch an und machte die Geste des Halsabschneidens. »Lass das Reden, Sokolny. Wir schneiden den deutschen Weibern die Kehle durch und nehmen an Beute mit, was wir brauchen können.«
Ottokar Sokolny maß ihn mit spöttischem Blick. »Menschen umbringen und Beute machen! Etwas anderes kennst du wohl nicht, Vyszo. Mich hingegen interessiert, aus welchem Grund die Frau diesen Ritter umgebracht hat.«
»Aber mich interessiert es nicht!« Vyszo gab den Männern einen Wink. Einer von ihnen zog sein Kurzschwert und trat auf Anni zu.
Obwohl die beiden Männer tschechisch sprachen, begriff Marie, dass es um ihr und Annis Leben ging. Da Waffen sie nicht retten konnten, musste ihr Mund das Seine tun. Sie stellte sich auf den Bock, um größer zu wirken, und streckte dem Mann, der Anni bedrohte, abwehrend die Hand entgegen.
»Jan Hus! Er war ein großer Mann. Ich habe ihn gekannt. Ich war in Konstanz, als er verraten und ermordet wurde.« Sie stieß diese Worte aus, ohne einmal Atem zu holen. Keiner der Tschechen außer Ottokar Sokolny verstand die deutsche Sprache, die Erwähnung des Namens Hus ließ jedoch alle erstarren.
»Was sagt sie?«, fragte einer der Männer erregt.
»Die Frau sagt, dass sie Magister Hus' Tod miterlebt und um ihn geweint hat. Wollt ihr jemanden umbringen, der sich zu unserem großen Heiligen bekennt?« Ottokar Sokolny verschränkte die Arme vor seiner Brust und trat zwischen Marie und die anderen

Männer, und der, der eben die Hand nach Anni ausgestreckt hatte, starrte Vyszo verwirrt an.
»Sie soll uns von Magister Hus' Tod berichten«, verlangte einer der Krieger.
»Ja, reden soll sie vom Verrat und der Hinterlist der Deutschen!«
Vyszo ballte wütend die Fäuste und sah so aus, als würde er Marie und Anni am liebsten mit eigener Hand erschlagen, aber das hätten seine Männer ihm gewiss übel genommen. Jan Hus war ihr Messias, und jemand, der um seinetwillen Tränen vergossen hatte, konnte kein Feind sein, selbst wenn er ein Deutscher war.
»Wir nehmen die beiden mit und entscheiden später, was mit ihnen geschehen soll. Seht jetzt im Wagen nach, ob wir etwas brauchen können, und dann müssen wir weiter, sonst verlieren wir das Heer der Deutschen noch aus den Augen.« Vyszo wollte sich abwenden, doch da hob Sokolny, der Maries Worte etwas sehr frei zu ihren Gunsten übersetzt hatte, die Hand.
»Die beiden Frauen werden uns dabei behindern.«
Vyszo wandte sich mit einer höhnischen Geste zu ihm um. »Das finde ich auch. Daher werden du und dein Ludvik«, sein Blick streifte dabei einen noch recht jungen, untersetzten Burschen, »die Weiber zum Heer schaffen. Wir anderen bleiben den deutschen Hunden auf der Spur.«
Obwohl der Ton beleidigender nicht hätte sein können, nickte Sokolny zufrieden. »Das ist mir auch lieber, als wenn du zwei deiner Halsabschneider mit ihnen zurückgeschickt hättest.«
Vyszo nahm die Bemerkung mit einem Knurren hin und winkte den übrigen Kriegern verärgert, ihm zu folgen. Sie scheuchten Marie vom Bock, nahmen sich alle noch auf dem Wagen befindlichen Vorräte, soweit sie sich auf dem Rücken tragen ließen, und packten sie mit einer Schnelligkeit, die auf häufige Übung schließen ließ, zu

rucksackähnlichen Bündeln zusammen. Marie zog die zitternde Anni an sich und sah gleichmütig zu. Wie es aussah, wollte man sie vorerst am Leben lassen, und das war mehr, als sie nach Losens Tod von ihren eigenen Leuten hätte erhoffen können.

»Es wird alles gut, Kleines«, sagte sie zu Anni. »Die Männer tun uns nichts. Wir müssen nur sehen, dass wir sie nicht aufhalten. Ich werde dich stützen und dir helfen, so gut ich kann.« Sie bemühte sich, eine zuversichtliche Miene zu zeigen, und drehte sich zu dem Mann um, in dessen Händen nun ihrer beider Schicksal lag.

»Wir können aufbrechen, Herr.«

Ottokar Sokolny folgte Vyszo und dessen Begleiter mit den Blicken und nickte gedankenverloren. »Was ist mit deiner Gefährtin? Ist sie krank?«

»Verletzt!«, antwortete Marie und verschwieg dabei, dass seine Landsleute es gewesen waren, die Anni so zugerichtet hatten, obwohl sie wahrscheinlich selbst Tschechin war. Dann musste sie daran denken, dass ihre Leute auch nicht besser waren als die Böhmen.

»Ist es schlimm? Kann sie laufen?«, fragte Sokolny ungeduldig.

Marie schüttelte den Kopf. »Die Wunden heilen gut. Anni muss sich nur etwas schonen, damit sie nicht wieder aufbrechen.«

Sokolny wandte sich Anni zu und forderte sie auf, ihm die Verletzungen zu zeigen. Sie wich erschrocken vor ihm zurück, so dass ihr verletztes Bein unter ihr nachgab und sie stürzte. Marie hob sie auf und lächelte ihr besänftigend zu. »Du musst keine Angst haben. Der Herr ist kein Feind, er will uns helfen.«

»Mein Name ist Ottokar Sokolny«, stellte der Mann sich jetzt vor und wies dann auf seinen Begleiter, der sich etwas im Hintergrund hielt. »Das ist Ludvik, mein Knecht. Ludvik, schlage im Wald ein paar Stangen, damit wir eine Trage für die Verletzte anfertigen können. So kommen wir schneller vorwärts, als wenn sie hinter uns herzuhumpeln versucht.«

Marie atmete auf. Bei all dem Unglück, das über sie hereingebrochen war, schien sie immer noch ein Quäntchen Glück zu haben, und sie hoffte, dass es sie auch in Zukunft nicht im Stich lassen würde.

Fünfter Teil

Gefangen

1.

Der Wind fuhr mit einem steten Pfeifen durch die Ritzen in den Wänden der alten Kate und ließ den Atem schon im Gesicht gefrieren. Marie wickelte sich fester in ihr fadenscheinig gewordenes Schultertuch und blickte sehnsüchtig zum Feuer hinüber, das in dem Herd am anderen Ende des einzigen Raumes brannte, aus dem die Hütte bestand. Dort hatten es sich vier Frauen gemütlich gemacht, die miteinander schwatzten und sich genussvoll die Hände wärmten, während Marie und die übrigen Bewohnerinnen die Zähne zusammenbeißen mussten, damit sie nicht zu sehr klapperten. Von Zeit zu Zeit winkte Renata, die Ehefrau des taboritischen Hauptmanns Vyszo und erklärte Herrin über das Wohl und Wehe der Frauen in dieser Hütte, eine nach der anderen nach vorne, damit sie sich für einen Augenblick aufwärmen konnte, erwartete dafür aber wortreichen Dank. Fiel dieser nicht liebedienerisch genug aus, so blieb der betreffenden Frau der Platz am Feuer für Stunden oder gar für Tage verwehrt.

Marie brauchte sich keine Schmeicheleien auszudenken, denn sie und Anni wurden niemals zum Feuer gerufen und durften es auch nicht wagen, sich selbst dort einen Platz zu suchen. Für Renata und deren tschechische Freundinnen waren sie beide ein Gräuel, ja schlimmer noch, zwei Deutsche, denen man die Kehle hätte durchschneiden sollen, anstatt sie im Winterlager eines Hussitenheeres mit durchzufüttern. Wäre es nach Renatas Willen gegangen, hätten Anni und sie sich im Schnee draußen eine Höhle graben dürfen, um sich vor dem Eiswind zu schützen. Sie hatten es nur Ottokar Sokolny zu verdanken, dass sie wenigstens ein Dach über dem Kopf hatten. Ohne den Einfluss des jungen Grafen, der wegen seiner Herkunft von einigen Fanatikern im Lager selbst angefeindet wurde, wären sie beide nicht mehr am Leben.

Ein Zupfen an ihrem Schultertuch riss Marie aus ihren trüben Gedanken. Anni drängte sich enger an sie und bot ihr, obwohl sie selbst vor Kälte schlotterte, einen Zipfel des Lumpens an, der einmal eine Decke gewesen war. Trotz der unwirtlichen Wohnverhältnisse waren die Verletzungen des Mädchens abgeheilt, und es hatte an Gewicht zugelegt, was angesichts der kargen Rationen ein Wunder zu nennen war. Für eine Zwölfjährige war sie jedoch stark in sich gekehrt, und Marie hatte sie seit ihrer Gefangennahme durch die Hussiten kein einziges Mal mehr lächeln sehen. Da Anni begonnen hatte, Töne auszustoßen, war Marie auf die Idee gekommen, ihr das Sprechen wieder beizubringen. Ihre erste Vermutung, Anni sei tschechischer Herkunft, schien sich zu bewahrheiten, denn das Mädchen behielt die wenigen tschechischen Worte, die Marie ihr vorsagte, viel schneller als die deutschen, und sie hätte sich ihre eigene Muttersprache gewiss schneller angeeignet als Maries Deutsch. Doch im Lager gab sich sonst keiner die Mühe, mit Anni zu reden, und bei dem hier üblichen scharfen Tonfall zuckte das Mädchen jedes Mal zusammen, als erinnere es sich unbewusst daran, dass eigene Landsleute die Bewohner ihres Dorfes ermordet hatten, wohl weil sie Katholiken geblieben waren. Marie bedauerte es, dass Anni trotz ihrer Bemühungen meist nur unartikuliert stammelte, denn sie hungerte nach einem lieben Wort oder einer Aufmunterung in ihrer Muttersprache. Einige der Tschechinnen sprachen ein wenig Deutsch, taten ihr gegenüber aber so, als verstünden sie kein Wort dieser Sprache.

Ein Mann riss die Tür auf, und mit ihm drang Schneegestöber und noch eisigere Luft in den Raum. »Die Anführer brauchen Bier und jemand, der sie bedient!«, brüllte er und zog sich sofort wieder zurück.

Zwei Frauen eilten zu dem großen Bottich in der Ecke und schöpften das herbe Getränk in mehrere große Krüge. Als sie sich anzogen und zur Tür gehen wollten, rief Renata sie zurück. »Warum wollt ihr in die Kälte hinauslaufen? Sollen doch die beiden Deutschen gehen.«

Ehe Marie und Anni sich versahen, drückte man ihnen die Krüge in die Hand und schob sie zur Tür hinaus. Die Eiskristalle, die der Wind vor sich hertrieb, peitschten die Haut wie mit tausend Nadeln und machten das Atmen fast unmöglich. Es war bezeichnend für Renata, dass man ihnen nicht einmal die einfachen Schaffellüberwürfe zugestanden hatte, mit denen sich die tschechischen Frauen im Freien vor der Kälte schützten. Marie warf Anni einen aufmunternden Blick zu und rannte los, um so schnell wie möglich die Hütte zu erreichen, in der die hussitischen Anführer ihren Kriegsrat abhielten, doch die gut hundert Schritte, die sie zurücklegen mussten, wurden zu einer Höllenqual. Die klammen Finger um die Henkel der großen Krüge gekrallt, erreichten sie nach einer schieren Ewigkeit die Hütte und damit den Windschatten, der sie wieder zu Atem kommen ließ. Marie stieß mit dem Fuß gegen die Tür und rief das Wort Bier in tschechischer Sprache.

Jemand riss die Tür auf, und sie traten in einem Schwall kalter Luft ein, die dem Wächter Schnee und Eiskristalle ins Gesicht blies. Fluchend schlug der Mann die Tür zu und zeigte nach hinten in den abgetrennten Raum, in dem sich die Anführer des Heeres versammelt hatten. Der klein gewachsene, magere Mann, der hier das Kommando führte, hätte auch auf einer Burg residieren können, verzichtete jedoch auf alle äußeren Anzeichen der Macht, um seinen Bauernkriegern zu zeigen, dass er immer noch einer der ihren war. Seine Kleidung entsprach der eines einfachen Mannes, das schmale, energische Gesicht und der durchdringende Blick seiner tief liegenden Augen verrieten jedoch, warum gerade er es bis zum zweiten

Kriegshauptmann der Hussiten gebracht hatte. Als einer der früheren Unteranführer des legendären Jan Ziska war er an die zweite Stelle im hussitischen Heer gerückt und musste nur noch einen anderen Mann über sich dulden, der gleich ihm den Namen Prokop trug, aber anders als er durch eine hohe, wuchtige Gestalt auffiel und von seinen Leuten daher der Große Prokop genannt wurde. Beide Prokops waren ursprünglich keine Bauern gewesen, sondern unbedeutende Landadlige, die sich den Lehren des Predigers Jan von Tabor verschrieben hatten.

Marie hatte in den langen Wochen, die sie als Gefangene unter den Hussiten verbracht hatte, aufgeschnappt, dass es sich bei diesen um zwei Gruppen handelte, die zwar gemeinsam gegen Kaiser Sigismund kämpften, sich in ihren sonstigen Zielen jedoch nicht einig waren. Die beiden Prokops zählten zu den Taboriten, während Ottokar Sokolny zu den Kalixtinern gehörte, denen die meisten Forderungen der Taboriten zu weit gingen.

Als sie den Beratungsraum betrat, sah sie, dass sich der Kleine Prokop, Vyszo, Ottokar Sokolny, ein hussitischer Prediger mit fanatischem Blick und etliche der taboritischen Anführer hier versammelt hatten. Die Männer blickten unwillig auf, als die Frauen eintraten, nahmen dann aber die Bierkrüge wahr und streckten den beiden lärmend ihre Becher entgegen. Marie füllte zuerst Prokops Trinkgefäß und dann das des Predigers, dessen Stellung hier noch bedeutender war als die des kaiserlichen Beichtvaters im Reich. Da die Hussiten ihren Aufstand gegen König Sigismund vor allem mit religiösen Motiven begründeten und die Katholiken in ihrem Machtbereich grausam verfolgten, mussten Marie und Anni an den hier gebräuchlichen Riten teilnehmen. Sollte es sich wirklich um Irrlehren handeln, so hoffte Marie, dass die Heilige Jungfrau ihnen verzeihen würde, denn immerhin ging es um ihr Leben, und sie fühlten sich beide nicht zu Märty-

rern berufen. Es war Maries Glück, dass Renata und deren Gefährtinnen ebenso wie die meisten Männer im Lager glaubten, Jan Hus hätte sie in Konstanz persönlich bekehrt und zu einem Mitglied seiner Kirche gemacht. Es ersparte ihr zwar nicht die Demütigungen durch die anderen Frauen, doch im Großen und Ganzen ließ man sie deswegen in Ruhe und duldete ihre und Annis Anwesenheit.
Tief in ihre Gedanken verstrickt übersah sie, dass Vyszo ihr fordernd den Becher hinhielt. Anni eilte sofort herbei und schenkte dem gefürchteten Anführer ein. Marie warf ihr einen dankbaren Blick zu, denn sie hasste diesen Mann kaum weniger als Falko von Hettenheim, denn er nahm den Ruhm in Anspruch, den Mann getötet zu haben, dem es gelungen war, Kaiser Sigismund dem schon sicher geglaubten Zugriff ihrer Krieger zu entziehen. Den Beweis dafür trug er sogar hier zur Schau – Michel Adlers Panzerhemd und sein Schwert. Marie hatte es bereits bei ihrer ersten Begegnung erkannt und später aus den Erzählungen anderer erfahren, dass Vyszo nach ihrer Gefangennahme im letzten Sommer die abziehenden Truppen des Kaisers mehrfach angegriffen und noch etliche Ritter und Fußknechte getötet hatte. In ihren Albträumen sah sie den Wagen der Schwarzen Eva ausgeraubt und die alte Marketenderin mit einer blutüberströmten Trudi im Arm regungslos in den Trümmern ihres Karrens liegen, und im Wachen glaubte sie Vyszo vor sich zu sehen, der sich über Michel beugte und ihm die Kehle durchschnitt. Jedes Mal, wenn sie diesen Mann sah, musste sie an sich halten, um nicht das nächste Brotmesser zu packen und es ihm mit gleicher Münze heimzuzahlen. Wie schnell ein kräftiger Mann sterben konnte, hatte sie an Gunter von Losen gesehen.
»Hallo, Marie, ich habe auch Durst!« Ottokar Sokolnys fröhlicher Ruf ließ sie hochschrecken. Sie goss ihm rasch ein und wollte sich mit Anni zurückziehen.

Vyszo drehte sich jedoch halb herum und hielt sie fest. »Hier geblieben, ihr deutschen Schlampen! Oder glaubt ihr, wir wollen uns selber bedienen?« Da Marie ihn erschrocken anstarrte, wiederholte Sokolny seine Worte auf Deutsch.

Marie unterdrückte ein Lächeln, denn sie hatte Vyszo sehr wohl verstanden. Durch die Weigerung Renatas und der anderen Frauen, deutsch mit ihr zu sprechen, konnte sie der tschechischen Sprache besser folgen, als die anderen ahnten. Sie behielt ihre Kenntnisse jedoch für sich, um sich wenigstens diesen kleinen Vorteil zu bewahren. Jetzt zahlte ihre Vorsicht sich aus, denn man behielt sie wohl nur deswegen hier, weil man annahm, sie verstünde nichts von den Gesprächen.

Da die Männer für den Moment alle versorgt waren, setzte sie die beiden Krüge ab, lehnte sich in der Nähe des Feuers gegen einen Pfosten und spitzte die Ohren. Anders als die deutschen Fürsten, die ihre Ritter und Soldaten in der kalten Jahreszeit entließen, um sie nicht durchfüttern zu müssen, hielten die tschechischen Anführer ihre Scharen zusammen und unternahmen auch im Winter Überfälle auf noch nicht geplünderte Dörfer, die sie als Feldzüge bezeichneten. Marie hoffte, dass sie und Anni sich einem dieser Heere würden anschließen können, denn eine Flucht durch die böhmischen Wälder war nach allem, was sie gehört und gesehen hatte, zu gefährlich. Man hatte sie so tief in das ihr unbekannte Land hinein verschleppt, dass sie kaum noch wusste, in welche Richtung sie sich wenden musste, um Landsleute zu finden, die ihr weiterhelfen konnten. Bei einem Überfall auf Reichsgebiet, in dem die Hussiten selbst fremd waren, könnte die Flucht jedoch gelingen.

Während Marie ins Grübeln versank, trank Prokop einen Schluck Bier und wandte sich dann an Vyszo. »Wie steht es mit unseren Vorräten?«

Vyszo rieb sich nachdenklich über die Stirn, bevor er antwortete. »Sie werden noch etliche Wochen reichen.«

Der Prediger stand auf und blickte beinahe strafend um sich. »Wir müssen aufbrechen, bevor die Keller und Scheuern unserer Feinde, die Gott in unsere Hand geben wird, leer sind! «

»Außerdem können wir das Fleisch der erbeuteten Tiere jetzt noch transportieren, ohne dass es unterwegs schlecht wird«, setzte ein anderer Anführer hinzu.

Marie hatte zwar Mühe, der Diskussion zu folgen, konnte sich ihren Sinn jedoch zusammenreimen. Da die tschechischen Bauernkrieger das ganze Jahr unter Waffen standen, war es ihnen nicht möglich, eigene Felder zu bestellen. Also hatten sie einen anderen Weg finden müssen, sich und ihre Familien, aber auch die Städte, die sich ihnen angeschlossen hatten, zu ernähren, und fielen deswegen wie Heuschrecken über die umliegenden Länder her. Den Vergleich mit dieser biblischen Plage hielt Marie nicht für falsch, denn allein dieses Lager beherbergte mehr als sechstausend Mann, und es war nur eines von vielen. Sie fragte sich, wie der Kaiser je hatte hoffen können, ein Land zu unterwerfen, das ihm so viele Kämpfer entgegenstellen konnte. Solange es den Hussiten gelang, sich aus den umliegenden Ländern zu versorgen, würde kein deutsches Heer sie schlagen können.

Zu ihrer Enttäuschung plante Prokop einen Feldzug nach Sachsen und Schlesien, Ländern, die noch weiter von ihrer Heimat entfernt lagen als Böhmen selbst. Von trüben Gedanken gequält, schenkte sie den Männern nach, holte auf ihre Befehle hin gewürzten Speck und Brot und bediente sie wie eine stumme, ergebene Magd. Dabei achtete sie auf jedes Wort, um so viel Wissen wie möglich zu sammeln, denn alles, was sie erfuhr, konnte ihr eines Tages helfen zu entkommen. Dabei kam ihr die Tatsache entgegen, dass das Bier allmählich die Zungen löste und einige der Anführer dazu brachte, sich mit ihren Taten zu brüsten. Sie versuchten einander zu übertreffen, besonders, als es darum ging, wie viele Tote sie beim nächsten Feldzug hinterlassen wollten. Ottokar Sokolny hörte ihnen mit einem abwesenden Gesichtsausdruck zu und gab nur dann kurze Antworten, wenn das Wort an ihn gerichtet wurde. Er gehörte zu den Ersten, die den Kriegsrat verließen.

Marie blickte ihm versonnen nach, der Mann war ihr ein Rätsel. Er bekannte sich offen zu der Gruppe der Kalixtiner, von denen sich außer ihm nur zwei oder drei weitere in diesem Lager aufhielten, beteiligte sich aber anders als seine Kameraden lebhaft an der Planung der Feldzüge und ging bei dem Kleinen Prokop aus und ein wie ein geschätzter Unteranführer. Dennoch hatte Marie noch kein Wort von ihm oder über ihn gehört, welches darauf hindeutete, dass er die Gemetzel der anderen guthieß oder gar unterstützte. Die meisten Kalixtiner hatten sich zu Beginn des Winters auf ihre Burgen zurückgezogen, um ein paar Wochen bei ihren Familien zu verbringen, und die Taboriten schimpften deswegen über sie und nannten sie weich und glaubensschwach. Prokops Bauernkrieger waren zumeist unverheiratet oder hatten wie Vyszo ihre Frauen hier im Lager untergebracht. Die Hussitinnen nahmen auch an den Kriegszügen teil, denn ihnen oblag es, die Beute zu verarbeiten. Marie hatte im letzten Herbst wochenlang Fleisch geschnitten und eingesalzen, Würste gestopft, Korn gemahlen und sogar geholfen, Bier zu brauen.

»Weib, schenk nach!«, forderte Prokop sie in kaum verständlichem Deutsch auf.

Marie eilte zu ihm und füllte auch Vyszos Becher und den des Predigers nach, die als Einzige bei ihrem Anführer geblieben waren. Vyszo betrachtete die braune Flüssigkeit in seinem Becher und hob ihn dann hoch. »Auf die Siege, die wir heuer erringen werden!«

Prokop stieß ein zorniges Knurren aus. »Wir müssen die Deutschen nicht nur schlagen, sondern endlich diesen von Gott verfluchten Sigismund und seinen österreichischen Schwiegersohn fangen und töten. Dann erst ist unser Sieg vollkommen.«

»Wir dürfen aber auch unsere Feinde im eigenen Land nicht vergessen«, mahnte der Prediger. »Es halten immer noch einige Städte und Burgen zu dem Verräter, der es in seiner Verblendung wagt, sich auch jetzt noch König von Böhmen zu nennen. Damit beleidigen sie unseren ermordeten Propheten!«

Vyszo winkte prahlerisch ab. »Der Abschaum, der unser Land beschmutzt, fällt uns im Lauf der Zeit wie eine überreife Frucht in die Hand.«

Prokop nickte ihm zu und wandte sich dann wieder an den Prediger. »Noch bezahlen uns die abtrünnigen Städter dafür, dass wir sie in Ruhe lassen, und ich gedenke das vorerst nicht zu ändern. Sie liefern uns Vorräte, Kleidung und Waffen, gießen unsere Feldschlangen und betreiben unsere Pulvermühlen. Bis zu unserem endgültigen Sieg können wir nicht auf sie verzichten.«

Der Prediger sprang auf und funkelte seinen Anführer zornig an. »Ich meine auch nicht die Städte, deren Bevölkerung insgeheim bereits zu uns hält und nur auf ein Zeichen wartet, ihren uneinsichtigen Führern die Kehlen durchzuschneiden, sondern so halsstarrige Kerle wie Václav Sokolny. Sein Beispiel hält genug andere davon ab, den wahren Glauben anzunehmen und sich uns anzuschließen. Erst wenn wir ihn an das Tor seiner brennenden Burg genagelt haben, werden die anderen gekrochen kommen und um Gnade winseln. Wir hätten längst ein Ende mit ihm machen müssen, aber sein Bruder hindert uns seit Jahren daran, diesen Dorn aus unserem Fleisch zu ziehen.«

Vyszo trank dem Prediger zu. »Du hast Recht, Sokolnys Burg muss fallen! Ich habe aus sicherer Quelle erfahren, dass sein Bruder versucht, ihn auf die Seite der verfluchten Kalixtiner zu ziehen. Das muss unbedingt verhindert werden, sonst nimmt deren Einfluss gefährlich zu und macht es uns noch schwerer, die von Gott gewollte Ordnung zu schaffen.«
Der Prediger machte das Zeichen gegen böse Dämonen. »Václav Sokolny würde seinem römischen Glauben nur zum Schein entsagen und damit Jan Hus' Martyrium verhöhnen!«
Prokop hob scheinbar beschwichtigend die Hände. »Nur gut, dass Ottokar Sokolny uns bereits verlassen hat, sonst würde es jetzt wieder zum Streit kommen. Ihr wisst doch, dass er große Stücke auf seinen Bruder hält.«
Er hatte seine Worte noch nicht ganz ausgesprochen, da riss Vyszo sein Schwert aus der Scheide und warf es klirrend auf den Tisch. »Pah, ich fürchte den jungen Sokolny ebenso wenig wie seinen älteren Bruder. Wenn es notwendig ist, steche ich sie beide ab!«
Prokop grinste böse, denn er hatte keine andere Reaktion erwartet. »Deshalb sollst auch du den Angriff gegen Graf Václav führen, und zwar noch in diesem Jahr. Zunächst aber holen wir uns in Schlesien so viel Getreide und Vieh, dass unsere Scheuern und Vorratshäuser bis unters Dach gefüllt sind.«
Vyszo streckte die geballte Faust in den Himmel und erklärte dem Priester, was er mit dem Gesindel auf Sokolnys Burg anstellen würde, Prokop aber lehnte sich zufrieden zurück und winkte Marie, ihm noch einmal einzuschenken. Dann schickte er sie und Anni hinaus.

2.

Trotz des starken Wintereinbruchs gingen die Vorbereitungen für den bevorstehenden Feldzug weiter. Marie und Anni wurden mit anderen Frauen in eine alte Scheune getrieben, um Vorratssäcke zu nähen, in denen die Hussiten ihre Beute abtransportieren wollten. Es war eine harte Arbeit, die steifen Stoffbahnen mit einer großen Nadel und schnurdickem Zwirn zusammenzuheften, während Renata auf einem Stuhl in der Mitte saß, sie überwachte und mit ihrer Gerte zu größerer Leistung anspornte.

Als ihre Antreiberin mit einer Frau auf der anderen Seite beschäftigt war, stieß ein Mädchen Marie an. »Man sagt, du wärst eine Deutsche. Stimmt das?« Sie sprach die deutsche Sprache mit einem leichten Akzent.

Marie blickte überrascht auf. »Das stimmt.«

Die andere seufzte erleichtert, beugte sich aber sofort wieder über ihre Arbeit, um Renata nicht auf sich aufmerksam zu machen. »Weißt du«, sagte sie so leise, dass nur Marie es hören konnte, »ich bin noch nicht lange in diesem Lager und habe erst gestern von dir gehört. Mein Vater war auch ein Deutscher, ein treuer Diener des Königs. Er wollte nicht abschwören, als die Hussiten es von ihm forderten, und dafür haben sie ihn umgebracht. Da meine Mutter eine Tschechin war, verhalfen ihre Verwandten uns zur Flucht und versteckten uns. Später wurden wir dann von Nachbarn verraten und in ein Lager gesteckt, in dem wir für unsere Bedrücker arbeiten mussten. Meine Mutter starb im letzten Jahr, und ich wurde vor kurzem mit einigen Frauen hierher geschickt. Die anderen wissen, dass ich eine halbe Deutsche bin und quälen mich deswegen. Dir geht es wohl auch so, nicht wahr? Ich würde gerne öfter mit dir reden, wenn es sich einrichten lässt. Mein Name ist Jelka, das heißt auf Deutsch Helene.«

Marie machte den Sack fertig, an dem sie gerade nähte, und nickte der anderen zu. »Dann werde ich dich Helene nennen.«

»Das freut mich. Ich habe diesen Namen immer gerne gehört, doch wenn ihn die anderen Frauen verwenden, klingt er wie ein unanständiger Fluch.« Helene kniff die Lippen zusammen und schwieg, denn Renata ging eben an ihr vorbei und ließ dabei die Gerte über die Köpfe der arbeitenden Frauen pfeifen. Erst als die Aufseherin wieder Platz genommen hatte, sprach sie weiter. »Vor dem Miststück da vorne musst du dich hüten. Die ist noch schlimmer als Vyszo selbst. Ich kenne das Paar von früher. Die bringen dich aus purem Vergnügen um, als würden sie eine Fliege zerquetschen.«

Marie starrte Helene neugierig an. »Du sagst, du kennst Vyszo? Hast du auch gehört, wie er zu seiner Rüstung gekommen ist? Er behauptet, er hätte einen deutschen Ritter erschlagen und sie erbeutet.«

»Erschlagen hat er ihn wohl nicht, sondern sie einem Toten abgenommen.«

Marie hieb mit der Hand ärgerlich durch die Luft. »Das habe ich auch schon sagen hören. Was machen Männer wie Vyszo mit den Leuten, die sie niederschlagen und ausplündern? Begraben sie sie?«

Helene schüttelte den Kopf. »Normalerweise lassen sie die Toten liegen, um ihre Feinde damit zu erschrecken.«

Marie verspürte wieder den Hauch einer Hoffnung. Wenn Michel nicht tot gewesen war, sondern nur verletzt und betäubt, konnte er auch die Hussiten überlebt haben. »Also hat Vyszo wohl auch den Mann, von dem er die Rüstung hat, irgendwo im Wald liegen lassen?«

»Nein. Einer der Männer, die dabei gewesen waren, hat einem der Wächter in dem Lager, in dem ich gewesen bin, erzählt, dass er diesen Ritter aus Wut in einen Fluss geworfen hat. Der Deutsche hat nämlich Vyszos Hinterhalt bemerkt und seine Gefährten gewarnt, so dass diese sich freikämpfen und die Taboriten vertreiben konnten.«

Marie fühlte, wie ihre Sehnsucht nach Michel einer ätzenden Wut Platz machte. Wenn das stimmte, hatte Michel sowohl Falko von Hettenheim wie auch Gunter von Losen das Leben gerettet, und die beiden hatten es ihm mit Verrat gedankt. Sie biss die Zähne zusammen und versuchte, weiterhin ein gleichmütiges Gesicht zu machen. Als sie den Zorn auf die Verräter endlich gebändigt hatte, musste sie gegen die Verzweiflung ankämpfen, die mit langen, dürren Fingern nach ihr griff, um sie in den schwarzen Abgrund zu ziehen, der seit der Nachricht von Michels Tod unter ihr lauerte.

Zu ihrem Glück setzte Helene das Gespräch etwas einseitig fort und erzählte Marie so manches über das tschechische Volk und die Hussiten. Ihren Worten zufolge sehnte sich das ganze Land nach Frieden, doch Männer wie die beiden Prokops, Vyszo und andere unterdrückten die Menschen mit eiserner Faust und brachen jeden Widerstand. Das erinnerte Marie, deren Geist auf einem schmalen Grat zwischen fast schon erloschener Hoffnung und Todessehnsucht wanderte, an Ottokar Sokolny und dessen Bruder, den Vyszo im Laufe des Jahres angreifen wollte, und sie war froh, dass sie ihren Gedanken eine andere Richtung geben konnte. Sie hatte sich vorgenommen, den jungen Edelmann vor Prokops Plänen zu warnen, bisher aber noch keine Möglichkeit dazu gefunden. Als sie an diesem Abend den letzten Sack weglegen durfte, nutzte sie die Gelegenheit, um sich in der Dunkelheit von den anderen Frauen zu entfernen und zu Graf Ottokars Quartier zu schleichen. Auf ihr Klopfen hin öffnete er selbst die Tür und sah sie verwundert an.

»Ist es nicht ein wenig kalt, um bei diesem Wetter in solch dünnen Fetzen herumzulaufen?«

»Ich habe nichts Wärmeres anzuziehen!« Marie deutete auf den Eingang. »Darf ich hereinkommen? Ich muss dringend mit Euch sprechen.«

»Komm herein! In dieser Kälte holst du dir sonst noch den Tod.« Sokolny trat zur Seite und ließ sie eintreten.

Sein Diener Ludvik erwärmte gerade am Herd einen Topf mit Bier, das dem Geruch nach mit Gewürzen und Kräutern versetzt war. Als er Marie erblickte, zwinkerte er seinem Herrn zu und deutete mit dem Kopf nach draußen. »Ich lasse Euch wohl besser allein.«

Sokolny schüttelte den Kopf und befahl ihm, zwei Becher zu füllen.

Marie maß Ludvik mit einem zweifelnden Blick. »Könnt Ihr diesem Mann trauen, Herr?«

Sokolny stand nun die Neugier ins Gesicht geschrieben. »Ganz bestimmt.«

Marie nahm den Becher entgegen, den Ludvik ihr auf den Wink seines Herrn reichte, und nippte vorsichtig, um ihren trockenen Hals anzufeuchten. »Ihr habt einen Bruder namens Václav«, sagte sie übergangslos.

Ottokar Sokolny kniff die Augenbrauen zusammen. »Das stimmt.«

»Nachdem Ihr neulich den Kriegsrat verlassen hattet, unterhielten sich Prokop, Vyszo und der Prediger über ihn und beschlossen, ihn im Laufe dieses Jahres anzugreifen und umzubringen.«

Graf Ottokar fasste Marie bei den Schultern und sah ihr in die Augen. »Woher willst du das wissen? Die drei werden ihre Pläne wohl kaum in deiner Muttersprache beraten haben.«

»Da Renata mir ihre Befehle meist nur auf Tschechisch erteilt und mir dann erst ein paar deutsche Brocken hinwirft, war ich gezwungen, mir Eure Sprache anzueignen, genug jedenfalls, um einiges von dem verstanden zu haben, was in Prokops Quartier besprochen wurde.« Mit diesem Geständnis begab sie sich voll und ganz in

Ottokars Hände. Schenkte er ihr keinen Glauben und verriet sie an Prokop und Vyszo, würde man sie eines ebenso unangenehmen Todes sterben lassen wie alle anderen, die in den Verdacht gerieten, Verräter zu sein.

Sokolny ließ sie los und wanderte durch den spärlich möblierten Raum. Außer der Feuerstelle, die als Herd diente, gab es noch zwei dreibeinige Hocker, ein primitiv zusammengenageltes Bett für den Edelmann und eine Strohschütte für seinen Diener. Nur die an der Wand aufgehängten Waffen, Sokolnys Rüstung und eine alte Truhe mit dem Wappen eines auf einem Felsen sitzenden Falken zeugten davon, dass hier keine einfachen Bauersleute lebten.

Sokolny vermochte seine Erregung nicht zu verbergen. »Bist du dir ganz sicher?«

»Ja, Herr.«

Graf Ottokar ballte die Fäuste und fluchte vor sich hin. »Daran ist nur dieser verdammte Vyszo schuld! Dieser Bauerntölpel hasst alle Adligen und würde uns am liebsten genauso massakrieren wie die Deutschen.«

Marie hob fragend die Hände. »Ich verstehe das nicht. Ihr seid doch Landsleute und verehrt gemeinsam Jan Hus als Märtyrer.«

»Ich bin ein Edelmann, also jemand, der gelernt hat, seinen Verstand zu gebrauchen und nicht nur wie ein Ochse zu brüllen. Außerdem gehöre ich dem edlen Bund der Kalixtiner an und nicht dem zusammengerotteten, nach Mist stinkenden Haufen, der sich Taboriten nennt. Wenn es diesem Gesindel nach ginge, würden wir so lange im Blut unserer Nachbarn waten und von dem leben, was wir mit Mord und Totschlag an uns raffen, bis es nichts mehr zu erbeuten gibt. Unser Land geht dabei zugrunde, weil sich jetzt schon viel zu wenige Hände rühren, um den Boden zu bestellen, und doch rufen die taboritischen Anführer immer mehr Männer zu den

Waffen. Denen geht es schon lange nicht mehr um unseren Glauben oder die Freiheit unseres Volkes, sondern nur noch um ihre persönliche Macht.« Ottokar Sokolny presste die Stirn gegen den Pfosten, der mitten in der Hütte aufragte, um das Dach zu stützen, und starrte an der Kante des Holzes vorbei Marie düster an.

»Ich danke dir für deine Warnung. Doch du solltest jetzt gehen, bevor die Dunkelheit vollends hereinbricht. Es gibt zu viel Gesindel in diesem Heer, und ich möchte nicht, dass dich irgendeiner in seine Hütte schleppt und dich gegen deinen Willen benutzt. Leider hat nicht jeder Respekt vor einer Frau, die den Segen unseres Heiligen besitzt.«

Marie trank ihren Becher leer, knickste und huschte zur Tür hinaus. Sokolny blickte eine Weile starr ins Nichts und schlug dann mit der Faust gegen den Balken. »Ich habe befürchtet, dass es so kommen würde.«

Ludvik füllte den Becher neu und reichte ihn seinem Herrn. »Was sollen wir jetzt tun? Wenn der Kleine Prokop mit seinem Heer gegen die Burg zieht, wird sich Falkenhain nicht halten lassen.«

»Es gibt nur einen Ausweg: Václav muss sich sofort auf unsere Seite stellen und mit einigen seiner Krieger zu uns stoßen. Meine Freunde und ich verfügen über genügend Einfluss, den weder der Kleine Prokop noch Vyszo ignorieren können.«

»Wann werdet Ihr nach Falkenhain aufbrechen?«

Graf Ottokar schüttelte den Kopf. »Gar nicht, mein Guter. Ich muss hier bleiben, um die Situation unter Kontrolle zu halten und am Kriegsrat teilzunehmen. Du wirst an meiner Stelle zu meinem Bruder reisen und ihm ins Gewissen reden. Sage ihm, dass wir die Unterstützung jedes ehrlichen Edelmanns brauchen, um den Einfluss der Taboriten einzudämmen. Wenn es uns nicht gelingt, sie zu zähmen, werden sie unser schönes Böhmerland schließlich im eigenen Blut ersäufen.«

Ludvik stöhnte auf. »Es ist ein hartes Ding, in dieser Jahrszeit allein nach Hause zu reiten, aber es muss wohl sein. Ich kann nur hoffen, dass ich unterwegs nicht den Wölfen oder Bären als Mahlzeit diene.«

Sokolny klopfte seinem Diener lachend auf die Schulter. »Wenn es einer schafft, bei diesem Wetter bis Falkenhain durchzukommen, dann bist du es, mein Guter. Du wirst gut auf dich aufpassen und daran denken, dass ich dich brauche!«

»So schnell werdet Ihr mich nicht los.« Ludvik zog eine spaßhaft beleidigte Miene und begann trotz der vorgerückten Stunde, Kleidung und Ausrüstung für die Reise zusammenzustellen.

3.

Michel verbrachte nun schon den dritten Winter auf Falkenhain, und dennoch wuchs in ihm das Gefühl, nicht hierher zu gehören. Es konnte nicht an Sokolny liegen, denn der hatte ihn in die Runde seiner Vertrauten aufgenommen und zu seinem bevorzugten Ratgeber gemacht, und auch nicht an den anderen Bewohnern der Burg, die ihm mit Freundschaft und Respekt begegneten, als wäre er hier aufgewachsen. Es war, als versuche etwas in ihm den Schleier, der über seiner Vergangenheit lag, von innen zu zerreißen, aber das Ergebnis waren Albträume und eine schier unstillbare Sehnsucht, die der Frau namens Marie galt. Sooft seine Pflichten es zuließen, hüllte er sich in einen warmen Schaffellmantel, setzte sich in die windumtoste Einsamkeit des Bergfrieds und sann über die Bilder aus seinen Träumen nach, die Schemen aus seinem früheren Leben zu sein schienen. Das Einzige, an das er sich nach all dieser Zeit recht klar erinnerte, war ein großer Strom, auf dem spielzeugartige kleine Schiffe vorbeizogen, als sehe er aus der Höhe eines Hügelkamms auf ihn herab. Irgendwann musste er selbst auf einem solchen Strom gereist sein, und das nicht nur einmal, denn er erinnerte sich daran, wie der Wellenschlag klang, der sich an hölzernen Planken brach. Doch er wusste nicht zu sagen, um welchen Fluss es sich handelte, denn auf seine Fragen hatte man ihm die Elbe, die von den Einheimischen Labe genannt wurde, und die Donau genannt, aber beide Namen hatten keine weiteren Bilder in ihm geweckt.

Als der Ruf des Wächters ihn aus seinen Grübeleien hochschreckte, bemerkte er, dass seine Finger trotz der dicken, pelzgefütterten Handschuhe zu erfrieren drohten. Er stand auf, bewegte die Glieder, um wieder warm zu werden, und blickte dabei über den Zinnenrand der Turmkrone auf die Straße, die zur Burg führte. Ein Reiter trieb seinen großen, kräftigen, aber vor Erschöpfung stolpernden Gaul die ansteigenden Windungen des Weges zur Burg hoch. Der Mann wirkte so unförmig, als trüge er mehrere Schichten Schafspelz übereinander, und in der Hand hielt er einen Spieß, als ritte er in einen Kampf. Wer sich in dieser Jahreszeit allein auf den Weg machte, dachte Michel, war entweder ein Narr oder auf der Flucht. Er lief zur Treppe, packte das Seil, das an der Wand angebracht war, damit man nicht auf den vereisten Stufen ausglitt, und eilte hinab.

Huschke, der Turmwächter, war schon vor ihm angekommen und sah ihn fragend an. Auf Michels Wink löste er den schweren Riegelbalken aus der Verankerung und öffnete den linken Torflügel. Michel zog sein Schwert, stieß es aber wieder in die Scheide, als er sah, dass von dem Mann keine Gefahr drohte. Der Reiter war mindestens ebenso am Ende seiner Kräfte wie sein Pferd, das mit zitternden Beinen im Hof stehen blieb. Michel trat zu dem Mann, wand ihm den Spieß aus den erstarrten Händen und hob ihn aus dem Sattel.

Während er ihn stützte, rief er einen Knecht an, der neugierig aus der Stalltür hinaussah. »Jindrich, kümmere du dich um das Pferd! Ich helfe unserem Gast ins Haus.«

Dann deutete er auf die Freitreppe. »Komm, mein Freund. Ein Platz am Kamin und einer von Wandas warmen Trünken wird dich wieder auf die Beine bringen.«

»Sie soll aber nicht mit Bier sparen«, antwortete der andere mit einem kläglichen Lächeln.

Jetzt erkannte Michel ihn. »Ludvik! Sag bloß, dein Herr ist noch draußen in der Kälte.«

»Nein, ich bin allein gekommen. Ich muss dringend mit Graf Václav reden und ihn warnen.«

Mit dem sicheren Gefühl, dass Taten besser waren als Worte, fasste Michel Ludvik unter der Achsel und schleppte ihn in die Küche. Wanda, die stämmige Köchin auf Falkenhain, knetete gerade Teig für die Knödel und sah den Eindringlingen in ihr Reich verärgert entgegen. Als sie aber den zitternden, blau gefrorenen Neuankömmling auf sich zuwanken sah, schlug sie die Hände über dem Kopf zusammen und eilte zum Herd, auf dem ein großer Topf mit heißem, gewürztem Bier für diejenigen bereitstand, die draußen arbeiten mussten.

»Hier, trink!«, forderte sie den Mann energisch auf und hielt ihm einen dampfenden Becher an die Lippen.

Ludvik legte die steif gefrorenen Hände um das Gefäß und ließ seinen Inhalt genüsslich durch die Kehle rinnen. Dann wischte er sich die Tropfen aus dem Bart. »Das tut gut! Wenn man drei Tage lang durch die Kälte geritten ist und nur einmal in einer halb zusammengebrochenen Scheune Zuflucht für die Nacht gefunden hat, ist das genau der richtige Willkommensgruß. Wie habe ich mich auf diesen Becher gefreut! Während des Ritts hatte ich schon langsam die Hoffnung aufgegeben, es bis hierher schaffen zu können. All die Dörfer und kleinen Städtchen, die ich aus meiner Jugendzeit kannte, liegen in Schutt und Asche, und wenn man sich ihnen nähert, tritt man auf Totengebein. Es war wie ein Ritt durch die Hölle.«

»Das ist das, was Jan Ziska und seine Nachfolger aus unserem schönen Land gemacht haben!«, dröhnte Graf Sokolnys Stimme hinter ihnen auf. Er hatte durch die Wachen von Ludviks Ankunft erfahren und sofort gewusst, wo er den unerwarteten Gast finden würde. Jetzt trat er neben Michel und blickte auf den Waffenknecht seines Bruders nieder, der erschöpft auf seinem Stuhl zusammengesunken war und den Burgherrn mit jämmerlicher Miene anblickte.

»Verzeiht, Herr Graf, dass ich Euch nicht so ehrerbietig grüße, wie es meine Pflicht wäre, doch meine Beine wollen mich nicht mehr tragen.«

»Ist schon gut, Ludvik. Ein Mann, der es schafft, in diesem Wetter den Weg nach Falkenhain zu bewältigen, hat sich das Recht verdient, in meiner Gegenwart zu sitzen.« Sokolny klopfte ihm beruhigend auf die Schulter, zog einen weiteren Stuhl heran und musterte Ludvik besorgt. »Was in aller Welt hat meinen Bruder veranlasst, dein Leben aufs Spiel zu setzen? Ich weiß doch, wie sehr er dich schätzt.«

Ludvik lächelte verlegen, kniff dann die Lippen zusammen und warf einen zweifelnden Blick auf Wanda und ihre Mägde, die scheinbar geschäftig in seiner Nähe arbeiteten und dabei die Ohren spitzten. »Es gibt Neuigkeiten, aber keine guten.«

Der Graf winkte Wanda zu sich und wies auf den Knecht und Michel. »Schenk uns dreien Bier ein, dann nimm dein Weibervolk mit und lass uns allein.«

Wanda wollte sich nicht verscheuchen lassen und brummelte empört vor sich hin, während sie heißes Bier in die Becher goss. »Was wird mit den Knödeln, Herr? Wenn sie hart werden, schimpfen die Leute.«
»Wenn sie schimpfen, dann schicke sie zu mir. Und jetzt hinaus!«
Der Graf wartete ungeduldig, bis die Frauen die Tür hinter sich geschlossen hatten, und sah Ludvik dann auffordernd an. »Was ist geschehen?«
»Mein Herr bittet Euch noch einmal nachdrücklich, dass Ihr Euch ihm und den anderen Kelchbrüdern anschließt und helft, den Einfluss der Taboriten einzudämmen. Er hat gesagt, anders könne er Euch nicht mehr schützen. Der Kleine Prokop und vor allem dieser Vyszo gieren danach, Euch zu vernichten, und planen, Eure Burg noch im Lauf dieses Jahres anzugreifen, wahrscheinlich direkt nach ihrem Überfall auf Schlesien.« Ludvik blickte den Grafen flehend an, doch Sokolny knurrte so ungehalten wie ein alter Wachhund.
»Ottokar ist ein Narr, wenn er glaubt, mir auf diese Weise helfen zu können. Wenn dieses Gesindel Blut geleckt hat, gibt es nicht eher auf, als bis es selbst darin ertrinkt. Sie werden Falkenhain angreifen, ganz gleich, ob ich Sigismund meine Treue aufkündige und mich den Kalixtinern anschließe oder nicht.«
Michel, der stumm zugehört hatte, teilte die Meinung des Grafen. Nach allem, was er inzwischen erfahren hatte, war ihm klar, dass die Hussiten, besonders die Taboriten, niemanden am Leben lassen würden, den sie als Feind ansahen. Ihn wunderte nur, wie tief der Graben zwischen den beiden Gruppen der Aufständischen bereits aufgerissen war, und dachte sich, dass dies wohl der Anfang vom Ende der Hussiten sein mochte. Gleichzeitig war ihm bewusst, dass es trotzdem noch viele Jahre dauern konnte, bis dieser Brand am Rand des Reiches gelöscht sein würde. Nach so langer Zeit aber

würde Falkenhain ebenso eine Stätte des Todes sein wie das verwüstete Land ringsum.

»Ich bin Eurer Meinung, Herr Graf. Diese Taboriten werden kommen, ob Ihr Euch zu den Kelchbrüdern bekennt oder nicht. Wir müssen uns auf ihren Angriff vorbereiten.«

Über Sokolnys Gesicht huschte ein bitteres Lächeln. »Wir leben schon seit Jahren in Erwartung des Tages, an dem ihre Horden auf Falkenhain vorrücken, auch wenn wir gehofft haben, er würde nie kommen.«

Aus den Worten des Grafen sprach so viel Mutlosigkeit, dass Michel verärgert die Fäuste ballte. »Es bringt nichts, vor Angst zitternd auf die Ankunft der Feinde zu warten. Wir sollten überlegen, ob es Möglichkeiten gibt, uns aus dieser Lage herauszuwinden.«

Sokolny hob mit einer verzweifelten Geste die Hände. »Welche denn zum Beispiel?«

»Wir können damit beginnen, die Ostmauer zu verstärken und den Torturm zu erhöhen«, schlug Michel vor, »oder wir setzen alle Wagen instand, packen das Notwendige darauf und schlagen uns durch bis ins Reich. Wenn wir Glück haben, schaffen wir es.«

Ludvik widersprach ihm erregt. »Tut das um Himmels willen nicht! Mit all den Frauen und Kindern seid ihr viel zu langsam. Die Taboriten würden euch rasch einholen und niedermetzeln.«

»Dann bleibt uns nur der Kampf und die Hoffnung auf Gottes Gnade. Vielleicht findet Ihr doch noch Freunde, die bereit sind, Euch beizustehen.« Michel versuchte zuversichtlicher zu klingen, als er sich fühlte.

Sokolny schüttelte traurig den Kopf. »Welche Freunde denn? Du hast ja eben gehört, dass alle Orte und Burgen in unserer Umgebung niedergebrannt wurden. Der Einzige, der uns noch helfen kann, ist König Sigismund.«

»Dann fordert ihn auf, Euch Hilfe zu bringen!« Michels Stimme knallte wie ein Peitschenhieb durch das Gewölbe.
Der Graf starrte ihn einen Augenblick an, als wolle er hinter seiner Stirn lesen, nickte aber dann und straffte seine Schultern. »Das ist mehr als eine Überlegung wert. Rufe Feliks, Marek und die anderen Hauptleute in die Halle, damit wir beraten können. Nein, nicht in die Halle! Wir nehmen das Turmzimmer, denn ich will nicht, dass unsere Leute erfahren, auf welch schmalem Grat wir derzeit wandern. Ludvik, fühlst du dich kräftig genug, um uns einen genauen Bericht zu erstatten?«
Ludvik nickte eifrig. »Selbstverständlich, Herr Graf. Ich brauche nur noch einen Becher voll Bier und einen Bissen zwischen die Zähne, dann könnt Ihr alles von mir erfahren, was meinem Herrn und mir über die Pläne der Taboriten zu Ohren gekommen ist.«
»Gut! Lass dir von Wanda etwas geben – oder besser, komm gleich mit! Ich sorge dafür, dass uns oben eine Mahlzeit serviert wird.« Der Graf ging zur Tür, öffnete sie und rief nach den Frauen. Wanda prallte förmlich vor ihm zurück, und ihre schuldbewusste Miene verriet, dass sie gelauscht hatte.
»Ich hoffe, du weißt den Mund zu halten!«, sagte er leise, aber mit Nachdruck zu ihr. Als die Köchin verschüchtert nickte, deutete er mit dem Daumen nach hinten. »Du kannst dich jetzt wieder um deine Knödel kümmern. Und schicke ein paar Mägde mit Brot und Braten für neun Leute in die Turmkammer.«
»Und wenn es genehm ist, mit einem Krug Bier, aber diesmal einen kühlen! Ich bin jetzt innerlich aufgewärmt«, rief Ludvik ihr noch zu.

4.

Eine halbe Stunde später saß Sokolny auf einem Stuhl mit geschnitzter Rückenlehne am oberen Ende des Tisches im Turmzimmer und betrachtete seine Getreuen. Außer Michel und Ludvik hatten sich Feliks Labunik, sein Burghauptmann Marek Lasicek und vier weitere Männer eingefunden. Ihre Gesichter wirkten ernst, fast betroffen, und nur auf wenigen las er den Mut und die Entschlossenheit, die nötig waren, um sich den Hussiten entgegenzustellen. Der Deutsche war dazu bereit, doch das hatte der Graf nicht anders erwartet. Auch Marek gab sich kämpferisch, während Labunik so bleich und eingefallen auf seinem Stuhl hockte, als habe ein Engel des Herrn ihm sein bevorstehendes Ende verkündet.

Der Graf blickte einen nach dem anderen durchdringend an, als wolle er sie bei ihrer Kriegerehre packen. »Bis zum heutigen Tag ist es meinem Bruder und guten Freunden gelungen, uns zu beschützen, obwohl wir so gut wie nichts für sie tun konnten. Diese Zeiten sind nun vorbei. Der Kleine Prokop und Vyszo gieren nach unserem Blut, und sie werden nicht eher ruhen, bis sie uns zur Ader gelassen haben. Doch freiwillig werden wir uns ihnen gewiss nicht ergeben. Wer uns umbringen will, muss einen hohen Preis dafür zahlen.«

Labunik stieß die Luft aus den Lungen. »Eure Worte sind edel und tapfer. Was aber können wir mit unseren wenigen Männern gegen die taboritischen Mordbrenner ausrichten?«

»Wir können unsere Mauern verteidigen«, wies Michel ihn zurecht, »und so Gott mit uns ist, werden wir sie mit blutigen Köpfen heimschicken.«

»Dann kommen sie im nächsten Jahr wieder und schlachten uns dann ab«, brach es aus Labunik heraus.

Der Graf maß ihn mit einem ärgerlichen Blick. »Willst du die Hände in den Schoß legen und warten, bis die Taboriten vor den Toren stehen? Dann kannst du dir gleich einen Strick um den Hals legen und ihnen im Totenhemd entgegengehen! Ich habe vor, ihnen mein Ende so sauer wie möglich zu machen. Daher werde ich eine Botschaft an König Sigismund senden und ihn um Hilfe bitten. Er wird sie uns gewiss nicht versagen.« Sokolny sah, wie die Männer sich bei seinen letzten Worten aufrichteten und sogar Labunik wieder Farbe bekam.

»Wenn Ihr Botschaft an den König schicken wollt, solltet Ihr es bald tun, solange die Kälte den Feind in seinen Quartieren hält.«

»Das habe ich vor, Feliks. Heute noch werden wir bestimmen, wer zu der Schar gehört, die morgen Falkenhain verlässt, um meine Bitte dem Kaiser vorzutragen.« Sokolny sah, wie Michel die Hand hob, und wandte sich mit einer um Entschuldigung bittenden Geste an ihn. »Ich weiß, du würdest gerne zu deinen Landsleuten zurückkehren, Frantischek, um das Geheimnis deiner Herkunft zu lüften. Doch ich kann dich hier nicht entbehren. Dein Wissen und deine Erfahrung, von denen du selbst nicht ahnst, wo du sie erworben hast, sind zu wertvoll für mich. Feliks und Marek werden meine Boten sein.«

Marek Lasicek lächelte zu Michel herüber. »Sei froh, Nemec, dass du in der warmen Burg bleiben darfst, während wir uns über die eisigen Höhen des Böhmerwalds nach Westen durchschlagen müssen.«

Michel war nicht zum Scherzen zumute, denn eine Reise zum Kaiser würde die Schatten lösen, die über seiner Vergangenheit lagen, dessen war er sich sicher. Doch er akzeptierte die Entscheidung des Grafen. Labunik mochte ein guter Verwalter sein, aber er war kein Kriegsmann, Marek suchte als Krieger seinesgleichen, besaß jedoch keine Erfahrung darin, eine Burg auf den Angriff eines den Verteidigern weit überlegenen Heeres vorzubereiten. Er selbst hingegen hatte seine Kenntnisse so oft vorgetragen und Sokolny auf die Schwachstellen von Falkenhain aufmerksam gemacht, dass der Graf nun nicht auf ihn verzichten wollte. Für einen Augenblick wünschte Michel sich, weniger vom Kriegshandwerk zu verstehen, sondern mehr über seine Herkunft zu wissen, wenn solche Überlegungen angesichts ihrer Situation auch müßig waren.

Sokolny erteilte Labunik und Marek noch einige Befehle und schickte sie los, die Männer auszusuchen, die sie begleiten sollten. Dann zog er sich zurück, um dem böhmischen König und deutschen Kaiser einen Brief zu schreiben und ihn von der verzweifelten Lage zu unterrichten, in der er sich befand. Michel überlegte, ob er sich Labunik und Marek anschließen sollte, entschied sich aber für die Einsamkeit. Er holte seinen Mantel und seine dicken Stiefel, die er im Vorraum der Küche zurückgelassen hatte, und wollte eben auf den Hof treten, um wieder auf den Turm zu steigen. Da tauchte Sokolnys Tochter Janka vor ihm auf und fasste nach seiner Hand.

»Ich freue mich, dass du hier bleibst, Frantischek.«

Michel blickte überrascht auf sie hinab und fragte sich, wie sie so schnell von den Plänen, die im Turmzimmer besprochen worden waren, erfahren hatte können. Wie es aussah, war die Angewohnheit, an den Türen zu lauschen, auf Falkenhain stark verbreitet. Er lächelte nachsichtig, denn er verstand die Leute. Nur selten erreichten Nachrichten die Burg, und die, die bis hierher gelangten, waren zumeist so schlecht, dass sie die Ängste und Albträume der Bewohner nährten.

Er lächelte Janka zu und versuchte, sie zu beruhigen. »Ihr braucht Euch nicht zu sorgen, Herrin. Der Kaiser wird uns gewiss Hilfe schicken.«

Sie lachte bitter auf. »Glaubst du das wirklich? Welcher der ihm treu gebliebenen Städte in Böhmen hat er denn bisher geholfen? Haben sie nicht alle unter den Morgensternen der Taboriten bereuen müssen, dass sie Sigismund ihren König genannt haben? Warum also glaubst du, es würde ihn interessieren, was mit einer kleinen, unbedeutenden Burg wie Falkenhain passiert?«

Bevor Michel antworten konnte, umarmte sie ihn und presste ihren Mund auf seine Lippen. Er wehrte sie erschrocken ab. »Das dürft Ihr nicht, Herrin!«

»Ich will nicht sterben, ohne die Liebe kennen gelernt zu haben!«, rief sie voller Leidenschaft.

»Ihr werdet gewiss nicht ohne Liebe sterben, Herrin, glaubt mir. Gewiss werdet Ihr bald schon einen wackeren Edelmann finden und mit ihm glücklich werden.«

»Einen Edelmann? Vielleicht so einen wie Feliks?« In ihrer Stimme schwang Verachtung.

Michel wusste, dass Labunik sich Hoffnungen machte, mangels anderer Bewerber Sokolnys Schwiegersohn zu werden, und auch er hatte bisher gehofft, dass es so kommen würde, denn er hielt sich nicht für einen geeigneten Bewerber um Janka Sokolnas Hand. Selbst wenn der Graf bereit gewesen wäre, seine Tochter einem namenlosen Abenteurer zu überlassen, für den außer einer geschickten Schwerthand nur wenig sprach, kam eine Heirat für ihn nicht in Frage. Er empfand zwar eine gewisse Sympathie für Janka, aber sein Herz blieb bei ihrem Anblick stumm. In seinen Gedanken war nur Platz für eine einzige Frau, und die hieß Marie.

»Herrin, Ihr solltet bei dieser Kälte nicht in der offenen Tür stehen bleiben! Kehrt lieber in Eure Gemächer zurück. Mich aber müsst Ihr entschuldigen, ich muss die Wachen inspizieren.« Michel nickte ihr zu und schob sich an ihr vorbei ins Freie. Als er durch die hereinbrechende Nacht zum Turm hinüberging und vorsichtig die Treppe hochstieg, sagte er sich, dass die Hussiten vorerst noch nicht das größte Problem für ihn darstellten.

5.

Der Winter wollte in diesem Jahr nicht weichen, doch die Kriegsscharen der Hussiten fielen trotz Eis und Schnee über die deutschen Lande her. Die Nachrichten, die den Kaiser erreichten, waren nicht schlimmer als in den vergangenen Jahren, doch dem vom Alter und von den Jahren vergeblicher Kämpfe um die böhmische Königskrone ausgehöhlten Sigismund erschienen sie wie ein Menetekel. Er hatte nicht mehr die Kraft, einen weiteren Feldzug durchzustehen, wusste aber nur allzu gut, dass die Fürsten des Reiches auf ein Zeichen seiner Schwäche lauerten, um ihm endgültig die Gefolgschaft zu versagen, allen voran der Burggraf von Nürnberg, der sich stolz Kurfürst von Brandenburg nannte, obwohl er seiner fränkischen Heimat den Vorzug gegenüber den sandigen Gauen seines Fürstentums gab. Am meisten trug Sigismund Friedrich nach, dass dieser ihm in den ersten Jahren des böhmischen Aufstands die Gefolgschaft verweigert und sich stattdessen an den Kämpfen zwischen den bayerischen Herzögen beteiligt hatte. Ihn interessierte nicht, welcher Wittelsbacher in Landshut, München oder Ingolstadt regierte, ihm ging es um die Krone Böhmens, die er an seinen Schwiegersohn und über ihn an einen Enkel vererben wollte.
Zu Sigismunds großer Enttäuschung war die Verbindung zwischen seiner Tochter Elisabeth und dem Habsburger Albrecht bislang noch von keinem Sohn gesegnet worden, und das erschien ihm wie ein Symbol des eigenen Niedergangs. Dieses Gefühl hatte ihn dazu

getrieben, noch während des Winters nach Bamberg zu pilgern, um am Grab des zu einem Heiligen erhobenen Kaisers Heinrich II. und dessen Gemahlin Kunigunde die Kraft zu erflehen, die Krone des Heiligen Römischen Reiches Deutscher Nation, die ihm nun qualvoller als eine Dornenkrone dünkte, wieder mit Würde zu tragen. Die Reise hatte ihn so erschöpft, dass er bei seiner Ankunft befürchtet hatte, sein Ende sei nahe, und nun weilte er seit Wochen in dem befestigten Jagdsitz, den der Bischof von Bamberg ihm zur Verfügung gestellt hatte, um sich zu erholen.
Sigismund erhob sich schwerfällig aus seinem Stuhl, schlang den mit Zobelfellen besetzten Mantel enger um sich und trat ans Fenster. Die ersten warmen Sonnenstrahlen tauten den Schnee ab, doch es war nicht abzusehen, ob der Winter gegen seine Niederlage ankämpfen und sein Eiswind ein weiteres Mal von Osten her über das Land fegen oder ob er endlich dem Frühling Platz machen würde. Mit einem Mal glaubte Sigismund, eine Gemeinsamkeit zwischen sich und dem Winter zu entdecken: Noch kämpften sie beide, doch in ihrem Innern wussten sie bereits, dass sie geschlagen waren.
Er drehte sich um und schlurfte zu seinem Stuhl zurück. Auf dem kleinen gedrechselten Tisch standen ein Krug mit Wein und eine Schale mit gebratenen Wachteln. Gedankenverloren ergriff er einen der Vögel und begann ohne Appetit zu essen. Ein Diener eilte mit einem feuchten Tuch herbei, um seine Hände zu säubern, aber Sigismund beachtete den Mann nicht einmal, sondern brütete, die Reste des Vogels noch in der Hand, wieder still vor sich hin.
Plötzlich drang Lärm von draußen herein und ließ den Kaiser hochschrecken. Im nächsten Moment sprang das wuchtige Eichenportal auf, und einer seiner Leibwachen trat ein. »Euer Majestät, Ritter Falko von Hettenheim ist soeben in Begleitung einiger Herren aus Böhmen eingetroffen.«

»Aus Böhmen sagst du?« Die trübe Laune des Kaisers verflog, und zaghafte Hoffnung erfüllte sein Herz. Waren seine aufständischen Untertanen etwa des Blutvergießens müde geworden und bereit, die Waffen niederzulegen? Sollte dies der Fall sein, würde er ihnen großzügig Verzeihung gewähren, natürlich mit Ausnahme ihrer mordgierigen Anführer, der beiden Prokops und ihrer ärgsten Spießgesellen, es sei denn, diese brachten ihm persönlich die bereits verloren geglaubte Krone Böhmens zurück. Seine Hoffnungen zerstoben jedoch, als er die beiden schlecht gewandeten Männer sah, die im Gefolge Falko von Hettenheims eintraten. Bei dem Anführer, der noch von Stand sein mochte, handelte es sich um einen hageren Mann zwischen dreißig und vierzig, dessen schlichter Waffenrock aussah, als hätte eine Bäuerin ihn aus härenem Stoff genäht, und sein untersetzter Begleiter trug sogar nur die Tracht eines einfachen Fußsoldaten.

Während Labunik und Marek auf den Kaiser zutraten und sich linkisch verbeugten, blieb Falko von Hettenheim an der Tür stehen. Er hatte im Verlauf des Winters an Gewicht zugelegt und wirkte griesgrämiger als früher. Seine Gemahlin hatte ihm mittlerweile die sechste Tochter geboren, und da der Kaiser mit der erhofften Belohnung geizte und ihm bislang weder Titel noch Land verliehen hatte, war es ihm zu seinem Leidwesen immer noch nicht möglich, sich der Tochter Rumolds von Lauenstein zu entledigen.

Labunik fühlte sich in der Gegenwart des Kaisers so gehemmt, dass er den Mund kaum aufbrachte. »Euer Majestät, ich ..., wir ...« Er brach ab und warf Marek einen Hilfe suchenden Blick zu. Dieser räusperte sich laut und brachte einige zusammenhängende Sätze heraus. »Euer Majestät. Mein Herr, Graf Václav Sokolny, schickt uns. Er ist Euch treu ergeben und hat seine Burg Falkenhain bisher

für Euch halten können. Jetzt wollen die Taboriten uns angreifen, und daher bitten wir Euch, uns Hilfe zu senden.«
Der Kaiser musterte sein Gesicht, aus dem ehrliche Besorgnis um seinen Herrn sprach, und fragte ihn nach den Zuständen, die derzeit in Böhmen herrschten. Marek antwortete ihm, so gut er konnte, und in kurzer Zeit erfuhr Sigismund von diesem einfachen, braven Kerl mehr über sein Böhmen, als ihm seine engsten Berater in all den Jahren hatten berichten können. Nach Mareks Bericht lehnte sich der Kaiser nachdenklich zurück. Noch wusste er nicht, wie er dieses Wissen verwenden und auf welche Weise er Graf Sokolny unterstützen konnte. Dann aber streifte sein Blick Falko von Hettenheim, und er sah die Möglichkeit für eine noble Geste gegeben.
»Was haltet Ihr von der Sache, Hettenheim?«
Falko von Hettenheim zuckte verächtlich mit den Schultern. »Ich glaube kaum, dass es sinnvoll ist, ein Heer auszusenden, um eine Burg zu retten, die zudem noch abseits aller Hauptstraßen liegt. Käme es zu einer Schlacht, würde das rebellische Böhmengesindel sie für sich entscheiden, es sei denn, Gott im Himmel schickt uns zu unserer Unterstützung zehntausend Fußknechte in voller Ausrüstung, die für mehrere Jahre im Voraus besoldet und mit allen notwendigen Vorräten versehen sind.«
»Gott vermag wohl Wunder zu tun, doch wird er uns kaum Seine himmlischen Heerscharen schicken«, antwortete der Kaiser mit einem strafenden Blick. »Wäre es nicht möglich, dass Ihr mit Eurer Schar Graf Sokolny zu Hilfe eilt? Eine Hand voll Krieger vermag manchmal mehr zu erreichen als ein ganzes Heer.«
Falko von Hettenheim musste an sich halten, um dem Kaiser keine ungebührliche Antwort zu geben. Das Letzte, was er sich wünschte, war, an einem Platz mitten im Machtbereich der Hussiten festzusitzen und sich den Befehlen eines ihm unbekannten Grafen beugen

zu müssen, dessen Burg so tief in Böhmen lag, dass kein Rückzug mehr möglich war. Er kannte den Kaiser jedoch gut genug, um zu wissen, dass dessen Stolz nur noch von seinem Eigensinn übertroffen wurde und er vorsichtig sein musste. Noch während er überlegte, huschte ein boshaftes Lächeln über sein Gesicht. Er trat nach vorne und verbeugte sich tief.

»Ich wäre mit Freuden dazu bereit, Euer Majestät, doch glaube ich, Euch an anderer Stelle besser dienen zu können. Diese Aufgabe ist weniger für einen Mann mit eigenen Ideen geeignet als für einen, der gewohnt ist, Befehle zu befolgen. Ich schlage daher vor, meinen tapferen Vetter Heinrich zur Burg Falkenhain zu schicken. Er wird dem Grafen mit all seiner Kraft beistehen.« Zufrieden bemerkte Falko, dass seine Worte den Kaiser beeindruckten, und musste ein Grinsen verbergen. Wenn der Kaiser auf seine Idee einging, würde er nicht nur seinen Vetter los, der ihm erst vor wenigen Wochen höhnisch zur Geburt einer weiteren Tochter gratuliert hatte, sondern auch diesen lästigen Hänfling Heribert von Seibelstorff, der ihm die Schuld an Maries Verschwinden gab und danach gierte, die Lanze mit ihm zu kreuzen.

Sigismund sann über den Vorschlag des Ritters nach und fand ihn brauchbar. Heinrich von Hettenheim war ein tapferer Mann, und mit Gottes Segen würde er dem böhmischen Grafen Leben und Burg erhalten können. Überdies traf es sich gut, dass der jüngere Hettenheim mit seiner Schar bei Nürnberg lagerte, denn der Kaiser plante, in den nächsten Tagen dorthin zu reisen, um den Verkauf der durch die Teilnahme Burggraf Friedrichs an den bayerischen Wirren stark in Mitleidenschaft gezogenen Reichsburg an die Bürger der Stadt abzuschließen. Die Summe, die er dafür erhalten würde, war zwar nicht bedeutend, aber sie genügte, eine Abteilung Fußknechte auszurüsten und für einige Monate zu besolden. Zufrieden mit der Entwicklung schenkte der Kaiser den beiden Böhmen ein huldvolles Lächeln.

»Graf Sokolny hat Euch nicht umsonst zu mir geschickt. Einer meiner tapfersten Ritter, Herrn Falkos Vetter Heinrich von Hettenheim, wird umgehend mit seiner Schar nach Böhmen aufbrechen, um Eurem Herrn beizustehen.«

Labunik verneigte sich erneut, war aber zu verwirrt, um antworten zu können. Unterwegs hatte er überlegt, ob er überhaupt in seine Heimat zurückkehren sollte, denn alles in ihm drängte, in der Sicherheit der westlichen Reichsteile zu bleiben. Marek Lasicek verkniff sich einen kräftigen tschechischen Fluch, denn das Angebot hörte sich nicht so an, als wolle der Kaiser ihnen mit einem ganzen Heerbann zu Hilfe eilen. Kam er mit nur einem Ritter und einer Hand voll Krieger zurück, würde sich die gefährliche Reise kaum gelohnt haben. Wahrscheinlich würde seine lange Abwesenheit den Untergang von Falkenhain nur beschleunigen, denn außer dem Deutschen war niemand da, der die Männer richtig drillen konnte. Er hielt es auch für ein schlechtes Omen, dass es sich bei dem Anführer der ihm in Aussicht gestellten Schar um einen Vetter dieses Falko von Hettenheim handelte, der für seine Mordlust und Beutegier in ganz Böhmen berüchtigt war und dessen Taten manch eine Stadt und etliche Edelleute dazu gebracht hatten, bei den Hussiten zu Kreuze zu kriechen.

»Wir danken Euch im Namen unseres Herrn, des Grafen Sokolny«, hörte Marek seinen Begleiter Labunik sagen und sah, dass sich dessen Gesicht in die Länge zog, als habe er soeben sein Todesurteil vernommen. Damit kam Marek der Wahrheit recht nahe, denn der tschechische Edelmann hatte sich gerade dazu entschlossen, sich in sein Schicksal zu ergeben. Er würde nach Falkenhain zurückkehren und an Sokolnys Seite kämpfen und sterben.

Marek Lasicek aber schwor sich, eher mit einem Messer in der Hand oder gar der blanken Faust einem wild gewordenen Bären gegenüberzutreten, als ein zweites Mal sein Haupt vor Männern wie dem Kaiser oder Falko von Hettenheim zu beugen.

6.

Es war das jämmerlichste Winterlager, an das die Schwarze Eva sich erinnern konnte. Die Stadt Nürnberg mit ihren großen Märkten und den vor Waren überquellenden Handelshäusern lag nur zwei Wegstunden entfernt, doch sie hätte ebenso gut auf dem Mond stehen können, denn es war den hier versammelten Kriegern, Knechten, Huren und Marketenderinnen bei Androhung schwerer Strafen verboten worden, sie zu betreten. Die Truppe musste in einem kleinen Dorf hausen, dessen Bewohner sie ganz offen zum Teufel wünschten und ihre Vorräte vor ihnen versteckten. Mehl oder gar Fleisch waren nur für Gold zu erhalten, doch kaum einer von ihnen hatte auch nur ein paar Heller im Beutel. Selbst Ritter Heinrich besaß nicht viel mehr als sein ärmster Knecht, denn er hatte die Kriegskasse und seine private Börse leeren müssen, um seine Leute vor dem Verhungern zu bewahren.

Dazu lastete Maries Verschwinden noch immer auf den Seelen all derer, die sie gekannt hatten. Niemand aus Ritter Heinrichs Schar konnte sich einen Reim darauf machen, was damals geschehen war, und der Einzige, der vielleicht Antwort hätte geben können, nämlich Falko von Hettenheim, mied das Lager seit dem letzten Streit mit seinem Vetter wie die Pest. Anfang des Winters hatte er immer wieder nach Losen fragen lassen, ohne über dessen Schicksal Klarheit zu erlangen. Da aber weder der Ritter noch Marie zurückgekehrt waren, hielt man beide für tot.

Eva starrte trübsinnig auf die schmutzige, von vielen Füßen zertretene Schneedecke und schnupperte. Es lag ein Hauch von Frühling in der Luft, aber noch war es bitterkalt. Sie fröstelte und zog ihr zerschlissenes Schultertuch enger um sich. Ihre Bewegung weckte die auf ihrem Schoß eingeschlafene Trudi.
Das Kind strampelte plötzlich mit den Beinen, zog einen Schmollmund und blickte zu ihr auf. »Ich bin kalt und hungrig!«
Eva hüllte die Kleine fester in ihr Tuch und steckte ihr eine getrocknete Pflaume in den Mund. Sofort kaute Trudi darauf herum, aber in ihren Augen las die Marketenderin den Wunsch nach mehr.
»Bald gibt es etwas Warmes zu essen«, versuchte Eva das Mädchen zu trösten.
Die Kleine krauste die Nase. »Ja, Kiefernzapfenbrei.«
Ganz so schlimm war es noch nicht, doch seit Anselm, dieser Scherzbold, Trudi erzählt hatte, dass der aus Wasser, altem Mehl, ranzigem Fett und getrockneten Erbsen bestehende Eintopf, den es Tag für Tag zu essen gab, aus Kiefernzapfen bestünde, nannte Trudi ihn so. Eva dachte seufzend, dass ein Mahl aus Zapfen wohl kaum schlechter schmecken würde als das, was sie jetzt in ihre Näpfe füllten. Ohne die Findigkeit Görchs, der seine fränkischen Landsleute kannte und von Dorf zu Dorf zog, um Lebensmittel zu erbetteln, hätten sie auch mit den von Ritter Heinrich gekauften Vorräten kaum überleben können.
»Hallo, Eva! Was ist los? Du machst ja ein Gesicht, das die Milch sauer machen würde, wenn wir welche hätten.« Theres trat aus der Hütte, in der sie gemeinsam hausten, und setzte sich neben die Alte. Bei dem überstürzten Rückzug aus Böhmen war sie einem anderen Trupp zugeteilt worden, aber ebenso wie Eva hatte sie sich am Sammelpunkt wieder Ritter Heinrichs Schar angeschlossen, anders als Oda, die mit einem Kaufmannszug in Richtung Worms aufgebro-

chen war, in der Hoffnung, ihr Kind in Fulbert Schäffleins Haus zur Welt bringen zu können. Die anderen Marketenderinnen waren froh, sie losgeworden zu sein, denn bis zuletzt hatte sie sich als Störenfried erwiesen.

Eva spuckte einen Pflaumenkern aus, an dem sie in den letzten Stunden gelutscht hatte, und drehte sich zu Theres um. »Ein freundlicheres Gesicht mache ich erst, wenn der Kaiser uns ein besseres Quartier zuweisen und den Soldaten den ausstehenden Sold auszahlen lässt.«

»Gäbe Gott, dass es so käme. Noch so einen Verlust wie letztes Jahr kann ich mir nicht leisten. Die meisten von denen, die bei mir in der Kreide standen, sind tot oder haben sich in die Büsche geschlagen, ohne zu bezahlen.« Theres lachte bitter und blickte an den Hütten entlang, in denen sie und die Soldaten einquartiert worden waren. Sie hatte schon besser gehaust, doch sie war froh, bei all dem Pech wenigstens ein Dach über dem Kopf zu haben. »Glaubst du, dass der Feldzug des Kaisers heuer erfolgreicher verläuft?«

Eva zuckte mit den Schultern. »Woher soll ich das wissen?«

»Hunger!«, meldete sich Trudi wieder zu Wort.

Theres kniff sie leicht ins Kinn. »Das Essen ist fertig. Ich wollte euch gerade rufen.«

Eva stand seufzend auf und nahm Maries Tochter auf den Arm. »Holen wir uns unseren Napf Kiefernzapfenbrei ab und hoffen, dass er besser schmeckt als gestern.«

»Schlechter kann der Fraß bei diesen Zutaten ja kaum noch werden.« Theres stieß einen noch tieferen Seufzer als Eva aus und kehrte in die Hütte zurück, wo in einem großen Kessel eine nicht sehr appetitlich wirkende Masse vor sich hin köchelte. Die beiden Marketenderinnen kochten für etwa zwanzig Mann, einem Drittel der Soldaten, die Ritter Heinrich geblieben waren. Die übrigen ver-

sorgten sich selbst oder aßen bei den beiden alternden Huren, die kein anderer Trupp hatte aufnehmen wollen. Während Theres noch einmal den großen Löffel in die graue Masse tauchte und kräftig rührte, setzte Eva Trudi ab, hob zwei Eisenstücke auf, die neben dem Eingang lagen, und schlug sie gegeneinander. Ihre Kostgänger schienen nur auf dieses Geräusch gewartet zu haben, denn sie stürzten mit vorgestreckten Näpfen aus ihren Quartieren. Eva sah ihnen grimmig entgegen, nahm dem ersten das Gefäß ab und hielt es Theres zum Füllen hin. Dann warf sie ein paar gedörrte Früchte und ein Stückchen knochenhart getrockneten Fisch auf die Masse und reichte den Napf zurück. Junker Heribert hatte sich ebenfalls in die Schlange eingereiht und erhielt die gleiche Ration wie die anderen Männer. Zu Beginn des Winters hatte der junge Seibelstorffer dem Kaiser vorgeschlagen, Heinrich von Hettenheims Trupp zu seinem Besitz in der Nähe von Kronach zu bringen und ihn dort das Winterquartier aufschlagen zu lassen, aber der Kaiser hatte ihm die Bitte rundweg abgeschlagen und ihm und Ritter Heinrich befohlen, in dem zugewiesenen Dorf in der Nähe von Nürnberg zu bleiben.
Junker Heribert war sich sicher, dass Falko von Hettenheim hinter dieser Schikane steckte, und das milderte seine Wut auf diesen Mann nicht gerade. Aber Falko war nur der Erste auf der Liste derer, die er bei passender Gelegenheit zum Zweikampf fordern musste, um seine Ehre wiederherzustellen, denn als er versucht hatte, Lebensmittel aus seiner Burg herbeischaffen zu lassen, waren einige kaiserliche Hauptleute so dreist gewesen, den Wagen abzufangen und seine Ladung und seine Leute bis auf den alten Fuhrmann für sich zu behalten.
Auch heute saß Junker Heribert mit düster umwölkter Stirn auf seinem gewohnten Platz in der Hütte der Marketenderinnen und löffelte seinen Brei. Erst als Trudi auf ihn zutapste, glätteten sich

seine Gesichtszüge, und es gelang ihm sogar der Anflug eines Lächelns. »Na, meine Kleine? Wie geht es dir?«

Trudi kletterte auf seinen Schoß. »Gut! Aber Mama ist immer noch nicht da, und Kiefernzapfenbrei schmeckt grässlich.«

Heriberts Lächeln erlosch. Obwohl Marie beinahe doppelt so alt gewesen war wie er und als Marketenderin auch alles andere als standesgemäß, hatte er sie nach dem Ende des böhmischen Krieges in seine Burg mitnehmen und überreden wollen, seine Frau zu werden. Ihr plötzliches Verschwinden konnte nur bedeuten, dass sie einen grausamen Tod in den Händen der Hussiten erlitten hatte, und seit jenem Tag schwärte in seinem Herzen eine Wunde, die wohl nie mehr verheilen würde.

»Wo steckt Ritter Heinrich?«, fragte Eva, der das Fehlen ihres Anführers auffiel.

»Mein Herr ist nach Nürnberg geritten, um den kaiserlichen Vogt aufzufordern, endlich die Lebensmittel zu schicken, die er uns schon seit Wochen schuldig ist.« Man konnte Anselm ansehen, dass er seinen Herrn liebend gern begleitet hätte, was ja als Ritter Heinrichs Knappe auch seine Aufgabe gewesen wäre, und er sich Vorwürfe machte, dass er so gutmütig gewesen war, Michi den Platz an der Seite seines Herrn zu überlassen. Nun fürchtete er, der Junge könne etwas Unverzeihliches angestellt und Ritter Heinrich in Schwierigkeiten gebracht haben.

Auch die anderen blickten besorgt zur Tür, als könnten sie ihren Anführer mit den Blicken herbeizaubern, und tatsächlich trat er wenige Augenblicke später ein. Seine breitschultrige Gestalt war den Winter über hager geworden und sein Haar vor der Zeit ergraut, doch sein Blick leuchtete in neuer Zuversicht.

»Ihr seid schon beim Essen! Das trifft sich gut, denn ich bin sehr hungrig.« Ritter Heinrich trat an den Kessel und ließ sich von

Theres einen vollen Napf reichen. Er schlang ein paar Bissen herab, um den ärgsten Hunger zu stillen, und grinste danach wie ein Lausbub.

»Der Kaiser ist wieder in Nürnberg eingetroffen. Er hat sogar ein paar Worte mit mir gewechselt und den Vogt angewiesen, uns frische Vorräte zu schicken. Noch heute Nachmittag soll die erste Fuhre eintreffen. Na, was sagt ihr dazu?«

»Ich glaube erst daran, wenn ich das Mehl und die Speckseiten sehe«, erklärte Theres.

Der Ritter lachte. »Ich habe mit eigenen Augen gesehen, wie der Wagen beladen wurde. Morgen sollen wir neue Waffen und Ausrüstung erhalten.«

Eva blickte misstrauisch auf. »Das hört sich an, als gäbe es einen neuen Kriegszug. Hat der Kaiser denn ein Heer mitgebracht? Hier in der Gegend sind nicht mal fünfhundert Mann stationiert.« Ihre Miene verriet, wie seltsam es ihr erschien, dass der Kaiser ihren Trupp mehr als drei Monate unter schlechten Bedingungen und ohne die notwenige Versorgung in einem elenden Dorf hatte hausen lassen und sie nun plötzlich mit kriegswichtigen Gütern überschüttete. Sie behielt ihre Zweifel jedoch für sich und fragte den Ritter nach Michi. »Ich hoffe, er hat Euch so gut gedient, wie es sich für einen Knappen gehört.«

Heinrich von Hettenheim winkte beschwichtigend ab. »Der Junge ist brav und tüchtig. Als wir uns auf den Heimweg machen wollten, hat er mich gebeten, noch ein wenig länger in der Stadt bleiben zu dürfen, weil er einen Freund aufsuchen wollte.«

»Wahrscheinlich Timo, den einbeinigen Bettler. Bei dem ist er, bevor der Schnee fiel, schon öfter gewesen. Weiß der Teufel, welchen Narren er an dem Alten gefressen hat.«

»Ich glaube, er kennt ihn von früher, Eva, zumindest hat er so etwas gesagt. Timo soll aus demselben Ort stammen wie Marie.« Heinrich von Hettenheim stieß einen kurzen Laut aus, der halb wie ein Seufzen und halb wie ein Knurren klang, und bleckte die Zähne. »Übrigens ist auch mein löblicher Vetter wieder in Nürnberg.«

Junker Heribert sprang auf und stieß dabei an den wackligen Tisch. »Was sagt Ihr? Na endlich! Diesmal wird er meiner Lanze nicht entkommen!«

Der Hass in seiner Stimme ließ Heinrich von Hettenheim den Kopf schütteln. »Junger Narr! Setz dich lieber wieder hin, anstatt hier Näpfe durch die Gegend zu werfen. Um mit meinem Vetter fertig zu werden, musst du noch gehämmert und gestählt werden, also fasse dich in Geduld und verdirb nichts durch übertriebene Eile.«

Der junge Seibelstorffer zitterte vor Begierde, sich auf seinen Feind stürzen zu können, tat aber, was Heinrich gesagt hatte, und lachte hart auf. »Es sieht so aus, als wolltet Ihr ihm Zeit lassen, einen Sohn zu zeugen. Jetzt aber wäret Ihr sein Erbe.«

Ritter Heinrich trat neben den Junker und legte ihm die Hand auf die Schulter. »Vielleicht wünsche ich ihm noch eine siebte und achte Tochter, bevor er zur Hölle fährt.«

Junker Heribert winkte verächtlich ab. »Nach diesen Erfahrungen wird er ein halbes Dutzend Mägde schwängern, um die nächste Tochter durch einen Bastardsohn ersetzen zu können.«

»Bei einer anderen Gemahlin hätte er das längst schon tun können, doch Lauensteins Tochter Hulda ist viel zu stolz auf ihr eigenes, altadliges Blut, um einen Bastard als ihren Sohn auszugeben.« Ritter Heinrich lachte absichtlich laut, um die angespannte Stimmung zu lockern. Es war jedoch Michi, der dem Disput ein Ende setzte. Der Junge schoss zur Tür herein, als wären die Wölfe hinter ihm her, und er plapperte so rasch drauflos, dass die anderen ihn kaum verstanden.

»Wir ziehen in den Krieg! Der Profos Pauer hat es zum Vogt gesagt, als dieser sich beschwerte, weil er das Zeughaus für uns öffnen muss.«

Heinrich von Hettenheim lachte zum ersten Mal seit Wochen wie befreit auf, denn er fühlte, wie die Lähmung und die Mutlosigkeit des Winters wie ein alter Mantel von ihm abfielen. »Was sagst du da, Junge? Dann tut sich endlich was! Ich bin dieses Quartiers schon lange müde geworden.«

Junker Heribert nickte mit verkniffenen Lippen. »Im nächsten Herbst werde ich darauf bestehen, dass wir uns nach Seibelstorff zurückziehen können.«

»Wer wird denn jetzt schon an den nächsten Winter denken, wo der heurige kaum vorbei ist?« Ritter Heinrich lächelte übermütig, zog Michi an sich und zerzauste ihm das Haar. »Du bist ein findiger Bursche, Michi. Was hast du denn noch gehört?«

»Nicht viel. Es hieß, dass wir ein paar Böhmen, die beim Kaiser waren, in ihre Heimat begleiten sollen.«

»Na, dann bin ich ja gespannt, was auf uns zukommt«, rief Anselm zweifelnd aus. Er war von der Nachricht weitaus weniger angetan als sein Herr, denn Krieg bedeutete, dass man erschlagen werden konnte, und dazu hatte er wenig Lust. Und doch war er eher bereit, sich in Stücke reißen zu lassen, als sich von seinem Herrn zu trennen.

»Vor dem Abmarsch ist noch viel zu tun, und ich will mich gleich ans Werk machen. Was ist, Michi, hilfst du mir bei den Vorbereitungen?«

Michi blickte Eva fragend an. »Hast du etwas dagegen? Ich komme auch früh genug zurück, wenn du mich brauchst.«

Die alte Marketenderin schüttelte mit einem meckernden Lachen den Kopf. »Geh nur. Ich werde dich erst wieder brauchen, wenn es Nachschub gibt und ich die Vorräte verstauen muss. Ich hoffe nur, dass man mir diesmal Kredit gewährt, sonst wird mein Wagen leer bleiben.«

»Nicht nur der deine«, warf Theres bissig ein. »Ich habe nur noch ein paar Reste, die vom letzten Jahr übrig geblieben sind, und mit denen kann ich wirklich keinen Staat machen.«

7.

Der angekündigte Proviantwagen war ausgeblieben, und es gab wieder einmal Trudis Kiefernzapfenbrei, diesmal aber beschwerte sich niemand über das Essen, denn im Lager flatterten Gerüchte umher wie bunte Schmetterlinge. Kurz vor der Essensausgabe war ein Kurier aus Nürnberg erschienen, der Ritter Heinrich eine gesiegelte Botschaft auf bestem Büttenpapier überreicht und sich dann wieder empfohlen hatte. Jetzt saß Heinrich von Hettenheim mit einem vollen Napf auf dem Schoß in einer Ecke von Evas Hütte und ließ den Brei kalt werden, so stark beschäftigte ihn der Inhalt des Schreibens. Er las es wieder und wieder, starrte zwischendurch mit verbissener Miene ins Leere und begann zuletzt so gotteslästerlich zu fluchen, wie man es noch nie von ihm gehört hatte. »Dieses Schurkenstück haben wir gewiss nur meinem elenden Vetter zu verdanken!«

»Was???« Junker Heribert schoss von seinem Platz hoch, wie er es meist tat, wenn der Name Falko von Hettenheim fiel, und eilte an Heinrichs Seite. Dieser hielt ihm mit einer wütenden Geste das kaiserliche Schreiben hin.

»Lies selbst! Seine Kaiserliche Majestät beliebt, uns zur Unterstützung seiner ihm treu gebliebenen böhmischen Untertanen zur Burg Falkenhain zu entsenden, die zwei Tagesritte nördlich der Stadt Pilsen liegen soll. Es ist unsere Aufgabe, den Grafen Sokolny vor den Hussiten zu schützen.«

Der Seibelstorffer blickte ihn verwirrt an. »Ich verstehe Euren Unmut nicht, Herr Heinrich. Das ist doch eine edle und tapfere Tat, deren wir uns rühmen werden können.«

»Ich fürchte, da wird kein Ruhm zu erwerben sein. Ihr könnt Euch an den Fingern einer Hand abzählen, dass wir auf ein überlegenes Heer der Böhmen treffen und alle erschlagen werden, ehe wir nur die Hälfte des Weges zurückgelegt haben. Dieses Vorhaben ist schierer Wahnsinn.« In seiner Erregung hatte Ritter Heinrich nicht darauf geachtet, dass ihm mehr als ein Dutzend Leute zuhörten. Als er die erschrockenen Gesichter um sich herum bemerkte, verzog er das Gesicht zu einer freudlosen Grimasse.

»Ich werde es keinem übel nehmen, wenn er nicht mit mir nach Böhmen ziehen will, sondern einen anderen Weg wählt, als ich ihn gehen muss.«

»Ich lasse Euch gewiss nicht im Stich«, rief Junker Heribert erregt.

Die beiden Knappen Anselm und Görch sahen sich kurz an und seufzten ergeben. »Na, wohin unsere Herren gehen, müssen wir halt folgen«, sagte Görch in seinem breiten fränkischen Dialekt.

Eva schwang den Kochlöffel, als wolle sie damit jedem Böhmen drohen, der sich ihr in den Weg zu stellen wagte. »Ich wüsste nicht, wohin ich mich wenden sollte, Herr Heinrich. Mein Wagen und ich gehören zu Eurer Truppe.«

Theres nickte ebenfalls. »Der Tod ist einmal Teil des Krieges. Er kann mich in Flandern oder Schwaben genauso treffen wie im Böhmerland.«

Die Soldaten, die zu Evas und Theres' Kostgängern zählten, sahen sich fragend an, doch da keiner Miene machte, aufzustehen und sich davonzuschleichen oder zu protestieren, nickten sie sich schließlich zu. Einer von ihnen blickte Herrn Heinrich mit einem mühsamen Lächeln an. »Also, Herr Ritter, wollten wir nicht mehr mit Euch in den Krieg ziehen, hätten wir nicht den Winter über hier bleiben müssen. Wenn Gott mit uns ist, werden wir auch diesen Feldzug glücklich überstehen.«

Seine Kameraden stimmten ihm lebhaft zu. Ritter Heinrich rührten die Treuebekundungen seiner Männer, und seine Niedergeschlagenheit wich einer für alle spürbaren Zuversicht, die nicht nur auf die Anwesenden abfärbte, sondern auch auf die Kameraden, die die Neuigkeit kurz darauf erfuhren.

Am nächsten Tag erschien Gisbert Pauer als Emissär des Kaisers und brachte neben dem ersehnten Proviantwagen einen weiteren mit, der mit Waffen und Ausrüstung beladen war. Während die Soldaten und Knechte die Vorräte abluden, begleitete der Profos Ritter Heinrich zu dessen Quartier, um ihm die letzten Befehle des Kaisers zu überbringen. Heinrich hörte sich an, was Sigismund ihm mitteilen ließ, und schüttelte sich innerlich. Was er zu hören bekam, waren nur fromme Wünsche, die mit der Realität in Böhmen kaum etwas zu tun hatten.

Pauer schien der gleichen Meinung zu sein, denn er verhehlte die Gefahren nicht, die vor Ritter Heinrichs Trupp lagen, sprach aber inbrünstig die Hoffnung aus, dass der kühne Zug gelingen möge. »Die Boten des Grafen Sokolny werden Euch auf sicheren Wegen in ihre Heimat führen, so dass Ihr bis zur Ankunft auf Burg Falkenhain nicht viel zu befürchten habt. Also sammelt Eure zweihundert Mann und brecht so rasch wie möglich auf!«

Heinrich von Hettenheim lachte bitter auf. »Von welchen zweihundert Mann sprecht Ihr? Etliche meiner Männer sind im letzten

Jahr gefallen oder von Krankheiten dahingerafft worden, und die Ritter sind mit ihren Reisigen im Spätherbst auf ihre Burgen zurückgekehrt. Ich kann es ihnen nicht verdenken, denn die von den kaiserlichen Ämtern versprochenen Gelder und Vorräte sind bis heute noch nicht eingetroffen. Um die Leute, die bei mir geblieben sind, über den Winter zu bringen, musste ich meine eigene Kasse bis auf den letzten Heller leeren.«

Pauer wirkte peinlich berührt, denn er wusste genau, dass die kaiserliche Heeresverwaltung nicht gerade für ihre Schnelligkeit bekannt war. Heerführer und Hauptleute mussten oft jahrelang auf die versprochenen Soldgelder warten, und schon manch einer von ihnen war so wie Junker Heriberts Vater Heribald verarmt, weil die Zahlungen ganz ausgeblieben waren.

Der Profos schüttelte die unangenehmen Gedanken ab. »Der Kaiser hat den Böhmen zweihundert Mann versprochen, viel weniger sollten es daher nicht sein. Ich werde sehen, welchen Trupp ich zu Euch abkommandieren kann.« Er lächelte etwas gezwungen, fragte den Ritter noch nach speziellen Wünschen und verabschiedete sich mit dem Hinweis, dass die Böhmen im Lauf des Tages bei ihm eintreffen würden. Ritter Heinrich war mit dem kaiserlichen Profos bisher immer gut ausgekommen, aber diesmal war er froh, als Pauer in den Sattel stieg und nach Nürnberg zurückritt, denn sonst hätte er seinem Ärger doch noch mit ein paar harschen Worten Luft gemacht.

Gerade als er in seine Behausung zurückkehren wollte, rannten die beiden Knappen auf ihn zu, während Junker Heribert sich gemessenen Schrittes näherte. Seine Stimme aber verriet seine Neugier. »Was hat Pauer gesagt?«

»Wir erhalten Verstärkung, und die Böhmen, die wir in ihre Heimat begleiten sollen, werden heute noch zu uns stoßen. Anselm, lauf zu Eva und Theres und gib ihnen Bescheid, damit sie für die Männer mitkochen.«

»Schade, dass der Proviantwagen schon gekommen ist. Diesen Kerlen hätte ich nur allzu gern den Fraß vorgesetzt, den wir den Winter über hinunterwürgen mussten.« Anselm sah aus, als wolle er Theres dazu bewegen, extra für die Fremden noch einmal den grauen Brei zu kochen.

Görch wiegte den Kopf. »Diese Böhmen – das werden doch nicht verkappte Hussiten sein, die den Kaiser in eine Falle locken sollen?«

»Das wollen wir doch nicht hoffen«, antwortete Ritter Heinrich mit einem leicht künstlichen Lachen. Er war ebenso gespannt auf die Fremden wie seine Leute und verzog enttäuscht das Gesicht, als er Feliks Labunik und Marek Lasicek in Begleitung von ein paar grobschlächtigen, in Schafsfellüberwürfe gehüllten Knechten auf sich zukommen sah. Nach dem Wirbel am Hof und in der kaiserlichen Verwaltung, dessen Ursache diese Männer gewesen waren, hatte er mehr erwartet als einen Edelmann mit Leidensmiene und hängenden Schultern und einen bärbeißigen Soldaten, die in ihren langen Wolfsfellmänteln eher Wildbeutern als zivilisierten Menschen glichen.

Labunik begrüßte Heinrich von Hettenheim freundlich, Marek aber erwiderte dessen Blick mit offener Herausforderung. Er hatte nie von dem Mann gehört, den der Kaiser zum Anführer der sie begleitenden Schar bestimmt hatte, aber er wusste, was von dessen Vetter Falko zu halten war, und konnte sein Misstrauen kaum bezähmen.

Heinrich wiederum empfand es als nicht gerade angenehm, sich und seine Leute der Führung dieser beiden Männer anvertrauen zu müssen, doch der Befehl des Kaisers ließ ihm keine andere Wahl.

Kurz entschlossen wandte er sich um und deutete auf den Junker, der hinter ihm stand. »Das ist Heribert von Seibelstorff, mein Stellvertreter.«

Junker Heribert verriet mit keiner Miene, dass Ritter Heinrich ihn zum ersten Mal so bezeichnete, sondern begrüßte die Männer mit einem kräftigen Händedruck. Labuniks Miene verriet, dass er gar nicht daran gedacht hatte, sich als zweiter Mann in diesem Heer aufzuspielen, sondern froh war, dass die beiden deutschen Edelleute sie freundlich begrüßten. Erleichtert folgte er Junker Heribert, der ihn und seine Begleiter auf Ritter Heinrichs Geheiß zu einem Quartier brachte, in dem sie bis zum Abmarsch wohnen konnten.

Marek schlenderte langsam hinter der Gruppe her und musterte dabei das elende Dorf und die schäbige kleine Schar, die er nach Falkenhain bringen sollte. Ihm kam das Ganze wie ein übler Scherz vor, den der abgesetzte böhmische König sich mit den ihm treu gebliebenen Untertanen erlaubte, und er fragte sich, ob die paar Spießträger die ganze Reise wert gewesen waren. Der einzige Vorteil, den er der Situation abgewinnen konnte, war die Möglichkeit, die kleine Truppe ungesehen an den Streifscharen der Taboriten vorbeischmuggeln zu können. Doch nur ein wirklich großes Heer mit dem Kaiser an der Spitze hätte mit dem Kleinen Prokop und dessen Raubgesindel ein Ende machen und Falkenhain vor dem Untergang bewahren können.

Heinrich von Hettenheim und Marek waren nicht die Einzigen, die sich angesichts der bevorstehenden Abreise mit Problemen herumschlugen. Auch Michi machte sich Gedanken, und als am nächsten Tag weiterer Nachschub ins Lager gebracht wurde, fragte er Görch, wo denn dieses Falkenhain überhaupt läge.

Der Knappe verzog freudlos die Lippen. »Ganz tief drinnen in Böhmen. Wenn ich diesen Labunik richtig verstanden habe, werden

wir mindestens zwei Monate brauchen, um hinzukommen, falls uns die Hussiten nicht vorher schon die Hälse durchschneiden.«
Michi blickte ihn ängstlich an. »Du glaubst also, dass es gefährlich werden kann.«
»Das kannst du laut sagen. Seit Beginn des Aufstands ist kein deutsches Heer auch nur halb so weit vorgestoßen.« Görch übertrieb schamlos, aber Michi nahm seine Worte für bare Münze.
Görch lachte ihn aus. »Was ist, mein Junge? Fürchtest du dich etwa?«
»Nein, natürlich nicht.« Michis Antwort kam zu schnell, um wahr zu sein. Tatsächlich hatte er Angst, aber weniger um sich als um Trudi. Nachdem Marie verschwunden war, hatte er sich eng an Eva angeschlossen und sich um die Kleine gekümmert, die er als seine Schwester ansah, und er hatte sich geschworen, sie so bald wie möglich zu seiner Mutter zu bringen. Sie würde sich Trudis annehmen und für sie sorgen. Rheinsobern aber lag von ihm aus gesehen beinahe am anderen Ende der Welt, und ohne eine Börse voller Münzen, das hatte er mittlerweile begriffen, würde er sein Ziel nie erreichen. Bis zu diesem Tag hatte er gehofft, mit kleinen Handreichungen genug Geld zu verdienen, um Trudi im Herbst nach Hause bringen zu können. Jetzt aber sah es so aus, als müsse er sie auf eine Reise ohne Wiederkehr mitnehmen. Er suchte verzweifelt einen Ausweg, denn er war es Marie und seiner Mutter schuldig, die Kleine nicht in Gefahr zu bringen. Görch konnte ihm ebenso wenig helfen wie Eva oder Ritter Heinrich, deswegen verabschiedete er sich von dem Knappen und verließ das Lager in Richtung Nürnberg.
Einfache Soldaten und Trossleute wurden gleich am Tor abgewiesen, wenn sie nicht als Boten kamen und einen gesiegelten Brief vorweisen konnten. Deswegen trat Michi, als er die Stadt erreichte, hinter einen

Karren, vor den eine dürre Mähre gespannt war und auf dem nur ein einzelner Mann saß, und schob das Gefährt von hinten an, als ob er dazugehörte. Da er immer noch die Kleidung eines Bauernjungen trug, fielen die Wachen auf seinen Trick herein, und er gelangte unangefochten durchs Tor. Als er außer Sichtweite war, ließ er den Wagen los und schob sich durch die Passanten in eine Seitengasse. Kurz darauf erreichte er ein schmalbrüstiges, altersschiefes Fachwerkhaus, das mit der Rückseite an der Stadtmauer klebte, und schlug den von Wind und Wetter zerfressenen Türklopfer an.

Es dauerte eine Weile, bis eine ältere Frau mit groben Gesichtszügen öffnete. Ihre Stimme klang wie eine rostige Türangel. »Ach du bist es! Was willst du denn jetzt schon wieder?«

»Ich muss mit Timo reden!«

»Ich werde sehen, ob er da ist.« Die Alte drehte sich um und schlurfte ins Haus zurück. Michi blieb vor der Tür stehen, denn wenn er ihr folgte, würde sie ihn wieder mit Schimpfkanonaden überschütten und behaupten, er wolle nur stehlen. Als er ihre misstönende Stimme aus dem ersten Stock herausdringen hörte, wunderte er sich wieder einmal, wie Timo es bei dieser Hexe aushalten konnte. Er hatte den Einbeinigen schon ein paarmal gefragt, warum er bei einer solch unfreundlichen Frau bliebe, aber nur ausweichende Antworten erhalten.

Frau Lotte wäre ganz in Ordnung und der Mietzins bei ihr billig, hatte Timo erklärt, dem Jungen aber verschwiegen, dass der Pfarrer die Art, in der er und seine verwitwete Hauswirtin zusammenlebten, wohl kaum billigen würde. Michels einstiger Waffenknecht hielt es immer noch für ein Wunder, im letzten Sommer Marie begegnet zu sein. Sie hatte ihm so viel Geld gegeben, dass er, wenn er sparsam damit umging, einige Jahre bei Frau Lotte wohnen und dabei mehr genießen konnte als nur das warme Bett seiner Gastgeberin. Die Nachricht von Maries Tod hatte Timo zwar getroffen, ihm aber auch das Gefühl gegeben, von nun an sein eigener Herr zu sein. Seine Hauswirtin bestärkte ihn in dieser Haltung und hatte ihn mittlerweile so weit gebracht, dass er Michi mehr und mehr als Störenfried empfand.

»Hallo, Michi! Was gibt es denn Neues, dass du mich schon wieder besuchst?«, fragte er nicht gerade freundlich.

Michi zuckte unter dem barschen Ton zusammen, richtete sich dann aber steif auf und blickte den Einbeinigen fest an. »Du musst mir unbedingt helfen, Timo. Die Truppe, zu der ich gehöre, wird in wenigen Tagen in den Krieg ziehen, und ich kann Trudi nicht mitnehmen. Bitte behalte sie bis zu meiner Rückkehr bei dir, und wenn ich im Herbst noch nicht da bin, dann musst du sie zu meiner Mutter nach Rheinsobern bringen. Sie wird es dir gewiss lohnen.«

Timo nickte unbewusst, denn seinem Gefühl nach war er Michels und Maries Tochter eine gewisse Treue schuldig. »Von mir aus gerne, aber ich muss erst mit Frau Lotte sprechen, ob sie sie aufnimmt. Warte einen Augenblick hier.« Er wandte sich ab und humpelte auf seine Krücke gestützt ins Haus zurück. Da er die Tür einen Spalt weit offen gelassen hatte, konnte Michi das Gespräch der beiden belauschen. Wie er befürchtet hatte, begann Frau Lotte sofort zu schimpfen und weigerte sich, einen Bettelbalg, wie sie Trudi nannte, ins Haus zu nehmen. Als Timo ihr jedoch erklärte, dass Trudi die Erbin eines Reichsritters wäre und der Kaiser sie gewiss belohnen würde, wenn sie das Mädchen zu ihm brächten, nahm ihre Stimme einen anderen Klang an. Michi aber musste die Tränen zurückhalten. Diesen Verrat hatte er von seinem alten Freund nicht erwartet. Timo wusste doch von Marie, dass diese ihre Tochter davor hatte bewahren wollen, das Mündel eines hohen Herrn zu

werden, und er, Michi, fühlte sich an ihre Worte gebunden wie an ein heiliges Vermächtnis.
Er hörte noch, wie Timo und die Frau davon schwärmten, was sie mit der Belohnung anfangen wollten, dann drehte er sich um und rannte davon. Als Timo kurz darauf zurückkam, fand er den Platz vor der Tür leer. Mit einem Achselzucken wandte er sich um und schlurfte ins Haus zurück. »Der Junge ist weg. Es hat ihm wohl zu lange gedauert, bis ich zurückkam, aber ich denke, er wird morgen oder übermorgen wieder vorbeischauen.«
Seine Hauswirtin zog die Stirn kraus. »Bist du dir sicher, dass der Kaiser uns belohnen wird?« Obwohl Timo nickte, wurde Frau Lottes Miene skeptischer. »Hast du dir überlegt, wie wir uns dem hohen Herrn nähern sollen? Seine Wachen weisen uns doch bereits am Tor ab.«
Timo schob die Unterlippe vor und krauste die Stirn. Irgendwie hatte er sich vorgestellt, er müsse nur mit Trudi an der Hand zum Quartier des Kaisers gehen, um herzlich begrüßt zu werden. Jetzt aber wurde ihm klar, dass ja nur sein Wort für die Herkunft des Kindes bürgte, der Kaiser aber würde Urkunden sehen und andere Zeugen hören wollen. Enttäuscht humpelte er zu einem Stuhl in der kleinen, rußigen Küche und ließ sich darauf fallen.
»Ich glaube, du hast Recht, Lotte. Es ist sinnlos, denn wir würden die Herkunft des Mädchens nie beweisen können.«
»Was sollen wir dann mit dem Balg? Ich kann keinen unnützen Fresser brauchen!«, antwortete die Frau und kehrte an ihre Kochtöpfe zurück.

8.

Als Michi das Lager erreichte, hatte sich die erwartete Verstärkung eingefunden, darunter eine halbe Hundertschaft Schweizer Reisläufer unter dem Kommando von Urs Sprüngli. Der Appenzeller hatte schon an mehreren Feldzügen gegen die Hussiten teilgenommen, doch als Heinrich von Hettenheim ihm eröffnete, wohin der Zug gehen sollte, schüttelte er ungläubig den Kopf. »Das kann doch nicht Euer Ernst sein! Wir sollen mit weniger als zweihundert Mann quer durch Feindesgebiet ziehen? Welcher Schwachkopf hat sich diesen Irrsinn denn ausgedacht?«

»Der Kaiser.« Heinrich von Hettenheims Stimme klang um keinen Deut freundlicher als die des Schweizers. Sprünglis Trupp war kaum kleiner als sein eigener, und er legte wenig Wert auf die Reibereien um das Kommando, die zwangsläufig dadurch entstehen mussten. »Ich habe nicht um Euch und Eure Männer gebeten«, setzte er ärgerlich hinzu.

»Ich habe auch nicht gebeten, auf eine Himmelfahrt wie diese hier geschickt zu werden. Aber da es nun einmal geschehen ist, sollten wir uns zusammenraufen. Es liegt ein langer Weg vor uns, und wir werden genug zu tun haben, uns der Hussiten zu erwehren. Ihr seid der Anführer der Truppe, und ich akzeptiere Euch auch als den meinen. Aber glaubt nicht, dass ich den Mund halte, wenn mir etwas nicht passt.«

Diese unverblümte Rede machte Ritter Heinrich den Schweizer direkt sympathisch. Er winkte Eva, zwei Becher Wein zu bringen, und stieß mit Sprüngli an. »Auf gutes Gelingen! Mögen Gott und alle Heiligen mit uns sein!«

»Wenn wir da heil wieder zurückkommen, werde ich nach Einsiedeln pilgern und der Heiligen Jungfrau am Tag der Engelweihe eine

Kerze stiften.« Sprüngli stieß die Luft aus den Lungen. »Aber das mit dem Schwachkopf nehme ich trotzdem nicht zurück.«
Er trank aus, verabschiedete sich von Ritter Heinrich und kehrte zu seinen Männern zurück. Heinrich von Hettenheim sah ihm einen Augenblick nach, ließ sich auf seinen Stuhl fallen und blickte Eva viel sagend an. »Was den Kaiser angeht, so muss ich Sprüngli sogar Recht geben.«
Eva füllte seinen Becher nach und goss sich selbst einen ein. »Besser, wir trinken unseren Wein selbst, als dass er den Hussiten in die Hände fällt.« Sie kicherte, als wäre es nicht ihr erster Becher an diesem Tag. Ihr Blick wirkte jedoch klar und fest. »Mir gefällt es nicht, dass Michi und Trudi mitkommen, Herr Heinrich.«
Der Ritter zuckte mit den Achseln. »Wir können sie nicht zurücklassen, sonst müssten sie auf den Stufen von Sankt Lorenz hocken und betteln. Wie lange, glaubst du, würde es dauern, bis sie von anderen Bettlern vertrieben und von den Bütteln auf die Landstraße hinausgejagt würden?«
»Dieses Schicksal könnte gnädiger sein als das, was ihnen bei uns droht.« Eva kniff die Augen zusammen und starrte blicklos durch die zerrissene Schweinsblase in der Fensterhöhle nach draußen.
»Um Michi brauchst du dir keine Sorgen zu machen. Wir haben Trossbuben dabei, die jünger sind als er. Ihr beide werdet euch halt genauso um die Kleine kümmern müssen wie bisher.« Ritter Heinrich war anzusehen, dass ihn andere Probleme weitaus mehr beschäftigten als das Schicksal zweier Kinder.
Eva ließ jedoch nicht locker. »Ich würde die beiden lieber in Nürnberg zurücklassen. Aber ich besitze nicht das Geld, Michi bei einem braven Meister in die Lehre zu geben, und ich bezweifle, dass so jemand Trudi in seinem Haushalt aufnehmen würde.«
Heinrich von Hettenheim streifte sie mit einem nachsichtigen

Blick. »Du solltest Gottes Barmherzigkeit vertrauen, Eva, und dir vor Augen führen, dass du und die Kinder auch den letzten Feldzug unbeschadet überstanden habt. Solange du bei uns bist, werden wir auch diesmal zurückkehren.«

»Dessen walte Gott, Herr Ritter, und falls wir in den böhmischen Wäldern sterben müssen, dann möge er unseren Seelen gnädig sein.« Eva schenkte sich einen weiteren Becher ein und trank ihn in einem Zug leer. »Das Zeug ist sauer, aber es tut gut!«

Ritter Heinrich streckte ihr seinen Becher hin. »Gieß mir auch noch einmal ein, Eva. Vielleicht hilft der Wein mir, die Schatten zu vertreiben, die mein Gemüt verdüstern.«

Eva lachte, blickte ihn dann aber mahnend an. »Jetzt könnt Ihr noch trinken, doch wenn wir erst die böhmischen Pässe erreicht haben, werdet Ihr einen klaren Kopf brauchen.«

»Keine Sorge, ich werde auf meinen Schädel Acht geben.« Der Ritter lachte kurz auf und wollte den Raum verlassen.

Eva hielt ihn jedoch zurück. »Ich möchte mich noch bei Euch bedanken, weil Ihr Theres und mir einen Teil der gelieferten Vorräte habt zukommen lassen.«

»Die Sachen sollen euch für die Verluste des letzten Jahres entschädigen«, erklärte der Ritter und verließ die Hütte mit einem letzten aufmunternden Lächeln, welches ihm jedoch ein wenig missriet. Es fiel ihm schwerer als sonst, die Vorbereitungen für einen Kriegszug zu treffen, denn tief in seinem Innern war er davon überzeugt, dass niemand von ihnen zurückkehren würde. Ihm würde nichts anderes übrig bleiben, als sein Leben und das seiner Soldaten dem Feind so teuer wie möglich zu verkaufen. Aus diesem Grund befahl er seinen Männern, ihre Ausrüstung in den bestmöglichen Stand zu versetzen, und suchte dann Sprünglis Leute auf. Die Appenzeller machten einen guten Eindruck auf ihn, aber auch ihre Blicke verrieten, dass sie die Situation für hoffnungslos hielten. Zuletzt inspizierte er den Tross, der allzu oft den Vormarsch eines Heeres behinderte. Da sie etliche steile Bergstrecken bewältigen und sich abseits der früheren Handelswege würden halten müssen, durften sie keine großen, schwerfälligen Fuhrwerke mitnehmen. Ritter Heinrich entschloss sich daher, neben Evas und Theres' Marketenderwagen, die schon zu der leichteren Sorte gehörten, einige zweirädrige Bauernkarren mitzunehmen, und fand einen Wagner im nahe gelegenen Städtchen Stein, der ihm für teures Geld fünf Karren überließ. Die Anschaffung riss ein großes Loch in seine wieder aufgefüllte Kriegskasse, aber er wollte an keiner Stelle sparen, von der ihr aller Leben abhängen konnte. Aus diesem Grund ersetzte er die Ochsen, die den Winter überlebt hatten, durch jüngere, kräftigere Zugtiere und ließ die anderen schlachten und ihr Fleisch einpökeln, um damit die Vorräte zu ergänzen.

Nach knapp einer Woche waren alle Vorbereitungen getroffen, und da der Schnee mittlerweile fast vollständig weggetaut war und sie nur noch in höheren Lagen mit einem Wintereinbruch rechnen mussten, gab es nichts mehr, was einem Aufbruch im Wege stand. Ritter Heinrich inspizierte ein letztes Mal sein kleines Heer, denn er machte sich keine Illusionen über die Strapazen, die vor ihnen lagen. Der Weg nach Falkenhain würde ihm und seinen Leuten das letzte Quäntchen Kraft abverlangen. Als er am nächsten Morgen auf sein Pferd stieg und den Befehl zum Aufbruch gab, wirkte er jedoch so locker und zuversichtlich, als gelte es nur, von Nürnberg nach Fürth zu ziehen.

Gisbert Pauer gab ihnen ein Stück weit das Geleit, und an der Grenze des Nürnberger Burgfriedens trafen sie auf Heinrichs Vetter Falko, der mit eigenen Augen sehen wollte, ob sein verhasster Verwandter tatsächlich in das ihm zugedachte Verderben zog.

9.

Der Eiswinter, der Böhmen in seinen unbarmherzigen Klauen hielt, hatte die Hussiten nicht daran gehindert, Kriegszüge in die milderen Gebiete Österreichs nördlich der Donau zu unternehmen. Sie trafen nur vereinzelt auf Widerstand, denn sie hatten die meisten Städte und Burgen schon früher überfallen und geplündert. Die Überlebenden ihrer Raubzüge waren von ihren Herren gezwungen worden, ihre Häuser neu aufzubauen und ihre Felder zu beackern, und fielen nun ein weiteres Mal den Mordbrennern zum Opfer. Gründlicher als vorher brachten die Hussiten jeden um, der ihnen nicht entkommen konnte, und jene, denen die Flucht gelang, priesen Gott viel zu früh, denn die Nächte waren noch kalt, und ohne Nahrung und ein wärmendes Feuer starben die Menschen wie die Fliegen. Zuletzt gab es im weiten Umkreis nicht einmal mehr genug Hände, um die Toten unter die Erde zu bringen.

Die zurückkehrenden Taboriten prahlten lauthals mit ihren Taten, und Marie vernahm Scheußlichkeiten, die ihr Schauer über den Rücken laufen ließen, aber auch ihren Willen stärkten, so bald wie möglich zu fliehen. Während sie Tag für Tag in der alten Scheune für die Hussiten fronte und den Berichten lauschte, die gelangweilte Krieger den Aufpasserinnen erzählten, sammelte sie Wissen, das ihr helfen sollte, zu entkommen und die Flucht auch zu überleben. Ihr Vorhaben wurde dadurch erschwert, dass sie Anni ebenso wenig zurücklassen durfte wie Helene, die sich eng an sie angeschlossen hatte. Die junge Frau litt noch mehr als sie unter Renatas Fuchtel, denn sie wurde nicht durch Jan Hus' Namen vor dem Schlimmsten bewahrt. Vyszos Frau ließ ihren Hass auf die Deutschen in erster Linie an ihr aus, und etliche Männer taten es ihr gleich. Obwohl die taboritischen Prediger die Soldaten zu einem keuschen, gottgefälligen Leben aufriefen, nutzten diese Helenes Herkunft als Vorwand, sie immer wieder zu vergewaltigten. Die Jahre des Krieges hatten den größten Teil der Männer verrohen lassen, und die Anführer, die jetzt den Ton angaben, wussten, dass Betschwestern von Skrupeln geplagt wurden und schlechte Krieger abgaben. Der Kleine Prokop, Vyszo und ihre Spießgesellen waren sich mit Falko von Hettenheim einig, dass nur ein Soldat, der sich auf das Plündern und Schänden freut, ein guter Soldat war, und führten ihre Scharen in diesem Sinne an.

Marie hatte Angst, sich diesen Leuten auf einen Kriegszug anschließen zu müssen, doch das war ihre einzige Chance, den Hussiten zu entkommen, und sie wartete ungeduldig auf ihre Gelegenheit. Viele Wochen vergingen, ohne dass etwas geschah. Mit einem Mal aber strömten scharenweise Männer in Prokops Lager, um unter seinem Kommando nach Sachsen und Schlesien zu ziehen, und bald wurden auch die Frauen ausgesucht, die waschen und kochen, die Anführer bedienen und später auch die Beute verarbeiten sollten. Zu Maries nicht geringem Ärger wählte Renata, die die Frauen des Trosses kommandieren sollte, nur ihr genehme Begleiterinnen aus, und sie, Anni und Helene gehörten natürlich nicht dazu.

Da Marie jedoch nicht zurückbleiben und weiter Sklavendienste verrichten wollte, suchte sie Ottokar Sokolny auf. In ihren Augen war er ihr noch einen Gefallen schuldig, und daran wollte sie ihn nun erinnern. Der junge Graf wirkte erheblich angespannter als früher, eine scharf geschnittene Falte über der Nasenwurzel teilte seine Stirn wie eine Schwertnarbe, und er bemerkte Marie noch nicht einmal, als sie auf ihn zutrat und sich vor ihm aufbaute.

Sie räusperte sich, und da er immer noch nicht reagierte, sprach sie ihn an. »Verzeiht, Herr, dass ich Euch störe. Ich hörte, es würden Frauen gesucht, die mit dem Heer ziehen wollen.«

Graf Ottokar schüttelte sich, als müsse er einen üblen Gedanken verscheuchen, und bedachte Marie mit einem abwehrenden Blick. »Was hast du gesagt?«

»Ich wollte Euch bitten, mich und meine Freundinnen Anni und Helene mit Euch zu nehmen. Wir fallen Euch gewiss nicht zur Last und werden uns nützlich machen, wo wir können.«

»Du willst mit uns in den Krieg ziehen, obwohl es gegen deine eigenen Landsleute geht?« Ottokar Sokolny sah sie verblüfft an, stutzte aber, als er den flehenden Blick ihrer auffallend himmelblauen Augen wahrnahm. »Ach, so ist das! Du hoffst, unterwegs fliehen zu können. Das kannst du dir gleich aus dem Kopf schlagen, denn man würde genügend Männer hinter dir herschicken, die dich einfangen und zurückbringen. Was dann mit dir geschieht, brauche ich dir wohl nicht zu beschreiben.«

Marie war im ersten Augenblick entsetzt, dass Sokolny sie so leicht hatte durchschauen können, fasste sich aber sofort wieder und lachte auf. »Wo denkt Ihr hin, Herr? Ich bin nicht lebensmüde, aber ich mag nicht auf ewig in dieser stinkenden Scheune schuften müssen. Außerdem bin ich Marketenderin und verstehe etwas von Kriegszügen.« Das war nur die halbe Wahrheit, denn außer dem verhängnisvollen Feldzug im letzten Jahr hatte sie noch keinen einzigen mitgemacht, hoffte aber trotzdem, Sokolny überzeugen zu können.

Er schüttelte jedoch den Kopf. »Ich kann dir nicht helfen, Marie. Mir wurde das Kommando über die Vorhut anvertraut, und bei ihr kann ich keine Frauen brauchen.«

Sein Gesicht wirkte so ehrlich, dass Marie ihm glaubte, denn auch beim kaiserlichen Heer war die Vorhut meist ohne hinderlichen Tross unterwegs, während die Huren und Marketenderinnen der Hauptstreitmacht oder gar erst der Nachhut zugeteilt wurden.

»Es tut mir Leid, Euch belästigt zu haben, hoher Herr.« Sie wollte sich schon abwenden, doch Sokolny hielt sie am Ärmel fest.
»Nennt mich nicht noch einmal so. Für die Taboriten im Heer bin ich ein einfacher Bruder und kein Edelmann. Wenn sie dich so reden hören, könnte es uns beiden schlecht ergehen.«
Er klang so besorgt, dass Marie ihn überrascht musterte und feststellte, dass er tatsächlich Angst zu haben schien. Sie konnte nur nicht entscheiden, ob er um ihr Leben fürchtete oder gar um das seine. Auf alle Fälle war sie gewarnt. In Zukunft würde sie noch vorsichtiger sein müssen, und sie war eher bereit, noch einen weiteren Winter hier zu bleiben, als sich und ihre Gefährtinnen in Gefahr zu bringen.
»Ich habe verstanden, Bruder Ottokar.« Sie wandte sich ab und lief mit wehenden Röcken davon. Ottokar Sokolny blickte ihr nach und bedauerte, dass so eine schöne, stolze Frau hier Frondienste leisten musste, obwohl sie Jan Hus gekannt hatte und verehrte, aber nach wenigen Augenblicken hatte er sie über seinen eigenen Sorgen vergessen.
Niedergeschlagen kehrte Marie zu ihrer Hütte zurück, hockte sich in eine Ecke und hörte Renata und ihren Freundinnen zu, die Bier tranken und sich lang und breit über den bevorstehenden Feldzug ausließen. Marie widerte ihr blutrünstiges Gerede bald an, und sie versuchte, es aus ihren Gedanken zu verbannen. Dann aber horchte sie auf, denn Renata sprach gerade davon, dass Vyszo, der die Nachhut führen sollte, noch einige Marketenderinnen und Trosshuren suchte. Obwohl Marie diesen Mann aus tiefstem Herzen hasste, wollte sie sich diese Gelegenheit nicht entgehen lassen. Sie stand auf und verließ die Hütte, um Vyszos Unteranführer Przybislav aufzusuchen, dem die Auswahl der Frauen oblag.
Die Tür zu Przybislavs Quartier stand offen, und als sie eintrat,

hörte sie erregtes Keuchen. Der Tscheche lag mit heruntergelassenen Hosen auf Helene und bearbeitete sie mit harten Stößen. Marie wollte sich schnell wieder zurückziehen, doch ihre Freundin entdeckte sie, und sie blickte beschämt zur Seite.

Przybislav kam mit einem triumphierenden Röhren zur Erfüllung, blieb einen Augenblick nach Atem ringend auf Helene liegen und stand dann mit einem genüsslichen Schnaufen auf. In dem Moment entdeckte er Marie und grinste sie lüstern an. »Was ist los, Weib? Juckt es dir auch zwischen den Beinen? Dann hättest du etwas eher kommen sollen!« Maries Blick streifte das verschrumpelte Ding, zu dem sein Glied zusammengefallen war, und schüttelte sich innerlich. Diesem Mann würde sie sich nicht einmal dann freiwillig hingeben, wenn ihr Leben davon abhinge.

Helene war in ihr Kleid geschlüpft und drängte sich an Przybislav vorbei zur Tür, blieb dann aber neben Marie stehen und blickte sie verwundert an. »Gibt es etwas Besonderes, Marie?«, fragte sie auf Deutsch.

Marie nickte mit verbissener Miene. »Ich wollte Przybislav fragen, ob du, Anni und ich uns Vyszos Trupp anschließen dürfen.«

»Ich denke nicht, dass er etwas dagegen hat, besonders nicht, wenn ich mitkomme«, antwortete Helene mit einer Miene, die Marie verriet, welchen Preis ihre Freundin für die vage Möglichkeit einer Flucht würde zahlen müssen. Für einen Augenblick überlegte sie, ob sie ihren Plan nicht aufgeben und auf eine andere Gelegenheit warten sollte. Dann fragte sie sich, unter wie vielen Männern ihre Freundin in der Zeit liegen würde, die sie hier verbringen mussten. Sie selbst hatte bisher Glück gehabt, aber der angebliche Segen von Jan Hus würde sie nicht bis in alle Ewigkeit schützen. Jeden Tag konnte es passieren, dass einer der Kerle von ihr verlangte, die Beine für ihn breit zu machen, und wenn sie sich wehrte, würde man sie höchstwahrscheinlich umbringen. Sie warf Helene einen aufmunternden Blick zu und verzog ihre Lippen zu etwas, das einem Lächeln gleichen sollte.

»Rede du bitte mit Przybislav, dass er uns einteilt. Oder willst du im Lager zurückbleiben, bis dich der Nächste in seine Hütte ruft?«

Helene schüttelte den Kopf, wandte sich dem Mann zu, der mit unwilligem Gesicht näher getreten war, und sprudelte etliche tschechische Sätze heraus. Sie sprach so schnell, dass Marie ihr nicht folgen konnte, und er antwortete schließlich mit ein paar gebrummten Worten, die »ist mir sehr recht!« lauten konnten. Dabei klatschte er Helene mit der Hand so kräftig auf den Hintern, dass sie erschreckt aufschrie. Marie wartete seine nächste Bewegung gar nicht erst ab, sondern huschte zur Tür hinaus und brachte etliche Mannslängen zwischen sich und die Hütte.

Helene folgte ihr und rieb sich ihre Hinterbacken, sah Marie dabei aber neugierig an. »Jetzt verrate mir aber bitte, warum du dich ausgerechnet Vyszos Trupp anschließen willst! Ich werde mich ab jetzt jede Nacht für Przybislav bereitlegen und vielleicht sogar noch ein Junges von ihm werfen müssen.«

»Ich besitze ein Mittel, das unerwünschte Schwangerschaften verhindert«, antwortete Marie. »Komm mit, ich werde es dir gleich geben, und auch etwas, das dich von einer unangenehmen Last befreien wird, falls das Unglück bereits geschehen sein sollte.«

Helene schlug erschrocken das Kreuzzeichen und hob abwehrend die Hände. Dann warf sie einen Blick zurück auf die Hütte, unter deren Tür Przybislav immer noch stand, und nickte zustimmend. »Es ist wohl besser so. Ich will nicht, dass er sich damit brüsten kann, wenn mein Bauch zu wachsen beginnt. Und solange ich seine Matratze spiele, habe ich vor dem Rest des Gesindels meine Ruhe.«

Marie zog sie kurz an sich und streichelte ihre Wange. »Beten wir zu

Gott, dass du ihn nicht mehr lange ertragen musst und wir heil in unsere Heimat zurückkehren können.«
Helene senkte betrübt den Kopf. »Ich habe keine Heimat mehr, Marie.«
»Heimat ist dort, wo man sie sich schafft. Und jetzt Kopf hoch, du wirst sehen, es wird alles gut!«

10.

Drei Tage später brach das versammelte Heer auf. Der Kleine Prokop hatte jeden waffenfähigen Mann im westlichen Böhmen zu den Waffen gerufen und führte nun mehr Krieger an als je ein hussitischer Feldherr vor ihm. Sein Heer umfasste gut zehntausend Mann und wurde von mehr als tausend Pferdewagen begleitet. Die Zugtiere waren kleiner und struppiger als die Gäule, die Marie von zu Hause kannte, aber auch zäher und genügsamer. Die Wagen, die sie zogen, wirkten klein und zerbrechlich, waren durch ihre primitive Bauweise aber leicht zu reparieren. Die Hussiten hatten nur wenige von ihnen selbst gefertigt, sondern auf ihren Plünderzügen geeignete Karren als Beute mitgenommen.
Um nicht aufgehalten zu werden, hatte Prokop befohlen, nicht mehr Lebensmittel mitzunehmen, als sie benötigten, um die ersten Dörfer und Städte in Sachsen zu erreichen, denn ab da sollte das überfallene Land den Heereszug ernähren. Schnelligkeit war auch einer der Gründe, weswegen die Ausrüstung der Krieger eher schlicht wirkte, obwohl die Scheunen vor Beutestücken überquollen. Nur die Anführer hatten mehr als ein paar auf Leder aufgenähte Eisenplatten, denn alles Metall war zu nützlicherer Ausrüstung umgearbeitet worden. Auf den Wagen lagen Hunderte der beliebtesten

Waffen der Tschechen, mächtige Setzschilde, Spieße und Morgensterne und auch die fürchterlichen Feldschlangen, gegen deren Wirkung bislang weder die kaiserlichen Truppen noch die Heere der überfallenen Fürsten ein Mittel gefunden hatten.

Marie war einmal wie zufällig an einem dieser Wagen vorbeigeschlendert, um sich diese Feldschlangen näher anzusehen. Es handelte sich um knapp mannslange Geschütze, die aus glühenden Eisenstangen zusammengesetzt und so lange geschmiedet worden waren, bis feste Rohre aus den Einzelteilen entstanden waren. Am hinteren Ende wurden sie durch einen komplizierten Mechanismus verschlossen, der zum Laden entfernt wurde. Geladen wurden sie mit einer fest zusammengedrehten Masse, deren Spitze zumeist aus klein gehacktem Blei oder auch aus einem kompakten Geschoss bestand, und einer dahinter gepackten, mindestens dreimal so großen Menge Schießpulver. War die Ladung im Lauf, wurde das Endstück wieder in seine Halterung geschoben und verriegelt. Dann konnte die Feldschlange mithilfe eines Zündlochs abgefeuert werden. Marie hatte diese teuflischen Waffen noch nie im Kampf erlebt, ahnte aber, dass ihr diese Erfahrung nicht erspart bleiben würde.

Da die meisten Pferde als Gespanne für die Wagen gebraucht wurden und auch zu klein waren, gewappnete Männer über weite Strecken zu tragen, gab es kaum Berittene. Die wenigen Reiter, über die die Hussiten verfügten, waren die adligen Standesherren und ihre Reisigen, und diese wurden von den durch ihre taboritischen Hauptleute aufgehetzten Soldaten mit scheelen Blicken und oft auch mit Verwünschungen bedacht.

Ottokar Sokolny brach schon in der Morgendämmerung mit seiner berittenen Vorhut auf, danach aber ließ Prokop mehrere Stunden vergehen, ehe er den Befehl zum Abmarsch für die Hauptmacht gab, und als sich Vyszos Trupp endlich in Bewegung setzte, strebte die Sonne schon dem Zenit zu. Diesmal musste Marie keinen Wagen lenken, sondern saß auf einem der Karren vorne neben dem Fuhrmann. Anstelle eines festen Bocks gab es nur eine einfache Querstrebe, die zwischen den Seitenleitern festgebunden und alles andere als bequem war. Im Wagenkasten selbst hockten Anni, Helene und sechs Krieger auf einem Stapel aus Kisten und Säcken. Marie hatte sich zunächst nicht vorstellen können, dass das vorgespannte kleine braune Pferdchen diese Last vorwärts bringen würde, doch es zog den Karren bereits seit Stunden und schien nicht müde zu werden.

»Für welche Arbeit bist du heute Abend eingeteilt?«, fragte der Lenker Marie, nachdem er eine geraume Weile stumm neben ihr gehockt hatte.

»Ich gehöre zu den Köchinnen«, antwortete sie und versuchte, weiter von ihm wegzurücken, denn er schien Przybislavs Vorliebe für rohe Knoblauchzehen zu teilen.

Der Fuhrmann schnäuzte sich geräuschvoll und leckte sich dann die Lippen. »Solltest du Bier ausschenken, könntest du mir einen zweiten Becher zukommen lassen.«

»Gegen ein zweites Bier hätte ich auch nichts«, rief einer der anderen Männer von hinten.

»Ich werde zusehen, was sich machen lässt.« Marie verfügte über genug Erfahrung mit Männern, um zu wissen, dass scheinbare Zugeständnisse wenig bis gar nichts kosteten, aber dem eigenen Frieden dienten. Die Männer würden ihr halbes Versprechen bis zum Abend wieder vergessen haben, und sie glaubte auch nicht, dass man ihr die Schenke anvertrauen würde.

Die Männer, mit denen sie jetzt reiste, gehörten ausnahmslos dem taboritischen Zweig der Hussiten an und waren im Grunde ihre schlimmsten Feinde, und doch verstand sie sich mit ihnen kaum weniger gut als mit den einfachen Soldaten im kaiserlichen Heer. Sie lachte über ihre Witze, soweit sie sie auf Deutsch erklärt bekam, nahm ihre bewundernden Blicke mit dem erwarteten Maß an Koketterie entgegen und entwand sich den Händen, die nach ihr griffen. Als der Heereszug am späten Nachmittag anhielt, suchte sie mit kundigen Augen einen geeigneten Platz für den Wagen und zeigte ihm den Fuhrknecht. Der brummte etwas, das einem Lob sehr nahe kam, und lenkte sein Gefährt dorthin. Kaum standen sie, sprangen Maries Freundinnen wie aufgescheuchte Hühner vom Wagen herab, und Anni erklärte Marie mehr mit Gesten als mit ihrer immer noch stammelnd klingenden Stimme, dass die Soldaten sie unterwegs ständig in den Hintern und ihren noch winzigen Busen gekniffen hätten. Seit der Vergewaltigung durch Gunter von Losen verabscheute sie das männliche Geschlecht und hatte Marie schon öfter mit Händen, Füßen und Worten, die Marie ihr hatte vorsagen müssen, erklärt, dass sie sich beim nächsten Versuch, sie mit Gewalt zu nehmen, in eine wütende Katze verwandeln und kratzen und beißen würde.

Marie versuchte, sie zu trösten. »Mach dir einfach nichts daraus. Am Tag sind Männer wie Hunde, die zwar bellen, aber das Zuschnappen vergessen. Doch in der Nacht musst du dich vor ihnen hüten, denn dann liegst du schneller unter einem Kerl, als du Nein sagen kannst. Wenn du dich erleichtern musst, tu es gleich neben dem Wagen und geh ja nicht hinter einen Busch oder gar in den Wald.«

Helene blickte sie neugierig an. »Du sprichst, als wäre es dir auch schon so ergangen.«

Marie stieß einen bissigen Laut aus. »Mir nicht, aber einer anderen Frau im kaiserlichen Heer. Sie hieß Oda, war im vierten Monat schwanger und ein ausgemachtes Biest. Aber selbst ihr hätte ich es

nicht gewünscht, das Opfer einer Gruppe stinkender Böcke zu werden.«
Während des Gesprächs waren die Hände der drei nicht untätig geblieben. Sie hatten den Kochkessel und den Dreifuß vom Wagen gehoben und aufgestellt, und Marie rief einem der Soldaten zu, im Wald nach Feuerholz zu suchen.
Der schnaubte verächtlich. »Schick doch deine beiden Helferinnen! «
»Die beiden brauche ich hier! Also geh jetzt, sonst gibt es heute Abend nichts zu essen.« Maries Drohung verfing. Der Mann brummte zwar, dass er so früh im Jahr gewiss kein trockenes Holz finden würde, aber er schlurfte davon, und als er wenig später zurückkehrte, brachte er ein großes Bündel brauchbarer Aststücke mit. Statt sich zu seinen Kameraden zu gesellen, sah er dann interessiert zu, wie Marie einen Ast zu Spänen schnitt, trockenes Gras aus dem Vorjahr darüber legte und Funken schlug, um es zu entzünden. Als sie die winzigen Glutfunken zu einer hellen Flamme entfacht hatte, sah sie ihn lächelnd an. »Du wirst noch mehr Holz holen müssen. Es reicht nicht.«
Der Mann schien durch die Vorbereitungen hungrig geworden zu sein, denn er protestierte nicht, sondern nahm einen weiteren Kameraden mit und sorgte dafür, dass das Feuer bald hoch unter dem Kessel aufloderte, so dass Marie den Abendbrei für die ihr zugewiesene Schar Männer kochen konnte. Als sie die Näpfe füllte, schleppten Anni und Helene ein kleines Fässchen Bier herbei, das von den Kriegern mit lautem Jubel begrüßt wurde. Schließlich hockten alle mit dem Napf in der Hand und dem Becher neben sich auf den Schaffellen, die die Männer zum Schutz gegen Kälte und Nässe auf dem Boden ausgebreitet hatten, und Marie fühlte sich beinahe in das kaiserliche Heerlager versetzt. Ähnlich wie hier hatte

sie im letzten Jahr manchen Abend mit Trudi, Eva, Theres und anderen verbracht, sich die Zeit mit munterem Geschwätz vertrieben und auf die Nacht gewartet. Nur waren es fremde Laute, die an ihr Ohr tönten, und es war das Ziel dieses Kriegszugs, ihre eigenen Landsleute auszurauben und zu ermorden.
Wie an jedem Abend, wenn die Hektik des Tages von ihr wich und sie sich ein wenig in sich zurückziehen konnte, musste sie an ihre Tochter und ihren Mann denken und sie fragte sich, ob sie wohl noch lebten. Sie seufzte, setzte sich ein wenig abseits und stützte ihre Arme auf die Knie. Sie vermisste beide, besonders aber Michel, und klammerte sich verzweifelt an ihre Hoffnung, auch wenn ihre einst so feste Überzeugung in dem langen, elenden Winter recht brüchig geworden war. Gerade als sie es bedauerte, dass sie nicht mehr so häufig von ihm träumte, auch wenn es meist schlimme Träume gewesen waren, setzte sich Helene zu ihr und kurz darauf auch Anni. Ihr Findling lehnte seinen Kopf gegen ihren Oberschenkel und blickte mit einem unendlich traurigen Blick zu ihr auf, brachte aber wie meist kein Wort über die Lippen. Marie lächelte ihr zu und strich ihr über das Haar. Es tat gut, jemanden zu haben, für den man sorgen musste, denn ohne Anni und auch ohne Helene hätte sie wahrscheinlich längst den Mut verloren und den Tod durch eigene Hand gesucht.
Einer der Soldaten kam mit drei Bechern Bier in der Hand heran. »Hier, das habt ihr euch verdient. Das Abendessen war wirklich gut.«
»Das freut mich zu hören«, antwortete Marie mit künstlicher Fröhlichkeit. Sie nahm die Becher entgegen und reichte Anni und Helene je einen davon. »Auf dein Wohl«, sagte sie zu dem Soldaten. Dieser winkte ihr lachend zu und kehrte zu seinen Kameraden zurück.

11.

Während der nächsten Tage führte Prokop sein Heer auf der alten, aber noch recht gut erhaltenen Handelsstraße von Beroun bis Rakovnik nach Norden. Zunächst marschierten die einzelnen Truppenteile noch in festem Abstand hintereinander her und hielten Kontakt durch berittene Boten. Am vierten Tag aber schickte der Heerführer Ottokar Sokolnys Vorhut über Zatec voraus nach Chomutov, um von dort aus die Wege nach Sachsen zu erkunden. Das Hauptheer legte in Rakovnik einen Rasttag ein. Als es wieder aufbrach, blieben gut zweitausend Mann bei Vyszos Trupp zurück. Dieser brach dicht hinter dem Hauptheer auf, folgte ihm aber nur kurze Zeit und bog nach einer Weile nach Westen ab, Richtung Kralovice.

Marie wurde von ihren Freundinnen getrennt und dem Wagen zugeteilt, auf dem es sich ein Teil von Vyszos Hauptleuten bequem gemacht hatte. Diese schienen immer noch der Meinung zu sein, dass Marie kein Tschechisch verstand, denn sie unterhielten sich ungeniert. Marie hörte zu, langweilte sich aber zunächst, weil meist wieder nur von früheren Plünderungen die Rede war. Aber mit einem Mal horchte sie auf, denn einer der Männer ließ einen Namen fallen, den sie kannte. »Ich hoffe, bei diesem Sokolny wird genug zu holen sein, wenn wir wegen dieses Verräters schon auf die uns zustehende Beute in Schlesien verzichten müssen.«

»Wenn wir uns nicht zu lange mit dem Kerl aufhalten, können wir uns dem Kriegszug noch anschließen«, warf ein anderer ein. »Es sind nur noch drei Tagesmärsche bis zu seiner Burg.«

Ein Dritter lachte höhnisch auf. »Ich werde froh sein, wenn wir endlich dort sind. Ich warte schon lange darauf, dieses Schwein zu schlachten, das seine Ehre verraten hat und seinem deutschen König immer noch den Hintern leckt.«

»Václav Sokolny konnte uns nur deshalb so lange trotzen, weil diese verräterischen Kalixtiner ihre Hand über ihn gehalten haben«, setzte der Zweite voller Grimm hinzu.

Der Erste deutete nach Osten und dann über das ganze Land. »Zuerst knacken wir die Laus in ihrer Waldburg, und dann räumen wir mit dem gesamten Adelsgesindel auf, das noch immer glaubt, sich über uns erheben zu können.«

Nun ergingen die Männer sich in Beschreibungen, was sie ihren eigenen Landsleuten antun wollten, die sie zu Verrätern erklärt hatten, und Marie sehnte sich schon nach kurzer Zeit zu den einfachen Kriegern zurück, die ihr zwar zweideutige Komplimente gemacht hatten, aber nicht so von Hass zerfressen waren wie ihre Anführer. Gleichzeitig wurde ihr klar, dass der Kleine Prokop und Vyszo alles getan hatten, um den jungen Sokolny zu täuschen. Offensichtlich hatten sie damit gerechnet, dass er von dem geplanten Angriff auf seinen Bruder erfahren würde, und ihn glauben gemacht, dass der Überfall erst später im Jahr stattfinden sollte. Wenn Ottokar erfuhr, was wirklich geschah, würde er bereits tief in Sachsen sein und Graf Václav nicht mehr helfen können. Er selbst schwebte ebenfalls in höchster Gefahr, denn die Unteranführer machten keinen Hehl daraus, dass er und die anderen Kelchbrüder, die sich den Heeren der Hussiten im Frühjahr angeschlossen hatten, nicht lebend von diesem Feldzug zurückkehren sollten.

Erst nach einer Weile begriff Marie, dass sie ebenfalls ein Opfer der geänderten Pläne geworden war, denn der Besitz des Grafen Sokolny lag so tief in Böhmen, dass sie es nicht wagen konnte, von dort zu fliehen. Wenn sie noch mehr Pech hatte, würde Vyszo nach dem Fall von Sokolnys Burg Jagd auf die Kalixtiner machen und Böhmen den ganzen Sommer über nicht verlassen. Marie schüttelte es, als sie sich vorstellte, einen weiteren Winter als Sklavin der

Hussiten unter Renatas Fuchtel verbringen zu müssen. Das würde sie wohl kaum mehr überleben, denn ihre Kleidung war so fadenscheinig geworden, dass der Stoff unter den dicken Fäden zerfiel, mit denen sie die Risse gestopft hatte. Sie schickte ein Stoßgebet zu der heiligen Maria Magdalena und bat sie, ein Wunder zu tun, denn nur das konnte sie noch retten.

Am nächsten Abend lagerten sie bei Plasy, einer kleinen, heruntergekommenen Stadt, die nur noch Reste der ehemaligen Ringmauer aufwies und in der die Ruinen einer niedergebrannten Vogtei von der einstigen Bedeutung des Handelsplatzes an der von Pilsen nach Norden führenden Straße erzählten. Als sie weiterzogen, verließ der Trupp die Hauptstraße und bog in einen überwucherten Karrenweg ein, der wohl schon seit Jahren nicht mehr benutzt worden war. Vor ihnen erstreckten sich die bewaldeten Höhen des Lom wie ein grüner, undurchdringlich erscheinender Wall.

Erst an diesem Abend, den sie in einer Buschlandschaft verbrachten, die einst eine fruchtbare Rodungsinsel gewesen sein musste, gelang es Marie, ihren beiden Gefährtinnen von den geänderten Plänen der Taboriten zu erzählen. Während Anni die Nachricht gefasst aufnahm, kämpfte Helene mit den Tränen. »Wir werden in diesem verfluchten Land sterben!«

Marie presste ihr die Schulter zusammen, so dass sie vor Schmerz aufstöhnte. »Still! Beruhige dich jetzt wieder, oder willst du, dass die Leute auf uns aufmerksam werden? Kommt, wir müssen unsere Arbeit tun, als wäre nichts geschehen.«

»Du musst ja auch nicht jeden Abend die Röcke für Przybislav heben«, fauchte Helene sie an. »Er fragt mich übrigens ständig nach dir aus. Also sieh dich vor, denn lange lässt er sich von deiner Geschichte mit Jan Hus nicht mehr abhalten.«

Das kam nicht unerwartet, aber Marie hatte gehofft, früh genug fliehen zu können, bevor die Gier dieses Mannes seine Furcht vor dem Fluch des Heiligen überwog. Jetzt hatte sie nur noch die Wahl, Helenes Schicksal zu teilen oder allein in die Wälder zu fliehen und sich irgendwie nach Westen durchzuschlagen. Bei dem zwei- und vierbeinigen Raubzeug, das dieses Land unsicher machte, war ihre Chance, zu überleben und den Weg ins Reich zu finden, nicht sehr groß.

»Wir dürfen uns nicht ins Bockshorn jagen lassen«, sagte sie zu Helene, nahm sie bei der Hand, schlenderte mit ihr scheinbar unbeschwert zum Wagen und hob mit ihr zusammen den Kochkessel und das eiserne Dreibein herunter. Eine gute Stunde später köchelte der Eintopf, und einer nach dem anderen kamen ihre Kostgänger herbei und präsentierten die leeren Näpfe. Lachend und scherzend teilte Marie das Essen aus, und selbst ein scharfer Beobachter hätte nicht bemerkt, wie viel Kraft diese künstliche Fröhlichkeit sie kostete.

Helene wurde nach dem Essen in Przybislavs Zelt gerufen und würde so schnell nicht wiederkommen. Also wuschen Marie und Anni Küchengerät und Teller ab, und als die Nacht den Himmel verdüsterte und die ersten Sterne erschienen, legten sie sich unter den Wagen und wickelten sich in ihre Decken. Marie hatte sich im Winter einen alten Dolch beschafft, den sie anstelle ihres verlorenen Messers unter dem Rock versteckte. Jetzt tasteten ihre Finger nach dem Griff, als könne er ihr den Mut verleihen, den sie in dieser Zeit so dringend brauchte.

Am nächsten Morgen gab es wie gewöhnlich altbackenes Brot, kräftig gewürzte Blutwurst und die Reste des Abendbreis, aber anders als sonst erhielt jeder Krieger in Vyszos Truppe die doppelte Ration Bier. Das nächste Nachtlager sollte schon vor Sokolnys Burg aufgeschlagen werden, doch der Weg dorthin führte steile, dicht bewachsene Hänge hinauf und dann entlang eines Höhenrückens mit schroffen Abstürzen. Noch am frühen Vormittag schlug das Wetter um, und der Regen brach wie ein reißender Strom über das Land herein. Daher forderte die Strecke Mensch und Tier die letzten Kräfte ab. Die Krieger, Renata und die meisten tschechischen Frauen besaßen Mäntel oder Überwürfe aus Schaffell und konnten sich damit zumindest gegen die Nässe schützen. Marie, Anni und Helene jedoch trugen nur wollene Schultertücher und wurden bis auf die Haut durchnässt. Zudem pfiff ein scharfer Wind von Osten her und ließ sie schier zu Eisklumpen erstarren. Helene zitterte wie Espenlaut und begann schon bald heftig zu husten.

Einer der Soldaten bemerkte es und kam auf sie zu. »Was ist los, bist du krank?« Es schwang eine gewisse Furcht vor Seuchen in seinen Worten mit.

Marie hob beschwichtigend die Hände. »Jelka hat sich nur ein wenig erkältet. Wenn die Sonne durchkommt, wird es ihr wieder besser gehen.« Sie hatte die tschechische Form des Namens gewählt, aus Angst, der Büttel würde Helene als Deutsche sofort aus dem Heereszug verjagen. In den mit Schluchten und Wildwassern durchzogenen Wäldern ringsum würde die junge Frau in ihrem geschwächten Zustand keine drei Tage überstehen.

»Wenn die Krankheit schlimmer wird, muss sie das Heer verlassen!« Trotz seines barschen Tonfalls schien der Soldat noch einen Funken Menschlichkeit zu besitzen, denn er brachte Helene einen alten Schaffellmantel, in den sie sich hüllen konnte. Przybislav, der während der Mittagsrast erschien, um Helene aufzufordern, am Abend wieder zu ihm zu kommen, schien sich ebenfalls vor ihrer Krankheit zu fürchten, denn er machte angesichts ihres röchelnden Hustens einen Rückzieher und blickte Marie auffordernd an. »Na, meine Hübsche, willst du dir nicht ein paar kleine Vergünstigungen verdienen?«

Marie schüttelte energisch den Kopf. »Ich bedauere, aber du wirst dir ein anderes Frauenzimmer suchen müssen.«

Der Mann verzog ärgerlich das Gesicht und packte sie mit festem Griff am Kinn. »Du bist doch die Deutsche. Also solltest du etwas zuvorkommender sein, sonst erinnere ich mich daran, was man mit Gesindel wie dir macht!«

Marie wurde innerlich steif vor Angst und Wut, dennoch packte sie den Arm des Kerls und entfernte seine Hand von ihrem Gesicht. »Wenn du willst, dass dein bestes Stück dir weiterhin gehorcht, solltest du vorsichtiger sein.«

Der Mann prallte erschrocken zurück. »Willst du mich verhexen, du Teufelshure?«

Marie schüttelte lachend den Kopf. »Ich verfüge über einen wirkungsvolleren Schutz als Zauberei. Du weißt doch genau, dass ich in Konstanz zugegen war, als Jan Hus ermordet wurde, und dass ich seinen Segen empfangen habe. Wenn du mir etwas antust, werde ich zu dem großen Märtyrer beten, damit er dich bestraft.« Jan Hus' Name hatte sie bisher noch jedes Mal beschützt, und Przybislav erschauerte auch diesmal bei der Erwähnung des Heiligen, schlug das Kreuzzeichen und sprach ein kurzes Gebet, bevor er zwischen den Wagen verschwand.

Der Höhenzug des Lom, durch dessen Ausläufer sie zogen, erinnerte Marie an den heimischen Schwarzwald, obwohl die Waldberge hier niedriger und vor allem nicht ganz so endlos wirkten. Doch hier wie dort drohten unvorsichtigen Wanderern vielfache Gefahren. Der Weg des Zuges führte nun zwischen steilen Hügelflanken hindurch, über die sich wilde Sturzbäche in die Tiefe ergossen und den Talgrund in einen schlammigen Bach verwandelten. Da die Zugtiere bis über den Bauch in dem kalten Wasser steckten, mussten die Frauen die Lebensmittel und andere Ausrüstungsteile schultern, während die Krieger die Karren anschoben und über die schlimmsten Untiefen hinwegwuchteten.

Als sie am Abend wieder trockenes Buschland erreichten, trennten sie nur wenige tausend Schritte von ihrem Ziel, doch da die Dämmerung bereits hereinbrach, musste Vyszo zu seinem Ärger das Heer lagern lassen. Marie hörte nur mit halbem Ohr auf das Schimpfen und Fluchen der Männer, denn sie musste sich um Helene kümmern, die sich nicht mehr auf den Beinen halten konnte. Sie brach halbwegs trockene Birkenzweige ab, um der Freundin ein wärmeres Nachtlager zu bereiten. Helene wickelte sich in ihr Schaffell, zog die dünne Decke um Kopf und Schultern und schob, als Anni ihr einen Napf mit Eintopf reichen wollte, deren Hand zurück. Marie war jedoch nicht bereit, Helene einfach so liegen zu lassen, sondern nahm Anni das Essen ab und begann die Kranke zu füttern. Als der Napf leer war, tätschelte Marie ihr die Wange. »Siehst du, es ging doch. Du wirst sehen, etwas Warmes im Bauch tut auch deiner Lunge gut.«

Helene ergriff ihre Hände und hielt sie fest. »Du bist so lieb zu mir.«

»Du würdest das Gleiche auch für mich tun. So, und jetzt schlaf, damit du zu Kräften kommst.« Marie half ihr, sich in Mantel und Decke zu verkriechen, und kehrte dann zum Feuer zurück. Ein paar Krieger saßen in der Runde und sangen mit leisen Stimmen ein schwermütiges Lied, das von einem hübschen Mädchen und einem Schafhirten handelte, die sich liebten und erst nach großen Gefahren zueinander finden konnten. Marie beschlich das Gefühl, dass sich nicht wenige der Taboriten insgeheim nach einem friedlichen Leben sehnten. Doch solange Männer wie Vyszo und Prokop das Sagen hatten und die Prediger von Tabor die Hussiten zum heiligen Krieg gegen die römische Kirche aufriefen, hatte keiner von ihnen die Chance, den Morgenstern mit dem Pflug zu vertauschen.

Sie schüttelte diesen Gedanken rasch wieder ab, denn sie durfte nicht sentimental werden. Hier in diesem Land geschahen Dinge, die selbst dem Kaiser über den Kopf wuchsen, und da galt es einfach nur, sich um sich selbst zu kümmern und zu überleben. Mit einer jähen Geste wandte sie den Sängern den Rücken zu und holte ihre Decke vom Wagen. Die Wolle war klamm, obwohl sie unter einer Plane gelegen hatte, und als sie sich darin einhüllte, dauerte es eine ganze Weile, bis ihr so warm wurde, dass sie schlafen konnte.

In dieser Nacht träumte sie zum ersten Mal seit Monaten wieder von Michel. Sie sah ihn in einen Wolfsfellmantel gehüllt auf einem mit Zinnen bewehrten Turm sitzen und zu den Sternen aufschauen. Im Schein der Laterne, die neben ihm stand, wirkte sein Gesicht traurig und verloren, und sie glaubte zu fühlen, dass sein Herz nach ihr rief. Als sie am nächsten Morgen erwachte, blieb sie noch eine Weile liegen, um den Nachhall ihres Traumgesichts festzuhalten. Anni zupfte schließlich an ihrer Decke, zeigte auf den zugedeckten Kochkessel und unterstrich das Wort Frühstück, das ihr Mund in zwei Sprachen formte, mit einer heftigen Gebärde.

»Ist ja schon gut, du Quälgeist!« Marie erhob sich ächzend, streckte ihre steifen Glieder und sehnte sich nach weichen Federkissen und einer dicken Rosshaarmatratze oder wenigstens einem Sack mit Haferstroh für die Nacht. Seufzend dachte sie an das schöne, bequeme Bett, das sie in Rheinsobern besessen hatte, noch mehr aber wünschte sie sich eine große Wanne mit warmem Wasser, um all den Dreck abzuspülen, der sich an ihr festgesetzt hatte.

Im Heer der Hussiten gab es kaum eine Möglichkeit für so einen Luxus wie Waschen. Eine Frau, die zum Bach ging, um sich hinter einem Busch am Ufer zu säubern, lief sofort Gefahr, dort von einem

Kerl auf den Rücken geworfen zu werden. Marie nahm lieber ihren schon etwas strengen Geruch in Kauf, den sie mit Anni, Helene und den meisten anderen Frauen teilte, als etwas zu riskieren. Bevor sie das Frühstück ausgab, reinigte sie ihre Hände und das Gesicht in einem Schaff Wasser, welches ihr einer der Männer gebracht hatte. Dieser sah sich dafür mit einem Stück Blutwurst belohnt, das doppelt so groß war wie das der anderen.

Diesmal brachen sie erst auf, als die von Vyszo ausgesandten Späher zurückkehrten, und erreichten schon bald den Rand einer großen Lichtung. Zuerst bemerkten sie nur einige kleine Felder, die noch im letzten Jahr Früchte getragen haben mussten, dann aber sahen sie die Burg vor sich liegen, die auf dem nördlichsten Ausläufer des Lom thronte. Auf den ersten Blick wirkte das Gemäuer eher malerisch als drohend, so dass Marie es prüfend musterte, um seine Wehrfähigkeit abzuschätzen. Falkenhain hatte einen recht einfachen Grundriss, wie er ihres Wissens im Reich kaum noch zu finden war, und eine Schwachstelle war das Fehlen vorgelagerter Zwinger. Es gab nur einen einzigen Hof, so dass der Feind nach der Eroberung des Tors die Gebäude stürmen konnte. Mauern und Torturm schienen in ebenso gutem Zustand zu sein wie der viereckige Palas, der im Zentrum der Anlage stand. Die Burg schien erst kürzlich repariert und Mauern und Türme dabei beträchtlich erhöht worden zu sein. An einigen Stellen wurde sogar noch gearbeitet, denn der Zinnenkranz hatte noch Lücken, und hie und da ragten innen Gerüste bis über die Mauerkante.

Die Ankunft des taboritischen Heeres war nicht unentdeckt geblieben. Marie sah einige Leute auf das große Tor zulaufen und darin verschwinden, dann wurden die großen, metallbeschlagenen Flügel geschlossen, und hinter den Zinnen tauchten Krieger auf.

»Seht an, dieser Sokolny will uns tatsächlich Widerstand leisten!«, rief einer der Krieger lachend. Er stellte sich auf den Wagen und schwang heulend seinen Morgenstern. Unterdessen schwärmten Vyszos Unteranführer und Büttel aus, um die besten Lagerplätze zu bestimmen. Da man die Burg lückenlos einschließen wollte, musste ein schier undurchdringbarer Ring aus Wagen gebildet werden. Als das Zeichen zum Vorrücken kam, peitschte Maries Fahrer sein Pferdchen ein letztes Mal und trieb es über den aufgeweichten Wiesenboden zu dem Platz, den ihm einer der Büttel wies. Dort sprang er ab, legte die Hemmschuhe vor und spannte aus. Marie wischte sich ihre lehmbeschmierten Holzschuhe an einem Grasbüschel ab und holte die Kochutensilien vom Wagen. Auch wenn die Männer alle Hände voll zu tun hatten, um sich auf die Belagerung vorzubereiten, würden sie darüber das Essen nicht vergessen.

12.

Es gab keinen Mann und keine Frau in Ritter Heinrichs Trupp, die Marek Lasicek nicht in die Hölle wünschten. Der Tscheche hatte sie auf Pfaden nach Osten geführt, die höchstens eine Ziege als gangbar empfunden hätte, und oft genug hatte es so ausgesehen, als führe er sie aufs Geratewohl durch die unwegsamsten Waldstücke, die er hatte finden können. Immer wieder mussten sie umgestürzte Bäume aus dem Weg räumen und zitterten dabei vor Angst, streifende Hussiten könnten ihre Axthiebe hören, doch wie durch ein Wunder begegneten sie keinem einzigen Menschen. Das war nur ein geringer Trost, denn das Gestrüpp, durch das sie sich den Weg bahnen mussten, schien nur aus Stacheln und spitzen Dornen zu bestehen, und wenn sie tatsächlich einmal so etwas Ähnliches wie eine Straße benutzen konnten, brachten die quer darüber ragenden Äste und umgestürzten Bäume sie schier zur Verzweiflung.

Die Truppe war mit einhundertundsiebzig Mann von Nürnberg aufgebrochen, denn zu Ritter Heinrichs Pfälzern und Sprünglis Schweizern hatten sich weitere sechzig Fußknechte gesellt, die von den Hauptleuten des Kaisers geschickt worden waren. Zunächst war Ritter Heinrich froh über die Verstärkung gewesen, doch nach einem einzigen Tag hatte er begonnen, sie zu verfluchen, denn man hatte ihm offensichtlich die größten Störenfriede und Unruhestifter des gesamten kaiserlichen Heerbanns aufgehalst.

Einige von ihnen hatten sich schon nach wenigen Tagen in die Büsche geschlagen, doch diese Desertionen waren von den Anführern eher mit Erleichterung aufgenommen worden. Die Einzige, die sich darüber ärgerte, war Theres, denn sie hatte zwei von ihnen Nahrungsmittel und neue Hemden auf Pump verkauft. Um diese Erfahrung reicher, kassierte sie bei den übrigen Soldaten, bevor sie ihnen die Waren aushändigte. Das hinderte die folgenden Deserteure jedoch nicht daran, einen Teil ihres Handgelds für die Dinge auszugeben, die sie brauchten, um einige Tage in den Wäldern zu überstehen.

Zuletzt war nur etwa die Hälfte der angeblichen Verstärkung beim Trupp geblieben, doch nach einem mehr als dreiwöchigen harten Marsch waren sie mit den übrigen Soldaten zu einer verschworenen Einheit verwachsen. Oft genug hatten sie so steile Anstiege bewältigen müssen, dass alle Zugtiere vor einen einzigen Wagen gespannt worden waren und dennoch ein gutes Dutzend Krieger nötig gewesen war, ihn zu schieben und festzuhalten, bis das Gefährt unversehrt bis zur Hügelkuppe gebracht worden war. Jenseits des Kamms hatten sie die Wagen an Seilen und mit Winden in die Tiefe hinabgelassen, da kein Hemmschuh der Welt in der Lage gewesen wäre, sie zu bremsen. Eva, Theres und die Fahrer der Bagagewagen hatten jedes Mal auf dem Bock ihrer Fuhrwerke sitzen bleiben müssen und waren beinahe vor Angst gestorben, denn sie wussten von früheren Unglücksfällen, dass sie, wenn die Seile rissen, samt ihrem Gefährt am Fuß der steilen Hänge zerschellen würden. Bei diesen Manövern hatte Eva Trudi entweder Michi oder Junker Heribert anvertraut, die die Kleine auf der Schulter tragen mussten, bis die Gefahrenstelle passiert worden war. Trotz aller Anstrengungen hatte der Weg die Wagen so mitgenommen, dass nach und nach mehr als die Hälfte von ihnen aufgegeben und die verletzten Zugtiere geschlachtet werden mussten.

Als Marek Heinrich von Hettenheim endlich verkündete, dass sie den Böhmerwald hinter sich gelassen hatten und sich kurz vor dem Ziel befänden, herrschte zum ersten Mal wieder so etwas wie Freude im Trupp. Der Ritter hob Trudi auf, was er sonst selten tat, und fütterte sie mit Dörrpflaumen aus Evas Beständen. »Die hast du dir redlich verdient, Kleine, denn du warst auf diesem Marsch wertvoller für uns als unsere Fahne.«

Marek bedachte das Mädchen mit einem anerkennenden Blick. »Da habt Ihr Recht, Herr Ritter. Sie hat alle verzaubert und uns die Mühen des Weges vergessen lassen.«

Heinrich von Hettenheim lachte spöttisch auf. »Nun kannst du ja zugeben, Marek, dass du uns einfach der Nase nach Richtung Heimat geführt hast, denn ein anständiger Weg kann das niemals gewesen sein.«

»Oh doch! Früher war das hier ein viel begangener Weg, wenn auch keiner für Wagen und Gespanne. Böhmische Kiepenträger haben ihn benutzt, um ihre Waren in die Obere Pfalz und ins Fränkische hinüberzutragen. Mein Schwager hat mich einmal mitgenommen und mir die Strecke gezeigt. Über sie ist er mit meiner Schwester vor den Taboriten geflohen, aber das hat den beiden auch nicht viel geholfen. Sie haben sich in einem Dorf weiter im Westen angesiedelt, in einem Gebiet, in dem die Leute König Sigismund treu ergeben waren, und glaubten, dort in Sicherheit zu sein. Aber sie sind nicht lange danach bei einem Überfall getötet worden.« Mareks Gesicht spiegelte Schmerz und Hass wider.

»Die Hussiten verschonen auch ihre eigenen Landsleute nicht, wie wir gehört haben.«

Marek ballte die Fäuste. »Das stimmt zwar, aber in diesem Fall waren es keine Hussiten, die die Gegend gebrandschatzt haben, sondern die Leute Eures Vetters Falko. Den kümmert nicht, ob er Königstreue oder Anhänger von Hus abschlachtet. Ich habe mit Überlebenden gesprochen und darf gar nicht daran denken, was die Deutschen meiner Schwester vor ihrem Tod alles angetan haben.«

»Ich kenne meinen Vetter gut genug.« Ritter Heinrich fletschte die Zähne und stellte Trudi wieder auf die eigenen Füße. »Geh, Liebes, lauf zu Tante Eva! «

»Keine Dörrpflaumen mehr?«, fragte die Kleine enttäuscht.

»Oh, entschuldige, die hatte ich ganz vergessen.« Der Ritter drückte ihr den kleinen Leinenbeutel, in dem sich noch ein gutes Dutzend Pflaumen befanden, in die Hand. »Iss sie aber nicht alle auf einmal, sonst musst du zu oft in die Büsche, und Tante Eva schimpft, weil sie jedes Mal anhalten muss, und ich schimpfe auch, weil wir nicht vorankommen.«

»Nur ein paar«, versprach Trudi und verschwand flink wie ein Reh.

Ritter Heinrich sah Marek an, kniff die Augen zusammen, als müsse er böse Bilder vertreiben, und lachte bitter auf. »Ich hasse keinen meiner Feinde mit so viel Inbrunst wie meinen Vetter. Aber seine Verwandten kann man sich nun einmal nicht aussuchen.«

Marek nickte verständnisvoll, blickte nach Osten, wo die Burg

Sokolnys lag, und äußerte die Hoffnung, sie in weniger als zwei Tagen zu erreichen. »Ich bin froh, nach Hause zu kommen, auch wenn die wirklichen Gefahren erst dort auf uns warten. Eure Ankunft wird den Mut meiner Leute beflügeln.«

Heinrich zog die Schultern hoch. »Ich fürchte, sie werden enttäuscht sein, denn sie dürften sich tatkräftigere Hilfe erhofft haben als die paar Fußknechte, die ich mitbringe.«

Marek hob abwehrend die Hände. »Uns ist jede Hilfe willkommen, und vielleicht machen Eure Leute den Unterschied aus, ob wir Falkenhain halten können oder nicht.«

»Das, was ich über die Hussiten gehört habe, stimmt mich nicht gerade zuversichtlich. Fanatiker wie diese Leute geben erst auf, wenn Eure Burg gefallen oder der Letzte von ihnen vor den Mauern verblutet ist.« Heinrich von Hettenheim kämpfte nicht zum ersten Mal mit einem Anfall von Mutlosigkeit, denn er sah sich und seine Leute als ein Opfer, welches der Kaiser mit leichter Hand gegeben hatte, um sich gut und edel fühlen zu können.

Marek bemerkte die niedergeschlagene Miene des Ritters und begann zu lachen. »Kopf hoch, Herr Heinrich! Noch steckt ein scharfes Schwert in Eurer Scheide, und Eure Krieger sind guten Mutes. Wenn wir übermorgen Abend in Falkenhain am Tisch des Grafen sitzen und Ihr Euch einen Krug unseres guten Bieres und Wandas ausgezeichneten Gänsebraten schmecken lasst, sieht die Welt schon wieder ganz anders aus. Ihr Deutschen neigt dazu, euch das Leben selber zu schwer zu machen. Ich sehe es ja an unserem Frantischek, der nicht mehr weiß, wer er ist und woher er stammt, und verzweifelt darüber nachsinnt, anstatt sich zu freuen, dass er noch lebt.«

Ritter Heinrich sah ihn neugierig an. »Ihr habt einen Landsmann von mir auf der Burg?«

»Ja, seit mehr als zwei Jahren.«

»Ein Mann, der seinen Verstand verloren hat? Das ist großzügig von Graf Sokolny, für einen Feind zu sorgen.«
»Nein, nein, er hat nicht den Verstand, sondern nur sein Gedächtnis verloren. Ansonsten besitzt er einen hellen Kopf und ist zudem der tapferste Kerl, den ich bis jetzt kennen gelernt habe, denn er hat nur mit einem Messer in der Hand einen ausgewachsenen Bären erledigt.«
Ritter Heinrich verzog ungläubig das Gesicht. »Dann war er ein angeberischer Narr oder in einer verzweifelten Situation.«
Marek schob das Kinn vor. »Er hat sich zwischen den Bären und die Tochter meines Herrn geworfen, um Janka das Leben zu retten.«
Der Ritter hob beschwichtigend die Arme. »Ich wollte weder dich noch ihn kränken. Da es um das Leben einer Dame ging, hat der Mann mutig und edel gehandelt.«
»Ja, das hat er wohl, und er versteht auch einiges von Kriegführung. Er hat die Ausbildung unserer Leute umgekrempelt und uns die Schwachstellen an unseren Befestigungen aufgezeigt. Ich glaube, der Mann ist mehr für uns wert als Euer ganzer Haufen.«
»Ich bin gespannt, diesen Menschen kennen zu lernen, aber ich bin auch neugierig auf Euer Bier. Labunik hat mir davon vorgeschwärmt. Bei uns trinken nur Bauern Bier, und das ist eine Brühe, die mein Pferd sich weigern würde zu saufen. Ein Trank, der einem Edelmann mundet, ist mir jedoch immer willkommen.« Ritter Heinrich klopfte Marek auf die Schulter und lachte dabei so fröhlich wie seit Wochen nicht mehr.
Mareks Gesicht verzog sich zu einem breiten Grinsen. »Seht Ihr, jetzt habe ich Euch doch zum Lachen gebracht.«
Ritter Heinrich erhob sich und blickte zu seinen Männern hinüber, die sich um kleine, fast rauchlose Feuer versammelt hatten und sich mit gedämpften Stimmen unterhielten. »Hoffen wir, dass es nicht

der letzte Abend ist, an dem wir miteinander lachen können. Doch jetzt sollten wir uns schlafen legen. Es ist schon spät, und es liegt, wie Ihr selbst gesagt habt, noch ein weiter Weg vor uns.«
Marek deutete nach Osten und seufzte. »Ich werde froh sein, wenn ich wieder zu Hause bin. Nichts gegen Eure beiden Marketenderinnen, aber unsere Wanda kocht doch bedeutend besser.«
Ritter Heinrich nickte. »Na, das will ich doch hoffen! Nach einem Krug Bier und einem guten Essen werden meine Leute dir vielleicht verzeihen, über welch nicht vorhandenen Pfade du uns gehetzt hast.«
Marek blickte ihn mit einem unschuldigen Augenaufschlag an. »Ich hatte Euch keine Prozessionsstraßen versprochen, sondern einen Weg, auf dem uns kein einziger Taborit begegnen wird. Ich frage Euch, habt Ihr auch nur einen gesehen?«
»Du hast Recht. Ich sollte mich bei dir bedanken, anstatt zu spotten.« Der Ritter klopfte ihm ein zweites Mal auf die Schulter und kehrte dann ins Lager zurück. Marek blieb noch ein wenig sitzen und dachte nach. In Nürnberg hatte er nicht viel von den Deutschen gehalten, die ihn auf Befehl des Kaisers nach Falkenhain begleiten sollten, seine Meinung unterwegs jedoch geändert. Heinrich von Hettenheim war ein guter Anführer, und die meisten seiner Leute hatten um seinetwillen ihr Bestes gegeben. Er hatte die rauen Scherze der Eidgenossen schätzen gelernt, obwohl er ihrem Dialekt nur mit Mühe folgen konnte, und verstand nun auch den jungen Seibelstorff, den er erst für einen eingebildeten Jungspund gehalten hatte. Der Junker litt unter seiner gekränkten Ehre und würde es dem Kaiser wohl nie verzeihen, dass dieser seinen schwer verletzten Vater wie einen alten, unbrauchbaren Hund von sich gestoßen hatte. Am meisten aber imponierte ihm der sorgfältig gehegte Hass des jungen Mannes auf Falko von Hettenheim. Wenn dieser Marodeur im

ritterlichen Gewand sich mehr Feinde dieser Art im Reich gemacht hatte, würde er wohl nicht mehr lange königstreue Böhmen abschlachten können.
Mit einer ärgerlichen Kopfbewegung schüttelte Marek den Gedanken an Ritter Falko ab. Es war ihm zwar gelungen, Heinrich von Hettenheim aufzumuntern, dafür sank seine eigene Stimmung immer tiefer. Er blies die Luft scharf aus den Lungen, starrte wieder nach Osten, wo Falkenhain lag, und dachte an die Taboriten, die schon bald über das friedliche Tal herfallen und seine Bewohner niedermetzeln würden. Im Gegensatz zu dem, was er Ritter Heinrich gesagt hatte, glaubte er nicht daran, dass die Hand voll Männer, die er mitgebracht hatte, seine Heimat retten würden.

13.

Am nächsten Tag kam die Truppe gut voran. Sie folgte einem der dunklen Waldbäche, dessen flaches Bett als Weg diente, und musste sich nur noch selten mit hinderlichen Ästen und Sträuchern herumschlagen. Am Nachmittag tauchten die mit Moos und Gras überwucherten Ruinen einer kleinen Stadt vor ihnen auf, die zeigten, dass sie das einstmals dicht besiedelte Gebiet erreicht hatten, hinter dem Sokolnys Burg lag.
Marek lenkte sein Pferd an Ritter Heinrichs Seite und wies auf die zerstörten Häuser. »Das war früher das Städtchen Grünthal, eine der vielen deutschen Siedlungen in dieser Gegend. Hier wohnten hauptsächlich Handwerker und Kiepenhändler, die oft nach Falkenhain kamen, um ihre Waren und Dienste anzubieten. Aber von denen lebt nun keiner mehr, denn die Stadt wurde bei einem der ersten taboritischen Kriegszüge angegriffen und vollständig verwüstet.«

Ritter Heinrich schwieg bedrückt, während sein Blick über die Ruinen schweifte. Als er weiterritt, stieß der rechte Vorderhuf seines Pferdes gegen einen Laubhaufen, den der Wind angeweht hatte. Die Blätter stoben auf, und ein runder Gegenstand kollerte ein Stück die Straße entlang. Als er liegen blieb, sah Hettenheim, dass es sich um einen von Wind und Wetter gebleichten Totenschädel handelte, der nun blicklos zu ihm hochgrinste. Mühsam riss er sich von dem Ding los, das einmal ein Mensch gewesen war, und lenkte sein Pferd um es herum. Besser als dieser Schädel hätte niemand ihm sagen können, wie allgegenwärtig die Gefahr in diesem Land war.
Der Anblick der toten Stadt legte sich wie Mehltau auf die Seelen der Leute. Keinem war mehr zum Scherzen zumute, und am Abend saßen sie still und in sich gekehrt um die kleinen Glutnester fast rauchloser Feuer, die sie in tiefen Mulden entzündet hatten, um keinen Feind auf sich aufmerksam zu machen. Aber als die Sonne am nächsten Morgen goldrot über dem Horizont aufstieg, verflogen die Schatten des vergangenen Tages, und alle fieberten dem Aufbruch entgegen.
»Heute Nacht werden wir in unseren eigenen Betten schlafen«, rief Marek Labunik zu, als dieser sich in den Sattel seines Pferdes schwang.
»Dafür sollten wir Gott danken!« Der Edelmann sah nicht so begeistert aus, wie seine Worte klangen. Zwar war er froh, keine weitere kalte Nacht auf blankem Boden verbringen zu müssen, aber er war dennoch nicht so begierig wie Marek, nach Hause zurückzukehren, denn er konnte an nichts anderes denken als an die Hussiten, die in wenigen Wochen vor der Burg erscheinen und ihnen allen ein schreckliches Ende bereiten würden. Und doch wünschte er sich auch nicht nach Nürnberg zurück, wo er in Sicherheit gewesen wäre. Er fühlte sich zwar nicht zum Helden berufen, aber er hatte keine

andere Heimat als Falkenhain, und sein Herz gebot ihm, Václav Sokolny bis zum Ende die Treue zu halten.
Während des Aufbruchs beschwor Marek Ritter Heinrich, den Marsch zu beschleunigen, und als sie gegen Mittag eine Pause einlegten, konnte er nicht mehr still sitzen. »Wenn Ihr nichts dagegen habt, Herr Ritter, würde ich gerne vorausreiten und dem Grafen Eure Ankunft melden. Das letzte Stück kann Euch Pán Feliks führen.«
Ritter Heinrich hielt nicht viel von Labunik, doch es lag keine ganze deutsche Meile mehr vor ihnen, und auf der würden sie ihr Ziel wohl kaum verfehlen können. »Reite voraus und lass das Begrüßungsbier für uns bereitstellen, mein Guter!«
Marek stieg auf sein Pferd und wollte es gerade antreiben, als Michi auftauchte und ihn und Ritter Heinrich abwechselnd mit bettelnden Augen anblickte. »Darf ich mitkommen?«
Ritter Heinrich sah Marek fragend an und nickte, als dieser zustimmend lächelte. »Meinetwegen! Aber sieh zu, dass du einen guten Eindruck auf Graf Sokolny und seine Leute machst. Immerhin repräsentierst du die Macht des Kaisers!«
»Wirklich?« Michis Augen leuchteten vor Begeisterung auf.
Marek streckte ihm die Hand entgegen. »Halte nicht länger Maulaffen feil und steig auf, sonst können wir gleich mit dem Haupttrupp weiterziehen.«
Michi errötete und ließ sich von Marek aufs Pferd ziehen. Da er nur selten hatte reiten dürfen, klammerte er sich zunächst ängstlich an ihn und hielt die Luft an, als sein großer Freund dem Tier die Sporen gab, so dass es fast aus dem Stand in den Galopp fiel. Trotz des schnellen Ritts deutete Marek unterwegs auf verschiedene Stellen des von altersverformten Buchen und Tannen bedeckten Waldgebirges.

»Dort drüben an der Westflanke des Lom habe ich meinen ersten Bären erlegt und dort hinter jenem Hügel meinen ersten Wolf. Und wenn du zu diesem kleinen See hinüberschaust, dort habe ich mit Wanda …, ha, nein, das geht dich nichts an.« Marek brach grinsend ab und versuchte Michi zu ignorieren, der unbedingt wissen wollte, was er und die Köchin dort getrieben hätten.

»Wir haben gewiss nicht nur Pilze gesucht, mein Junge«, sagte er, als Michi nicht nachgeben wollte.

Der Junge sah den Tschechen bewundernd an. Obwohl er Ritter Heinrich verehrte und gut Freund mit Anselm und Görch war, hatte es bisher niemanden gegeben, der ihn besser verstand als Marek. Während dieser in Erinnerungen schwelgte, streifte Michis Blick über das Land. Plötzlich stutzte er und riss Marek am Ärmel.

»Schau, dort vorne brennt ein großes Feuer.«

Marek kniff besorgt die Augen zusammen. »Das ist kein einzelnes Feuer, mein Junge, dafür steigen zu viele Rauchsäulen gen Himmel. Das sieht mir eher nach den Kochfeuern eines ganzen Heeres aus, und zwar genau in der Richtung, in der unsere Burg liegt. Wir sollten lieber zu Fuß weitergehen und sehen, was da vorne los ist. Ich habe keine Lust, mitten in einen Schlamassel hineinzureiten.«

Er zügelte seinen Braunen, sprang aus dem Sattel und hob Michi herab. »Wir suchen erst einmal ein Versteck für den Gaul. Ich habe ein verdammt mieses Gefühl.«

Marek führte das Pferd an moosbedeckten Baumriesen vorbei zu einer Stelle, an der vor etlichen Jahren eine Windhose gewütet und die Bäume niedergeworfen hatte. Mit der Zeit war junger Wald nachgewachsen, und die etwa doppelt mannshohen Tannen und Birken standen noch dicht an dicht, und Brombeerranken hatten sie an den meisten Stellen zu einem undurchdringlichen Wall verflochten. Marek ließ sich jedoch nicht beirren, sondern zwängte sich zwischen den Büschen hindurch, bis er eine Stelle fand, die ihm geeignet erschien.

»Hier lassen wir den Gaul zurück«, erklärte er Michi, während er das Pferd an einer kräftigen Tanne festband. »Sollte bei der Burg alles in Ordnung sein, kann ihn einer der Knechte abholen.« Er winkte Michi, ihm zu folgen, und suchte den Weg ins Freie. Als sie endlich wieder unter hoch in den Himmel ragenden Bäumen standen, deren dichte Kronen kaum Unterholz aufkommen ließen, waren ihre Arme und Beine voller Kratzer, und Michi musste sein Hemd heben, um die Tannennadeln herauszuschütteln, die er unterwegs abgestreift hatte.

»Das piekst«, sagte er grinsend zu Marek.

»In deinem Alter waren mir solche Stellen die liebsten. Da konnten wir ungesehen die Hasen braten, die uns in die Schlingen gelaufen waren. Das war eine andere Zeit als heute, sage ich dir.« Michi nickte anerkennend. Zu anderen Zeiten hätte es ihm riesigen Spaß gemacht, mit diesem Mann durch die Wälder zu streifen und von ihm zu lernen, aber nun konnte er an nichts anderes denken als an die Rauchsäulen, und er empfand höllische Angst. Marek hatte ihm gesagt, diese qualmenden Feuer wären gewiss nicht von seinen Leuten entzündet worden, und damit stand für Michi fest, dass dort vorne Hussiten lagerten.

Marek und er kletterten vorsichtig die Hügelflanke entlang, bis sie in die kleine Ebene hinabsehen konnten, die die Burg Sokolnys zu drei Vierteln umgab. Ein Ring aus Hunderten von Wagen zog sich über die Felder und Weiden am Fuß des Burgbergs und schloss Falkenhain fast völlig ein. Selbst auf dem Bergsattel, der die Burg von dem Höhenrücken des Lom trennte, standen noch einige Wagen. Michi nahm an, dass mehr als zehnmal so viele Leute dort lagerten, wie ihr eigener Trupp zählte, Marek erhöhte seine Schätzung noch einmal um die Hälfte und stieß einen klangvollen Fluch in seiner Muttersprache aus. »Es sind diese von Gott verfluchten Taboriten. Sie müssen ihre Pläne geändert haben und eher gekommen sein, als wir es erwartet haben.«

Michi starrte ihn erschocken an. »Was sollen wir jetzt tun? So kommen wir doch nicht hinein.«

Mareks Gesicht glich einer Maske. »Damit liegst du verflucht richtig. Dein Ritter und seine Leute können meinen Leuten nicht mehr helfen, und es wird wohl das Beste sein, wenn ihr so schnell wie möglich wieder abzieht, bevor man euch entdeckt.«

»Das wird Ritter Heinrich gewiss nicht tun, denn der Kaiser würde ihn einen elenden Feigling nennen.«

Marek schüttelte ärgerlich den Kopf. »Das verstehst du nicht, Junge. Mut ist bewundernswert, aber zu viel davon ist von Übel. Jeder Versuch, dieses Heer hier anzugreifen, ist von vorneherein zum Scheitern verurteilt, das wird auch dein Ritter einsehen. Ihr müsst umkehren, sonst kommt ihr alle sinnlos um.«

Michi sah ihn verwirrt an. »Du sagst immer ›ihr müsst‹, als ob du nicht mitkommen wolltest. Was willst du denn tun?«

Marek brummte etwas, dann holte er tief Luft. »Ich kehre zurück zu meinem Herrn. Irgendwie werde ich es schon schaffen, in die Burg zu kommen.«

Michis Augen leuchteten auf. »Na, wenn dir das gelingt, schaffen wir anderen das auch.«

Marek zerzauste ihm mit bitterem Lachen das Haar. »Du gibst wohl nie auf, Junge, was?«

Michi nickte und zeigte auf den Ring, der die Burg umgab. »Wir müssen doch nur an einer Stelle durchbrechen, um zum Tor zu gelangen. Könnten wir es nicht einfach bei Nacht versuchen?«

»Nur falls die Kerle selbst dann nicht aufwachen, wenn eine Kanone neben ihren Köpfen losgeht.« Obwohl Marek spottete, wirkte er mit einem Mal nachdenklich. »Der Graf und Frantischek, der Deutsche, sollten erfahren, dass wir hier sind. Wir können es ihnen aber weder zurufen noch ihnen ein Zeichen geben.« Er betrachtete Michi und maß dessen Schultern mit den Händen ab. »Du bist doch ein ziemlich gelenkiges Bürschchen, nicht wahr?«

Michi blickte ihn verständnislos an, nickte aber, und über Mareks Gesicht huschte ein Lächeln. »Siehst du den Streifen dichten Gebüschs da vorne? Darunter liegt ein tief eingeschnittenes Bachbett.«

Der Junge folgte seinem ausgestreckten Zeigefinger. »Ja! Was ist damit?«

»In der Burg gibt es eine Quelle, deren Wasser über einen natürlichen Stollen in diesen Bach abfließt. Als Jungen war es für uns immer ein Heidenspaß, uns durch diesen Gang zu quetschen, auch wenn wir dabei halb ertrunken sind, und uns unten im Schutz der Büsche herumzutreiben, denn dort hat uns so schnell niemand gefunden. Für einen ausgewachsenen Mann ist der Stollen zu eng, aber ein so schmales Handtuch wie du könnte es schaffen.«

»In die Burg hinein? Aber ja!« Michi hüpfte ganz aufgeregt herum, so dass Marek ihn zu Boden ziehen musste, damit man ihn von unten nicht entdeckte. Er nahm ihn bei der Hand, kroch ein Stückchen weiter nach vorne und deutete auf eine alte Weide, deren Stamm fast waagerecht abknickte und die so kunstgerecht beschnitten war, dass sie mit ihren dünnen Ästen einer alten Frau mit vom Hinterkopf abstehenden Haaren glich.

»Siehst du den krummen Baum? Zu dessen linker Hand mündet der Stollen in den Bach. Es kann sein, dass die Öffnung ein wenig zugewachsen ist und du ein paar Äste abschneiden musst, ehe du hineinschlüpfen kannst. Wenn du durch das Wasser bis dorthin watest und aufpasst, dass nicht gerade jemand zum Wasserholen zum Bach hinuntersteigt, dürftest du ungesehen hinkommen. Besser wäre es zwar, wenn du bis zur Nacht warten würdest, aber da du dich nicht auskennst, würdest du das Schachtende im Dunkeln verfehlen.«

»Dann gehe ich kurz vor der Dämmerung los, wenn die Schatten schon recht düster sind. Was soll ich deinem Herrn sagen, wenn ich in der Burg bin?«

»Teil ihm mit, dass ich zurück bin und hundertvierzig wackere Kerle mitgebracht habe, die Durst auf Wandas Bier haben und sich ungern von den Taboriten daran hindern lassen wollen, es zu trinken.« Marek klopfte Michi aufmunternd auf die Schultern und schärfte ihm ein, unbedingt vorsichtig zu sein.

»Für die Schurken dort zählt das Leben eines Menschen weniger als das einer Maus. Also gib gut auf dich Acht, verbirg dich im Wald und klettere erst in den Bach hinunter, wenn du sicher bist, nicht gesehen zu werden. Ich kehre zu Ritter Heinrich zurück und warne ihn, sonst führt er seine Leute den Taboriten direkt in die Arme.« Marek winkte Michi noch einmal zu und verschwand fast geräuschlos zwischen den rissigen alten Stämmen.

Michi zog sich ebenfalls tiefer in den Wald zurück und versteckte sich in einem dichten Gebüsch. Sein Herz pochte wie ein Schmiedehammer, und er hatte mehr Angst als jemals zuvor im Leben. Trotzdem dachte er kein einziges Mal daran, hinter Marek herzulaufen und zuzugeben, dass er sich fürchtete wie ein kleines Mädchen bei Gewitter. Sein großer Freund hatte ihm gesagt, er würde es schaffen, und er wollte weder ihn noch Ritter Heinrich enttäuschen. Inzwischen hatte er schon viel Erfahrung mit Kriegern und Heerzügen gesammelt und wusste, dass ihr kleiner Trupp sich nicht ungeschoren würde zurückziehen können. Gewiss schwärmten die Hussiten in der ganzen Umgebung aus, um Feuerholz zu sammeln, und dabei würden sie mit Sicherheit ihre Spuren entdecken. Selbst wenn ihnen nur drei- oder vierhundert Krieger folgten, würden sie nicht mehr heil nach Hause kommen. Ihre einzige Chance zu überleben war, sich so rasch wie möglich zur Burg durchzuschlagen.

Als die Sonne im Westen hinter den Spitzen des Lom versank, machte er sich auf den Weg. Da zwischen dem Wald und dem Bach ein Stück freies Feld lag, auf dem die Feinde ihn hätten sehen können, schlug er einen weiten Bogen und erreichte das Gewässer an einer Stelle, wo es direkt am Waldrand entlangfloss. Dort stieg er vorsichtig ins Wasser und watete gebückt das Bachbett hoch. Angst, entdeckt zu werden, hatte er keine, da das steil aufragende Ufer so dicht mit Büschen und Weidenbäumen bewachsen war, dass er meist in der Mitte des ihm entgegenströmenden Wassers gehen musste.

Als er sein Ziel fast erreicht hatte und der Bewuchs rechts und links um einiges lichter wurde, hörte er, wie sich jemand vor ihm durch das Gebüsch schob. Da ihm keine Zeit blieb, sich in ein besseres Versteck zurückzuziehen, tauchte er unter, so dass nur noch sein Kopf hinter einem Vorhang aus grünen Blättern aus dem Wasser ragte, und wartete mit klopfendem Herzen darauf, was geschah. Nur wenige Schritte von ihm entfernt blieb die Person am Ufer stehen. Michi schob einen Zweig zur Seite und spähte durch die entstandene Lücke. Im ersten Augenblick atmete er auf, denn es handelte sich um eine Frau und keinen der gefürchteten taboritischen Krieger. Seine Erleichterung währte jedoch nur so lange, bis er den Wäschekorb entdeckte, den sie hinter sich abgestellt hatte. Wenn sie anfing, hier zu waschen, würde er sich bis zur Nacht nicht rühren können.

Gerade als er alle Heiligen anflehte, die Frau verschwinden zu lassen, drehte sie sich um und kniete am Wasser nieder, so dass er sie ganz deutlich vor sich sah. Michis Körper wurde steif wie ein Brett, und sein Mund öffnete sich zum Schrei, denn das madonnenhaft schöne, wenn auch jetzt ein wenig abgehärmt wirkende Gesicht unter einer Krone goldfarbener Haare gehörte einer Toten.

14.

Marie starrte auf den Korb, den sie zum Bach geschleppt hatte, und kochte vor Wut, weil man ihr wieder einmal die ekelhafteste Arbeit aufgetragen hatte. Die Wäsche stank und war so schmutzig, dass man bereits von ihrem Anblick die Krätze bekommen konnte, und sie ekelte sich davor, sie zu berühren. Renata hatte sie nach dem Abendessen damit zum Bach geschickt mit der spöttischen Bemerkung, sie stünde ja unter heiligem Schutz. Es war herauszuhören gewesen, dass die Frau hoffte, einer der Männer würde Marie folgen und ihr im Schutz der Büsche Gewalt antun. Anni und Helene hatten sofort angeboten, mit ihr zu kommen und ihr zu helfen, doch Renata war dazwischengefahren und hatte sie abkommandiert, die Kochkessel des gesamten Trupps einzusammeln und sie mit Sand zu scheuern. Marie blickte zum Himmel hoch, auf dem sich ein giftig violettes Abendrot wie ein böses Omen ausbreitete, und wusste, dass sie bis tief in die Nacht hinein würde arbeiten müssen. Jetzt fragte sie sich, ob Przybislav das Ganze geplant hatte, um sie hier oben in die Hände zu bekommen, wo ihn niemand sehen und ihm wegen des Segens von Jan Hus Vorwürfe machen konnte.
Sie packte das erste Kleidungsstück, um es ins Wasser zu tauchen, als sie aus den Augenwinkeln eine Bewegung wahrnahm. Blitzschnell ließ sie das Wäschestück fallen und griff zum Dolch. Es war jedoch kein Mann, der ihr aufgelauert hatte, um sie zu vergewal-

tigen, sondern ein Junge, der vor Entsetzen schlotternd im Wasser lag und sie mit weit aufgerissenen Augen anstarrte. Marie erkannte Michi, nahm wahr, dass er im Begriff war zu schreien, und sprang auf ihn zu.

Sie bekam ihn zu fassen und presste ihm die Hand auf den Mund. »Bei der Heiligen Jungfrau, sei still! Du bringst uns beide in Gefahr.«

Er verdrehte die Augen, als wolle er ohnmächtig werden, so dass sie ihn ein Stück aus dem Wasser herauszog. Erst jetzt wurde ihr das Unglaubliche bewusst. »Michi, wie kommst du denn hierher?« Da sie ihm immer noch den Mund zuhielt, brachte der Junge nur unverständliche Laute heraus.

Marie funkelte ihn an. »Ich lasse dich jetzt los, aber wehe, wenn du einen lauten Ton von dir gibst!« Sie nahm ihre Hand zurück, bereit, jeden Augenblick wieder zuzugreifen.

Michi streckte ihr abwehrend die Arme entgegen und wimmerte leise. »Bitte, tu mir nichts, Geist von Marie. Ich werde auch immer brav für deine Seele beten und eine Kerze stiften, damit du bald erlöst wirst und ins Himmelreich kommst.«

Es dauerte ein paar Augenblicke, bis Marie begriff, dass er sie für tot hielt und ein Gespenst zu sehen glaubte, und überlegte, wie sie ihn von diesem Irrtum befreien konnte. Sie entschied sich für ein paar kräftige Ohrfeigen. Michi nahm sie wortlos hin und hielt sich dann die Wangen.

»Hast du jetzt begriffen, dass ich nicht tot bin, sondern noch lebe?«, fragte sie ihn lächelnd.

Michi nickte beeindruckt. »Ein Geist würde gewiss nicht so hart zuschlagen.«

»Tut mir Leid, aber es musste sein. Du hättest uns sonst verraten können. Aber sag, wie bist du hierher gekommen?«

»Ich bin mit Ritter Heinrich hier. Er soll einen Trupp Soldaten zum Grafen Sokolny bringen, um ihm zu helfen, die bösen Hussiten zu besiegen.«

Marie war es, als löse sich bei dieser Nachricht ein eiserner Ring, der ihre Brust eingeschnürt hatte. »Heinrich von Hettenheim ist hier in der Nähe? Wie viele Krieger hat er denn bei sich?«

»Einhundertvierzig«, antwortete Michi kleinlaut.

Marie schüttelte den Kopf. »Das sind viel zu wenige. Die Taboriten hier zählen mehr als zweitausend Mann, und mindestens ebenso viele wären nötig, um sie zu überwältigen. Kehr schnell zu Heinrich von Hettenheim zurück und richte ihm aus, er soll auf der Stelle abziehen, ehe die Taboriten eure Truppe entdecken. Aber bevor du gehst, sag mir bitte noch, was du von Trudi weißt. Lebt sie? Geht es ihr gut? Wo ist sie?«

»Der geht es gut! Die Schwarze Eva kümmert sich um sie und ich natürlich auch«, berichtete Michi stolz.

»Du willst mir doch nicht erzählen, dass ihr Trudi hierher mitgebracht habt!«

Michi nickte. »Aber natürlich ist sie bei uns! Timo wollte sie doch an den Kaiser verkaufen, weil sie ein adliges Fräulein ist, und da habe ich sie wieder zu Eva zurückgebracht!«

»Oh, mein Gott!« Mehr brachte Marie vor Schreck nicht heraus. Vyszos Leute würden keine drei Tage brauchen, um Ritter Heinrichs Trupp zu entdecken, und dann schwebte ihre Tochter in höchster Gefahr.

Michi zog unbehaglich die Schultern hoch. »Marek meint, wir könnten uns mit etwas Glück durch den Belagerungsring schlagen und in die Burg flüchten. Deswegen kann ich nicht zurück, sondern muss den unterirdischen Abwasserkanal suchen, damit ich in die Burg kriechen und die Leute dort von unserer Ankunft unterrichten

kann. Aber wenn es dunkel wird, finde ich den Einstieg nicht mehr. Er soll in der Nähe der krummen Weide in den Bach münden.«
Michi sah sich suchend um, Marie hatte das Schachtende jedoch schon auf den ersten Blick entdeckt. »Bei der Weide da? Schau, dort fließt Wasser aus der Uferwand.«
Michi kroch hin und fand einen von verfilztem Gestrüpp überwucherten Felsspalt. Marie half ihm, einen Teil der Pflanzen auszureißen, und hielt den Rest fest, so dass er den Eingang untersuchen konnte. Michi sah hinein und stöhnte auf. »Ich muss den Dreck, der sich da angesammelt hat, herausholen, sonst komme ich nicht durch.«
»Beeil dich, aber pass auf, dass das Wasser nicht zu sehr verschlammt, sonst fällt es noch einem der Taboriten auf, der dann auf die Idee kommt, hier nachzusehen.« Michi nickte und warf den Schlamm, durch den er sich grub, unter die Büsche neben dem Spalt. Zwischendurch fragte er Marie, wie sie unter die Hussiten geraten sei.
Marie wollte sein Gemüt nicht mit den unerfreulichen Einzelheiten belasten und erklärte ihm daher nur, dass Falko von Hettenheim sie aus Bosheit zurückgelassen hätte, damit sie den Hussiten zum Opfer fallen sollte, und berichtete, wie es ihr gelungen war, die Männer, die sie gefangen nahmen, durch ihr Wissen um Jan Hus' Tod gnädig zu stimmen.
Während sie mit Michi sprach, begann sie, ihre Wäsche zu waschen, gab sich dabei aber nicht viel Mühe, denn mit einem Mal wusste sie, wie sie ihre Freiheit erlangen konnte.
»Du wirst doch sicher zu Ritter Heinrich zurückkehren, um ihm mitzuteilen, was der Burgherr gesagt hat, nicht wahr?«
Michi zog seinen Oberkörper aus der Öffnung und nickte eifrig. »Freilich werde ich das!«

»Dann teil ihm mit, dass ich bei den Hussiten bin und versuchen werde, mit euch in die Burg zu fliehen.«
Michi rieb sich mit dem rechten Zeigefinger die Nase, so dass sein Gesicht noch schmutziger wurde. »Warum läufst du nicht gleich zu unseren Leuten? Du musst nur dem Pfad, der am Waldrand beginnt, nach Westen folgen.«
Marie dachte einen Augenblick, wie schön es wäre, Trudi noch in dieser Nacht wieder in die Arme schließen zu können, hob dann aber abwehrend die Hände. »Das geht nicht. Wenn ich verschwinde, werden die Taboriten nach mir suchen und Ritter Heinrichs Leute entdecken. Außerdem müsste ich zwei Freundinnen zurücklassen, an denen die Kerle sich sofort rächen würden.«
»Das verstehe ich.« Michi kroch wieder in den Schacht, um zu prüfen, ob er jetzt durchkommen würde, und fand, dass es nun gehen musste. Bevor er sich auf den Weg machte, schlüpfte er noch einmal heraus und verabschiedete sich. »Bis bald! Wünsch mir Glück.«
»Nicht nur dir«, antwortete Marie und sah zu, wie er verschwand. Als sie seine Beine nicht mehr sehen konnte, beseitigte sie seine Spuren, so gut es ging, und wusch sich Gesicht und Hände. Dann kletterte sie aus dem Bach, musterte mit gekrauster Nase den Wäschekorb und beschloss, das Zeug einfach so wieder mitzunehmen.
Sie hatte die nächststehenden Wagen der Belagerungskette gerade erreicht, als ihr Przybislav entgegenkam. Bei ihrem Anblick verzog sich sein Gesicht. »Was soll das? Warum bist du nicht bei der Arbeit?«
Marie wies nach Osten, wo der Himmel schon tintig schwarz geworden war. »Unten im Bach konnte ich die Hand nicht mehr vor Augen sehen, also muss ich morgen im Hellen weitermachen.« Sie ging an dem Mann vorbei auf die Wagen zu und spürte mehr, als sie sah, dass er ihr folgte. Sie erwartete schon, dass er sie von hinten

packen und unter einen Wagen schleifen würde, doch dann hörte sie, dass er seine Schritte beschleunigte und murrend zu der Stelle stapfte, an der Vyszo die Biervorräte des Heeres zusammenfahren hatte lassen, um sie besser unter Kontrolle halten zu können.
Marie atmete erleichtert auf, drehte sich noch einmal um und blickte im letzten Licht zu der krummen Weide hinüber. Morgen würde sie zu der Stelle zurückkehren und so lange Wäsche waschen, bis Michi erschien, auch auf die Gefahr hin, dass Przybislav oder einer seiner Kumpane ihr folgte. Oben am Bach würden sie sich wohl auch tagsüber keine Hemmungen auferlegen und versuchen, sie zu vergewaltigen. Gerade als sie überlegte, wie sie den Kerlen ein Schnippchen schlagen konnte, durchbrach die untergehende Sonne die Wolken und sandte einen rotgoldenen Abschiedsgruß über die Zinnen der Burg. Marie war es, als wäre das Feuer, in welches das Tagesgestirn das wehrhafte Gemäuer tauchte, als Aufmunterung für sie gedacht, und sie blickte unwillkürlich nach oben.
Mit einem Mal stockte ihr vor Überraschung der Atem. Sie rieb sich die Augen und sah ein zweites Mal hin. Auf dem Turm, der ihr am nächsten stand, war ein Mann aufgetaucht, der im Unterschied zu den Wachen einen polierten Brustpanzer trug und einen rötlich in der Sonne glänzenden Helm unter den Arm geklemmt hatte. Dieses Bild hatte Marie schon einmal in ihren Träumen gesehen, dessen war sie sich sicher. Wie unter einem geheimen Zwang setzte sie ihren Korb ab und lief über das noch kurze Gras auf die Burg zu. Je näher sie kam, umso mehr begann ihr Herz zu rasen, denn bei jedem Schritt wurde ihre Annahme mehr und mehr zur Gewissheit. Der Mann, der dort oben vom hellen Licht umspielt wurde, war ihr Michel.

Sechster Teil

Die Schlacht um Falkenhain

1.

Der Stollen war so eng, dass Michi sich drehen und winden musste wie ein Wurm, um an den unzähligen Ecken und Vorsprüngen vorbei durch den schmalen Felsspalt kriechen zu können. Oft genug staute sich das Wasser vor seinem Gesicht, und er hatte Mühe, den Kopf bis zur Decke zu recken, um nach Luft zu schnappen. Das und die völlige Abwesenheit von Licht gaben ihm einen Vorgeschmack auf die Schrecken der Hölle, die die Priester jeden Sonntag in der Kirche beschworen, und mit jeder Armlänge, die er zurücklegte, wuchs seine Angst, stecken zu bleiben und zu ertrinken oder – noch schlimmer – langsam zu verhungern. Er dachte an seine Freunde und Kameraden oben im Lomwald, die den Hussiten zum Opfer fallen würden, wenn er es nicht schaffte, und schob seine Angst weit weg. Er durfte nicht aufgeben, auch wenn das Hemd an den rauen Wänden zerriss und scharfkantige Felsnasen ihm die Haut vom Körper schälten.

Als die Wände beinahe völlig zusammenrückten, atmete Michi tief durch, um noch einmal Kraft zu schöpfen, und kämpfte dabei gegen den stickig feuchten Geruch an, der seine Kehle einzuschnüren drohte. Dann atmete er tief aus, machte sich so lang wie möglich und kroch nur noch mithilfe der Hände und Zehenspitzen weiter. Einen Augenblick lang hatte er das Gefühl, der Fels presse ihm die Seele aus dem Leib. Er geriet in Panik und stieß, als er nach Luft schnappen wollte, schmerzhaft mit dem Kopf gegen die Decke. Um ihn herum gab es nur noch Wasser und Stein, und vor seinen Augen tanzten grelle Flecken. Als er glaubte, das sei das Ende, griffen seine Hände ins Leere. Er spürte eine Kante, zog sich darauf zu und glitt in ein schier grundloses Becken. Wild um sich schlagend schluckte er Wasser und fühlte auf einmal Holz neben sich. Sofort klammerte er sich daran fest und zog sich auf einen Lichtschein zu, der hoch über ihm schimmerte. Kurz darauf durchbrach er die Wasseroberfläche, sah sich hustend und würgend um und stellte fest, dass er in einer in den Fels gehauenen Quellkammer gelandet war. Wasser rann von den Wänden ringsum herunter und tropfte wie Regen von der Decke hoch über ihm. Das Holz, an dem er sich festhielt, war eine aus einem einzigen Baumstamm gefertigte Leiter, die zu einer von zwei flackernden Öllampen erhellten Plattform führte. Auf Michi wirkten ihre als Kerben in das Holz gehauenen Stufen wie die Treppe ins Paradies.

Als er hochkletterte und den Kopf über die Kante streckte, blickte er in das Gesicht einer untersetzten Frau mittleren Alters, die vor Schreck den Eimer fallen ließ, mit dem sie eben Wasser geschöpft hatte. Sie stieß einen schrillen Schrei aus, holte krampfhaft Luft und überschüttete Michel dann mit einem Wortschwall, von dem er trotz Mareks munterer Unterweisung in seiner Heimatsprache nur ein paar Ausdrücke verstand. Wegen seiner von Moos und Wasserpflanzen grün verschmierten Kleidung schien sie ihn für einen Wassergeist zu halten, der sie in sein dunkles, nasses Reich verschleppen wollte.

»Ich bin kein Dämon, sondern ein Mensch und ein Freund!«, rief Michi beschwörend. Dann fiel ihm ein, dass sie ihn ja nicht verstehen konnte, und suchte nach den passenden tschechischen Worten.

Die Frau atmete jedoch hörbar auf und stemmte ihre Fäuste in die Hüften. »Wenn du kein Wasserwesen bist, was suchst du dann in unserem Brunnen?«

Michi blickte sie erleichtert an. »Du verstehst Deutsch?«

Die Frau nickte. »Es gab früher viele Deutsche in der Gegend. Allerdings sprichst du anders als diese Leute.«

Michi kletterte ganz aufs Trockene und versuchte, das Wasser aus den Haaren und den Fetzen seiner Kleidung zu pressen. »Marek schickt mich. Ich muss unbedingt den Grafen Sokolny sprechen und ihm sagen, dass Ritter Heinrich und seine Leute hierher gekommen sind, um euch beizustehen.«

»Ein deutsches Heer ist gekommen, um die Hussiten zu vertreiben? Bei der Gottesmutter, wir sind gerettet!« Die Frau drückte ihn trotz seiner nassen, schmutzigen Kleider an ihre Brust.

Michi traten die Tränen in die Augen, weil er die Frau enttäuschen musste. »Na ja, ein Heer sind wir nicht gerade, sondern nur um die einhundertvierzig Mann, die die Burgbesatzung verstärken sollen. Doch leider ist uns der Feind zuvorgekommen.«

»Das kannst du laut sagen. Doch mit Gottes und deiner Freunde Hilfe werden wir das Gesindel vertreiben. Komm mit, ich bringe dich zum Grafen.« Sie nahm Michi bei der Hand, stieg trotz ihrer Leibesfülle behände eine steile, in den Fels gehauene Treppe hoch und zerrte ihn wie ein kleines Kind hinter sich her. Die Stufen endeten an einer halb offen stehenden Tür, durch die ein verführerischer Duft zog. Michi stolperte schnuppernd in die Küche und hörte als Erstes seinen Magen knurren, denn er hatte seit dem Morgen nichts mehr gegessen.

Durch die Fenster unter der Decke konnte man in den Nachthimmel blicken, aber eine Reihe von Öllampen und die Feuer auf dem riesigen gemauerten Herd spendeten so viel Licht, dass man in jeden Winkel blicken konnte. Zwei Frauen hantierten mit allerlei Küchengeräten und kümmerten sich um den Inhalt einiger blank polierter Kessel, die an eisernen Ketten über den Flammen hingen. Eine von ihnen war schon älter und recht unscheinbar, aber so schlank wie ein junges Mädchen, die andere ein dralles Ding knapp über zwanzig und – wie Michi fand – sehr ansehnlich.

Als sie Schritte hörten, drehten beide Frauen sich um und starrten ihn und seine Begleiterin verblüfft an. Die Dralle begann zu lachen. »Ich dachte, du wolltest Wasser holen und dir kein schmuckes Bürschlein angeln. Wanda, Wanda, ich glaube, der ist viel zu jung für dich!«

Ihre Gefährtin schüttelte unwillig den Kopf. »Ich hoffe, der Kerl ist kein Spion!«

»Nein, nur ein Nemec-Frosch, der mir unten in der Quellkammer über den Weg hüpfte«, antwortete Wanda lachend. »Er ist ein Bote von Marek und will zum Herrn. Aber ich glaube, wir sollten ihm vorher trockene Kleidung und etwas zu essen geben, denn er sieht halb verhungert aus.«

Die jüngere Frau maß Wandas breite Gestalt mit einem spöttischen Blick. »Wenn man ihn mit dir vergleicht, besteht er nur aus Haut und Knochen.«

Wanda ließ sich nicht ärgern. »Wenn du erst einmal in mein Alter kommst, weißt du ein gut gepolstertes Hinterteil zu schätzen, wenn du dich auf einen kalten Stuhl setzt.«

Die andere Frau schnaubte. »Wenn man nach den jungen Burschen geht, die vor Jitkas Kammer Schlange stehen, ist ihr Hintern so heiß wie unser Kochfeuer.«

»Aus dir spricht doch bloß der Neid, weil du nur Reimo hast, um dir das Bett zu wärmen«, antwortete Jitka spitz.

Michi verstand nur wenig von der auf Tschechisch geführten Unterhaltung, wunderte sich aber über die gute Laune der Frauen. Sie schienen sich nichts daraus zu machen, dass mehr als tausend Feinde vor der Burg standen, die nur darauf lauerten, jedes Leben hier oben auszulöschen. Er zupfte Wanda am Ärmel. »Ich will zum Grafen!«

Aber er hätte genauso gut auf einen Stein einreden können. Sie lächelte ihm freundlich zu, trat an den Herd und blickte in die

Töpfe. Bei einem nickte sie zufrieden, holte einen Teller und lud ihn mit einer Michi unbekannten Speise voll.
»Hier, iss erst einmal was. Zdenka besorgt dir inzwischen trockene Kleider. Ihr Karel müsste etwa deine Größe haben.«
Der Anblick des vollen Tellers ließ Michi schwach werden. Er nickte ihr dankbar zu, setzte sich und begann zu essen. Zdenka hatte unterdessen die Küche verlassen und kehrte kurz darauf mit frischer Kleidung zurück. Hinter ihr betrat Václav Sokolny, den sie als Erstes informiert hatte, die Küche. Er blieb neben der Tür stehen und musterte Michi durchdringend.
»Wer bist du, und wie kommst du hierher?« Dem Grafen stand die Sorge um die Burg und ihre Bewohner ins Gesicht gemeißelt, und seine Stimme verriet tiefes Misstrauen.
»Ich heiße Michi«, stellte der Junge sich vor. »Marek schickt mich, und er hat mir auch den Abwasserschacht verraten, damit ich Euch Nachricht bringen kann.«
Der Graf trat unwillkürlich einen Schritt nach vorne. »Also ist es wahr! Dem Himmel sei Dank, dass Marek heil zurückgekehrt ist. Wo steckt er denn jetzt?«
Michi zeigte mit dem Daumen nach hinten. »Irgendwo im Wald zwischen den Hügeln. Wir gehören zu Ritter Heinrichs Trupp, der mit hundertvierzig Mann Eure Burgbesatzung verstärken soll.«
Sokolny winkte mit beiden Händen ab. »Hundertvierzig? Wir bräuchten das Zehnfache, um die Taboriten da draußen zu schlagen.«
»Unser Trupp kann sich in der Nacht durch den Belagerungsring kämpfen, um in die Burg zu gelangen. Wir sind zwar nur wenige, aber wir haben Mut für viele!«
»So wie du«, spottete Wanda, erntete jedoch einen tadelnden Blick

des Grafen, der unruhig durch die Küche wanderte und mehrmals den Kopf schüttelte.

»Das geht nicht. Das ist sinnlos. Kehr zurück und richte deinem Hauptmann aus, er soll seine Leute nehmen und so schnell wie möglich verschwinden, denn sonst schlachten diese Fanatiker da draußen euch ebenfalls ab.«

Michi widersprach ihm vehement. »Die Feinde würden uns so oder so erwischen. Wir haben nur dann eine Chance, wenn wir die Burg erreichen.«

Graf Sokolny blieb vor dem Tisch stehen und kaute erregt auf seinen Lippen. »Da ist was dran. Die Taboriten schwärmen wie Ungeziefer, und wenn sie euch erst einmal entdeckt haben, werden sie euch so lange verfolgen, bis der Letzte von euch tot ist. Komm mit, Junge! Ich werde meine Männer zusammenrufen, und dann erzählst du uns alles, was du weißt.«

Michi warf Wandas Eintopf, von dem er erst ein paar Löffel hatte kosten können, einen bedauernden Blick zu und stand auf. Doch Wanda war die unumschränkte Herrscherin ihrer Küche: »Nein, Herr! Lasst den armen Jungen erst einmal essen. Die paar Augenblicke werdet Ihr doch noch warten können. Außerdem wird er krank werden, wenn er noch länger so pitschnass herumhockt! Hier sind trockene Kleider und ein Tuch zum Abtrocknen! Zdenka, Jitka, ihr dreht euch jetzt um, damit Michi nicht verlegen wird, wenn er sich umzieht.«

Zdenka wandte Michi sofort den Rücken zu, Jitka aber stolzierte um ihn herum und musterte ihn ungeniert. »In ein, zwei Jahren wird er wohl nicht mehr wollen, dass die Frauen sich abwenden, wenn er die Hosen herunterlässt.«

»Verschwinde, du mannstolles Stück!«, blaffte Wanda sie an. Jitka kicherte jedoch nur und huschte zur Tür hinaus.

Zdenka murrte. »Das hättest du nicht sagen sollen, Wanda, denn jetzt kommt sie gewiss so schnell nicht wieder, und wir beide müssen die Arbeit für sie mittun.«
Der Graf fuhr unwirsch auf. »Halt den Mund, Weib, und lass den Jungen reden. Ich muss alles wissen, was er zu berichten hat. Geh lieber und hole den Deutschen. Frantischek wird unserem Gast schon die richtigen Fragen stellen. Nein, warte, schenk mir zuerst einen Krug Bier ein und gib unserem Gast ebenfalls einen.«
»Das Bier kann ich selber einschenken!«, warf Wanda ein. »Also lauf und such unseren Nemec.«
Zdenka rannte kaum langsamer hinaus als Jitka. Während sich die Tür hinter ihr schloss und ihre Schritte verhallten, nahm Wanda zwei kleine Tonkrüge von hölzernen Haken und füllte sie aus einem Fass, das im Wasser gekühlt wurde. »Heißes Bier, das die Glieder wärmt, täte dir wohl besser, aber das gibt es im Frühjahr nicht mehr. Trink langsam, Junge! Unser Bier ist stark.«
Michi trank einen Schluck und verzog das Gesicht. »Ist das aber bitter.«
»Hast bis jetzt wohl nur Honigwasser getrunken«, spottete Wanda.
Michi setzte den Becher noch einmal an, trank in kräftigen Schlucken und wischte sich den Schaum von den Lippen. »Eigentlich schmeckt es gar nicht so schlecht!« Er lächelte, griff nach dem Löffel und schaufelte dann den Eintopf in sich hinein, als habe er seit Tagen nichts mehr in dem Magen bekommen. Dabei versuchte er mit vollen Backen zu erzählen, doch Sokolny bat ihn zu warten, bis sein Ratgeber erschienen sei. Das war Michi nicht unlieb, denn das Essen schmeckte ausgezeichnet, und er hatte sogar noch Zeit, Wanda um einen Nachschlag zu bitten. Er leerte den Teller zum zweiten Mal, spülte den Eintopf mit einem weiteren Schluck Bier hinunter und entsann sich der trockenen Kleidung, die Zdenka auf einen

Stuhl gelegt hatte. In seiner Aufregung hatte er bisher kaum gespürt, dass ihm Hemd und Hose glitschig am Körper klebten, aber nun fühlte er seine Glieder klamm werden. Wanda lächelte ihm aufmunternd zu und wollte sich abwenden, aber Michi tat sich schwer mit der ihm unbekannten Tracht, und so zog sie ihn an wie ein kleines Kind.

Michi war es zuwider, wie ein Säugling behandelt zu werden, doch noch bevor er sich Wanda entziehen konnte, ging die Tür auf, und Michel trat herein. »Zdenka sagte, Ihr hättet Neuigkeiten für mich, Herr Graf.«

Im selben Moment hob Michi den Kopf und ruderte vor Schreck mit den Armen. Dabei fegte er den irdenen Teller vom Tisch, so dass er am Boden zerschellte, und hätte auch noch den Krug folgen lassen, wenn Wanda nicht rasch zugegriffen hätte.

»Was ist denn mit dir los?«, fragte sie, doch Michi presste die linke Hand auf seinen Mund, um den Schrei abzufangen, der aus seiner Kehle brach, und deutete mit der Rechten zitternd auf Michel. Als er die Linke sinken ließ, zeigte sie Bissspuren. »Du ... du ... du bist doch tot!«

Der Graf blickte den Jungen verwirrt an und wollte etwas sagen, doch da hatte Michi sich wieder gefasst, lief Michel entgegen und fasste ihn vorsichtig an. »Du bist tatsächlich kein Geist! Du ... Oh nein! Verzeiht mir, Herr, dass ich Euch so unehrerbietig angesprochen habe, aber ich fühle mich wie in einem seltsamen Traum gefangen.«

Während Sokolnys Blick verständnislos zwischen dem Mann und dem Jungen hin- und herirrte, presste Michel die Hände an den Kopf, der plötzlich von einem dumpfen Dröhnen und Brausen erfüllt war. »Du kennst mich?«, fragte er unsicher.

Michi nickte eifrig mit dem Kopf. »Freilich, Herr! Ihr seid doch mein Patenonkel. Aber das müsst Ihr doch wissen! Ihr heißt Michel Adler und seid Ritter des Heiligen Römischen Reiches Deutscher Nation.«

Michel war es mit einem Mal, als platze sein Schädel. Er starrte Michi an, dessen jüngeres Ebenbild in seinen Gedanken aufstieg, und griff wie ein Ertrinkender nach den Erinnerungsfetzen, die wie von einem Sturm getrieben in ihm hochwirbelten. » … und du bist Michi, ja? Hiltruds und Thomas' Ältester! Mein Gott, bist du groß geworden.«

Erst als er es gesagt hatte, wurde Michel klar, dass sich soeben der erste graue Schleier vor seiner Erinnerung gelüftet hatte. Er atmete heftig durch und starrte den Jungen mit großen Augen an.

»Bei der Heiligen Jungfrau und Sankt Pelagius, du hast Recht! Mein Name ist Michel Adler, und ich wurde vom Kaiser zum Reichsritter ernannt. Jesus Christus! Ich weiß wieder, wer ich bin. Aber sag, Michi, wie kommst du hierher nach Böhmen?«

»Mit Ritter Heinrich von Hettenheim und dessen Leuten. Wir haben den ganzen Weg nach Falkenhain zurückgelegt, ohne auf einen einzigen Hussiten zu treffen.«

»Dafür gibt es sie hier zuhauf«, warf Sokolny bitter ein.

Michel verzog das Gesicht. »Du kommst mit einem Hettenheim?«

Das klang so böse, dass Michi und der Graf zusammenzuckten, aber der Junge lachte auf.

»Ja, mit Herrn Heinrich, dem Vetter dieses widerwärtigen Falko. Aber seid versichert, Herr, Ritter Heinrich ist gewiss kein Freund seines Verwandten.«

Michel hob verwirrt die Hände. »Das begreife ich nicht ganz, aber das ist jetzt auch nicht wichtig. Berichte lieber, warum der Ritter und seine Männer diesen langen, gefährlichen Weg auf sich genommen haben.«

»Der Kaiser hat uns geschickt, damit wir dem Grafen Sokolny beistehen.« Michi schilderte knapp, aber recht präzise, wie Marek und seine Begleiter Kaiser Sigismund um Hilfe gebeten hatten und Ritter Heinrich befohlen worden war, Falkenhain zu entsetzen, ließ aber die Beschreibung ihrer Reise aus, sondern erklärte nur, dass der Trupp nun ein Stück außerhalb des Belagerungsrings auf seine Chance wartete, sich zur Burg durchzuschlagen.

Sokolny dachte an die ameisenhaft herumwimmelnden Taboriten vor seinen Toren und schüttelte den Kopf. »Das kann nicht gelingen, denn der Feind ist zu zahlreich. Ihr müsst euch zurückziehen, ehe man euch entdeckt.«

Michel hob die Hände. »Dann laufen sie erst recht in den Tod. Mareks Begleiter können nur etwas ausrichten, wenn sie so schnell wie möglich zu uns stoßen.« Er hob den Kopf und blickte nach oben, wo man durch eines der offen stehenden Fenster ein paar einzelne Sterne durch die Lücken in einer schwarzen, vom Mondlicht hie und da geisterhaft erhellten Wolkendecke schimmern sehen konnte.

»Es bleibt nicht viel Zeit, um Vorbereitungen zu treffen, denn morgen, spätestens übermorgen Nacht muss es geschehen. Michi, lass dir von Zdenka ein Bett anweisen, damit du ein paar Stunden Schlaf bekommst. Du musst die Burg noch vor Tagesanbruch verlassen und zu deinen Freunden zurückkehren.«

»Das mache ich.« Michi nickte und warf dann dem appetitlich riechenden Topf auf dem Herd einen sehnsüchtigen Blick zu. Wanda sah es und füllte ihm einen weiteren Teller.

»Wenn du mir den auch kaputtmachst, werde ich böse«, drohte sie, während sie ihn Michi reichte. »Junge Burschen wie du haben immer Hunger, nicht wahr?«

Michi nickte und fiel über den Eintopf her, als hätte er seit Tagen nichts gegessen. Derweil diskutierte Michel die Situation der Burgbesatzung und der Neuankömmlinge mit Sokolny und stellte dem Jungen zwischendurch noch etliche Fragen. Dabei griff er sich immer wieder an den Kopf und schüttelte ihn hie und da, als müsse er störende Gedanken vertreiben. Schließlich stützte er sich mit den Händen auf den Tisch und sah den Grafen wie um Verzeihung heischend an. »Wir müssen uns etwas einfallen lassen, wie wir den deutschen Ritter und seine Leute lebend hier hereinbringen. Vielleicht findet sich jemand unter ihnen, der weiß, wie Ludwig von der Pfalz über meine Frau bestimmt hat, nachdem ich für tot erklärt worden bin. Wohlhabende Witwen sind ein begehrtes Opfer für die Politik der hohen Herren, doch meine Frau hat einen ungewöhnlichen Dickkopf.«

Michi blicke empört auf. »Aber Herr! Ich kann Euch doch am besten Auskunft über sie geben. Pfalzgraf Ludwig hat gar nichts mit ihr gemacht, denn sie ist mit mir losgezogen, um Euch zu suchen, und als ich sie vorhin am Bach getroffen habe, war sie zumindest gesund und unversehrt.«

Michel drehte sich so hastig zu dem Jungen um, dass es ihn beinahe von den Beinen gerissen hätte. »Du hast Marie gesehen? Wo?«

»Sie kam zum Bach, um Wäsche zu waschen, gerade als ich den Stollen suchte. Sie hat gesagt, wenn Ritter Heinrich den Durchbruch wagen sollte, würde sie ebenfalls in die Burg fliehen.«

Michel packte den Jungen bei den Schultern und sah ihm ungläubig und gleichzeitig angstvoll ins Gesicht. »Heißt das, sie ist draußen bei den Taboriten?«

Michi nickte eifrig. »Ja, Frau Marie ist ihre Gefangene. Daran ist dieser Teufel Falko von Hettenheim schuld. Sie war als Marketenderin beim Heer des Kaisers. Auf dem Rückzug bekam Ritter Falko den Oberbefehl über die Truppen und hat sie einfach in den böhmischen Wäldern zurückgelassen. Tante Marie hat mir gesagt, die Hussiten hätten sie nur deswegen nicht umgebracht, weil sie ihnen von Jan Hus' Tod in Konstanz berichten konnte.«

»Falko von Hettenheim hat also nicht nur mich verraten, sondern auch meine Frau!« Michel presste die Hände gegen den Kopf, denn mit einem Mal sah er sich am Boden liegen und in Falko von Hettenheims triumphierendes Gesicht starren. Jetzt erinnerte er sich so deutlich an die höhnischen Worte des Mannes, als hätte dieser sie ihm eben erst zugerufen. Er atmete tief durch, löste sich von Michi, der ihn scheu musterte, als habe er Angst, sein Patenonkel könnte sich in einen der sagenhaften Berserker verwandeln und ihn töten. Doch Michel schien sich beruhigt zu haben, denn seine Stimme klang eher gleichmütig. »Bei allem, was mir heilig ist, schwöre ich, Falko von Hettenheim zu fordern und vor aller Augen zu töten.«

Sokolny spürte die kalte Entschlossenheit des deutschen Ritters und war froh, nicht dessen Feind zu sein. Ehe er etwas sagen konnte, begann der Junge zu erzählen, wie Marie seine Eltern überredet hatte, ihr einen Ochsenwagen zu beschaffen, damit sie sich als Marketenderin dem kaiserlichen Heer anschließen konnte.

Michel hörte eine Weile zu und begann dann zu lachen. »Marie hat also nicht an meinen Tod geglaubt und wollte mich suchen? Bei Gott, so verrückt kann wirklich nur meine Frau sein.« Er schüttelte den Kopf, nahm Michi den fast leeren Teller weg und forderte ihn auf, alles zu erzählen, was seine Frau in den knapp drei Jahren seit ihrer Trennung alles erlebt hatte. Das tat Michi gerne, und obwohl der Bericht des Jungen Michel tief erschütterte, unterbrach er ihn kein einziges Mal. Seine geballten Fäuste sprachen Bände, er durchlebte ein Wechselbad der Gefühle. Nachdem er von der Geburt seiner Tochter gehört hatte und beinahe im gleichen Atemzug erfuhr, dass Trudi derzeit von einer alten Marketenderin in Ritter

Heinrichs Truppe versorgt wurde und wie alle Begleiter Michis darauf wartete, die schützende Burg erreichen zu können, schwor er sich, dass Falkenhain niemals fallen durfte.
Graf Sokolny, der neugierig und gespannt zuhörte, lernte nun ganz neue Facetten an dem Mann kennen, der ihm ein treuer Unterführer geworden war. Zum Feind hätte er diesen Michel Adler wirklich nicht haben wollen, und er fragte sich bang, ob Michel ihm die untergeordnete Stellung in seinem Haus nun übel nehmen würde. Er trat neben ihn und legte ihm die Hand auf die Schulter. »Ich hoffe sehr, Ihr verzeiht mir, dass ich Euch nicht Eurem Rang gemäß behandelt habe, Herr Reichsritter.« Sokolny trug zwar den Titel eines Grafen, aber er war kein reichsfreier Herr wie Michel, sondern dem König von Böhmen untertan, der seinerseits unter dem Kaiser stand. Auch wenn Sigismund von Luxemburg beide Kronen auf seinem Haupt vereinte, so war Sokolny doch nur der Gefolgsmann eines Landesfürsten und fühlte sich einem Mann unterlegen, der das Recht hatte, im Reichstag zu sitzen.
Michel verstand die fast ängstliche Haltung des Grafen nicht, da er als Sohn eines Konstanzer Gassenschenks nie auf die Idee gekommen wäre, stolz auf sein Wappenschild zu klopfen und andere Menschen als unter sich stehend anzusehen. Lachend legte er dem Burgherrn den Arm um die Schulter. »Mein lieber Sokolny, ich habe Euch nichts zu verzeihen, sondern werde Euch bis an mein Lebensende dankbar sein. Kein anderer hätte mich in seinem Haus aufgenommen, ohne danach zu fragen, wer ich sei, während meine Landsleute in Böhmen wüteten, anstatt den Städten und Burgen, die dem Kaiser treu geblieben sind, gegen den gemeinsamen Feind beizustehen. Ohne Euch, aber auch ohne Zdenka und Reimo wäre ich hilflos zugrunde gegangen.«
Der Graf atmete sichtlich auf, denn er war froh, dass er den Deut-

schen nie als Knecht behandelt und ihn damit beleidigt hatte. Michel interessierte sich jedoch weniger für das, was geschehen war, als für die bedrohliche Gegenwart und Zukunft. »Vielleicht hat es ein Gutes, dass meine Marie Gefangene der Taboriten ist, denn sie ist klug und wird alles tun, um uns zu helfen.«

Wanda hatte inzwischen die Kochkessel mit dem fertigen Essen in die Halle hinaustragen lassen und dafür gesorgt, dass das Gefolge des Burgherrn und die Soldaten, die von ihrer Küche versorgt wurden, endlich ihr Abendessen bekamen. Als sie wiederkam, winkte Michel sie zu sich. »Du kennst dich doch mit Kräutern aus. Besitzt du ein Mittel, das unsere Feinde wenigstens für kurze Zeit ausschalten könnte? Es müsste leicht zu transportieren und gut zu verstecken sein.«

Wanda atmete tief durch und starrte nachdenklich auf die Tür einer Kammer, in der sie Kräuter, getrocknete Pilze und allerlei aus ihnen gebraute Säfte lagerte. Das meiste davon diente der Heilung von Krankheiten, aber es befanden sich auch etliche Mittel darunter, die zur Vernichtung von Ungeziefer benutzt wurden. »Am liebsten würde ich die Kerle alle vergiften, aber ich besitze nicht genug Knollenblätterpilze und ähnliches Zeug. Aber ich werde sehen, was ich zusammenbrauen kann.«

»Koch uns heute Nacht noch einen Sud, der die Taboriten kampfunfähig macht«, forderte Michel sie auf. Danach zerzauste er Michi fröhlich das Haar. »Du wirst ein wenig länger warten müssen, bis du zu deinen Freunden zurückkehren kannst. Wie ich Marie kenne, wird sie versuchen, dich abzupassen und mit dir zu reden. Also halte dich von der Morgendämmerung an bereit, durch den Stollen hinauszukriechen.«

»Mach ich.« Michi war erleichtert, dass sein Patenonkel das Heft in die Hand genommen hatte. Er mochte Ritter Heinrich gut leiden, aber er hielt ihn für nicht einmal halb so energisch und klug wie Michel Adler.

2.

Michel stand auf dem Turm, aber nun suchte er nicht mehr die Einsamkeit, um seiner Vergangenheit nachzuspüren, sondern beobachtete mit wachen Sinnen die Umgebung. Noch verdeckten die Reste des Morgennebels das Tal, doch der auffrischende Wind begann die Schleier zu vertreiben. Der Ring der Belagerer schälte sich aus einem grauen Nichts, und Michel sah eine blonde Frau, die mit einem großen Korb das Lager durchquerte und dabei verstohlen zu ihm hochsah. Ja, das war seine Marie! Am liebsten hätte er ihr zugewinkt, aber dieses Risiko durfte er nicht eingehen. Fur einen Augenblick kreuzten sich ihre Blicke, und er fühlte ihr Lächeln mehr, als dass er es sah. Wenn alles gut ging, würde er sie spätestens in zwei Tagen in seine Arme schließen können. Vorher gab es jedoch noch viel zu tun. Er drehte sich zu Reimo um, der wie alle anderen Männer in der Burg in einem primitiven, aber wirksamen Lederpanzer steckte und Waffen trug.

»Sag Michi, er kann jetzt durch den Schacht klettern.« Reimo nickte wortlos und eilte die Treppe hinab. Michels Augen suchten nun wieder Marie, die mit lockeren Schritten zum Bach ging. Er glaubte, ihre Ungeduld zu spüren und ihre Hoffnung, Michi dort vorzufinden. Sie würde nicht umsonst nach dem Jungen Ausschau halten, dachte Michel zufrieden und wunderte sich gleichzeitig, weshalb ihm die zwei Tage, die nun vor ihm lagen, unendlich viel länger erschienen als die Jahre, die er hier schon verbracht hatte.

Marie hatte Michel gesehen und seiner Haltung abgelesen, dass er sie erkannt hatte. Ihr Herz sang, und Sehnsüchte, die sie seit Monaten, ja Jahren, tief in sich begraben hatte, machten sich nun mit erschreckender Wucht bemerkbar. Sie sehnte sich mit jeder Faser ihres Herzens nach Michel und Trudi, die sie nicht weit von sich wusste. Während sie ihren Korb neben der Weide niedersetzte und die ersten Hemden und Hosen im Wasser einweichte, um den Schmutz hinterher mit einem Holzprügel aus dem Stoff zu schlagen, fühlte sie sich wie ein zum Brechen gespannter Bogen. Ging nur eine Kleinigkeit schief, endete ihr Leben hier, ganz gleich, ob sie den Fall der Burg und den Tod ihrer Liebsten überleben würde oder nicht. Nun musste der Himmel entscheiden, ob sie diese Stätte glücklich verlassen durfte oder ob ihre Knochen zusammen mit denen von Michel und Trudi hier vermodern sollten.

Für einen Augenblick wurde sie unsicher. Was war, wenn Michi die Burg bereits verlassen hatte und zu Ritter Heinrich zurückgekehrt war? Dann lachte sie sich selbst aus, denn ihr Plan stand fest. Sobald Ritter Heinrichs Leute den Belagerungsring durchbrachen, würde sie sich Anni und Helene schnappen und den Hang zum Burgtor hochklettern. Eine andere Möglichkeit gab es nicht. Sie ließ die Wäsche fallen, kniete nieder und betete zum ersten Mal seit langer Zeit wieder nach den Regeln der heiligen Kirche. Sie flehte die Heilige Jungfrau und ihre persönliche Schutzheilige Maria Magdalena um Hilfe für sich, für Michel, Trudi und all die anderen an, die von den ketzerischen Taboriten bedroht wurden. Als sie aufstehen und sich ihrer Arbeit zuwenden wollte, hörte sie Geräusche und fürchtete im ersten Moment, einer der Taboriten könne ihr gefolgt sein. Doch da schob sich Michis Kopf aus der Schachtöffnung, und sie sah ein spitzbübisches Lächeln auf seinem Gesicht.

»Einen schönen Gruß von Onkel Michel soll ich dir ausrichten, Marie«, sagte er, als er draußen stand.

Marie lachte befreit auf. Endlich hatte sie Gewissheit, dass ihr geliebter Mann sie nicht vergessen hatte.
Michi ließ sie nicht zu Wort kommen, sondern winkte ihr, zu ihm zu kommen, und flüsterte ihr dann ins Ohr. »Onkel Michel möchte, dass du den Hussiten etwas ins Essen tust. Ich glaube, es ist Schlafsaft, der sie so müde macht, dass Ritter Heinrich ungefährdet in die Burg kommen kann.«
»Das ist unmöglich, denn es gibt mehr als hundert Kochstellen. Ich könnte höchstens ein paar Töpfe mit dem Zeug versetzen.« Marie wiegte nachdenklich den Kopf. »Was ist das für ein Zeug?«
»Irgendein Sud, den Wanda, die Köchin des Grafen, gebraut hat. Onkel Michel meinte, etwas Flüssiges wäre besser als irgendwelche Kräuter, die man kaum unauffällig untermischen kann.«
Marie nickte erfreut und warf einen angriffslustigen Blick auf das Lager. »Michel hat Recht! Damit kann ich ein paar der Bierfasser versetzen, denn die werden an einem einzigen Ort aufbewahrt. Wann kannst du mir das Gebräu bringen?«
Der Junge feixte. »Ich habe es schon dabei! Kannst du schauen, ob die Luft rein ist? Dann ziehe ich die Schläuche aus dem Gang.«
Marie stieg auf das Hochufer, sah sich kurz um und nickte erleichtert. »Es ist niemand zu sehen«, sagte sie, als sie zum Ufer zurückgekehrt war. »Die Kerle starren alle auf die Burg und malen sich aus, was sie mit ihren Bewohnern anstellen können.«
Michi löste eine Schnur, die er um den Gürtel gebunden hatte, zog daran und holte ein mehrfach eingewickeltes Paket aus dem Schacht. »Hier!« Marie öffnete es und hielt zwei prall gefüllte Schweinsblasen in der Hand, die schwach, aber unangenehm rochen. Sie packte sie wieder ein und überlegte sich, wie sie das Päckchen ins Lager schmuggeln konnte. Ihr Blick fiel auf den

Wäschekorb. Schnell leerte sie ihn und legte das Päckchen hinein. Die Wäsche würde es auf ihrem Weg ins Lager verbergen.

Michi hatte inzwischen ebenfalls einen Blick über die Kante des Hochufers geworfen. »Es laufen noch nicht viele Leute außerhalb des Lagers herum. Da will ich mich beeilen und zu Ritter Heinrich zurückkehren.«

»Pass gut auf dich auf und halt dich immer in Deckung, bis du tief drinnen im Wald bist, und gib dort auf Holzsammler Acht.«

Michi nickte. »Weiß schon! Pass du auch auf dich auf. Wann kannst du die Fässer vergiften?«

»Erst tief in der Nacht. Zum Glück wird nur noch am Abend Bier ausgeschenkt, weil die Vorräte sonst nicht mehr lange reichen, und so wird man nichts bemerken, bis es zu spät ist. Sage Heinrich von Hettenheim, dass ihr erst morgen Nacht hier auftauchen dürft.«

»Das hat Onkel Michel schon so bedacht. Wir sollen uns kurz vor der Morgendämmerung der übernächsten Nacht durch den Belagerungsring kämpfen, wenn das Zeug die meisten von den Hussiten erwischt hat und die anderen noch schlaftrunken sind. Du musst dich bereithalten, mit uns zu kommen.« Als Marie nickte, winkte er ihr zu und verschwand wie ein Schatten.

Marie blieb in einem Wust widerstrebender Gefühle zurück, die jedoch weniger der vor ihr liegenden Aufgabe galten als Michel. Zwei Tage und zwei Nächte würde sie noch warten müssen, bis sie ihn wieder in die Arme schließen konnte, und sie wusste nicht, wie sie diese Zeit überstehen sollte, denn sie zitterte jetzt schon vor Ungeduld. Gleichzeitig hatte sie Angst vor dem Wiedersehen. Sie war älter geworden und nach all den Strapazen und Schrecken, die sie durchlebt hatte, bestimmt nicht mehr so hübsch wie zu dem Zeitpunkt, an dem Michel sie verlassen hatte. Drei Jahre der Trennung ließen sich nicht so einfach wegwischen. Voller Zweifel beugte sie

sich über ihre Arbeit und hieb mit dem Knüppel auf die eingeweichten Hosen ein, als wolle sie ihre Besitzer erschlagen.
Ganz in Gedanken verstrickt, achtete Marie nicht auf den Lauf der Sonne und erschrak, als ein Schatten über sie fiel. Es war jedoch keiner der Taboriten, sondern Anni, die ihr einen Napf Essen brachte. »Du bist nicht gekommen, darum habe ich gedacht, ich sehe nach dir.« Ihre Zunge formte die Worte immer noch etwas schwerfällig, und ihre Erinnerung an ihr früheres Leben war noch nicht zurückgekehrt, doch in Maries Nähe schien sie sich so glücklich zu fühlen, wie es das Leben als Sklavin in einem Kriegslager zuließ.
Marie nahm den Napf und bedankte sich mit einem übermütigen Lachen, das Anni neugierig machte.
»Etwas mit dir ist geschehen«, stellte sie fest.
Marie beugte sich über den Korb und lüftete kurz die Wäsche, die sie bereits wieder hineingelegt hatte, um Anni das Paket zu zeigen. »Da drin ist ein betäubendes Mittel, das wir kommende Nacht ins Bier geben werden, und in der nächsten Nacht müssen wir uns bereithalten, in die Burg zu fliehen.«
Anni brauchte eine Weile, bis sie Maries Worte begriff, schüttelte dann aber heftig den Kopf. »Aber das nützt doch nichts. Vyszo wird doppelt wütend sein, die Burg stürmen lassen und alle darin umbringen.«
Marie schüttelte lachend den Kopf. »Stürmen kann er sie ja lassen, aber er wird sie nicht erobern, denn sie wird von meinem Michel verteidigt.«
So leicht ließ Anni sich nicht beruhigen, und es dauerte eine Weile, bis Marie ihr Michels Plan begreiflich machen konnte. Schließlich nickte das Mädchen, weil ihm die Zunge versagte, bückte sich mit entschlossener Miene und half Marie, die Wäsche zu schlagen. Als

die Sonne schon im Westen stand und die Schatten lang geworden waren, tauchte Przybislav auf, schlenderte, als er Anni sah, scheinbar achtlos an den beiden Frauen vorbei und kehrte mit einem säuerlichen Gesicht um.

Kurz darauf beendeten Marie und Anni ihre Arbeit und trugen den schweren Korb mit den nassen Kleidungsstücken ins Lager. Helene erwartete sie bei ihrem Kochfeuer und wollte ihnen helfen, die Wäsche zum Trocknen über die Wagenleitern zu hängen. Marie griff nach ihrem Handgelenk und hielt sie auf. »Vorsicht, unter den Sachen ist etwas, das unsere Freunde nicht sehen dürfen.«

Helene hob verwundert die Augenbrauen und beugte dann den Kopf, damit keiner der herumlungernden Taboriten die Verblüffung auf ihrem Gesicht bemerken konnte. »Was hast du da?«

»Es handelt sich um einen Sud, der Vyszos Leute lange genug außer Gefecht setzt, damit wir in die Burg fliehen können, zusammen mit den Männern eines deutschen Ritters, die die Besatzung verstärken sollen. Wir müssen das Zeug noch heute Nacht ins Bier geben.«

Helene schüttelte den Kopf. »Das ist unmöglich! Die Biervorräte werden viel zu gut bewacht, und man würde uns entdecken, sowie wir uns den Fässern nähern.« Noch während sie sprach, veränderten sich ihre Gesichtszüge, und sie ballte die Fäuste. »Vielleicht geht es doch. Soviel ich weiß, schiebt Hasek heute als Erster Dienst. Er ist schon öfter um mich herumscharwenzelt und wird gewiss nichts dagegen haben, wenn ich heute Nacht zu ihm komme und ihn ein wenig wärme.«

Marie blickte zur Seite, damit Helene den Ekel auf ihrem Gesicht nicht sehen sollte. »Du willst dich ihm freiwillig hingeben?«

»Ihm und seinem Kameraden, der mit ihm Wache halten wird.

Was bleibt mir denn anderes übrig? Przybislav kam vorhin zu mir und fragte, ob ich schon wieder gesund wäre. Natürlich habe ich auf der Stelle einen Hustenanfall bekommen, aber ich werde ihn nicht mehr lange hinhalten können. Wenn ich mich nicht noch jahrelang unter diesen nach Knoblauch stinkenden Bock legen will, muss ich heute mal die Beine für Hasek und seinen Kameraden breit machen.«

»Helene hat Recht«, stimmte Anni ihrer Freundin zu. »Ich gehe mit ihr und lenke auch Wachen ab, und du tust in Ruhe Bier vergiften. Ich will auch weg! Männer sehen mich an wie gebratenes Hühnchen, und Przybislav sagt, ich soll zu ihm ins Zelt.«

Marie musterte sie aufmerksamer als sonst. Annis Formen waren trotz des knappen Essens den Winter über voller geworden, und sie wirkte nun weiblich genug, um eine Verlockung für die Männer darzustellen. Nicht mehr lange, dann würde man auch sie als Lagerhure missbrauchen, ohne dass sie den Lohn bekam, der einer solchen zustand. Marie legte ihren beiden Gefährtinnen die Hände auf die Schultern und zog sie an sich. »Ich hasse es, von euch zu verlangen, die Beine für die Wächter breit zu machen, aber es gibt wohl keinen anderen Ausweg. Verschafft mir um Himmels willen genug Zeit, damit ich mehrere Fässer mit dem Gebräu versetzen kann.«

»Das werden wir«, versprach Helene mit entschlossener Miene. »Doch jetzt sollten wir zu Abend essen und uns ein wenig ausruhen. Die Nacht wird anstrengend werden.« Sie blinzelte Marie und Anni zu und eilte zum Kochfeuer, um drei Näpfe für sich und ihre beiden Freundinnen zu füllen.

3.

Als die Nacht kam, legten sich die drei Frauen unter den Wagen, dem sie zugeteilt worden waren, und hüllten sich in ihre Decken. Obwohl sie kurz darauf in regelmäßigem Rhythmus atmeten und Helene sogar ein leises Schnarchen von sich gab, hielt die Aufregung alle drei wach. Marie sah zum Himmel hoch, der so bedeckt war, dass man keinen Stern erkennen konnte, und bedauerte es, die Zeit nicht abschätzen zu können. Sie durften nicht zu früh zu den Biervorräten schleichen, denn dann würden die Wächter noch zu munter sein und misstrauisch werden, zu spät aber durften sie auch nicht aufbrechen, um nicht auf die Ablösung zu treffen.

Helene nahm ihr schließlich die Entscheidung aus der Hand. Sie wickelte sich aus ihrer Decke, ging ein paar Schritte beiseite und hockte sich hin, um ihre Blase zu entleeren. Zwar hatten die Taboriten am Waldrand mehrere Latrinen ausgehoben und den Kriegern bei Strafe verboten, sich an anderer Stelle zu erleichtern, doch bei Nacht trauten sogar Renata und deren Freundinnen sich nicht dorthin, denn trotz der scharfen Verbote der Prediger waren dort schon einige Frauen in die Büsche gezerrt worden und die meisten Männer unerkannt und unbestraft davongekommen.

Anstatt zu ihrem Schlafplatz zurückzukehren, sah Helene sich forschend um und deutete ihren beiden Gefährtinnen an, die Luft sei rein. Anni kroch ebenfalls unter dem Wagen hervor und huschte zu ihr hin, während Marie das Paket öffnete und die beiden Schweinsblasen herausnahm. Sie wog sie in der Hand und schickte ein Stoßgebet zum Himmel, dass das Gebräu seinen Zweck erfüllen würde. Dann gesellte sie sich zu ihren Freundinnen und blickte sich ebenfalls sorgfältig um. Im flackernden Schein der um das Lager ver-

streuten Wachfeuer war nicht zu erkennen, ob jemand auf sie aufmerksam geworden war.
»Nun wird es ernst«, flüsterte sie den beiden anderen zu und winkte ihnen, ihr zu folgen. Jetzt galt es, zu den Biervorräten zu gelangen, ohne von den Posten gesehen zu werden. Die Männer starrten jedoch zumeist zur Burg hinüber oder hielten den Waldrand im Auge, um auch dort vor Überraschungen sicher zu sein, und unterhielten sich flüsternd miteinander. Keiner von ihnen achtete auf die drei Gestalten, die sich lautlos im Schatten der Wagen und Zelte bewegten. Kurz vor dem Ziel trennte sich Marie von ihren Gefährtinnen. Helene und Anni richteten sich auf, traten in den Lichtkreis des Feuers, welches die Biervorräte beleuchtete, und gingen mit wiegenden Hüften auf die beiden Krieger zu, die wie Hirtenhunde um die mehr als mannshoch aufgestapelten Fässer kreisten. Beim Anblick der beiden Frauen blieben sie stehen und senkten ihre Spieße.
Helene breitete die Arme aus. »Habt ihr nicht einen Becher Bier für zwei durstige Kehlen? Uns ist heute nämlich nicht nach Wasser zumute.«
Die beiden Posten wechselten einen kurzen Blick und bemühten sich, so streng wie möglich zu erscheinen. »Nach dem Zapfenstreich ist es streng verboten, den Bierhahn zu öffnen«, sagte der eine.
»Es sei denn, ihr seid bereit, dafür zu bezahlen, dass wir darüber hinwegsehen«, setzte sein Kamerad Hasek hinzu und bewegte dabei sein Becken anzüglich vor und zurück.
»Ach so, das meint ihr! Darüber könnte man reden.« Helene hob ihren Rock und drehte sich so, dass der Schein des Feuers genau auf das lockige Dreieck zwischen ihren Schenkeln fiel.
Hasek stöhnte wohlig auf, griff in seinen sich ausbeulenden Hosenlatz und holte sein Glied hervor. Als er auf Helene zutreten wollte, wies diese auf das Fass. »Zuerst das Bier!«

Der andere Krieger nahm vier Becher aus einem Sack und füllte sie bis zum Rand an dem Fass, das am Abend als letztes aufgebockt worden war. »Wenn wir mit euch zufrieden sind, könnt ihr mehr davon haben.«

»Ihr werdet mit uns zufrieden sein«, versprach Helene, während sie ihren Becher entgegennahm.

Marie versteckte sich indessen hinter den aufgestapelten Bierfässern und erkannte mit Schrecken, dass sie einen wichtigen Punkt ganz außer Acht gelassen hatte. Jedes einzelne Fass war fest verspundet, und sie würde sie nicht mit bloßen Händen öffnen können. Im ersten Augenblick wollte die Enttäuschung sie niederwerfen. Sie hatte schmählich versagt, und ihre Gefährtinnen würden sich nun umsonst erniedrigen. Dann erinnerte sie sich an die primitive Eisenzange, die zum Öffnen der Spundlöcher verwendet wurde, und blickte sich suchend um.

Als sie sie neben dem aufgebockten Fass liegen sah, wurden Helene und Anni bereits heftig von den vor Lust keuchenden Kriegern bearbeitet. Marie kroch auf Händen und Knien um den Stapel herum, hob die Zange auf und kletterte auf die aufgestapelten Fässer. Als sie den ersten Spundzapfen herauszog, gab es ein zischendes Geräusch. Sie hatte sich eng an die Fässer geschmiegt, um nicht gesehen zu werden, und hielt ängstlich den Atem an. Doch die Geräusche unter ihr verrieten, dass die Wachen sich noch immer mit ihren Freundinnen beschäftigten. Sie konnte nur die obersten Fässer erreichen, wusste aber genau, in welcher Reihenfolge sie verbraucht wurden. So schätzte sie ab, wie viel von der Flüssigkeit sie für jedes verwenden konnte, und schüttete nach kurzem Überlegen ein Viertel des Inhalts der ersten Schweinsblase durch das Spundloch. Dabei musste sie an sich halten, um nicht heftig zu niesen, so stark biss der Geruch des Gebräus in ihrer Nase. Sie konnte nur hoffen, dass das Zeug den

Geschmack des Bieres nicht so stark beeinträchtigte, dass man es wegschüttete. Als sie das Fass wieder verschließen wollte, stieß sie auf die nächste Schwierigkeit. Wenn sie den Zapfen mit der Zange einschlug, würde sie jeden Posten im Lager alarmieren. Daher drückte sie das Holzstück mit den Händen ein und hoffte, den Taboriten würde nicht auffallen, dass sich einige der Fässer leichter öffnen ließen als andere.

Als die zweite Schweinsblase leer war, musste sie gegen eine aus Erleichterung geborene Schwäche ankämpfen, die sie hindern wollte, von dem Fassstapel herabzusteigen. Sie atmete kräftig durch, hörte auf das Gurren, mit dem Helene und Anni die Männer bezirzten, und kletterte an der dunkelsten Stelle wieder herab. Erst nach ein paar Schritten bemerkte sie, dass sie aus Versehen die Zange mitgenommen hatte. Schnell kehrte sie um, sah Helene und Anni mit Bierkrügen, von denen noch Schaum herabtropfte, bei den Männern stehen und mit ihnen lachen. Schnell legte sie die Zange dorthin, wo sie sie gefunden hatte, durchquerte vorsichtig das ihr seltsam ruhig erscheinende Lager und verkroch sich auf ihren Schlafplatz. Kurz darauf kehrten auch Helene und Anni zurück. Während sie sich in ihre Decken hüllten, tauschten sie leise ihre Erlebnisse aus. Marie berichtete von ihrem Erfolg, während Helene sich wohlig räkelte.

»Du, Marie, ist es eine Sünde, wenn es einem gefällt, unter einem Mann zu liegen? Mich erfasste heute ein Gefühl, wie ich es vorher nie erfahren habe.«

Marie schüttelte den Kopf, bis ihr einfiel, dass ihre Freundin sie in der Dunkelheit nicht sehen konnte. »Nein, das ist es nicht. Dieses Gefühl sollte eigentlich jede Frau empfinden, die sich freiwillig einem Mann hingibt. Wenn du erst mit einem braven Mann verheiratet bist, wirst du es sogar genießen.«

»Das könnte mir gefallen«, murmelte Helene schon halb im Einschlafen. »Aber dafür muss ich erst mal einen guten Mann finden.«
Marie lächelte und wandte sich Anni zu. »War es sehr schlimm?«
Das Mädchen drängte sich enger an sie. »Es tat nicht weh. Nicht wie bei dem bösen Ritter Gunter. Der hat mir schlimme Schmerzen gemacht.«
»Versuch, nicht mehr daran zu denken, denn wenn du älter geworden bist und ein zärtlicher Ehemann dich in die Liebe einführt, wird es auch dir gefallen.«

4.

Michi empfand eine schier unendliche Erleichterung, als er den Belagerungsring hinter sich gelassen und ein Stück in den Wald eingedrungen war, ohne entdeckt zu werden. Nun folgte er dem Pfad, den er mit Marek gekommen war, und als er keine Entdeckung mehr fürchtete, begann er zu rennen. Es drängte ihn, seine Freunde mit all den Neuigkeiten zu überraschen, die er erfahren hatte. Aber bald stieg kalte Verzweiflung in ihm hoch. Er hatte das Gefühl, schon stundenlang gelaufen zu sein, ohne eine Spur von Ritter Heinrichs Trupp zu entdecken, und ein paar Augenblicke bildete er sich ein, sie seien abgezogen, ohne auf ihn zu warten. Dann kam ihm der Gedanke, er sei in die falsche Richtung gelaufen, und er wollte umkehren. Gerade als er zögernd stehen blieb, schälte Marek sich aus dem Halbdunkel des Waldes.
»Dem Himmel sei Dank, dass du zurückgekehrt bist. Wir haben uns schon große Sorgen um dich gemacht. Wie steht es in der Burg?«

»Ich soll dich von deinem Herrn und Ritter Michel grüßen«, antwortete Michi grinsend.
Marek schüttelte verblüfft den Kopf. »Ritter Michel? Wer ist denn das?«
»Der Mann, den ihr den Deutschen genannt habt.«
»Der Deutsche ist ein Ritter? Na sieh einer an! Ich habe ihn eher für den Hauptmann eines Fußhaufens gehalten.«
Michi grinste übermütig. »Er ist sogar ein echter Reichsritter und mein Patenonkel!«
Marek atmete mehrmals kräftig durch und zeigte dann nach hinten. »Komm mit, Ritter Heinrich wartet bereits begierig auf deinen Bericht.« Für sich selbst setzte er kopfschüttelnd hinzu: »Der Deutsche ist ein Ritter! Es geschehen noch Zeichen und Wunder.«
Ritter Heinrich hatte seinen Trupp auf einer kleinen, von dichtem Wald umschlossenen Lichtung lagern lassen. Es war mühsam gewesen, die Wagen dorthin zu bringen, doch nun standen sie so gut versteckt, dass die Taboriten direkt auf sie hätten stoßen müssen, um das Lager zu entdecken. Als Michi mit Marek erschien, hielten die Anführer gerade Kriegsrat. Ritter Heinrich brach mitten im Wort ab, sprang auf und eilte ihnen sichtlich erleichtert entgegen.
»Michi! Na endlich! Wir haben uns alle schon gefragt, ob die Hussiten dich gefangen und gebraten hätten. Jetzt setz dich hierher. Du hast sicher Hunger! Ich werde Eva sagen, dass sie dir gleich etwas zu essen geben soll.«
Michi winkte ganz aufgeregt ab. »Ich habe einen großen Napf Morgensuppe und ein Stück Schinken verputzt, bevor ich aufgebrochen bin, und möchte lieber gleich berichten.«
»Dann setz dich!« Ritter Heinrich drückte den Jungen auf die primitive Bank, auf der Sprüngli und Junker Heribert saßen, blieb selbst aber hinter seinem klappbaren Feldstuhl stehen, stützte sich

auf die Lehne und blickte Michi auffordernd an. Dabei fragte er sich, was in dem Jungen vorging, denn dessen Gesicht wirkte viel zu fröhlich und verschmitzt für die verfahrene Situation.
Michis Bericht drehte sich zunächst darum, wie er in die Burg eingedrungen war und die Köchin getroffen hätte. Er lobte ihre Kochkünste ebenso wie ihre freundliche Art und kam dann erst auf Sokolny zu sprechen und das, was die Männer um ihn herum am meisten interessierte. Ritter Heinrich schnaufte, als Michi kurzerhand erklärte, der Herr der Burg wolle, dass sie sich in der übernächsten Nacht durch den Belagerungsring kämpften.
»Das wird blutig werden, selbst wenn wir die Kerle im Schlaf überraschen könnten.«
Urs Sprüngli hieb mit der Faust auf das Brett, das ihnen als Tisch diente. »Besser, wir handeln selbst, als dass uns die Hussiten wie die Hasen durch die Wälder hetzen.«
Marek lachte hart auf. »Die Kerle krabbeln herum wie Schmeißfliegen auf Kuhdung und kommen uns immer näher. Es wird nicht lange dauern, bis sie uns entdecken, und dann können uns höchstens noch Flügel helfen. Aber ich besitze keine!« Dabei breitete er die Arme aus, um das Fehlen von Federn zu demonstrieren.
Michi prustete wie ein Lausbub nach einem gelungenen Streich. »Ritter Michel hat alles gut geplant. In dem Augenblick, in dem wir angreifen, machen die Leute in der Burg einen Ausfall. Aber er glaubt nicht, dass noch viele Hussiten kampffähig sein werden, denn Frau Marie wird den Kerlen einen Saft ins Essen mischen, der ihnen schwer im Magen liegen dürfte.«
»Marie? Welche Marie?« Junker Heribert fuhr hoch wie von einem giftigen Insekt gestochen. »Du meinst doch nicht unsere Marie?«
Zufrieden mit dem Aufsehen, das er erregt hatte, nickte Michi.

»Ja, genau, unsere Marie. Sie und Anni sind Gefangene der Hussiten, und wenn wir kommen, werden sie mit uns in die Burg fliehen.«

»Marie lebt! Dem Himmel und allen Heiligen sei Dank!« Der Junker kniete nieder und faltete die Hände, um zu beten.

Urs Sprüngli sah ihm zu und verzog sein Gesicht in nachdenklichem Spott. »Du sagtest etwas von einem Ritter Michel. Ich kannte einen Mann, der Michel Adler hieß. Der aber soll vor ein paar Jahren einer Bande Hussiten zum Opfer gefallen sein.«

Michi lächelte stolz. »Gefallen ist er nicht! Er war verwundet, und Falko von Hettenheim hat ihn hilflos zurückgelassen. Mit Gottes Hilfe ist es ihm gelungen, den Hussiten zu entkommen und nach Falkenhain zu flüchten.«

Urs Sprüngli stieß die Luft mit einem pfeifenden Laut aus den Lungen. »Wenn das wahr ist, dann habe ich keine Sorge mehr. Ich halte viel von Michel Adler. Was der in die Hand nimmt, gelingt.«

»Wollen wir es hoffen«, warf Ritter Heinrich grimmig ein.

Es entspann sich nun ein eifriges Gespräch zwischen den Männern, in dem Michi noch allerlei Fragen gestellt wurden. Als ihm endlich niemand mehr Beachtung schenkte, stand er auf und schlenderte zu Evas Wagen hinüber, neben dem ein Kessel über einem kaum wahrnehmbaren Feuer hing. Die alte Marketenderin sah ihn kommen und reichte ihm einen gut gefüllten Napf.

»Hier, Michi, du musst ja ganz ausgehungert sein.« Das war er zwar nicht, doch der Brei fand durchaus noch Platz in seinem Magen. Während er aß, lächelte er Trudi zu, die in der Nähe stand und ihm mit schräg gelegtem Kopf zusah.

»Komm her, Schatz! Ich habe wunderbare Neuigkeiten! Ich habe deine Mama getroffen, und sie wird bald wieder bei uns sein.«

»Damit scherzt man nicht! Du machst unserer Kleinen das Herz noch schwerer, als es bereits ist«, schimpfte Eva, erntete jedoch nur ein überlegenes Lächeln.

»Es ist die Wahrheit. Marie lebt! Die Hussiten haben sie gefangen genommen, und sie muss Sklavendienste leisten. Aber sowie wir uns in die Burg durchschlagen, wird sie sich uns anschließen.«

»Na, wenn das nur mal so einfach geht, wie ihr euch das vorstellt«, antwortete Eva knurrig und reichte Trudi eine Trockenpflaume.

5.

In der Nacht nach Michis Rückkehr hatte kaum einer der Männer in Ritter Heinrichs Lager Schlaf gefunden, und der nächste Tag war viel zu schnell vergangen, so dass sie mit ihren Vorbereitungen erst kurz vor Einbruch der Dunkelheit fertig geworden waren. Heinrich von Hettenheim kontrollierte noch einmal jede Einzelheit, um sich zu vergewissern, dass kein selbstverschuldeter Zwischenfall sie unterwegs behinderte. Er hatte lange geschwankt, ob er die Wagen nicht besser zurücklassen sollte, sich aber dagegen entschieden. Zum einen würde es Trudi und den Frauen kaum gelingen, im Schlachtgetümmel mit den Männern Schritt zu halten, und die Wagen boten ihnen einen gewissen Schutz, und zum anderen wollte er die mitgeführte Ausrüstung nicht den Feinden in die Hände fallen lassen. Um die Hussiten nicht durch die Geräusche der eisenbereiften Räder zu warnen, hatte man diese mit Gras, Decken und Zeltleinwand umwickelt und alles, was aneinander schlagen und klappern hätte können, abgepolstert und gesichert.

Im letzten Schein des Tageslichts rief der Ritter die Männer zusammen und wies nach Osten, wo sich die Kuppe des Lom scharf gegen den dunkler werdenden Himmel abzeichnete. »Ihr wisst, was uns heute Nacht erwartet. Wir stehen einem weit überlegenen Feind gegenüber und haben nur dann eine Chance, in die Burg zu kommen, wenn wir ihn überraschen können. Achtet also unterwegs darauf, dass eure Waffen nicht klirren, und gebt keinen Laut von euch. Ich schlage eigenhändig jeden nieder, der das vergisst. Das gilt auch für dich, Eva, und die anderen Frauen. Ich will weder Flüche hören noch Peitschenknallen.«

»Wir werden so leise sein wie ein Wiesel auf dem Weg zum Hühnerstall«, versprach Eva.

Labunik lachte leise auf und zwinkerte Marek zu. »Ich wusste gar nicht, dass du dich für Hühnerställe interessierst!« Als Junker Heribert ihn verwirrt anstarrte, erklärte er ihm, dass Mareks Sippenname Lasicek eine Ableitung des tschechischen Worts für Wiesel war. Jetzt begannen auch die Umstehenden zu lachen und zogen sich Ritter Heinrichs Zorn zu.

»Ich freue mich ja, dass ihr so guten Mutes seid, doch solltet ihr es weniger lautstark bekunden. Jeder Hussit kann euch auf Meilen hören!«

»Aber Herr Ritter, wenn die Taboriten wirklich in der Nähe wären, würden sie auch Euch jetzt hören«, antwortete Marek treuherzig und brachte die anderen erneut zum Lachen.

Heinrich von Hettenheim verbiss sich einen Fluch, der um einiges lauter gewesen wäre als die Stimmen seiner Soldaten, und grinste verkniffen. In gewisser Weise war er erleichtert, dass seine Männer fröhlich und mit entschlossenem Herzen in die Schlacht zogen, anstatt am Boden zu knien und sämtliche Heilige um die Rettung ihrer Seelen anzuflehen.

»Wir werden ja sehen, was ihr taugt. Ruht euch noch ein wenig aus und versucht zu schlafen. Wenn der Mond über den Bäumen steht, ist es mit dem Faulenzen vorbei.«

»Das war eine gute Ansprache«, lobte Eva ihn und reichte ihm einen Becher Wein. »Auf ein gutes Gelingen, Herr Ritter!«
»Auf ein gutes Gelingen!« Heinrich von Hettenheim stürzte den Wein in einem Zug hinunter und gab ihr den Becher zurück.
»Wollt Ihr noch einen?«, fragte Eva.
Der Ritter machte eine abwehrende Handbewegung. »Nein, ich muss einen klaren Kopf behalten. Aber nun zu dir und Theres. Ihr beide wisst, was ihr zu tun habt?«
»Da Ihr es uns erst fünfmal erklärt habt, müssten wir es allmählich begriffen haben«, spottete die Marketenderin. »Aber zu Eurer Beruhigung will ich es wiederholen. Wir werden unsere Wagen eng zusammenhalten. Ich fahre mit Michi und Trudi voraus. Die Kleine ist dabei im Wagenkasten versteckt, damit ihr nichts passieren kann. Theres folgt mir, und dahinter kommen die beiden Trosswagen. Um die Wagen herum stellt Ihr Eure Männer auf, so dass wir wie ein stachliger Igel auf die Feinde zurücken, die uns, so Gott will, erst im letzten Augenblick entdecken und nicht mehr in der Lage sein werden, sich zu sammeln und uns den Weg zu verlegen.«
»Spottdrossel!«, schalt Ritter Heinrich und deutete auf den Becher. »Schenk mir doch noch einmal ein. Aus deinem Mund hört sich mein Plan nämlich bei weitem nicht so gut an, wie ich es mir eingebildet habe. Jetzt brauche ich doch etwas, um meinen Mut zu stärken.«
»Stärkt ihn aber nicht zu sehr, sonst müssten wir Euch zu Trudi in den Wagen legen. Wenn Ihr dann schnarcht, muss ich Euch den Mund zubinden, damit Ihr die Hussiten nicht vor uns warnt.«
Ritter Heinrich holte aus, um Eva für diese Frechheit mit einem leichten Knuff zu bestraffen, doch die Alte wich ihm geschickt aus und kehrte kichernd zu ihrem Wagen zurück, um den Becher zu füllen.

In dieser Nacht wünschte Heinrich von Hettenheim sich einen Engel des Herrn, der für ihn die Stunden gezählt hätte. Er saß auf einem umgestürzten Baum und blickte zum Himmel hoch, der heute so klar war, dass die Zahl der Sterne sich verzehnfacht zu haben schien, und wartete auf den richtigen Augenblick zum Aufbruch. Junker Heribert und Urs Sprüngli gesellten sich schweigend zu ihm und hingen ihren eigenen Gedanken nach. Schließlich hielt der Ritter die Anspannung nicht mehr aus. Er stand auf, klopfte den beiden auf die Schultern und wollte den Befehl geben, die Schläfer zu wecken. In dieser Nacht hatte jedoch kaum einer Schlaf gefunden, und kaum sahen sie ihren Anführer auf sich zukommen, erhoben sie sich und griffen nach ihren Spießen. Im Licht der schmalen Mondsichel, die nun von Süden über die Baumwipfel stieg, vermochte Heinrich ihre Gesichter nicht zu erkennen, doch er nahm nicht an, dass sie noch so fröhlich waren wie zu Beginn der Nacht.
»Es ist dunkler, als ich angenommen hatte«, sagte er zu Marek. »Sollten wir nicht doch Fackeln anzünden, zumindest so lange, wie der letzte Höhenzug zwischen uns und den Belagerern liegt?«
Marek stieß zischend die Luft aus. »Davon würde ich Euch abraten. Wenn die Taboriten einen Mann auf dem Kamm postiert haben, wird er unseren Lichtschein sehen, und unser Überraschungsmoment ist verflogen. Ich kenne die Gegend besser als den Inhalt meiner Geldkatze und kann euch führen. Sagt den Männern, dass sie den Boden vor sich mit den Schäften ihrer Speere abtasten und die Tiere am Kopfzeug führen sollen.«
Ritter Heinrich legte Marek die Hand schwer auf die Schulter. »Ich hoffe bei Gott, dass du Recht hast, denn ich will nicht erst nach Tagesanbruch vor der Burg ankommen, wenn unsere Gegner wieder hellwach sind und sich mit geballter Macht auf uns stürzen können.«

»Macht Euch keine Sorge. Wir werden wie geplant dort sein, wenn der erste Schein der Dämmerung den Himmel bleicht.« Marek schob Heinrichs Hand von seiner Schulter und setzte sich an die Spitze des Zuges. Kurz darauf waren sie unterwegs, und mehr als ein Mann richtete seine lautlosen Gebete zur Muttergottes und allen Heiligen, die er kannte, und bat sie, ihm in dieser Nacht beizustehen.

6.

Für Marie wollte der Tag nach ihrem Anschlag nicht vergehen. Bereits am Morgen hatte sie die Angst gepackt, die Hussiten könnten misstrauisch werden und entdecken, dass sich jemand an den Fässern zu schaffen gemacht hatte, denn Vyszo ließ ausgerechnet an diesem Tag dem einen oder anderen Krieger zur besonderen Belohnung einen Krug ausschenken. Wenn die Wachen gestanden, sich mit Anni und Helene vergnügt und deswegen nicht aufgepasst zu haben, war es auch um sie geschehen. Aber zum Glück fiel niemandem auf, dass die beiden Krieger, die ihr Bier aus einem neuen Fass erhalten hatten, einige Zeit später mit heftigem Durchfall zu den Latrinen wankten und auch danach noch über Leibschneiden klagten. Da in Kriegslagern immer wieder Krankheiten auftraten, befahlen ihre Anführer den beiden Männern, am Waldrand zu bleiben, um die Seuche nicht auf andere zu übertragen.

Marie fiel zunächst ein Stein vom Herzen, denn der Sud der Falkenhainer Köchin schien sehr wirksam zu sein. Doch als der Abend fortschritt und in die Nacht überging, begann sie zu zweifeln. Die meisten Krieger hatten inzwischen Bier aus den versetzten Fässern bekommen, aber keiner von ihnen schien krank zu werden, denn sie diskutierten lebhaft, ob die Burg schon am nächsten Tag fallen oder sich noch einen weiteren halten würde. Am Vormittag hatte Vyszo die größten Feldschlangen vor das Burgtor bringen und es beschießen lassen, obwohl die Bedienungsmannschaften nur unzureichend vor dem Pfeilhagel, den die Belagerten von den Türmen hatten herabregnen lassen, geschützt werden konnten. Der Spott war den Kriegern oben auf den Mauern aber schnell vergangen, denn die vierte Salve hatte eine Bohle des Tores splittern lassen, und nun wussten die Angreifer ebenso gut wie die Verteidiger, dass die Burg in wenigen Tagen fallen würde. Marie hörte einige Krieger Wetten darauf abschließen, dass der Sturm bereits am nächsten Tag zur Mittagszeit erfolgen würde.

Marie kannte die Wirkung der Geschütze aus den Gesprächen, denen sie bei der Arbeit in der Scheune gelauscht hatte, und befürchtete ebenfalls, dass das Burgtor schon nach wenigen Stunden unter den eisernen Kugeln nachgeben würde. Wenn es der Besatzung nicht gelang, dahinter eine Mauer aus Stein oder einen festen Wall aus Felsbrocken und Erde hochzuziehen, um den Angreifern die Erstürmung zu erschweren, würde Falkenhain kurz darauf erobert sein. Allerdings waren diese Waffen ohne Pulver wertlos, und so fasste sie einen Plan, der den Sturm auf die Burg hinauszögern und überdies Ritter Heinrichs Leuten den Weg ebnen sollte. Das Heer der Belagerer führte drei mit Pulverfässern beladene Wagen mit sich, und den mit dem besten Pulver hatte Vyszo direkt neben dem Hauptweg zur Burg aufstellen lassen. Wenn es ihr gelang, den Karren in Brand zu stecken und das Pulver zu sprengen, musste das die Taboriten verwirren und den Freunden etliche Gegner vom Hals schaffen. Ihr war klar, dass die Explosion möglicherweise auch sie umbringen würde, aber es war das Einzige, was sie noch tun konnte, um Trudis Leben zu retten und Michel die Zeit zu verschaffen, die er brauchte, um mithilfe der Verstärkung den Angriff auf Falkenhain abzuwehren. Das war ihr jedes Opfer wert.

Anni, die dicht an sie gekauert neben ihr lag, nahm ihre Hand und drückte sie sanft. Marie spürte, dass die Freundin, die längst nicht mehr ihre Schutzbefohlene war, sie trösten und beruhigen wollte. Sie erwiderte ihren Händedruck und lächelte, obwohl Anni sie in der Dunkelheit nicht sehen konnte. »Wir werden es schaffen!«, flüsterte sie, spürte aber, dass sie mehr sich selbst als dem Mädchen Mut machen wollte.

Die Zeit verging quälend langsam. Marie wagte nicht, die Augen zu schließen, denn sie hatte Angst, einzuschlafen und den Moment zu verpassen, in dem sie handeln musste. Sie begann, die Sterne zu zählen, verlor sich aber in der blinkenden Fülle am Firmament. Schließlich gab sie es auf und lauschte den Geräuschen des nächtlichen Lagers. Das Schnauben eines Pferdes in ihrer Nähe übertönte für einen Augenblick die gewohnten Schnarchgeräusche, und etwas weiter entfernt stand ein Mann auf, um zur Latrine zu gehen. Unterwegs wurde er von einem Posten angerufen und antwortete ihm mit einem Scherz.

Irgendwann wurde Marie so unruhig, dass sie nicht mehr liegen bleiben konnte. Sie schälte sich aus ihrer Decke und sah sich vorsichtig um. Im Lager war es genauso ruhig wie an den Tagen zuvor, und sie begann schon das Schlimmste zu befürchten. Die Wachen starrten zumeist zur Burg hinüber, deren Zinnenkranz von Fackeln und Feuerpfannen erhellt wurde. Hinter dem Tor ertönten pausenlos Hammerschläge und andere Geräusche, die verrieten, dass die Verteidiger es verstärkten und eine weitere Verteidigungsstellung aufbauten. Bei diesem Lärm, dachte Marie, würden die Taboriten die Annäherung der kleinen Entsatztruppe hoffentlich erst so spät bemerken, dass sie sich ihr nicht geschlossen entgegenwerfen konnten. Im gleichen

Moment vernahm sie ein ungewohntes Geräusch. Sie setzte sich auf und lauschte angespannt, begriff dann aber, dass sie ihren eigenen, wild hämmernden Pulsschlag hörte. Bevor sie sich wieder hinlegte, warf sie einen Blick auf den Torturm, auf der sich die Silhouette eines Mannes gegen eines der Feuer abzeichnete.
Die Taboriten hielten ihn wahrscheinlich für einen Wächter, der sich dort oben vor ihren Pfeilen in Sicherheit wähnte und deswegen jede Deckung verschmähte. Sie aber nahm an, dass es Michel war. Er spähte über das nächtliche Land und schien in dem Licht der langsam versinkenden Mondsichel etwas zu erkennen, denn er machte mit einem Mal eine auffordernde Handbewegung. Marie war überzeugt, dass das Zeichen ihr galt, und stupste Anni und Helene an. Die beiden schienen ebenfalls keinen Schlaf gefunden zu haben, denn sie richteten sich augenblicklich auf.
»Gebt Acht«, flüsterte Marie ihnen zu. »Wenn die Posten Alarm geben, schleicht ihr euch zur Burg und wartet, bis das Tor geöffnet wird, ist das klar?«
»Und was machst du?«, fragte Helene besorgt.
Marie wies mit dem Kinn zum Munitionswagen an der Straße und bog, als Helene nicht darauf reagierte, deren Kopf in diese Richtung. »Ich werde das Pulver in Brand setzen, um die Verwirrung bei den Hussiten zu vergrößern.«
»Das ist doch Wahnsinn!«, rief Helene gefährlich laut. Marie legte ihr rasch die Hand auf den Mund. »Sei still, sonst gefährdest du uns alle. Versteh doch, das ist das Einzige, was ich tun kann, um unseren Leuten zu helfen.«
Mit diesen Worten stand sie auf und schlich davon. Die Männer, an denen sie vorbeikam, röchelten und stöhnten im Schlaf, als ahnten sie, dass sich etwas zusammenbraute, und hier und da stand einer auf und lief hastig zur Latrine. Es gelang ihr, ungesehen den Pulver-

wagen zu erreichen und sich hinter Vyszos Zelt zu verbergen, das nur wenige Schritte neben der gefährlichen Fracht stand. Das zweistimmige Schnarchkonzert, das zu ihr hinausdrang, verriet ihr, dass Renata bei ihrem Mann weilte und die beiden sich wohl kaum an den von Vyszo selbst erteilten Befehl gehalten hatten, der allen verbot, mehr als einen Becher Bier am Abend zu trinken.

Marie bleckte die Zähne. Wenn der Anführer der Taboriten betrunken war, erhöhte das die Chancen ihrer Leute, in die Burg zu gelangen und damit auch Trudi in Sicherheit zu bringen. Plötzlich ruckte ihr Kopf hoch. Ein neues Geräusch drang zu ihr, zwar nur leise, aber für ihre feinen Ohren deutlich vernehmbar. Ein Ochse muhte missmutig, und sie wusste genau, dass es in Vyszos Heer kein einziges Stück Rind gab. Ihr Blick suchte das nächstgelegene Wachfeuer, das in respektvoller Entfernung vom Pulverwagen entzündet worden war, und sie widerstand nur mühsam der Verlockung, rasch eines der brennenden Scheite zu packen und das Pulver zu entzünden. Sie musste warten, bis Ritter Heinrichs Truppe weit genug herangekommen war, um aller Augen auf sich zu ziehen. Die Zeit tropfte quälend langsam dahin und schien sich zu Jahren zu dehnen, während Marie gelegentlichen, kaum wahrnehmbaren Geräuschen zu entnehmen glaubte, dass der Zug ihrer Freunde sich näherte. Im Lager machte sich Unruhe breit. Mehr und mehr war das Tappen von Füßen zu vernehmen, gemischt mit Stöhnen und schmutzigen Flüchen, doch seltsamerweise schlug keiner der Posten Alarm. Inzwischen war der Mond untergegangen, und ein hellerer Schein überzog den östlichen Horizont. Wieder vernahm Marie das Brummen eines Ochsen und entdeckte dann einen Schatten auf der Hügelkuppe, der sich wie eine Wolke den Hang hinunter ausbreitete. Unwillkürlich sah sie zu dem Posten am nächsten Feuer hinüber und fand dessen Platz leer. Gleichzeitig sprang jemand nicht weit von ihr von einem der Wagen, rannte zu den Latrinen, als gelte es sein Leben, und blieb dann abrupt stehen. Der wüste tschechische Fluch verriet ihr, dass der Mann sich eben selbst beschmutzt hatte.

Ritter Heinrichs Männer hatten sich dem Rand des Belagerungsrings bis auf gut fünfzig Schritt genähert, als der erste Taborit sie entdeckte. Der Mann schien jedoch eher verwundert als besorgt zu sein und ging ihnen einige Schritte entgegen. »He, wer seid ihr und was wollt ihr?«

Statt einer Antwort rückten die deutschen Fußknechte enger zusammen und senkten die Spieße. Jetzt erst begriff der Wächter, dass er Feinde vor sich hatte, und gab Alarm. Vyszos Soldaten kamen jedoch bei weitem nicht so schnell auf die Beine, wie Marie befürchtet hatte. Viele der Männer taumelten wie betrunken und rissen die zu Pyramiden zusammengestellten Speere und Morgensterne zu Boden. Vyszo ließ sich überhaupt nicht blicken, dafür kam Renata mit auf den Bauch gepressten Händen aus dem Zelt und übergab sich mit einem gurgelnden Laut.

Marie wollte schon aufatmen, als ihr bewusst wurde, dass das vergiftete Bier lange nicht alle Gegner außer Gefecht gesetzt hatte. Obwohl sich nur wenige Unteranführer sehen ließen, rotteten sich genug Krieger zusammen, um das kleine Häuflein der Deutschen zu zermalmen. Für ein paar Augenblicke stand Marie starr vor Angst, dann aber kam Leben in sie. Sie rannte auf das Wachfeuer zu, packte ein brennendes Scheit und lief zum Pulverwagen zurück. Unterwegs raffte sie einige Decken und Wolfsfellmäntel an sich, die von ihren Besitzern achtlos beiseite geworfen worden waren, stopfte sie unter die Plane und hielt die Flamme darunter. Ein paar Männer taumelten schreiend und fluchend an ihr vorbei, ohne auf sie zu achten. Sie schwangen ihre Morgensterne, stolperten dabei aber über die eigenen Füße, brachen in die Knie und richteten sich fluchend

wieder auf. Da Marie nicht wusste, wie lange es dauern würde, bis das Pulver explodierte, stopfte sie die Fackel in den schon brennenden Stoff und rannte Richtung Falkenhain. Nach ein paar Dutzend Schritten sah sie sich unruhig um und biss sich auf die Lippen.
Für ihr Gefühl drangen Ritter Heinrichs Fußknechte viel zu rasch vor, so dass sie Angst bekam, der Pulverwagen würde erst dann explodieren, wenn die Männer ihn passierten. In dem Augenblick aber, in dem sie sich schon als Mörderin ihrer Tochter sah, ertönte auf der anderen Seite des Belagerungsrings ein furchtbarer Schlag.
Marie prallte herum und sah einen Feuerball wie eine gelbrote Blume aufblühen und wieder zusammenfallen. Gleichzeitig schrien Dutzende von Menschen voller Schmerz und Entsetzen auf. Noch bevor Marie begriff, dass eines der anderen Pulverfahrzeuge explodiert war, ging der von ihr angezündete Wagen hoch. Ein heftiger Schlag traf sie im Rücken und schleuderte sie nach vorne. Sie prallte hart auf und schmeckte Gras und Dreck zwischen den Zähnen. Angewidert spuckte sie aus, raffte sich mühsam auf und starrte auf das Unheil, das sie eben angerichtet hatte. Dutzende von Taboriten, die sich dort aufgestellt hatten, um den Deutschen den Weg zu verlegen, wälzten sich kreischend am Boden, andere rissen sich in Panik ihre brennenden Gewänder vom Leib oder rannten schreiend davon.
Ritter Heinrichs Männer wirkten erschrocken, schienen aber unverletzt geblieben zu sein und versuchten, ihre Marschformation einzuhalten; ihre Zugtiere jedoch waren in Panik geraten und stürmten kopflos davon. Marie hörte den Ritter Befehle schreien und sah, wie sich einige Männer an die Tiere hingen, um sie auf der Straße zu halten, die nicht weit vor ihnen aus dem Talboden aufstieg und sich wie eine Schlange den steilen Hang zur Burg hochwand. Evas dürre Gäule beruhigten sich schnell wieder, und da sie an der Spitze fuhr,

erleichterte ihr sich mäßigendes Tempo den Männern hinter ihr die Arbeit.

Erst als die Truppe an Marie vorübergezogen war, dachte sie daran, sich selbst in Sicherheit zu bringen, und lief geradewegs Richtung Burg. Nach zwei Schritten prallte sie gegen einen taboritischen Krieger und wurde mit einem rüden Stoß beiseite geschleudert. Sie hörte den Mann fluchen und nahm wahr, dass er seine Axt hob und in ihre Richtung zielte. Im gleichen Moment schwangen die Burgtore auf und lenkten die Aufmerksamkeit des Taboriten von ihr ab.

Mit Tränen in den Augen sah Marie zu Michel hinauf, der an der Spitze der Burgbesatzung aus dem Tor stürmte. Es waren kaum mehr als zweihundert Mann, zumeist Bauern und Handwerker, die sich nach Falkenhain geflüchtet hatten und von Marek und Michel im Gebrauch der Waffen ausgebildet worden waren. Marie sandte ein Stoßgebet zur Heiligen Jungfrau. Mit einem Mal überkam sie die Angst, ihr Mann könnte in diesem Scharmützel umkommen, dann würde sie ihn verlieren, ehe sie ihn richtig wieder gefunden hatte. Sie schüttelte die Furcht ab, zwang ihren Körper trotz der Schmerzen aufzustehen und sah Anni auf sich zulaufen. Gerade als sie sie bei der Hand nehmen und mit ihr auf kürzestem Weg zum Burgtor hochklettern wollte, tauchte Helene auf. Die junge Frau hielt sich den linken Oberarm und versuchte, mit einem Lappen das Blut zu stillen, das ihr schon über die Hand lief. Kurz bevor sie ihre Freundinnen erreichte, taumelte sie und brach in die Knie. Marie und Anni rannten zu ihr, fassten sie unter den Armen und schleiften sie halb laufend, halb kletternd die steilen Hänge hinauf, so dass sie die Truppe der Freunde, die immer wieder stark attackiert wurde, bald hinter sich ließen.

»Ich wollte es genauso machen wie du und einen Pulverwagen

sprengen, bin aber nicht schnell genug weggekommen«, erklärte Helene keuchend vor Schmerz. Marie stieß nur einen anerkennenden Laut aus und stieg schwer atmend weiter, bis sie das Tor erreicht hatten.

Dort wurden sie von einer kräftig gebauten Frau empfangen, die sie zunächst misstrauisch musterte, sich aber entspannte, als sie deutsche Laute vernahm. »Schnell, lauft die Treppe hoch und helft mit, die Mauern zu verteidigen. Wir brauchen jede Hand dort oben, wenn diese Schweine versuchen, im Getümmel die Mauern zu erklimmen«, herrschte sie die drei an.

»Meine Freundin ist verletzt!«, antwortete Marie scharf. Die Frau schob Helene kurzerhand unter eine Fackel im Innenhof.

»Du kommst mit mir und lässt dich versorgen!«, sagte sie zu ihr und wies gleichzeitig auf eine Treppe. »Ihr beiden anderen aber macht, dass ihr auf die Mauer kommt!«

Marie packte Anni und hetzte mit ihr nach oben. Auf dem Wehrgang standen etliche Frauen neben aufgestapelten Steinen und Kesseln, die dampfend über kleinen Feuern hingen, und starrten auf das Getümmel hinab. Im Licht der Fackeln wirkten ihre Gesichter maskenhaft starr. Gerade als Marie eine der Frauen ansprach und sie fragte, welchen Platz sie einnehmen sollte, zupfte Anni sie am Ärmel und zeigte auf den Belagerungsring. Dort schoss eine weitere Stichflamme in die Höhe, gefolgt von einem grollenden Donner und einem Lichtblitz, der stark genug war, die Augen zu blenden. Als Marie die Augen wieder öffnete, sah sie Anni neben sich lausbubenhaft grinsen und sich die Hände reiben.

»Das mein Pulverwagen! Ich habe auch gezündet!«, verkündete das Mädchen stolz.

Marie schüttelte lachend den Kopf. »Du und Helene, ihr zwei seid schon ein Paar verrückte Hühner.«

Anni versuchte, sie empört anzuschauen, musste aber kichern. »Du mehr verrückt!«

Eine der Tschechinnen starrte die Neuankömmlinge mit großen Augen an. »Ihr habt die Pulvervorräte der Taboriten in die Luft gejagt? Das hätte ich mich nicht getraut.«

»Ich auch nicht!«, rief eine andere Frau. »Ich zittere ja schon bei dem Gedanken, einer der Kerle von da unten könnte die Nase über die Zinnen stecken. Ich fürchte, ich renne vor Angst weg, wenn sie kommen …«

Marie achtete nicht auf die Frauen um sie herum, denn sie hörte dicht unter sich Eva fluchen und brüllen und konnte hören, wie sie auf ihre Pferde einschlug. Sie sah gerade hinunter, als der Wagen der alten Marketenderin auf das offene Burgtor zuschoss. Von hier oben sah es so aus, als würde er an der innen errichteten Schutzmauer zerschellen. Marie rannte zur anderen Seite des Wehrgangs und starrte atemlos in den Hof. Dort riss Eva ihr Gespann gerade mit aller Kraft herum, so dass der Wagen das Hindernis nur leicht streifte und schlingernd vor den Remisen zum Stehen kam. Theres' Karren folgte ihr mit einer Geschwindigkeit, als hätten ihre Ochsen Flügel bekommen, und die Lenkerin konnte gerade noch verhindern, dass ihre Tiere gegen das Stalltor prallten. Die beiden anderen Kutscher hatten ihre Tiere besser im Griff und lenkten ihre Wagen vorsichtig in den Hof.

Da sonst niemand mehr auftauchte, kehrte Marie zu den Zinnen zurück und sah, dass sich draußen ein heftiger Kampf entsponnen hatte. Etliche hundert Taboriten versuchten verbissen, den Ring, den die Verteidiger um das Tor bildeten, zu durchbrechen und sich den Weg in das Innere der Burg zu erzwingen. Während sie Michels und Ritter Heinrichs Schar hart bedrängten und dabei nur wenig Rücksicht auf ihr eigenes Leben nahmen, schleppten andere die in den letzten Tagen gezimmerten Leitern heran, um die Mauern zu stürmen. Die Frauen, Kinder und alten Leute, die die Burg hier oben verteidigten, leisteten jedoch geradezu übermenschliche Gegenwehr und ließen einen Hagel von Steinen, heißes Wasser und Pech auf die Angreifer niedergehen. Dennoch gelang es einigen der Taboriten, bis zur Mauerkrone hochzuklettern. Als die Frauen die Feinde dicht unter sich sahen, blieben einige wie gelähmt stehen, andere liefen schreiend davon. Marie sah den Kopf eines Taboriten zwischen den Zinnen auftauchen und spürte, wie all die Wut, die sie während ihrer Gefangenschaft heruntergeschluckt hatte, sich mit einem Schlag entlud. Sie griff nach einem der leeren Pechtöpfe und schlug wie rasend zu. Neben ihr schleuderten Anni und zwei andere Frauen Steine auf die ihm folgenden Männer. Die ersten drei rissen sich gegenseitig in die Tiefe, doch die anderen kletterten unverdrossen weiter. Erst als Wanda einen Topf siedenden Wassers auf die nächsten beiden Angreifer kippte, gelang es Marie und drei anderen Frauen, die leichter gewordene Leiter mit Stangen aus dem Gleichgewicht zu bringen und samt den letzten Taboriten hinabzustoßen.

Vor der Burg hatte Michel das Kommando ergriffen. Er ließ die Fußknechte und die von den Pferden abgestiegenen Ritter einen Keil bilden, so dass der Feind gegen drei Reihen Spieße anrennen musste. Unter seinem Befehl zog sich die Formation Schritt für Schritt in voller Ordnung zurück. Schon sah es aus, als würden die Verteidiger das Tor erreichen und es schließen können, da erschollen Signalhörner, und im Licht der beinahe blutroten Morgendämmerung tauchten Reiter am Waldrand auf.

Die Taboriten jubelten laut auf. Wanda, die neben Marie stand, verlor die Fassung und begann zu schreien, als habe man sie aufgespießt. »Das sind Hussiten! Jetzt ist es aus mit uns!«

Marie ballte die Fäuste, starrte die ledernen Waffenröcke mit den aufgenieteten Eisenplatten und die spitz zulaufenden Helme der vielleicht fünfhundert tschechischen Ritter an, die nun wie ein Mann ihre Speere zum Angriff senkten, und schwor sich, ihr Leben so teuer wie möglich zu verkaufen. Dann aber erkannte sie das Wappen des vordersten Reiters und jubelte auf. »Das sind keine Feinde!«, rief sie, so laut sie konnte. »Das ist Ottokar Sokolny mit seiner Schar. Sie kommen uns zu Hilfe!«

Im gleichen Augenblick sah sie, dass Vyszo, den die Explosion des Pulvers aus seinem Zelt geschleudert hatte, aus einem Busch kroch und taumelnd auf die Beine kam. Der Mann hatte noch nicht begriffen, dass dort keine Freunde aufgetaucht waren, denn er wankte den Reitern schmerzverkrümmt und mit nacktem Unterleib entgegen. Mit einem Mal aber blieb er wie angewurzelt stehen und streckte abwehrend die Arme aus. Ottokar Sokolny sprengte auf ihn zu, schlug ihm mit einer beiläufig wirkenden Bewegung den Kopf ab und hob die blutige Waffe hoch über seinen Kopf.

»Vorwärts, Männer! Tod den Taboriten!«

»Für Sokolny!«, brüllten seine Männer und trieben die Pferde an.

Michel nahm die Unentschlossenheit seiner Gegner als Erster wahr und schwang ebenfalls sein Schwert. »Los, Männer! Vorwärts! Jetzt ist unsere Stunde gekommen. Schlagt die Kerle, oder Falkenhain fällt!« Er stürmte auf den nächsten Taboriten zu, ohne darauf zu achten, ob jemand ihm folgte. Ritter Heinrich und Heribert von Seibelstorff hielten sich jedoch an seiner Seite und mähten sich mit ihren Langschwertern durch die Reihen der Gegner. Urs Sprüngli trieb die überraschten Fußknechte an, so dass sie sich den Feinden in halbwegs guter Ordnung entgegenwarfen und sie gegen Sokolnys Ritter trieben, so dass Vyszos Männer wie zwischen Hammer und Amboss zerschlagen wurden.

Nach kurzer Zeit glich die Schlacht einer Hatz der Verbündeten auf die überlebenden Taboriten. Nur hier und da versuchte eine Gruppe der geschwächten und durch Ottokar Sokolnys Auftauchen völlig verwirrten Belagerer den vereinten Kräften der Verteidiger standzuhalten, wurde aber schnell aufgerieben; die meisten, die noch laufen konnten, rannten davon wie Hasen. Wie vielen es gelang, sich in die Wälder zu retten, wusste hinterher keiner zu sagen, die Toten aber erzählten von dem hohen Blutzoll, den die Männer des Kleinen Prokop vor den Mauern Falkenhains hatten zahlen müssen.

Ottokar Sokolny und Michel hielten ihre Leute am Waldrand zurück, um sie nicht in sinnlosen Verfolgungen zu opfern. Václav Sokolny schloss zu ihnen auf, sprang aus dem Sattel und umarmte seinen Bruder weinend. »Bei Gott, Ottokar, du warst mir nie willkommener als an diesem Tag!«

»Wir müssen Gott danken, dass ein Mann, der es im Geheimen mit uns Kalixtinern hält, mich vor drei Tagen einholte und mir von Prokops und Vyszos Plänen berichtete. So konnte ich dir zu Hilfe zu eilen, und ich glaube, ich kam im letzten Moment.« Graf Ottokar löste sich aus den Armen seines Bruders und wies auf seine Begleiter. »Wir sind alle treue Tschechen, aber keine Freunde der Taboriten und ihrer Schreckensherrschaft. Wenn diesem Gesindel nicht Einhalt geboten wird, verwandelt es unser schönes Land in einen Friedhof.«

Václav Sokolny sah ihn verblüfft an. »Ihr wollt euch tatsächlich gegen die beiden Prokops und ihren Anhang stellen?«

»Wollen? Wir haben gerade damit begonnen!«, sagte der Mann neben Ottokar Sokolny in grimmigem Spott.

Graf Václav hob beschwichtigend die Hände. »Verzeiht mir, Pán Sebesta, ich wollte Euch nicht kränken.«

»Das habe ich auch nicht angenommen.« Sebesta Dozorik klopfte

Sokolny auf die Schulter und ließ dann seinen Blick über das Kampffeld schweifen. »Es tut gut zu sehen, dass dieses Knechtsgesindel endlich einmal Prügel einstecken musste. Die Kerle sollen ihre Waffen niederlegen, unsere Felder beackern und das Kriegshandwerk denen überlassen, die etwas davon verstehen.«

Michel hätte dem tschechischen Edelmann gerne ins Gesicht gesagt, dass Prokop und seine Taboriten wahrscheinlich mehr vom Kriegshandwerk verstanden als die meisten Standesherren mit klingenden Titeln und Adelsbriefen, wobei er auch den Kaiser selbst mit einschloss. Doch er wollte keinen Streit entfachen und wandte sich daher an den jüngeren Sokolny.

»Lasst uns erst einmal zur Burg zurückkehren und Tiere und Menschen versorgen. Wir haben uns alle ein Frühstück und einen wohl gefüllten Krug Bier verdient. Aufräumen können wir hier später.«

»Gegen einen guten Schluck habe ich nichts. Die Taboriten haben uns gewiss einige Fässer als Beute überlassen.« Sebesta Dozorik äugte durstig zu den Fässern im verlassenen Lager hinüber, doch Michel schüttelte lachend den Kopf.

»Mit diesem Bier sollten wir warten, bis wir die Fässer kennen, die meine Frau mit Wandas Giftgebräu versetzt hat. Oder wollt ihr Bauchgrimmen und einen schmutzigen Hintern bekommen?« Die anderen Männer lachten, doch Junker Heribert starrte Michel verwirrt an. »Eure Gemahlin? Die Frau, die die Heldentat vollbracht hat, war doch Marie, unsere Marketenderin.«

»Ja, meine Frau Marie. Sie hat nicht glauben wollen, dass ich tot sei, und ist kurzerhand aufgebrochen, um mich zu suchen. Sie konnte ja nicht ahnen, dass ich mein Gedächtnis verloren hatte und nicht mehr wusste, wer ich war. Das Einzige, was mir von meiner Vergangenheit geblieben war, waren ihr Gesicht und ihr Name.«

Michels glückstrahlendes Gesicht verriet, wie sehr er Marie liebte

und sich auf ihr Wiedersehen freute, der Junker aber spürte einen tiefen Schmerz in seiner Brust und hätte dem Mann vor ihm am liebsten sein Schwert in die Brust gebohrt. Ein harter Griff auf seiner Schulter brachte ihn wieder zu sich. Er drehte sich um, sah Heinrich von Hettenheim neben sich stehen und bemerkte seinen Blick, der gleichzeitig Mitgefühl und eine scharfe Warnung enthielt. Junker Heribert zwang sich zu einem Lächeln. »Es war eine herrliche Schlacht, meint Ihr nicht auch, Ritter Heinrich? Alle, die auf unserer Seite daran teilnahmen, sollten für immer unsere Freunde sein.«
Ritter Heinrich nickte ihm erleichtert zu. »Das ist das Wort, das ich von Euch erwartet habe. Jetzt kommt! Die anderen haben sich schon auf den Weg gemacht, und ich möchte nicht warten, bis Scheuer und Vorratshäuser leer sind.«

7.

Während die meisten Frauen auf der Burgmauer blieben und gespannt der letzten Phase der Schlacht zusahen, hielt Marie es dort oben nicht mehr aus. Sie eilte die Treppe hinab, zwängte sich zwischen den eng stehenden Wagen hindurch und rannte zu Evas Gefährt. Michi empfing sie mit einem fröhlichen Lächeln, und Eva wollte sie mit einer triumphierenden Geste in die Arme schließen. Marie winkte der alten Frau jedoch nur flüchtig zu, denn sie hatte ihre Tochter entdeckt, die aus dem Wagenkasten hervorkroch und vor Freude kreischend auf sie zustolperte.
»Trudi! Bei Gott, was bin ich froh, dich wiederzuhaben!« Marie fing ihre Tochter auf, drückte sie an sich und spürte, wie ihr Tränen der Erleichterung über die Wangen liefen.
Trudi schnaubte, stemmte die Arme auf ihre Brust, um ihre Mutter

anzusehen, und versuchte dann mit einer Hand, Marie das Gesicht zu trocknen. »Mama nicht weinen! Trudi bei dir!«
Eva wischte sich ebenfalls mit dem Handrücken über Augen und Nase. »Sie war die ganze Zeit sehr tapfer, unsere Kleine, und als wir den Belagerungsring durchbrachen, ist sie mucksmäuschenstill geblieben.«
Anni war Marie gefolgt, trat nun neben sie und strich dem Kind über die Wange. »Kleiner Schatz! Schön, dich wieder zu sehen!«
Trudi legte den Kopf schräg und sah sie neugierig an. »Anni redet! Anni nicht mehr still.«
Eva hatte sich vor Erschöpfung an ihrem Wagenkasten festgehalten, zog Marie aber nun samt dem Kind an sich. »Es geschehen noch Zeichen und Wunder! Als wir von deinem Tod hörten, sind wir selbst vor Trauer beinahe gestorben. Was für eine Freude, dich gesund und munter wieder zu sehen!«
Marie starrte einen Moment ins Leere. »Ja, ich lebe, und das wird jemandem gar nicht gefallen. Ich werde dafür sorgen, dass er dafür zahlen muss.«
Sie kam nicht dazu, ihrem Hass stärkeren Ausdruck zu verleihen, denn Wanda, Zdenka und Jitka brachten die ersten Fässchen aus dem Keller hoch und schenkten den Frauen, die sich langsam auf dem Hof sammelten, Bier ein.
»Kommt, erfrischt euch, bevor die Männer zurückkommen, denn dann werden wir alle Hände voll zu tun haben!«, rief die Köchin und reichte Marie den ersten Becher. »Du bist die Frau, die den Taboriten das Bier vergällt hat, nicht wahr? Gut gemacht! Ich bin aber auch stolz darauf, dass mein Gebräu den Kerlen ordentlich im Magen gelegen hat.«
Marie lächelte anerkennend. »Was war das eigentlich für ein Zeug?«

»Ach, ich habe alle Kräuter, Wurzeln und Pilze, mit denen ich sonst Ungeziefer vernichte, in einen Kessel geschüttet und gehofft, dass der Sud auch den Taboriten das Laufen beibringt.«

»Das hat er!« Marie setzte den Becher an und trank das bittere Bier bis zur Neige aus, obwohl ihr Gaumen eher Wein den Vorzug gegeben hätte. Im Augenblick aber fühlte sie sich so durstig, dass sie einen ganzen Brunnen hätte austrinken können. Zdenka schenkte ihr sofort nach, und während die Frauen tranken, stellte Marie Anni und Helene, die mit dick verbundenem Arm etwas verloren dastand, den anderen vor und lobte den Anteil der beiden an der Verwirrung der Feinde.

Helene blickte bewundernd zu ihr auf. »Ohne dich und dein Beispiel hätten wir das alles nicht geschafft, Marie. Bei Gott, war das schön, diese verdammten Taboriten laufen zu sehen wie die Hasen.« Sie schwieg einen Moment, schüttelte den Kopf und blickte dann durch das offene Tor ins Freie. »Du magst mich für verrückt halten, doch ich wünsche mir, dass es Przybislav und Hasek gelungen ist, zu entkommen. Auf ihre Art waren sie keine schlechten Kerle.«

Marie konnte ihr nicht mehr antworten, denn Václav Sokolnys Gemahlin Madlenka trat aus der Tür der Burgkappelle, die sie seit Beginn der Belagerung nur noch zum Schlafen und Essen verlassen hatte, blinzelte in das helle Licht und rang ihre mit einem wertvollen Rosenkranz geschmückten Hände. »Der Herr hat ein Wunder an uns getan! Der Herr sei gelobt. Lasset uns beten!«

Die Frauen knieten nieder und falteten die Hände. Marie schloss sich ihnen an, um der Jungfrau Maria und ihrer Schutzheiligen dafür zu danken, dass sie ihr Trudi gesund und munter zurückgegeben hatten, und sie um Schutz für Michel zu bitten, der mit seinen Männern die letzten Taboriten bekämpfte.

Nach zwei Vaterunser, dem Kyrieeleison und dem Ave-Maria stand Wanda auf und scheuchte ihre Mägde in die Küche und teilte auch die anderen Frauen zum Dienst ein, da, wie sie sagte, bald eine ausgehungerte Kriegerschar in der Burg erscheinen würde. Sie deutete auf die ersten Verwundeten, die von einigen greisenhaft verwittert wirkenden Knechten hereingebracht wurden und so schnell wie möglich versorgt werden mussten.

Wanda hatte kaum ihren letzten Befehl erteilt, da sah Marie die Männer zurückkommen, die sich noch auf den Beinen halten konnten. Als sie Michel erblickte, der über und über mit Blut bespritzt war, krampfte ihr Herz sich zusammen, und all die Ängste, die sie mühsam im Zaum gehalten hatte, wollten sich in einem Aufschrei Bahn brechen. Dann aber stellte sie erleichtert fest, dass er sich ganz locker auf dem blanken Rücken eines struppigen Pferdchens hielt, das er wohl erbeutet und für die Verfolgung der Feinde benutzt hatte.

Als er durch das Tor ritt, drückte sie sich unwillkürlich in den Schatten eines Wagens, denn ein wenig fürchtete sie das Wiedersehen. Michel glitt von seinem Reittier herunter, ließ seinen Helm neben der Viehtränke zu Boden fallen und wusch sich das Blut von Gesicht und Händen. Dann richtete er sich auf und ließ den Blick über den Hof schweifen. Maries Beine zitterten, als er sie ansah, und sie fühlte sich zu schwach, ihm entgegenzugehen. Michel starrte sie einige Augenblicke lang wortlos an, trat dann so langsam auf sie zu, als fürchte er, sie könne sich bei einer heftigen Bewegung in Luft auflösen, und streckte vorsichtig die Hand nach ihr aus.

»Du bist es wirklich! Ich hatte schon befürchtet, du seiest doch nur ein Traum.« Er wollte sie an sich ziehen, erinnerte sich dann aber an seine blutbespritzte Rüstung und versuchte, den Brustpanzer mit dem ebenso beschmierten Lederärmel sauber zu wischen. Marie

schob seine Arme beiseite, legte ihre Hände auf seine Wangen und fing an zu schluchzen.
Michel wusste im ersten Augenblick nicht, was er tun sollte, bettete dann ihren Kopf an seiner Schulter und blickte mit feuchten Augen auf sie hernieder. Eine Weile brachten beide kein Wort hervor, sondern lauschten jeder dem Herzschlag des anderen.
Junker Heribert hatte jeden Augenblick ihres Wiedersehens verfolgt und kämpfte mit seinem verwundeten Herzen. Maries Verschwinden hatte ihn in tiefe Trauer gestürzt, doch jetzt, wo sie lebte und in den Armen eines anderen lag, glaubte er, ihren Verlust noch viel weniger ertragen zu können. Schließlich wandte er sich mit einem Ruck ab, um den Anblick der beiden glücklichen Gesichter nicht mehr mit ansehen zu müssen, und entdeckte unweit von sich Janka Sokolny, die das Paar mit brennenden Augen anstarrte. Er begriff, dass hier noch ein anderer Mensch vor den Trümmern seiner Hoffnung stand. In dem Moment sah er, dass Jankas Hand zu ihrem Gürtel wanderte und sich um den Griff ihres Dolches schloss. Sofort eilte er zu ihr und packte ihren Arm. »Ihr liebt den Ritter, nicht wahr? Aber Frau Marie besitzt das größere Anrecht auf ihn!«
Janka schnellte herum und sah für einen Augenblick so aus, als wolle sie ihm mit den Fingernägeln ins Gesicht fahren. Dann aber nahm sie seinen schmerzerfüllten Blick war und las Mitleid auf seinem Gesicht. Ihr Hass, der eben noch hell aufgelodert war, fiel mit einem Mal in sich zusammen, und sie fühlte sich so kraftlos wie ein neugeborenes Kind. Sie klammerte sich an den Junker, um nicht zu fallen, und wehrte sich nicht, als Heribert sie stützte und ihr Trost ins Ohr flüsterte. »Es wird eine neue Liebe für Euch geben, Jungfer, und vielleicht – so Gott will – auch für mich.«
Ritter Heinrich und Eva, die den Junker besorgt beobachtet hatten, wechselten einen raschen Blick. Hier schienen sich zwei Menschen

in gemeinsamem Leid gefunden zu haben und sich gegenseitig Halt zu geben.

Trudi war empört, dass ihre Mutter sie vergessen zu haben schien. Sie zog eine Schnute und zupfte ungeduldig an Maries Rock. Aber erst als sie zu greinen begann, löste sich ihre Mutter aus den Armen des fremden Mannes und blickte auf sie herab. »Aber Schatz, was hast du denn?«

Dann begriff Marie, dass das Kind seinen Vater ja noch gar nicht kannte und einfach eifersüchtig war. Sie hob Trudi auf und präsentierte sie stolz ihrem Mann. »Das ist unsere kleine Hiltrud. Wir rufen sie Trudi, um sie von ihrer Patin zu unterscheiden. Sie wurde neun Monate nach deinem Abschied geboren.«

Michel blickte die Kleine ergriffen an, während seine Tochter ihn ihrerseits mit vorgeschobener Unterlippe musterte. »Wie wunderschön sie ist! Bei Gott, das ist das herrlichste Geschenk, das du mir machen konntest.«

Trudis Nase krauste sich. »Mama, wer ist dieser Mann?«

»Das ist dein Vater«, antwortete Marie und begriff in dem Moment, dass dieses Wort für ihre Kleine noch keine Bedeutung hatte. Das würde sich nun aber rasch ändern.

Der jüngere Sokolny hatte Maries und Michels Wiedersehensfreude mit einer gewissen Ungeduld beobachtet und trat nun näher. »Verzeiht, wenn ich Eure Begrüßung stören muss, doch jetzt ist noch nicht die rechte Zeit zum Feiern. Wir haben nur eines von mehreren Taboritenheeren geschlagen. Die Überlebenden werden die Nachricht von ihrer Niederlage auf dem schnellsten Weg zu den beiden Prokops tragen, und dann bekommen wir es mindestens mit der dreifachen Anzahl an Feinden zu tun. Unter den jetzigen Umständen haben wir keine Chance, Falkenhain zu halten, also müssen wir so bald wie möglich beraten, wie es weitergehen soll.«

Michel löste sich langsam aus Maries Armen. »Ihr habt völlig Recht, Pán Ottokar. Was mich jedoch zuerst interessiert, ist die Frage, weshalb Ihr Euren ehemaligen Verbündeten in den Rücken gefallen seid. Nur, um Euren Bruder zu retten? Ab heute seid Ihr in ganz Böhmen Eures Lebens nicht mehr sicher!«

Ottokar Sokolny stieß einen bitteren Laut aus. »Das war ich schon längst nicht mehr, Nemec! Die Anführer der Taboriten haben uns kalixtinische Edelleute zu ihren Feinden erklärt und behaupten, wir seien genauso verworfen wie die deutschen Barone, die wir in den letzten Jahren noch gemeinsam bekämpft haben, und ihre Prediger hetzen gegen uns, indem sie verkünden, Gott habe keine Knechte und Herren geschaffen, sondern nur Adam und Eva, die sich ihr Brot im Schweiße ihres Angesichts verdienen mussten. Sie wollen keine Edelleute über sich dulden, vergessen dabei jedoch, was in den heiligen Büchern der Bibel geschrieben steht: Gott selbst hat einen König und Obere über das Volk Israel gesetzt, die in seinem Namen herrschen sollten.«

Sebesta Dozorik trat neben Michel und legte ihm die Hand auf die Schulter. »Die beiden Prokops und ihre Vertrauten hausen schlimmer im Land als die Deutschen, von denen sie das Volk angeblich befreien wollen. Nun ist es ihr Ziel, den böhmischen Adel und seine Anhänger auszurotten. Diesen Männern geht es nicht mehr um den Glauben oder die Freiheit unseres Volkes, sondern nur noch um ihre eigene Herrschaft, und sie versuchen, ihre Macht mit blutigem Terror zu sichern. Aus diesem Grund haben wir uns entschlossen, den Kampf gegen die Taboriten aufzunehmen, anstatt zu warten, bis sie uns einzeln abschlachten. Allein sind wir jedoch zu schwach, um mit ihnen fertig zu werden, also müssen wir uns Verbündete suchen.«

Der jüngere Sokolny sah sich zu seinem Bruder um, der eine Wunde an der Schulter von Wanda verbinden ließ. »Václav, ihr könnt hier nicht bleiben! Wenn Prokops Leute anrücken, werden sie keinen Stein auf dem anderen lassen. Du solltest deine Leute nehmen und mit ihnen ins Reich ziehen, bevor die Taboriten ein neues Heer gegen dich gesammelt haben. Geh zu König Sigismund und teile ihm mit, wir, der tschechische Adel Böhmens, seien bereit, mit ihm über ein Bündnis zu verhandeln. Sage ihm, es wäre die einzige Möglichkeit für ihn, die Krone Böhmens zu behalten und die verheerenden Feldzüge der Taboriten ein für alle Mal zu beenden. Natürlich hat alles seinen Preis, und wir werden dir unsere Forderungen schriftlich mitgeben.«

Graf Sokolny sah Michel Hilfe suchend an. »Was meint Ihr, Herr Reichsritter?«

»Ihr solltet dem Rat Eures Bruders folgen. Die Taboriten haben uns genug Wagen und Zugtiere zurückgelassen, und zusammen mit unseren eigenen reichen die erbeuteten Vorräte für den langen Marsch nach Westen aus. Gebt den Befehl, dass alle, die sich noch auf den Beinen halten können, die Beute sichten und zusammentragen, und lasst genügend Wachen aufstellen. Wir müssen damit rechnen, dass Versprengte von Vyszos Heer zurückkehren, um ihr Lager anzuzünden. Spätestens in drei Tagen sollte alles für den Abmarsch bereit sein. Ich hoffe, Marek wird uns ebenso ungesehen nach Westen leiten können, wie er Ritter Heinrich und seine Mannen hierher gebracht hat.«

Marek zog ein Gesicht, als hätte er Essig getrunken. »Nein, zählt nicht auf mich. Ich bleibe hier und kämpfe mit Pán Ottokar gegen die, die unser Land zerstören. Als er damals die Burg verließ, um sich Jan Ziskas Heer anzuschließen, bin ich gegen meine Überzeugung zurückgeblieben, und nun drängt mein Herz mich, ihn zu begleiten.«

Michel warf einen Blick auf den Grafen, der hilflos die Arme ausbreitete, und musterte Marek nachdenklich. Er verstand seinen Freund und wusste, dass ein widerwilliger Führer kein guter Führer war. So nickte er und legte ihm die Hand auf die Schulter. »Bleib hier und kämpfe. Du bist ein listiger Fuchs und wirst Pán Ottokar eine wertvolle Hilfe sein. Ich wünsche dir alles Glück der Welt, Marek, und möge Gott geben, dass wir uns wieder sehen. Doch nun lasst uns an die Arbeit gehen. Es ist viel zu tun.«

8.

Gräfin Madlenka und die meisten der Frauen weinten, als Falkenhain hinter ihnen zurückblieb, und auch viele Männer wischten sich Tränen aus den Augen, denn keiner von ihnen glaubte, dass sie ihre Heimat noch einmal wieder sehen würden. Selbst Michel fühlte einen gewissen Abschiedsschmerz, denn dieser abgeschiedene Fleck Erde war ihm in den letzten zwei Jahren zu einem Zuhause geworden.

Graf Sokolny kam an seine Seite. »Ich hätte nie geglaubt, diesen Tag erleben zu müssen, Pán Michel. Auch wenn ich Mensch und Tier mitnehme, schäme ich mich doch, meine Heimat, an der ich mit jeder Faser meines Herzens hänge, schutzlos den Marodeuren der Prokops zu überlassen.«

Michel schob seine eigene Trauer beiseite und lächelte ihm aufmunternd zu. »Vergesst die trüben Gedanken und freut Euch auf eine glückliche Wiederkehr, Graf Václav. Eure Aufgabe ist es jetzt, Euren Bruder und seine Freunde mit dem Kaiser zu versöhnen. Damit tut Ihr mehr für Eure Heimat, als wenn Ihr Falkenhain verteidigt, bis es in Trümmern liegt.«

Sokolnys Blick wanderte zu den Reitern seines Bruders, die ihnen noch mehrere Tage das Geleit geben würden, und atmete dann tief durch. »Ihr habt Recht, Michel Adler, wie schon so oft. Meine Familie ist wohlauf, ebenso mein Gesinde und die Bauern, die sich unter meinen Schutz gestellt haben, und zum ersten Mal dämmert ein Hoffnungsschimmer am Horizont auf. Also habe ich keinen Grund zur Klage. Wenn König Sigismund das Angebot der Kelchbrüder annimmt und dem Papst die gewünschten Privilegien abhandeln kann, besteht Hoffnung auf eine glückliche Rückkehr.«

Der Graf trieb seinen Hengst an, um sich an die Spitze des Zuges zu setzen, während Michel sich zurückfallen ließ, bis er neben Evas Wagen ritt, der nun von vier Pferden gezogen wurde und auf dessen Bock Marie und Trudi saßen. »Wir kehren in die Heimat zurück, mein Liebling!«, rief er seiner Frau fröhlich zu.

Marie zog die Schultern hoch und lächelte ein wenig verloren. »In welche Heimat denn? Die Rückkehr nach Rheinsobern ist uns verwehrt.«

»In die Heimat, die wir beide uns schaffen werden. Und was Rheinsobern betrifft, so bin ich froh, es nicht wieder sehen zu müssen. In der alten Vogtsburg habe ich mich nie wohl gefühlt.«

»Ich auch nicht, Michel.« Marie fühlte, wie ihre trüben Gedanken verwehten und neuer Zuversicht Platz machten. Wie jung verliebt sah sie zu Michel auf und warf ihm eine Kusshand zu.

Eva kicherte leise vor sich hin. »Wenn ihr wollt, kann ich mich heute Abend um Trudi kümmern.«

Marie wechselte einen kurzen Blick mit Michel und spürte, dass seine Sehnsucht nach ihr nicht weniger stark war als die ihre nach ihm. »Wir werden darauf zurückkommen, Eva. Aber lass dir noch einmal Dank sagen, dass du unseren Schatz so gut behütet hast.«

Michel stimmte sofort in ihr Lob ein. »Wenn der Kaiser mir das

versprochene Lehen übergibt, brechen auch für dich bessere Zeiten an, Eva. Du wirst nie mehr auf dem Bock sitzen und einem Heereszug folgen müssen, sondern dein Auskommen bei uns finden.«
Eva blickte für einen Augenblick in die Ferne und atmete tief durch. »Ich danke Euch, Herr Ritter. Ich werde nicht jünger, und der Gedanke, so wie die arme Donata irgendwo unterwegs am Straßenrand verscharrt zu werden, gefällt mir ganz und gar nicht.«
»Wir werden uns um einige Leute kümmern müssen«, warf Marie ein. »Ich will mich Annis und Helenes annehmen, und du darfst um Gottes willen Zdenka, Reimo und ihren Sohn nicht im Stich lassen.« Marie war dem deutsch-tschechischen Paar, das Michel das Leben gerettet hatte, von Herzen dankbar und hatte bereits Freundschaft mit Zdenka geschlossen.
Michel schien auch schon darüber nachgedacht zu haben, wie er seine Lebensretter belohnen konnte. »Ein Burgherr und seine Gemahlin benötigen gute Leute, denen sie vertrauen können, und keine verräterischen Schlangen wie diese Marga.«
Marie musste lächeln. Sie hatte keinen Gedanken mehr an ihre Rheinsoberner Wirtschafterin verschwendet, die sich nach der Nachricht von Michels Tod auf die Seite Kunigunde von Banzenburgs und deren Sippschaft geschlagen hatte, doch die Tatsache, dass ihr Mann dieses Weib von Herzen verabscheute, obwohl sie deren Verrat nur kurz erwähnt hatte, tat ihr gut. »Ich bin überzeugt, dass Zdenka eine gute Beschließerin abgeben wird. Zwar hatte ich zuerst an einen Freibauernhof gedacht, aber ich denke auch, dass die beiden sich in einer gehobenen Position in unserem Haushalt wohler fühlen werden.«
Obwohl Marie nicht wissen konnte, wohin das Schicksal sie und Michel spülen würde, begann sie Pläne für die Zukunft zu schmieden und breitete sie in vielen Einzelheiten vor Michel aus. Er ging

lachend darauf ein, und da sich Eva bald mit allerlei Vorschlägen einmischte, entspann sich ein fröhliches Gespräch, welches auch die letzten trüben Schatten verbannte.
Als der Zug am späten Nachmittag das erste Mal anhielt und Marie mit steifen Bewegungen vom Wagen stieg, streckte Michel die Hände aus, um sie aufzufangen und sanft auf den Boden zu stellen. Dabei strich seine Linke scheinbar zufällig über ihr Gesäß. Die Berührung durchzuckte Marie wie ein Schlag. Sie spürte, wie ihr Unterleib sich vor Verlangen anspannte, und hätte Michel am liebsten auf der Stelle in die Büsche gezerrt. Nur mit Mühe gelang es ihr, eine gleichmütige Miene beizubehalten und den anderen Frauen bei der Zubereitung des Abendessens zu helfen. Später, als es bereits zu dunkeln begann, saßen die Anführer noch eine Weile mit einem Becher Bier in der Hand zusammen.
Michel konnte das Gespräch nicht so rasch abbrechen und die anderen verlassen, wie er es gerne getan hätte, daher fürchtete er, Marie habe sich bereits schlafen gelegt. Doch als er sich erhob, löste sie sich wie ein Schatten von Evas Wagen und kam ihm entgegen. »Trudi schläft süß und selig«, flüsterte sie, während sie ihn umarmte.
Michel küsste sie und ließ dabei seine Finger zart über ihren Rücken gleiten. Marie kicherte und zog ihn unter den Wagen. »Eva hat uns ein paar Schaffelle und mehrere Decken herausgelegt, damit wir es richtig gemütlich haben.«
Bevor sie unter die Zudecke schlüpfen konnte, griff Michel ihr mit einem leisen Lachen unter den Rock und hob ihn hoch. »Zieh dich ganz aus. Ich möchte deine Haut auf meiner spüren.«
Marie bewegte sich mit der Leichtigkeit langer Gewohnheit in dem Spalt zwischen Wagenboden und Erde. Während sie wortlos Kleid und Unterkleid abstreifte, musste Michel sich zwischen Achse und Rädern verrenken, um sich ausziehen zu können. Als er zu ihr

kroch, spürte er, wie ihn sein Verlangen nach ihr fast verzehrte. Dennoch hielt er sich im Zaum und begnügte sich zunächst damit, ihre Brüste mit seinen Fingerspitzen zu liebkosen. Sogleich nahm er wahr, dass ihre Schenkel sich ihm willig öffneten, und glitt auf sie. Marie genoss es, wie sachte er in sie eindrang, und presste die Lippen zusammen, um vor Lust nicht aufzuschreien. Da Michel die Schläfer um sie herum nicht aufwecken wollte, klammerte er sich an sie und bewegte nur die Hüften leicht vor und zurück.

Marie schloss die Augen und fühlte, wie die Ängste, die sie in den langen Jahren der Trennung gequält hatten, sich endlich in nichts auflösten. Die lange Zeit der Trennung hatte ihrer Liebe offensichtlich nichts anhaben können. Dann fiel ihr ein, dass es da Dinge gab, die sie ihm nicht vorenthalten durfte, und als sie wenig später eng aneinander gekuschelt in den warmen Decken lagen, begann sie ihren Bericht.

Michel hörte ihr geduldig zu, drehte in Gedanken Frau Kunigunde jedoch gleich mehrfach den Hals um und bedachte auch den Kaufmann Fulbert Schäfflein, den seine Marie dem Willen des Pfalzgrafen am Rhein zufolge hätte heiraten sollen, mit ein paar stummen Flüchen. Während sie mit ruhiger, ja fast gleichgültiger Stimme erzählte, durchlebte er all ihre Kämpfe und Sorgen so intensiv, als wären sie ihm zugestoßen, und er bat Gott, diejenigen, die ihr beigestanden hatten, zu belohnen und ihre Feinde zu bestrafen. Einen aber würde die Strafe durch seine eigene Hand ereilen, das schwor er sich.

»Ich hätte Falko von Hettenheim erschlagen sollen, als er auf dem Marsch von Rheinsobern nach Nürnberg die Ziegenhirtin schändete. Dadurch wäre uns und auch anderen viel Leid erspart geblieben. Nun gut, das werde ich nachholen. Ich werde ihn des Verrats an mir anklagen und ein Gottesurteil fordern. Dann kann ich ihn vor den Augen der Großen des Reiches zur Hölle schicken!«

»Nein, tu das nicht! Falko ist ein tollwütiger Hund, der ohne Ehre und Gewissen kämpft. Ich will dich nicht gefunden haben, um dich so bald wieder zu verlieren.«

Michel legte seinen rechten Zeigefinger an ihre Lippen und lachte leise. »Du brauchst keine Angst um mich zu haben, mein Schatz. Ich habe die letzten Monate kaum etwas anderes getan, als mich im Kampf zu üben, zu Pferd, zu Fuß und mit allen erreichbaren Waffen. Mit Gottes Hilfe bin ich diesem Schurken jederzeit gewachsen.«

Marie fauchte wie ein kleines Kätzchen. »Gott hilft nur denen, die sich selber helfen!«

»Eben darum werde ich ihn besiegen.« Michels Lachen wurde noch lauter und brach ab, als sich in ihrer Nähe jemand unruhig regte. Er wartete ab, bis der Schläfer wieder ruhig atmete, und wälzte sich erneut auf Marie.

Sie keuchte überrascht. »Du bist heute ja gar nicht zufrieden zu stellen!«

»Ich habe drei lange Jahre nachzuholen«, antwortete er und fing auch gleich damit an.

9.

Vier Tage später verabschiedeten Ottokar Sokolny und seine Reiter sich. Sie wollten Freunde in einem anderen Teil Böhmens aufsuchen, um gemeinsam mit ihnen den Kampf gegen die Taboriten aufzunehmen. Marek schloss sich ihnen mit knapp drei Dutzend Kriegern an, während Václav Sokolny mit den restlichen Männern und der gesamte Schar an Frauen und Kindern, die zusammen mehr als dreihundert Köpfe zählen mochten, Ritter Heinrich und dessen

Leuten nach Westen folgten. Nun bewährten sich die Erfahrungen, die Feliks Labunik auf der Reise mit Marek gesammelt hatte. Der Edelmann, der sich im Kampf gegen die Taboriten wider Erwarten sehr tapfer gehalten hatte, wies ihnen den Weg durch die mit mächtigen Bäumen bestandenen Berge beinahe genauso gut, wie Marek es hätte tun können, und so begegneten auch sie keinem einzigen feindlichen Krieger. Im Gegensatz zu den anderen schrieben Marie und Michel das weniger den Heiligen oder Labuniks Gedächtnis zu als der Tatsache, dass Prokops Heer mittlerweile in Sachsen eingefallen sein musste und die anderen Truppen wohl wie geplant die österreichischen Gaue verheerten. Die Grenzgebiete zu Bayern, der Oberen Pfalz und Franken waren schon zu oft ausgeplündert worden, um noch Erfolg zu versprechen, und für die Taboriten vorerst uninteressant.

Da die Flüchtlinge nur leichte, gut bespannte Wagen mitgenommen hatten, die sogar genug Platz für Hühner, Schafe und Ziegen boten, kamen sie rasch voran, und mit jeder Meile, die sie zurücklegten, sank die Gefahr, von Verfolgern eingeholt zu werden. Marie war stolz auf ihren Michel, der von Ritter Heinrich und Graf Sokolny selbstverständlich als gemeinsamer Anführer akzeptiert worden war und jeder Schwierigkeit mit so viel Umsicht begegnete, dass er sich rasch die Anerkennung und Dankbarkeit seiner Schützlinge erwarb. Selbst Heribert von Seibelstorff gelang es nicht, seine Abneigung gegen den Gatten der Frau, die er liebte, aufrechtzuerhalten. Allerdings fand er nur wenig Zeit, sich mit seinen verletzten Gefühlen zu beschäftigen, denn Janka Sokolna hielt ihn und die anderen Reiter ständig in Atem. Als einzige Frau der Gruppe weigerte sie sich, auf einem Wagen mitzufahren, sondern bestand darauf, den Weg im Sattel zurückzulegen. Sie war eine beherzte, aber nicht immer beherrschte Reiterin und gab ihrer Stute oft genug die Sporen, um den Wagenzug hinter sich zu lassen. Ihr Vater stand jedes Mal Todesängste aus, wenn sie außer Sichtweite war, und Junker Heribert und Michel tadelten sie oft genug für ihren Leichtsinn, aber sie hatte sich in eine trotzige Haltung verstiegen und war keinem vernünftigen Wort mehr zugänglich.

Eine knappe Woche nachdem sie sich von dem jüngeren Sokolny getrennt hatten, gab es Probleme mit einem der Wagen. Da in diesem Moment niemand auf Janka achtete, ergriff sie sofort die Gelegenheit, ihre Stute anzutreiben, um ungesehen wegreiten zu können. Junker Heribert sah aus dem Augenwinkel, wie sie ihrem Tier den Sporn zu fühlen gab, und rief ihr noch nach, sie solle bei ihnen bleiben, doch sie beugte sich mit einem Auflachen tiefer über den Hals der Stute. So schickte er ihr einen Fluch nach und trieb sein eigenes Pferd an. Bald wich sein Zorn blanker Angst, denn Janka peitschte ihr Reittier wider jede Vernunft vorwärts und bog von dem gut begehbaren Weg in einen kaum erkennbaren Pfad ein. In wildem Galopp fegte sie dahin und lachte dabei über die Zweige, die ihre Schultern geißelten.

Der Junker merkte rasch, dass er zu langsam war, um Janka einholen zu können, wenn er weiterhin sorgsam auf jede Wurzel achtete, die seinen Hengst zu Fall bringen konnte. So ließ auch er jede Vorsicht fahren und spornte sein Pferd an, ohne auf die Zweige zu achten, die in sein Gesicht und gegen seine Arme schlugen. Im letzten Moment bemerkte er einen starken, niedrig hängenden Ast und bückte sich tief, um ihm zu entgehen. Als er den Kopf wieder hob, war Janka verschwunden.

Heribert zügelte erschrocken sein Pferd und sah sich suchend um. Zum Glück wies ihm die von den Hufen der Stute aufgeworfene Erde den Weg. Es dauerte jedoch eine ganze Weile, bis er Janka fand. Sie stak bis zu den Hüften in einem Sumpfloch und suchte verzweifelt nach einem Halt, um sich herauszuziehen. Ihre Stute stand ein paar Schritte von ihr entfernt auf festem Boden und rupfte hungrig das sprießende Grün.

Der Junker konnte sich leicht zusammenreimen, was geschehen war, und musste sich zunächst das Lachen verbeißen. Anscheinend hatte die Stute das Sumpfloch rechtzeitig bemerkt und aus dem Galopp angehalten, so dass die Reiterin über den Kopf des Tieres geschleudert worden und im Morast gelandet war.

»Was glotzt Ihr so, Herr Ritter?«, fuhr Janka ihn zornig an, sank dabei noch tiefer ein und kreischte ängstlich auf.

Der Laut brachte den Junker zur Besinnung. »Wartet, ich helfe Euch!« Er wollte auf sie zugehen und ihr die Hand reichen, spürte aber, wie der Boden unter seinen Boden nachgab, und rettete sich auf festen Boden, bevor das Moor auch nach ihm greifen konnte.

»Muss ich jetzt sterben?«, fragte Janka mit kindhaft ängstlicher Stimme.

»Natürlich nicht.« Heribert eilte zu einer jungen Birke, fällte sie mit einigen Schwerthieben und kehrte zu dem Sumpfloch zurück. Vorsichtig schob er die Krone des Bäumchens über den aufgewühlten Morast. »Packt die Zweige und haltet Euch gut fest, damit ich Euch aus diesem Teufelsloch ziehen kann.«

Janka griff hastig zu und zerrte so ungeduldig an dem zähen Geäst, dass sie Heribert beinahe mit in den Sumpf gerissen hätte. Er stemmte sich fluchend gegen hoch stehendes Wurzelwerk, um den Halt nicht zu verlieren, und zog mit all seiner Kraft. Das Moor hielt seine Beute jedoch unerbittlich fest, und Heribert stieß etliche Verwünschungen aus, die jeder wohlerzogenen Maid die Schamröte ins Gesicht getrieben hätte.

Janka aber jammerte nur und ließ die Birke los. »Ich kann nicht mehr!«

Der Junker sah sich um, ob er etwas fand, das ihm helfen konnte. Da es nichts anderes gab, zog er seinen Dolch, schnitt die Zügel der beiden Pferde ab und knotete sie zusammen. Das eine Ende band er an seinen Sattelknauf und das andere schnellte er wie eine Peitschenschnur zu Janka hinüber.

»Bindet Euch das um den Leib und achtet bei Gott darauf, dass der Knoten hält!«, herrschte er sie an. Er packte das Kopfstück seines Pferdes, wartete ungeduldig, bis sie so weit war, und zerrte das Tier von dem Sumpfloch fort. Die Lederriemen spannten sich schier zum Zerreißen. Jemand ächzte vor Anstrengung, und erst als der Morast unter der gemeinsamen Kraft von Mann und Pferd nachgab, begriff Heribert, dass er selbst diese Töne ausgestoßen hatte. Janka wurde bäuchlings durch den Dreck gezogen und jubelte dabei vor Erleichterung auf.

Als die junge Frau vor Schwäche zitternd auf dem Trockenen lag, begann sie zu weinen. Ihr lederner Reitrock war zerrissen, und alles an ihr triefte von Schmutz und Nässe. Sogar ihr Haar war voller Schlamm und Binsen. Der Junker riss trockenes Gras aus, das am Rande des Sumpflochs wuchs, und begann, das Mädchen mit unbeholfenen Bewegungen zu säubern.

»Ihr seid ja ganz ausgekühlt!«, rief er erschrocken.

Janka richtete sich ein wenig auf und funkelte ihn wütend an. »Ich bin bis auf die Knochen nass, und der Wind pfeift kalt durch den Wald. Da würde selbst so ein gefühlloser Ochse wie Ihr zu Eis gefrieren.«

Der Junker beschloss, ihr den Ochsen zu verzeihen, löste das um ihren Brustkorb geknotete Zügelende und geriet dabei unabsichtlich mit dem Handrücken gegen ihren Busen.

»Willst du Tölpel mich jetzt auch noch vergewaltigen?«, fauchte Janka ihn an und sah mit heimlichem Vergnügen, dass sein Gesicht

rot aufglühte. In seinen Augen glommen Ärger und Zorn auf und die irrsinnige Lust, dieses freche Weibsstück auf der Stelle über das Knie zu legen und ihm den Hintern zu versohlen.
Janka bemerkte den Wechsel seines Mienenspiels und begriff, dass es Zeit für sie wurde, einzulenken. »Verzeiht, Herr Ritter, wenn meine vorschnelle Zunge Euch kränkte, obwohl ich Euch mein Leben verdanke.«
Heribert sah ihr Lächeln, das ihm trotz ihres schmutzigen Gesichts wie das eines Engels erschien, und spürte, wie sein Ärger wich. »Kommt, ich bringe Euch zurück, damit Ihr Euch säubern und frische Kleider anziehen könnt. Es ist tatsächlich sehr kühl und ich will nicht, dass Ihr krank werdet.« Er löste den am Sattel festgeschnallten Mantel und legte ihn Janka um die Schultern. Danach band er die Zügelenden wieder am Zaumzeug fest und hob das Mädchen auf ihre Stute. Janka fühlte sich mittlerweile bei weitem nicht so schlecht, wie sie vorgab, genoss jedoch die Fürsorge, die der Junker ihr angedeihen ließ, und lächelte vor sich hin. In gewisser Weise bereitete es ihr mehr Freude, den jungen fränkischen Ritter zu ärgern, als bewundernd zu einem Michel Adler aufzublicken.
Heribert und Janka erreichten den Wagenzug an der Stelle, an der sie vom Hauptweg abgebogen waren. Ihr Auftauchen löste allgemeine Erleichterung aus, aber bevor jemand fragen konnte, was geschehen war, nahm Marie das Mädchen bei der Hand und brachte sie zu Evas Wagen, auf dem sie sich im Schutz der Plane ausziehen und waschen konnte. Marie massierte ihr die trotz des Mantels blau gefrorenen Arme und Beine und hüllte sie in Schaffelle und Decken. »Wenn wir heute Abend lagern, werde ich Euch einen Tee kochen, der die Erkältung vertreibt«, sagte Marie freundlich, obwohl sie bisher nur wenig Sympathie für Sokolnys Tochter empfunden hatte.
Janka zog eine der Decken fester um ihre Schultern und begann zu

kichern. »Wenn Ihr mich vor Wandas Gebräu rettet, werde ich Euch ewig dankbar sein. Das schmeckt nämlich grauenhaft.«

»Das tut mein Trunk gewiss nicht. Eine gute Freundin hat mir ein wirksames Rezept verraten. Es handelt sich um einen Aufguss von Kräutern in warmen, gewürzten Wein, wobei einige Zutaten mehr des Geschmacks wegen ausgewählt worden sind.«

»Das hört sich gut an!« Janka richtete sich ein wenig auf, lehnte sich gegen Maries Knie und blickte mit einem versonnenen Lächeln zu ihr auf. »Ihr kennt Junker Heribert doch schon länger. Könnt Ihr mir ein wenig über ihn erzählen?«

10.

Der Zug der Flüchtlinge bewegte sich einige Wochen lang durch menschenleere Wälder und über zugewucherte Siedlungsinseln und traf dabei beinahe tagtäglich auf die Ruinen zerstörter Dörfer und Befestigungen. Erst als die höchsten Gipfel der Waldberge so weit hinter ihnen lagen, dass sie nur noch als Schemen am Horizont standen, trafen sie an einem späten Nachmittag auf eine vor kurzem wieder aufgebaute Burg. Deren Wehrmauern waren nach der neuesten Technik gestaffelt und die Türme so gegeneinander verschoben, dass die Belagerer an den empfindlicheren Stellen von mehreren Seiten unter Feuer genommen werden konnten. Der Ruf des Türmers verriet, dass die Wagenkolonne entdeckt worden war, und sofort erschienen Dutzende von schwer bewaffneten Reisigen auf den Mauern.

Michel deutete auf den pfälzischen Löwen, der über dem Bergfried flatterte, und wandte sich lachend an seine Begleiter. »Die halten uns wegen unserer Wagen für Hussiten. Ich glaube, es wäre besser,

wenn wir uns ankünden lassen.« Er nickte Junker Heribert zu, der sein Pferd anspornte und vorausritt. Kurz darauf hörten sie seinen lauten, fröhlichen Gruß herüberschallen.
Die Kolonne kam auf einer gewundenen Straße zum Stehen, direkt unter einer Reihe von Pechnasen und vorspringenden Bollwerken, auf denen Bewaffnete mit gespannten Bogen und wurfbereit gehaltenen Speeren misstrauisch auf die vielen Menschen herabblickten. Vorne hatte sich in dem ebenfalls schwer befestigten Tor eine kleine Pforte geöffnet. Ein bärbeißig aussehender Mann in schmuckloser Rüstung trat hinaus und hörte sich an, was Heribert von Seibelstorff ihm berichtete.
Als Michel nach vorne ritt, drehte der Junker sich um und stellte ihn vor. »Reichsritter Michel Adler, unser Anführer!«
Der andere kniff die Augenlider zusammen und starrte Michel mit offen stehendem Mund an. Plötzlich stieß er die angehaltene Luft aus den Lungen und begann zu lachen. »Da hol mich doch dieser und jener! Ihr seid es tatsächlich. Ich habe es nicht glauben wollen, als dieser Grünschnabel da Euren Namen nannte, denn Ihr geltet seit mehr als zwei Jahren für tot!«
Die Stimme des Mannes kam Michel bekannt vor, aber er musste zweimal hinsehen, um in dem sichtlich gealterten Mann einen seiner ehemaligen Nachbarn aus der Gegend um Rheinsobern zu erkennen. »Herr Konrad von Weilburg! Wie kommt denn Ihr in diese abgelegene Gegend?«
»Das habe ich Eurem Nachfolger und dessen intriganter Frau zu verdanken. Die beiden haben gegen mich gehetzt und mich beim Pfalzgrafen verleumdet. Daraufhin hat Herr Ludwig mich in seinem Zorn hierher an die böhmische Grenze geschickt, mit dem Befehl, seinem Vetter Johann, der diesen Teil der Oberen Pfalz verwaltet, im Kampf gegen die Hussiten beizustehen.« Der Burgherr

lachte kurz auf und verzog die Lippen ebenso verächtlich wie rachsüchtig. »Das hat dem Banzenburger Gesindel aber nicht viel geholfen, denn Ritter Manfred vermochte seine Hände nicht vom Geld des Pfalzgrafen zu lassen. Nachdem Euer Vermögen und das Eurer Gemahlin ihnen entgangen war …«

Konrad von Weilburg brach ab und senkte betroffen den Kopf. »Verzeiht, Herr Michel, ich wollte Euch nicht betrüben, doch Ihr habt vielleicht schon erfahren, dass Frau Marie Euch eine Tochter geboren hat und danach spurlos verschwunden ist.«

»So spurlos nicht, Herr Konrad.« Marie trat mit Trudi auf dem Arm auf den Ritter zu.

Dieser starrte sie mit offenem Mund an, rieb sich verwirrt über die Stirn und schien sich endlich auf seine Pflichten als Gastgeber zu besinnen, denn er schrie seinen Leuten zu, das Tor weit zu öffnen. Das geschah so schnell, dass Michel zufrieden nickte. Ritter Konrad hatte seine Leute offensichtlich gut im Griff, und als er den zweifach gewundenen Weg durch die hintereinander gestaffelten Tore zurückgelegt hatte und die auf dem peinlich sauber gehaltenen Burghof angetretenen Soldaten musterte, fand er seine Meinung bestätigt. Diese Burg war kein Rittersitz, der von Reisigen aus dem Knechtstand und Bauern verteidigt wurde, sondern eine Grenzfestung, die den Hussiten eine der Einfallsstraßen in die Obere Pfalz verlegen sollte. Da Michel kein Meierdorf und keine Äcker in der Nähe gesehen hatte, deutete er auf die wohlgenährten Gesichter der Soldaten und fragte den Burgherrn, wie es ihm gelang, sich und seine Leute ohne eigene Bauern so gut zu versorgen.

»Die frommen Brüder des nahen Klosters von Sankt Ötzen liefern uns ausreichend Nahrungsmittel. Dafür bieten wir ihnen und ihren Leibeigenen Schutz«, erklärte Ritter Konrad sichtlich zufrieden.

Marie ließ ihrem Gastgeber keine Zeit für weitere Erklärungen. »Ihr sagtet eben, Frau Kunigundes Ehemann habe den Zorn des Pfalzgrafen auf sich herabgerufen?«

»Das könnt Ihr laut sagen, Frau Marie! Im ersten Jahr haben die raffgierigen Banzenburger sich noch zurückgehalten und nur einen kleinen Teil der Abgaben für sich abgezweigt, doch im Jahr darauf haben sie von dem Geld, das dem Pfalzgrafen zustand, ihrem Sohn Matthias eine fette Pfründe gekauft. Ihr kennt unseren Herrn Ludwig. Als man ihm das zutrug, hat er Magister Steinbrecher als Revisor auf die Sobernburg geschickt, und Frau Kunigunde hat in ihrer Dummheit den Fehler begangen, den Mann bestechen zu wollen. Ihr kennt Steinbrecher ja. Der Mann lässt sich nicht einmal mit den Schätzen Salomos kaufen.«

Marie nickte lachend. Steinbrecher war es gelungen, selbst Michel und ihr Unbehagen einzuflößen, obwohl sie stets genau abgerechnet und dem Pfalzgrafen eher einen Gulden zu viel als zu wenig übergeben hatten. Nur eine so dickfellige Person wie Kunigunde von Banzenburg hatte auf die Idee kommen können, diesen Mann kaufen zu wollen. »Und, was geschah mit dem Banzenburger?«, fragte sie gespannt.

»Der ist ebenfalls in die Obere Pfalz geschickt und zum Hauptmann der Bernburg ernannt worden, die einen knappen Tagesritt nördlich von hier an der Straße nach Eger liegt. So teilt er nun mein Schicksal, nur muss ich mich nicht mit einem zänkischen Weib und einer unzufriedenen Kinderschar herumschlagen, die den Fleischtöpfen Rheinsoberns nachtrauern. Ich war niemals reich, und wenn dieser Krieg vorbei ist, hoffe ich, dass Herr Ludwig mir ein Stück Land zu Lehen gibt, auf dem ich ein paar Bauern ansiedeln kann. Das würde mir voll und ganz genügen.«

Während für den Rest der Flüchtlinge in der Gesindeküche und auf dem Hof Tische und Bänke aufgestellt wurden, führte der

Hausherr seine hoch gestellten Gäste in den Palas, in dem seine Frau bereits die Mägde anwies, die Tische im großen Saal zu decken. Als Marie und Michel eintraten, ruckte ihr Kopf hoch, und sie starrte die beiden an wie Geister, die aus der Anderswelt zurückgekommen waren. Ihr Mann trat lachend auf sie zu und schloss ihr mit einer liebevollen Geste den weit aufstehenden Mund. »Du übertriffst mich noch mit deinem Erstaunen, Irmingard. Es sind wirklich Herr Michel und Frau Marie.«

Seine Gemahlin nickte zweifelnd und streckte vorsichtig ihre Hände nach Marie aus. Als sie festes Fleisch unter ihren Fingern spürte, atmete sie auf und umarmte Marie unter Tränen. »Ich bin ja so froh, dass Ihr und Herr Michel noch am Leben seid. Mein Mann und ich haben uns immer wieder Vorwürfe gemacht, dass wir Euch nicht geholfen haben, als die Banzenburger Hexe Euch quälte.«

»Sie hätte Euch nur eine beleidigende Antwort gegeben oder behauptet, es sei alles in Ordnung und ich mit allem einverstanden.« Marie winkte ärgerlich ab und bedauerte es für einen Moment, dass sie nicht weiter im Norden über die Grenze gekommen waren. Es wäre zu köstlich gewesen, das Gesicht zu sehen, welches Frau Kunigunde bei ihrem Anblick gemacht hätte. Dann aber schalt sie sich innerlich eine Törin. Es war um vieles schöner, von Freunden willkommen geheißen zu werden als von dieser verbitterten Hexe.

»Ich freue mich sehr, auf Euch und Euren Gemahl getroffen zu sein, Frau Irmingard, und hoffe, Ihr gewährt uns ein paar Tage Gastfreundschaft. Wir alle haben ein wenig Ruhe nötig, und ich muss mir dringend neue Kleider nähen.«

Die Burgherrin warf einen Blick auf das Kleid, das Marie sich unterwegs aus Resten anderer Kleidungsstücke in der Art der Marketenderinnen geschneidert hatte, um ihre Lumpen zu ersetzen. Zwar hatte die Gräfin Sokolny ihr noch auf Falkenhain einige Stücke aus ihrer Garderobe angeboten, doch nichts davon hatte gepasst oder war für eine weite Reise geeignet gewesen.

Frau Irmingard schien die Aussicht zu gefallen, Marie zu einer geeigneten Ausstattung zu verhelfen. »Ich habe auf der Reise in unser neues Heim in Nürnberg Stoffe und allerlei Zubehör erstanden, da ich nicht wusste, ob sich Händler bis hierher verirren würden. Darunter ist ein Tuch, das Euch prächtig kleiden wird. Meine Leibmagd und ich werden Euch helfen. Herr Michel sollte derweil die Nähkunst meiner anderen Mägde bemühen, denn das Gewand, das er trägt, ist eines Reichsritters unwürdig.«

Michel lächelte ihr zu. »Gern nehme ich Euer Angebot an, Frau Irmingard, doch schätzt meine jetzige Kleidung nicht so gering. Es ist die Tracht eines Kriegers, die mir in den letzten Monaten gute Dienste getan hat.«

»Ich wollte Euch nicht beleidigen, Herr Michel.« Frau Irmingard wurde rot und wandte sich ab, um Graf Sokolny, Heinrich von Hettenheim und Junker Heribert zu begrüßen. Dann forderte sie Marie, Madlenka Sokolna und Janka auf, ihr in ihre Kemenate zu folgen, damit sie sich dort am Kamin waschen konnten. Auf dem Weg dorthin kam ihnen ein rundgesichtiger Mann in einer dunkelgrauen Kutte entgegen.

»Verzeiht, Frau Irmingard, dass ich erst so spät erscheine, aber ich war in Kontemplation versunken.« Dabei versteckte er den Wurstzipfel, den er in der Hand hielt, rasch hinter seinem Rücken.

»Ihr habt die Ankunft hoch gestellter Gäste versäumt, ehrwürdiger Vater«, antwortete die Burgherrin mit einem verständnisvollen Lächeln.

Bevor der Mönch antworten konnte, fasste Gräfin Madlenka seine zum Segnen erhobene Hand. »Ihr seid ein Priester?«, fragte sie erregt auf Tschechisch und wiederholte die Frage dann auf Deutsch.

Der Burgkaplan nickte ihr freundlich zu. »Mir wurden die Weihen eines Seelsorgers verliehen, edle Frau.«
Die Augen der Gräfin leuchteten auf. »Das ist wunderbar, ehrwürdiger Vater! Wisst Ihr, wir haben lange auf einen Priester verzichten müssen, denn der Mann, dem wir die Sorge für unser Seelenheil anvertraut hatten, hat die Kirche verraten und ist zu den Hussiten übergelaufen. Daher konnten wir lange Zeit keine Messe mehr hören oder unsere Sünden beichten.«
Der Priester spürte ihre Sehnsucht nach den heiligen Riten und segnete sie. »Wenn Ihr es wünscht, werde ich die Messe für Euch lesen und Euch die Beichte abnehmen, edle Frau.«
Die Gräfin neigte demütig ihr Haupt und winkte Janka zu sich. »Segnet auch meine Tochter, ehrwürdiger Vater.«
Der Priester schlug erneut das Kreuzzeichen, steckte dann den Rest seiner Wurst in den Mund und eilte weiter. Marie sah ihm kopfschüttelnd nach. Ihre Gastgeberin aber legte ihr lächelnd die Hand auf den Arm. »Beurteilt Vater Josephus nicht nach seinem Appetit, Frau Marie. Er erfüllt seine Pflicht als Priester, hilft den Kranken und spendet Trost, wo er nur kann. Er wird ab heute jeden Abend die Messe lesen und allen, die es wünschen, die Beichte abnehmen.«
Während die Gräfin und ihre Tochter sichtlich froh darüber waren, verzog Marie das Gesicht. Sie mochte ihre geheimsten Gedanken nicht einem fremden Menschen offenbaren, durfte sich aber besonders jetzt nicht von den anderen absondern, denn sonst würde man annehmen, sie sei von der böhmischen Ketzerei befleckt. Daher beschloss sie, die Dienste des Beichtvaters anzunehmen, ihm aber nur die Dinge zu sagen, die sie ebenso gut einer Bekannten am Hof des Pfalzgrafen hätte erzählen können. Sie schob ihren Unmut beiseite und freute sich erst einmal auf ein warmes Bad mit duftenden

Wohlgerüchen und ein Abendessen, das nicht nur aus Eintopf bestand.

11.

Marie zupfte nervös an ihrem Kleid und schnippte ein nicht existierendes Stäubchen von ihrem Ärmel, doch alles in allem war sie mit ihrer Erscheinung zufrieden. Der Spiegel, den Anni vor sie hielt, zeigte ihr ein wohlgeformtes Gesicht mit leicht gebräunter Haut, großen blauen Augen und einer ebenmäßigen Nase, gekrönt von goldenem Haar unter einer zweiflügeligen Haube, die ein zierlicher Schleier schmückte. Nie zuvor hatte sie eine prächtigere Robe getragen als dieses dunkelrote Gewand, das sie sich mit Frau Irmingards Hilfe und der ihrer Mägde genäht hatte. Zunächst war ihr nicht wohl bei dem Gedanken gewesen, so viel Geld für Stoff und Putz auszugeben, aber Michel hatte darauf bestanden, dass sie sich so aufwändig wie möglich kleidete. Sie waren nicht auf die wenigen Münzen angewiesen gewesen, die Marie von dem Gold übrig geblieben waren, das sie bei ihrem Aufbruch von Rheinsobern mitgenommen hatte. Als Offizier war Michel ein Teil der Beute zugefallen, daher hatte er etliche Goldstücke aus Vyszos Kriegskasse erhalten. Mit dieser Summe konnten sie nun standesgemäß am kaiserlichen Hof auftreten.

Michel sah nicht weniger prächtig aus als Marie. Er trug ein Wams aus dunkelblauem Samt, das an Ärmeln und Kragen mit Goldfäden bestickt war, und Strumpfhosen von der gleichen Farbe. Auf seinem Kopf saß ein hellblaues Barett mit einer dunkelblauen Feder. Marie fand ihn beeindruckend und hauchte ihm einen Kuss auf die Wange. »Egal, wie dieser Tag ausgehen wird, ich liebe dich!«

»Das tue ich auch.«

»Was? Dich lieben?«, fragte Marie augenzwinkernd.

»Nein, dich!« Michel zog sie an sich und küsste sie.

Marie griff mit einem leisen Schrei an ihre Haube, die zu verrutschen drohte. »Vorsicht! Du machst Helenes und Annis Arbeit zunichte. Dabei haben sie sich so viel Mühe gegeben.«

»Eitles Frauchen!«, neckte Michel sie und bot ihr den Arm. »Komm, wir wollen Seine Majestät nicht warten lassen.«

Marie knickste mit vollendeter Grazie und legte ihre Hand auf die seine. Michi eilte voraus und öffnete ihnen die Tür. Der Junge trug Pagenkleidung, eine dunkelrote Strumpfhose, an der er immer wieder zupfte, weil sie ihn seinen Worten nach einengte, und ein dunkelblaues Wams mit silberbestickten Säumen. Sein helles Haar war straff gebürstet und sein Gesicht sauberer als all die Wochen vorher. Ganz hatte er sich noch nicht an seine neue Rolle als Page gewöhnt, denn er lief vor ihnen durch die Tür, anstatt mit einer leichten Verbeugung stehen zu bleiben und zu warten, bis Marie und Michel sie durchquert hatten.

Im dem von Dutzenden Öllampen fast taghell erleuchteten Korridor trafen sie auf Sokolny, der die prachtvolle Robe eines böhmischen Edelmanns trug und weder mit Samt noch mit kostbarer Seide gegeizt hatte. Gräfin Madlenka und Janka begleiteten ihn, die Mutter in einem dunkelgrünen, die Tochter in einem hellgrünen Kleid und beide im Glanz des Schmuckes, in dem sich die Frauen ihrer Familie seit Generationen präsentierten. Ritter Heinrich und Junker Heribert, die sich eine Kammer teilten, traten ebenfalls auf den Flur, um sich ihren Freunden anzuschließen. Gegen Michel und den Grafen wirkten sie so schlicht wie Rebhühner, doch auch sie trugen neu gefertigte Gewänder, wie sie Standesherren des Heiligen Römischen Reiches Deutscher Nation zustanden, die vor ihren Kaiser treten wollten.

Unwillkürlich sah Marie sich nach ihren Freundinnen um, die Trudi in ihre Obhut genommen hatten, in der Hoffnung, sie kämen, um sich zu verabschieden. Doch ebenso wie ihre Gastgeber waren sie nirgends zu sehen. Vermutlich hatte sich die Familie, um nicht respektlos zu erscheinen, samt ihren Dienern in die große Küche im hinteren Teil des Hauses zurückgezogen und versorgte Anni, Helene und das übrige Gefolge ihrer Gäste mit Speisen, Getränken und dem neuesten Klatsch. Marie war froh, dass sie nicht zu viele Begleiter mitgenommen hatten, denn Unterkünfte waren rar in dieser Stadt.

Während die Bauern und die meisten Krieger aus Falkenhain unter der Führung von Feliks Labunik bei Konrad von Weilburg und im Kloster Sankt Ötzen Aufnahme gefunden hatten, waren Michel, Marie und die übrigen Edelleute mit einem kleinen Gefolge und einigen Reisigen als Leibgarde nach Nürnberg aufgebrochen, wo sie vor drei Tagen eingetroffen waren. Trotz des Reichstags, den Sigismund zum wiederholten Mal in dieser Stadt einberufen hatte und zu dem die Großen des Reiches mit wenigen Ausnahmen gekommen waren, hatten sie ein ausreichend großes Quartier zugewiesen bekommen. Es handelte sich um das Anwesen eines Nürnberger Kaufherrn, der gerne bereit gewesen war, sich einige zusätzliche Goldstücke zu verdienen. Er hatte den Edelleuten seine besten Kammern und deren Gefolge einen Teil des Dachbodens überlassen, den er sonst für seine kostbareren Waren benutzte. Von hier aus konnten die Gäste den stattlichen Sitz des Magistrats, den der Kaiser bewohnte, durch den Garten und eine schmale Seitengasse zu Fuß erreichen, ohne sich neugierigen Augen zeigen zu müssen.

Bislang hatte Sokolny als Einziger das Haus verlassen und beim Kaiser um Audienz nachgesucht. Er war gnädig vorgelassen und freundlich empfangen worden. Nach dem, was er bei seiner Rückkehr berichtet hatte, war Sigismund unerwartet stark an den Vorschlägen der böhmischen Kelchbrüder interessiert. Marie wunderte das nicht, denn sie hatte von ihren freundlichen und trotz ihres Bürgerstolzes devoten Gastgebern erfahren, dass Sigismunds Forderung nach einer allgemeinen Reichssteuer für die Aufstellung eines stehenden Söldnerheers von den Reichsfürsten wieder einmal abschlägig beschieden worden war. Keiner der hohen Herren, auch jene nicht, die erst durch diesen Kaiser ihre jetzige Stellung erlangt hatten, wünschten eine unkontrollierbare Steigerung seiner Macht. Außer Sigismunds Schwiegersohn und designiertem Nachfolger, Albrecht von Österreich, hatte daher niemand für seinen Antrag gestimmt.

Marie schüttelte nur den Kopf über so viel Kurzsichtigkeit. Sie hatte von Krieg und den Fehden der Edelleute mehr als genug und hielt eine Stärkung kaiserlicher Macht durchaus für angebracht, denn sie würde dem Reich mehr Sicherheit und vor allem Frieden gewährleisten. Aber sie hatte noch nicht einmal Michel zu ihrer Meinung bekehren können. In seinem Herzen war er noch immer der Gefolgsmann des Pfalzgrafen am Rhein, der nicht hinnehmen wollte, dass dessen Einfluss im Reich geschmälert wurde. Als sie die Vorhalle des großen Audienzsaals erreicht hatten, verscheuchte Marie diese müßigen Gedanken, denn nicht das Schicksal des Kaisers und des Reiches hatte sie zu kümmern, sondern ihre eigene Zukunft.

Als sie das Quartier des Kaisers erreichten, trat ihnen ein Herold in einem mit dem Reichsadler und dem böhmischen Löwen geschmückten Wappenrock entgegen und fragte sie nach ihrem Namen. Sokolny wechselte einen kurzen Blick mit Michel und stellte sich und seine Familie vor. Michel ließ auch noch Heinrich von Hettenheim und Junker Heribert den Vortritt, bevor er dem Herold erklärte, er sei Reichsritter Michel Adler und die Dame an seiner Seite seine Gemahlin Marie. Der Herold hob ungläubig die

Augenbrauen, und man konnte ihm ansehen, dass ihm etliche Fragen auf der Zunge brannten. Doch er klappte den Mund zu, als müsse er sich dazu zwingen, und gebot zwei Dienern, das Portal zu öffnen. Dann führte er die Gäste an vier Wachtposten in glänzenden Harnischen vorbei.

Der Saal kam Marie riesig vor, was allerdings daran liegen mochte, dass außer dem thronartigen Sitz des Kaisers und den einfacheren Stühlen der höchsten Reichsfürsten keine Möbel vorhanden waren. Marie lächelte, als sie daran dachte, wie oft diese Stühle Gegenstand erbitterter Auseinandersetzungen gewesen waren. Jeder der hohen Herren hatte die anderen übertreffen und gleichzeitig hinter keinem zurückstehen wollen, und ihre Gefolgsleute stritten heftiger über die Höhe der Rückenlehnen und die Zahl der Edelsteine, mit denen die Stühle geschmückt werden durften, als deren Herren wegen ihrer politischen Zwistigkeiten.

Sie ließ ihren Blick durch die Halle schweifen und entdeckte eine Reihe bekannter Gesichter und etliche Wappen, die sie einzelnen Personen und Geschlechtern zuordnen konnte. Die jungen Grafen von Württemberg waren ebenso anwesend wie der Pfalzgraf am Rhein, der Kurfürst von Sachsen und die Herzöge von Bayern. Im Gefolge der Württemberger war auch Ritter Dietmar von Arnsberg erschienen, ein Freund aus alten Tagen, in denen sie noch keine Dame von Stand gewesen war. Da er so gut wie nie ohne seine Gemahlin unterwegs war, freute Marie sich auf ein Wiedersehen mit Frau Mechthild.

Der Herold hielt wenige Schritte vor dem Kaiser an, der wie gewohnt überaus prächtig in Rot und Gold gekleidet war, aber mit grauem, verfallen wirkendem Gesicht auf seinem Thron hockte, als trüge er die Last der ganzen Welt auf seinen Schultern. Der Hofbeamte trat etwas beiseite, damit Sigismund die Neuankömmlinge

ungehindert betrachten konnte. »Graf Wenzel von Falkenhain samt Gemahlin und Tochter«, stellte er Václav Sokolny auf Deutsch vor.
Sigismund nickte dem Grafen mit huldvoller Miene zu und musterte dabei dessen Begleiter. Bei Michels Anblick erhob er sich halb von seinem Thron und starrte ihn mit weit aufgerissenen Augen an.
»Reichsritter Michel Adler und Gemahlin«, rief der Herold in den Saal hinein.
Bis jetzt war es Michel gelungen, die Nachricht von seiner Rettung geheim zu halten, daher schüttelte der Kaiser irritiert den Kopf. Dann aber löste sich Sigismunds angespannte Miene, und er wirkte wie ein Mann, dem ein gutes Omen begegnet war. Er sprang auf und trat mit freudiger Miene auf Michel zu. »Bei Gott, dem Allmächtigen, es geschehen noch Zeichen und Wunder! Willkommen, Herr Michel! Ich schätze mich glücklich, Euch lebend wieder zu sehen. Wo habt Ihr denn all die Monate gesteckt?«
»Auf Burg Falkenhain, um sie für Eure Majestät zu bewahren. Es ist allein sein Verdienst, dass ich heute vor Euch stehen kann«, erklärte Graf Sokolny an Michels Stelle.
Marie achtete weder auf den Kaiser noch auf den Wortwechsel um sie herum, sondern ließ ihren Blick über die Reihen der neugierig starrenden Edelleute schweifen, bis sie Falko von Hettenheim entdeckte, der sich wohl mit seinem Schwiegervater Rumold von Lauenstein unterhalten hatte und Michel nun mit offenem Mund anstarrte. Seine Fassungslosigkeit wandelte sich in schieres Entsetzen, als er nun auch sie erkannte.
Über Maries Gesicht huschte ein zufriedenes Lächeln. Sie zupfte Michel am Ärmel und wies mit dem Kinn auf Falko. »Du solltest bei aller Freude, vor Seiner Majestät zu stehen, unseren Feind nicht vergessen!«

»Was für ein Feind?«, fragte Sigismund, der dieses Wort trotz Maries leiser Stimme vernommen hatte.
Michel richtete sich auf, und seine Stimme schien nun von den Wänden widerzuhallen, obwohl er sie kaum hob. »Ritter Falko von Hettenheim! Ich klage ihn an, ehrlos an mir gehandelt zu haben. Aus Neid und Missgunst hat er mich verwundet auf dem Kampfplatz zurückgelassen, damit ich den Hussiten zum Opfer fallen sollte.«
Falko von Hettenheim zuckte zusammen wie unter einem Schlag, drängte sich dann aber mit wutverzerrtem Gesicht durch die umstehenden Edelleute. »Diese Beleidigung wirst du mir mit dem Leben bezahlen, Wirtsbalg!«
»Da der Kaiser mich für würdig befand, Ritter des Heiligen Römischen Reiches Deutscher Nation zu werden, beleidigt Ihr mit diesen Worten auch ihn«, antwortete Michel gelassen.
Ritter Falko schäumte vor Wut und umklammerte den Griff seines Schwertes, während Michel völlig entspannt dastand und ihn wie ein seltsames Insekt musterte. Sigismunds Blick wanderte zwischen Michel und Falko hin und her, und auf seiner Stirn vertieften sich die Falten. Mirakelgläubig, wie er war, hielt er Michels Rückkehr für ein Zeichen, dass der Himmel bereit war, ihm die Krone Böhmens erneut aufs Haupt zu setzen. Nun erinnerte er sich wieder an die Gerüchte, Ritter Falko habe wehrlose böhmische Bauern abgeschlachtet, statt entschlossen gegen den hussitischen Feind vorzugehen und ein Vorkämpfer kaiserlicher Macht zu sein. Die Botschaft, die Václav Sokolny aus Böhmen überbracht hatte, öffnete ihm einen Weg, die dortigen Edelleute wieder auf seine Seite zu ziehen, und diese Möglichkeit durfte ihm niemand verbauen. Der Kaiser nahm an, dass diese Leute Falko von Hettenheim aus ganzer Seele hassten, und ihm wurde klar, dass er den Mann opfern musste, wenn er

sich die Dankbarkeit und die Gefolgstreue des böhmischen Adels sichern wollte. Es war ein Opfer, das er leichten Herzens geben konnte, denn der ältere Hettenheimer hatte ihm viel versprochen, ihm aber nur wenig Nutzen gebracht, während Michel Adler ihm gute Dienste geleistet hatte und vielleicht sogar die treibende Kraft hinter dem Friedensangebot der Kelchbrüder sein mochte. Zumindest hatte er den Mann, der ihm die Botschaft überbracht hatte, gegen die Aufständischen verteidigt und zu ihm geleitet.

Der Kaiser hob die Hand, um die Anwesenden, die sich erregt über den Zwischenfall unterhielten, zum Schweigen zu bringen. »Die Ehre eines Ritters wurde angegriffen«, begann er und kniff die Lippen zusammen, als die Freunde Ritter Falkos laut Beifall äußerten. Dieser erstarb jedoch rasch, als Sigismund mit harter Stimme weitersprach. »Wenn der Vorwurf, den Michel Adler hier erhoben hat, der Wahrheit entspricht, so wurde ein fluchwürdiges Verbrechen an ihm begangen, welches nur der Tod allein sühnen kann.«

Falko von Hettenheim heulte vor Wut auf. »Lügen, nichts als infame Lügen!«

Marie schob sich nach vorne, um dem Mann in die Augen zu blicken. »Wohl nicht ganz, Herr Ritter! Auf der Suche nach meinem Gemahl vernahm ich viele Stimmen, die Euch Ehre und Mut absprachen und Euch die Schuld am Verschwinden meines Mannes gaben.«

»Pah! Was Ihr nicht sagt! Wer gibt schon etwas auf die Worte einer Hure.« Falko von Hettenheim versuchte sich mit Arroganz zu wappnen, doch seine Stimme zitterte, und seine Worte riefen den Zorn des Kaisers auf ihn herab.

»Nach meinem Willen ist Frau Marie eine Edeldame des Heiligen Römischen Reiches Deutscher Nation, und wer sie schmäht, beleidigt eine von Gott gesalbte Person! Dafür werdet Ihr mit Eurer Lanze geradestehen, Herr Falko.«

Ritter Falko begriff, dass er die kaiserliche Gunst verspielt hatte und sein Wort bei Hof nun weniger galt als das eines Trossknechts. »Ich werde jeden Ritter, der es wagt, mich zum Zweikampf zu fordern, zur Hölle schicken!«

»Ich wage es!«, rief Heribert von Seibelstorff mit schneidender Stimme.

Michel legte dem Junker die Hand auf die Schulter und schüttelte den Kopf. »Eure Absicht in allen Ehren, doch dieser Kampf ist meine Sache. Ich muss das tun, was ich vor drei Jahren versäumt habe und woraus vielen Menschen Leid und Not erwachsen ist. Ich schwöre, dass ich diesen Verräter und Verleumder töten und dann eine Wallfahrt zu den vierzehn heiligen Nothelfern bei Staffelstein unternehmen werde, um meine Mitschuld am Tod so vieler Unschuldiger zu büßen.«

»Man wird dich höchstens dort begraben, Wirtsbalg!«, höhnte Falko von Hettenheim und sah sich Beifall heischend um. Seine Standesgenossen aber wandten sich von ihm ab und würdigten ihn keines Blickes.

Michel musterte seinen Feind scharf und stellte zufrieden fest, dass er feist und behäbig geworden war und seine Bewegungen eine gewisse Schwerfälligkeit verrieten, die auf mangelndes Training hindeutete. Falko leistete sich prunkvollere Kleidung, als sie einem einfachen Ritter angemessen war, und trug Edelsteine auf seinen Ringen, die sich mit denen an den Händen der Fürsten messen konnten. Michel fragte sich, wie viele Menschen für diesen Reichtum ermordet und ausgeplündert worden waren, und fühlte, wie ihn sein Hass auf den Mann zu ersticken drohte. Er trat auf Falko zu, zog den rechten Handschuh aus und schlug ihn seinem Feind ins Gesicht. »Ich fordere Euch auf Leben und Tod, Falko von Hettenheim, denn mich drängt es, die Welt von Euch zu befreien.«

Ritter Falko stand mit kalkweißem Gesicht da und rührte sich nicht. Aber als Michel ihm den Rücken zuwandte, um Sigismunds Reaktion auf seine Forderung zu sehen, zog er sein Schwert. Doch bevor er es ganz aus der Scheide brachte, hielt János, der Leibwächter des Kaisers, ihm die Spitze seiner Klinge an die Kehle. Falko von Hettenheim stieß seine Waffe wutschnaubend in die Scheide zurück und sah sich von mehreren Rittern umringt, die ihn mit verächtlichen Blicken musterten.

Ritter Dietmar von Arnsberg baute sich vor ihm auf. »Das war wahrlich unehrenhaft gehandelt!«

Der Kaiser bat seinen Beichtvater, ein Gebet zu sprechen, und faltete die Hände. Nach dem Amen blickte er auf und betrachtete Falko von Hettenheim wie einen ekelhaften Wurm. »Ritter Michel und Ihr werdet morgen in die Schranken reiten, damit Gott den Gerechten belohnt und den Ungerechten bestraft.«

»Ich bin bereit«, erklärte Michel schlicht.

»Morgen wirst du sterben, du Hund!« Ritter Falko spie vor ihm auf den Boden und wandte sich brüsk ab.

Marie ergriff Michels Arm und blickte mit glitzernden Augen zu ihm auf. »Du wirst ihn besiegen! Dessen bin ich mir nun ganz sicher.«

12.

Marie war nicht so zuversichtlich, wie sie sich Michel gegenüber gegeben hatte, sondern lag die ganze Nacht wach und schlug sich mit quälenden Gedanken herum. Bauern und Bürger, die man eines Verbrechens bezichtigte, wurden sogleich der Folter unterworfen, um sie zu einem Geständnis zu zwingen, doch einem Mörder und

Verleumder wie Falko von Hettenheim wurde es gestattet, seine Unschuld in einem Zweikampf zu beweisen. Auch wenn alle davon sprachen, dass Gott dem richtigen Mann den Sieg verleihen würde, so hatte Marie genug gesehen und erlebt, um an der himmlischen Gerechtigkeit zu zweifeln. Sie wollte Michel nicht wieder verlieren. Hätte sie eine Möglichkeit gesehen, wäre sie zu Falko von Hettenheim geschlichen, um ihn zu vergiften. Aber dazu fehlten ihr die Mittel. So blieb ihr nur, still zu beten und die Himmelsjungfrau anzuflehen, ihrem Mann auch diesmal beizustehen. Schließlich hatten die himmlischen Mächte ihn gerettet und ihm Weib und Kind zugeführt, um sie glücklich zu vereinen. Bei dem Gedanken an Trudi glätteten sich Maries Sorgenfalten ein wenig. Schon um ihretwillen würde Michel nicht leichtsinnig werden und Hettenheim unterschätzen.

Marie erinnerte sich an eine andere Nacht, in der sie ebenso wie jetzt schlaflos neben ihrem Mann gelegen und nicht gewusst hatte, was die Zukunft bringen würde. Jetzt war es wieder so weit. Da ihr Arm einzuschlafen drohte, drehte sie sich vorsichtig auf die Seite, achtete aber darauf, Michel nicht zu stören, denn heute brauchte er seinen Schlaf mehr denn je. Sie selbst blieb ihren quälenden, sich ständig im Kreis drehenden Gedanken überlassen und war schließlich froh, als die Vorboten des kommenden Morgens durch das offene Fenster krochen. Dabei musste sie eine unbedachte Bewegung gemacht haben, denn Michel wälzte sich auf die andere Seite und murmelte im Schlaf deutsche und tschechische Worte vor sich hin.

Kurz darauf klopfte jemand an die Tür und bat, eintreten zu dürfen. Marie schlüpfte aus dem Bett, warf ihren Morgenmantel über und öffnete. Draußen stand eine Magd, die Wasser zum Waschen brachte. Wie vor gut drei Jahren weckte Marie ihren Mann vorsichtig und half ihm, sich vorzubereiten. Der Kaiser hatte Michel neue Kleidung geschickt, ein weißes Hemd aus feinsten Linnen, eine wollene Untertunika und dazu einen weißen Waffenrock mit einem schwarzen Tatzenkreuz, welches anzeigen sollte, dass Michel an einem vom Papst ausgerufenen Kreuzzug gegen die Hussiten teilgenommen hatte. So bekleidet stieg er Hand in Hand mit Marie die Treppe hinab und betrat das Zimmer, in dem die Frau des Hauswirts ihnen ein kräftiges Frühstück aufgetragen hatte. Dort warteten schon drei Knappen aus Sigismunds Gefolge mit einer Rüstung und Waffen, die aus dem persönlichen Zeughaus des Kaisers stammten. Mit ihnen war Sigismunds Kaplan erschienen, um für Michel die Messe zu lesen und ihm die Beichte abzunehmen. Marie kniete ebenfalls nieder und betete. Die Zuwendung, die der Kaiser ihrem Mann zukommen ließ, zeigte ihr, wem Sigismund den Sieg wünschte. Da sie Michels Erfolg nicht nur den himmlischen Mächten überlassen wollte, sorgte sie dafür, dass er nach der Messe ein leichtes, aber ausreichendes Frühstück zu sich nahm, und danach beaufsichtigte sie Anselm und Görch, die Michel die Rüstung anlegten. Marie ging noch dreimal um ihn herum, denn sie konnte sich kaum daran satt sehen, welch gute Figur ihr Mann in der kaiserlichen Gabe machte. Als er auf den Hof trat, glänzte der polierte Stahl wie Silber, und das Licht des hellen Vormittags spiegelte sich in ihm.

Der Kaiser hatte Michel nicht nur die Rüstung, sondern auch ein prachtvolles Pferd zur Verfügung gestellt, einen Rappen aus Brabant, der trotz seiner Größe und seiner ersichtlichen Kraft sehr elegant wirkte. Michel ließ sich von den Knappen in den Sattel heben und durch das Tor auf die Straße führen. Marie wollte ihm nachlaufen, doch Görch hielt sie auf und wies auf eine zierliche graue Stute, die eben herbeigeführt wurde. »Ein Geschenk des Kaisers an Euch, Frau Marie.«

Marie nickte erfreut und blickte dann an sich herab. Sie verfügte derzeit über kein Reitkleid, und der Rock, den sie jetzt trug, war im Sattel eher hinderlich. Es gelang ihr trotzdem ohne Unterstützung aufzusteigen, und sie folgte Michel im flotten Trab. Die Hufe der Stute klapperten unregelmäßig auf dem Kopfsteinpflaster, und nicht nur das verriet Marie ihre mangelnde Übung. Ihr neues Reittier verfügte über weitaus mehr Temperament als ihr altes Häschen, und so hatte sie alle Hände voll zu tun, vorkragenden Hauskanten auszuweichen und auf Passanten zu achten, die nicht schnell genug beiseite sprangen. Ihr war nur allzu bewusst, dass sie im Sattel nicht annähernd so anmutig wirkte wie Janka Sokolna, die nun zu ihr aufschloss. »Habt keine Sorge, Frau Marie, Pán Michel wird diesen Hund gewiss besiegen!«

»Natürlich wird er das.« Maries Stimme klang fest, und es gelang ihr sogar, ein wenig zu lächeln. Dennoch war sie froh, als sie das Tor erreichten und die Enge der Stadt hinter sich lassen konnten. Der Turnierplatz, an dem sie den einbeinigen Timo getroffen hatte, war als Übungsstätte für die Ritter erhalten geblieben, und hier sollte auch der als Gottesurteil ausgerufene Zweikampf stattfinden. Der Kaiser hatte bereits in seiner mit kostbaren Tüchern geschmückten und überdachten Tribüne Platz genommen. Bei Maries Erscheinen erhob er sich, ging ihr entgegen und bot ihr die Hand. Marie stieg aus dem Sattel, sank vor dem Kaiser in einen zeremoniellen Knicks und ließ sich von ihm zu der gepolsterten Bank neben dem kaiserlichen Stuhl führen, die für die Höchsten des Reiches bestimmt war. Sigismund ließ sie zu seiner Rechten Platz nehmen und machte damit deutlich, auf wessen Seite er stand. Graf Sokolny, Heinrich von Hettenheim und Junker Heribert durften ebenfalls Seite an Seite mit den Reichsfürsten in der Nähe des Kaisers sitzen.

Marie sah weder die Freunde noch die Fürsten an, die ihr immer wieder neugierige Blicke zuwarfen und miteinander tuschelten, sondern blickte starr in das abgesteckte Feld, in dem Michel und sein Gegner die letzten Vorbereitungen trafen. Ein Priester trat zwischen die beiden, forderte sie auf, ihren Frieden mit Gott zu machen, und erteilte ihnen seinen Segen. Mit noch offenem Visier lenkten die Ritter ihre Rosse vor den Kaiser, so dass man Michels ernstes, vollkommen beherrscht wirkendes Gesicht ebenso deutlich erkennen konnte wie Falko von Hettenheims verzerrte Miene.

»Kämpft mit Gott. Er wird dem Würdigen den Sieg verleihen.« Der Kaiser blickte dabei Michel an und hob grüßend die Hand. Die beiden Ritter neigten die Köpfe, soweit ihre Wehr es zuließ, und lenkten ihre Rosse zu den entgegengesetzten Enden der Stechbahn. Die Knappen reichten ihnen lange, mit Bändern geschmückte Lanzen, die für diesen Kampf mit scharfen Spitzen versehen waren. Der Herold erklärte noch einmal die Regeln und trat beiseite. Auf ein Zeichen des Kaisers hob er seinen Amtsstab, ein Trompetenstoß ertönte, und als der Herold seinen Stab senkte, trieben die beiden Ritter ihre Pferde an.

Etliche endlos erscheinende Augenblicke lang vernahm Marie nur das Geräusch schneller werdender Hufschläge auf dem harten Geläuf, dann prallten die Gegner mit einem dumpfen Schlag aufeinander. Sie sah Michel wanken und unterdrückte einen Aufschrei. Doch er hielt sich im Sattel und hob die zersplitterte Lanze, um zu zeigen, dass er in Ordnung war. Auch Ritter Falkos Lanze war gebrochen, und er wirkte noch wütender, weil es ihm nicht gelungen war, seinen Gegner mit der Wucht seines höheren Gewichts vom Pferd zu stoßen. Beide ließen sich frische Lanzen reichen und trabten erneut an.

Marie spürte, wie die Angst aus ihr hinausfloss und Zuversicht Platz machte. Michel besaß zwar weniger Fertigkeiten im Lanzenstechen als Ritter Falko, doch dieser war so offensichtlich außer Übung, dass nun, wie sie annahm, sogar Junker Heribert ihm hätte standhalten können.

Wieder splitterten die Lanzen der beiden Kämpfer. Diesmal wankte Falko von Hettenheim und hielt sich nur deshalb im Sattel, weil sein Knappe früh genug zu ihm lief, um ihn zu stützen. »Beim nächsten Stoß fällt er«, hörte Marie den Kaiser murmeln. Das hoffte sie auch, presste aber, als die beiden Kämpfer erneut gegeneinander sprengten, die Hände gegen die Brust, um ihr unregelmäßig schlagendes Herz zu beruhigen. Diesmal war der Anprall noch härter. Marie sah Michel wanken und achtete vor Schrecken nicht auf seinen Gegner.

Der Kaiser wies nach vorne. »Ich sagte es doch! Da liegt er.«

Tatsächlich lag Falko von Hettenheim wie eine Schildkröte auf dem Rücken und ruderte hilflos mit den Armen. Sein Knappe und einige seiner Gefolgsleute eilten zu ihm hin und halfen ihm auf die Beine. Michel stieg unterdessen vom Pferd und wählte nach kurzem Besinnen das Schwert als Nahkampfwaffe. Ritter Falko riss einem Turnierknecht die bereitgehaltene Streitaxt aus den Händen und stürmte auf Michel los, noch bevor der Herold das Zeichen zum Kampf gegeben hatte.

»Jetzt stirbst du, du Hund!«, schrie er mit überschnappender Stimme. Michel fing die heftigen Axthiebe seines Gegners mit dem Schild ab, musste jedoch immer wieder zurückweichen, denn seine eigenen Ausfälle verpufften wirkungslos. Ruhig und beherrscht lauerte er auf seine Chance, während der Hettenheimer bald schon keuchte wie ein abgetriebener Gaul. Wut und Hass schienen Falkos Kräfte jedoch zu verdoppeln, denn er setzte seine Attacken pausenlos fort und verspottete Michel zwischen den einzelnen Atemzügen, um ihn zu einem Fehler zu verleiten.

»Nun, wie fühlst du dich kurz vor deinem Eintreffen in der Hölle, Wirtsbalg? Der Satan wird sich freuen, dich zu sehen.« Da Michel nicht antwortete, begann er höhnisch zu lachen.
»Ich habe übrigens deine Hure gestoßen, Wirtsschwengel. Sie ist wirklich nichts Besonderes. Da war jede Tschechin besser, die ich unter mich zwang.«
Falko lauerte sichtbar auf eine unbedachte Reaktion. Michel begann nun seinerseits, Falko zu reizen. »Zu wie vielen Männern ist denn dein Weib ins Bett gestiegen, um vielleicht doch noch zu einem Sohn zu kommen, nachdem du mit ihr nur Töchter zeugen konntest?«
»Du hast nur eine einzige Tochter, und kaum einer glaubt, dass dieser Balg von dir ist!«
Michels Stimme klang gelassen und keine Spur atemlos. »Trudis Herkunft steht außer Zweifel, und im Gegensatz zu den deinen ist meine Tochter auch meine Erbin, während auf deinem Stuhl heute Mittag schon Ritter Heinrich Platz nehmen wird.«
Diese Worte trieben Falko das Blut in den Kopf, und sein nächster Schlag fegte Michel den Schild vom Arm. Mit einem triumphierenden Schnauben holte der Hettenheimer weit aus, um seinem Gegner Helm und Kopf zugleich zu spalten. In dem Moment stieß Michels Schwert wie eine glitzernde Schlange nach vorne und traf das Visier seines Feindes, ohne es jedoch zu durchschlagen. Einen Augenblick stand Falko von Hettenheim starr, als habe ihn der Ausfall verblüfft. Dann wankte er und brach wie ein morscher Baum in sich zusammen. Michel glaubte an eine List und hob rasch seinen von den Axthieben schon mehrfach gespaltenen Schild auf.
Während sein linker Arm in die Schlaufen glitt, eilte Falkos Knappe herbei und kniete neben seinem Herrn nieder. »Herr! Was ist mit Euch? So antwortet doch!«
Da Falko sich nicht rührte, nahm er ihm den Helm ab – und blickte

in die Augen eines Toten. Der Herold kam herbei und winkte nach einem flüchtigen Blick in Falkos Gesicht dem Medikus des Kaisers. Der Arzt untersuchte Falko von Hettenheim sorgfältig und stand kopfschüttelnd wieder auf.

»Der Ritter ist tot, und doch ist nicht die geringste Wunde festzustellen.«

»Das ist ein Zeichen Gottes! Er hat Ritter Falkos Schuld gemessen und ihn verdammt!«, rief der kaiserliche Beichtvater mit hallender Stimme und kniete nieder, um die göttliche Gerechtigkeit zu preisen. Auch der Kaiser schlug das Kreuzzeichen und neigte sein Haupt vor den himmlischen Mächten.

Marie sah Michel an, faltete die Hände und dankte der Heiligen Jungfrau und Maria Magdalena für seinen Sieg. Unterdessen ergriff Eva, der es gelungen war, an den Wachen vorbeizukommen, Ritter Heinrichs Hand und schüttelte sie begeistert.

»Lasst Euch gratulieren, Herr, denn von nun an seid Ihr das Haupt derer von Hettenheim.«

Rumold von Lauenstein wandte sich mit säuerlicher Miene zu ihr um. »Dein Glückwunsch kommt ein wenig voreilig, du alte schwarze Hexe! Meine Tochter ist erneut schwanger, und diesmal wird sie gewiss einen Sohn gebären.«

Marie winkte lachend ab. »Sie wird der Welt wohl eher die siebte Tochter schenken.«

Seiner Miene nach zu urteilen traf Maries Spott den Lauensteiner tief, und sie lächelte boshaft. Diese kleine Rache an dem intriganten Berater des Pfalzgrafen war sie sich schuldig gewesen. Sie verbannte Herrn Rumold jedoch sofort wieder aus ihren Gedanken und stieg die Tribüne hinab, um Michel zu umarmen.

»Mit Falkos Tod ist der letzte Schatten in unserem Leben verschwunden«, flüsterte sie ihm zu.

Michel nickte und zog sie zärtlich an sich. In diesem Augenblick verschwendete er keinen Gedanken an die Zukunft, er hielt Marie fest im Arm und sah Michi entgegen, der, gefolgt von Anni, Helene und Trudi, über das Stechfeld rannte, um ihn zu seinem Sieg zu beglückwünschen.

Für einen Augenblick blieben die vier neben dem toten Ritter stehen und starrten ihn an, als sei er ein besiegter Höllendämon, dann umringten sie Marie und Michel und sprudelten ihre Glückwünsche heraus. Trudi wiederholte noch den halben Abend die Worte, die Michi ihr beigebracht hatte: »Papa großer Held!«

13.

Marie saß auf dem Bock eines großen Ochsenkarrens und blickte auf die gefleckten Rücken der vier Zugtiere, während sie mit sanfter und verständnisvoller Miene den Lobreden lauschte, die Janka Sokolna auf Junker Heribert hielt. Die junge Tschechin ritt neben dem Wagen und lenkte ihre Stute nur mit den Schenkeln, weil sie die Hände zur Bekräftigung ihrer Worte benötigte. Marie bewunderte sie für ihre Reitkünste, zog selbst aber den sicheren Wagen vor, auch wenn sie die Stöße der mit Schlaglöchern übersäten Straße mit einem dicken Lederpolster abfangen musste. Gelegentlich saß sie auch im Sattel ihrer Stute, aber nur für kürzere Strecken, um Übung zu bekommen. Den Weg in ihre neue Heimat aber wollte sie so bequem wie möglich zurücklegen. Der Kaiser hatte sich sehr großzügig gezeigt und ihr und Michel einen prachtvollen Besitz bei Volkach am Main zugesprochen. Von Leuten, die aus dieser Gegend stammten, hatte Marie gehört, dass dort ein guter Wein wuchs, und sie freute sich darauf, schon bald mit Trudi durch die

Weingärten streifen und gemeinsam mit ihr köstliche Trauben naschen zu können.

»Es ist sehr freundlich von Euch, meine Mutter und mich als Gast aufzunehmen, bis mein Vater und Junker Heribert ihre Mission beendet haben«, fuhr Janka fort, und Marie begann zu ahnen, dass sie wohl noch des Öfteren deren Seelentrösterin würde spielen müssen.

Sie blickte lächelnd zu Janka auf. »Aber das ist doch selbstverständlich. Euer Vater hat meinem Mann immerhin mehr als zwei Jahre Gastfreundschaft gewährt. So lange dauert es gewiss nicht, bis Junker Heribert aus dem Böhmerland zurückkehren und Euch heimführen wird.«

Michels Ankunft verhinderte Jankas Antwort. Er nickte ihr zu, grinste Marie übermütig an und wies nach vorne. »Der Anführer der Fuhrknechte sagt, wir würden unser Ziel bald erreichen. Hast du nicht Lust, auf dein Stutchen zu steigen und mit mir vorauszureiten? Es drängt mich, den Platz zu sehen, an dem unsere Tochter aufwachsen wird.«

Marie schenkte ihm einen dankbaren Blick und neigte dann kurz das Haupt in Jankas Richtung. »Verzeiht mir, dass ich unser Gespräch beenden muss.«

Janka nickte eifrig und hielt ihr Pferd zurück, damit Michi Maries Stute heranführen konnte. Marie lächelte dem Jungen zu und war froh, dass sie Hiltrud von Nürnberg aus endlich einen Boten hatte senden können, um ihr Nachricht zu bringen, denn nach so langer Zeit war ihre Freundin gewiss außer sich vor Sorge. Es war bedauerlich, dass sie nun so weit auseinander leben würden, doch Marie konnte nicht von Hiltrud verlangen, ihren schönen Freibauernhof bei Rheinsobern aufzugeben, auch wenn sie ihr dafür einen anderen hätte beschaffen können. Diese Wendung des Schicksals stimmte sie ein wenig traurig, sie tröstete sich jedoch mit dem Gedanken an die neu gewonnenen Freundinnen, die nun bei ihr leben würden. Sie würde auch Michi bei sich behalten und ihn zu einem ihrer Beamten erziehen – oder zu einem Soldaten und guten Anführer, wenn ihm daran mehr gelegen sein sollte. Vielleicht würde sie auch Mariele zu sich holen können, wenn Hiltrud damit einverstanden war. Sie nahm sich ganz fest vor, spätestens im nächsten Frühjahr, wenn sie sich in ihrer neuen Heimat eingelebt hatte, nach Rheinsobern zu reisen und ihre Freundin zu besuchen.

»He, Marie! Was hast du? Du schläfst ja mit offenen Augen.« Michels Ruf riss Marie aus ihren Gedanken. Sie stieg vom Bock in den Sattel und ließ sich von Michi in die Steigbügel helfen. Michel hielt die Zügel, bis sie gut saß, und reichte sie ihr dann mit einer zärtlichen Geste.

Marie streichelte seine Hand und nickte auffordernd. »Schauen wir uns unsere neue Heimat an.« Sie spornte ihre Stute vorsichtig an und trabte voraus. Michel folgte ihr nicht sofort, sondern wartete, bis Evas Wagen an ihm vorbeirollte. Die alte Marketenderin hatte sich anders als Theres, die neben ihr saß, weder von ihren Pferden noch von ihrem Gefährt trennen mögen. Zwischen den beiden saß Trudi und ließ sich mit Trockenpflaumen füttern. Als die Kleine Michel sah, streckte sie ihm die Arme entgehen und lachte glücklich, als Theres sie zu ihm hinüberhob. Er nahm sie zärtlich in die Arme und setzte sie vor sich auf sein Pferd.

Eva blickte Vater und Tochter zufrieden nach. »Es sieht so aus, als kämen wir bald an! Na, ich bin gespannt, wie das werden wird, besonders, wenn im nächsten Jahr der Frühling aufzieht und es uns in den Knochen zwickt, unsere Wagen anzuspannen, um uns einem Heer anzuschließen.«

Theres hob abwehrend die Hände. »Du kannst ja wieder in den Krieg ziehen, wenn es dir so gefällt. Ich bleibe auf jeden Fall bei Marie.«

»Bei Frau Marie, heißt das. Schließlich ist sie eine Dame von Stand. Natürlich werde ich bei euch bleiben, denn ich kann sie ja schlecht deiner, Annis oder Helenes Fürsorge überlassen. Ich sage dir, ohne mich seid ihr alle so hilflos wie kleine Kinder.« Mit diesen Worten steckte Eva sich eine der Trockenpflaumen in den Mund, die Trudi hatte fallen lassen.

Marie und Michel ließen die Spitze des Wagenzugs langsam hinter sich, und für eine Weile hatten sie weniger Augen für das Land um sich herum als füreinander. Erst als das Tal sich vor ihnen öffnete und die weite Schleife des Flusses vor ihnen lag, zügelten sie ihre Pferde und sahen sich um. Ein Stück weiter im Norden waren die Umrisse des Städtchens Volkach zu erkennen, unter ihnen aber, am Fuße eines lang gezogenen, recht steil aufragenden Höhenzugs, lag ein großes, sauberes Dorf mit holzschindelgedeckten Häusern, die dicht an dicht um die Kirche und einen großen Platz mit einer prächtigen Linde herum standen. Das musste Dohlenheim sein, eines der Dörfer, die zu ihrer Burg gehörten. Der Wehrbau selbst, der ihr neues Heim werden sollte, war ein wuchtiger, schmuckloser Bau auf der höchsten Erhebung, der wie ein Fremdkörper aus dem Grün des Weinlaubs herauswuchs, das die Flanken der Hügel bedeckte. Direkt unter einer kahlen, steil abfallenden Flanke lag ein weiteres Dorf, das ebenfalls zu ihrem neuen Besitz zählte, und ein drittes musste ihres Wissens jenseits des vom Main umschlossenen Hügels am Fluss liegen. Die Burg und diese beiden Dörfer trugen ebenfalls Namen von Vögeln, da der ursprüngliche Besitzer ein Liebhaber aller Gefiederten gewesen sein sollte. Die Burg hieß Kibitzstein, das Meierdorf unter ihr Habichten, und das zweite Dorf am Fluss wurde Spatzenhausen genannt.

Marie sog das Bild der Landschaft tief in sich ein und lächelte Michel erwartungsvoll zu. »Nun, wie fühlst du dich nun als Reichsritter Michel Adler auf Kibitzstein?«

»Bis jetzt noch gar nicht«, antwortete er lachend. »Doch ich muss sagen, das Land gefällt mir. Hier kann ich endlich Wurzeln schlagen.«
»Nun, wenn Junker Heribert aus Böhmen zurückkehrt, wird er dir schon beibringen, dich wie ein fränkischer Reichsritter zu benehmen.«
»Er wird eher Janka lehren, was es heißt, die Frau eines fränkischen Reichsritters zu sein«, konterte Michel fröhlich. Einen Augenblick sah sich das Paar eher wehmütig an, denn beide mussten an Václav Sokolny, Heinrich von Hettenheim und Junker Heribert denken, die im Auftrag des Kaisers nach Böhmen geritten waren, um dem jüngeren Sokolny und dessen Freunden mitzuteilen, dass Sigismund bereit war, mit ihnen zu verhandeln. Gemeinsam mit den Kelchbrüdern hoffte der Kaiser, die Herrschaft der Taboriten brechen und wieder nach Prag zurückkehren zu können.
»Gott sei Dank haben wir damit nichts mehr zu tun«, rief Marie so erleichtert aus, als wäre soeben eine letzte Last von ihrer Seele gefallen.
Michel blickte sie erstaunt an. »Mit was haben wir nichts mehr zu tun?«
»Mit dem Kaiser und seinem Gerangel um Macht und Kronen. Uns steht eine viel schönere Arbeit bevor.«
Michel lenkte sein Pferd an Maries Seite und zog sie fest an sich. »Welche denn?«
Marie wies mit der Hand auf das sommerliche Land vor ihnen. »Uns eine Heimat zu schaffen, Michel, uns des Lebens zu erfreuen und uns zu lieben.«
Als vernünftiger Ehemann wusste Michel, wann seine Frau Recht hatte, und so nickte er ihr lächelnd zu.

Historischer Hintergrund

Die zwischen 1419 und 1434 tobenden Hussitenkriege gehörten zu den blutigsten und grausamsten Ereignissen des Mittelalters und kosteten unzähligen Menschen das Leben. Die Hussiten, die ihren Aufstand aus religiösen Gründen gegen ihren katholischen König begonnen hatten, glaubten nach ihren ersten Siegen, auch ihre nationale Unabhängigkeit erringen zu können. Ihr genialer Feldherr Jan Ziska starb jedoch bereits 1424 an der Pest, und an seine Stelle traten Männer, die den Krieg aus Böhmen hinaustrugen und weite Teile des Römischen Reiches der Deutschen verheerten. Beinahe hätten sie Sigismunds Hoffnungen, die böhmische Krone zurückgewinnen zu können, tatsächlich zunichte gemacht.

Doch nicht nur die Böhmen bedrohten die Macht des Kaisers. Die Territorialherren des Reiches, an der Spitze die Kurfürsten, die zum Teil erst von Sigismund in ihren Rang erhoben und mit ihren Ländern belehnt worden waren, versagten ihm ihre Unterstützung und forderten für eine mögliche Waffenhilfe weit reichende Privilegien und Rechte. Versuche des Kaisers, die hohen Herren mit Unterstützung der geringeren Reichsstände zu überstimmen und eine regelmäßige Reichssteuer durchzusetzen, mit der er ein stehendes Heer hätte finanzieren können, scheiterten am erbitterten Widerstand seiner politischen Gegner. Unter diesen Umständen musste sein Traum scheitern, einen Einheitsstaat nach englischem Vorbild zu formen.

Als die Krone Böhmens schon verloren schien, spielte das Schicksal sie Sigismund jedoch wieder zu, denn die Hussiten hatten sich in zwei Gruppen gespalten, die fundamentalistischen Taboriten um den Prediger Jan von Tabor und die gemäßigten Kalixtiner oder Utraquisten. Die Taboriten fanden ihre Anhänger vor allem im einfachen Volk, während die wohlhabenderen Bürger der Städte und große Teile des Adels sich auf die Seite der Kalixtiner stellten. Hatten beide Gruppen zunächst noch Seite an Seite gekämpft, sahen die Taboriten in den Kalixtinern im gleichen Maße, in dem der militärische Druck des deutschen Kaisers schwand, ein Hindernis für ihre weit reichenden Ziele, welches sie aus dem Weg räumen wollten. Die Bürgerschaft und die adligen Herren waren des mehr als ein Jahrzehnt andauernden Kriegszustands jedoch müde, denn er hatte den Handel fast zum Erliegen gebracht und ließ kaum eine Bewirtschaftung der Felder zu.

Im Lauf der Zeit wuchs die Feindschaft zwischen den beiden Gruppen, so dass noch während der weiterhin erfolgenden Feldzüge in die Nachbarländer ein Bürgerkrieg entbrannte, an dessen Ende es keinen wirklichen Sieger geben konnte. Im Wissen um ihre schwächere Position suchten die Kalixtiner die Hilfe des Kaisers. Sigismund ergriff die ausgestreckte Hand seiner Untertanen, die ihn Jahre zuvor abgesetzt hatten, und rang, um seine Krone zurückzugewinnen, dem von ihm in Konstanz eingesetzten Papst Martin V. das Einverständnis für eine beinahe unabhängige böhmische Kirche nach den Lehren des Jan Hus ab. Im Gegenzug stellten sich die Kalixtiner im Kampf gegen die Taboriten auf seine Seite. Zu Anfang erlitt der Kaiser noch einige Niederlagen, wie im August des Jahres 1431, als ein Reichsheer noch vor Beginn der Schlacht auseinander brach und vor den Taboriten floh. Doch zwei Monate später konnten die vereinigten deutschen Ritter und Kalixtiner den Taboriten eine verheerende Niederlage bereiten. Trotzdem vergingen noch drei Jahre, bis die Kalixtiner bei Lipany ihre Feinde endgültig schlagen und damit den Frieden sichern konnten.

Fast zweihundert Jahre führte Böhmen ein eigenständiges Leben im Deutschen Reich. Erst der Versuch ihres neuen Königs und späteren Kaisers Ferdinand II., den katholischen Glauben mit Gewalt wieder einzuführen, beendete diesen Zustand. Sein Eingreifen führte zum zweiten Prager Fenstersturz und löste den Dreißigjährigen Krieg aus.

Von Kaiser Sigismunds Plänen ging nur die Wiedergewinnung Böhmens in Erfüllung, alle anderen scheiterten. Da er keinen legitimen Sohn hatte, folgte ihm sein Schwiegersohn Albrecht von Österreich, der 1438 die Kaiserwürde übertragen bekam. Dieser starb bereits anderthalb Jahre danach, noch vor der Geburt seines Sohnes Ladislaus V. Postumus, der die Kronen Ungarns und Böhmens erbte. Zu Albrechts Nachfolger wurde einer seiner weniger bedeutenden Habsburger Verwandten, nämlich Friedrich III., zum Kaiser gewählt, quasi als Platzhalter für den jungen Ladislaus. Doch Albrechts Sohn starb mit achtzehn Jahren, während Friedrich ein hohes Alter erreichte und mehr als fünfzig Jahre als Kaiser regierte. Dessen Sohn, Kaiser Maximilian I., wurde »der letzte Ritter« genannt und war der Großvater Karls V., in dessen Reich die Sonne nicht unterging.